W0031477

BASTEI
LÜBBE
TASCHENBUCH

Weitere Titel der Autorin:

Die Madonna von Murano (auch als Hörbuch bei Lübbe Audio)
Die Liebenden von San Marco (auch als Hörbuch bei Lübbe Audio)
Die Lagune des Löwen (auch als Hörbuch bei Lübbe Audio)
Der König der Komödianten
Das Mädchen aus Mantua

Titel in der Regel auch als E-Book erhältlich

Charlotte Thomas

Das Erbe der Braumeisterin

Historischer Roman

BASTEI LÜBBE
TASCHENBUCH

BASTEI LÜBBE TASCHENBUCH
Band 16906

1. Auflage: Oktober 2013

Dieser Titel ist auch als E-Book erschienen

Vollständige Taschenbuchausgabe
der bei Lübbe Ehrenwirth erschienenen Hardcoverausgabe

Dieses Werk wurde vermittelt durch die Michael Meller Literary Agency GmbH, München.

Mit Innenillustrationen von Tina Dreher

Umschlaggestaltung: Johannes Wiebel, punchdesign, München
Umschlagmotiv: © Johannes Wiebel | punchdesign; © Bridgeman Giraudon, Berlin
Satz: Dörlemann Satz, Lemförde
Gesetzt aus der Adobe Caslon
Druck und Verarbeitung: GGP Media GmbH, Pößneck
Printed in Germany
ISBN 978-3-404-16906-1

Sie finden uns im Internet unter
www.luebbe.de
Bitte beachten Sie auch: www.lesejury.de

Für meinen Sohn Paul

DRAMATIS PERSONAE

Bei Madlen in der Schildergasse:

MADLEN, Schankwirtin vom GOLDENEN FASS und eigensinnige junge Brauerin, die sich so schnell nicht in den Sudkessel spucken lässt
JOHANN, ehemaliger Kreuzritter, mit Kriegsnarben an Körper und Seele
VEIT, Johanns Freund, der Hand und Augenlicht verloren hat, aber nicht seinen klaren Blick
CASPAR, Madlens Brauknecht, der gern höher hinauswill
WILLI, Lehrbub, renitenter Griesgram
BERNI, Lehrbub, fröhlicher Tollpatsch
IRMLA, Madlens Magd, klatschsüchtig, aber beim Kochen völlig talentfrei
CUNTZ, Madlens alter Großvater, aufs Schnitzen versessen
KONRAD, Madlens erster Gatte

Bei den Beginen in der Glockengasse:

JULIANA, Madlens beste Freundin, ohne Erinnerung, aber mit leidvoller Vergangenheit
HILDEGUND, Julianas ungeliebter Schatten auf allen Wegen
SYBILLA, Meisterin des Konvents, der nur wenig entgeht

Von der Bruderschaft der Brauer:

EBERHARD, Braumeister und Schöffe, will Madlen unbedingt unter die Haube bringen

JACOP, sein nichtsnutziger Sohn, fatalerweise mit einem unseligen Hang zur käuflichen Liebe

ANNEKE, Eberhards Frau, kann sich nicht mit den Vorlieben ihres Sohnes anfreunden

BARTHEL, junger Braumeister, wie ein Wiesel in den Plan verbissen, Madlen als die Seine heimzuführen

Bei den Hardefusts:

WENDEL HARDEFUST, Kölner Patrizier, besitzt viel Geld und viel Macht, aber seiner Ansicht nach von beidem längst nicht genug

JOBST, sein Gefolgsmann fürs Grobe

SIMON HARDEFUST, Wendels schöngeistiger Sohn

DIETHER, Simons verständnisvoller Freund

URSEL HARDEFUST, Wendels Tochter, hat ihr Herz an eine unerfüllte Liebe gehängt

Im Palast beim Dom:

Erzbischof Konrad von Hochstaden, der wenig Skrupel hat, bei manchen Gelegenheiten aber durchaus ein Gewissen
Ott, sein Hauskaplan und Fels in der Brandung der erzbischöflichen Intrigen

Nachbarn:

Agnes, Madlens Nachbarin, nie um Gemeinheiten verlegen
Hans, ihr Gatte, der nicht viel zu melden hat
Ludwig, Sohn der beiden, ängstigt sich vor Hunden und Fremden

Beim Henker:

Hermann, seines Zeichens Scharfrichter, zieht sich gern gut an und hat überall die Finger drin
Appolonia, schöne Kurtisane und Hermanns bestes Pferd im Stall
Kunlein, ihre Base

Bei den Raubrittern:

DRAGO, bärtiger Unhold, zu jeder Schandtat bereit

Teil I

Prolog

Köln, März 1259

»Fort mit euch! Ihr kriegt nichts mehr!« Lachend schob Madlen die Becher zurück, die ihr von zwei beharrlichen Gästen entgegengereckt wurden. »Für heute ist Schluss!«

Maulend zogen die beiden von dannen. Die Schankstube *Zum Goldenen Fass* leerte sich nur langsam. Nach den ausschweifenden Vergnügungen und den durchzechten Nächten des Karnevals mochten die üblichen Besucher der Schänke sich noch nicht recht mit den Beschränkungen der Fastenzeit abfinden, die in der Vorwoche begonnen hatte.

Konrad, Madlens Mann, machte sich an die undankbare Aufgabe, den letzten noch verbliebenen Gast aufzuwecken, der den Kopf auf die verschränkten Arme gebettet hatte und laut vor sich hin schnarchte. Er war schon betrunken im *Goldenen Fass* aufgekreuzt und befand sich nach etlichen Bechern starken Würzbieres im Vollrausch. Ohne die tatkräftige Hilfe von Caspar, dem Knecht, wäre es Konrad nicht gelungen, den Mann nach draußen zu bugsieren.

Es war längst dunkel, vor einer Weile hatte es bereits zur Komplet geläutet, doch rechter Hand in Richtung Neumarkt war noch Fackellicht zu sehen. Konrad gab dem Betrunkenen einen Schubs in die passende Richtung. »Da drüben auf dem Platz sind noch Leuchtenmänner. Eine gute Nacht wünsche ich dir.«

»Mo-morgen komm ich wieder«, lallte der Mann. »W-weil euer B-Bier so gut ist!« Summend torkelte er davon.

»Müde?« Konrad trat zu Madlen, legte die Arme um sie und küsste sie auf die Wange.

Seufzend schmiegte sie sich an ihn. »Ja, und wie. Aber es war ein guter Tag. Wir haben viel verkauft.«

»Nie schmeckt das Bier besser als zur Fastenzeit«, bemerkte Caspar im Hintergrund.

Madlen lachte, und die Männer stimmten ein. Einträchtig und mit eingespielten Handgriffen machten sie sich ans Aufräumen. Während Konrad die leeren Trinkgefäße und fettigen Speisebretter einsammelte und in den Spülbottich legte, fegte Caspar den Steinboden und hob herabgefallene Becher auf. Wasser platschte, als Madlen mit Bürste und nassem Putzlumpen den fleckigen Bänken und Tischen zu Leibe rückte. Die Türen zur Straße und zum Hof hin standen weit offen, um die frische Abendluft hereinzulassen und den schweren Bierdunst und den Geruch verschwitzter Leiber und verqualmter Fackeln zu vertreiben.

Madlen legte die Schürze ab, verschloss die Tür zur Gasse und ging hinüber in das auf dem Hof gelegene Sudhaus, um dort nach dem Rechten zu sehen, so wie sie es immer vor dem Schlafengehen tat.

Berni und Willi, die zwei Lehrbuben, schliefen auf ihren Strohsäcken in der Braustube. Madlen ging auf Zehenspitzen an ihnen vorbei und schirmte die kleine Talgleuchte mit der Hand ab, um die beiden nicht zu stören. Der Knecht Caspar war ihr ins Brauhaus gefolgt, um sich ebenfalls zur Ruhe zu begeben. Als er die Stiege zum Boden erklomm, wo sich seine Schlafstatt befand, wünschte Madlen ihm flüsternd eine gute Nacht.

Es war still, nur das Stroh raschelte, als Berni sich auf seinem Lager herumwälzte. Der Lehrjunge stöhnte mit offenem Mund und murmelte dann eine unverständliche Verwünschung, gleichzeitig streckte er die Hand aus, als müsse er im Schlaf einen Gegner abwehren. Plötzlich fuhr er hoch und starrte mit halb offenen Augen geradeaus. »Nein!«, stöhnte er. »Tu das nicht! Lass mich los!«

Beunruhigt trat Madlen näher, doch Berni war gar nicht richtig wach. Im nächsten Moment war er auf sein Lager zurückgesunken und schlief weiter. Offensichtlich hatte er nur schlecht geträumt. Madlen verharrte und lauschte seinen ruhigen Atemzügen, dann ging sie an den großen Bottichen vorbei hinaus auf den Hof und von dort durch die Hintertür ins Wohnhaus. In der Stube roch es nach Kaminrauch und nach dem Kohlgemüse, das es heute zum Essen gegeben hatte. Aus der Kammer hinter der Feuerstelle war das Schnarchen von Madlens Großvater zu hören, er hatte sich schon am frühen Abend zur Ruhe begeben.

Unter der Stiege, die nach oben führte, hatte Irmla ihr Lager, auch sie schlief bereits seit Stunden. Gerade als Madlen die Stufen hinaufging, ließ die Magd direkt unter ihr im Schlaf knatternde Winde entweichen, deren Gestank sich mit den üblen Kohldünsten der Kochstelle vereinte. Madlen seufzte unhörbar, weil sie sich an einen lange gehegten Wunsch erinnerte.

»Ich möchte hinten im Hof ein separates Küchenhäuschen haben«, teilte sie Konrad mit, der sich schon ins Bett gelegt hatte. »Eigentlich geht mir das schon lange im Kopf herum. Wir hätten dann mehr Platz hier im Haus. In einer separaten Küche könnte Irmla ganz ungestört schalten und walten. Und auch dort schlafen.«

»Und furzen«, ergänzte Konrad belustigt.

Madlen erwiderte sein Grinsen, und als er unversehens aus dem Bett stieg und sie schwungvoll an sich zog, kicherte sie unterdrückt. »Was tust du da?«

»Meiner schönen Frau beim Ausziehen helfen.« Er war bereits nackt und schien es eilig zu haben, sie ebenfalls in diesen Zustand zu versetzen. Madlen war es nur recht; ihr Herz klopfte schneller, als sie seine zupackenden Hände auf ihrem Körper spürte. Sie kannte ihn seit ihrer Kindheit, doch seine Frau war sie erst seit knapp zwei Jahren, und die körperlichen Freuden der Ehe trugen viel zu ihrer Zufriedenheit bei. Während der Fastenzeit war es Sünde, allzu häufig beieinanderzuliegen, doch Madlen und Konrad nahmen es damit nicht sonderlich genau.

Irgendetwas, so hatte Konrad in seiner sorglosen Art gemeint, müssten sie ja schließlich auch zu beichten haben.

Hastig half Madlen ihm beim Hochziehen ihres Gewandes und zerrte es sich anschließend kurzerhand zusammen mit dem Unterkleid über den Kopf, wobei sich ihr Gebende löste und dem sittsam geflochtenen Zopf etliche Strähnen entwichen. Nackt stand sie vor Konrad, der beide Arme ausstreckte und sie fest an sich zog. Mit einer Hand zupfte er ihr das Band aus den Haaren, das ihren Zopf zusammenhielt, und strähnte es mit den Fingern bis zu den lockigen Spitzen, bis es sich wild um ihr Gesicht ringelte und frei bis zu ihren Hüften hinabfiel.

»Bei Gott, du bist schöner als eine Königin!«

Madlen lachte atemlos. »Du hast noch nie eine Königin gesehen!«

»Das muss ich auch nicht, denn ich habe ja dich«, erklärte er schlicht, während er den Kopf neigte, um sie zu küssen. Er war nicht viel größer als sie, kaum eine Handbreit, und ihre Körper schmiegten sich in vollkommener Harmonie aneinander, wenn er sie in den Armen hielt. Madlen hatte das Talglicht auf ihre Betttruhe gestellt, die seitlich versetzt vor dem Alkoven stand und zusammen mit einer weiteren Truhe, einem Hocker, einem kleinen Betschemel und einem zierlichen geschnitzten Eckaltar das gesamte Mobiliar der Kammer bildete.

Madlen rieb sich in wachsender Leidenschaft an Konrads Körper, während er sie begierig streichelte und küsste. Er war sehnig und stark, voll männlicher Kraft mit seinen einundzwanzig Jahren, und mit seinem hübschen Gesicht hätte er bestimmt so mancher Jungfer den Kopf verdreht, wenn Madlen nicht frühzeitig darauf geachtet hätte, dass sein Herz immer dort blieb, wo es hingehörte: bei ihr. Wenn es nach ihr gegangen wäre, hätten sie schon viel früher heiraten können, doch ihr Vater hatte darauf bestanden, dass er zuerst seine Lehrzeit und eine Gesellenreise hinter sich brachte. Madlen hatte ihn heimlich zum Abschied geküsst und ihn beschworen, zu ihr zurückzukehren.

Er packte ihre Hüften und ging leicht in die Knie, um stehend in sie eindringen zu können. Madlen keuchte und warf den Kopf zurück. »Konrad«, stöhnte sie. »Das ist wundervoll!«

»Es wird noch besser, mein Liebes.« Sein Glied schob sich hinein und hinaus, sacht zuerst, dann mit wachsendem Nachdruck, und schließlich hielt es sie beide nicht mehr auf den Beinen, keuchend sanken sie auf der Bettstatt nieder. Er war über ihr, drängte ihre Schenkel auseinander und stieß schnell und heftig in sie. Unter den abgehackten, rhythmischen Bewegungen begann das Holzgestell erbärmlich zu knarren und zu quietschen, sodass Madlen überzeugt war, es müsse nicht nur im ganzen Haus, sondern auch drüben in der Braustube zu hören sein. Doch es war ihr völlig gleichgültig, sie war wie trunken vor Lust und erlebte wenig später einen erfüllenden Höhepunkt, der sie kraftlos und benommen zurückließ. Unmittelbar darauf bäumte auch Konrad sich ein letztes Mal über ihr auf, bevor er sich schwer atmend neben ihr auf das Lager fallen ließ und sie fest umschlang.

Für sie waren dies die kostbarsten Augenblicke des Tages: so in seinen Armen zu liegen, die Wange gegen seine Brust geschmiegt, seinen hämmernden Herzschlag in ihrem Ohr, seinen steten Atem in ihrem Nacken und ihrem Haar, seine Hände, die liebkosend über ihren Rücken strichen und sie daran erinnerten, wie sehr sie das brauchte. Wie sehr sie *ihn* brauchte.

»Du sollst dein Küchenhäuschen kriegen«, versprach er schläfrig. »Gleich nach Ostern mache ich mich mit Caspar an die Arbeit. Irmla wird wahre Luftsprünge machen vor Freude. Und wir können es jede Nacht treiben, ohne fürchten zu müssen, dass sie davon aufwacht und neidisch wird.«

Madlen lächelte an seiner Brust. Das Herz wollte ihr vor Liebe überfließen, und bevor sie einschlief, sandte sie ein stummes Dankesgebet zur heiligen Ursula. Und dann – man konnte nie wissen – noch eines zum heiligen Petrus von Mailand, den die Bruderschaft der Brauer unlängst zu ihrem Schutzpatron erkoren hatte. Gewiss konnte es nicht schaden, wenn sie ihre

Gebete nun häufiger auch an diesen neuen Heiligen richtete. Wie es schien, war er Gottes Gnade in besonderem Maße teilhaftig geworden, weil sich in ihrem und Konrads Leben alles so wunderbar zum Guten gefügt hatte. Ein tiefes Gefühl von Glück und Dankbarkeit begleitete Madlen in den Schlaf.

Konrad wachte von einem ungewohnten Geräusch auf, doch als er sich auf einen Ellbogen aufstützte und in die Dunkelheit lauschte, hörte er nichts außer den sanften Atemzügen seiner Frau. Mondlicht fiel durch die offene Fensterluke in die Kammer und zeichnete die Umrisse ihres Oberkörpers nach. Sie lag auf dem Rücken, einen Arm angewinkelt hinter dem Kopf, den anderen unter dem Laken. Ihre Hand berührte seinen Schenkel. Sie schlief immer so – mit einer Hand auf seinem Körper, als müsse sie sich auch im Schlaf noch vergewissern, dass er bei ihr war. Ihre festen, runden Brüste schimmerten verlockend im matten Licht des Mondes, und Konrad spürte das Blut in seine Lenden strömen. Madlen so nah bei sich zu haben und sie besitzen zu wollen – das war für ihn eins, in jeder Nacht, die sie in seinen Armen verbrachte. Ob das wohl jemals endete? Er hoffte und betete inständig, dass es ein Leben lang so bleiben möge. Soweit es ihn betraf, wusste er genau, dass er sie bis zu seinem Tod begehren und lieben würde. Er hatte sie schon geliebt, als sie beide noch Kinder gewesen waren und er im Alter von zwölf Jahren bei ihrem Vater in die Lehre gegeben worden war. Natürlich war es anfangs eine keusche und zaghafte Liebe gewesen, lüsterne Gedanken waren ihm erst gekommen, als seine Knabenjahre sich dem Ende zuneigten und er die ersten feuchten Träume erlebt hatte. Sie hatten einander scheue und sehnsuchtsvolle Blicke zugeworfen, sich im Vorbeigehen wie unabsichtlich berührt. Alle im Haus hatten sich darüber lustig gemacht, auf eine wohlwollende und nachsichtige Weise, die der freundlichen Zukunft, die auf die beiden jungen Leute wartete, Rechnung trug. Der Lehrbub und die Tochter des

Braumeisters – eine Verbindung, die nicht nur vernünftig, sondern erwünscht war. Madlen und er waren gleichsam von Beginn an füreinander bestimmt gewesen.

Er beugte sich über sie und küsste sacht eine der verführerisch prallen Halbkugeln, als er erneut das Geräusch hörte. Diesmal gab es kein Vertun – es kam von draußen, vom Hof. Konrad hob den Kopf und versuchte, es einzuordnen. Es war das Rasseln und Schaben der Hundekette. Das war das höchste Anzeichen von Aufregung, das von dem alten Spitz noch zu erwarten war. Bellen konnte der Hund schon lange nicht mehr. Konrad schlug die Decke zurück und stand auf. Madlen bewegte sich und tastete vergeblich nach ihm. »Konrad?«, murmelte sie schlaftrunken.

»Schlaf weiter, Liebes«, flüsterte er. »Ich bin gleich zurück.«

Im Dunkeln ging er nach unten. In der Stube herrschte völlige Finsternis. Die beiden Läden zur Straße hin waren zugezogen, und das Nachtlicht, mit dem der alte Cuntz sich den Weg zur Latrine ausleuchtete, befand sich in dessen Kammer. Die Tür zu dem kleinen Schlafgemach hinter dem Kamin war geschlossen, offenbar hatte Cuntz die nötigen Gänge für diese Nacht hinter sich gebracht.

Konrad tastete sich vorwärts, an der Wand entlang bis zur Hintertür. Er stieß sie auf und trat ins Freie. Silbernes Mondlicht lag über Hof und Garten. Schwarz ragten die schemenhaften Umrisse von Brauhaus und Schuppen zu beiden Seiten des Hofs auf. Die im Hintergrund sichtbaren Silhouetten der Bäume und Büsche verschwammen mit der Nacht.

»Ist da jemand?«, rief Konrad halblaut. Vor einem kleinen Verschlag am Rand des Hofs lief der betagte Spitz hin und her und zerrte an der Kette. Etwas hatte ihn aufgescheucht, doch der Grund dafür war nirgends zu sehen. Als Hofhund taugte er nichts mehr, seine guten Jahre lagen längst hinter ihm. Konrad tätschelte ihn zwischen den Ohren. »Na, alter Bursche?«, murmelte er. »Was machst du für einen Radau? Hast du schlecht geträumt? Was sollen wir bloß mit dir anfangen, wenn wir schon nachts selber auf uns aufpassen müssen! Aber schlaf nur weiter, ich sehe nach dem Rechten.« Er umrundete den Ziehbrunnen und ging an den Latrinen vorbei zu den hölzernen Anbauten des Haupthauses. Im größten Schuppen, der auch als Wagenhaus und Pferdestall diente, stand der Gaul dösend hinter dem Gatter. Er nahm Konrads Anwesenheit kaum wahr. Dafür jedoch ein nächtlicher Eindringling: Eine Maus flitzte vor Konrads Füßen vorbei und verschwand in einer Bretterritze, dicht gefolgt von einem langen schwarzen Schatten. Gleich darauf ertönte das Kratzen von Krallen auf Holz und ein enttäuschtes Fauchen.

Konrad grinste unwillkürlich; wie der Hund hatte auch der Kater seine Dienste schon besser versehen. Madlen fütterte ihn zu gut.

Er verließ den Schuppen und ging weiter zum Hühnerstall, doch auch hier war nichts Verdächtiges zu entdecken. Im vergangenen Monat hatte ein Fuchs unter den Hennen gewütet, Folge einer versehentlich offen gelassenen Stalltür und eines losen Bretts im Zaun. Der alte Hofhund hatte den Überfall verschlafen, folglich hatte niemand den dreisten Räuber daran gehindert, vier Hühnern den Hals durchzubeißen und mit einem fünften zu verschwinden.

Konrad wandte horchend den Kopf. Hinten im Garten, zwischen den Obstbäumen und dem Zaun, der das Grundstück an der Rückseite begrenzte, raschelte es vernehmlich. Doch gleich darauf verstummte das Geräusch wieder, sicher waren es nur Wühlmäuse, die im Dunkeln nach Futter suchten. Vom Kater war weit und breit nichts zu sehen, nach der misslungenen Jagd im Stall versuchte er wohl sein Glück in der Nachbarschaft.

Konrad ging zum Haus zurück und dann in die von einem gemauerten Bogen überdachte Einfahrt. Zwischen Schank- und Wohnhaus befand sich die Falltür zum Keller, doch sie war verschlossen. Der Hund war wieder aufgestanden und lief umher, das metallische Rasseln der Kette hallte durch die Einfahrt. Konrad ging zum Tor, das die Einfahrt zur Straße hin verschloss, aber auch dieses war fest verriegelt.

Das Kettenrasseln hatte aufgehört. Vielleicht hatte sich ein fremder Kater im Garten herumgetrieben. Konrad ging zurück auf den Hof. Beim Brunnen blieb er stehen und lauschte abermals, doch alles blieb still. Die Luft war für die frühe Jahreszeit ungewöhnlich mild, fast schon frühlingshaft. Die Nacht war sternenklar, das Firmament übersät von schimmernden Lichtpunkten. Er legte die Hände auf die Einfassung des Brunnens und seufzte. Schultern und Arme taten ihm weh von dem stundenlangen Ausschank, und an der rechten Hand hatte er eine schmerzende Brandblase, weil er beim Umfüllen des heißen Suds heute unvorsichtig gewesen war. Doch er fühlte sich restlos zufrieden. Das Geschäft ging glänzend, jeden Tag war die Schankstube zum Bersten voll. Es war an der Zeit, neue Wege einzuschlagen und ein zweites Brau- und Schankhaus zu eröffnen. Madlen und er hatten bereits Verhandlungen mit einem Weinhändler aufgenommen, der eine Haushälfte in der Mühlengasse zu verpachten hatte, in unmittelbarer Nachbarschaft zum Alter Markt. Ein Gebäude, das sich großartig zum Brauen eignete, mit einem großen, kühlen Gewölbekeller als Lager …

Ein Winseln ließ Konrad zusammenfahren. »Spitz?« Rasch umrundete er den Brunnen und ging zur Hundehütte. »Was ist mit dir?« Ein seltsam ziehendes Atemgeräusch antwortete ihm, doch der Hund rührte sich kaum, auch nicht, als Konrad neben ihm in die Hocke ging und ihm über das Fell strich. Dann spürte er die Nässe unter seinen Fingern und roch den kupfrigen, süßlichen Geruch von Blut.

Im selben Moment hörte er die Schritte hinter sich und verlor wertvolle Zeit, um sich aufzurichten statt sich einfach zur Seite zu werfen, was ihm vielleicht geholfen hätte, dem Angriff zu entgehen. So aber blieb ihm nichts weiter, als das sausende Geräusch hinter seinem Rücken dem Gegenstand zuzuordnen, der nur einen Lidschlag darauf wuchtig seinen Kopf traf, dann abrutschte und oberhalb seiner Schulter in sein Blickfeld geriet – ein schwerer Knüppel. Taumelnd drehte er sich um, aber er konnte nichts mehr erkennen, weil ihm schwarz vor Augen wurde. Weitere Hiebe fuhren auf ihn nieder. Er hörte das Knacken, mit dem sein Schädel brach, doch gnädigerweise spürte er keinen Schmerz. Seinen Mörder konnte er nicht mehr sehen.

Madlen erwachte wie üblich mit dem ersten Hahnenschrei. Normalerweise hätte sie sich einfach umgedreht und weitergeschlafen, denn die Sonne war noch nicht aufgegangen; außerdem war Sonntag, bis zum Kirchgang blieb noch reichlich Zeit. Dennoch war sie auf einen Schlag hellwach, weil Konrad nicht bei ihr lag. Das war noch nie vorgekommen. Sie konnte sich an keinen einzigen Tag ihrer Ehe erinnern, an dem er vor ihr aufgestanden wäre. Er war ein ausgesprochener Langschläfer, es fiel ihm seit jeher schwer, aus den Federn zu finden. Schon als Lehrjunge hatte er sich damit so manche Schimpftirade und auch die eine oder andere Ohrfeige von Madlens Vater eingehandelt. Konrad ließ sich keinen Augenblick entgehen, den er länger liegen bleiben durfte, vor allem an den arbeitsfreien Sonn- und Festtagen.

Madlen setzte sich im Bett auf und hangelte nach ihrem Unterkleid. Während sie es überstreifte, entsann sie sich dunkel an die vergangene Nacht. Sie war kurz wach geworden, weil Konrad aufgestanden war. *Ich bin gleich zurück*, hatte er gesagt. Sie war sofort wieder eingeschlafen, aber sie hatte keine Erinnerung daran, dass er tatsächlich zurückgekehrt war. Rasch zog sie die Cotte über das Leinenhemd, schlüpfte in die Schuhe und eilte nach unten. Irmla schlief noch, ebenso ihr Großvater. Das Schnarchen der Magd sowie das des Alten mischten sich zu einem friedlichen morgendlichen Schlummerkonzert.

Die Hintertür stand offen; Zugluft wehte vom Hof herein und trieb Asche aus dem Kamin. Madlen erschauderte. Ein seltsames Gefühl hatte sich ihrer bemächtigt. Ihre Füße fühlten sich mit einem Mal schwer an, fast so, als klebten sie am Boden fest. Es kostete sie Mühe, einen Schritt vor den anderen zu setzen und nach draußen zu gehen. Plötzliche Bangigkeit schnürte ihr die Brust zu. In der dämmerigen Morgenkühle bildete sich vor ihrem Mund dampfendes Gewölk, während sie angestrengt ein- und ausatmete. Sie zuckte zusammen, als abermals ein Hahnenschrei ertönte, diesmal in der Nachbarschaft.

»Konrad?« Sie blickte sich um, doch er war nirgends zu sehen. »Konrad!«, rief sie, nun deutlich lauter und mit wachsender Angst. Er hätte längst geantwortet, wenn er auf dem Abtritt gewesen wäre.

Dann sah sie den Fuß, der auf Bodenhöhe hinter der Brunnenwand hervorragte. Dort lag jemand vor der Hundehütte. Madlen presste beide Hände gegen ihr Herz, das mit einem Mal schmerzhaft hart pochte. Ihre Füße wollten ihr nicht gehorchen, doch sie zwang sie, dort hinzugehen, um den Brunnen herum, bis sie alles sehen konnte. Die hingestreckte, nackte Gestalt, rücklings über der des Hundes liegend. Den eingeschlagenen Schädel. Die blicklos zum Himmel starrenden Augen. Das viele Blut.

Nein, dachte sie immer wieder. Nein, nein, nein. Das ist nicht er. Das ist nicht Konrad. Er ist nicht tot. Nicht Konrad. Er ist doch mein Leben!

Mit jedem Herzschlag spürte sie dieses Leben aus sich hinausrinnen, während die Wirklichkeit sich in ihr Inneres fraß wie tödliches Gift, um ihr ganzes Wesen zu vernichten.

Madlen öffnete den Mund zu einem gellenden Schrei.

Elf Monate später, 3. Februar 1260

Johann von Bergerhausen überlegte angesichts des anhaltend schlechten Wetters trübselig, dass er sich auch einen besseren Tag für sein Vorhaben hätte aussuchen können. Doch das hätte bedeutet, dass er sich hätte gedulden müssen, und danach stand ihm nach Lage der Dinge wahrhaftig nicht der Sinn.

Veit hatte ihn überreden müssen, wenigstens zu Fuß aufzubrechen, sonst hätte Johann es noch fertiggebracht, sich auf sein Ross zu schwingen und in voller Montur in Köln einzureiten, was nur unliebsame Aufmerksamkeit auf ihn gelenkt hätte. Folglich hatte Johann das Pferd zurückgelassen, im Unterstand vor der elenden Höhle, die er mit Veit teilte. Er hatte sich ohne Schwert und Harnisch und in bester Landstreichermanier zu Fuß zur nächsten Ansiedlung begeben, nach Sürth, einem verschlafenen Nest am Rhein, wo es nicht viel mehr gab als ein paar Fischerhütten und ein Kloster von Zisterziensermönchen, die sich mit der Erzeugung ziemlich sauren Weins befassten.

Immerhin schafften sie es, genügend davon nach Köln zu verkaufen, sodass sie regelmäßig Fässer auf Kähne luden, die flussabwärts fuhren. Im Winter fanden solche Fahrten naturgemäß seltener statt, doch auch dann kam der Verkehr – vorausgesetzt, es trieben nicht gerade Eisschollen auf dem Rhein – nicht gänzlich zum Erliegen: Anstelle von Wein wurde Fisch nach Köln befördert. Stockfisch, Salzfisch, frischer Fisch. Fisch gab es im Rhein immer mehr als genug, auch in kalten Monaten.

Der Tag nach Mariä Lichtmess war indessen einer der weniger kalten in diesem ohnehin recht milden Winter, doch der fortwährende Nieselregen, den der Wind über das flache Deck des Schiffes in jeden Winkel trieb, machte die Reise zu einem höchst ungemütlichen Erlebnis. Als Gegenleistung für diese Mitfahrgelegenheit hatte Johann mehrere Dutzend stinkende, undichte Fässer an Bord geschleppt, sodass er nun roch wie ein Fischmenger. Auch die freundliche Einladung des Händlers, sich zu ihm unter die morsche Überdachung zu setzen, taugte nicht dazu, Johann aufzumuntern, denn dadurch sah er sich gezwungen, das stundenlange Klagen des Mannes über dessen diverse Krankheiten zu ertragen, angefangen bei Gliederreißen über Harndrang und Zahnweh bis hin zu unstillbarem Juckreiz in Gefilden, wohin niemals die Sonne schien. »Und Halsweh«, fügte der Fischhändler mit leidvoller Miene hinzu. »Das liegt an der Kälte. Dagegen hilft rein gar nichts, nicht mal Gebete zum heiligen Blasius.« Er deutete auf seinen Hals. »Heute ist es besonders schlimm, und dabei habe ich gleich nach dem Aufstehen lange gebetet. Weil doch heute der Namenstag ist.«

»Meinen Glückwunsch«, sagte Johann geistesabwesend.

»Oh, nein, nicht meiner. Der vom heiligen Blasius. Dem Schutzpatron aller Halskranken.« Der Mann hielt inne, weil er merkte, dass sein Fahrgast in Gedanken versunken war. »Was, sagtet Ihr gleich, habt Ihr in Köln für Geschäfte?«

Johann, der bislang kein Wort über seine Geschäfte hatte verlauten lassen, gab eine unverfängliche Antwort. »Ich will alte Freunde besuchen.«

Damit war die Neugier des Fischhändlers vorerst gestillt; er ging dazu über, in allen Einzelheiten seine zunehmende Sehschwäche zu beschreiben. Johann ließ den Redestrom an sich vorüberziehen, ebenso wie die Uferlandschaft des Rheins. Die Hügel des Siebengebirges im Rücken, sah er schließlich linker Hand vor sich das weite Halbrund der Stadt auftauchen. Ausgehend vom südlich gelegenen Bayenturm, zog sich die gewaltige Mauer am Ufer entlang, bis hin zum Kunibertsturm im Norden. Eine überwältigende Anzahl von Kirchtürmen erhob sich hinter diesem Bollwerk, unter ihnen besonders augenfällig die neueren Chortürme der Severinskirche und weiter landeinwärts die gewaltigen Türme von Sankt Pantaleon. Es folgten am Ufer Sankt Maria Lyskirchen, weiter hinten Sankt Georg am Waidmarkt, dann Sankt Maria im Kapitol, und danach Groß Sankt Martin, wo sie gleich anlegen würden. Und schließlich ein Stück voraus Sankt Maria ad gradus und gleich dahinter die Baustelle des neuen, noch turmlosen Doms mit dem erst jüngst fertiggestellten Kapellenkranz, über dem ein Lastkran in den Himmel ragte. Was die Errichtung neuer Kirchen anging, schien die Baulust der Kölner ungebrochen.

»Es ist immer wieder beeindruckend, oder? Hunderte von Kirchen, in einer einzigen Stadt.« Der Fischhändler folgte Johanns Blicken. Seine Stimme klang stolz. »Unser heiliges Köln!«

Johann lag eine sarkastische Erwiderung auf der Zunge,

doch er zog es vor, nicht zu antworten. Der Händler schien es auch nicht zu erwarten, außerdem war er abgelenkt: Das Boot hatte die kleine Rheinvorinsel passiert, und der Bootsführer lenkte es auf Höhe von Groß Sankt Martin ans Ufer. Dort befand sich ein Holzgerüst, das die Anlegestellen in zwei Bereiche unterteilte. Die von Süden kommenden Oberländerschiffe hatten weniger Tiefgang und waren mit ihrer flachen, breiten Bauweise für den Niederrhein nur eingeschränkt geeignet, folglich mussten sie hier an dieser vom Rat der Stadt Köln vorgeschriebenen Stelle ihre Ladungen löschen. Rheinabwärts dagegen lagen die großen Schiffe mit kräftigem Rumpf und Takelage, viele davon seetüchtig. Für sie galt das Gleiche. Sollten die Waren, gleichviel aus welcher Richtung sie kamen, über Köln hinaus weiterbefördert werden, mussten die Händler sie jeweils auf andere Schiffe verfrachten – doch das durften sie erst, nachdem dem Kölner Stapelrecht Genüge getan war.

Nicht ohne widerwillige Bewunderung hatte Johann von dieser Neuerung erfahren, die während seiner langjährigen Abwesenheit vom Erzbischof eingeführt worden war: Alles, was zu Lande oder zu Wasser über den Rhein an Köln vorbei transportiert werden sollte, musste in der Stadt abgeladen und den Kölner Bürgern und Händlern zum Kauf angeboten werden. Zu Bedingungen, die der Rat festgelegt hatte – natürlich zum Nutzen Kölns.

Johann bedankte sich höflich bei dem Fischhändler und sprang an Land, bevor sich die herbeigerufenen Träger daranmachten, die Ladung von Bord zu holen. Hier war seine Hilfe nicht mehr gefragt, wie ihm der Händler erklärt hatte: Für jeden Handgriff beim Löschen und Abtransport der Waren standen städtische Arbeiter und Aufseher bereit. Ob Wein oder Kohle, Ziegel oder Holz, Fisch oder Tuch, Pelze oder Eisen – für alle Güter gab es eigene Zuständigkeiten mit streng getrennten Aufgaben. Kranmeister und Windenknechte, Röder und Schröder, Müdder und Zähler, Schütter und Aufhalter, Schürger und Abmesser, Akzisemeister und Fuhrwerker – an ihnen führte kein

Weg vorbei, der Hafen unterstand an allen Ecken und Enden wachsamer Kontrolle.

Nur für die stinkende Abfallhalde zwischen den beiden vor Johann liegenden Stadtpforten schien sich niemand verantwortlich zu fühlen. Allerlei Unrat türmte sich dort, angefangen von verwesendem Fisch über verrottetes Tauwerk und faulendem Kohl bis hin zu verschimmelten, sich zersetzenden Säcken, über deren Inhalt man nur noch rätseln konnte. Im Schatten der großen Pracht dieser Stadt musste man offensichtlich nach ihrem Unflat nicht lange suchen. Der Anblick erschien Johann symbolhaft, erinnerte er ihn doch mit einer solchen Intensität daran, was ihm im vergangenen Jahr bei seinem letzten Besuch in der Stadt widerfahren war, dass er am liebsten etwas mit der Faust zertrümmert hätte. Wäre er jetzt im Wald bei Veit gewesen, hätte er mit seiner Armbrust ein Zielschießen auf ein paar Pilze veranstaltet und sich dabei vorgestellt, den Erzbischof und seine Helfershelfer zu treffen, möglichst an ihren empfindlichsten Stellen.

Immerhin hatte mittlerweile das lästige Nieseln aufgehört, sodass Johann seinen restlichen Weg trockenen Fußes hinter sich bringen konnte. Er wich einem rollenden Fuhrwerk aus und betrat die Stadt durch die Salzgassenpforte. Aus der nach links abzweigenden Gasse schallte das lärmende Gehämmer der Schmiedewerkstätten, und vom rechter Hand liegenden Fischmarkt drang der durchdringende Geruch von den Salmenbänken herüber, an denen die Fischmenger ihre Ware feilhielten. Johann ging an einem Gaddem vorbei, in dem Tontöpfe und Krüge und anderer Haushaltskram angeboten wurden, und dann weiter in Richtung Alter Markt. Auch dort herrschte rege Betriebsamkeit zwischen den zahlreichen Händlerbuden. An einem Stand feilschte eine Marktfrau mit einer Matrone um ein Huhn, an einem anderen wurden Eier im Dutzend verkauft, an einem weiteren wechselte gerade eine krakeelende Gans den Besitzer. Der Betreiber einer Garküche bot frisch gebratene Hühnerbeine an, und Johann, der seit dem frühen Morgen nichts gegessen hatte, lief das Wasser im Mund zusammen. Kurz entschlossen kaufte er sich einen der knusprigen Schlegel und verzehrte ihn im Weitergehen. Ohne seine Schritte zu verlangsamen, bog er bei der Marspforte ab und passierte das Judenviertel in Richtung Unter Wappensticker, wo er sich nach links hielt, bis er die Schildergasse erreicht hatte.

Nun, da er fast am Ziel war, spürte er den bohrenden, quälenden Zweifel. Was, wenn alles nur ein Irrtum war und er sich umsonst Hoffnungen machte? Wenn der Bauer sich getäuscht hatte? Der Mann hatte Blithildis ohnehin nur vom Sehen her gekannt, und das war so viele Jahre her, dass die Erinnerung ihm leicht einen Streich gespielt haben könnte. Oder es handelte sich um eine Verwechslung.

Johann rief sich die Unterhaltung vom Vortag ins Gedächtnis, die er mit einem früheren Pachtbauern seines Vaters geführt hatte.

»Doch, ich bin mir sicher. Gut, sie hatte dieses Nonnenkleid an, so eines, wie die Beginen sie tragen. Grau und mit einer Haube, bei der nur das Gesicht herausschaut. Aber ich könnte schwören, dass sie es war.«

»Und wo genau willst du sie gesehen haben?«

»Na, im *Goldenen Fass* auf der Schildergasse, nur einen halben Steinwurf vom Neumarkt. Da gibt es das beste Bier von ganz Köln. Immer wenn ich in der Stadt bin, gehe ich dorthin und trinke einen Becher. Oder auch zwei. Früher, als der Alte noch den Ausschank betrieb, musste man im Stehen vor dem Tor trinken und seinen Becher mitbringen, aber seit ein paar Jahren haben sie da ein eigenes Schankhaus, in dem man sogar sitzen kann. Mit Kamin, deswegen gehen die Leute auch im Winter gerne hin. Als ich das letzte Mal dort war, habe ich sie gesehen.«

»Willst du damit etwa sagen, dass sie dort gezecht hat?«

»Nein, nicht doch. Sie hat da nur die Madlen besucht. Ich glaube, die zwei sind befreundet. Sie haben miteinander gelacht und geschwätzt, so wie es Weiber eben tun, die sich gut leiden können.«

»Arbeitet diese Madlen dort?«

»Gewiss. Sie ist die Schankwirtin. Und sie braut dort auch das Bier. Ganz allein, seit letztes Jahr ihr Mann erschlagen wurde. Es ist ein Jammer. Dass ihr Mann gestorben ist, meine ich. Sie waren so ein schönes junges Paar. Und erst das Bier!« Der Mann hatte schwärmerisch die Augen verdreht, bevor er hastig hinzufügte: »Das Bier ist immer noch gut. Ihr könnt es unbesorgt trinken, auch wenn es von einer Brauerin stammt, die kaum älter aussieht als ein Kind.«

»Warum bist du nicht zu ihr gegangen und hast sie angesprochen?«

»Das kann sie nicht leiden. Sie schimpft wie ein Rohrspatz und wirft mit Bierkrügen nach den Männern, die es bei ihr versuchen. Außerdem bin ich verheiratet, wie Ihr wisst.«

»Ich meinte Blithildis.«

»Die Begine? Wo denkt Ihr hin! Sie ist doch eine heilige Frau!«

Mit diesem Wissensstand hatte Johann sich auf den Weg in die Stadt gemacht, beseelt von der brennenden Hoffnung, Blithildis wiederzufinden. Vor wenigen Tagen erst war er an den Bauern geraten, der glaubte, sie in jener Schänke gesehen zu haben. Bis dahin hatte er überall herumgefragt, doch niemand wusste, was aus ihr geworden war – sie war verschwunden und galt als tot. So tot wie Johanns Mutter. Nur, dass man diese in der Nähe der Burg gefunden hatte, Blithildis jedoch nicht.

Die Schildergasse, die in Richtung Sankt Aposteln führte und im Neumarkt mündete, war eine belebte Straße mit dichter Bebauung. Windschiefe Holzhütten drängten sich neben neuere Fachwerkhäuser, vereinzelt sah man auch Steinbauten. In etlichen Häusern waren Werkstätten untergebracht, darunter einige von Schildermachern, die der Straße ihren Namen gegeben hatten, aber auch andere, etwa die eines Schusters, eines Küfers oder eines Bäckers. Auch eine Kräuter- und Gewürzhandlung gab es, der Wohlgerüche nach getrockneten Spezereien entströmten, ein auffallender Gegensatz zu dem beißenden Gestank nach Schweinemist und überfüllten Aborten, der hier und da aus den Soden zwischen den Häusern hervordrang.

Mensch und Tier bevölkerten die Gasse gleichermaßen. Eine Schar grunzender Säue wurde von einem Knaben durch das Tor eines kleines Gehöfts getrieben; ein Ferkel erschrak vor einem kläffenden Hund und stob quiekend davon, was dem jugendlichen Schweinehirten eine Reihe derber Flüche entlockte.

Vom vorangegangenen Regen war der lehmige Untergrund der Straße aufgeweicht. Lediglich an einzelnen Stellen waren Holzbohlen ausgelegt, um Senken auszugleichen. Überall hatten sich tiefe Schlammpfützen gebildet, und in einer davon war ein hoch mit Fässern beladenes Fuhrwerk stecken geblieben, dessen Besitzerin nicht nur mit den Zügeln kämpfte, sondern auch mit ihrer Wut. Johann blieb stehen und sah zu, wie sie vom Kutschbock sprang und das Pferd ausschimpfte.

»Du vermaledeiter, lahmer Gaul! Du bist nutzloser als der Hund und der Kater zusammen!« Sie packte das Halfter, zog den mächtigen Kopf des Pferdes herum und zeigte mit der freien Hand in Richtung des nahegelegenen Neumarkts. »Siehst du diesen Marktplatz da, du abgehalfterte Schindmähre? Da werde ich dich verkaufen, und zwar gleich beim nächsten Rossmarkt. Aber nicht etwa als Brauereipferd, o nein! Sondern an die Kotzmenger. Die können dann Wurst aus dir machen! Falls die überhaupt jemand will!«

Das Pferd wandte unbeeindruckt den Kopf wieder in die ursprüngliche Richtung und fing an zu kauen. Zwischen den großen, hässlichen Zähnen hing ein weißer Zipfel, der, wie sich sofort herausstellte, zur Haube der wütenden Frau gehörte, ein eher nachlässig angelegtes Gebende, von dem gleich darauf beträchtliche Teile im Maul des Pferdes verschwanden.

»Oh, du … Ausgeburt der Hölle!«, stieß die Frau empört hervor. Mit beiden Händen griff sie zu und versuchte, ihre Kopfbedeckung zu retten, doch vergeblich. Der Gaul ließ sich die Beute nicht entreißen, und aufgebracht stampfte die junge Frau mit dem Fuß auf, was nur dazu führte, dass sie bis zum

Knöchel im Matsch versank. Ihr nun unbedecktes Haar, das sie im Nacken zu einem Zopf geflochten hatte, war weizenblond. Hell waren auch ihre Haut und ihre Augen, und ihr Gesicht mit den rosig gefärbten Wangen und dem sanft gerundeten Kinn war von mädchenhafter Süße, sie sah aus, als könne sie höchstens sechzehn sein. Doch wahrscheinlich war sie eher um die zwanzig und bereits Witwe, denn aus ihren Worten und aus der Tatsache, dass die offene Toreinfahrt hinter ihr ganz offensichtlich zu der von dem Bauern beschriebenen Brauerei gehörte, hatte Johann bereits geschlossen, dass es sich um besagte Madlen handeln musste.

Er räusperte sich und trat vor, doch bevor er ein Wort äußern konnte, blickte sie auf. »Du da«, sagte sie mit befehlsgewohnter Stimme. »Hast du ein paar Augenblicke Zeit?«

Er nickte überrumpelt.

»Du kannst dir ein großes frisches Bier verdienen. Bleib nur kurz hier bei dem Wagen stehen und pass gut auf, dass niemand von den Gassenjungen sich über die Fässer hermacht. Ich bin gleich zurück, ich muss nur eben meinen nichtsnutzigen Knecht holen, der schon längst hier sein sollte.« Sie warf ihm die Zügel des Gauls zu und stapfte in die Einfahrt zum Hof, direkt unter dem vom Torbogen baumelnden, mit goldgelber Farbe bemalten Fässchen hindurch.

Johann blieb mitten auf der Gasse stehen, mit nichts als der Aussicht auf ein Bier und den Zügeln des widerspenstigen Brauereipferdes in der Hand, und kam sich ausgesprochen dämlich vor.

Madlen marschierte spornstreichs ins Sudhaus, wo Berni und Willi bei der Arbeit waren. Der dreizehnjährige Berni rührte ausdauernd in der dampfenden Maische, und der ein Jahr ältere Willi stand an der offenen Feuerstelle und beaufsichtigte das Sieden der Gruit. Ein wunderbar würziger Duft erfüllte die Braustube, doch Madlen hatte momentan keinen Sinn dafür.

»Wo ist Caspar?«, wollte sie wissen.

»Auf dem Lokus«, sagte Berni. »Er hat die Scheißerei.«

Madlen stöhnte. Auch das noch! Ausgerechnet heute!

»Rühr schneller!«, fuhr sie Bernie an, dann eilte sie zurück auf den Hof und pochte an die Tür des Abtritts. »Was meinst du, dauert es noch lange?«

Ein angestrengtes Ächzen antwortete ihr.

»Caspar?«, fragte sie, halb besorgt, halb frustriert.

»Es ist schlimm!«, kam es gequält von drinnen. »Wirklich sehr schlimm!« Und dann, noch gequälter: »Es tut mir so leid, Madlen!«

Madlen hätte am liebsten ihren Kopf gegen die Tür geschlagen. Natürlich konnte Caspar nichts dafür, es war nicht seine Schuld. Ständig kam es vor, dass der eine oder andere aus ihrem Haushalt an Durchfall litt, abgesehen von Irmla, die hatte Gedärme aus Eisen. Aber Irmla konnte ihr nicht beim Abladen der Fässer helfen, die sie pünktlich zur sechsten Stunde am Heumarkt abliefern sollte. Der Händler würde nicht auf sie warten, denn das Frachtschiff, mit dem er anschließend weiterfahren wollte, hatte eine feste Abfahrtszeit. Und sie konnte nicht von hier weg, weil das Fuhrwerk im Schlamm festsaß! Und Caspar auf dem Lokus! Flüchtig erwog sie, an seiner Stelle Willi mitzunehmen, er war schon fast so kräftig wie Caspar. Doch dann hätte sich Berni allein um den Sud kümmern müssen, und das konnte nur schlimm enden, denn leider Gottes hatte er zwei linke Hände.

Gerade als sie glaubte, es könne kaum noch schlimmer werden, kam Irmla mit wehender Schürze aus dem Wohnhaus auf den Hof geeilt. »Es ist Besuch da!«

»Was für Besuch?«

»Der Braumeister Eberhard möchte dir seine Aufwartung machen. Er sagte, du wissest, dass er heute käme.«

»Heiliger Strohsack!« Madlen presste beide Hände gegen ihre erhitzten Wangen. Wie hatte ihr das nur entfallen können! Er hatte schon vor zwei Wochen angekündigt, dass er am Tag nach Mariä Lichtmess vorbeischauen wolle, um mit ihr zu reden. Seither hatte sie mehrmals voller Unbehagen daran gedacht, es aber immer wieder sofort nach Kräften verdrängt. Wahrscheinlich hatte sie es deswegen auch vergessen.

Es war zu spät, sich eine Ausrede zu überlegen. Eberhard, seines Zeichens Braumeister und Schöffe, kam durch den Durchgang, der die Schankstube vom Wohnhaus trennte, nach hinten auf den Hof. Seine beleibte Gestalt war in einen Umhang aus feinem, nachtblauem Tuch gehüllt, sichtbares Zeichen für seinen Wohlstand. Mit seiner ganzen Erscheinung versuchte er, dem ehrenvollen Amt gerecht zu werden, mit dem der Erzbischof ihn im vergangenen Jahr betraut hatte. Die Schöffenwürde wurde normalerweise nur an Angehörige der Richerzeche vergeben; erstmalig war ein Mitglied der Brauerzunft in diesen hohen Rang aufgerückt.

Madlen hatte ihren Posten vor dem Lokus geräumt und eilte ihm entgegen. Sie zwang sich zu einem strahlenden Lächeln und einem Knicks. »Onkel Eberhard, wie schön, dass du kommst!«

In Ermangelung eines echten Onkels hatte sie ihn schon als Kind so nennen dürfen, denn er war nicht nur ein guter Kamerad und geschätzter Zunftbruder ihres Vaters gewesen, sondern auch nach dessen Tod für sie und Konrad ein väterlicher Freund und Ratgeber, der sich stets wohlwollend um ihrer beider Belange gekümmert hatte. Nachdem nun auch Konrad nicht mehr lebte, war er zwar immer noch wohlwollend, aber mit seiner Geduld auch bald am Ende, was der heutige Besuch zweifelsfrei zeigte. Madlen hatte die ganze Zeit die Augen davor verschlossen, doch sie wusste sehr gut, dass die ihr gesetzte Frist bald ablief.

Eberhard begrüßte sie freundlich, indem er ihr die Wange tätschelte, so wie er es schon getan hatte, als sie noch ein kleines Mädchen gewesen war. »Wie hübsch du wieder bist, Kind. Und erst dein schönes lockiges Haar, das reinste Gold! War es schon immer so lang?« Er stutzte. »Trägst du nicht sonst eine Haube?«

Sie fuhr sich ins Haar. Der Zopf hatte bereits begonnen, sich aufzulösen. Es war wie verhext, alles schien sich gegen sie verschworen zu haben.

»Die hat leider vorhin das Pferd gefressen«, sagte sie verlegen.

»Aha«, meinte Eberhard, als sei das eine völlig einleuchtende Erklärung. Stirnrunzelnd fügte er hinzu: »Es steht übrigens draußen mitsamt dem Fuhrwerk auf der Gasse, bewacht von einem großen, hässlichen, vernarbten Kerl. Als ich ihn fragte, was er mit deinem Fuhrwerk zu schaffen hat, meinte er nur, er müsse sich ein Bier verdienen. Was hat das zu bedeuten?«

»Ach, nichts weiter, er soll nur kurz darauf aufpassen. Caspar und ich wollten gerade ein paar Fässer zum Markt bringen, aber leider hat Caspar … ähm …« Sie deutete auf das Latrinenhäuschen, dann verschränkte sie sittsam die Hände.

»Wollen wir nicht in die Stube gehen?«, fragte sie. »Dort könnte ich dir einen guten Tropfen kredenzen.« Sie hatte noch drei Krüge besten Malvasier, der war so stark, dass er jeden, der davon trank, binnen kürzester Zeit in beste Laune und friedfertige Stimmung versetzte. Irgendwie musste sie Eberhard dazu bringen, mindestens einen halben Krug zu trinken und sich bei der Gelegenheit diese dumme Sache aus dem Kopf zu schlagen. Oder ihr wenigstens mehr Zeit zu geben. Doch seine ernste Miene verhieß nichts Gutes.

»Leider kann ich nicht bleiben, Kind. Ich muss gleich weiter, zu einer dringenden Sitzung der Bruderschaft.«

Grollend vernahm sie seine Worte. Wie es schien, hatten die geschäftigen Umtriebe, denen er sich mit Vorliebe widmete, durch die Übernahme des Schöffenamts eher noch größere Ausmaße erreicht. Seit ein paar Jahren trafen sich die Kölner Brauer in der Stolkgasse im Kloster der Dominikaner, aus deren Reihen auch ihr neuer Schutzpatron stammte. Dort besprachen sie sich und legten die Bestimmungen der Zunft fest, alle möglichen Regeln und Vorschriften, mit deren Hilfe sie ihre Rechte gegenüber dem Rat besser durchsetzen und sich gegenüber anderen Handwerkern abgrenzen konnten. Madlen war noch nicht dorthin eingeladen worden, was niemanden verwunderte, sie selbst am allerwenigsten – schließlich war sie nur eine Frau, und eine viel zu junge obendrein. Nicht etwa, dass Frauen in Köln keine Brauerei betreiben durften; es gab tatsächlich mindestens zwei Witwen, von denen Madlen wusste, dass sie mit Billigung der Bruderschaft und des Rats nicht nur Bier brauten (was ohnehin in Köln jeder durfte), sondern es auch ausschenkten und fassweise verkauften, also Geld damit verdienten. Bei Madlen dagegen lag die Sache ein wenig anders, und Eberhard kleidete es in Worte – als ob sie es nicht schon mehrmals aus seinem Mund gehört hätte.

»Du weißt, dass du nicht viele Möglichkeiten hast«, sagte er in verständnisvollem Ton. »Die Fortführung des Braugewerbes ist als lebenslanges Wittumsrecht möglich, doch hätte Konrad es entsprechend urkundlich verfügen müssen.«

»Das hätte er bestimmt getan, wenn er nicht zufällig in jungem Alter meuchlings ermordet worden wäre!«

»Die zweite Möglichkeit wäre das Fortführungsrecht um eines Sohnes willen«, fuhr Eberhard fort, als hätte er ihren zornigen Einwurf nicht gehört. »Doch leider hast du keinen.«

»Es ist nicht recht, mir das zum Nachteil auszulegen«, begehrte Madlen entrüstet auf. »Ich habe mir weiß Gott ein Kind gewünscht, und gewiss haben wir alles darangesetzt, eins zu kriegen!«

Eberhard räusperte sich verlegen. »Dir bleibt ja immer noch die dritte Möglichkeit.«

Diese Möglichkeit war genau diejenige, welche Madlen seit Monaten Bauchgrimmen bereitete. Und dabei war die Bruderschaft noch gnädig gewesen, denn sie hatte rücksichtsvoll einbezogen, dass Madlen das Brauhandwerk von Kindesbeinen an gelernt hatte. Sie beherrschte es mindestens so gut wie jeder Zunftbruder der Stadt, wenn nicht besser. Auf einer ihrer fragwürdigen Sitzungen in der Stolkgasse hatte die Bruderschaft folglich nun besagte dritte Möglichkeit für Madlen ausgeheckt, weil man, wie Eberhard betont hatte, es gut mit ihr meine, denn schließlich wisse man, wie sehr sie am Brauwesen hänge. Irgendwer aus der Bruderschaft wollte anlässlich einer Reise in den Norden herausgefunden haben, wie die Zünfte anderenorts verfuhren, wenn eine kinderlose Witwe ein Braugewerbe fortführen wollte – man gestattete es ihr zwar, aber nur befristet auf ein Jahr. Innerhalb dieser Zeit musste sie sich mit einem anderen Brauer verheiraten, oder die Erlaubnis verfiel. Von dieser salomonischen Lösung hatten alle sich begeistert gezeigt. Nur Madlen nicht.

Dabei konnte sie noch von Glück sagen, dass sie nicht unter Vormundschaft gestellt werden musste – was indessen allein daran lag, dass ihr Großvater mütterlicherseits noch lebte. Der allerdings bedauerlicherweise kein Brauer war, sondern Holzschnitzer.

»Mein Sohn ist vielleicht nicht der beste Brauer unter der Sonne«, fuhr Eberhard fort. »Aber Jacop ist lernfähig, und bestimmt gibt es schlechtere Ehemänner. Und meine Frau würde sich sehr freuen, dich als unsere Schwiegertochter in die Arme schließen zu können.«

Madlen zuckte zusammen; sie hatte *gewusst*, dass er wieder davon anfangen wurde! Allein die Vorstellung, mit Jacop in einem Bett schlafen zu müssen und Anneke zur Schwiegermutter zu haben, war so erschreckend, dass sie Ausschlag davon bekam. Leider nicht nur im übertragenen Sinne, sondern in Wirklichkeit, wie immer, wenn sie eine schwere Zeit durchmachte. Als Eberhard ihr zum ersten Mal seinen Sohn Jacop als Ehemann angedient hatte, waren an ihrem Hals und ihren Armen juckende Pusteln aufgeblüht. So schlimm hatte sie seit Konrads Tod nicht ausgesehen.

»Ich kann mir schlecht vorstellen, mit Jacop verheiratet zu sein.«

»Aber ihr habt euch schon als Kinder so gut verstanden! Er war doch ständig bei euch zum Spielen. Oder du bei uns.«

»Da waren wir klein.« Und wussten es nicht besser, fügte sie in Gedanken hinzu.

»Wie gesagt, viel Zeit bleibt dir nicht mehr, einen anderen zu finden. Ein Monat noch.«

Sie nickte unglücklich. »Ich denke darüber nach.«

»Du weißt, dass es noch eine vierte Möglichkeit gibt. Es wäre nicht zu deinem Schaden.«

»Ich will nicht verkaufen.«

»Wir könnten noch einmal über den Preis reden.«

Sie zuckte nur stumm die Achseln.

»Wenn die Zeit abgelaufen ist, musst du den Ausschank schließen und den Verkauf einstellen«, mahnte Eberhard. »Eine Verlängerung kannst du nicht erwarten, das wurde bereits auf der letzten Sitzung besprochen.«

Sie holte tief Luft und presste dann fest die Lippen zusammen, weil sie sonst zweifellos einen Wutschrei ausgestoßen hätte. Unseligerweise suchte sich ihre Nachbarin Agnes ausgerechnet diesen Augenblick dafür aus, im nebenan liegenden Garten eine Bemerkung an ihren Mann Hans zu richten, und zwar mit absichtlich lauter Stimme, sodass jedes ihrer gehässigen Worte bestens zu verstehen war. »Was für ein loses Weibsbild. Schämt sich nicht, mit offenen Locken die Männer zu umgarnen!«

Madlen platzte der Kragen. »Halt bloß dein Maul, du Schwester einer Ziege, sonst stopfe ich es dir mit Heu aus!«, schrie sie über die hüfthohe Mauer hinweg, die zwischen ihren beiden Grundstücken verlief. Agnes, eine stämmig gebaute Frau in den Dreißigern, ließ die Axt sinken, mit der sie gerade ein auf dem Klotz zappelndes Huhn köpfen wollte, nur um sie gleich darauf hoch über den Kopf zu schwenken und damit in Madlens Richtung zu wedeln. »Versuch es nur, du Delilah!«, schrie sie zurück. »Wir werden ja sehen, wem es dabei schlimmer ergeht!«

»Ich … äh … muss dann jetzt los«, rief Eberhard, während er sich mit peinlich berührter Miene in Richtung Durchgang zurückzog. »Auf bald, mein Kind!« Und schon war er verschwunden.

Madlen ließ ihrer Wut freien Lauf, das alles war zu viel auf einmal gewesen. Sie trat gegen die Latrinentür, ohne auf Caspars laute Beteuerung zu achten, dass er leider noch immer nicht fertig sei, dann hob sie einen im Hof herumstehenden Bottich auf und warf ihn gegen die Hauswand, sodass er in Stücke zersprang. Eines der kurzen Bretter fiel ihr vor die Füße, sie packte es und schleuderte es mit einem Ausruf des Zorns erneut von sich. Aus dem Halbdunkel des Torbogens schoss eine Hand vor und fing das Brett mitten im Flug. Madlen hielt verdattert inne, den Arm noch vom Wurf ausgestreckt und das Haar in wilden Strähnen bis zur Taille hängend. Der Fremde, unter dessen Aufsicht sie das Fuhrwerk zurückgelassen hatte, kam auf den Hof spaziert.

»Oje«, entfuhr es ihr. »Verflixt. Tut mir leid. Ich wollte dich nicht treffen.«

»Ihr habt mich nicht getroffen.« Er reichte ihr höflich das Brett. »Verzeiht, dass ich einfach hereingekommen bin, aber ich wollte Euch mitteilen, dass ich Euer Fuhrwerk aus dem Schlamm gezogen habe. Nun könnt Ihr wieder damit fahren, wohin es Euch beliebt.«

Sie nickte verdutzt. Auf den ersten Blick hatte sie ihn für einen Tagelöhner gehalten, wie es sie zu Tausenden in Köln gab, aber er sprach nicht wie einer. Gekleidet war er jedoch wie ein armer Arbeiter, mit derben Beinlingen, einer schweren, vielfach geflickten Joppe und einem wollenen Umhang, der nach Fisch stank. Nur die Stiefel wollten nicht recht zu dem abgerissenen Aufzug passen; sie waren zwar alt und abgetragen, aber aus gutem Leder und von hochwertiger Machart.

Das Haupt des Mannes war von einer grob gewebten Gugel umhüllt, die das Haar vollständig bedeckte und nur sein Gesicht freiließ. Vorhin hatte sie nicht sonderlich darauf geachtet, doch es war ihr nicht hässlich erschienen. Das tat es auch bei näherem Hinsehen nicht, im Gegenteil. Sie verstand nicht recht, wie Eberhard darauf kam. Sicher nicht wegen der vorspringenden Nase und dem kräftigen Kinn, denn beides passte gut zu dem

Mann. Vielleicht war es wegen der tiefen, gezackten Narben. Der Fremde hatte mehrere davon, eine in der rechten Wange, eine am Kinn, und eine ganz besonders üble dicht über dem rechten Auge. Sie zerteilte seine Braue und zog sich bis unter den Rand der Gugel hoch, was ihm ein leicht dämonisches Aussehen verlieh. Doch sein Lächeln war freundlich und offen. Überrascht sah Madlen, wie sauber und hell seine Zähne waren, ein ungewöhnlicher Anblick für einen Mann in seinen Jahren. Er war sicher schon um die dreißig. Und vor allem war er groß, wesentlich größer als die meisten Männer, die sie kannte, bestimmt maß er sechs Fuß oder mehr, doch dabei wirkte er weder dünn noch schlaksig, sondern war von muskulöser Statur und so breit wie ein Fels. Er sah wirklich *sehr* kräftig aus. Kräftig genug, um …

»Das Bier!«, platzte sie heraus.

»Wie belieben?«

»Äh … ich meine das frische Bier, das ich dir versprochen habe. Du hast es dir redlich verdient.«

Sein Lächeln wurde breiter. »Das ist wirklich nicht nötig, bitte macht Euch keine Umstände.«

»Doch, doch.« Im Geiste plante Madlen bereits den Ablauf der nächsten Stunde. Wenn sie sich sehr beeilte, konnte sie es noch schaffen. »Belohnung muss sein. Zumal es länger gedauert hat als vorgesehen. Warte hier, ich hol dir einen Becher voll. Und dann schneide ich dir in der Küche ein Stück Schinken ab. Den kannst du unterwegs essen.«

Der Mann hob die geteilte Braue. »Unterwegs wohin?«

»Zum Heumarkt. Da müssen die Fässer hin, und du sollst mir beim Entladen helfen. Äh, du hast doch noch Zeit?« Hoffnungsvoll sah sie ihn an. Er *musste* einfach Zeit haben! Entschlossen fügte sie hinzu: »Du kriegst einen halben Pfennig dafür. Einen!«, korrigierte sie sich, um mögliche Einwände gleich zu unterbinden.

»Ein halber ist völlig ausreichend«, sagte der Mann. Er hatte eine angenehme Stimme, tief und ein wenig rau, und seine Art zu sprechen hatte tatsächlich nicht das Geringste mit der Ausdrucksweise eines armen, von der Hand in den Mund lebenden Tagelöhners gemeinsam. Er redete irgendwie … vornehm.

Doch Madlen hatte keine Zeit, über diesen seltsamen Widerspruch nachzudenken. Sie befahl ihm ein weiteres Mal, auf sie zu warten, dann rannte sie in die Schankstube, stach ein Fass Bier an und füllte einen Becher ab, den sie in Windeseile zurück auf den Hof trug und dem Mann in die Hand drückte. »Der Schinken«, stieß sie hervor. Sie flitzte durch die Hintertür des Wohnhauses in die Küche, wo Irmla an der Feuerstelle stand und in der Suppe rührte, die schon seit dem frühen Morgen vor sich hin köchelte, ein undefinierbarer Eintopf aus Resten, die dem Geruch nach überwiegend aus Rüben und Kohl bestanden, so wie an den meisten Wintertagen.

Madlen schnappte sich den Schinken aus dem Rauchfang und schnitt eine dicke Scheibe davon ab.

»Da hat aber jemand Hunger«, meinte ihr Großvater, der an dem großen Tisch in der gegenüberliegenden Ecke des Raums saß und an einem Holzstück herumschnitzte. Cuntz war bereits hoch in den Siebzigern und mit zahlreichen Gebrechen geschlagen, unter denen seine zunehmende Vergesslichkeit noch das kleinste Übel war, doch sein Frohsinn war ungebrochen. Madlen liebte ihn aus tiefstem Herzen, er war ihr einziger Anverwandter, und sie war glücklich, ihn bei sich zu haben.

»Hast du alles, was du brauchst, Großvater?«

»Abgesehen von einem kleinen Schmatz hier auf die Backe.« Er grinste zahnlos und zeigte auf sein Gesicht. Madlen lief lachend zu ihm und küsste ihn auf die runzlige Wange, dann zog sie ihren Umhang vom Haken neben der Tür, warf ihn sich über und beeilte sich, wieder auf den Hof zu kommen.

Der Fremde hatte sich neben die Hundehütte gehockt und tätschelte den alten Spitz. »Er ist blind«, sagte er. »Und zudem fast lahm. Als Hofhund taugt er nicht mehr viel.«

Madlens Lächeln gefror. »Das tat er noch nie. Er war schon mal so gut wie tot, es ist ein Wunder, dass er überhaupt noch lebt. Seitdem kann er nicht mehr sehen und kommt kaum noch hoch. Ich weiß auch nicht, warum ich ihn noch habe.« Sie drückte dem Mann den Schinken in die Hand und ging voraus. Als er hinter ihr durch den Torbogen auf die Gasse trat, bemerkte sie, dass der Becher in seiner Hand noch voll war.

»Schmeckt Euch mein Bier nicht?« Sie benutzte die höflichere Anrede, es geschah ganz von selbst, ohne dass sie darüber nachdachte.

»Das kann ich nicht sagen, denn ich habe es nicht probiert.« Er blieb vor dem Fuhrwerk stehen. »Es ist sicher köstlich, aber … nun ja, es ist so: Ich mag kein Bier.« Vorsichtig stellte er den Becher zwischen seinen Füßen ab und klemmte die Schinkenscheibe hinter seinen Gürtel.

»Ihr *mögt* kein Bier?«, vergewisserte Madlen sich ungläubig.

»Damit will ich keineswegs andeuten, dass ich Eure Arbeit geringschätze«, versicherte er, während er Madlen, für sie völlig unerwartet, fest um die Hüften packte und mit einer einzigen raschen Bewegung auf den Kutschbock hinaufstemmte. Dann bückte er sich nach dem Becher, hob ihn auf und schwang sich neben Madlen auf die Bank. Er reichte ihr das Bier und ergriff die Zügel.

Sie hatte sprachlos den fließenden und gut durchdachten Ablauf seiner Bewegungen verfolgt, und ihr war auch nicht entgangen, wie mühelos er sie hochgehoben hatte. Dass er die Zügel an sich genommen und ihr dafür den Becher überlassen hatte, gefiel ihr weniger, aber sie sagte nichts, sondern kostete stattdessen von dem Bier. Es war wunderbar frisch und mild, mit einer schwachen, aber sehr angenehmen Kräuternote. Sie gab sich selten mit der vorgewürzten Malzmischung zufrieden, die es in den beiden erzbischöflichen Kölner Gruithäusern zu kaufen gab. Streng genommen hätte auch sie ihre Gruit von dort beziehen müssen, es gab Vorschriften darüber, so wie über fast alles, was in Köln geschah und irgendwem Geld einbrachte. Aber wie viele Brauer mälzte und würzte sie lieber selbst.

Vor der Biersteuer gab es jedoch letztlich kaum ein Entrinnen, denn neben dem Gruitgeld wurde auch eine Malz- und eine Büttensteuer als Bierpfennig erhoben, und weil sich damit nicht nur der Erzbischof, sondern auch die Stadt die Taschen füllen konnte, achteten ganze Legionen von Schätzern und Prüfern und Eintreibern darauf, dass alle Brauer ihr Scherflein zu dieser sprudelnden Geldquelle beitrugen.

Madlen seufzte, sie tat sich plötzlich schrecklich leid. Und dabei war die Bierakzise nur ihre kleinste Sorge. Im Grunde konnte sie sich freuen, wenn sie überhaupt noch einmal welche bezahlen durfte.

»Habt Ihr Kummer?«, fragte der Mann neben ihr.

Madlen schrak aus ihren Gedanken. »Nein, mir geht es ausgezeichnet«, behauptete sie.

Das Fuhrwerk war die Schildergasse hinuntergerumpelt, sie hatten schon fast Unter Wappensticker erreicht.

»Was stört Euch am Bier?«, wollte sie unvermittelt wissen. »Ich dachte immer, alle Männer lieben es.«

»Vielleicht liegt es daran, dass ich zu lange welches brauen musste.«

»Ihr versteht Euch aufs Brauen?«, fragte sie überrascht.

Er nickte. »Ich war viele Jahre fort. Im Krieg. Als es vor ein paar Jahren heimging, hat es mich nach Bayern verschlagen, dort habe ich eine Weile in einem Kloster der Augustiner gelebt. Für die Unterbringung und das Essen musste ich arbeiten. Viel stand nicht zur Auswahl.« Er zählte es auf. »Die Küche, die Schweine, das Rübenfeld, das Brauhaus. Ich habe mich fürs Brauen entschieden.«

»Wie lange habt Ihr das gemacht?«, fragte Madlen neugierig.

»Drei Jahre. In denen es nichts anderes zu trinken gab als Bier. Und nicht immer gutes, wie ich betonen möchte. Jedenfalls nicht im ersten Jahr, so lange dauerte es, bis ich herausgefunden hatte, wie man es richtig machte. Bis dahin wirkte das Bier oft wie Brechwurz. Sie hatten einen alten Mönch dort, der als Braumeister fungierte. Er tat alles Mögliche in die Gruit, bis hin zu Zutaten, mit denen man Leute umbringen kann.«

Madlen nickte eifrig. »Ja, da muss man sehr vorsichtig sein, sonst hat man schnell Dollbier! Obwohl eine kleine Prise Bilsenkraut nicht schadet.« Schnell setzte sie hinzu: »Natürlich nur eine *sehr* kleine.«

Der Mann warf ihr einen Seitenblick zu. »Ihr seid wohl sehr erpicht aufs Brauen, wie?«

»Ich liebe es«, sagte sie schlicht. »Es ist mein Leben.«

Er schnalzte und lenkte das Fuhrwerk um die Ecke, der Heumarkt kam in Sicht. »Euer Haar«, sagte er.

»Was?«

»Es ist offen. Nicht, dass es mich stört. Ich habe selten so herrliches Haar bei einer Frau gesehen. Aber ich nehme an, Ihr wollt gleich Geschäfte mit einem Händler machen. Vielleicht solltet Ihr …« Er machte eine zwirbelnde Geste.

Madlen hatte bereits mit fliegenden Fingern angefangen, sich einen Zopf zu flechten. Sie hielt den Kopf gesenkt, ihre Wangen brannten vor Verlegenheit. Noch nie hatte sie sich in der Öffentlichkeit so vergessen! Nicht einmal die Huren vom Berlich gingen ohne Kopfbedeckung auf die Straße! Sie dachte hektisch nach. Auf dem Alter Markt gab es einen Gaddem, wo es fertig genähte Gebende zu kaufen gab, vielleicht könnte sie … Erschrocken fuhr sie hoch. Die Glocken der umliegenden Kirchen begannen, zur sechsten Stunde zu läuten! Sie würde es nicht schaffen!

»Euer Unterkleid«, sagte der Mann neben ihr. »Reißt rundherum einen Streifen vom Saum ab. Ihr könnt ihn später wieder annähen.«

Er hatte kaum den Satz beendet, als sie seinen Ratschlag auch schon befolgte. Das leinene Unterkleid war alt und ohnehin recht mürbe. Es ging leichter als gedacht, ein kräftiger Ruck, und sie hatte ein passendes Stück in der Hand. Sie wickelte es sich mit geübten Griffen um Stirn und Kopf sowie unter dem Kinn hindurch und schlang im Nacken einen Knoten, mit dem sie auch gleich den Zopf bändigte. Das musste reichen.

»Wo ist unser Ziel?«, fragte der Mann, während er über den weiten Platz blickte.

»Drüben bei der Kornwaage! Ich glaube, ich sehe den Händler schon!«

Es hatte wieder angefangen zu nieseln. Aufgeregt spähte Madlen durch den trüben Dunst, während das Fuhrwerk quer über den großen Platz rollte. Anders als der Alter Markt war der Heumarkt nicht in Budengassen unterteilt, sondern bot eine weite Fläche, vor allem auch wegen der hier regelmäßig stattfindenden Viehmärkte. In der Mitte des Platzes befanden sich nur der Schupstuhl und einige kleine Stände von Marktfrauen, die dort Bücklinge am Stück verkauften.

Madlens Begleiter lenkte den Wagen zur Südseite des Platzes, wo die Heu- und Kornhändler ihren Verkaufsbereich hatten und wo sich auch die große Waage befand. Der Mainzer Händler, an den Madlen das Bier liefern sollte, stand tatsächlich bereits dort vor seinem Fuhrwerk; er hatte sie gesehen und winkte ihr zu.

»Da seid Ihr ja!«, rief er ihr aufgeräumt entgegen.

Madlens Helfer war bereits abgestiegen und um den Wagen herumgegangen. Bevor er Anstalten machen konnte, sie wie ein hilfloses Kind herunterzuheben, sprang sie selbst von der Kutschbank, vergaß aber dabei den Becher, den sie die ganze Zeit über in der Hand gehalten hatte. Ein großer Teil von dem Bier schwappte auf ihr Gewand, was sie zu einem lautlosen Fluch veranlasste. Doch der ganze Schlamm, der sich bereits in ihren Strümpfen und Rocksäumen festgesetzt hatte, erforderte sowieso eine gründliche Säuberung. Immerhin darum musste sie sich nicht selbst kümmern, das erledigte eine Waschfrau, der sie alle paar Wochen die Schmutzwäsche mitgab.

Der Händler half dem großen Fremden beim Umladen der Fässchen und zählte Madlen dann die vereinbarte Kaufsumme in die Hand. Sie passte auf wie ein Habicht, addierte im Geiste eine Münze zur anderen und rechnete anschließend noch einmal alles im Kopf durch. Wenn man nicht höllisch Acht gab, wurde man leicht übers Ohr gehauen. Manche Händler zählten einem das Geld so flink vor, dass man durcheinanderkam und halbe nicht von ganzen Münzen unterscheiden konnte, ganz zu schweigen von den wertlosen fremdländischen Stücken, die sie einem zuweilen unterjubeln wollten.

»Es war mir ein Vergnügen, bei Euch zu kaufen«, beteuerte der Mainzer ihr. »Hoffentlich können wir das bald wiederholen!« Zufrieden erklomm er sein Fuhrwerk und trieb den Gaul an, worauf der Wagen gemächlich davonrumpelte.

Madlen blickte ihm sorgenvoll nach.

»Seid Ihr nicht zufrieden mit dem Geschäft?«, fragte der Fremde neben ihr.

Sie seufzte. »Doch. Es war ein guter Handel. Aber mein Leben ist derzeit ein wenig … schwierig.«

Er nickte schweigend. Sie nahm etwas von dem Geld und reichte es ihm. »Habt Dank für Eure Hilfe. Ohne Euch hätte ich dumm dagestanden.«

Er betrachtete die Münzen auf seiner breiten, schwieligen Handfläche. »Das ist zu viel.«

Madlen schüttelte den Kopf. »Nehmt es. Ich will es so.«

Der Mann blickte sie nachdenklich an. »Darf ich Euch etwas fragen?«

»Gewiss. Nur zu.«

»Kennt Ihr eine Begine namens Blithildis?«

Madlen war sofort auf der Hut. Unversehens begriff sie, dass er ihr nicht wegen der Belohnung geholfen hatte. Er hatte auch nicht zufällig vor dem *Goldenen Fass* gestanden, als der Ärger mit dem festgefahrenen Fuhrwerk anfing. Die ganze Zeit war es ihm nur darum gegangen, sie mit seiner hilfsbereiten, freundlichen Bescheidenheit auskunftswillig zu stimmen, damit er ihr diese eine Frage stellen konnte. Und die Antwort darauf war ihm immens wichtig, aus welchen Gründen auch immer.

»Die einzige Blithildis, die ich kenne, ist die Frau des Schlachters vom Neumarkt«, sagte sie, ohne seinen Blicken auszuweichen. »Sie ist über fünfzig und so dick wie ein Schlachtross.«

Er schüttelte den Kopf. »Das ist nicht die Blithildis, die ich meine. Ich bin eigens nach Köln gekommen, um meine Schwester zu suchen. Ich habe sie viele Jahre nicht gesehen, habe aber unlängst gehört, dass sie hier in der Stadt bei den Beginen sei. Dummerweise gibt es Dutzende von Beginenkonventen in Köln.«

»So sagt man«, stimmte Madlen unverbindlich zu.

»Jemand, der Blithildis von früher kennt, erzählte mir, er habe sie in Eurer Schänke gesehen, dort habe sie mit Euch geredet.«

»Davon weiß ich nichts«, behauptete Madlen.

Seine Enttäuschung war nicht zu übersehen, obwohl er sichtlich bemüht war, sich nichts anmerken zu lassen.

»Wenn Ihr sie nicht kennt, kann man wohl nichts machen.« Er hob die Schultern und lächelte ein wenig bemüht, was Madlen einen weiteren Blick auf seine gesunden Zähne ermöglichte, und wieder fragte sie sich, wer er wohl war. Ihr wurde klar, dass sie nicht einmal seinen Namen kannte, doch ihn jetzt noch danach zu fragen, wäre wohl kaum angebracht gewesen. Außerdem war es dafür zu spät. Mit einem kurzen Abschiedsgruß wandte er sich ab und ging in Richtung Hafen davon. Madlen blieb neben der leeren Ladefläche ihres Fuhrwerks stehen und blickte seiner hochgewachsenen Gestalt nach, bis er hinter den Regenschleiern verschwunden war.

Wäre er nur eine Stunde später beim *Goldenen Fass* eingetroffen, wäre Johann der Begine Juliana begegnet, Madlens Freundin und Vertraute, die regelmäßig bei ihr vorbeischaute. Die beiden kannten sich seit drei Jahren. Anfangs war Juliana ins Haus gekommen, um sich um Madlens Vater zu kümmern, den ein Lungenfieber niedergestreckt hatte. Fast täglich war sie erschienen, um sich seiner anzunehmen. Sie hatte ihm Heiltränke verabreicht und warme Kräuterauflagen aufgebracht und auch sonst alles getan, was ihr möglich war, doch ihre aufopferungsvolle Pflege hatte am Ende nicht verhindern können, dass er starb. Damals hatten Madlen und Juliana Freundschaft geschlossen, die sich nach Konrads Tod noch vertieft hatte. Im vergangenen Jahr war Juliana für Madlen eine große Stütze gewesen. Madlen wusste im Nachhinein nicht mehr, wie oft sie in den ersten Wochen nach dem schrecklichen Mord in Julianas Armen geweint und ihren Kummer laut hinausgeschluchzt hatte, ihre wilde Wut darüber, dass Konrads Mörder nicht erwischt worden war und sein Tod ungesühnt bleiben musste. Irgendein Hühnerdieb, hatte einer der am nächsten Morgen herbeigerufenen Büttel gemeint, oder jemand, der auf der Suche nach verwertbarer Beute über den Zaun geklettert und von Konrad auf frischer Tat ertappt worden war. Dergleichen kam häufig vor, manchmal schnappte man die Räuber, manchmal nicht. Madlen hatte lernen müssen, mit ihrem Hass auf den Mörder zu leben, aber leicht war es nicht.

Die Begine ließ es sich seit dem tragischen Ereignis nicht nehmen, Madlen regelmäßig zu besuchen. Alle paar Wochen schaute sie vorbei und kümmerte sich bei diesen Gelegenheiten auch um das schlimme Bein des alten Cuntz.

Juliana war eine stille, hochgewachsene Frau. Ihr schmales Gesicht war umrahmt von einer streng geschnittenen Schleierhaube, und ihre schlanke Gestalt verbarg sie unter einer formlosen Tunika aus ungefärbter Wolle. Sie war um einiges älter als Madlen, wusste aber nicht, wann sie geboren war. Sie wusste überhaupt nichts über ihre frühe Vergangenheit, denn die Zeit ihrer Kindheit war vollständig aus ihrer Erinnerung verschwunden.

An einem Tag vor fast fünfzehn Jahren war sie in Köln aufgewacht, in einem Beginenhaus in der Glockengasse, ohne zu wissen, wer sie war und woher sie kam. Nach Meinung der Beginen, die sie aufgenommen hatten, musste sie damals ungefähr dreizehn oder vierzehn Jahre alt gewesen sein. Mehr hatte man nicht über sie in Erfahrung bringen können. Abgesehen von dem, was ohnehin offenkundig war – die Zeichen, die aus der verlorenen Zeit in und auf ihrem Körper zurückgeblieben waren. Sie war schwer verletzt gewesen, als die Beginen sie vor dem Tor des Konvents in der Glockengasse gefunden hatten. Jemand hatte sie vergewaltigt und ihr ein Messer in den Leib gerammt, sie hatte mehrere tiefe Einstiche unter den Rippen und in den Seiten davongetragen; die Beginen betrachteten es immer noch als Wunder, dass sie trotz des schweren Blutverlusts überlebt hatte. Als man glaubte, sie über den Berg zu haben, erlitt sie eine Fehlgeburt, bei der sie abermals fast gestorben wäre. Doch sie überstand auch das, und als schließlich sicher war, dass sie weiterleben würde, fragten die frommen Frauen sie, wie sie künftig heißen wolle, und da hatte sie den Namen Juliana gewählt.

Juliana hatte Madlen einmal anvertraut, dass sie über Jahre hinweg mit Gott gehadert hatte. Warum hatte der Herr aller Geschicke, nachdem er doch bereits die ganze frühere Zeit ihres Lebens ausgelöscht hatte, nicht auch diese schrecklichen Wochen aus ihrem Gedächtnis tilgen können? Warum hatte sie all das in vollem Bewusstsein miterleben müssen, die furchtbaren Wundschmerzen, die Angst zu sterben, die peinigende Scham?

»Es hat lange gedauert, bis ich verstanden habe, dass nichts davon meine Schuld war. Am schlimmsten aber war die Angst, dass derjenige, der mir all das angetan hatte, wiederkommt und versucht, es zu Ende zu bringen. Es gibt sogar heute noch Tage, an denen ich mich davor fürchte.«

Später war sie zu der Einsicht gekommen, dass ihr diese grauenhafte Zeit geholfen hatte, ihre Berufung zu finden: das Gute, das die Beginen ihr hatten zuteilwerden lassen, an andere weiterzugeben. Als sie das begriffen hatte, war tiefer Friede über sie gekommen, wofür sie Gott dankbar war. Doch nicht nur aus Dankbarkeit hatte sie sich von den Beginen in der Krankenpflege unterweisen lassen – Juliana war Heilerin aus Leidenschaft. Sie machte keine großen Worte und verstieg sich nicht in langatmige nutzlose Erklärungen, sondern ging behutsam und geschickt zu Werke und versuchte auf alle erdenklichen Arten, den von ihr betreuten Kranken Linderung zu verschaffen. Nach fast fünfzehnjähriger Erfahrung in der Heilkunde hatte sie sich in Köln einen Ruf erworben, von dem mancher Medicus nur träumen konnte.

Madlen war in Grübeleien versunken, während sie zuschaute, wie Juliana das Bein ihres Großvaters versorgte. Die ganze Zeit über war es ihr richtig vorgekommen, dem Fremden nicht zu verraten, dass sie eine Begine zur Freundin hatte, die ihr Gedächtnis verloren hatte und womöglich in Wahrheit tatsächlich Blithildis hieß. Woher sollte man wissen, ob der Mann nicht Böses im Schilde führte? Zu gut erinnerte sie sich an Julianas Worte. *Am schlimmsten aber war die Angst, dass derjenige, der mir das angetan hatte, wiederkommt und versucht, es zu Ende zu bringen. Es gibt Tage, da fürchte ich mich immer noch davor.*

Doch mittlerweile waren Zweifel in Madlen erwacht. Was, wenn Juliana wirklich einen Bruder hatte? Wenn er ihr helfen konnte, ihre verlorene Kindheit wiederzufinden?

Madlen dachte angestrengt über die Unterhaltung nach, die sie mit dem Fremden geführt hatte, sie versuchte, sich jedes einzelne Wort ins Gedächtnis zu rufen. Nagende Ungewissheit breitete sich in ihr aus, es war gut möglich, dass er einfach nur die Wahrheit gesagt hatte. Ihre Sorge, vielleicht einen verhängnisvollen Fehler begangen zu haben, nahm zu.

»Juliana«, sagte sie zögernd. »Wenn du die Möglichkeit hättest, jemanden aus deiner Vergangenheit wiederzusehen – irgendwen, der dir vielleicht nahegestanden hat –, würdest du das wollen oder wäre es dir lieber, nie mehr an das, was vor deinem Aufwachen geschah, erinnert zu werden?«

Juliana blickte auf, eine steile Falte zwischen den fein gezeichneten dunklen Brauen. »Über diese Frage habe ich auch schon oft nachgedacht. Aber ich kann sie nicht beantworten, weil ich mir nicht sicher bin. Ich habe ein gutes Leben und bin zufrieden. Bei den Beginen habe ich alles, was ich brauche, und meine Arbeit macht mir sehr viel Freude. Ich wüsste nichts, wogegen ich das eintauschen wollte.«

»Aber angenommen, du hättest Eltern. Oder … Geschwister. Wäre das nicht ein Grund, sich erinnern zu wollen?«

»Die Beginen sind meine Familie. Wir sind wie Schwestern.

Und du bist meine liebste und beste Herzensfreundin. Ich entbehre nichts.«

Madlen war erleichtert, auch wenn ein kleiner Teil ihres Gewissens immer noch Zweifel anmeldete. Doch nun war es ohnehin zu spät, denn sie kannte den Namen des Fremden nicht, und sie wusste auch nicht, wo er sich aufhielt. Er konnte sonst woher stammen.

Eines musste sie jedoch noch versuchen. »Juliana, sagt dir der Name Blithildis was?«

Juliana stutzte, dann nickte sie. »Aber ja, ich kenne einige Frauen mit diesem Namen. Erst vorige Woche war ich auf der Bach und habe eine Frau entbunden, die so hieß. Und in der Woche davor war ich bei einer Müllersfrau namens Blithildis. Und heißt nicht die Frau vom Schlachter am Neumarkt ebenfalls so?« Sie runzelte die Stirn. »Wie kommst du überhaupt darauf?«

»Ach, aus keinem besonderen Grund. Ich dachte nur, dass es ein hübscher Name ist.«

Juliana verknotete die Enden des frischen Verbands, den sie um Cuntz' dürren Unterschenkel gewickelt hatte. Er litt seit einer Weile unter wunden, nässenden Stellen, die nicht zuheilen wollten. Juliana bestrich sie regelmäßig mit einer Kräuterpaste, die sie im Konvent herstellte, und Cuntz schwor, dass ihm die Behandlung half, doch Juliana hatte Madlen anvertraut, dass man nicht viel gegen dieses Leiden ausrichten könne, außer das Bein zu schonen, es warm und sauber zu halten und es regelmäßig frisch zu verbinden. Manchmal, so hatte sie gemeint, heilten solche Wunden irgendwann einfach zu, oft aber auch leider nicht, ganz egal, was man tat. Es lag, wie so vieles im Bereich der Krankheiten, schlicht in Gottes Hand.

Madlen ahnte, dass ihr Großvater sich darüber völlig im Klaren war. Es war ihm verhasst, ihr zur Last zu fallen, und das Letzte, was ihm in den Sinn gekommen wäre, war jammervolles Klagen über sein Befinden, weshalb er die Schmerzen – die er ganz gewiss hatte – mit zäher Gelassenheit erduldete und manchmal sogar Witzchen darüber riss.

Er hatte sich für den Verbandswechsel auf der breiten Bank an der Längswand der Stube ausgestreckt, wo Madlen ihm ein zusätzliches Lager bereitet hatte, damit er nicht den ganzen Tag allein in der winzigen Kammer hinter der Kochstelle verbringen musste. So hatte er wenigstens Gesellschaft, und sei es auch nur die von Irmla, die ständig um ihn herumwuselte und sich nebenher um den Haushalt kümmerte. Die Magd beschwerte sich zwar manchmal bei Madlen, dass der Alte sich absichtlich taub stelle, während er zu anderen Gelegenheiten sehr wohl alles verstand, und es kränkte sie auch, dass er an ihren Kochkünsten herummäkelte, doch trotz ihres mürrischen und manchmal reizbaren Wesens war sie dem Greis auf ihre eigene Art sehr zugetan. Sie brachte ihm sein Schnitzzeug, wenn er danach verlangte, hielt sein Lager sauber, wärmte ihm Ziegelsteine für die Füße und schabte ihm sogar den Bart, bevor es sonntags in die Kirche ging.

Juliana erhob sich von der Bank. »Ich muss los«, sagte sie. »Es wird bald dunkel.« Ihr Blick fiel auf die Wand neben der Stiege. Die Talgleuchte, die auf dem schweren Eichentisch brannte, flackerte ein wenig, als sie daran vorbeiging und vor dem Magdalenenbildnis stehen blieb. Es hing erst seit dem Morgen dort, eine Reliefschnitzerei von Cuntz, an der er wochenlang gearbeitet hatte. Juliana bekreuzigte sich und versank in ein kurzes Gebet.

»Das ist wunderschön geworden«, sagte sie anschließend leise, in scheuer Ehrfurcht mit den Fingerspitzen über das glänzende Holz streichend.

»Du kannst es mitnehmen«, sagte Cuntz, der offenbar jedes ihrer Worte verstanden hatte, obwohl sie ihm den Rücken zuwandte. »Ich habe es für dich gemacht. Einmal hast du zu Madlen gesagt, dass die heilige Maria Magdalena deine liebste Heilige ist, deshalb sollst du das Bildnis haben.«

»Oh, das kann ich nicht annehmen!«, wehrte Juliana errötend ab. »Es ist zu wertvoll!«

»Unfug. Ich kann morgen ein neues machen. Vielleicht tu ich das sogar. Dann haben wir Vorrat, wenn eines entzweigeht.« Er zwinkerte in Madlens Richtung, und diesmal war es an ihr, zu erröten, denn es war niemandem in diesem Haushalt verborgen geblieben, welches Schicksal der unschuldige Bottich erlitten hatte.

Cuntz bestand darauf, dass Juliana die kleine Schnitzerei einsteckte, ihre Dankesworte wies er brummig zurück. Madlen begleitete Juliana auf die Gasse hinaus, wo Irmla mit Julianas Begleitung, einer Magd namens Hildegund, ein Schwätzchen hielt und nur widerwillig an die Arbeit zurückging. Madlen konnte es ihr nicht verdenken: Nicht mehr lange, und es würde in der Schankstube wieder Hochbetrieb herrschen, dann gab es wie immer alle Hände voll zu tun.

Die Aussicht auf die stundenlange Arbeit, die heute noch vor ihr lag, weckte in Madlen den Wunsch, sich in ihr Bett zu verkriechen und die Decke über den Kopf zu ziehen, eine Anwandlung, die sie sonst nicht an sich kannte. Für gewöhnlich machte es ihr nichts aus, bei Sonnenaufgang aufzustehen und sich erst spätabends schlafen zu legen, schon gar nicht im Winter, wenn es später hell wurde. Doch dies schien ein seltsamer Tag zu sein, voller schicksalhafter Wendungen, gespickt mit Sorgen und ahnungsvollen Gedanken. Sie fühlte sich, als müsse sie durch dichten Nebel irren, in Richtung eines Ziels, von dem sie nicht wusste, wo es sich befand.

Sie winkte Juliana zum Abschied, dann ging sie durch den Torbogen auf den Hof und betrat das Sudhaus, wo Caspar, Willi und Berni emsig ihrer Arbeit nachgingen. Berni wendete auf der Tenne die Malzkeime, und Willi bediente die Schrotmühle, während Caspar die benötigte Menge Malz für einen neuen Sud abwog. Der Knecht war noch etwas blass, hatte aber zum Glück die schlimmsten Darmkrämpfe überwunden. Sein Gesicht hellte sich auf, als er Madlens ansichtig wurde. »Du kommst gerade richtig, um die frische Gruit zu probieren.« Er gab das restliche Malz in den Trichter der Schrotmühle und verpasste Willi eine Kopfnuss. »Nicht nachlassen«, sagte er, was Willi mit verdrießlicher Miene quittierte. Das Schroten war die unangenehmste Arbeit im Brauhaus, keiner tat es gern.

Madlen hätte das Malz auch zum Müller bringen können, doch hinterher bekam man oft weniger zurück, als man zum Schroten hergegeben hatte. Oder man fand später Mäusekot und Steine in den Säcken. Das Müllerhandwerk galt nicht von ungefähr als unehrliches Gewerbe, nicht nur im Kölner Bistum, sondern im ganzen Land. Das eigenhändige Schroten war zwar eine mühselige Angelegenheit, man brauchte dazu Kraft und Ausdauer, doch wusste man anschließend wenigstens, was man hatte.

Konrad war beim Schroten immer kraftvoll und ausdauernd zu Werke gegangen, er hatte es stundenlang ohne Pause ausgehalten. Madlen spürte mit einem Mal wieder den wohlbekannten Kloß im Hals. Sie musste sich zusammenreißen, um nicht zu weinen.

Caspar hatte sich zur Feuerstelle begeben, wo im Kessel der Sud mit der zuletzt abgemischten Gruit vor sich hin dampfte. Erwartungsvoll sah er zu, wie Madlen eine Kelle voll abschöpfte und daran roch. Gagel als Hauptgewürz, außerdem Kümmel, eine Spur Harz, Lorbeer, einige andere Kräuter – dasselbe, was sie immer hineingab. Madlen schnupperte, dann kostete sie und schmeckte die leichte Schärfe. »Ingwer«, meinte sie. Sie hatte neulich welchen vom Markt mitgebracht. Er war ziemlich teuer, doch sie hatte vorgehabt, ein wenig davon der Gruit beizumischen, womit Caspar ihr nun zuvorgekommen war.

»Ich habe nur ganz wenig genommen, weil ich weiß, dass es nicht billig ist. Aber ich hörte, es sei gut gegen zu viel Gallenfluss und Übelkeit. Dem Bier zugesetzt, kann es also nur zuträglich sein.«

»Vielleicht ist eine Spur zu viel davon in dieser Mischung.« Madlen dachte nach. »Egal. Wir probieren es mit einem Sud aus. Und wenn es zu stark durchschmeckt, nehmen wir beim nächsten Mal noch weniger.« Sie lächelte Caspar an. »Das hast du gut gemacht. Ein Zunftgeselle könnte es nicht besser als du. Unter den Brauknechten bist du in ganz Köln bestimmt der Beste, darauf würde ich mein ganzes Geld verwetten.«

Caspar zwinkerte schalkhaft. »Tu das besser nicht, denn wenn du verlierst, bin ich meine Stellung los.«

Sie kicherte, er schaffte es immer wieder, mit einem Scherz ihre Laune zu heben. Ihr kam ein Gedanke. »Vielleicht kann ich mich dafür verwenden, dass du von der Bruderschaft als Geselle aufgenommen wirst. Schließlich bist du seit sieben Jahren als Brauknecht bei uns und beherrschst das Handwerk ausgezeichnet. Hoffnungen will ich dir keine machen, aber ich werde auf jeden Fall mit dem Braumeister Eberhard darüber reden. Wirklich, ich könnte mir niemanden vorstellen, der besser dafür geeignet wäre als du!«

Willi blickte mit Leidensmiene über die Schulter zu ihnen herüber und duckte sich dann wieder über die Malzmühle, nicht ohne ein deutlich hörbares Ächzen von sich zu geben und dann rasch noch einmal in Madlens Richtung zu schauen, um sich davon zu überzeugen, dass sie es mitbekommen hatte.

Ihr war klar, dass er sich zurückgesetzt fühlte. Er hatte ein empfindsames Wesen und konnte tagelang schmollen, wenn er sich nicht ausreichend gewürdigt sah. Immerhin verstand er nach fast vier Jahren Lehre kaum weniger vom Brauen als Caspar, und überdies hatte sein Vater einen schönen Batzen Geld dafür bezahlt, dass er hier zur Ausbildung untergekommen war. Spontan ging Madlen zu ihm und klopfte ihm auf die Schulter. »Das machst du sehr gut, Willi. Und du auch«, rief sie vorsorglich zur Tenne hinauf, wo Berni mit dem Wenden des Malzhaufens beschäftigt war. »Ich bin froh, dass ich euch drei habe. Ohne euch könnte ich das Brauhaus schließen.«

Wenn sie dazu nicht ohnehin bald gezwungen wäre, ob mit oder ohne Knecht und Lehrbuben. Die Heiterkeit, die sie eben noch empfunden hatte, verflog. Es kam ihr vor, als müsse sie das Gewicht der ganzen Welt auf ihren Schultern tragen. Mit einem Mal fühlte sie sich zutiefst erschöpft.

Caspar räusperte sich. »Ich wäre bereit dazu, weißt du.«

»Wozu? Geselle zu werden?«

»Nein. Dich zu heiraten.« Er räusperte sich abermals. »Irmla hat mir erzählt, in welchen Nöten du bist. Und da … da wollte ich dir sagen, dass ich dir gern zur Seite stehen möchte.«

»Caspar!« Sie war so gerührt von seiner ritterlichen Geste, dass ihr beinahe die Tränen kamen. »Das ist wirklich lieb von dir. Aber du weißt, dass das nicht geht.«

Die jungenhafte Freundlichkeit in seinem Gesicht wich einem verletzten Ausdruck. »Weil ich als Knecht von niederem Stand bin?«

»Nein. Weil du wie ein kleiner Bruder für mich bist.«

Er lachte ungläubig. »Ich bin älter als du!«

»Das weiß man nicht«, widersprach sie, obwohl anzunehmen war, dass er recht hatte. Doch da er ein Findelkind war und man ihn seit seiner Geburt von einem Ort zum anderen geschoben hatte, wusste niemand, in welchem Jahr er geboren war. Von seinem Äußeren her kam alles zwischen zwanzig und fünfundzwanzig Jahren in Betracht, wobei Letzteres allerdings wahrscheinlicher war, denn als er damals bei Madlens Vater als Knecht angefangen hatte, war er schon ausgewachsen gewesen.

Dennoch erschien Madlen die Vorstellung, ihn zum Mann zu nehmen, so absurd, dass sie niemals von allein auf diesen Gedanken verfallen wäre. Schließlich gehörte er mehr oder weniger zur Familie, es wäre ihr wie eine Art Inzest vorgekommen.

Einen Augenblick darauf läuteten die Glocken zur Vesper. Niedergeschlagen nahm sie ihre gewachste Schürze vom Haken, legte sie an und ging hinüber in die Schankstube, um die Pforte für die Gäste zu öffnen.

»Was sollte das vorhin?«, fragte Willi, nachdem Madlen das Sudhaus verlassen hatte.

Caspar gab keine Antwort, doch Willi ließ die Drehstange der Malzmühle fahren und trat vor ihn hin. Sein Gesicht war von der Anstrengung des Schrotens verschwitzt, nasse Streifen zogen sich durch den Gerstenstaub auf seiner Stirn und seinen Wangen. »Wieso hast du zu Madlen gesagt, dass du sie heiraten willst?«

»Weil es eine gute Lösung wäre, du Trottel«, sagte Caspar gereizt. Die meiste Zeit war Willi ihm völlig gleichgültig, obwohl der Junge einen mit seiner renitenten Art, seinem Neid und seinem ewigen Schmollen manchmal zur Weißglut treiben konnte.

»Wieso wäre es eine gute Lösung?«, fragte Berni von der Tenne her. Er stützte sich auf die Forke und hörte begierig zu. Neugier war seine zweite Natur, und wenn er nicht gerade zu irgendwelchem Unfug aufgelegt war, spitzte er die Ohren, um ja nichts zu verpassen.

»Sie muss einen Brauer heiraten, sonst wird unsere Brauerei geschlossen. Ohne Ehemann darf sie das Gewerbe nicht länger ausüben.«

Willi zog die Brauen zusammen. »Und da bildest du dir ein, du wärest der Richtige dafür?«

»Ich bin so gut wie jeder andere. Aufs Brauen verstehe ich mich.«

»Du weißt ja nicht mal, wer dein Vater war. Du bist ein Niemand.«

Caspar verpasste Willi eine Ohrfeige. »Zurück an die Mühle, du Faulpelz! Oder soll ich Madlen sagen, dass du untätig herumlungerst, sobald sie dir den Rücken kehrt?«

Willi ballte die Fäuste. Noch war Caspar größer und kräftiger als er, aber mit seinen vierzehn Jahren holte er rasch auf. Bald wäre er Geselle, und zwar ein *richtiger*, so, wie die Regeln der Bruderschaft es vorsahen. Dann würde er diesen überheblichen Wichtigtuer Mores lehren!

»Der Sud kocht über«, rief Berni.

Eilig begab Caspar sich zurück an den schäumenden Kessel. Willi blickte ihm in grüblerischem Zorn nach.

Juliana ging schweigend neben Hildegund her, die Arme unter dem weiten grauen Umhang um den Oberkörper geschlungen und den Kopf gesenkt. Unbehagen und Unruhe erfüllten sie, so wie immer, wenn sie mit Fragen nach ihrer Vergangenheit konfrontiert wurde. Madlen hatte es sicher nur gut mit ihr gemeint, das tat sie immer, kein Mensch hatte so ein offenes und von Liebe überströmendes Herz wie sie, aber jede Berührung mit der Dunkelheit vor Julianas Erwachen war wie das Betasten einer nur oberflächlich verheilten Wunde, in der es immer noch schwärte. Drückte man zu fest zu, brach der Eiter hervor.

Sie bekam Albträume, in denen schattenhafte Gestalten sie heimsuchten. Eine davon beugte sich am Ende des Traums immer über sie, um mit sanfter Stimme zu flüstern: »Siehst du, es ist doch gar nicht so schlimm, denn jetzt schicke ich dich heim zum Herrn.« Dann folgte der reißende, entsetzliche Schmerz, von dem sie jedes Mal aufwachte.

In anderen Träumen musste sie die Frucht des Bösen gebären. Lange hatte sie ihren entweihten, geschändeten Leib gehasst, hatte versucht, die Schmach wegzuwaschen, sich tagtäglich mit eiskaltem Wasser und harten Bürsten abgeschrubbt, bis ihre Haut blau anlief und blutete. Irgendwann hatten die selbstquälerischen Schamgefühle nachgelassen, doch die Träume hatte sie immer noch.

Juliana fragte sich, warum Madlen den Namen Blithildis erwähnt hatte. Sicher nicht zufällig, von daher hätte es nahegelegen, Madlen geradeheraus zu fragen, worauf sie hinauswollte. Doch das war unmöglich, denn dann hätten sich die namenlosen Schatten in ihrem Inneren geregt und die Wunde aufgerissen. Und sie vielleicht daran sterben lassen. Es war besser, nicht daran zu rühren. Niemals.

Juliana betastete die kleine Schnitzerei in ihrer Gürteltasche. Heilige Maria Magdalena, betete sie stumm, bleib bei mir, jetzt und für alle Zeit. Gewähre mir Schutz vor den bösen Gedanken, nimm mir meine Ängste und hilf mir, den Weg zum Heil zu finden.

Hildegund plapperte unablässig vor sich hin, sie war eine überaus redselige Person, die an jeder noch so nebensächlichen Begebenheit etwas zu kommentieren fand. Zum Glück erwartete sie keine Antworten, es war ihr genug, dass jemand ihr zuhörte.

»Dieser Caspar, der Knecht von Madlen, ist ein ansehnlicher junger Mann. Ich frage mich, wie alt er wohl ist. Es heißt, dass es keiner weiß, weil er ein Findelkind ist. Aber wenn du mich fragst, ist er höchstens fünfundzwanzig. Also praktisch genauso alt wie ich. Während du sicher schon dreißig bist. Nach meinem Empfinden jedenfalls.« Hildegund kicherte. »Bei Lichte betrachtet bist du ja wohl auch so etwas wie ein Findelkind, oder?« Sprunghaft kam sie wieder zu ihrem Ursprungsthema zurück. Caspar hatte es ihr offensichtlich angetan, das fiel Juliana nicht zum ersten Mal auf. »Weißt du, ich habe schon darüber nachgedacht, ob er vielleicht das Kind eines Unehrlichen sein könnte. Etwa der Sohn von einem Müller oder Leineweber. Oder der eines Schinders. Oder gar eines Henkers.« Sie erschauderte und bekreuzigte sich. »Nein, das wäre gar zu arg. Aber er könnte der Sohn einer Hure sein.« Sie nickte nachdenklich, um diesen Gedanken zu bekräftigen. »Das wäre möglich, schließlich können die Huren keine Kinder brauchen. Viele von denen bringen ihre unerwünschte Brut einfach um, da haben die Kleinen wohl noch Glück, wenn sie bloß ausgesetzt werden.« Wieder vollführten ihre Gedanken eine Wende. »Hm, wer wohl *deine* Eltern waren? Wie das Kind einer Hure siehst du gewiss nicht aus. Du bist so … klug. Und irgendwie auch in deinem ganzen Benehmen eher vornehm. Du redest nicht wie eine von diesen Winkeldirnen. Außerdem bist du ja nicht ausgesetzt worden. Du hast einfach nur dein Gedächtnis verloren.« Entschieden fügte sie hinzu: »Deshalb kann auch Caspar nicht der Sohn einer Hure sein, denn er ist wohlgestaltet und hat ein ehrliches Lächeln, und seine Art zu scherzen wärmt einem das Herz. Dagegen ist dieser Willi ein recht seltsamer Bursche. Ich finde, wenn jemand wie das Kind von Unehrlichen aussieht, dann er. Wüsste ich nicht, dass sein Vater ein Böttcher ist, würde ich meinen, er sei direkt aus dem Perlenpfuhl gekrochen, so hässlich und flegelhaft ist er. Stell dir vor, als ich hinten im

Hof war, um nach Irmla zu suchen, trat er mir mit einem Bierfass in den Weg und rempelte mich an. Und als ich ihn aufforderte, sich zu entschuldigen, murrte er nur auf ungebührliche Weise. Ich bin sicher, es war eine Beschimpfung. Nein, dieser Willi ist im Vergleich zu Caspar nicht viel wert.«

Juliana ließ Hildegunds Geschwätz an sich vorbeiplätschern. Sie versuchte einfach, nicht hinzuhören, obwohl es sie schmerzlich danach verlangte, allein zu sein. Einmal mehr verwünschte sie die Regeln ihres Konvents, die vorsahen, dass Beginen immer nur zu zweit unterwegs waren; vor allem die jüngeren unter ihnen durften nicht unbegleitet durch die Stadt gehen. Sie selbst war mittlerweile fraglos alt genug, um gegen weltliche Versuchungen gefeit zu sein und auch frühzeitig die Gefahren zu erkennen, die in dunklen Gassen und in der Nähe übel beleumdeter Häuser drohten, doch Hildegund war trotz ihrer fünfundzwanzig Jahre nicht charakterfester als ein kleines Kind. Sobald ihr Weg sie über Märkte oder an Gaddemen vorbeiführte, blieb sie regelmäßig stehen, um verzückt die Auslagen zu betrachten, wenn möglich sogar die Waren zu befühlen, daran zu riechen oder sich sonst wie dafür zu begeistern.

Sie gingen am Kloster der Sackbrüder vorüber und bogen dann von der Schildergasse in Richtung Sankt Kolumba ab. In einer Gasse hinter der Kirche befand sich ihr nächstes Ziel, das Haus einer alten Witwe, die an Auszehrung litt und niemanden hatte, der sich um sie kümmerte. Ihr Mann und ihre Kinder waren schon lange tot, und den wenigen Verwandten war sie zur Last geworden. Bald würde sie das Haus verlassen und in ein Siechenhospital ziehen müssen, denn sie konnte kaum noch allein aufstehen, geschweige denn ihren Haushalt versorgen. Wenn eine Nachbarin ihr nicht gelegentlich Essen vorbeigebracht und Feuer im Kamin angezündet hätte, wäre sie wahrscheinlich schon verhungert oder erfroren. Doch auch diese hilfsbereite Seele hatte unlängst verkündet, es werde ihr zu viel, denn die alte Frau war nörglerisch und misstrauisch und verdächtigte jeden, der über ihre Schwelle trat, sie bestehlen zu wollen.

Juliana und Hildegund versahen diesmal die Arbeit gemeinsam, damit sie schneller fertig wurden. Anders als in Madlens Haus gab es hier keinen Grund, sich länger aufzuhalten.

»Woher habt Ihr diese Kette?«, wollte die alte Frau wissen, als Juliana sich über sie beugte, um sie zu waschen.

Hastig umfasste Juliana das Kreuz, das sie um den Hals trug und das sonst von der Cotte verborgen war. Es musste bei der Arbeit herausgerutscht sein. Stumm schob sie es wieder zurück. Meist trugen die Beginen nur schmucklose Holzkreuze, denn ihr Auftreten sollte von Schlichtheit künden. Dabei waren die Konvente keinesfalls mittellos, im Gegenteil: Sie erzielten allerlei Einkünfte, etwa aus der Krankenpflege, der Bewirtschaftung von Gärten, der Weberei oder den Erbschaften und Spenden der reicheren Kölner Bürger, die sich damit ein Anrecht auf das Himmelreich erkaufen wollten. Doch auch wenn die meisten Konvente auf diese Weise ordentlich versorgt waren, lebten die Beginen in bescheidener und gottgefälliger Demut.

Das Kreuz war Julianas einzige Verbindung zur Vergangenheit. Sie hatte es in jener Nacht getragen, als die Beginen sie vor dem Konvent gefunden hatten. Die Meisterin hatte es jahrelang in einer Schatulle verwahrt und ihr eines Tages zurückgegeben. »Dieses Kreuz ist ein Teil von deinem früheren Leben. Entscheide selbst, was du damit tun willst.«

Aus einem ersten Impuls heraus hatte Juliana es verkaufen und den Erlös dem Konvent stiften wollen, doch dann hatte sie es einfach beiseitegelegt. Ein paar Jahre später hatte sie es wieder hervorgeholt und lange betrachtet. Es war aus gehämmertem, fein ziseliertem Silber, in das wie eine schimmernde Träne eine einzige Perle eingelegt war. Am oberen Ende gab es eine blumenförmige Öse, an der das Lederband zum Umhängen befestigt war. Zögernd hatte sie das Kreuz umgelegt und dann darauf gewartet, dass sich die dunkle, blinde Furcht in ihrem Inneren zu regen begann, doch das war nicht geschehen. Es hatte sich gut und tröstlich angefühlt, das Kreuz auf der Haut zu spüren. Seitdem trug sie es immer am Körper.

»Bestimmt habt Ihr es mir gestohlen«, greinte die Frau. »Ich will es zurück.« Sie grapschte nach Julianas Gewand. »Gebt es mir!« Ihre nächsten Worte wurden von einem heftigen Hustenanfall erstickt. Als sie endlich wieder keuchend atmen konnte, war ihre Brust voller Blut.

»Das ist Eure Schuld!«, stieß die Frau hervor. »Seht, was Ihr mir angetan habt!«

Juliana erschauderte, doch dann riss sie sich zusammen und wusch die Kranke erneut. Hildegund kam mit einem frischen Hemd und stülpte es der Frau über.

»Sie gehört in ein Hospital«, erklärte sie mitleidlos, als sei die Alte nicht anwesend.

»Ich will nicht zu den Armen! Die wollen nur mein Geld, und dann lassen sie mich verhungern und in meinem Dreck ersticken!«

»Eine Weile wird es hier schon noch gehen«, beruhigte Juliana sie. Sie warf Hildegund einen ärgerlichen Blick zu. »Solange wir ihr helfen, kommt sie zurecht.«

Die Zustände in den Pflegehospitälern waren weit entfernt von dem, was ein kranker Mensch sich für seinen Lebensabend wünschen konnte. In engen, schlecht geheizten Räumen zusammengepfercht, vegetierten die Menschen dort auf schmutzigen Strohsäcken und bei miserabler Kost vor sich hin. Auf Gesundung konnte angesichts dieser Zustände kaum einer von ihnen hoffen, erst recht nicht die Alten. Denen, die etwas Geld mitbringen konnten, ging es geringfügig besser, aber im Vergleich zu einem Leben in den eigenen vier Wänden war es immer noch ein erbärmliches Dasein. Dagegen konnten sich die Aussätzigen fast glücklich schätzen: Die Leprakranken, die außerhalb von Köln im Siechenhaus Melaten lebten, waren meist noch gut zu Fuß. Vor hohen Festtagen durften sie in die Stadt kommen und um Geld für ihren Lebensunterhalt betteln. Sie schwenkten ihre rasselnde Klapper, als Warnung vor der Krankheit und zugleich zum Zeichen ihrer Bedürftigkeit, und ihnen wurde stets reichlich gegeben. Etliche von ihnen kamen unter Verstoß gegen die

Vorschriften auch an anderen als den festgelegten Betteltagen in die Stadt und mehrten damit ihre Einkünfte zusätzlich. Mittlerweile waren die Plätze in Melaten so begehrt, dass sich manch bitterarmer Bettler absichtlich bei einem Aussätzigen ansteckte, weil er dann dort aufgenommen werden musste. Sogar gesunde Menschen gingen bereits dazu über, sich für ihr Alter einen Platz in Melaten zu erkaufen, wobei die Sorge um eine Ansteckung sie kaum schreckte. Lieber wollten sie unter Leprösen leben als in einem städtischen Pflegehospital.

Juliana kämmte die Frau und flocht ihr das Haar, was zum Glück ohne weiteres Lamento vonstattenging. Anschließend flößte sie der Kranken den Kräutertrunk ein, den Hildegund in der Zwischenzeit zubereitet hatte, dann legte sie ihr einen warmen, mit einem Tuch umwickelten Backstein ans Fußende des Bettes. Gemeinsam mit Hildegund räumte sie hinterher die Stube auf. Sie fegten den Kamin und schichteten neues Brennholz darin auf, reinigten den Kochkessel, streuten frische Binsen auf den Boden und schlossen die Fensterläden wieder, die sie zum Lüften geöffnet hatten. Damit war ihre Arbeit in diesem Haus getan. Als Juliana noch ein letztes Mal in die Schlafkammer zurückging, um sich von der Frau zu verabschieden, lag die Gestalt im Bett reglos da. Ein Arm baumelte schlaff herunter, und die Augen blickten starr an die Decke. Das Gesicht wirkte beinahe ungläubig, als sei es kaum zu fassen, dass der Tod so plötzlich gekommen war.

Hildegund betrat die Kammer und sah, was geschehen war. »Auch das noch«, meinte sie empört. »Die ganze Arbeit umsonst!«

»Versuch einfach, das Gute daran zu sehen«, sagte Juliana sarkastisch. »Du musst nicht mehr herkommen.«

Hildegunds Miene hellte sich auf. »Da hast du auch wieder recht!«

Juliana widerstand dem Drang, sie zu ohrfeigen. Stattdessen senkte sie den Kopf, bekreuzigte sich und erbat für die Tote Gottes Segen.

Eine Woche später, 10. Februar

Johann stand halb verdeckt hinter dem Stamm einer dicken Eiche. Der Geruch nach Moos und nasser Borke stieg ihm in die Nase, während er reglos verharrte und die Augen auf sein Ziel heftete. Die Armbrust war straff gespannt, die Sehne bis zum Äußersten gedehnt. Die Spitze des Bolzens zeigte auf die Bache, die sich ein wenig von der Rotte abgesondert hatte und am Rande der Lichtung im Waldboden nach Bucheckern, Eicheln und Maden wühlte. Es war ein junges Tier, bereits ohne die hellen Frischlingsstreifen, aber noch nicht ganz ausgewachsen.

Eine der älteren Bachen hob witternd den Kopf, und Johann, der seit einer Stunde wie festgewachsen hinter dem Baum stand und auf das Auftauchen der Rotte gewartet hatte, zögerte nicht länger. Der Bolzen schnellte davon, quer über die Lichtung auf das anvisierte Ziel zu. Und er traf genau. Das Wildschwein wurde von der Wucht des einschlagenden Bolzens ein paar Schritte weit fortgeschleudert. Die übrige Rotte brach zur anderen Seite der Lichtung hin aus und verschwand blitzartig im Unterholz.

Johann ging zu der erlegten Beute und zog den Bolzen heraus, bevor er das Tier in den mitgebrachten Sack schob und sich auf den Rückweg machte. Das Gewicht über seiner Schulter fühlte sich gut an, sie würden mindestens drei Tage satt zu essen haben.

Veit saß im Eingang der Höhle beim Feuer, das Schaffell fest um die Schultern gezogen, das Gesicht wachsam in die Richtung gewandt, aus der Johann sich näherte.

»Ich bin's«, rief Johann. Er sah, wie Veit sich entspannte.

»Es gibt Fleisch.« Er ließ die geschulterte Last auf den Waldboden fallen, zog das Wildschwein aus dem Sack und häutete es mit raschen Schnitten. Er teilte ein paar Stücke aus dem noch dampfenden Fleisch und steckte sie auf einen Spieß, den er auf zwei gegabelten Ästen über das Feuer hängte.

Veit blinzelte in seine Richtung. Seine Augen waren blau wie der Himmel im Sommer, ganz genau wie früher, vor jener verhängnisvollen Schlacht im Heiligen Land. Manchmal rätselte Johann immer noch, warum sein Freund die Welt nur noch in schemenhaften Umrissen sah. Ein Sturz vom Pferd und eine mehrstündige Bewusstlosigkeit hatten gereicht, ihm das Augenlicht zu rauben.

Veit schnupperte. »Wildschwein«, sagte er zufrieden. Sein Geruchssinn ließ nichts zu wünschen übrig. Er lächelte erwartungsfroh.

Veit lächelte oft, und gerade dieses Lächeln setzte Johann zu, denn es zeigte ihm, wie schwach er selbst im Vergleich zu Veit war. Sein eigenes Lächeln hatte er schlichtweg verloren, auch wenn er nicht wusste, wann genau es geschehen war. Jedenfalls noch nicht in den ersten Jahren des Kreuzzuges, obwohl auch diese Zeit bereits schlimm gewesen war. All das sinnlose Sterben, das viele Blut, eigenes und das der Heiden, die in Wahrheit einfach nur junge Männer waren, manchmal noch mit dem Flaum des Jünglings auf den Wangen. Davon musste jedes Lächeln bitter werden.

Wenn er bedachte, wie oft er früher zusammen mit Veit gelacht hatte, über andere und sich selbst und über alles, was auch nur den Anflug von Heiterkeit erweckte, wurde ihm bewusst, dass ihm viel mehr abhandengekommen war als nur das väterliche Erbe. Als übermütiger, fröhlicher Junge hatte er sich damals gemeinsam mit Veit dem Kreuzzug angeschlossen, und als pessimistischer Grübler war er zurückgekehrt.

Natürlich konnte er noch lächeln, wenn er sich Mühe gab. Aber eben auch nur dann. Zuweilen war diese Mühe unerlässlich, etwa, wenn er auf Menschen traf, deren Hilfe er benötigte oder deren Argwohn es zu zerstreuen galt, so wie unlängst bei der Brauerin. Zu lächeln half im Umgang mit anderen auch, die eigene Angst zu überspielen oder zu zeigen, dass man Herr der Lage war, auch wenn man weit davon entfernt war.

Veits Lächeln kam dagegen aus dem Herzen. Er war immer

schon ein glücklicher Mensch gewesen, und er war, was Johann am wenigsten verstand, trotz der vielen Schlechtigkeiten, die ihm bereits widerfahren waren, noch in der Lage, in den anderen Menschen das Gute zu sehen.

»Warum sollte ich nicht lächeln?«, hatte er einmal erklärt, als Johann ihn gefragt hatte, wie er es fertigbrachte, trotz der Kälte und der eintönigen Kost und der Schmerzen in seinem Armstumpf noch so vergnügt dreinzuschauen. »Ich habe doch dich.«

Das traf allerdings zu, obwohl Johann der Meinung war, dass es eher umgekehrt war – er hatte Veit. Veit, in dessen Gegenwart er sich geborgen und friedlich fühlte. Veit, der ihm das Gefühl vermittelte, dass ein Teil von ihm noch wie früher war, als sie beide junge, stets zu Scherzen aufgelegte Burschen gewesen waren. Veit, der ihn daran glauben ließ, dass alles wieder gut werden konnte, egal, welche Rückschläge sie hinnehmen mussten. Veit ließ sich von Enttäuschungen nicht so schnell aus der Bahn werfen, vielleicht, weil er seine Ziele nicht so hoch steckte und sich nicht in nutzlose Hoffnungen und Sehnsüchte verrannte. Veit war schon zufrieden, wenn er nicht frieren musste und genug zu essen hatte, so wie jetzt.

Johann setzte sich zu ihm ans Feuer und drehte den Spieß. Er beobachtete, wie das Fett zischend in die Flammen tropfte, und dabei warf er von der Seite einen Blick auf Veits Armstumpf. Auch diese Verletzung rührte von der letzten Schlacht des Kreuzzuges her: Als Veit nach dem Sturz besinnungslos auf der Erde gelegen hatte, war ihm die Hand von einem Pferd zu Brei zertreten worden, einer der Feldschere hatte sie später abnehmen müssen.

Die Narbe war schon wieder geschwollen und entzündet, Folge der unwirtlichen und schmutzigen Umgebung, in der sie seit Monaten hausten. Doch allzu lange würde das nicht mehr dauern, Johann hatte alles schon genau ausgerechnet. Zwei, drei Raubzüge noch, dann hatte er genug beisammen, um seine Schulden bei Drago auszugleichen und für sich und Veit eine ordentliche Bleibe zu beschaffen. Keine zugige, undichte Hütte, sondern ein richtiges Haus, so wie die Brauerin eines besaß. Mit einem soliden Steinsockel und festem Fachwerk und einem Dach aus Schindeln. Und einem Kamin, an dem man kochen und sich wärmen konnte. Anschließend würde er planen, wie er weiter vorging, vor allem, auf welche Weise er sich sein Erbe zurückholte. Und wie er die Schuldigen zur Verantwortung ziehen konnte. Sicher keine leichte Aufgabe, vielleicht sogar eine, die seine Möglichkeiten überstieg, aber immerhin hatte er eine, und sie hielt ihn am Leben.

Veit dagegen hatte keine erklärten Ziele. Dennoch benahm er sich so, als lohne es sich für ihn, auf der Welt zu sein. Er achtete auf sich, so gut es unter den gegebenen Umständen überhaupt möglich war. Er kämmte und stutzte sich das Haar, schabte sich den Bart und reinigte sich immer noch wie in früher Jugend regelmäßig die Zähne, ein Ritual, das Johann schon vor so langer Zeit von ihm übernommen hatte, dass er kaum noch darüber nachdachte. Gegen die Langeweile sang Veit die alten Lieder oder rezitierte Verse von Ovid, die ihm das belesene Edelfräulein beigebracht hatte, dem er früher als Page gedient hatte. Johann hatte sie mittlerweile schon so oft gehört, dass sie ihm zu den Ohren herauskamen, zumal es weder edle noch sonstige Fräulein in seinem Leben gab, jedenfalls keine, die je von Ovid gehört hätten.

In den vergangenen Monaten hatte er kaum Gelegenheit gehabt, sich Frauen zu nähern. In Augsburg hatte es Grete gegeben, diese Zeit hatte zu den besseren seines Lebens gehört, aber das war aus und vorbei.

Während seines vorletzten Aufenthalts in Köln hatte er vor seinem Rückweg die Dienste einer Schlupfhure in Anspruch genommen, doch das war auch schon wieder vier Monate her, in denen er sich notgedrungen mit der Gesellschaft seiner Hand hatte begnügen müssen. Und mit Bildern im Kopf, die neuerdings seltsamerweise fast alle die blonde Brauerin zeigten, meist in dem Augenblick, als sie sich vorbeugte, um sich ein Stück vom Unterkleid abzureißen. Manchmal aber auch, wie sie voller Zorn das Brett in den Torbogen schleuderte.

»Woran denkst du?«, wollte Veit wissen.

»An nichts Besonderes«, behauptete Johann. Die Fleischstücke waren gar. Er zog sie vom Spieß und verteilte sie auf zwei Essbrettern, von denen er eines Veit reichte. Einträchtig verzehrten sie die heiße, köstliche Mahlzeit, eine Wohltat in der feuchten Kälte, die auch das Feuer nicht richtig vertreiben konnte. Das gelang dafür dem Rotwein, den sie sich nach dem Essen teilten. Johann hatte ihn aus Köln mitgebracht, ein edler spanischer Tropfen, der nach Sonne und Pinienharz duftete und die Zunge hinabrollte wie Nektar aus dem Paradies. Wer wollte schon freiwillig Bier trinken, wenn er solchen Wein haben konnte?

Der Schlauch hatte bereits deutlich an Umfang abgenommen, als Veit unvermittelt den Kopf hob. »Da kommt jemand.« Sein Gehör war – bedingt durch den Verlust seiner Sehkraft – schärfer als das von anderen. Gleich darauf vernahm Johann es auch: Hufschlag von mehreren Pferden, die sich rasch näherten. Er stand auf.

»Schon wieder?«, fragte Veit. Es klang besorgt, zugleich aber auch resigniert.

»Sie würden nicht kommen, wenn es sich nicht lohnen würde.«

»Mir gefällt das nicht.«

»Ich weiß. Mir auch nicht. Aber bald ist Schluss damit. Vielleicht erbeuten wir heute schon genug.«

»Du hättest gar nicht erst damit anfangen sollen.«

»Müssen wir das schon wieder erörtern?«

»Ich will nur nicht, dass du es meinetwegen tust.«

»Veit, ich mache es, weil es die einzige Möglichkeit ist, mir ein Stück von meinem Leben zurückzuholen. Ich weiß, dass du notfalls auch in eines von diesen unsäglichen Armenhospitälern ziehen würdest. Tagsüber würdest du vor einer der ungezählten Kirchen hocken und betteln, und die Nächte in einem von Ungeziefer verseuchten Rattenloch zubringen.« Johann schüttelte den Kopf, obwohl Veit es nicht sehen konnte. »Das lasse ich nicht zu. Auch dieses Räuberleben hier im Wald ist bald vorbei, dafür sorge ich schon.« Er merkte, wie er sich in seinen Groll hineinsteigerte, dabei hatte Veit gar keine weiteren Einwände mehr erhoben, sondern nur den Kopf auf die Seite gelegt, wie er es manchmal tat, auf diese nachdenkliche, ein wenig traurige Weise. Als wolle er ihn fragen, wie es so weit hatte kommen können.

Die berittene Horde tauchte zwischen den Bäumen auf. Johann zählte sechs Männer, zwei mehr als beim letzten Mal. Der Himmel allein wusste, wo Drago die schon wieder aufgetrieben hatte, Johann hatte sie noch nie gesehen. Die meisten Ritter der Umgebung waren schon vor Jahren vom Kreuzzug zurückgekehrt, Johann und Veit hatten zu den letzten gehört. Vielen war es so ergangen wie ihnen – nach ihrer Rückkehr hatten sie alles verloren, ihre Lehen waren anderen übereignet worden, weil der Erzbischof neue Verbündete gegen seine ständig wechselnden Feinde gebraucht hatte. Ihnen blieb nur die Wahl, im Hafen Kräne zu treten oder andere Tagelöhnerarbeit zu verrichten, so es denn welche für sie gab. Jene, die noch ein Pferd und Waffen besaßen, konnten sich vielleicht für einen Hungerlohn als Söldner verdingen, in Fehden, die andere führten. Oder sie konnten sich mit Gleichgesinnten zusammentun und sich etwas von dem zurückholen, das der Erzbischof ihnen genommen hatte, während sie im Heiligen Land für ihn und seinesgleichen den Kopf hinhielten.

Johann hatte bei seiner Rückkehr weder Ross noch Waffen besessen, doch Drago hatte ihm beides gegeben. Johanns Handel mit Drago basierte auf einfachen Regeln: Drago kundschaftete die Handelszüge aus, dann sammelte er die Ritter um sich, und gemeinsam führten sie die Überfälle aus. Hinterher teilten sie die Beute; Gold und Silber sofort, den Erlös der Waren später. Drago hatte einen Hehler in Köln, der gut zahlte. Einer der Turmmeister war bestechlich und ließ sie beim Severinstor in die Stadt, der Rest war ein Kinderspiel. Dennoch gab es meist Streit um die Aufteilung. Manche von denen, die Drago mit Pferden und Waffen versorgt hatte, wollten nicht einsehen, dass von ihrem Anteil jedes Mal die Hälfte abgezogen wurde, um diese Schulden auszugleichen. Einige von ihnen hatten sich von ihm abgewendet, um auf eigene Faust auf Raubzug zu gehen – wobei sie darauf achten mussten, ihm nie wieder über den Weg zu laufen –, andere hatten ihre Schulden bei Drago bereits ausgeglichen und bekamen entsprechend höhere Anteile. Bei Johann fehlte nicht mehr viel; die drei Überfälle, an denen er teilgenommen hatte, waren überaus lohnend gewesen.

Dragos Pferd kam schnaubend vor dem Lagerfeuer zum Stehen. Schweigend betrachtete der gepanzerte Reiter die Umgebung: Veit, der mit gesenktem Kopf beim Feuer saß. Die Reste des erlegten Wildschweins, den halbleeren Weinschlauch. Den Unterstand mit dem Pferd.

Johann legte unterdessen den schweren, etwas zu engen Lederharnisch an und setzte den Helm auf, ein zerbeultes Monstrum, an dem innen noch das Blut des Vorbesitzers geklebt hatte, als Drago es ihm überreicht hatte. Wenigstens gegen das Pferd war nicht viel einzuwenden. Es war zwar zu alt, um noch als Schlachtross ausgebildet zu werden, aber es scheute nicht in Gefahrensituationen und reagierte auf den leisesten Schenkeldruck. Drago hatte behauptet, er habe es ehrlich gekauft, doch Johann war davon überzeugt, dass er es gestohlen hatte.

Dragos Männer warteten im Hintergrund, und Johann war froh, dass Veit weder sie noch Drago sehen konnte – verrohte, bis an die Zähne bewaffnete Gestalten, Felle oder zerschlissene Umhänge über den Harnischen, wilde Gesichter, ein Haufen übelster Halunken. Erst als er aufsaß und antrabte, merkte er, dass er sich nicht von ihnen unterschied. Er war ein Raubritter, genau wie sie.

»Heute wird es sich richtig lohnen«, sagte Drago. Er sprach mit südländischem Akzent, seine Heimat lag irgendwo jenseits der Alpen, aber niemand wusste genau, woher er kam. Seine

Stimme war unnatürlich heiser, von einer Halsverletzung, die er im Krieg davongetragen hatte – jemand hatte versucht, ihm die Kehle durchzuschneiden. Er war von bulliger Statur und hatte ein breites, leicht aufgedunsenes Gesicht, das größtenteils unter einem dunklen, krausen Bart verborgen war. Sein Alter war schwer zu schätzen, Johann hielt ihn für Mitte dreißig.

»Ich habe einen Warentransport von einem Richer aus der Mühlengasse ausgespäht, der nach Aachen zieht. Zwei Wagen voller Seide, die herrlichsten Stoffe. So gut wie kein Geleitschutz.«

Damit war bereits alles besprochen. Ohne ein weiteres Wort setzte Drago sein Pferd in Trab und ritt davon, und alle anderen hinterdrein. Johann wandte sich noch einmal zum Feuer zurück, wo Veit den Kopf gehoben hatte und in seine Richtung sah, die blinden Augen unverwandt ins Leere gerichtet.

Es lief nicht ganz so ab, wie Drago es angekündigt hatte – zwar verfügte der Wagentransport, den sie drei Meilen vor der Stadtgrenze angriffen, nur über einen bewaffneten Geleitzug von vier Berittenen, doch es gab unerwarteten Widerstand. Bei den vorangegangenen Überfällen waren die Wachen nach kurzen, halbherzigen Gefechten rasch geflohen; diesmal wehrten sie sich erbittert. Zwei von ihnen waren ausgefuchste Kämpfer mit erkennbarer Kriegserfahrung. Einer stieß Drago bei der ersten Attacke mit der Lanze aus dem Sattel, dann wendete er sein Pferd und ritt erneut mit vorgestreckter Lanze auf seinen am Boden kauernden Widersacher zu. Kurz bevor die tödliche Waffe ihr Ziel treffen konnte, schoss einer von Dragos Leuten den Angreifer mit der Armbrust vom Pferd, und Drago rappelte sich hoch, warf sich mit gezücktem Schwert auf den Gestürzten und massakrierte ihn auf übelste Weise.

Johann bekam es nur aus den Augenwinkeln mit, er war vollauf damit beschäftigt, sich gegen den zweiten kampferprobten Ritter zu wehren, der wie er am Rande des Getümmels abgesessen war und sich mit Schwert und Schild in den Kampf gestürzt hatte. Johann parierte die schweren Schläge, dann drängte er den anderen zurück, lockte ihn mit einer Finte aus der Deckung und entwaffnete ihn mit einem harten Hieb seines Schildes. Der Mann fiel sofort auf die Knie und ergab sich.

»Bei den Heiligen, tötet mich nicht. Ich habe Frau und Kinder.«

Die beiden anderen Reiter des Geleitschutzes sowie der Kutscher des zweiten Wagens hatten ihr Heil in der Flucht gesucht. Drago, noch besudelt vom Blut des Mannes, den er niedergemetzelt hatte, tobte vor Wut. Laut brüllend und mit gezücktem Schwert stürzte er sich auf Johanns im Dreck knienden Gegner, doch Johann stellte sich ihm in den Weg.

»Lass das. Er hat die Waffen gestreckt. Und er hat ehrenvoll gekämpft.« *Nicht so wie du*, lauteten seine unausgesprochenen Worte. Drago starrte ihn an, er war im Blutrausch, seine Augen loderten, Johann kannte diesen Ausdruck nur allzu gut. Wachsam hielt er Schild und Schwert vor sich und beobachtete das angespannte, bärtige Gesicht. Doch dann wandte Drago sich scheinbar gleichmütig ab und ging zu den Fuhrwerken hinüber. Es handelte sich um zwei Planwagen, die bis unters Dach mit feinster Seide bepackt waren. Drago hatte nicht übertrieben, diese Ladung würde ihnen ein Vermögen einbringen. Auch die Kutschpferde und die erbeuteten Reitpferde waren gutes Geld wert, und neben der Seide waren auch reichlich Gold und Silber vorhanden. Mitgeführt wurden die Münzen von einer Frau, die in Begleitung eines ängstlich dreinblickenden Mannes auf dem Kutschbock des ersten Wagens saß. Drago entriss ihr die Kassette, brach sie auf und fing gierig an zu zählen, umringt von den übrigen Männern, die mit Argusaugen darüber wachten, dass alles wie abgesprochen aufgeteilt wurde. Jeder steckte seinen Anteil ein, auch Johann, der spürte, dass Drago sein Einschreiten von vorhin noch nicht verwunden hatte.

»Bitte verschont unser Leben«, flehte die Frau, eine Matrone in mittleren Jahren, allem Anschein nach eine Seidenhändlerin, die ihre Ware selbst nach Aachen hatte bringen wollen, zusammen mit ihrem Mann, der bleich und zitternd neben ihr hockte und immer kleiner wurde. Das Paar war teuer gekleidet, mit schweren, pelzbesetzten Umhängen und edlem Schuhwerk. Der Reichtum der beiden war unübersehbar, sie gehörten dem Meliorat der Geschlechter an. Der Überfall würde ihren Wohlstand kaum schmälern, doch angesichts der ihnen noch drohenden Gefahren war das ihre geringste Sorge.

»Euch wird nichts geschehen«, sagte Johann.

»Ich würde Euch doch niemals töten«, sagte Drago mit breitem Grinsen. Er nahm den Helm ab und wandte sich an seine Männer. »Oder käme einer von euch auf den Gedanken, ein gesundes Weibsbild an Gevatter Tod zu verschwenden? Da wissen wir doch Besseres, oder nicht?«

»Nehmt Euer Bündel und geht«, sagte Johann zu dem Paar.

Doch Drago hatte andere Pläne. Grob packte er die Frau und riss sie vom Kutschbock, und als ihr Mann sich auf ihn werfen wollte, streckte er ihn mit einem brutalen Fausthieb nieder. Die Frau strampelte und kreischte, aber Drago zwang sie mühelos zu Boden, riss ihr die Röcke hoch und drängte ihr die Beine auseinander, während er bereits an seiner Bruche zerrte, um sich zu entblößen.

Die Frau schrie wie von Sinnen.

Die Frauen schreien, und ebenso die Kinder. Schwertschwingende Ritter bahnen sich eine Gasse durch die Menge, hauen alles nieder, was sich ihnen in den Weg stellt. Rechts und links die Häuser, darin die verängstigten Menschen. Alle werden herausgezerrt, und wer sich wehrt, wird sofort abgeschlachtet. Das Blut aus den aufgeschlitzten Kehlen spritzt nach allen Seiten, Gedärme ergießen sich vor den gepanzerten Gestalten in den Staub. Die Mordlust der Sieger ist grenzenlos, und ebenso die besinnungslose Gier, mit der sie auf offener Straße über die Frauen herfallen. Das Kreischen und Wimmern der Geschändeten übertönt das Waffengeklirr und das wilde Gebrüll der Zerstörer.

Johann schüttelte heftig den Kopf, als könnte er auf diese

Weise die blutigen Bilder loswerden. Mit rohem Gelächter scharten sich die Raubritter um Drago, gemeinsam mit Johann, der jedoch nicht lachte, sondern dicht an Drago herantrat, den Knienden beim Schopf packte und ihm die Spitze seines Dolchs unter das ungeschützte Kinn bohrte.

»Das wirst du nicht tun«, sagte er tonlos, während er Drago von der Frau herunterzog und sich dabei so bewegte, dass er alle Männer beobachten konnte.

Drago fluchte unterdrückt, den Kopf unter Johanns Griff weit nach hinten gebogen und dem Druck der Dolchspitze ausweichend. Die Frau schob sich schluchzend unter ihm hervor, die Röcke über ihre weißen, fleischigen Schenkel hinabzerrend. Sie stülpte sich die Haube über, die bei dem Handgemenge herabgefallen war. Weinend kroch sie zu ihrem Mann hinüber, der sich benommen aufrichtete und seine blutende Nase betastete.

»Nehmt Euer Bündel und geht«, wiederholte Johann.

»Schon gut, schon gut«, sagte Drago, Johanns Hand mit dem Messer zur Seite drängend. »Ich hab's verstanden. Johann von Bergerhausen, der Ritter ohne Fehl und Tadel. Du kannst einem aber auch jeden Spaß verderben, Mann. Was kommt als Nächstes? Holst du die Leier hervor und singst uns höfische Lieder?« Er blaffte die beiden Reisenden an: »Habt ihr ihn nicht gehört? Nun verschwindet schon, bevor meine ritterlichen Anwandlungen wieder nachlassen!«

Hastig rappelten die beiden sich hoch, rafften ihre wenigen persönlichen Habseligkeiten vom Wagen und rannten davon, gefolgt von dem Söldner, den Johann entwaffnet hatte.

Ein paar von den Raubrittern murrten, sie waren der Meinung, Johann habe sie um ihren Spaß gebracht. Einer von ihnen trat mit gezücktem Schwert vor, doch Drago brachte ihn durch einen Befehl zum Stehen. »Wir haben genug erbeutet, um uns in Köln die schönsten Weiber zu kaufen, wozu sollen wir unsere Manneskraft an so ein abgetakeltes Frauenzimmer vergeuden? Eigentlich müssen wir unserem guten Johann dankbar sein, dass er uns davon abgehalten hat. Lieber Himmel, die Frau war alt genug, um unsere Mutter zu sein! Das wäre wirklich nicht sehr ritterlich gewesen, was?« Er lachte misstönend, doch Johann sah das unstete Flackern in seinen Augen und war auf der Hut. Er achtete darauf, dass er keinem der Männer den Rücken zukehrte, als er zu seinem Pferd ging und aufsaß. An seinem Gürtel klimperte der Geldsack.

»Deinen Anteil an der Ladung und den Pferden lasse ich dir wie immer zukommen«, rief Drago ihm hinterher. Johann gab keine Antwort; er war sicher, dass Drago alles daransetzen würde, ihn übers Ohr zu hauen. Doch das focht ihn nicht an, denn mit der heutigen Beute waren seine Schulden bei Drago getilgt. Damit waren sie beide quitt.

Madlen und die Ihren besuchten am darauffolgenden Sonntag wie üblich die Kirche. Schon während Madlen vom Ende der Schildergasse aus über den Neumarkt in Richtung Sankt Aposteln ging, betete sie aus Leibeskräften zur heiligen Ursula und den heiligen Aposteln. Sie war bereit, zu sämtlichen bekannten und unbekannten Heiligen gleichzeitig zu beten, wenn es nur dabei half, ihr vordringliches Problem zu lösen.

Vor zwei Tagen war Eberhard noch einmal bei ihr gewesen und hatte sie darauf hingewiesen, dass die Frist mittlerweile auf zwei Wochen geschrumpft war. Hinterher war Caspar zu ihr gekommen, die Mütze in den Händen drehend.

»Hast du schon bei Eberhard nachgefragt?«, hatte er wissen wollen.

»Was denn?«, hatte sie verständnislos zurückgefragt, und dann war es ihr wieder eingefallen. »Oh, wegen deiner Aufnahme in die Zunft. Nein, daran habe ich nicht gedacht. Es tut mir leid, aber im Moment habe ich andere Sorgen.«

»Du kannst immer auf mich zählen, das weißt du«, hatte er ihr beteuert, doch mehr als ein kurzes Nicken hatte er ihr damit nicht entlocken können, obwohl sie mittlerweile so weit war, sogar die abwegigsten Möglichkeiten in Betracht zu ziehen. Wobei eine Ehe mit Caspar jedoch noch abstruser war als eine mit Jacop, was schon viel heißen wollte: Vorgestern hatte Eberhard seinen Sohn zur Untermauerung seines Anliegens mit angeschleppt, und der Junge – viel mehr war er nicht mit seinen neunzehn Jahren – hatte die ganze Zeit gequält vor sich hin gegrinst und war zappelnd von einem Fuß auf den anderen gestiegen, und als sein Vater sich endlich zum Gehen bequemt hatte, war ihm ein Seufzer der Erleichterung entwichen. Jacop lehnte diese von seinen Eltern gewünschte Verbindung mit einer so himmelschreienden Offensichtlichkeit ab, dass Madlen sich beinahe beleidigt gefühlt hätte, wenn sie nicht selbst so sehr dagegen gewesen wäre.

Ein Hauch von Frühling lag an diesem zweiten Sonntag nach Mariä Lichtmess in der Luft. Die Bäume auf dem Neumarkt zeigten noch kein Grün, doch die Sonne tauchte den großen Platz und die Häuser ringsum in ein einladendes Licht, ebenso die prächtige Stiftskirche Sankt Aposteln, die mit der geschwungenen Choranlage und den hohen, schlanken Türmen alle Gebäude der näheren Umgebung überragte. An diesem Morgen strebten die Menschen des Kirchsprengels mit besonderem Eifer zur Messe, denn nach dem beharrlichen Nieselwetter der vergangenen Wochen boten der strahlend blaue Himmel und die schon fast frühlingshafte Wärme einen besonderen Anreiz, den verräucherten, dunklen Stuben zu entfliehen und an die frische Luft zu gehen. Die ganze Welt wirkte wie blank poliert, allenthalben sah man zufriedene Gesichter. Wie es schien, war jedermann guter Dinge. Nur Madlen nicht.

Sie verlangsamte ihre Schritte, weil ihr Großvater sonst nicht mitgekommen wäre. Cuntz bestand darauf, den sonntäglichen Gang zur Kirche auf sich zu nehmen, obwohl er sich nur noch hinkend fortbewegen konnte und beim Gehen starke Schmerzen hatte. Gern hätte Madlen ihn untergefasst, um ihn zu stützen, doch das lehnte er stets ab. Noch könne er wie ein ganzer Mann aus eigener Kraft das kurze Wegstück zur Kirche bewältigen, und käme einst der Tag, da man ihn hintragen müsse, so wäre das zugleich sein Sterbetag. Selbiger sei, so seine ironische Ergänzung, nach Lage der Dinge bestimmt in absehbarer Zeit zu erwarten, aber bis dahin werde er laufen, Punktum.

Madlen konnte an solchen Äußerungen nichts Erheiterndes finden. Darüber, dass er eines Tages nicht mehr da wäre, wollte sie gar nicht erst nachdenken, nicht nur, weil sie ihn sehr lieb hatte. Ohne Cuntz würde ihr, sofern sie ledig bliebe, noch Ärgeres drohen als die Schließung der Brauerei – man würde sie unter Vormundschaft stellen, da sie *nur ein hilfloses, junges Weib von zwanzig Lenzen* war, mit diesen Worten hatte Onkel Eberhard es ihr erklärt. Wobei eine solche Vormundschaft natürlich entbehrlich wäre, wenn sie einen Gatten hätte.

Wie sie es auch drehte und wendete, es blieb alles höchst vertrackt und aussichtslos.

Besser wurde es auch nicht dadurch, dass ihr im Anschluss an die Messe auf dem Heimweg Barthel von der Hahnenstraße in den Weg trat. Sie wusste genau, was er wollte, und gerade deshalb konnte sie ihm schlecht ausweichen, sondern musste sich dieser Unterredung stellen.

Caspar, der hinter ihr und Cuntz herging, musterte den jungen Braumeister ablehnend, denn es war sonnenklar, warum dieser Madlen sprechen wollte: Barthel war neben Jacop der einzige ernst zu nehmende Heiratskandidat. Nach dem Tod seines Vaters im vorigen Jahr führte er allein die Brauerei in der Hahnenstraße. Er war sechsundzwanzig Jahre alt und ledig. In der Bruderschaft war er gut gelitten, und er war weder trunksüchtig noch mit Zahnfäule geschlagen, so wie die beiden anderen heiratswilligen Brauer, die im Laufe des Winters bei Madlen vorgesprochen hatten. Barthel hatte schon vor einem halben Jahr um Madlens Hand angehalten, aber sie hatte ihn vertröstet. Nun, da ihre Zeit ablief, versuchte er abermals sein Glück, was angesichts seiner Schüchternheit ein mutiges Unterfangen für ihn bedeutete. Seine Ohren, die unter der Kappe hervorlugten, waren feuerrot vor Verlegenheit.

»Geht nur ruhig schon heim, ich komme gleich nach.« Madlen vollführte eine scheuchende Geste, weil alle Mitglieder ihres Haushalts mit ihr stehen geblieben waren und Barthel beäugten wie Katzen die Maus. Barthel wich den bohrenden Blicken geflissentlich aus und knetete seine Hände, doch er hielt entschlossen die Stellung.

»Glaub mir, es gibt Schlimmere als ihn«, sagte Cuntz leutselig zu Madlen, gerade so, als wäre Barthel gar nicht anwesend. Er verpasste Berni, der ihm am nächsten stand, eine Kopfnuss. »Los, komm weiter.« An Willi gewandt, setzte er hinzu: »Du auch. Maulaffen könnt ihr auch daheim feilhalten.«

Willi murmelte eine unverständliche, aber patzig klingende Erwiderung, was ihm eine schallende Ohrfeige von Irmla eintrug. »Fort mit dir, mach, dass du heimkommst!« Sie knuffte Caspar in den Rücken. »Das gilt auch für dich«, sagte sie brummig.

Caspar verneigte sich galant, den üblichen Schalk im Blick. »Wer will sich schon weigern, eine so holde Jungfer heimzugeleiten, und das auch noch bei strahlendem Sonnenschein!«

Irmla schlug nach ihm, doch sie grinste dabei. Mit ihrem Sonntagsumhang aus brauner, dicht gewebter Wolle sah sie aus wie ein großes Fass. Ihr Gebende war so straff gewickelt, dass ihr Doppelkinn und ihr feistes, rosiges Gesicht noch mehr betont wurden. Auch sie musterte im Weitergehen den jungen Brauer, und dann warf sie Madlen einen Blick zu, der besagte: *Wenn schon einer, dann der da.*

Madlen seufzte unhörbar und wartete, bis die ganze Schar außer Hörweite war.

»Gott zum Gruße, Meister Barthel«, sagte sie höflich.

Diesmal machte er noch weniger Umstände als bei seinem ersten Vorstoß im vorigen Jahr. Damals hatte er sein Anliegen wenigstens in eine Frage gekleidet, die da gelautet hatte: Madlen, willst du mich heiraten?

»M-Madlen«, stammelte er. »Ich w-will dich heiraten.«

»Ich weiß.« Sie versuchte, den verzweifelten Unterton in ihrer Stimme zu unterdrücken, denn sie wollte ihn nicht damit kränken, dass sie ihren Widerwillen allzu deutlich zeigte. Und dabei konnte sie nicht einmal geltend machen, dass er kein tüchtiger Brauer wäre, denn er war einer. Falls sie sich zusammentaten, könnten sie eine der größten Brauereien in Köln betreiben, beinahe so groß wie die von Onkel Eberhard, der in zwei Brauhäusern sechs Gesellen beschäftigte und leicht die fünffache Menge braute wie Madlen. Barthel war ein anerkanntes Zunftmitglied, fromm und gottesfürchtig, und er wäre ihr sehr ergeben und würde sie gewiss niemals schlagen.

Doch leider sah er auch aus wie ein kinnloses Wiesel, und durch die Lücke zwischen seinen Vorderzähnen versprühte er beim Sprechen oft Speichel, sodass es ratsam war, einen Schritt Abstand von ihm zu halten. Madlen hatte bereits versucht, sich vorzustellen, von ihm beschlafen zu werden, doch allein bei dem Gedanken hatten sich Pusteln auf ihren Armen gebildet.

»Barthel, dein Antrag ehrt mich sehr«, begann sie, drauf und dran, ihn rundheraus zurückzuweisen. Doch dann sah sie sich selbst in ihrem Haus sitzen, nach den Richtlinien der Bruderschaft zur Untätigkeit verdammt, während in der Braustube und im Ausschank nebenan keine Hand mehr gerührt wurde. Sie würde die Lehrlinge und den Knecht auf die Straße setzen müssen, wahrscheinlich sogar die Magd, denn ihre Ersparnisse würden nicht lange reichen, um mehrere hungrige Mäuler zu stopfen, vor allem nicht so hungrige wie das von Irmla. Die Bruderschaft würde sie mit einer kleinen Rente unterstützen, doch das wäre kaum genug, um sie und Cuntz vor der Verelendung zu bewahren. Am Ende würde sie alles verkaufen müssen, auch das Haus, und in eine der kläglichen Holzhütten an der Stadtmauer ziehen, wo die Miete nur ein paar Pfennige kostete. Sie würde zusammen mit den zerlumpten und heruntergekommenen Menschen, die dort ihr Leben fristeten, auf den Kohl- und Rübenfeldern schuften und für den Rest ihres Lebens auf verfaultem Stroh schlafen, mit Heerscharen von Flöhen und Läusen als Gesellschaft.

Bevor ihr vor lauter unangebrachtem Selbstmitleid die Tränen kommen konnten, straffte sie sich und holte tief Luft. »Ich lehne deinen Antrag nicht ab, Barthel.«

Sein Gesicht leuchtete förmlich. »Oh! Das ist … Das ist … alles, was ich mir erhofft habe!«

Er spuckte bei diesem Satz mehrfach in ihre Richtung. Madlen wich unmerklich zurück und fügte ergänzend hinzu: »Jedenfalls nicht heute. Barthel, gib mir bitte noch eine Woche Zeit. Am nächsten Sonntag teile ich dir meine Entscheidung mit.« Sie sah seine Enttäuschung und fuhr fort: »Aber ein Ja ist wahrscheinlicher als ein Nein.«

Er entblößte strahlend seine Zahnlücke. »Das ist schön!«

Bei diesem Anblick bereute Madlen ihre letzte Aussage schon fast wieder, aber dann dachte sie an das faulige Stroh und die Flöhe, vor allem jedoch daran, dass sie möglicherweise nie wieder brauen durfte. Das half. Tapfer lächelte sie Barthel an. »Nun muss ich aber los! Auf bald, Barthel!« Hastig trat sie den Rückzug in Richtung Schildergasse an.

Auf dem restlichen Heimweg kam es ihr so vor, als eilte sie unaufhaltsam einem jammervollen Schicksal entgegen.

Rosenmontag

Johann hockte im Geäst eines Baumes an der Waldgrenze und beobachtete die Burg. Sie erschien ihm weniger prächtig als in seiner Jugend, was aber daran liegen mochte, dass er sich früher leichter hatte beeindrucken lassen. Beeindruckend war die Burg tatsächlich, ein solides, steinernes Gebäude mit einem wehrhaften Bergfried und einer geräumigen Kemenate, umgeben von weitläufigen Wirtschaftsräumen, Ställen und Höfen. Von einer Ringmauer abgeschirmt, befand sich das Anwesen inmitten eines kleinen Sees. Man konnte die Burg nur mit dem

Boot oder über eine zum Wall aufgeschüttete Zuwegung erreichen, die bis zur Zugbrücke führte.

Angriffe hatte es zu der Zeit, als die Burg noch Johanns Vater gehört hatte, nicht gegeben, jedenfalls keine, von denen Johann wusste. Bis auf jenen einen, der indessen nicht von bewaffneten Horden oder gepanzerten Streitwagen verübt worden war, sondern vom Erzbischof persönlich. Bisher hatte Johann nur bruchstückhaft erfahren, wie der Besitzwechsel vonstattengegangen war. Er hatte mit Ott darüber gesprochen, dem Hauskaplan Seiner Eminenz, der dank seines riesenhaften Wuchses und seiner enormen Körperkräfte nicht nur ein verdienter Leibwächter des Erzbischofs war, sondern als Meister der windigen Argumentation zugleich auch dessen mit allen Wassern gewaschener Bote. Zu Konrad von Hochstaden höchstselbst war er gar nicht erst vorgelassen worden, obwohl er sich eigens einen Tag ausgesucht hatte, an dem der Erzbischof in seinem Palast weilte.

Ott hatte es an Beredsamkeit nicht gemangelt.

»Wie Ihr zweifellos selbst einräumen müsst, ist die Anzahl der Jahre, die Ihr jenseits der Grenzen des Bistums zugebracht habt, erklecklich. Wie viele waren es gleich? Zwanzig?«

»Fünfzehn.«

»Nun, immer noch eine äußerst lange Zeit. Und nachdem Euer Herr Vater, Gott hab ihn selig, ins Himmelreich eingegangen war – ich zweifle nicht daran, dass er genau dort ist und nirgendwo anders –, gab es für das Lehen nicht den erforderlichen Erben.« Umständlich hatte er die Fingerspitzen gegeneinandergelegt und sich vorgebeugt, als hielte er eine gelehrsame Vorlesung vor naiven Studenten. »Ein Erblehen zeichnet sich dadurch aus, dass es vom Vater auf den Sohn übergeht. Gibt es einen solchen nicht, fällt es zurück an den Lehnsgeber.«

»Es gab aber *einen solchen*, und es gibt ihn immer noch!«, brüllte Johann als Antwort auf diese impertinente Widersinnigkeit.

»Gewiss, gewiss«, sagte Ott, in einer wie unabsichtlich scheinenden Geste die baumstammdicken Arme vor der fassartigen

Brust verschränkend. »Aber das konnte niemand wissen. Ihr galtet als tot. Tatsächlich gab es sogar Zeugen, die das belegten. Es ist alles urkundlich dokumentiert.«

»Welche Zeugen?« Johann starrte den Mann an. »Etwa die, denen jetzt die Burg gehört? Oder irgendwer, den sie dafür gut bezahlt haben?«

»Das ist eine Unterstellung«, sagte Ott gelassen.

»Hat er Geld dafür gekriegt? Ja, natürlich hat er das. Er braucht immer Geld. Weil ständig irgendwelche neuen Fehden auszufechten sind und die Feinde immer zahlreicher werden.«

Ott schüttelte nachsichtig den Kopf. »Was für eine anmaßende Äußerung!«

»Spart Euch Euren Atem. Mir ist eine andere Frage viel wichtiger: Was ist mit meiner Familie geschehen?«

In den Zügen des Kaplans zeigte sich aufrichtige Anteilnahme, und Johann spürte, dass das nicht gespielt war. »Sie sind alle tot. Ich versichere Euch, Ihr habt mein volles Bedauern, und auch das seiner Exzellenz.«

Damit war die Audienz vorbei gewesen. An dem Erblehen, das der Erzbischof einst seinem Vater für dessen treue Dienste zugewiesen hatte, besaß er keine Rechte mehr. Was der Erzbischof an Lehen vergeben konnte, durfte er auch wieder nehmen. Jederzeit. Sogar ohne besondere Gründe.

Johann starrte zur Burg hinüber. Der See wies im hellen Mittagslicht einen blaugrünen Schimmer auf, vom Himmel und den umliegenden Bäumen, die sich im Wasser spiegelten. Auf dem Uferstreifen neben der herabgelassenen Zugbrücke hatten sich vier Männer versammelt. Einer davon, ein vierschrötiger, grauhaariger Mann, redete wütend gestikulierend auf einen jungen blonden Burschen ein, der im bunten Narrenkostüm vor ihm stand. Bei dem aufgebrachten Älteren handelte es sich um Wendel Hardefust, seines Zeichens Gewürzhändler und Spross eines der ältesten und vornehmsten Geschlechter Kölns, und sein Zorn richtete sich gegen seinen Sohn Simon. Zwischen den beiden gab es häufig Meinungsverschiedenheiten, die daher rührten, dass Simon in den Augen seines Vaters eine Memme und auch sonst von kläglich unzureichendem Charakter war. Dem hatte der Alte abzuhelfen versucht, indem er Simon zum Rittertum ausersehen hatte, was auch immer das für ihn hieß. In jedem Fall schien eine richtige Lehnsburg dazuzugehören, also hatte er seinem Sohn eine beschafft.

Durch vorsichtiges Herumfragen hatte Johann erfahren, dass Simon Hardefust den schönen Künsten eher zugeneigt war als der Jagd. Und schönen Männern eher als den Frauen. Es hieß, sein Kammerdiener sei ihm lieber als sein Waffenmeister, und dass er, sobald Wendel ihm den Rücken kehrte, aus seinen Vorlieben auch gar keinen Hehl machte, sondern sein Leben so lebte, wie es ihm gefiel. Er frönte weder der Falknerei noch der Treibjagd mit Pferden und Hunden; über das, was er stattdessen tat, konnte Johann nur Mutmaßungen anstellen.

An diesem Rosenmontag hatte Simon Hardefust Freunde eingeladen, um mit ihnen auf der Burg Karneval zu feiern, wohl in der Hoffnung, sein Vater werde es schon nicht merken, schließlich war Köln weit genug weg von Kerpen. Der alte Hardefust hatte sich jedoch ausgerechnet den heutigen Tag ausgesucht, um bei seinem einzigen Sohn nach dem Rechten zu sehen, als hätte er geahnt, was er vorfinden würde: eine ausgelassene Schar maskierter, trinkfreudiger junger Leute, die nur das Beste vom Leben wollten. Drei von ihnen – zwei Männer und eine Frau – ließen sich in einem Nachen über den See treiben, in ein handfestes Gefummel zu dritt vertieft. Ihr enthemmtes Gekicher schallte über das Wasser. Die anderen feierten lautstark im großen Saal, wie an dem fröhlichen Geschrei, das aus den Fenstern drang, unschwer zu erkennen war.

Wendel Hardefust war in Begleitung seines Gefolgsmannes erschienen, ein schlanker Mittvierziger mit scharfen Gesichtszügen und geschmeidigen Bewegungen. Über ihn hatte Johann bisher nicht viel in Erfahrung bringen können, nur, dass er Jobst hieß und Hardefusts Mann fürs Grobe war.

Ein anderer Mann stand ein wenig abseits von der Gruppe

dicht bei der Mauer und wartete mit besorgter Miene das Ende des Donnerwetters ab. Er war in den Fünfzigern und hieß Sewolt. Johann kannte ihn, der Mann war bereits unter seinem Vater Burgvogt auf Bergerhausen gewesen. Es juckte Johann in den Fingern, ihn beim Kragen zu packen und ihn in einen stillen Winkel zu schleifen, wo niemand mitbekam, wie er ihm die Zunge löste.

Seit seiner Rückkehr hatte er Sewolt erst ein Mal gesprochen und dabei kaum etwas aus ihm herausbekommen. Der Burgvogt hatte einfach so getan, als könne er sich nicht richtig an ihn erinnern, und als Johann ihm auf die Sprünge geholfen hatte, war Sewolt sofort mit der scheinheiligen Beteuerung zur Hand gewesen, wie leid ihm das alles tue, dass er jedoch selbstverständlich nicht schuld daran sei.

An jenem Tag hatten sich diverse Augen- und Ohrenzeugen in der Nähe befunden, weshalb Johann seine Befragung des Burgvogts nicht mit dem erforderlichen Nachdruck hatte fortsetzen können. Doch das würde er bei nächster Gelegenheit nachholen. Was immer auch geschehen war – er würde es herausfinden.

Wendel Hardefust konnte nicht länger an sich halten, Worte waren nicht genug, um seinem Zorn Ausdruck zu verleihen. Er trat vor und schlug seinem Sohn mit dem Handrücken ins Gesicht. Simon taumelte unter dem Schlag, für Wendel nur ein weiterer Beweis, was für ein Schwächling sein Sohn war. Mit beiden Händen hielt Simon sich die Wange, und die Tränen, die dabei aus seinen Augen sprangen, kündeten ebenso wie seine kriecherische Haltung von einer Hilflosigkeit, die nichts Männliches an sich hatte.

Wendel merkte, dass es mit diesem Schlag nicht getan war. Eher steigerte sich sein Grimm beim Anblick seines heulenden Sohnes noch. Er schubste Simon zur Seite und ging auf den Burgvogt los, der ihm eingeschüchtert entgegenblickte.

»Wenn du zu schwach bist, solche unzüchtigen Ausschweifungen zu verhindern, bist du als Burgverwalter nichts wert!«

»Es tut mir leid, Herr.« Demütig senkte Sewolt den Kopf, doch das reichte nicht. Wendel wandte sich zu seinem Gefolgsmann um. »Bestrafe ihn angemessen, aber so, dass er morgen wieder gehen kann.« Er achtete nicht auf Sewolts flehend erhobene Hände und auf seine Beteuerungen, dass dergleichen nicht wieder vorkommen werde. Während Jobst sich den Burgvogt vornahm, ging Wendel zum Seeufer, wo soeben der Nachen mit den kostümierten jungen Leuten vorbeitrieb. In dem Boot lagen zwei Männer mit Tiermasken und eine trotz der kühlen Witterung halb nackte Frau. Die drei vergnügten sich auf eine Weise miteinander, die Wendels Wut überkochen ließ. Sie bemerkten nicht einmal, dass sich unerwartete Zuschauer am Seeufer eingefunden hatten, so vertieft waren sie in ihr lästerliches Treiben.

Wendel tat ein paar Schritte in den See hinein. Das Wasser drang eisig in seine Stiefel, doch das hielt ihn nicht davon ab, mit beiden Händen den Kahn zu packen und ihn zum Kentern zu bringen. Verschrecktes Gekreisch begleitete dieses abrupte Ende der Bootsfahrt. Strampelnd fielen die jungen Leute ins Wasser. Wendel ergriff einen der Männer beim Schopf und tauchte ihn unter, dann verfuhr er ebenso mit dem zweiten, bevor dieser richtig merkte, wie ihm geschah. Sie zappelten heftig, doch Wendel hielt sie eisern fest.

Er kannte die beiden. Der eine war ein Sprössling der Overstolzen, der andere ein Schöffensohn aus der Lintgasse. Reiche, eingebildete Taugenichtse alle beide, aber er würde ihnen schon beibringen, was es bedeutete, einen Hardefust zum Narren zu halten!

Langsam zählte er bis zehn, bevor er sie wieder auftauchen ließ.

»Lasst euch ja nie wieder hier blicken!«, schrie er sie an.

Hustend und spuckend wateten die beiden jungen Männer an Land. Auch die Frau rettete sich ans Ufer. Triefend nass und unter durchdringendem Geheul taumelte sie den Männern hinterher. Gemeinsam erklommen sie den Wall bei der Zugbrücke und verschwanden durch das Tor.

Wendel achtete nicht länger auf sie. Inzwischen hatten auch die übrigen Gäste mitbekommen, dass die Feier vorbei war – der Lärm im Rittersaal war verstummt.

Jobst trat zur Seite und ließ Sewolt zu Boden sacken. Der Burgvogt hielt sich den Leib und stierte blicklos vor sich hin. Sein Gesicht war voller Blut, doch Wendel machte sich keine Sorgen um ihn. Jobst wusste immer genau, wann es genug war. In ein paar Tagen würde Sewolt sich erholt haben, mochten ihm dann auch ein oder zwei Zähne fehlen und die Rippen noch eine Weile schmerzen. Vergessen würde er den Denkzettel jedoch bestimmt nicht. Manche Leute begriffen nur auf diese Weise, was richtig war. Man musste sie mit entsprechenden Maßnahmen dazu bringen, einen zu fürchten, es ging nicht anders. Die Welt war ein heimtückisches Schlangennest, nur die Schnellen und Entschlossenen konnten sich dauerhaft behaupten.

»Mir reicht es hier, wir gehen«, sagte Wendel zu Jobst. Er fühlte sich wie ausgehöhlt, sein Zorn war restlos verraucht. Die Hände taten ihm weh, er hatte sie am Bootsrand aufgeschürft und sich etliche Splitter in die Haut gezogen. Und er war müde wie nach einem langen Marsch. Ein beklemmender Schmerz breitete sich in ihm aus, von dem er nicht wusste, woher er kam, eher aus seiner Brust oder eher von seinen Eingeweiden; er schien überall zu sitzen. Mit einem Mal sehnte Wendel sich nach der Wärme eines Kaminfeuers, und das hatte nichts mit dem eisigen Wasser in seinen Stiefeln zu tun. Er wollte einfach nur Ruhe und Frieden.

Erschöpft wandte er sich zu Simon um. Der Junge war zu dem Burgvogt gegangen und hievte ihn hoch. Er legte sich den Arm des Älteren um die Schultern, um ihn zu stützen. Wendel betrachtete die beiden Jammergestalten, doch etwas zwang ihn, den Blick rasch wieder fortzuwenden. Jobst hingegen musterte Simon und Sewolt gründlich, doch der Ausdruck in seinen Augen zeugte von einem eher distanzierten Interesse, als gingen ihn die Geschehnisse eigentlich nichts an.

Manchmal beneidete Wendel Jobst um seine Beherrschung. Er ließ die Dinge nicht zu nah an sich heran und bewahrte sich auf diese Weise immer einen kühlen, klaren Kopf. So behielt er alles unter Kontrolle, vor allem seine Gefühle. Hass, Enttäuschung, Wut – Jobst ließ sich nur selten davon beeinflussen, seine Taten waren stets durchdacht, und auch die ihm erteilten Befehle befolgte er keineswegs blindlings, sondern gerade so, wie er es für taktisch klug und richtig hielt.

Allerdings fehlte ihm auch der Ehrgeiz, über den Wendel in hohem Maße gebot. Das war auch der Grund, warum Wendel einer der wichtigsten Männer in der Richerzeche war und Jobst nur ein bezahlter Handlanger. Von daher musste alles zueinander ins Verhältnis gesetzt werden. Entscheidend war immer nur, was am Ende herauskam.

Wendel atmete tief durch, der Schmerz in seinem Inneren ließ nach. Er wandte sich ab und ging zu den Pferden.

Simon wartete, bis sein Vater und Jobst aufgesessen und über den Wall, der das Gelände der Wasserburg mit dem gegenüberliegenden Seeufer verband, davongeritten waren. Erst als sie im Wald verschwunden waren, wagte er, den wankenden und stöhnenden Sewolt in Richtung Burgtor zu schieben. Diether kam ihm bereits entgegen, und Simon sprach ein stummes Dankgebet, dass der Freund nicht draußen vor der Mauer gewesen war, als sein Vater und Jobst aufgetaucht waren. In dem Fall wäre es Diether womöglich schlimmer ergangen als Sewolt, denn er hatte sich leichtsinnigerweise als Frau kostümiert. Vielleicht hätte es Vater beim Anblick der frivol gekleideten Gestalt sogar selbst übernommen, Diether zusammenzuschlagen, statt es Jobst zu überlassen. Simon war ohnehin davon überzeugt, dass sein Vater Diether nur deshalb noch auf der Burg duldete, weil er ein so herausragender Fechter und Reiter war und im

Bogenschießen traf wie kein Zweiter. Sogar der Waffenmeister, der auf Geheiß Wendels regelmäßig nach Bergerhausen kam, war gegen Diether ein Stümper. Es lag auf der Hand, dass Wendel immer noch hoffte, etwas von Diethers wünschenswerten Fähigkeiten möge auf Simon übergehen. Es fiel ihm leicht, überall herumzuerzählen, dass Diether der Knappe seines Sohnes sei, ganz ungeachtet der Tatsache, dass Simon weder ein Ritter war noch je einer werden würde, auch wenn Wendel enorm viel Geld lockergemacht hatte, damit sein Sohn sich so nennen durfte, mit Schwertleite und Eintrag in die Wappenrolle und erzbischöflichem Lehen. Simon fehlte nicht nur die jahrelange, harte Ausbildung, die wirkliche Ritter vorzuweisen hatten, sondern auch der nötige Wille. Er hasste es, sich an den Waffen zu üben, und tat es nur, weil es Diether Spaß machte. Und natürlich weil sein Vater es so wollte.

Das Beste an dem Leben hier war noch, dass er mit Diether zusammen sein konnte und seinen Vater nicht übermäßig oft sah. Ansonsten konnte er der Burg und der Einöde ringsum nicht viel abgewinnen, viel lieber wäre er in Köln geblieben. Das hätte jedoch bedeutet, es tagaus, tagein mit Vater auszuhalten, so wie früher, als er deswegen so krank vor Melancholie geworden war, dass auch noch so häufiges Prügeln es ihm nicht hatte austreiben können.

Sein Leben auf der Burg wäre gewiss um einiges friedvoller gewesen, hätte sein Vater nicht ständig mit solchem Nachdruck die Fortschritte bei den Waffenübungen überwacht. Ginge es nach Wendel Hardefust, könnte es recht bald den nächsten Krieg oder wenigstens eine Schlacht geben, damit Simon Gelegenheit bekam, seine Kampfkraft unter Beweis zu stellen und den Namen seiner Familie mit Ruhm und Ehre zu überhäufen.

Simon hasste allein schon den Gedanken daran.

Diether trat mit besorgter Miene zu ihm. »Jobst?«, fragte er, als er sah, wie übel Sewolt zugerichtet war.

Simon nickte nur. Die Tränen liefen ihm immer noch übers Gesicht, er fühlte sich gedemütigt und machtlos. Er wusste ganz genau, dass Sewolt die Prügel bezogen hatte, die ihm selbst zugedacht waren, und sein Vater wollte, dass ihm das klar war, deshalb hatte er dafür gesorgt, dass es in seiner Gegenwart geschah. Damit er jeden einzelnen, mit Bedacht ausgeführten Hieb genau verfolgen konnte. Das Knirschen hörte, mit dem Sewolts Nase brach. Das dumpfe Krachen, als sein Kopf bei dem Schlag aufs Kinn gegen die Mauer prallte. Das Ächzen beim Kniestoß in die Rippen. Den gequälten Aufschrei beim Tritt zwischen die Beine.

Diether packte mit an und half ihm, er stützte Sewolt von der anderen Seite, und gemeinsam brachten sie ihn zur Außentreppe, die zum Eingang der Kemenate hinaufführte. Die Füße des Burgvogts schleiften auf den hölzernen Stufen, während sie ihn nach oben bugsierten. Jobst hatte ihm schlimm zugesetzt, der Mann schwankte am Rande einer Ohnmacht.

Vor dem Kamin im großen Saal hockten Simons Freunde, tropfnass von dem unfreiwilligen Bad im See. Die Hausmagd hatte sie mit Decken versorgt, und jemand hatte ihnen dampfende Punschbecher in die Hand gedrückt. Der Knecht hatte Holz nachgelegt, das Feuer loderte hell und wärmend. In den Wandhalterungen brannten Kienspäne, die den Saal in mildes Licht tauchten.

Gemeinsam mit Diether brachte Simon den stöhnenden Burgvogt in dessen Kammer. Vorsichtig betteten sie ihn auf sein Lager. Simon wischte sich mit dem Ärmel das tränennasse Gesicht ab und zuckte zusammen, weil seine Wange brannte. Er tastete die Stelle ab und betrachtete seine Fingerspitzen. Blut, aber nicht allzu viel, nur eine unbedeutende Wunde, die ihm sein Vater offenbar mit der Kante seines Siegelrings zugefügt hatte. Nichts gegen die Blessuren, die Sewolt davongetragen hatte.

Simon rief nach der Magd und befahl ihr, sich um den Burgvogt zu kümmern. Anschließend kehrte er in den Saal zurück, doch er setzte sich nicht zu den anderen ans Feuer, sondern blieb beim Fenster stehen. Nur einer von den Klappläden war noch offen. Die Sonne würde bald untergehen, es wurde rasch kühler. Der Himmel spiegelte sich dunkelrot in der Wasseroberfläche, und der Wald, der den See umsäumte, begrenzte den Horizont wie eine schwarze Wand.

Diether trat neben ihn und legte ihm die Hand auf die Schulter. Simon wandte sich zu ihm, wissend, dass sein ganzes Leid und seine ganze Liebe in seinen Augen standen. Diether erwiderte seinen Blick, wie er es sonst nur wagte, wenn sie allein waren, aber bloß einen Herzschlag lang, dann senkte er die Lider und zog seine Hand zurück. Rasch ging er zu den anderen, setzte sich ans Feuer und ließ sich einen Pokal mit heißem Würzwein füllen.

Der Knecht brachte trockene Kleidung, und als Julius Overstolz und Mathias Grin sich im Kreise der Übrigen umzogen, war hier und da Gelächter zu hören, doch es klang verhalten. Die heitere Ausgelassenheit kam nicht mehr auf, die Karnevalsfeier war verdorben.

Simon hockte sich ebenfalls vor den Kamin. Gedankenverloren rieb er seine rechte Gesichtshälfte, die immer noch von dem heftigen Schlag seines Vaters brannte. Morgen würde sein Auge in allen Farben schillern.

Zögernd blickte er in die Runde. Seine Freunde, die von Wendel auf so unerträgliche Weise gedemütigt worden waren, schienen auf den ersten Blick gute Miene zum bösen Spiel zu machen, doch Simon spürte ihre unterdrückte Wut. Obwohl er keine Schuld an den Geschehnissen trug, drängte es ihn, sich für die Entgleisung seines Vaters zu entschuldigen. Doch dann ließ er es bleiben, denn es hätte sowieso nichts geändert. Alle hier im Raum kannten seinen Vater – und fürchteten ihn. Sein Name hatte Gewicht in Köln, und seine Macht reichte weit, sogar bis in den erzbischöflichen Palast. Es war besser, sich nicht mit Wendel Hardefust anzulegen.

Madlen nutzte den Aschermittwoch, um Konrads Grab auf dem Kirchhof von Sankt Aposteln zu besuchen. Sie ging zwischen der sechsten und siebten Stunde hin, weil um diese Zeit nicht so viel los war wie am Morgen, als sich zahllose Besucher zur Prozession und zur Messe eingefunden hatten, viele noch verkatert und übermüdet von den Ausschweifungen der vergangenen Tage. Auch im *Goldenen Fass* war es hoch hergegangen, wie immer während der Karnevalstage, Madlen hatte bis zur Erschöpfung gearbeitet. Solange sie im Sudhaus oder in der Schänke schuftete, war sie von ihren Sorgen abgelenkt. Wenn sie anschließend todmüde ins Bett fiel, blieb sie meist nicht lange genug wach, um sich den Kopf zu zerbrechen, wie es in der kommenden Woche weitergehen sollte. Am nächsten Sonntag jedenfalls würde sie Barthel ihren Entschluss mitteilen müssen, das hatte sie ihm versprochen. Dummerweise wusste sie immer noch nicht, wie sie sich entscheiden sollte.

Der Kirchhof von Sankt Aposteln, der auch als Begräbnisstätte diente, war teilweise durch die alte Stadtmauer eingefriedet. Der Eingang führte zwischen zwei Pfosten hindurch, über eine Grube hinweg, die mit einem Beinbrecher abgedeckt war – ein Gitterrost, für Menschenfüße zu beschreiten, aber ein unpassierbares Hindernis für frei herumlaufendes Vieh, vor allem jedoch für die zahlreichen streunenden Straßenköter, von denen es stets mehr gab, als der Hundeschläger einfangen konnte. Bis zur nächsten Beute war es nicht weit, denn das Beinhaus befand sich an der Mauer direkt hinter dem Eingang. Es war randvoll mit den Schädeln all jener, die aus der Erde geholt werden mussten, um Platz für die nächsten Verstorbenen zu schaffen.

Ein übler Geruch lag über dem Gräberfeld mit seinen schiefen Holzkreuzen und den vereinzelten Grabmälern aus Stein. Auch die entlang der Mauer gepflanzten Duftkräuter konnten den Verwesungsgestank nicht vertreiben. Nur selten waren die Gruben tief genug, um den Witterungseinflüssen standzuhalten. Beerdigungen waren nicht billig, und der Totengräber arbeitete immer nur so gut, wie er bezahlt wurde. Nicht wenige Gräber wurden daher irgendwann vom Regen unterspült und freigelegt, und wenn das geschah, musste erst jemand von den Hinterbliebenen den Totengräber entlohnen, damit er aufräumte.

Madlen wandte schaudernd den Blick ab, als sie ein paar Schritte voraus eine halb verweste Hand aus einem der älteren Gräber ragen sah.

Madlen war froh, dass sie, genau wie für ihren Vater nach dessen Tod, auch für Konrad ein Grab dicht bei der Kirchenmauer erstanden hatte. Ein Platz im Kircheninneren, sei es in der Gruft oder in einem Sarkophag oder unter einer der Bodenplatten, wäre noch besser gewesen, aber das blieb den Reichen und Mächtigen vorbehalten. Doch draußen gleich bei der Mauer zu liegen war fast genauso gut. Die dort für Konrad ausgehobene Grube war so tief, dass sie vorerst gewiss niemand öffnen und seine Gebeine herausholen würde. Außerdem hatte Madlen einen festen Sarg für ihn gekauft, keine billige, offene Lade, die beim nächsten schlimmen Wolkenbruch hochgeschwemmt wurde.

In den Stein, den sie auf dem Grab hatte aufstellen lassen, war sein Name eingraviert, Konrad von der Schildergasse. Madlen konnte nicht lesen, ebenso wenig wie Konrad es gekonnt hatte, trotzdem hatte sie es so haben wollen. Auf diese Weise konnte seine Grabstätte mit keiner anderen verwechselt werden und hatte einen besonderen, eigenen Charakter.

Sie blieb vor dem Grab stehen und faltete die Hände. Hinknien mochte sie sich nicht, weil der Boden von dem Regen, der am Morgen gefallen war, noch morastig war. Sie sprach ein Gebet für Konrads unsterbliche Seele und dachte voller Bitterkeit daran, wie viel ihr genommen worden war. Und daran, was ihr noch blühen mochte.

Wen soll ich nur nehmen?, dachte sie, und was sie in Wahrheit meinte, war: Wie kann ich dem bloß entgehen?

Statt zu beten, hätte sie lieber laut geflucht.

Barthel oder Jacop? Jacop oder Barthel?

Es ging nicht um die beste Lösung, sondern nur um die am wenigsten schlimme.

Warum nur musste es ausgerechnet ein Brauer sein?

Und warum musste sie plötzlich an den großen, vernarbten Fremden denken, von dem sie nicht einmal den Namen wusste?

Gleich darauf wanderten ihre Gedanken wieder zurück zu ihrem Mann, und ihr kamen die Tränen, denn erst am Morgen war sie mit dem Gefühl aufgewacht, in seinen Armen zu liegen, umfangen von seiner Wärme. Sie hatte für einen Moment sogar gemeint, seinen Atem in ihrem Haar zu spüren. Dann war der Traum verflogen und die Wirklichkeit über sie hereingebrochen. Konrad gab es nicht mehr, nur noch in ihren Gedanken. Starr und mit zusammengebissenen Zähnen hatte sie dagelegen und gewartet, bis der lähmende, herzzerreißende Schmerz über den Verlust sich wieder in die ebenfalls schlimme, aber meistens erträgliche Trauer verwandelt hatte.

Sie zuckte zusammen, als unvermittelt im Kirchturm über ihr die Glocken ertönten. Es war nicht der Stundenschlag, sondern das Totenläuten, als hätten ihre Gedanken es herbeigerufen.

Madlen sah den Priester ins Freie treten. Ein Mitglied der Gemeinde war verstorben, vermutlich die Mutter des Kräuterhändlers, die schon seit Tagen mit dem Tode rang. Begleitet von Glockengebimmel, trat der Geistliche den Versehgang zum Sterbehaus an. Der Küster ging mit der Versehlaterne voran, zwei Ministranten mit weiteren Lichtern hinterher.

Madlen bekreuzigte sich und schloss sich dem kleinen Zug an, so wie es auf dem Weg zum Sterbehaus auch andere Gemeindemitglieder tun würden, um den Hinterbliebenen tröstend beizustehen und der Verstorbenen durch Gebet und Fürbitte das Seelengeleit zu geben. Ihr eigener Kummer war für den Augenblick vergessen.

Johann schwang die Axt und spaltete Holz für das Feuer. Die harte Arbeit tat ihm gut, sie half ihm, sich abzureagieren. Mit jedem Schlag konnte er gegen das Gefühl ankämpfen, in einer Sackgasse zu stecken. Ihre Tage hier im Wald waren gezählt, das hatte er Veit versprochen, und es war ihm ernst damit. Der letzte Überfall hatte ihm gezeigt, wie schmal der Grat war, auf dem er die ganze Zeit gewandelt war. Es kam nicht infrage, sich länger mit Drago gemeinzumachen.

Das bei den bisherigen Raubzügen erbeutete Geld war weniger als erhofft, aber es würde ihnen reichen. Nicht zum Kauf eines Hauses, aber auf jeden Fall zum Anmieten einer ordentlichen Bleibe, und daneben für eine ganze Reihe vernünftiger Mahlzeiten. Veit konnte jede Nacht in einem warmen Zimmer schlafen, und Johann würde dafür sorgen, dass es ihm auch sonst an nichts fehlte. Vielleicht konnte er sogar Bücher beschaffen und Veit daraus vorlesen, schließlich gab es noch andere Schriften als die von Ovid.

»Du schlägst ziemlich viel Holz, mein Freund«, rief Veit. Er kam von der Höhle herüber, den langen Stock hin und her schwingend und auf diese Weise alle Unebenheiten und Hindernisse in seinem Weg ertastend. »Viel mehr, als wir hier noch verfeuern können.«

»Wir werden eine Kiepe voll mitnehmen«, sagte Johann, keuchend von der Anstrengung. »Brennholz kann man immer brauchen.«

»Das ist ein guter Plan«, stimmte Veit zu. Seine hellen Augen versuchten, Johanns Gestalt zu fixieren, doch es gelang ihm nur, die ungefähre Richtung zu erfassen. Er wirkte gelöst, beinahe glücklich. Seit Johann ihm versichert hatte, nicht mehr auf Raubzug zu gehen, machte er aus seiner Erleichterung keinen Hehl.

Johann legte die Axt zur Seite, er hatte genug vom Holzhacken. Er wischte sich den Schweiß aus dem Gesicht und griff nach dem Surcot, den er abgelegt hatte, weil ihm bei der Arbeit warm geworden war.

»Wir sollten heute Abend noch zusammenpacken«, sagte er, während er das Gewand überstreifte. »Dann können wir morgen gleich bei Tagesanbruch losreiten.«

»Mein Bündel ist schon geschnürt.« Veit hob den Kopf. »Jemand kommt.« Seine blinden Augen schlossen sich, er lauschte, dann meinte er besorgt: »Sie wollen dich holen.«

Gleich darauf hörte auch Johann den Hufschlag. »Keine Sorge. Ich reite nicht mehr mit Drago.«

»Es sind nur drei Pferde«, sagte Veit.

Johann reagierte sofort. Er packte Veit bei der Schulter und drängte ihn in Richtung des vorbereiteten Verstecks, dann trat er das Feuer aus. »Ich lenke sie ab. Du bleibst hier.«

Bevor Veit protestieren konnte, rannte Johann zum Unterstand, wo er das Pferd angepflockt hatte. Er band es los und saß auf, zum Satteln blieb keine Zeit. Rasch trieb er das Pferd an. Als zwischen den Bäumen drei Reiter auftauchten, kreuzte er ihren Weg und fiel gleich darauf in scharfen Trab, weg vom Lager, weg von Veit. Die Berittenen nahmen sofort die Verfolgung auf, aber Johann baute seinen Vorsprung aus. Äste peitschten ihm ins Gesicht, er duckte sich und blickte schwer atmend über die Schulter zurück. Ohne Sattel war das Reiten schwierig, obwohl das Pferd bereitwillig auf den Druck seiner Stiefelabsätze reagierte. Doch da er vorläufig nicht entwischen wollte, spielte es keine Rolle, wie schnell er war. Wenn er sie jetzt schon abhängte, würde sie das nur dazu bringen, zum Lager zurückzureiten und dort in der Hoffnung auf verwertbare Beute herumzuschnüffeln, und dabei würden sie Veit entdecken. Er musste sie folglich so weit wie möglich weglocken, am besten aus dem Wald heraus. Es dämmerte schon, nach Einbruch der Dunkelheit würden sie die Suche bestimmt abbrechen.

Er dachte nicht darüber nach, was die Männer von ihm wollten, denn daran gab es nicht viel zu deuten, Veit hatte ganz richtig vermutet: Die Berittenen waren städtische Söldner mit dem Auftrag, ihn gefangen zu nehmen. Drago oder einer der anderen hatte dafür gesorgt, dass sie wussten, wo er zu finden war.

Das Lager war zu abgelegen und zu gut versteckt, um zufällig darüber zu stolpern.

Er wechselte beim Reiten die Geschwindigkeit, je nach der Beschaffenheit des Waldbodens und der Dichte des Unterholzes, welches eine raschere Gangart meist verhinderte, aber immer achtete er darauf, dass sie ihn nicht aus den Augen verloren. Irgendwann erreichte er den Waldrand und konnte von der Anhöhe aus den Rhein sehen. Er ritt hügelabwärts und wurde dabei schneller, doch nun holten die Männer rasch auf. Gerade als er sich zu fragen begann, ob er ihnen überhaupt noch entkommen konnte, geschah das Unvorhersehbare: Sein Pferd rutschte mit den Vorderhufen in eine tückische Senke und geriet ins Straucheln. Johann, der ohne Sattel und Steigbügel keinen sicheren Halt hatte, flog kopfüber zu Boden. Der Aufprall trieb ihm die Luft aus den Lungen und war so heftig, dass Johann für einige endlose, benommene Augenblicke überzeugt war, sich alle Knochen gebrochen zu haben. Als er endlich wieder atmen konnte, hob er die Hand und betastete stöhnend seine Rippen.

Während die Verfolger absaßen und sich ihm unter allerlei wüsten Droh- und Schmährufen näherten, blieb er auf dem Rücken liegen, in der Hoffnung, dass sie einen wehrlosen und womöglich verletzten Mann bestimmt nicht verprügeln würden, oder wenn doch, dann wenigstens nicht so hart.

Er hatte sich geirrt.

In derselben Woche musste Jacop, der Sohn von Braumeister Eberhard, sich zum wiederholten Mal von seiner Mutter Anneke auszanken lassen, weil er keine Anstrengungen unternahm, Madlen von der Schildergasse zu umwerben. Im *Goldenen Fass*, so hob seine Mutter seit Monaten hervor, könne er sich nicht nur ins gemachte Nest setzen, sondern hätte obendrein auch eine unglaublich tüchtige Frau, die sich aufs Brauen verstand wie keine Zweite in Köln, erst recht, wenn man die beiden dicken Witwen mitzählte, die zwischen Heumarkt und

Buttermarkt ihre Brauhäuser betrieben und deren Bier nach Pisse roch. Madlen hingegen war, wie Anneke nicht müde wurde zu betonen, nicht nur fleißig, strebsam und gewitzt, sondern ein richtig hübsches Ding. Sicher, sie mochte zuweilen eigensinnig und aufbrausend sein, aber dafür sei ja er, Jacop, nachgiebig und sanftmütig, von daher würden sie einander ideal ergänzen.

Jacop stand im Sudhaus vor dem Läuterbottich und hob mit dem Sieb die restlichen Spelzen aus dem Gebräu. Er starrte ergeben in die trübe Flüssigkeit und versuchte, die Ohren vor der nicht enden wollenden Litanei seiner Mutter zu verschließen, was sich indessen als schwierig herausstellte, weil sie – wie heute auch wieder – zu solchen Gelegenheiten so nah an ihn heranzutreten pflegte, dass er die Haare auf dem Leberfleck an ihrem Kinn zählen konnte. Jedenfalls dann, wenn er hinsah. Hin und wieder verlangte sie das von ihm – nicht die Haare zu zählen, sondern ihn anzusehen –, damit sie sicher sein konnte, dass er ihr zuhörte. Regelmäßig leitete sie solche Aufforderungen mit Sätzen ein wie: »Hörst du mir überhaupt zu? Sieh mich gefälligst an, wenn ich mit dir rede!«, oder auch, wenn ihre Laune schlechter wurde: »Nie hörst du mir richtig zu! Schau deiner Mutter ins Gesicht, du ungezogener Bengel!«

Im Augenblick schien sie jedoch noch guter Dinge zu sein.

»Du müsstest im Grunde kaum arbeiten«, sagte sie. »Denn Madlen macht ja schon alles selbst. Sie und ihr Knecht, der wirklich was davon versteht. Und die Lehrbuben sind auch nicht auf den Kopf gefallen, wie dein Vater mir sagte. Notfalls können wir auch einen von unseren Gesellen entbehren. Das würde bedeuten, dass du nur so viel arbeiten musst, wie du selbst es für richtig hältst.« Freundlich setzte sie hinzu: »Du könntest zum Beispiel in der Stadt spazieren gehen.« Das war, wie Jacop sofort erkannte, ihr schlagkräftigstes Argument. *Heirate sie, und du kannst fürderhin tun und lassen, was du willst.*

Damit hatte Anneke ihre Taktik verändert. Sie versuchte, sich den Umstand zu Nutze zu machen, dass Jacop nicht gerade versessen aufs Bierbrauen war. Ihm war zwar von klein auf nichts anderes übriggeblieben, als das Brauhandwerk zu erlernen, schließlich war er Sohn und Erbe eines namhaften Braumeisters, doch wäre es nach ihm gegangen, hätte er nicht allzu häufig am Kessel stehen müssen. Sonderlich geschickt hatte er sich nie angestellt, da machte Jacop sich selbst nichts vor. Beim Abmischen der Gruit bewies er selten das richtige Fingerspitzengefühl, und häufig rutschte ihm ein Bottich aus den Armen. Oder er heizte unter dem Kessel nicht stark genug ein oder ließ das Grünmalz verschimmeln. Doch wozu hatte sein Vater tüchtige Gesellen? Sogar die Lehrbuben kamen inzwischen besser in der Braustube zurecht als er, obwohl seine offizielle Lehrzeit schon vor zwei Jahren geendet hatte. Es wäre die reinste Zeitverschwendung gewesen, ihn mit verantwortungsvollen Tätigkeiten zu betrauen, weil er einfach zu viele Fehler beging. Einer der Gesellen hatte ihm bereits unterstellt, es stecke Absicht dahinter, doch das hatte Jacop entrüstet zurückgewiesen. Tatsächlich plante er all diese Versehen keineswegs. Sie unterliefen ihm einfach.

Jacop hat vergessen, das Amulett zum Gärbottich zu legen. Jacop hat mal wieder die Maische nicht richtig durchgerührt. Jacop hat die Maus mit dem Malz in die Mühle geschüttet. Jacop hat zu viel Kümmel an die Gruit getan.

Ob nun ein Sud wegen des vergessenen Amuletts von den Zauberschen in stinkende, ungenießbare Brühe verwandelt oder wegen einer falschen Gruitmischung sauer wurde – fast immer war Jacop auf die eine oder andere Weise daran beteiligt, es schien fast, als würden höhere Mächte es so fügen.

Einmal hatte er sogar seinen Eltern gegenüber die Vermutung geäußert, dass er womöglich mit einem Unglücksfluch belegt sei, weil ihm beim Brauen gar so viel misslang, doch davon hatten sie nichts hören wollen. Vor allem Anneke nicht. Sie hatte lange auf ihn eingeredet und ihm genau erklärt, warum es mit seinen Braukünsten nicht weit her war. Begonnen hatte sie diese Erklärung – wie so häufig – mit dem barschen Befehl, sie gefälligst anzusehen, und dann hatten ihm die Ohren nur so geklingelt von ihrer Schimpftirade.

Trübselig fischte er weitere Spelzen aus dem Bottich und hoffte, dass seine Mutter bald fertig war. Er wusste nicht genau, was sie ihm eben nach den einleitenden Sätzen noch alles erzählt hatte, aber besonders wichtig konnte es nicht sein, sonst hätte er vielleicht das eine oder andere davon behalten, statt es wie Wind an sich vorbeirauschen zu lassen.

»Willst du mich wohl ansehen, wenn ich mit dir rede?!«, schrie seine Mutter ihn an, und Jacop zuckte heftig zusammen. Vor Schreck ließ er das Seihsieb fallen. Im Hintergrund hörte er den Altgesellen hämisch keckern, und auf der Tenne prustete einer der Lehrjungen.

Anneke dräute vor ihm wie ein wütender Zerberus. Auf ihn wirkte sie ganz und gar nicht so, wie sie nach außen hin immer schien: eine kleine, pausbäckige Frau, die kein Wässerchen trüben konnte.

Jacop blickte sich hilfesuchend um, doch der Einzige, der ihn vor seiner Mutter hätte in Schutz nehmen können, war nicht anwesend: Sein Vater war wieder zu einer seiner Zunftsitzungen gegangen. In der letzten Zeit kam es Jacop so vor, als wäre der Vater häufiger bei den Dominikanern in der Stolkgasse als zu Hause. Jacop konnte es ihm nicht verdenken, er selbst wäre auch gern woanders gewesen, wenngleich natürlich nicht im Kloster der Dominikaner, dahin zog ihn beim besten Willen nichts. Ein paarmal hatte er seinen Vater begleitet, aber im Kreise der bierbäuchigen Braubrüder zu hocken und zuzuhören, wie sie sich über sinnlose Fragen ereiferten, war noch schlimmer, als stundenlang in der Maische zu rühren. Wen scherte es schon, ob es opportun sei, die Mitgliedsbeiträge der Zunftmitglieder zu erhöhen, damit man für die Bestattungen der Brüder neue, mit einem besonderen Emblem bestickte Bahrtücher anschaffen konnte. Oder ob man im Rat einen Gesetzesentwurf einbringen sollte, der es nichtkölschen Brauern untersagte, in der Stadt ein Brauhaus zu eröffnen.

Letztes Jahr, als sich die Zunftbrüder bei einer ihrer Versammlungen darüber beraten hatten, ob Madlen von der Schildergasse ihre Brauerei weiterbetreiben sollte, sofern sie binnen eines Jahres einen Kölner Brauer zum Manne nähme, war Jacop ebenfalls dabei gewesen. Damals hätte er sich melden und dagegenstimmen sollen, und ganz sicher hätte er es getan, wenn er zu jener Zeit nur begriffen hätte, was damit auf ihn zukam.

»Du hörst mir immer noch nicht zu!« Seine Mutter verpasste ihm eine Backpfeife. Nicht allzu hart, aber doch so nachdrücklich, dass Jacop erneut zusammenfuhr und etwas fallen ließ. Diesmal das Amulett, und zwar direkt in den Sud. Erschrocken starrte er in die sämige Brühe. Mit den Bierzauberschen war nicht zu spaßen, schnell hatte man unwillentlich einen schlimmen Fluch heraufbeschworen, wenn man nicht Acht gab. Vorsorglich bekreuzigte er sich und sprach ein stummes Gebet.

»Hast du mitgekriegt, was ich dir gesagt habe?«, schrie seine Mutter ihn an.

Jacop nickte krampfhaft, obwohl er bestenfalls ahnen konnte, was sie wollte.

»Und, wirst du es tun?«

»Was denn, Mutter?«

Sie ohrfeigte ihn erneut. »Um sie werben natürlich! Du sollst ihr zeigen, dass du die bessere Wahl bist!«

»Äh … ja«, behauptete Jacop, obwohl er nichts dergleichen vorhatte. Doch der Wunsch, endlich in Frieden gelassen und mit der Arbeit fertig zu werden, war stärker als das Gebot, die eigene Mutter nicht zu belügen. Er würde es ganz einfach beichten, zusammen mit den übrigen Sünden, die sowieso deutlich schlimmer waren als seine Schwindeleien.

»Tust du es heute noch?«, wollte Anneke wissen.

Er nickte hastig. »Ja, wenn du es wünschst.«

Sie hatte nicht gefragt, *was* er heute noch tun würde, also war seine letzte Antwort keine Lüge. »Ja«, wiederholte er. »Ich mache es ganz bestimmt heute noch.«

Anneke schien angenehm überrascht. »Am besten hörst du

jetzt mit der Arbeit auf und machst dich sofort auf den Weg«, empfahl sie ihm.

»Das ist eine gute Idee«, stimmte Jacop zu, erfreut und erleichtert, wie einfach es auf einmal war, endlich die gewachste Schürze auszuziehen und der durchdringend nach vergorenem Malz riechenden Braustube und vor allem seiner Mutter zu entfliehen.

»Es wäre nur zu deinem Nutzen, wenn sie dich erhört«, rief seine Mutter ihm nach, während er bereits frohgemut zur Tür hinauseilte.

»Ich täte alles dafür«, murmelte Jacop. Das Nachfolgende sprach er jedoch nur in Gedanken aus. *Du Stern meines Lebens, Licht meines Herzens. Meine über alles geliebte Appolonia.*

Appolonia war keine gewöhnliche Hure. Sie unterhielt ihr Quartier nicht wie viele der billigen Dirnen auf dem Berlich, und nie wäre sie zusammen mit den Winkelhuren rund um den Dom oder hinterm Hafen gesehen worden.

Sie wohnte vielmehr mit ihrer Base Kunlein in einem ehrbaren Haus unweit der Marspforte, das sogar ihr allein gehörte. Sie hatte es von ihrem Gatten geerbt, der doppelt so alt gewesen war wie sie und vor zwei Jahren das Zeitliche gesegnet hatte. Es hieß, er habe sein Geld mit vielerlei Geschäften verdient; welche das jedoch im Einzelnen waren, hatte Appolonia auf Jacops Fragen hin nicht genau zu sagen vermocht. Jedenfalls musste sie als gut situierte Witwe keine Not leiden.

Jacop wusste nicht genau, wie alt sie war, denn auch das hatte sie ihm, als er danach gefragt hatte, nicht sagen können, aber keinesfalls war sie älter als er, das hätte er jederzeit beschworen.

Appolonia war eine betörende Schönheit mit seidigem, onyxschwarzem Haar und Augen, die so grün leuchteten wie die Smaragde im Dreikönigsschrein. Ihre Lippen waren rot wie die süßesten Kirschen, und ihre Zähne so glänzend und rein wie die herrlichsten Perlen. Und erst ihr Körper! Jacop standen nicht genug Vergleiche zur Verfügung, um ihn gebührend zu preisen. Also versuchte er es gar nicht erst, sondern stellte sich einfach nur vor, sie überall zu berühren. Von daher erklärte sich vielleicht auch sein Versagen bei der Arbeit – er war schlicht zu sehr von seinen überbordenden Phantasien abgelenkt. So gesehen war vielleicht etwas dran an den Vorwürfen seiner Mutter. Sie hatte behauptet, sein Herumhuren sei schuld, dass er es beim Brauen auf keinen grünen Zweig bringe, doch davon wollte er nichts wissen.

Im Gegenteil, gern hätte er jeden zur Rechenschaft gezogen, der Appolonia eine Hure nannte, obwohl er nicht um die Feststellung herumkam, dass Appolonia nicht nur ihm, sondern manchmal auch anderen Männern ihre Gunst erwies. Doch da er der Einzige war, den sie wirklich und von Herzen liebte, musste er sich wohl oder übel damit abfinden. So wie auch damit, dass höchst zwielichtige Männer zu ihrem Bekanntenkreis gehörten, etwa Hermann, der Kölner Scharfrichter. Es erfüllte Jacop mit Unbehagen, dass Appolonia mit Hermann redete und auch sonst mit ihm verkehrte wie mit einem angesehenen Bürger. Als Henker gehörte er zu den Unehrlichen, und zwar zu einer Sorte, vor der man wirklich Angst haben musste. Es brachte Unglück, in die Nähe eines Scharfrichters zu kommen. Der Tod war sein ständiger Begleiter, und was seine Hände berührten, konnte leicht der Verdammnis anheimfallen.

»Er fasst dich doch nicht an, oder?«, hatte Jacop Appolonia entsetzt gefragt, als er Hermann zum ersten Mal in ihrem Haus gesehen hatte.

»Ach wo, er braucht nur mal ab und zu jemanden zum Reden, der arme Mann.«

»Kann er nicht mit anderen Leuten reden?«

»Mit wem denn? Alle Welt behandelt ihn wie einen Aussätzigen. So viel Hartherzigkeit hat er nicht verdient. Außerdem ist er ein guter Beschützer.«

»Wieso Beschützer? Wovor soll er dich denn beschützen?«

Sie hatte geseufzt. »Die Welt ist schlecht, mein lieber Jacop. Sehr schlecht!«

»Aber *ich* kann dich doch beschützen!«

»Etwa, während du bei deinem Vater im Sudhaus stehst und Bier machst?« Sie hatte gekichert, auf diese herzallerliebste Weise, bei der man immer sah, was für schöne Zähne sie hatte. »Oder wenn du demnächst der Gatte der hübschen Brauerin bist?«

»Ich will sie nicht heiraten!«

»Aber du wirst, weil sie dich erwählen wird.«

»Sie wird gewiss den Barthel von der Hahnenstraße wählen. Der liebt die Madlen nämlich schon lange!«

Das hatte Appolonia erst recht erheitert. »Keine Frau, die bei klarem Verstand ist, würde dieses Wiesel wollen, wenn sie stattdessen dich haben kann.«

»Ich will sie aber nicht! Ich will dich!«

»Mein lieber, süßer Jacop.« Sie hatte ihn innig geküsst, bis ihn schwindelte und sein Blut kochte. »Du vergisst, dass du unmündig und daher deinen Eltern zum Gehorsam verpflichtet bist. Glaubst du ernsthaft, dich deiner Mutter widersetzen zu können?«

Nein, das glaubte Jacop nicht, auch wenn er es gern anders gehabt hätte. Kurzum, seine Lage war belastend und unbefriedigend, und das in mehrfacher Hinsicht. Seit über einem Jahr liebte er Appolonia, und er hatte es immer noch nicht geschafft, sie endgültig zu der Seinen zu machen. An seinem Leben musste sich dringend einiges ändern.

Er ließ das Brauhaus *Zum Schwarzen Hahn* hinter sich und ging die Breite Straße hinunter, am Kloster der Minoriten vorbei bis Unter Spormacher, dort bog er nach rechts ab und eilte an den Häuserzeilen entlang, bis er Oben Marspforten erreicht hatte.

Je näher er dem Marktviertel kam, desto belebter wurden die Gassen. Fast wäre er über einen zerlumpten Bettler gestolpert, der in tief geduckter Haltung an den Häusern vorbeischlurfte. Er hatte nur noch ein Bein. Das andere endete unterhalb des Knies. Der Stumpf war an einem gegabelten Stock befestigt, der über die von Unrat bedeckte Gasse nachschleifte. Der arme Kerl behalf sich außerdem mit einer Krücke, die viel zu niedrig war, was ihn erst recht in eine Haltung zwang, die von jedem aufrechten Gang weit entfernt war. Er konnte fast mit der Nase den Boden aufwischen. Trotz der triefenden, vereiterten Augen schien er noch gut genug sehen zu können, denn die von Schrunden verunstaltete Hand griff zielsicher in Jacops Richtung.

»Edler, hochwohlgeborener Herr, gebt einem halb verhungerten Mann Geld für einen kleinen Wecken!«

Das Bettelvolk gehörte zu Köln wie der Rhein. In niemals versiegendem Strom mäanderte es durch die Stadt, ergoss sich in jeden erreichbaren Winkel, floss in Kirchhöfe und Märkte, überspülte die Gassen und Plätze. Nun, da die Fastenzeit begonnen hatte, gingen die Armen sogar von Tür zu Tür und baten um Almosen. Man konnte keinen Schritt tun, ohne über einen von ihnen zu fallen. Ganze Heerscharen Lahmer und Blinder umlagerten die Kirchpforten, man gelangte nicht zur Messe, ohne sich vorher durch das Gewühl der Bedürftigen zu kämpfen, und manchmal folgten sie einem sogar hinein, krochen und humpelten auch während der Andacht bettelnd zwischen den Gläubigen umher, obwohl es verboten war.

»Eine kleine Gabe für den Ärmsten der Armen!« Der Einbeinige schien das Geld in Jacops Hand riechen zu können. »Nur eine winzige Münze! Ich habe seit zwei Tagen nichts gegessen!«

»Daran hast du wohlgetan, denn es ist Fastenzeit.« Jacop hielt seine Barschaft fest umklammert, schlug einen Haken um den Bettler und eilte weiter. Er hatte nun mal bloß drei Pfennige, und die brauchte er für Appolonia.

Zu seinem grenzenlosen Verdruss musste er sie bezahlen, und zwar jedes Mal. Wenn er es öfter als einmal mit ihr tun wollte, sogar doppelt.

»Ich dachte, du liebst mich«, hatte er verstört und gekränkt eingewandt, als sie damals bei ihrer zweiten Zusammenkunft wieder Geld von ihm gewollt hatte, obwohl sie ihm schon beim ersten Treffen gestanden hatte, wie sehr er ihr Herz verzaubert habe.

»Natürlich liebe ich dich, sehr sogar! Tief in meinem Inneren weiß ich, dass du der Einzige für mich bist! Aber schau, wenn du mir kein Geld gibst, muss ich es von anderen nehmen, denn wovon sollen Kunlein und ich sonst leben? Wir müssen essen und trinken und uns kleiden.« Sie hatte ihren seidenen, verführerisch eng gegürteten Surcot berührt. »Solche Kleider sind sehr teuer. Und der Wein, den du gerade getrunken hast, ist es nicht minder. Woher soll das kommen, wenn nicht von ausreichend Geld? Du willst doch nicht, dass mich auch andere Männer besuchen, oder? Zumindest nicht so viele. Wenn du mir also Geld gibst, kann ich auf das von ein paar anderen verzichten.«

Das war von so bezwingender Logik, dass es Jacop sofort eingeleuchtet hatte. Trotzdem störte es ihn. Deshalb gab es nur eine Möglichkeit: Er brauchte mehr Geld, dann müsste sie überhaupt keine anderen Männer mehr in ihr Haus lassen.

Auf sein Klopfen öffnete ihm Kunlein, Appolonias Base.

»Gott zum Gruße, Jacop.«

Jacop erwiderte den Gruß nur halbherzig. Ihm missfiel, wie Kunlein gekleidet war. In diesem durchsichtigen Nichts und mit dem herabwallenden Haar erweckte sie ganz offen den Eindruck, eine Dirne zu sein, und er fürchtete, dass das womöglich auf Appolonia zurückfiel. Kunlein war eine dralle Frau mit schweren Brüsten und einem breiten, immer lächelnden Gesicht. Auch sie empfing Männer, denen sie dann oben in ihrer Kammer Gesellschaft leistete, aber sie nahm nicht so viel Geld dafür wie Appolonia.

»Das hat nichts damit zu tun, dass es ihr mehr Spaß macht als mir und sie deshalb keinen Wert aufs Geld legt«, hatte Appolonia tadelnd angemerkt, als Jacop kürzlich den Fehler begangen hatte, diese Vermutung zu äußern. »Sie ist einfach nur drei Mal schneller fertig. Dadurch kann sie auch drei Mal so viel

Besuch haben. Wenn du verstehst, was ich meine. Ist es das, was du möchtest? Nach einer Viertelstunde wieder verschwunden sein? Damit ich mehr Zeit für die anderen habe?«

Das kam für Jacop nicht infrage. Schließlich liebte er Appolonia, und sie liebte ihn.

Zu seinem Schrecken war Hermann im Haus. Er hockte in der großen Stube, die das ganze Erdgeschoss einnahm, und allem Anschein nach hatte er nicht vor, allzu bald wieder zu gehen, denn er hatte es sich in dem Lehnstuhl vor dem Kamin bequem gemacht, die Beine lang ausgestreckt und behaglich ins Feuer blinzelnd. Auf dem Schemel neben ihm stand ein Pokal mit Rotwein, und er nagte genüsslich an einem Hühnerbein, obwohl Fastenzeit war.

Jacop nahm den Hut ab und drehte ihn verlegen zwischen den Händen, während er sich Mühe gab, in eine andere Richtung zu schauen. Doch das war nicht einfach, denn Hermann hatte es an sich, alle Blicke auf sich zu ziehen. Jacop fragte sich, wie es möglich war, dass ein Mensch aussah wie ein gelackter Schönling, aber dennoch mit tödlichster Präzision das Richtschwert zu führen verstand. Noch nie, so hieß es, habe er ein zweites Mal zuschlagen müssen, und wenn man schon seiner eigenen Hinrichtung entgegenbangen müsse, dann sei es angeraten, sich von Hermann enthaupten zu lassen.

Für die Handlangerdienste hatte er Knechte. Schinder und Abdecker, die alle schmutzigen Arbeiten für ihn verrichteten, etwa das Verscharren der Leichen, ganz oder in Teilen. Für das Foltern und Rädern hatte er geschulte Gehilfen, und den Henkerskarren ließ er von einem Fuhrknecht kutschieren, er selbst ritt hoch zu Ross voraus. Hermann war ein unumstrittener Fachmann auf seinem Gebiet, man sagte, er habe das Köpfen zu einer wahren Kunst erhoben.

Er war ungefähr dreißig und von gediegenem Auftreten, Kleidung und Stiefel waren gepflegt und sauber. Blutflecken oder Leichengestank suchte man an ihm vergebens. Sein ordentlich gescheiteltes, dunkles Haar hing in gefälligen Locken bis auf die Schultern, sein Lächeln war ungezwungen. Es schien ihn kein bisschen zu stören, dass die meisten Menschen ihn mieden. Obwohl Jacop, wenn er ihn hier so sitzen sah, einräumen musste, dass es ihn an Hermanns Stelle auch nicht gestört hätte, denn schließlich durfte er jederzeit ungefragt bei Appolonia aufkreuzen und es sich in ihrem Lehnstuhl bequem machen.

Jacop drehte sich um, er wollte Kunlein fragen, wo Appolonia steckte, doch sie war bereits wieder über die Stiege nach oben verschwunden. Hermann musterte ihn, während er den Pokal ergriff und von dem Wein nippte.

Jacops Kehle fühlte sich mit einem Mal eng an. Die Nähe des Henkers verstörte ihn jedes Mal aufs Neue, am liebsten hätte er die Flucht ergriffen. Doch seine Sehnsucht nach Appolonia war stärker.

»Bist du angemeldet?«, fragte Hermann.

Jacop schluckte heftig, dann schüttelte er den Kopf. Nein, er war nicht angemeldet, vielleicht war das ein Fehler. Es war schon ein paarmal vorgekommen, dass er sie spontan aufgesucht hatte, und da hatte sie ihn weggeschickt – genauer, Kunlein hatte ihn weggeschickt, weil Appolonia beschäftigt war. Mit einem anderen.

Von oben war ein Knarren und Quietschen zu hören, wie von einer wackelnden Bettstatt, und dann ertönte ein gepresster männlicher Aufschrei. Jacop fuhr erschrocken zusammen, es fiel nicht weiter schwer, sich einen Reim auf die Geräusche zu machen, und er hoffte bloß inständig, dass sie nicht aus Appolonias Kammer kamen, sondern aus der von Kunlein. Oder aus dem dritten und kleinsten Zimmerchen im Obergeschoss, jenem, in dem die Magd hauste.

Hermann legte den Hühnerschenkel beiseite, stand auf und reckte sich. Er verschränkte die schlanken, langen Finger seiner tödlichen Hände und dehnte sie, bis sie knackten. Jacop konnte die Muskeln an den starken Oberarmen und den breiten Schultern spielen sehen, und erneut wurde der Drang zu fliehen fast übermächtig.

»Sie ist gleich frei für dich, mein Junge.« Hermanns Stimme war sanft und höflich. »Du kannst schon mal bezahlen.«

»Äh … was?«

»Dein Stündchen mit unserer Schönen.«

Es missfiel Jacop, wie Hermann von *unserer* Schönen sprach, fast so, als hätte er Besitzansprüche auf sie. Zum ersten Mal wollte er aufbegehren und darauf hinweisen, dass Appolonia nur ihn allein liebte und eigentlich überhaupt kein Geld von ihm gewollt hätte, wenn nicht die Sorge um ihr Wohlergehen sie dazu gezwungen hätte. Doch er brachte keinen Ton heraus. Mit dem Henker zu reden hieß, dem Tod den Weg zu bereiten. Oder Schlimmerem. Wer konnte schon wissen, ob Hermann nicht mit Dämonen im Bunde war?

»Na?«, fragte Hermann mit ausgestreckter Hand. Jacop glotzte die Hand an. Der Schweiß brach ihm aus, und die drei Pfennige in seiner rechten Faust begannen zu brennen. Seine Lippen bewegten sich, während er stumm ein Vaterunser betete.

»Willst du beten oder pimpern?« Hermann klang ungeduldig. »Vier Pfennige, wenn du zu ihr willst.«

»Ich habe nur drei«, platzte Jacop heraus. »Mehr muss ich nie für eine Stunde bezahlen.«

»Wir haben die Preise erhöht.« Hermann dachte kurz nach. »Gib mir schon mal deine drei, den Rest kannst du beim nächsten Mal mitbringen.«

Jacop wagte einen Widerspruch. »Ich sollte es vielleicht lieber Appolonia geben.«

Hermann schüttelte nur den Kopf. »Du gibst es mir. Und ich gebe es ihr.«

Eingeschüchtert rückte Jacop das Geld heraus. Er konnte nicht verhindern, dass seine Finger Hermanns Hand berührten, und während er mannhaft versuchte, sein Schaudern nicht zu zeigen, lächelte Hermann ihn sonnig an.

»Sieh nur, hat doch gar nicht wehgetan.« Sein Grinsen wurde breiter. »Was nicht jeder von sich behaupten kann, der mit mir Geschäfte macht.«

Jacop wandte sich zur Stiege. Soeben kam ein Mann von oben herunter, den er kannte. Es handelte sich um ein gut situiertes Ratsmitglied von der Rheinstraße, jemand aus der Richerzeche. Und er war mindestens fünfzig, ein Greis! Peinlich berührt wandte Jacop sich ab, damit der andere sein Gesicht nicht sah. Mit angehaltenem Atem wartete er, bis sich die Pforte hinter dem Besucher geschlossen hatte.

»Na los«, meinte Hermann aufmunternd. »Je länger du hier herumstehst, umso weniger Zeit bleibt dir!«

Jacop polterte bereits die Stiege hinauf.

Am darauffolgenden Sonntag war der Tag der Entscheidung gekommen. Vor dem Kirchgang saßen alle Mitglieder von Madlens Haushalt um den großen Tisch in der Stube, jeder verspeiste seine Portion Haferbrei, nur Madlen brachte keinen Bissen herunter.

Cuntz bemerkte es. »Du musst essen, Kind.«

»Mir ist nicht danach.«

»Hast du dich denn entschieden?«, fragte Irmla. Sie beugte sich über den Tisch, zog die Breischüssel heran und tat sich einen Nachschlag auf. »Du weißt doch, dass du einen der beiden nehmen musst, oder?« Es klang besorgt, als sehe sie sich schon auf der Straße sitzen.

Madlen gab keine Antwort. Cuntz fasste tröstend nach ihrer Hand. »Du kannst in der Kirche noch einmal um Erleuchtung beten.«

Das hatte Madlen schon die ganze Nacht über getan, sie hatte kaum geschlafen. Nach dem Aufstehen hatte sie gleich weitergebetet, zum Herrgott, zur Muttergottes, zum Erlöser und etlichen Heiligen.

Madlen trank einen gut gefüllten Becher von einem kräftig gewürzten Bier, das sie neulich angesetzt hatte. Es prickelte leicht und schmeckte ausgezeichnet. Und es war sehr stark. Da sie ihren Brei verschmäht hatte, stieg ihr der Gerstensaft ungebührlich schnell zu Kopf, doch sie war dankbar für die Wirkung. Nach ein paar weiteren ordentlichen Schlucken kam ihr alles nur noch halb so schlimm vor. In der Kirche würde ihr schon einfallen, was richtig war.

Auf dem Weg dorthin wich sie allen Blicken geflissentlich aus. Sie wollte sich nicht ablenken lassen, aber wie es schien, war das ein Ding der Unmöglichkeit: Barthel hatte sie schon vor dem Betreten der Kirche erspäht und ließ sie nicht mehr aus den Augen.

Während des Introitus erwiderte sie seinen Blick, aber nur kurz. Das reichte. Ich nehme Jacop, durchfuhr es sie. Ich kann keinen Mann heiraten, der wie Barthel aussieht!

Dankbar für diese Erkenntnis faltete sie die Hände und betrachtete den Priester, der mit segnend erhobenen Armen vorn beim Altar stand. Jacop würde ihr bei der Arbeit nicht dreinreden. Mit seinem Milchgesicht und seinen unschuldsvollen blauen Augen sah er zwar aus wie ein Knabe, aber dem würde die Zeit schon abhelfen.

Bei diesem Gedanken angekommen, wurde Madlen jedoch unsicher. Mit seinen neunzehn Jahren war Jacop mitnichten ein Junge. Es war kein Geheimnis, dass er sein Geld am liebsten zu den Huren trug. Männer, die diesem Laster frönten, taten es immer wieder, ob verheiratet oder nicht. Jacop würde gewiss genauso weitermachen wie vorher, nur dass er dafür nicht sein, sondern ihr Geld verprassen würde. Dann wäre sie bald arm und musste in eine zugige Hütte am Stadtrand ziehen. Oder sogar in den Schuldturm, weil Jacop nicht nur vorhandenes Geld durchbringen, sondern sich vielleicht sogar fremdes leihen würde, um sich seine Ausschweifungen leisten zu können.

Fieberhaft über dieses Problem nachsinnend, starrte Madlen den Priester an, ohne die Worte wahrzunehmen, die er sprach. Ihr war ein wenig schwindelig von dem Bier, was ihren Wankelmut noch zu verstärken schien.

Ich sollte eher Barthel nehmen, überlegte sie. Der ist häuslich und gottesfürchtig und würde niemals einer Dirne auch nur einen Pfennig hinterhertragen. Obendrein braut er gutes Bier und ist fleißig. Gemeinsam können wir viel Geld verdienen und wohlhabend werden. Gut, er spuckt beim Reden, aber wenn er mich anspricht, kann ich mich zur Seite wenden. Auch die Sache im Bett wird schon werden, ich lösche einfach das Licht und sorge dafür, dass es jedes Mal schnell vorüber ist.

Fragte sich nur, ob sie das für den Rest ihres Lebens ertragen konnte.

Bitte, lieber Gott, flehte Madlen, während der Priester laut zu beten anhob. Gib mir ein Zeichen!

Von hinten stieß sie jemand an. »Ich muss dich sprechen«, zischte ihr eine Stimme ins Ohr. »Komm mit raus!«

Es war Jacop. Madlen starrte ihn an. Gott hatte ihr das gewünschte Zeichen gesandt! Sie sollte Jacop heiraten! Benommen ließ sie sich von ihm ins Freie ziehen. Aus den Augenwinkeln sah sie, wie Barthel ihr folgen wollte, doch Anneke trat ihm flink in den Weg und ließ ihn nicht vorbei.

»Ich habe dir einen Vorschlag zu machen«, erklärte Jacop draußen auf dem Kirchplatz. Eifrig blickte er sie an. Madlen bemerkte, dass er so gut wie keinen Bartwuchs hatte. Er sah jünger aus als Berni. Nein, dachte sie dumpf, das kann ich nicht, Zeichen hin oder her!

»Jacop, es tut mir unendlich leid«, begann sie verzweifelt.

»Ich habe einen Mann für dich«, platzte er heraus. »Ich meine, einen neuen. Nicht mich und nicht Barthel, sondern einen anderen.«

Madlen brachte kein Wort heraus, sie konnte Jacop nur verdattert anstarren.

Er blickte sich nervös um. »Mutter darf nicht mitkriegen, dass ich es dir sage.«

»Sie ist damit beschäftigt, Barthel nicht aus der Kirche zu lassen.«

»Oh. Sicher denkt sie, ich wolle dich ein letztes Mal umwerben, damit du dich morgen auf jeden Fall für mich entscheidest.« Jacop biss sich verzagt auf die Lippe, doch dann hob er entschlossen den Kopf. »Madlen, ich kann dich nicht heiraten. Auch nicht, wenn du es willst. Es wäre Verrat an meiner einzigen, großen, wahren Liebe!«

Madlen überging das, sie kam sofort zum Kern seiner Aussage. »Was für ein anderer Mann ist das?«

»Ein Brauer!«, sagte Jacop triumphierend. »Sehr groß und stark und tüchtig. Und er kommt aus einer guten Kölner Familie.«

Madlen ging im Geiste alle infrage kommenden Brauer durch. Ihr fiel keiner ein, auf den die Beschreibung passte, jedenfalls keiner, der ledig war. Misstrauisch musterte sie Jacop. »Du willst mich zum Narren halten.«

»Nein! Wo denkst du denn hin! Ich sage die reine Wahrheit!« Seine Miene drückte empörte Rechtschaffenheit aus, aber es war unschwer zu erkennen, dass er mit den wirklich entscheidenden Tatsachen noch nicht herausgerückt war.

Sein Lächeln war eine Spur zu breit, um unbefangen zu wirken. »Er wäre genau der richtige Mann für dich, das schwöre ich!«

»Aber?«

»Aber was?«

»Ich sehe dir doch an, dass es ein Aber gibt!«

»Na ja. Einen Nachteil gibt es wohl, aber nur einen kleinen. Morgen früh soll ihm draußen auf dem Judenbüchel der Kopf abgeschlagen werden.«

Madlen klappte die Kinnlade herunter. »Er ist zum *Tode* verurteilt?«, vergewisserte sie sich entgeistert.

Jacop wand sich. »Das ist nur pro forma.«

»Wie kann jemandem pro forma der Kopf abgeschlagen werden?«

»Na ja, ihm *muss* nicht der Kopf abgeschlagen werden«, erklärte Jacop. »Du kannst es nämlich verhindern.«

»Wie denn?«

»Indem du ihn heiratest.«

»Du *willst* mich zum Narren halten«, stellte Madlen fest.

»Aber nein!«, ereiferte Jacop sich. »Kein bisschen, ganz ehrlich! Es gibt ein Gesetz, wonach der Henker einen zum Tode Verurteilten begnadigen kann, wenn sich ein ehrbares Weib findet, das ihm die Ehe anträgt. Dem Todgeweihten, nicht dem Henker.«

Madlen meinte sich dunkel zu erinnern, davon schon gehört zu haben, doch ihr war noch kein Fall zu Ohren gekommen, bei dem dergleichen wirklich geschehen war.

»Was hat er getan?«, wollte sie wissen.

»Der Brauer? Warte, lass mich überlegen … Nichts Schlimmes.«

»Was genau?«, bohrte Madlen.

»Bloß einen Wagenzug überfallen.« Jacop fügte eilig hinzu: »Aber er hat dabei keine Leute umgebracht, im Gegenteil. Er hat sogar einen der übleren Räuber daran gehindert, der Besitzerin der Ware Gewalt anzutun.« Jacop senkte die Stimme. »Es war die alte Grinsche aus der Lintgasse, sie hat es selbst bezeugt.«

»Woher weißt du das alles?«

»Vater war Schöffe bei dem Prozess gegen diesen Bergerhausen.«

»Heißt er so? Der Brauer?«

Jacop nickte. »Johann von Bergerhausen. Vater musste ihn natürlich trotzdem zum Tode verurteilen, Raub ist Raub, und darauf steht nun mal Enthauptung.«

»Und du glaubst, ein Verbrecher sei gerade gut genug für mich?«

»Vater meinte, er sei früher ein Ritter gewesen, ein richtiger Mann von Ehre. Auf Raubzug ist er nur gegangen, weil er all sein Hab und Gut verloren und nichts mehr zu beißen hatte. Er war im Kreuzzug. Nach der letzten Schlacht geriet er in Gefangenschaft und musste jahrelang bei den Heiden schmoren, bevor der Franzosenkönig ihn freikaufte. Danach blieb er für ein paar Jahre in einem bayerischen Kloster hängen, dort hat er auch das Brauhandwerk erlernt.«

Madlen starrte Jacop an. »Wie sieht er aus?«

Jacop zuckte die Achseln. »Ich habe ihn nicht gesehen, die Gewaltrichter haben ihn dem Greven überstellt, er sitzt seit der Verurteilung in der Hacht. Aber Vater meinte, er sei sehr groß und wohlgestaltet, abgesehen von ein paar Narben im Gesicht. Vater kannte ihn sogar, er hatte ihn vor einigen Wochen zufällig in der Stadt gesehen und ein paar Worte mit ihm gewechselt.«

Er war es! Der Fremde, der ihr den Wagen zum Heumarkt gefahren hatte! Madlen konnte es kaum fassen.

Jacop räusperte sich. »Morgen früh, gleich nach Sonnenaufgang, holt der Henker ihn ab und bringt ihn vor das Stadttor zur Richtstätte. Alles, was du tun musst, ist rechtzeitig dort zu sein. Und, ähm, du musst genug Geld mitnehmen.«

»Was?«

Jacop duckte sich unter ihrem anklagenden Blick. »Es wären bloß zehn Gulden!«

»Zehn *Gulden*!?«

»Was ist das schon! Bedenke nur, was du dafür kriegst! Einen ordentlichen Ehemann! Der ist doch mehr wert als alles Gold und Geld der Welt zusammengenommen.«

»Du bist verrückt.«

»Willst du seinen Tod auf dem Gewissen haben?«

»So viel Geld habe ich nicht.«

»Aber Madlen! Ich weiß, dass das nicht stimmt! Vater hat mir letztes Jahr erzählt, dass ihr – du und Konrad – ein zweites Brauhaus aufmachen wolltet und dafür gespart hattet. Ich habe sogar selbst mit Konrad darüber geredet, wir haben gelacht und Scherze darüber gemacht, er meinte, er wolle sein Gold bald in einen tieferen Keller stecken als beim *Goldenen Fass*, nämlich in ein richtiges Gewölbe. Erzähl mir nicht, dass du das Geld ausgegeben hast. Folglich kannst du es dir leisten, diesen Brauer auszulösen und ihn zum Mann zu nehmen.«

Madlen widerstand der Versuchung, Jacop mit ein paar kräftigen Backenstreichen Verstand und Vernunft einzubläuen. Mühsam beherrscht verschränkte sie die Hände hinter dem Rücken, bevor sie sich selbstständig machen konnten. »Wie kann die Begnadigung so viel Geld kosten, wenn sie doch angeblich gesetzlich vorgeschrieben ist?«

»Nun ja, der Scharfrichter *kann* die Begnadigung zwecks Heirat aussprechen. Er muss es nicht. Es ist eine … ähm, Ermessensentscheidung. Man sollte ihn folglich gewogen stimmen.«

»Mit zehn Gulden?« Madlen musterte Jacop argwöhnisch. »Ist das etwa auch vorgeschrieben?«

Jacop schüttelte den Kopf. »Nein, das ist das Ergebnis langer, zäher Verhandlungen. Ich habe mit Hermann … ähm, dem Scharfrichter gesprochen. Weil … weil mich der arme Mensch so dauerte. Ich hatte Mitleid mit ihm! Nicht mit Hermann, sondern mit dem Verurteilten. Vater hatte so … ähm, wohlwollend über ihn gesprochen. Und du suchst bekanntlich einen Brauer als Ehemann. Und da dachte ich … da dachte ich …« Sein Redefluss versiegte, offenbar fielen ihm keine weiteren Übertreibungen mehr ein. »Ich geb dir einen Gulden dazu«, platzte er heraus. »Zwei«, fügte er zögernd hinzu, als er ihren Gesichtsausdruck bemerkte. Eifrig hob er an, für seinen Plan zu werben. »Schau, es wäre für uns beide eine weise Entscheidung. Man könnte fast sagen, dass das Schicksal es so für uns gefügt hat! Du hättest endlich Ruhe vor den Bevormundungen der Bruderschaft, niemand könnte dir mehr Vorschriften machen! Und meine Mutter würde aufhören, mir deinetwegen immerzu in den Ohren zu liegen. Als Ehemann tauge ich nichts, glaub es mir! Und als Brauer noch viel weniger!« Treuherzig blickte er sie an. »Ich habe mit meinen dummen Missgeschicken schon häufiger einen Sud verdorben, als ich zählen kann, und das ist nicht übertrieben.«

»Du bist verrückt«, wiederholte Madlen. »So viel Unsinn auf einem Haufen habe ich noch nie gehört.«

»Aber woher denn!« Er hielt inne, um seinen nächsten Worten triumphierendes Gewicht zu verleihen. »Den wirklichen Vorteil hast du noch gar nicht bedacht! Dieser Johann von Bergerhausen würde gewiss nicht mit dir in der Schildergasse leben wollen, schließlich streift er seit vielen Jahren in der Weltgeschichte umher, ist mal hier und mal dort und am liebsten woanders. Ihn zu ehelichen wäre also nur eine reine Formalität, zu eurem beiderseitigen Nutzen. Du könntest mit deiner Brauerei frei schalten und walten und hättest auch sonst in allen Belangen deine Ruhe!« Beifall heischend strahlte Jacop sie an.

Madlen drehte sich auf dem Absatz um und ließ ihn stehen. Mit großen Schritten marschierte sie zurück in die Kirche.

»Ich übernehme fünf Gulden!«, rief Jacop ihr nach. »Das ist die Hälfte! Wir legen zusammen! Ich gebe dir das Geld, sobald du den Mann ausgelöst hast! Das verspreche ich dir! Madlen! Bist du einverstanden, Madlen? Es ist doch nur zu deinem Besten! Madlen! Du kannst den armen Mann unmöglich im Stich lassen!«

Grimmig trieb Madlen das Pferd an, doch der alte Gaul weigerte sich wie immer, auf das Klatschen der Zügel und ihr Schimpfen zu reagieren. Sie sollte endlich eine Peitsche mitnehmen, wenn sie das Fuhrwerk benutzte, vielleicht würde die störrische Mähre doch noch Gehorsam lernen!

Und am besten sollte sie sich damit selbst eins überziehen, dann kam sie möglicherweise wieder zur Vernunft und würde sich dieses hirnrissige Unterfangen aus dem Kopf schlagen!

Sie lenkte das Fuhrwerk in Richtung Hochpforte, und als sie auf Höhe der alten Stadtmauer die Brücke erreichte, die über den Bach zum Waidmarkt führte, war sie drauf und dran, wieder umzukehren. Sie tat es nur deshalb nicht, weil hinter ihr ein anderer Wagen herzockelte, was ein Wendemanöver an dieser Stelle viel zu umständlich gemacht hätte. Außerdem hatte sie schon fast den halben Weg zurückgelegt, es wäre idiotisch gewesen, jetzt wieder umzukehren. Zumal ihr der Rückweg auch in anderer Weise versperrt war: Sie hatte Barthel endgültig abgewiesen.

»Wir sind nicht füreinander bestimmt«, hatte sie ihm behutsam erklärt. »Du wirst eine andere Frau finden, die viel besser zu dir passt!« Doch ihr freundliches Lächeln und ihr aufmunternder Ton hatten nicht verhindern können, dass ihm die Tränen in die Augen geschossen waren. Noch Stunden später hatte ihr sein entsetztes, zutiefst gekränktes Wieselgesicht vor Augen gestanden.

Auch Jacop hatte sie unwiderruflich von der kleinen Liste der infrage kommenden Ehemänner gestrichen: Er hatte sie am gestrigen Nachmittag noch einmal aufgesucht und ihr standhaft geschworen, sie niemals zum Weibe nehmen zu können, eher werde er sich in den Rhein stürzen und ertrinken. Sie solle den Ritter vorm Richtschwert retten und heiraten, damit wäre ihnen allen gedient und vielfaches Unglück abgewendet.

»Hüa!«, schrie sie erbost und klatschte dem Gaul die Zügel auf das schaukelnde, breite Hinterteil, ohne dass es die geringste Wirkung gezeigt hätte.

Sie fluchte stumm vor sich hin, während das Fuhrwerk in behäbiger Schrittgeschwindigkeit weiterrollte. Es war noch früh am Tage, sehr früh, sie war in der ersten Morgendämmerung aufgebrochen, was zu Hause für einige Verwirrung gesorgt hatte. Sie hatte einen holländischen Böttcher erfunden, dessen Ware angeblich auf dem Alter Markt auf Stapel lag, und da er auf dem Sprung sei, weiterzureisen, müsse sie sich sputen, noch welche von seinen hervorragenden Fässern zu erstehen. Caspar hatte sie spontan begleiten wollen, was sie selbstredend abgelehnt und ihm befohlen hatte, endlich den Zaun zu reparieren, an dem schon seit Wochen mehrere Bretter locker waren.

»Den Zaun kann ich auch später reparieren«, hatte er eingewandt. »Lieber helfe ich dir beim Auf- und Abladen!«

»Wenn ich deine Hilfe brauche, sage ich es dir schon«, hatte sie unwirsch erwidert. Er hatte beinahe so verletzt dreingeschaut wie Barthel.

Bauern und Tagelöhner stapften am Straßenrand entlang, auf dem Weg zu ihrer Arbeit in die umliegenden Felder. Hier und da musste Madlen das Fuhrwerk an Handkarren vorbeilenken, die mit Rüben und Kohl beladen waren. Die meisten Leute strebten stadteinwärts, kaum einer von denen, die ihr begegneten, war in Richtung Stadttor unterwegs.

Stirnrunzelnd blickte Madlen über die Schulter zurück, doch dort bot sich dasselbe Bild. Fast alle wollten in die Stadt, auf die Märkte und zum Hafen, was nach Madlens Dafürhalten verwunderlich war, denn eine Hinrichtung war ein Ereignis, das zahlreiche Zuschauer anlockte. Ob es am Wetter lag? Schon seit ihrem Aufbruch hatte es genieselt, die sich vor ihr erstreckende Severinstraße war von feuchtem Dunst verhüllt, man sah kaum ein Dutzend Wagenlängen weit. Außerdem war es ungemütlich kühl. Keine ansprechende Witterung, um sich vergnügt zu einer Hinrichtung aufzumachen, schon gar nicht zu einer draußen vor der Mauer. Da waren die Enthauptungen auf dem Heumarkt allemal beliebter, das waren die reinsten Volksfeste, zu denen halb Köln in freudiger Erwartung zusammenströmte. Dort wurden die Todesurteile an einflussreichen und bekannten Persönlichkeiten vollstreckt, an Ketzern, politischen Verschwörern, Angehörigen der Richerzeche, Feinden des Erzbischofs. Madlen war schon diverse Mal dabei gewesen, aber nicht zum Zuschauen, sondern um ihr Bier dort zu verkaufen. Geschäft war Geschäft, anscheinend machte es die Menschen durstig, anderen beim Sterben zuzusehen.

Auf dem Judenbüchel draußen vor dem Severinstor wurden dagegen die einfachen Leute hingerichtet, zumeist entweder aufgehängt oder geköpft, je nachdem, was sie ausgefressen hatten. Manche wurden auch gerädert, verbrannt, gesotten, lebendig begraben, im Rhein ertränkt oder von Pferden zerrissen, jedenfalls hatte Madlen davon gehört. Zugeschaut hatte sie bei solch grausigen Torturen noch nie, und ihr stand auch nicht der Sinn danach, wogegen andere regelrecht versessen darauf waren, etwa ihre Nachbarn Agnes und Hans, die sogar schon dann alles stehen und liegen ließen, wenn bloß jemand auf den Kax gesetzt oder mit Ruten aus der Stadt gepeitscht wurde.

An diesem Morgen schien sich jedoch kein Mensch darum

zu scheren, dass gleich jemandem der Kopf abgeschlagen werden sollte.

Madlen passierte die letzten Höfe und das Zollhaus. Die Kirchtürme von Sankt Severin schälten sich aus der Morgendämmerung, und gleich darauf tauchten auch die Umrisse der Torburg am Ende der Straße auf. Zu beiden Seiten des Gebäudes, entlang der regennassen Äcker, erstreckte sich in langem Bogen die hohe Stadtmauer, bis sie sich im matten Grau des frühen Tageslichts verlor.

Als Madlens Fuhrwerk den Torbogen erreichte, grinste einer der Turmwächter sie anzüglich an.

»Was hat ein so holdes Geschöpf so früh außerhalb der Stadt verloren, und das auch noch mit einem leeren Fuhrwerk?«

»Das geht dich nichts an«, beschied Madlen ihn kurz angebunden.

Die unwirsche Antwort war ein Fehler, wie sie gleich darauf erkannte, denn er trat ihr mit drohend gerecktem Spieß in den Weg und behauptete, sie nach Schmuggelware durchsuchen zu müssen.

»Ich will zu der Hinrichtung«, erklärte sie widerstrebend.

Das schien ihn nicht zu kümmern. »Los, steig ab.«

Während Madlen überlegte, wie sie ihm sagen sollte, wohin er sich seinen Spieß stecken konnte, erklang Hufgeklapper hinter ihr, und gleich darauf kam ein Reiter angetrabt, in dem Madlen zu ihrer Überraschung Jacop erkannte. Er strahlte erleichtert, als er ihrer ansichtig wurde. »Ich wusste, dass du kommst!«, rief er ihr entgegen. »Du wirst sehen, jetzt wird alles gut!«

»Halt!« Der Turmwächter stellte sich ihm in den Weg. »Steckst du mit dieser Frau unter einer Decke?«

Jacop brachte sein Pferd zum Stehen und runzelte irritiert die Stirn. In der Morgenkühle bildeten sich Dampfwolken vor seinem Gesicht und dem Maul seines Pferdes. »Ob ich … ähm, was?«

»Sicher tut er das«, warf Madlen lakonisch ein. »Er will mit mir durchbrennen. Weil seine Eltern ihn gegen seinen Willen mit einer schrecklichen, älteren Frau verheiraten wollen.«

Der Wächter blickte überrascht von Madlen zu Jacop. Offensichtlich nahm er Madlens Bemerkung für bare Münze. Zögernd betrachtete er Madlen, dann nickte er Jacop verständnisvoll zu. »Na gut. Fort mit euch beiden!« Er winkte sie durch das Tor. Während sie das Fuhrwerk durch den Torbogen auf den dahinterliegenden Platz steuerte, wandte Madlen sich zu dem Wächter um. »Der Henker. Ist er schon draußen auf dem Judenbüchel?«

Der Mann sah erstaunt aus, doch Jacop drängte seinen Apfelschimmel neben den Wagen und beantwortete ihre Frage. »Nein, der kommt noch, ich habe den Henkerskarren vorhin überholt. Es wird nicht mehr lange dauern, dann ist er da.«

Das Fuhrwerk ruckelte weiter, ließ die Wehranlage hinter sich und rollte hinaus auf die alte Römerstraße.

Es wurde allmählich richtig hell, von Osten her zog rötlicher Schein am Himmel auf, die Dämmerung verzog sich.

Gedankenverloren blickte Madlen geradeaus, während Jacop, ebenso stumm wie sie, auf dem Pferd, das seinem Vater gehörte, neben ihr herritt.

Schließlich brach er das Schweigen. »Hast du das Geld dabei?«

»Was glaubst du wohl?«, fuhr sie ihn verärgert an. Die Goldmünzen zerrten buchstäblich an ihr, jede einzelne schien um ein Vielfaches schwerer als am Vorabend, als Madlen sie aus dem Geheimversteck im Keller geholt und sie Stück für Stück in dem kleinen Ledertäschchen verstaut hatte, das sie um den Hals trug, sicher verwahrt zwischen ihren Brüsten. Es war ein nicht unbeträchtlicher Teil ihrer Ersparnisse, Konrad und sie hatten es für die Einrichtung des zweiten Brauhauses nutzen wollen.

»Und was ist mit deiner Hälfte?«, wollte sie wissen. »Wann kriege ich die?«

»Erst, wenn das Geschäft perfekt ist.«

»Und wann wäre es deiner Meinung nach so weit?« Sie lachte höhnisch. »Wenn die Ehe vollzogen ist?«

»Wenn ihr die Gelöbnisse gesprochen habt«, antwortete Jacop ganz ernsthaft.

Madlen schüttelte konsterniert den Kopf. Das Ganze war einfach zu absurd. Sie hatte die halbe Nacht wach gelegen und sich auszumalen versucht, wie es wohl ablaufen würde, aber Jacop setzte allem noch die Krone auf. Bis zum Austausch der Ehegelübde war sie trotz wildester Spekulationen bisher noch gar nicht vorgedrungen; ihre Vorstellungskraft hatte jedes Mal bereits versagt, wenn sie daran dachte, wie sie dem Henker gegenübertreten sollte.

»Wie genau soll das Ganze eigentlich vonstattengehen? Ich gebe dem Henker das Geld und nehme den Mann im Austausch dafür mit? Und dann? Schleppe ich ihn vor den nächstbesten Priester? Was tue ich, wenn er vorher Reißaus nimmt? In dem Fall stehe ich genauso dumm da wie vorher. Nein, viel schlimmer, denn mein Geld wäre weg, und du müsstest mich doch noch heiraten. Glaub ja nicht, dass ich dann Barthel nehme, dem habe ich schon endgültig Nein gesagt!«

Jacop lächelte ihr beruhigend zu. »Keine Sorge, es ist an alles gedacht. Deshalb bin ich ja hier. Ein Mönch wird euch die Gelübde abnehmen, ein Priestermönch, um genau zu sein. Ich selbst werde als Zeuge zugegen sein.«

»Ein Mönch? Weiß der Bescheid?«

Jacop nickte errötend. »Wir wollen doch, dass alles gelingt!« Er räusperte sich und straffte etwas die Zügel, um mit dem Fuhrwerk auf gleicher Höhe zu bleiben. »Natürlich ist der Mönch im Preis schon inbegriffen!«

»Und was ist, wenn mein künftiger Gatte sofort verschwindet, sobald ich ihn beim Henker ausgelöst habe?« Ihr fiel noch eine andere, deutlich beunruhigendere Möglichkeit ein. »Oder wenn er mir zuerst den Hals umdreht und *dann* verschwindet?«

Jacops Lächeln bekam etwas Bemühtes. »Oh, das kann er nicht, dazu ist gar nicht in der Lage.«

»Was soll das schon wieder heißen?«

»Er ist … ähm, ein wenig schwach.«

»Was meinst du mit *schwach*? Hat man ihn hungern lassen?«

»Oh, hm, nein, oder vielmehr, keine Ahnung. Auf jeden Fall sind ihm Festnahme und Haft nicht gut bekommen. Er wird noch eine Weile brauchen, bis er sich davon erholt hat.«

Madlen richtete sich empört auf. »Hat man ihn gefoltert?«

»Ich weiß nicht.« Jacops Antwort klang ausweichend.

Vor ihnen kam der Judenbüchel in Sicht, der seinen Namen von dem nahen jüdischen Friedhof hatte, aber gemeinhin eher mit der Richtstätte in Verbindung gebracht wurde, die sich ebenfalls hier draußen befand, ein künstlich aufgeschütteter Hügel inmitten von Rübenäckern und Getreidefeldern. Krähen stoben mit schwerfälligem Flügelschlag auf, ihr Krächzen zerriss die morgendliche Stille.

Mit schnellem Blick erfasste Madlen die Umgebung, doch dann atmete sie erleichtert aus. Keine verwesende Gestalt baumelte am Galgen, kein fauliger Schädel steckte auf den reihum aus dem Boden ragenden Pfählen.

Dennoch zog sie in sicherer Entfernung zur Richtstätte die Zügel an, das Fuhrwerk kam in leichter Schräglage zum Stillstand. Die Räder gruben sich mit einem saugenden Geräusch tief in den Matsch. Es hatte aufgehört zu regnen, doch der Morast würde nicht so schnell verschwinden. Blieb nur zu hoffen, dass sie nachher ohne Schwierigkeiten wieder wegkam. Diesmal würde der Fremde, der, wie sie jetzt wusste, Johann von Bergerhausen hieß und als Raubritter sein Unwesen getrieben hatte, ihr wohl kaum dabei helfen können, den Wagen aus dem Dreck zu ziehen.

Sie hatte das Bedürfnis, ihre angestaute Wut an Jacop auszulassen, zumal er nicht unerheblich an dieser ganzen Misere beteiligt war, doch dann tauchte ein Reiter auf, eine von der gerade aufgehenden Sonne rötlich beleuchtete Gestalt im dunklen Umhang und mit tief ins Gesicht gezogener Kappe. Madlen, die gerade zu einer wüsten Beschimpfung angesetzt hatte, klappte den Mund wieder zu und erschauderte. Hermann, der

Scharfrichter, schaffte es, allein durch sein Erscheinen für Beklemmung zu sorgen. Dabei kannte sie ihn sonst als durchaus umgänglichen und friedvollen Mann, denn er war zugleich auch der Herr der Goldgräber und befehligte deren Einsätze. Wer seine Sickergrube ausheben lassen wollte, musste zu Hermann gehen. Wo immer in Köln eine Jauchegrube auszuleeren war – Hermann sorgte dafür, dass es zuverlässig und schnell im Schutze der Dunkelheit erledigt wurde.

Hinter Hermann kam der Henkerskarren in Sicht. Ein Esel zog das schwankende Gefährt. Neben ihm ging ein geduckter, schäbig gekleideter Mann, der das Tier am Halfter führte – der Schinder, der die Toten nach der Hinrichtung auf freiem Feld in der nackten Erde verscharrte, wobei manche von ihnen bereits so verwest waren, dass der Gestank bei Südwind und an warmen Tagen sogar bis über die Stadtmauern drang. Zur Abschreckung wurden die Leichen tage-, oft sogar wochenlang am Galgen hängen gelassen. Die Köpfe der Enthaupteten wurden auf lange Stangen gesteckt, um alle, die des Weges kamen, mit grausigem Nachdruck daran zu erinnern, dass gewisse Sünden schlimme Folgen nach sich zogen.

Hinten auf dem Karren lag der Delinquent, ein unförmiger, von einer Decke verhüllter Hügel. Auf Befehl des Scharfrichters hielt der Schinder an und stierte gelangweilt in die Runde.

Hermann kam zu Madlen herübergeritten.

»Gott zum Gruße, schöne Brauerin!«

»Ja«, stieß Madlen hervor. Alles in ihr drängte sie, seinen Blick zu meiden, denn ein jeder wusste, dass es Unglück brachte, ihm zu nahe zu kommen, vor allem, wenn er in seiner Eigenschaft als Henker vor einem stand. Mit dem Kinn deutete sie auf den Karren. »Lebt er überhaupt noch?«

»Aber ja«, sagte Hermann freundlich.

»Er wird mir nichts nützen, wenn er zu schwach zum Weiterleben ist.« Sie sandte einen grollenden Blick in Jacops Richtung. »Dann bin ich wieder Witwe, und mein ganzer Ärger fängt von vorn an.«

»Er hat ziemlich viele Prügel eingesteckt. Aber Knochen sind keine gebrochen.« Einschränkend fügte Hermann hinzu: »Nun ja, vielleicht eine oder zwei Rippen. Nichts Ernstliches. Sein Augenlicht hat er ebenfalls behalten. Bei guter Kost und Pflege wird er bald wieder auf voller Höhe sein.«

Madlen stieg vom Kutschbock und ging zu dem Eselskarren hinüber. Der Schinder verströmte einen widerlichen Gestank nach Aas, und auch der Karren roch, als sei jedes einzelne morsche Brett aus einem alten Grab ausgebuddelt worden. Madlen lupfte die Decke. Und fuhr erschrocken zurück. Die in schmutzige, zerrissene Kleidung gehüllte Gestalt sah kaum noch aus wie ein Mensch. Das Gesicht, das aus der filzigen Gugel hervorlugte, war so entstellt, dass die Gesichtszüge nur noch zu ahnen waren. Er ähnelte in nichts mehr dem Mann, den Madlen kannte. Die Brauen waren unter harten Hieben geplatzt, über das Jochbein zog sich ein langer, blutverkrusteter Schnitt, der Mund war dick verschwollen und ebenfalls blutig verfärbt. Die Augen waren nur noch schmale Schlitze inmitten monströser Schwellungen. Grünblaue und violette Striemen zogen sich kreuz und quer über das schrecklich zerschlagene Antlitz, man mochte bei dem Anblick kaum glauben, dass er sich von diesen Misshandlungen je wieder erholte.

»Ehrlich, Madlen, ich wusste nicht, dass er so hässlich ist!« Jacop blickte betroffen über ihre Schulter.

Madlen achtete nicht auf ihn, sondern fuhr zu dem Henker herum, sie bebte vor Zorn und Entsetzen. »Wie konntet Ihr nur! Warum muss jemand, der ohnehin zum Tode verurteilt ist, vorher noch so leiden?«

In einer Geste der Unschuld hob Hermann die schwarz behandschuhten Hände. »Ich bin nicht für seinen Zustand verantwortlich, falls Ihr das glaubt. Die Prügel hat er von den Söldnern bekommen, die ihn geschnappt haben. Und weitere Schläge von den Schergen der Gewaltrichter. Und zu guter Letzt wohl noch welche von den Wächtern des Greven.«

»Das ist ein gutes Zeichen!«, sagte Jacop voller Eifer. »Jemand, dem solcherart das Fell gegerbt wurde und der folglich so schlecht gelitten ist, wird sein Heil beizeiten an einem anderen Ort suchen. Gewiss wird es ihn nicht lange in Köln halten. Er wird bald verschwunden sein, und du kannst dann überall herumerzählen, er sei auf Handelsreise. Niemand wird dir mehr ins Handwerk pfuschen.«

Madlen starrte ihn mit verengten Augen an, um schließlich widerwillig zu nicken. So dämlich Jacop sich sonst auch anstellte, seine Worte hatten einiges für sich. Je genauer man darüber nachdachte, umso eher leuchtete es ein. Womöglich war diese Ehe wirklich die Lösung all ihrer Probleme, vorausgesetzt, alles Weitere verlief nach Plan, und Madlen war entschlossen, dazu das ihrige beizutragen.

Sie atmete durch und straffte sich. »Kommen wir zum Geschäft. Ich, Madlen von der Schildergasse, begehre die Ehefrau dieses Todgeweihten zu werden und beantrage daher die Begnadigung.« Das war der Spruch, den sie vorher auswendig gelernt hatte. Sie hatte keine Ahnung, ob man das so sagte, aber es klang halbwegs amtlich und gab der Sache einen gesetzmäßigen Anstrich.

Hermann lächelte sie an, und zu ihrer Überraschung stellte sie fest, dass er recht gut aussah. Das war ihr zuvor noch nicht aufgefallen, weil sie bei dem einen Mal vor zwei Jahren, als sie bei ihm die Goldgräber bestellt hatte, vermieden hatte, ihn richtig anzusehen.

»Die Gebühr habe ich mitgebracht.« Sie schob ihren Umhang auseinander, nestelte das Ledersäckchen aus ihrem Ausschnitt und band die Schnur los. »Es ist genau abgezählt. Zehn Gulden.«

Hermann warf Jacop einen abwägenden Blick zu. »Sehr gut«, meinte er dann gedehnt.

»Ein Teil ist für den Mönch!«, sagte Jacop schnell. Er lenkte seinen Gaul neben den Schinderkarren und streckte die Hand aus. »Gib her, ich mach das schon.«

»Nein, das übernehme ich.« Hermann saß ab und kam zu Madlen herüber. »Ich gebe dem Mönch den vereinbarten Obolus selbst. Als amtstreuer Diener des Rates bin ich dazu verpflichtet, alles zu beaufsichtigen, damit der ganze Vorgang den Buchstaben des Gesetzes folgt.« Mit gebieterischer Geste bedeutete er Madlen, ihm den Geldsack auszuhändigen, was sie mit einem wehen Gefühl im Herzen tat. Da ging es hin, ihr zweites Brauhaus! Andererseits – was sollte sie mit einem zweiten, wenn sie nicht einmal das erste weiterbetreiben durfte?

Hermann und der Schinder hoben den stöhnenden Delinquenten vom Karren. Johann von Bergerhausen war groß und schwer, beide Männer kamen ins Schwitzen, als sie die schlaffe Gestalt zu Madlens Fuhrwerk schleppten und auf die Ladefläche hievten. Während des mühsamen Manövers rutschte die Decke herunter und fiel in den Dreck. Madlen sprang hinzu und hob sie auf, doch dann sah sie angeekelt, dass das Ding nur so starrte vor zweifelhaften Flecken, außerdem roch es, als seien bereits ungezählte Leichen darin eingerollt worden. Sie begriff, dass vielleicht genau das zutraf, und ließ die Decke abrupt fallen. Stattdessen nahm sie ihren Umhang ab und breitete ihn über den Mann, der nun auf der Ladefläche ihres Fuhrwerks lag. Er stöhnte immer noch und versuchte, sich zu bewegen, doch Madlen griff nach seiner Hand. »Keine Angst. Ihr werdet heute nicht sterben. Hermann schlägt Euch nicht den Kopf ab. Ihr müsst mich nur heiraten, dann dürft Ihr weiterleben. Es ist alles geregelt, vertraut mir!« Beruhigend sprach sie auf ihn ein, auch noch, nachdem sie wieder auf den Kutschbock geklettert war. »Wir fahren jetzt zur Kirche, da gehen wir rasch die Ehe ein, und dann wird alles gut! Verfluchter Mistgaul! Willst du wohl ziehen!«, schrie sie. Es war eingetreten, was sie befürchtet hatte: Der vermaledeite Wagen war stecken geblieben! Der Schinder versuchte sein Bestes, von hinten mit kräftigem Schieben nachzuhelfen, doch das reichte nicht. Jacop und Hermann, die bereits im Sattel saßen, sahen sich genötigt, wieder von ihren Pferden zu steigen und mit anzupacken. Als es endlich weiterging, waren die Männer von oben bis unten mit Schlamm bespritzt, was vor allem Hermann zu verdrießen schien, der immer wieder missgestimmt seinen Umhang betastete. Er ritt dicht neben Jacop, beide neigten auf dem Weg zum Stadttor ab und zu die Köpfe zueinander hin und redeten, zwischendurch klang es, als würden sie streiten. Madlen, die hinter ihnen herfuhr, fragte sich besorgt, ob der ganze Handel wohl aus irgendwelchen Gründen noch platzen konnte, doch als sie schließlich das Severinstor erreichten und beide Männer sich zu ihr umwandten, drückten ihre Mienen nichts als einvernehmliche Verbindlichkeit aus.

Der Torwächter bedachte den kleinen Tross mit argwöhnischen Blicken, trat aber geflissentlich zur Seite, als Hermann hoch zu Ross vorbeikam. Niemand legte sich mit dem Scharfrichter an. Auch Madlens Fuhrwerk ließ er passieren, doch ihm war anzusehen, dass ihm die ganze Angelegenheit nicht behagte.

Vor dem Deutschorden-Bethaus am Katharinengraben zügelten Hermann und Jacop die Pferde und saßen ab. Jacop verschwand durch das Tor und kam kurz darauf mit einem Mönch zurück, dessen grämlicher Gesichtsausdruck erkennen ließ, wie wenig er von der ganzen Angelegenheit hielt. Er blieb vor dem Tor auf der Straße stehen. Rasch blickte er sich nach allen Seiten um und setzte sich erst wieder in Bewegung, als er sicher war, dass er nicht beobachtet wurde. Nicht zum ersten Mal hatte Madlen das Gefühl, bei einer Schmierenkomödie mitzuspielen, und sie begann sich zu fragen, ob das hier wirklich alles rechtens war.

Der Mönch, ein blasser, magerer Priesterbruder mit einer scharf ausrasierten Tonsur, dirigierte sie zur Seitenpforte von Sankt Johann Baptist und erklärte, die Trauung gleich hier vor der Tür vollziehen zu wollen, *in facie ecclesiae*, wie es kirchlichem Recht entspreche, vor zwei Zeugen und mit Gottes Segen. Anschließend verlor er keine Zeit und murmelte ein einleitendes Paternoster, während Hermann und der Schinder den bewusstlosen Bräutigam von der Ladefläche des Fuhrwerks zerrten und zur Kirchenpforte schleiften. Sie stützten ihn von beiden Seiten und hielten ihn auf diese Weise notdürftig aufrecht, doch seine

Knie waren eingeknickt und sein Kopf baumelte haltlos hin und her. Er murmelte etwas, das niemand verstehen konnte und versuchte vergeblich, die Augen weit genug zu öffnen, um seine Umgebung zu erkennen. Madlen verwünschte den ganzen Plan nach Kräften. Die Situation erschien ihr ebenso absurd wie unwirklich, daraus konnte nie und nimmer Gutes erwachsen! Inzwischen hätte sie liebend gern alles wieder abgeblasen. Nur die Vorstellung, dass Hermann den Mann in diesem Fall wieder hinaus auf den Judenbüchel bringen und dort köpfen würde, hielt sie davon ab.

Der Ordensbruder leierte die Eheschließungsformel herunter; zwischendurch musste er einmal innehalten und neu ansetzen, was darauf hindeutete, dass dies hier nicht zu seinen gewohnten Tätigkeiten gehörte.

»Willst du, Madlen, diesen Mann zu deinem angetrauten Ehemann und als Vormund und Bettgenossen nehmen?«

Madlen zuckte bei dem Wort *Bettgenossen* zusammen, doch sie wusste, dass das zur üblichen Frage gehörte, also nickte sie nervös. »Ja«, murmelte sie.

»Und willst du … ähm …?« Fragend blickte der Mönch zu Hermann, der wiederum hilfesuchend Jacop ansah.

»Johann«, sagte Madlen. »Er heißt Johann.«

»Und willst du, Johann, diese Frau zu deinem angetrauten Eheweibe und als Bettgenossin nehmen?«

Hermann packte von hinten den Kopf des Bräutigams und brachte ihn zum Nicken, worauf Johann einen Stöhnlaut hören ließ. »Er hat Ja gesagt«, informierte Hermann den Mönch.

»Wo ist der Ring?«, wollte dieser wissen.

Jacop trat hinzu, ergriff die herabbaumelnde Rechte von Johann und zerrte ihm mit einiger Mühe einen schweren Wappenring vom Finger. Bevor Madlen wusste, wie ihr geschah, hatte er ihn ihr angesteckt. »Fertig«, sagte er. »Sie hat ihn am Finger.«

»Sie müssen jetzt aus einem Becher trinken«, erklärte der Mönch.

»Ist das eine zwingende Vorschrift?«, fragte Hermann.

Der Mönch dachte nach. »Nein.«

»Dann kommt zum Ende. Das mit dem Becher können sie später machen, wenn sie zu Hause sind.«

In der Nähe waren Schritte zu hören, jeden Augenblick konnte jemand um die Ecke kommen.

»Ich erkläre euch zu Mann und Frau«, sagte der Mönch hastig. »*In nomine patris, filii et spiritus sancti*, Amen.«

»Amen«, sagten Hermann, Jacop und der Schinder einstimmig, während sie sich bereits daranmachten, Johann wieder auf das Fuhrwerk zu wuchten und ihn mit Madlens Umhang zuzudecken. Ein zweiter Mönch war aufgetaucht, der befremdet die Gruppe betrachtete, dann jedoch mit im Gebet gesenktem Kopf seiner Wege ging. Der Priesterbruder, der die Trauung vollzogen hatte, war ohne ein Wort durch die Pforte im Inneren der Kirche verschwunden.

Hermann tätschelte Johann sanft den Kopf. »Viel Glück mit dieser reizenden jungen Frau. Ihr habt eine gute Wahl getroffen, das werdet Ihr zweifellos merken, sobald Ihr wieder richtig sehen könnt. Sie ist fast so scharf wie mein Schwert.«

Madlen hätte ihm gern irgendetwas übergebraten, hilfsweise ihn damit beworfen, doch sie hatte nichts zur Hand. Mit wütend zusammengepressten Lippen stieg sie auf den Kutschbock, dann wandte sie sich an Jacop. »Deine Hälfte«, sagte sie kalt. »Ich will sie jetzt.«

Er wurde glühend rot und erklomm geschwind den Apfelschimmel seines Vaters. »Oh, das erledigen wir morgen. Ich habe eben gemerkt, dass ich vergessen habe, das Geld einzustecken.«

Das schlechte Gewissen stand ihm im Gesicht geschrieben, doch es war unverkennbar, dass seine Erleichterung um ein Vielfaches stärker war.

Madlen starrte ihn an, dann sah sie zu dem Scharfrichter hinüber, der bereits gemächlich in Richtung Waidmarkt davonritt, ohne sich umzublicken. Der Schinder schlurfte ihm hinterdrein, den Esel am Halfter führend. Er hatte sogar daran gedacht, die widerwärtige Decke mitzunehmen.

Madlen wurde den Eindruck nicht los, dass sie nach Strich und Faden übers Ohr gehauen worden war.

Jacop, bereits im Begriff, ebenfalls davonzureiten, blickte über die Schulter zurück. Als hätte er ihre Gedanken gelesen, beteuerte er: »Es ist alles gültig, nach Recht und Gesetz nicht anzutasten. Du bist jetzt verheiratet, nur das zählt. Der Mönch wird eine Urkunde darüber ausstellen, die kriegst du noch.«

»So wie ich von dir meine fünf Goldstücke kriege, wie?«

Er errötete abermals. »Ich treibe das Geld auf, das verspreche ich!«

Madlen gestand sich ein, dass sie von Anfang an nicht wirklich geglaubt hatte, Geld von ihm zu bekommen. »Scher dich fort«, sagte sie barsch.

Er nickte erleichtert und nahm die Zügel auf.

»Warte«, befahl sie. »Eins will ich noch wissen. Was wirst du deinem Vater und deiner Mutter sagen?«

»Na, die Wahrheit. Dass du einen tüchtigen Brauer zum Mann genommen hast.« Er hielt kurz inne. »Meiner Mutter sage ich vielleicht außerdem, dass ich eigens in aller Frühe noch einmal zu dir geritten bin, um dich auf Knien um deine Hand anzuflehen, dass du aber leider in der Zwischenzeit schon den anderen gefunden hattest.« Er nickte. »Ja, das ist gut, das wird sie besänftigen.« Fröhlich schnalzend setzte er das Pferd in Bewegung. »Viel Glück und alles Gute, Madlen! Du wirst sehen, jetzt kommt für uns beide alles ins Lot!« Mit diesen Worten trabte er davon.

Madlen trieb den alten Gaul an, der sich auf gewohnt zögerliche Weise in Bewegung setzte. Während des Heimwegs blickte sie immer wieder über die Schulter zur Ladefläche, wo ihr frisch angetrauter Gatte wieder das Bewusstsein verloren hatte. Die Gugel, die sein Haupt verhüllt hatte, war herabgerutscht. Sein Haar war bis auf die Kopfhaut geschoren, der Schädel von blutigen Prellungen übersät. Er schien dem Tode näher zu sein als dem Leben. Mit wachsender Sorge fragte sie sich, was sie sich da wohl eingehandelt hatte.

Daheim angekommen, zitierte sie Caspar und die Lehrjungen herbei und befahl ihnen, den Mann ins Haus zu befördern.

»Bringt ihn hoch in die hintere Schlafkammer, aber seid vorsichtig, er ist verletzt.«

»Ins Wohnhaus?« Caspar betrachtete konsterniert die Jammergestalt. »Diesen nach Aas stinkenden Kerl? Wer ist das überhaupt?«

»Oh, ich habe ganz vergessen, es zu erwähnen. Er ist mein Ehemann.«

Teil II

Zu Anfang bekam er nicht viel von seiner Umgebung mit. Die erste bewusste Wahrnehmung bestand darin, dass die Brauerin an sein Lager trat. Sie hielt ihm einen geschnitzten Heiland vor, zerrte seine Hand zu sich herüber, legte sie auf den Heiland und verlangte, dass er beim Blute Christi schwor, sie niemals zu berauben.

Er hielt mühsam die Augen offen. »Was wollt Ihr?«, murmelte er.

»Ich weiß, dass Ihr ein Räuber seid.«

Er gab keine Antwort. Was hätte er auch sagen sollen?

»Und nun seid Ihr in meinem Haus«, fuhr die Brauerin fort. »Ich habe Euch aufgenommen, damit Ihr genesen könnt. Ihr sollt mir beim Blute Christi schwören, dass Ihr mich nicht beraubt.«

»Deiero«, murmelte er.

»Was?«

»Ich schwöre.«

Später spürte er wie durch dicken Nebel, dass jemand ihn auszog und behutsam abwusch. Mit Mühe zwang er seine Augen einen Spalt auf, es war die Brauerin. Ihr Gesicht war tränenüberströmt, sie strich ihm sacht über die Stirn. Er wurde wieder ohnmächtig, und als er das nächste Mal an die Oberfläche des Bewusstseins trieb, war eine andere Frau bei ihm, doch es war dunkel, er sah nur ihre Umrisse und die Ärmel ihres grauen Gewands. Er empfand eine beschämende Hilflosigkeit, als ihm eine Windel umgelegt wurde, wie einem nässenden

Säugling, doch er konnte nichts dagegen ausrichten. Sogar zum Protestieren war er zu schwach. Ein bitterer Saft wurde ihm eingeflößt, dann wurde die Wunde an seinem Kopf genäht, doch die Stiche waren nichts gegen den Schmiedehammer, der von innen gegen seine Schädeldecke hämmerte. Vor seinen Augen kreisten dunkle Wirbel, so lange, bis er wieder ohnmächtig wurde. Als er das nächste Mal zu sich kam, war eine Frau da, die er nicht sehen konnte, weil er die Augen nicht richtig aufbekam. Nur schwach drang ihre Stimme zu ihm vor. »Trinkt das.« Wieder bekam er den bitteren Saft, wurde frisch verbunden, doch das nahm er kaum noch wahr.

Als er das nächste Mal aufwachte, konnte er wieder richtig sehen. Eine hässliche Frau beugte sich über ihn, die ungefähr in seinem Alter war.

»Ich habe hier einen Napf mit Eintopf«, informierte sie ihn. »Wenn Ihr nicht verhungern wollt, müsst Ihr davon essen.«

Er ließ sich die fade Pampe Löffel für Löffel einflößen. Die Frau beobachtete ihn währenddessen, als sei er die Reinkarnation des Leibhaftigen, und als er den Löffel fortschob, wirkte sie sichtlich erleichtert.

Am nächsten Tag kam erneut die Brauerin an sein Bett.

»Wir müssen reden«, sagte sie.

Er unternahm gar nicht erst den Versuch, sich aufzurichten, sein Kopf tat noch zu weh. Innerhalb von einer Woche hatte er mehr und härtere Prügel bezogen als während der meisten Zeit des Krieges. Bei der Festnahme hatten ihn die Schergen des Rats bewusstlos geschlagen, und die nächsten Hiebe hatte es im Bayenturm gesetzt, als die Knechte des Gewaltrichters ihr Mütchen an ihm kühlen mussten. Doch beides zusammen war nicht so schlimm gewesen wie das, was die Büttel des Greven mit ihm angestellt hatten.

»Redet Ihr, ich höre zu«, murmelte er mit geschlossenen Augen.

»Ich weiß nicht, ob es Euch klar ist, aber Ihr seid nun mein Gatte.«

Johann öffnete die Augen. Und schloss sie gleich wieder, denn dies konnte nicht die Wirklichkeit sein. Schon deshalb nicht, weil er im Bett lag und die Brauerin danebenstand und überdies behauptete, seine Frau zu sein. Genauso gut konnte er also einfach weiterschlafen. Vielleicht würde der Traum sich wieder in angenehmere Bilder auflösen. Er hatte schon öfter von der Brauerin geträumt, und es hatte ihm immer gefallen.

Die Brauerin räusperte sich. »Ich wollte es Euch nur gesagt haben. Wir haben vor einem Mönchspriester vom Deutschorden die Ehe geschlossen. Ihr müsst nun nicht länger fürchten, enthauptet zu werden.«

Er schlief wieder ein und träumte, diesmal nur angenehme Dinge. Tags darauf erschien wieder die Magd, um ihn mit in Milch eingeweichtem Brot zu füttern und ihm ein frisches Laken unterzulegen. Die peinliche Windel hatte er bereits entfernt und nach einem Nachttopf verlangt.

Erst am folgenden Tag brachte er genug Kraft auf, sich aus dem Bett hochzustemmen und mühsam wie ein uralter Greis die Treppe hinabzusteigen, wenn auch eher kriechend als gehend. Er fand sich in einer warmen, gemütlichen Stube wieder. An dem großen Eichentisch saß ein alter Mann mit einer Schnitzarbeit. »Ich bin Cuntz, Madlens Großvater. Und du bist wohl Johann, ihr Mann. Willkommen in der Familie.«

Johann starrte ihn an, dann ließ er sich auf die Bank sinken und stützte seinen hämmernden Schädel in beide Hände. Anscheinend war es doch kein Traum gewesen. Was zum Teufel war geschehen?

Ein junger Mann betrat die Wohnstube, gefolgt von zwei halbwüchsigen Jungen. Der Mann war vielleicht Mitte zwanzig, er hatte zerzauste braune Locken und ein angenehmes, offenes Gesicht, aus dem blaue Augen strahlten. Die beiden Jungen mochten dreizehn oder vierzehn sein. Der größere der beiden sah mürrisch drein, sein Gesicht war von Pickeln verunstaltet und seine Bewegungen schleppend. Der jüngere, der sich sofort als Berni vorstellte, schien ein fröhlicher Bursche zu sein. Er hatte rotes Haar, und eine Vielzahl von Sommersprossen sprenkelte seine Nase.

In einer Wolke aus Braudünsten setzten die drei sich zu Tisch, und während die Magd das Vespermahl auftrug, erschien auch die Brauerin. Sie setzte sich neben ihren Großvater, auf den Platz, der am weitesten von Johann entfernt war.

Schweigend löffelte sie ihren Teller leer, während das Gesinde Johann während des gesamten Essens mit unverhohlener Neugierde anstarrte. Doch alle Versuche der jungen Burschen, ihn auszufragen, wurden von der Brauerin rüde unterbunden.

»Halt's Maul«, wies sie Berni zurecht, als er von Johann wissen wollte, wie es im Kreuzzug so gewesen sei.

Als kurz darauf der ältere Knecht sich erkundigte, ob man in Bayern anders braue als in Köln, fiel Madlen auch ihm ins Wort. »Kümmere dich um dein Essen, Caspar.«

Johann selbst hatte kein Verlangen, sich mitzuteilen, ihm war nicht danach. Er würde schon noch herausfinden, welche Umstände dazu geführt hatten, dass er bei der Brauerin gelandet war.

Tags darauf brachte ein Bote eine Nachricht für ihn. Die Brauerin händigte ihm den zusammengefalteten, mit Wachs versiegelten Brief aus und sah stirnrunzelnd zu, wie er ihn aufklappte und las. Danach war ihm wohler.

Der Brauerin war anzusehen, dass sie darauf brannte, etwas über den Inhalt des Briefs zu erfahren, doch er sprach nicht darüber, und sie fragte ihn nicht.

In der Folgezeit ließ sie ihn nicht nur in Ruhe, sondern ging ihm sogar geflissentlich aus dem Weg, was ihm nur recht war. Außer zu den Mahlzeiten trafen sie so gut wie nie zusammen.

Sie nächtigte in der Schlafkammer neben seiner, und tagsüber war sie von früh bis spät in der Braustube oder im Ausschank beschäftigt. Sie kam nur zum Essen ins Haus, und erst spätabends zum Schlafen nach oben, doch dann war er längst in seiner Kammer, so wie ohnehin die meiste Zeit. Er war zu schwach, um mehr zu bewältigen als den Weg zu den Latrinen und zum Esstisch. Wann immer es ging, legte er sich zum Schlafen hin, in der Hoffnung, dass die Schmerzen und die Schwindelgefühle bald verschwanden.

Abends hörte er aus der benachbarten Kammer die Geräusche. Das Rascheln, wenn sie sich auszog. Das leise Murmeln, wenn sie betete. Einmal auch ein ersticktes Schluchzen. Es verursachte ein seltsames, wehes Ziehen in seiner Magengrube, sie weinen zu hören. Die Vorstellung, womöglich der Urheber ihres Kummers zu sein, bedrückte ihn.

Er versuchte, Pläne zu schmieden, in die Zukunft zu blicken. Doch dort sah er nichts, nur quälende Ungewissheit und zu viele ungelöste Fragen. Furcht wollte ihn überwältigen, so wie damals, als sie ihn in Outremer in den Kerker geworfen und dort vergessen hatten. Als es nichts mehr gegeben hatte außer den Sterbenden um ihn herum und den Wunsch, es hinter sich zu bringen.

Das kleine Unschlittlicht, das die Brauerin vor dem Schlafengehen in seine Kammer gestellt hatte, streute ein diffuses Licht, das nur einen Teil der kleinen Kammer sichtbar machte. Grob verputztes Fachwerk, hölzerne Bodendielen, die schwere Balkendecke über ihm, die so niedrig war, dass er nur mit gesenktem Kopf in dem Zimmer stehen konnte. Das Bett war so kurz, dass er nur verkrümmt darin liegen konnte. Von unten drang das Furzen und Schnarchen der Magd herauf, es stank im ganzen Haus nach Kohl und Steckrüben.

Johann dachte an Veit. Wo er wohl jetzt schlief? Der Nachricht zufolge ging es ihm gut, doch Veit neigte dazu, immer alle Probleme herunterzuspielen. Aber er sorgte durch seine bloße Existenz auch dafür, dass Johann sich nicht der Furcht überließ. Er würde alles wieder in Ordnung bringen, egal wie. Seine Sorgen wurden schwächer, zerflossen in den sanften Traumbildern des Schlafes, der ihn bald darauf umfing. Alle Bedrängnis verging schließlich in der dunklen Umarmung der Nacht.

Anfang März 1260

Konrad von Hochstaden, Erzbischof von Köln und zugleich mächtigster Reichsfürst, fühlte sich erschöpft. Er saß in seinem Lehnstuhl, die Arme vor der Brust verschränkt, während sein Besucher vor ihm auf und ab ging und sich dabei in Rage redete. Der Erzbischof gab vor, ihm aufmerksam zu lauschen, doch er filterte nur die wichtigen Teile des Monologs heraus und merkte sie für eine Antwort vor, die übrigen ließ er an sich vorbeifließen wie das Wasser des Rheins. Müßig blickte er aus dem offenen Fenster, betrachtete das verschlungene, von der Frühlingssonne bestrahlte Maßwerk an der Einfassung. Es roch nach Fisch und Tierdung. Der Fischgestank wurde von den Salmenbänken unter Groß Sankt Martin herübergeweht, der Geruch nach wilden Tieren kam aus dem zum Palast gehörenden Zoo, eine überflüssige Luxuseinrichtung, aus einer Laune heraus geschaffen und schon deshalb ohne jeden Nutzen, weil er viel zu selten in Köln weilte, um sich hinreichend daran ergötzen zu können.

Der Besucher des Erzbischofs ereiferte sich soeben über Missstände bei der Münzerhausgenossenschaft. Konrad von Hochstaden ließ ihn wettern, er hatte die Erfahrung gemacht, dass mit manchen Männern besser zu reden war, sobald sie erst ihrem Zorn gehörig Luft gemacht hatten. Verhandeln, kluges Taktieren, Planen, Intrigieren – das war allemal besser als Kriege zu führen, wie er nach etlichen leidvollen Erlebnissen in seiner Vergangenheit gelernt hatte. Auf jeden Fall war es gesünder.

In zweiundzwanzig Amtsjahren hatte er schon vieles überlebt, das andere, weniger machtbewusste Männer längst Kopf und Kragen gekostet hätte. Exkommunikation, Gefangenschaft, zahlreiche Kriege und Fehden und so manchen mörderischen Schwertstreich in den von ihm selbst ausgefochtenen Schlachten. Er hatte Konkurrenten gebannt und verschwinden lassen, hatte Könige eingesetzt und sie anschließend seine Überlegenheit spüren lassen, hatte über all die Jahre hinweg beharrlich und rücksichtslos seinen Besitz gemehrt und seinen Herrschaftsbereich ausgeweitet.

Nur hier in Köln, im Zentrum seiner Macht, erwuchsen ihm immer neue Konflikte, es schien unmöglich, ihrer Herr zu werden, obwohl er gerade hier wie an keinem anderen Ort danach trachtete, durch einsichtsvolles Nachgeben und eine Reihe von Wohltaten ein gedeihliches Miteinander zu fördern.

Er hatte den Kölnern das Stapelrecht verliehen und diverse Steueraufkommen an sie verpachtet, hatte ihnen Hoheitsbefugnisse bei der Gerichtsbarkeit und der Stadtverwaltung eingeräumt, hatte Ämter und Würden vergeben und in mehreren Schiedsverfahren seine Fähigkeit zum Einlenken unter Beweis gestellt. Doch den Kölner Geschlechtern war es nie genug, sie wollten immer mehr, wollten sich zu Stadtfürsten aufschwingen und alle Macht unter sich aufteilen.

Sein heutiger Besucher war auch so einer. Er konnte den Hals nicht vollkriegen. Hätte er freie Hand gehabt, wären längst alle Geschlechter außer dem seinen unter der Erde und er selbst unbestrittener Alleinherrscher, nicht nur im Kölner Gewürzhandel, sondern möglichst über alles, was innerhalb der Stadtmauern zu Geld gemacht werden konnte.

»… empfinde ich es als unerträglich, dass dieser Johann von Bergerhausen begnadigt wurde«, spie Wendel von Hardefust hervor.

Konrad von Hochstaden erhob sich. Es war an der Zeit, den Tiraden des Mannes ein Ende zu bereiten.

»Seine Begnadigung steht nicht zur Debatte. Ich schulde seiner Familie eine Menge, sein Vater war mein Freund, seine Schwester mein Patenkind.« Er gab sich keine Mühe, seine Verstimmung zu verbergen. In seinem Leben hatte er nicht oft unter Gewissensbissen gelitten, doch das Schicksal der von Bergerhausens nagte an ihm. Für einen Teil davon trug er selbst die Verantwortung, manchmal geboten die Umstände leider Gottes ein Handeln, das eher von Vernunft als von Loyalität geprägt war. Aber er weigerte sich, der bereits angehäuften Schuld neue hinzuzufügen. Allzu viel Zeit, begangenes Unrecht zu sühnen, blieb ihm ohnedies nicht, dafür war er zu alt. Die übrige Lebenszeit reichte kaum aus, um das zu erhalten, was er sich aufgebaut hatte, und zu seinem Verdruss brauchte er dafür die Hilfe von Männern wie Wendel Hardefust.

Etwas versöhnlicher fuhr er fort: »Seht das Praktische daran: Als Gatte einer einfachen Brauerin kann er keine Handelszüge mehr überfallen, und solange er hier in Köln sitzt, haben wir ihn besser im Auge, als wenn er sich anderenorts daranmachen würde, Mitstreiter um sich zu scharen und eine Fehde anzuzetteln.«

»Er wird mit Sicherheit Mittel und Wege dafür finden! Glaubt Ihr wirklich, dass er in Köln bleibt?«

»Ja, davon bin ich überzeugt. Denn würde er die Stadt verlassen und neues Unheil anrichten, muss er damit rechnen, gebannt zu werden, das würde seine Möglichkeiten erst recht beschränken.«

»Am besten wären sie beschränkt, wenn er einen Kopf kürzer wäre, so, wie es vorgesehen war! Wozu ihn am Leben lassen? Diese alberne Begnadigung …«

»Schweigt!«, fiel der Erzbischof dem Mann schneidend ins Wort. Im Hintergrund erhob sich Ott, der Hauskaplan. Seine riesenhafte, muskulöse Gestalt ragte bedrohlich vor der getäfelten Wand auf. Er tat einen Schritt nach vorn.

»Domine?«

»Schon gut, er sieht es ein«, sagte Konrad von Hochstaden, den Blick fest auf Wendel von Hardefust gerichtet. »Johann von Bergerhausen wurde übel genug mitgespielt«, fuhr er kalt fort. »Wenn ich sage, es reicht, dann meine ich das auch so. Seht Euch vor, was ihn angeht, Hardefust. Ich dulde keine Eigenmacht, das solltet Ihr wissen! Und ebenso gut wisst Ihr, was mit Männern geschieht, die meinen erklärten Willen missachten!«

Wendel Hardefust senkte den Kopf, doch er konnte das teils ängstliche, teils zornige Flackern in seinen Augen nicht schnell genug verbergen.

Die Heimtücke ist ihm angeboren, dachte Konrad von Hochstaden. Er war der ideale Mann für seine Zwecke.

»Nun gut«, meinte der Erzbischof in geschäftsmäßigem Ton. »Lasst uns zu dem eigentlichen Grund Eures Hierseins kommen. Zu dem, was Uns wirklich am Herzen liegt.«

Er sprach, was Hardefust entging, im Pluralis Majestatis, denn alles drehte sich allein darum, dem Niedergang seiner Macht Einhalt zu gebieten. Seine Herrschaftsgewalt in Köln drohte zu bröckeln, die mächtigen und reichen Familien der Geschlechter begehrten schon wieder auf, obwohl er im Vorjahr mit drakonischen Maßnahmen eine Reihe von ihnen entmachtet und gefangen gesetzt hatte. Zusätzlich hatte er begonnen, das mächtige Schöffenkollegium auszuhöhlen, indem er Handwerksgenossen in die Ämter brachte und damit den Zünften gegenüber der Richerzeche mehr Einfluss zuschanzte, aber auch das reichte nicht. Es wurden bereits neue Intrigen gesponnen, umstürzlerische Pläne geschmiedet, gegnerische Seilschaften gebildet. Er musste, wenn er nicht jeden Einfluss verlieren wollte, die Geschlechter endgültig entmachten, und dafür brauchte er einen Plan.

»Lasst hören, was Ihr Euch ausgedacht habt«, sagte er zu Wendel Hardefust.

Johann stand im Hof und blickte sich um. In der hellen Frühlingssonne sah alles auf anheimelnde Weise idyllisch aus. Hinter dem runden Ziehbrunnen erhob sich der gemauerte Torbogen, der zwischen Wohn- und Schankhaus hindurch zur Gasse führte. Das Sudhaus lag zum Garten hin, durch den grob mit Steinen geschotterten Hof von der Schänke abgetrennt. An der Rückseite des Sudhauses befand sich ein kleiner Holzverschlag, und davor döste der halb gelähmte und blinde Spitz. Der Hund hatte keinen Namen, ebenso wenig wie der Kater, der Stall und Garten von Mäusen frei halten sollte, aber lieber in der Nachbarschaft jagte. Auch das Pferd war namenlos, die Hausherrin nannte es abwechselnd *Mistgaul*, *alte Schindmähre* oder einfach nur *blödes Biest*.

Johann hatte noch nicht herausgefunden, warum die Tiere keine Namen hatten, es machte ihn auf unbestimmte Weise neugierig, denn er erinnerte sich noch gut daran, dass seine Mutter einen Schoßhund namens Bertrand besessen hatte, und früher war auf der Burg auch eine Katze herumgelaufen, die von seiner Schwester Nocturne gerufen worden war, weil sie so schwarz gewesen war wie die Nacht.

Er ging zu dem alten Hund und tätschelte ihn, was dankbar angenommen wurde. Johann fühlte sich dem armen Tier verbunden, denn in den ersten Tagen seines Aufenthalts in diesem Haus war auch er kaum hochgekommen, er war schwächer gewesen als der ärmste Krüppel.

Er betastete die Beulen an seinem Hinterkopf. Die Schwellung unter der rasierten Haut seines Schädels war kaum noch fühlbar, aber in den ersten Tagen war sie mindestens so groß gewesen wie ein Hühnerei. Einer von den Wachleuten in der Hacht hatte ihm diesen mörderischen Schlag auf den Kopf versetzt, und leider hatte Johann nicht mitbekommen, wer den Knüppel geschwungen hatte, sonst würde er den Kerl sicher noch Mores lehren.

Müßig setzte er seinen Rundgang über das Grundstück fort. Rechter Hand, ein wenig windschief an die Hinterwand des neben dem Wagenhaus befindlichen Vorratsschuppens gelehnt, befand sich der Hühnerstall, der von einem Gockel und einem Dutzend gut genährter Hennen bewohnt wurde, die jetzt pickend im Garten herumstolzierten. In einem weiteren Stall wurden zwei Milchziegen gehalten.

Hinter Sudhaus und Stallungen lag der Garten, in dem Gemüse und Obst gezogen wurden. Johann betrachtete die sorgfältig gehackten Beete und die sauber beschnittenen Bäume und Sträucher. Es gab sogar einen kleinen Bereich mit Rebstöcken.

Alles sah gepflegt und ordentlich aus, nur der Zaun, der den rückwärtigen Teil des Grundstücks vom dahinterliegenden Gelände abteilte, war ziemlich morsch. Und die Mauern zu den Nachbargärten hätten deutlich höher sein können, vor allem zur rechten Seite hin. Die Frau nebenan war eine keifende Plage, außerdem hatte sie die Neugier für sich gepachtet. Wenn sie nicht gerade Beleidigungen über die Mauer rief, hatte sie alle Zeit der Welt zum Starren übrig. Johann war in den vergangenen Tagen zwei oder drei Mal zum Luftschnappen im Garten gewesen, und immer war sie kurz darauf aufgetaucht und hatte ihn angegafft. Einmal hatte sie gegenüber ihrem Mann – den Johann indessen noch nicht gesehen hatte – mit lauter Stimme geäußert, dass die blonde Delilah sich einen Raubmörder ins Bett geholt habe. »Den hat sie dem Henker abgekauft, Hans!« Ihre Stimme hatte mühelos die gesamte Nachbarschaft beschallt. »Wer weiß, vielleicht ist das sogar der Verbrecher, der den armen Konrad erschlagen hat!«

Johann holte sich die Axt vom Hackklotz, bevor er zum Zaun ging und probeweise an den einzelnen Brettern rüttelte. Einige waren bereits ausgetauscht worden, doch etliche andere waren so verrottet, dass im Grunde der ganze Zaun erneuert werden musste.

Besagter Konrad war, wie Johann inzwischen wusste, der erste Mann der Brauerin gewesen, und wie es aussah, war er selbst der zweite, auch wenn er es immer noch nicht recht glauben mochte. Sie hatte ihm jedoch ein Papier präsentiert, ausgefertigt von einem Priester des Deutschordens, wonach Madlen von der Schildergasse und Johann von Bergerhausen die Ehe geschlossen hatten. Ihren Schilderungen zufolge hatte sie ihn durch diese Heirat vor dem Henker gerettet, der angeblich drauf und dran gewesen war, ihn zu köpfen. Wie es dazu gekommen war, blieb indessen im Dunkeln.

An diesem Tag, mehr als zwei Wochen nach besagten Ereignissen, fand Johann, dass sein körperlicher Zustand wieder zufriedenstellend war. Er konnte ohne Schmerzen aufrecht gehen und seine Glieder bewegen, sein Kopf tat nicht länger weh, und er hatte wieder Hunger. Richtigen Hunger, auf Mahlzeiten, die nicht nur aus klumpigem Gemüse- oder Haferbrei oder verkochtem Fisch bestanden. Die Magd war eine grauenhafte Köchin, doch damit schienen sich alle Mitglieder des Haushalts der Brauerin klaglos abzufinden. Nur der alte Cuntz wagte zuweilen, am Essen herumzunörgeln.

Johann reckte sich, atmete tief durch und befühlte dabei seine Rippen. Wenn er fest drückte, tat es noch weh, aber ansonsten schien alles gut verheilt zu sein. Im Grunde war er fast wieder der Alte. Höchste Zeit, sich einmal eingehend mit seiner Frau zu unterhalten.

Seine Frau. Was für ein seltsamer Gedanke!

Noch seltsamer war, dass sie offenbar den gleichen Entschluss gefasst hatte wie er. Sie kam quer durch den Garten auf ihn zu, ganz offensichtlich in der Absicht, mit ihm zu reden.

Er betrachtete sie neugierig, als sie näher kam. Ihr frisches junges Gesicht war gerötet von der Arbeit, sie hatte wieder den ganzen Morgen im Sudhaus geschuftet. Ab und zu hatte er sie zetern gehört, wenn einer der Lehrjungen nicht schnell genug ihren Befehlen nachgekommen war, und auch der Gaul hatte am Vormittag wieder eine Schimpftirade eingesteckt, weil sie ihm einen spitzen Stein aus dem Vorderhuf pulen wollte, er aber jedes Entgegenkommen verweigert hatte. Ihre lautstarken Bemühungen – »Willst du blöde Mähre wohl das verdammte Bein heben?!« – hatten die Wände wackeln lassen.

Madlen blieb vor Johann stehen. Ihre ganze Erscheinung zeugte von harter Arbeit. Über ihrem ausgeblichenen Surcot trug sie eine fleckige Schürze, und ihre Hände waren von Narben und frischen Rötungen gezeichnet. Johann erinnerte sich unvermittelt an die Zeiten, in denen er selbst gebraut hatte, er wusste, wie schnell man sich dabei verbrühen konnte.

Das Gebende hatte sie wie am Tag ihrer ersten Begegnung nur unachtsam angelegt, ein Zipfel baumelte unter ihrem Kinn hervor, ein anderer über ihrem rechten Ohr. Dem leinenen Kopfputz waren etliche Haarsträhnen entwichen, die sich zu einem zerzausten, blondlockigen Heiligenschein aufgeplustert hatten.

Doch ihr Gesichtsausdruck hatte nichts Engelhaftes, sie blickte ihn mit strenger Miene an.

»Ihr seid nun seit über zwei Wochen hier«, hob sie an. »Und mir scheint, Ihr seid wieder halbwegs wohlauf.«

»Denselben Gedanken hatte ich auch gerade«, erwiderte Johann freundlich.

»Ich habe Euch einige Kleidungsstücke besorgt, sie liegen in der Stube auf dem Tisch. Ich kann Euch auch ein bisschen Geld mitgeben, nicht viel, aber für eine vernünftige Wegzehrung wird es reichen. Und das hier kriegt Ihr selbstverständlich auch zurück.« Sie nestelte in ihrer Gürteltasche herum und förderte einen Gegenstand zutage, den sie ihm überreichte. Es war sein Wappenring.

»Es gab keinen Ehering, und da nahmen wir diesen«, erklärte sie.

»Ich nehme an, ich erhob keine Einwände.«

Sie wurde flammend rot. »Ihr wart ja gar nicht richtig bei Euch. Es war nicht zu ändern. Die ganze Zeremonie war …« Sie suchte nach einem Wort.

»Eine Posse?«, schlug er vor.

Sie zuckte die Achseln. »Nennt es, wie Ihr wollt. In jedem Fall hat es Euch das Leben gerettet. Immerhin wurdet Ihr vom Schöffengericht zum Tode verurteilt. Das werdet Ihr doch wohl noch wissen, oder?«

»Allerdings«, bestätigte er. »Aber ich hatte nicht den Eindruck, als sollte das Urteil vollstreckt werden.« Genau genommen war er schon am Tag der Urteilsverkündung begnadigt worden, vom Erzbischof persönlich. Der Greve hatte ihm die Urkunde vorgelesen, und man hatte ihm sogar seinen Wappenring zurückgegeben. Er hatte als freier Mann die Hacht verlassen dürfen. Was irgendwem sauer aufgestoßen sein musste, sonst hätten die Wächter ihn nicht auf dem Weg nach draußen geschnappt und zusammengeschlagen. Die letzte und übelste Tracht Prügel seit seiner Gefangennahme, doch sie hatte nichts daran geändert, dass er frei war.

Johann setzte an, Madlen von diesen Hintergründen in Kenntnis zu setzen, doch sie fuhr bereits mit ihren Erklärungen fort.

»Der Scharfrichter hatte Euch auf dem Henkerskarren zum Judenbüchel hinausgebracht. Hätte ich Euch nicht ausgelöst und mit der Eheschließung die Begnadigung erwirkt, würde Euer Kopf jetzt da draußen vor der Stadt auf einer dieser grässlichen Stangen stecken.«

Johann öffnete den Mund, um das richtigzustellen, doch dann klappte er ihn wieder zu. Wie es schien, war diese Ehe das Ergebnis einer Intrige, bei der nicht nur er, sondern auch die Brauerin hereingelegt worden war.

»Ihr habt mich also ausgelöst?«, erkundigte er sich sachlich.

Sie nickte, sichtlich erbost. »Für zehn Gulden.«

»Das ist viel Geld.«

»Das könnt Ihr laut sagen.« Sie warf ihm einen ergrimmten Blick zu. »Nicht dass Ihr denkt, ich hätte noch welches.«

»Warum sagt Ihr das?«

Sie zuckte die Achseln. »Was glaubt Ihr denn?«

»Ich habe Euch beim Blute Christi geschworen, Euch nicht auszurauben. Misstraut Ihr mir?«

Sie musterte ihn abwägend, dann schüttelte sie zu seiner Überraschung den Kopf. »Nein«, sagte sie unumwunden. »Das tue ich nicht. Fragt mich nicht, warum, aber ich glaube nicht, dass Ihr mir Böses antun wollt.« Sie blickte irritiert über die Schulter. Die Magd war in den Garten gekommen, sie stand beim Hühnerstall und spähte neugierig zu ihnen herüber. Madlen scheuchte sie mit einer unwilligen Handbewegung weg, dann wandte sie sich wieder Johann zu.

»Nun, da Ihr wieder bei Kräften seid, könnt Ihr natürlich jederzeit fort. Bevor Ihr aber geht, möchte ich Euch um einen Gefallen bitten.«

»Wenn ich ihn erfüllen kann, sei er gewährt.«

Sie holte tief Luft. »Wenn Ihr die Stadt verlasst, sollte es so aussehen, als wolltet Ihr auf Handelsreise gehen. Sonst kommt die Bruderschaft am Ende noch auf den Gedanken, diese … ähm, Ehe anzuzweifeln.« Sie sah ein wenig unglücklich drein. »Es sind nämlich schon Beschwerden laut geworden. Einige von den Zunftbrüdern wollen Euch nicht anerkennen, nicht als meinen Gatten und schon gar nicht als Brauer. Sie werden gewiss auf einer ihrer nächsten Sitzungen darüber disputieren und vielleicht wieder irgendwelche dummen Beschlüsse fassen.« Bittend sah sie ihn an. »Es ist sehr wichtig für mich, dass Ihr Euch, wo immer Ihr Euch blicken lasst, als tüchtiger Brauer gebärdet. Und als mein mir sehr verbundener Gatte.«

Johann reimte sich einiges zusammen. »Wollt Ihr damit sagen, dass Ihr mich nicht nur zu meinem, sondern auch zu Eurem Nutzen geehelicht habt?«

Sie nickte ungeduldig, als sei es völlig überflüssig, auf einer solchen Nebensächlichkeit herumzureiten.

»Wenn irgend möglich, solltet Ihr vor Eurer Abreise noch beim Braumeister Eberhard vorsprechen. Er steht der Bruderschaft vor, außerdem ist er Mitglied im Schöffenkollegium.«

»Ich weiß. Er hat mich zum Tode verurteilt, als amtlich bestellter Vertreter des Hochgerichts.«

»Oh.« Madlen runzelte sorgenvoll die Stirn. »Ihr habt recht, Jacop sprach ja davon. Daran hatte ich nicht mehr gedacht.«

»Warum soll ich bei ihm vorsprechen?«

»Um ihm deutlich zu machen, dass ich die Bedingungen der Zunft vollständig erfüllt habe, weil Ihr ein ehrenwerter Brauer seid.«

»Und Euch als Ehemann sehr verbunden?«, wiederholte er ihre Worte.

Sie nickte errötend. »Ganz recht. Und Ihr sollt ihm erklären, dass Ihr aus rein geschäftlichen Gründen auf Reisen gehen wollt. Etwa, um anderenorts neue Methoden der Braukunst zu erforschen.« Ihre Stimme wurde energischer. »Im Grunde wäre es das Wenigste, was Ihr für mich tun könnt. Immerhin habt Ihr mir zu verdanken, dass Euer Kopf noch auf Euren Schultern sitzt.«

Abwägend sah er sie an. Ein Plan hatte soeben in seinem

Kopf Gestalt angenommen. »Möglicherweise wäre uns beiden geholfen, wenn ich nicht sofort aufbrechen würde.«

»Was meint Ihr damit?«, fragte sie verblüfft. »Wollt Ihr denn nicht fort?«

»Nicht unbedingt, zumindest nicht gleich. Eine Weile kann ich noch hierbleiben.«

Johann sah, wie es hinter ihrer Stirn arbeitete. »Das könnte mir wirklich von Nutzen sein«, meinte sie langsam. Hoffnung keimte in ihren Zügen auf, um sofort von Argwohn überdeckt zu werden. »Wollt Ihr auf meine Kosten ein faules Leben führen und Euch bei mir durchfressen? Eins solltet Ihr wissen: Wer zu meinem Haushalt gehört, hat sein Scherflein beizutragen. Hier müssen alle ihr Tagwerk verrichten, außer Großvater, der zu alt dafür ist. Wenn Ihr die Bruderschaft davon überzeugen wollt, dass Ihr ein Brauer seid, müsst Ihr auch brauen.«

Johann ließ sich seine Erheiterung nicht anmerken. Sein junges Weib schien eine überaus geschäftstüchtige und zugleich streitbare Ader zu haben. Rein äußerlich wirkte sie, als sei sie kaum dem Kindesalter entwachsen, doch ihre offenkundige Dickköpfigkeit und ihre Zielstrebigkeit straften die mädchenhafte Sanftheit ihrer Erscheinung Lügen. Eine eigensinnige Falte stand zwischen ihren Brauen, und die vollen Lippen waren zu einer unnachgiebigen Linie zusammengepresst. Die abgearbeiteten Hände hatte sie unbewusst zu kleinen Fäusten geballt, als sei sie bereit, jede Unbotmäßigkeit notfalls mit Gewalt zu unterdrücken.

»Vor harter Arbeit schrecke ich nicht zurück«, sagte Johann. »Um es anders auszudrücken: Solange ich hier bin, arbeite ich auch für Euch. Und zwar so, dass niemand mehr an meinen Fähigkeiten als Brauer zweifelt.«

Nebenan im Garten knackte ein Zweig, und einen Augenblick später tauchte Agnes auf. Sie hatte einen Korb auf der Hüfte und sammelte unter einem Apfelbaum Reisig auf. Zwischendurch wandte sie immer wieder den Kopf, damit ihr nichts von dem entging, was sich bei den Nachbarn abspielte.

»Hans!«, zeterte sie. »Du wirst es nicht glauben, aber der Räuber von nebenan läuft mit einer Axt herum!«

Madlen betrachtete die Axt in Johanns Händen. Sie kicherte unterdrückt und warf einen schadenfrohen Blick über die Mauer. »Du solltest aufpassen, was du sagst, Agnes!«, schrie sie. »Räuber fackeln nicht lange, wenn man sie reizt! Und sie können hervorragend mit der Axt umgehen, vor allem dieser Räuber hier!«

»Du verkommenes Frauenzimmer!«, keifte Agnes. »Du wirst wegen deiner Sünden bald zur Hölle fahren, denn da gehörst du hin! Und dieser hässliche Strolch da ebenfalls!«

»Du wirst uns sicher ein schönes Plätzchen vorwärmen, du böse alte Ziege!«

Agnes suchte nach einer schmissigen Erwiderung, doch anscheinend waren ihr die Worte ausgegangen. Madlen grinste zufrieden. Johann sah ein schelmisches Grübchen in ihrer Wange aufblitzen. Wenn sie lächelte, sah sie völlig verändert aus, so beschwingt und zauberhaft jung, dass es ihm das Herz zusammenzog und er rasch den Blick von ihr abwenden musste. In ihm regten sich Gefühle, die schon so lange verschüttet waren, dass er sich kaum noch daran erinnerte. Eine vage Sehnsucht nach dem Frühling, nach Sonne und Leben und Glück.

»Was habt Ihr mit der Axt vor?«, sagte sie belustigt. »Wollt Ihr Agnes damit Angst machen?«

»Oh, das. Nein. Obwohl sie eigentlich dazu einlädt.« Er deutete mit dem Holzstiel der Axt auf den morschen Zaun. »Hier müsste einiges getan werden. Im Schuppen habe ich neue Bretter gesehen, und Nägel sind auch da.«

Verdutzt sah sie ihn an. »Ihr wollt den Zaun reparieren?«

»Sofern Ihr keine Einwände erhebt.«

»Einwände?« Sie lachte erstaunt. »Da wäre ich schön dumm! Caspar sollte schon längst damit angefangen haben, aber es gibt derzeit so viel in der Brauerei zu tun. Wir kommen kaum nach mit der Arbeit. Die Schänke ist jeden Abend brechend voll.«

»Ich weiß. Wenn Ihr wollt, kann ich Euch dort ebenfalls helfen.«

»Das wäre … sehr gut.« Ein misstrauischer Blick begleitete ihre Worte, offenbar traute sie ihm doch nicht so recht und glaubte, das selbstlose Angebot müsse einen Haken haben.

Johann beeilte sich, ihren Argwohn zu zerstreuen. »Ich tue es nur, um Euch zu vergelten, dass Ihr mich gerettet und wieder auf die Beine gebracht habt«, behauptete er. Zur Untermauerung seiner redlichen Absichten fügte er hinzu: »Allzu lange kann ich ohnehin nicht hierbleiben. Vielleicht ein paar Wochen. Höchstens bis zum Sommeranfang.«

Sie gab sich keine Mühe, ihre Erleichterung zu verbergen. »Das reicht bestimmt, um alle Zweifel an unserer … Verbindung auszuräumen.«

Er nickte und kam sich plötzlich seltsam fehl am Platze vor. Ihr war anzusehen, dass sie sich in seiner Gegenwart nicht sonderlich wohlfühlte. Er konnte nur ahnen, wie er auf sie wirkte, mit seiner ungeschlachten Erscheinung, dem vernarbten Gesicht und dem kahl rasierten Schädel. Die Glatze hatte er dem Rat zu verdanken, als zusätzliche Ehrenstrafe neben dem Todesurteil. Es war passiert, bevor der Greve mit der Begnadigung aufgetaucht war. Nicht, dass ihn der Verlust seines Haupthaares sonderlich gestört hätte, im Gegenteil. Bei all den Läusen, mit denen er sich in der letzten Zeit hatte herumplagen müssen, war es eine höchst willkommene Maßnahme gewesen. Abgesehen davon, dass sie ihn beim Scheren häufiger als nötig geschnitten hatten und dass es ihn vermutlich noch abstoßender aussehen ließ als vorher.

»Was ist mit Eurem Gesinde?«, fragte er, während er sich mit der Axt dem Zaun zuwandte. »Ich nehme an, sie sind eingeweiht, dass es keine richtige Ehe ist, sodass wir vor ihnen kein Theater spielen müssen?« Mit einem harten Schlag löste er eines der morschen Bretter aus der Verankerung. Splitter flogen, faulige Holzbrocken fielen ins Gras.

Madlen verschränkte in einer Geste der Abwehr die Arme

vor der Brust. »Ich habe nicht mit ihnen darüber gesprochen«, gab sie zu.

»Aha. Aber sicherlich sind sie Euch so ergeben, dass keiner von ihnen von der wahren Natur unserer Verbindung etwas nach außen dringen lässt.«

»Das sind sie ohne Frage«, versetzte Madlen abweisend. Doch der Gedanke schien ihr Unbehagen zu bereiten.

Sie räusperte sich, dann meinte sie zögernd: »Wir sollten vor den anderen darauf achten, einander wie Eheleute anzureden. Nämlich mit Namen und mit dem Du.«

»Natürlich«, versetzte Johann sachlich. »Ich schlage überdies vor, dass wir das auch tun, wenn wir allein sind, denn es könnte immer jemand in der Nähe sein und zuhören.«

Sie nickte stumm, aber mit deutlichem Widerwillen.

Ein weiterer krachender Schlag, das nächste Brett löste sich. Johann schob es mit dem Fuß zur Seite und holte abermals aus, zerlegte in rascher Folge die nächsten drei Bretter. »Ich mache erst mal einen Teil von dem Zaun«, informierte er Madlen. »Immer nur so viel, wie ich an einem Tag erneuern kann. Würde ich alles auf einmal abschlagen und danach erst mit der neuen Einzäunung beginnen, könnten zwischenzeitlich sämtliche frei laufenden Hunde und Gauner der Gegend hier hereinspazieren.« Er deutete mit der Axt auf das Gelände hinter Madlens Garten, ein unbewohntes, nicht umfriedetes kleines Gehöft, das zur Streitgasse hin gelegen war. Das dazugehörige Haus war vor ein paar Jahren abgebrannt, die Obstbäume waren abgeholzt, die Beerensträucher ausgegraben und der Gemüseacker restlos verwildert. Die Familie, die früher dort gelebt hatte, war nach dem Brand weggezogen. Der Orden, in dessen Besitz das Grundstück stand, hatte Pläne, ein Kloster dort zu errichten, doch bisher hatte niemand Anstalten gemacht, mit dem Bauvorhaben zu beginnen.

»Jeder hat von da drüben aus freien Zutritt«, sagte Johann. »Umso wichtiger ist ein ordentlicher Zaun. Ich werde ihn höher machen als den alten.«

Madlen gab keine Antwort. Ihr Blick war nach innen gewandt, sie umschlang ihren Oberkörper mit beiden Armen, als würde sie frieren.

»Was ist?«, fragte er.

»Nichts. Kommt mit, ich will Euch die Sachen zeigen.«

Sie hatte ein Hemd und Beinlinge für ihn besorgt, außerdem eine leinene Bruche, einen wollenen Surcot, einen Umhang und eine Gugel. Alles lag säuberlich gefaltet auf dem Tisch in der Stube. Auf dem Fußboden stand ein Paar fester Schuhe.

»Ich habe Eu… deine Stiefel zum Maßnehmen benutzt«, sagte Madlen.

»Das kann ich …« Johann unterbrach sich. Er konnte unmöglich sagen, dass er die Sachen nicht annehmen könne. Der alte Cuntz hörte zu, ebenso die Magd, die mit einem Korb Eier vom Hühnerstall zurückkam und die Ohren spitzte wie ein Luchs.

»Das kann ich sehr gut brauchen«, erklärte er folglich, was im Übrigen die reine Wahrheit war. Seit der Festnahme trug er dieselben Sachen. Sein Hemd und seine Bruche waren während seiner Bettlägerigkeit gewaschen worden, dennoch hatte er das Bedürfnis nach sauberer Leibwäsche. In den Genuss regelmäßig gewaschener Hemden war er in den letzten Jahren nicht einmal während der Zeit im Kloster gekommen, erst recht nicht in Outremer und schon gar nicht im Wald. Doch hier, im Haus der Brauerin, fühlte er sich mit einem Mal schmutzig wie ein Tier. Johann versuchte, sich an sein letztes Bad zu erinnern. Es gelang ihm nicht.

Er würde in ein Badehaus gehen. Und einige andere Dinge erledigen. Mit einem Mal fühlte er sich voller Tatendrang.

»Ich bin dir sehr dankbar«, sagte er zu Madlen.

Sie nickte und lächelte dabei etwas bemüht. »Dank nicht mir, sondern dem heiligen Petrus.« Laut und für die Ohren der anderen fügte sie hinzu: »Dem Schutzheiligen unserer Zunft.«

»Ich werde zu ihm beten«, log Johann.

»Ich kann dir ein Bildnis von ihm schnitzen«, warf der alte Cuntz ein. Er saß wie üblich auf der Bank und arbeitete an einem groben Holzklotz, der bereits erste Formen annahm.

»Warum nicht. Das wäre mir eine große Freude.« Eine weitere Lüge, die Johann indes weniger leicht von den Lippen ging, denn der Alte würde sich nur unnötige Arbeit machen. Johann konnte mit einem Heiligenbildnis nichts anfangen, denn er hatte nicht vor, zu Petrus oder sonst wem zu beten. Sein letztes Gebet lag lange zurück. Mit dieser unnützen Beschäftigung hatte er schon vor vielen Jahren gebrochen. Doch das ging hier und anderenorts niemanden etwas an. Keiner sollte der Brauerin nachsagen können, sie habe einen gottlosen Häretiker geehelicht. Nicht einmal im Kloster hatte man bemerkt, dass seine vermeintlichen Gebete nur nichtssagendes Gemurmel waren und seine andachtsvolle Versunkenheit nichts weiter als erholsames Dösen. Er besuchte die Messfeiern, nahm an den Prozessionen teil und war auch sonst ein Musterbeispiel frommer Lebensführung – wenn es darauf ankam.

Zum Beispiel jetzt. »Ich habe einiges auf dem Kerbholz, deshalb habe ich beschlossen, meine Seele zu reinigen«, erklärte er Madlen und ihrem Großvater.

»Du solltest beichten und Bußgebete sprechen«, schlug Madlen vor.

»Das wird nicht viel helfen«, ließ sich Irmla von der Kochstelle aus vernehmen. »Durch einfaches Beichten und Beten hat sich noch kein Räuber in einen barmherzigen Samariter verwandelt.«

Johann griff das unbeabsichtigte Stichwort dankbar auf, es ersparte ihm die Mühe, selbst die Sprache darauf zu lenken. »Ich könnte den Armen Gutes tun.«

»Dazu braucht man Geld«, sagte Irmla höhnisch. »Leider hast du keines. Aber du könntest ja welches rauben.«

»Halt dein Schandmaul!«, fuhr Madlen sie an. Irmla zog den Kopf ein und wandte sich der Feuerstelle zu, um mit heftigen Bewegungen im Kessel zu rühren.

Madlen rang mit sich, dann holte sie ein paar Münzen aus dem Beutel an ihrem Gürtel. »Da. Das ist für dich. Ich wollte es dir sowieso geben. Tu damit, was du willst. Wenn du es den Armen spendest, wird es dein Seelenheil fördern.«

Johann wusste, dass dies das Geld war, das sie ihm als Wegzehrung zugedacht hatte. Da sie gemeinsam entschieden hatten, dass er hierblieb, hatte sie wohl angenommen, dass er keinen Bedarf mehr daran hatte. Er nahm es, ohne zu zögern. Bis er über eigenes Geld verfügte, würde es ein paar Tage dauern, so lange würde es Veit gute Dienste leisten.

»Vielen Dank«, sagte er höflich. »Mir gefällt der Gedanke, die Armen zu unterstützen. Ich sollte mich gleich auf die Suche nach einem machen.«

»Wenn du bis Sonntag wartest, brauchst du nicht erst zu suchen, sondern kannst es vor der Messe erledigen. Sie lungern zuhauf vor der Kirchenpforte herum.«

»Ich möchte mich sofort darum kümmern. Ich bin schnell zurück und mache dann gleich mit dem Zaun weiter.«

Sie erhob keine Einwände. Im Gegenteil, sie schien sein Vorhaben gutzuheißen, denn ihre Miene drückte Zustimmung aus, ein Zeichen dafür, wie stark sie im Glauben verwurzelt war. Das tiefe Bedürfnis der Menschen, den Armen und anderweitig vom Schicksal Geschlagenen zu helfen, war aus dem Leben eines guten Christen nicht wegzudenken. Viele sparten sich gar die mühsam erarbeiteten Pfennige vom Munde ab, um sie den Siechen und Krüppeln zu schenken, damit diese für den Wohltäter Gebete sprachen. Je mehr Arme Gottes Segen für den Spender erflehten, desto schneller wuchs dessen Aussicht aufs Paradies. Es war ein Geschäft auf Gegenseitigkeit, bei dem alle Beteiligten nur gewinnen konnten. Die Armen kamen an Geld, die Bessergestellten in den Himmel.

Johann legte den neuen Umhang und die Gugel an und machte sich sofort auf den Weg.

Er begab sich auf direktem Wege zu Sankt Maria ad gradus. Von der benachbarten Dombaustelle lärmten die Hämmer und Sägen, untermalt vom Quietschen der Winden. Aus der angrenzenden Trankgasse ertönte das Gerumpel der Lastkarren, die mit Steinen und Balken zur Baustelle rollten.

Auf dem großen, zum Rhein gelegenen Vorplatz von Sankt Maria ad gradus, der sich bis zur Stadtmauer erstreckte, hielt Johann nach Veit Ausschau und fand ihn inmitten einer Gruppe von Bettlern, Tagedieben und Winkeldirnen, die auf den Stufen vor der Kirchenpforte in der Sonne hockten. Sofort reckten sich ihm Hände entgegen, und Bitten um Almosen wurden laut. Eine der Huren fasste ihm ganz ungeniert in den Schritt. »Wie wäre es mit uns beiden, mein Schöner?«

Er streifte ihre Hand ab und drängte sich an zwei Krüppeln vorbei, die auf der Stufe hinter der Frau saßen. Dem einen fehlte ein Bein, der andere hatte dort, wo früher sein Gesicht gewesen war, nur noch eine vernarbte Fratze mit Löchern, Folgen einer schweren Brandverletzung.

Veit saß hinter dem Einbeinigen, er hatte sich aufgerichtet und ihm das Gesicht zugewandt, als ahne er, wen er vor sich hatte.

Johann legte ihm die Hand auf die Schulter. »Veit.«

»Gott im Himmel. Johann.« Veit atmete tief ein. In seinem Gesicht arbeitete es, er versuchte, sich zu beherrschen, doch es gelang ihm nicht. Tränen traten ihm in die Augen und rannen über seine Wangen. Er hob die Hand, um sie wegzuwischen, doch seine Schultern bebten. Johann zog ihn hoch und umschlang ihn. Als er spürte, wie dünn der Freund geworden war, erfasste ihn Zorn. »Du hättest das verdammte Geld nehmen sollen«, murmelte er in Veits Ohr.

»Warum? Ich bin doch auch so zurechtgekommen.«

»Lügner.« Johann seufzte, dann schob er den Freund ein wenig von sich weg und betrachtete ihn aufmerksam. Die Spuren der Entbehrung waren nicht zu übersehen. Veits Augen waren blutunterlaufen, die Züge ausgezehrt. Um den Armstumpf war ein schmutziges Lumpenstück gewickelt. Johann wollte sich gar nicht erst ausmalen, wie es darunter aussah. Veits Kleidung war im hellen Tageslicht erbärmlich fadenscheinig und der Witterung alles andere als angemessen.

»Wo sind deine Joppe und das Bärenfell?«, fragte Johann.

»Irgendein armer Teufel hat mir beides gestohlen, erst gestern. Aber es wird ja nun Frühling, da kann ich es eher entbehren.«

»Komm.« Johann zog Veit mit sich. Ungeduldig wehrte er die grapschenden Hände ab und ignorierte das Gebettel und die anzüglichen Bemerkungen der anderen.

»Nimm lieber mich«, rief einer der Bettler. »Ich habe noch zwei gesunde Hände!«

Grölendes Gelächter begleitete seine Worte.

Johann führte Veit weg von der Kirche, quer über den Platz hinüber zur Trankgasse und weiter in Richtung Rhein. Sie passierten das Stadttor am Ende der Straße und traten hinaus auf den Kai, wo sie die laute Geschäftigkeit des Hafens umfing. Das Geschrei der Arbeiter schallte über das Ufer und bildete mit dem Knattern der Segel, dem Krach der vorbeirollenden Fuhrwerke und dem steten Rauschen des Flusses eine auf- und abschwellende Geräuschkulisse. Es roch nach Fisch und Teer und fauligen Abfällen.

Johann dirigierte Veit zu einem am Ufer liegenden umgedrehten Kahn. Sie setzten sich auf den Kiel und wandten ihre Gesichter der Sonne zu. Johann zog den Rosinenwecken, den er unterwegs gekauft hatte, aus der Tasche und reichte ihn Veit. »Hier, iss.«

Veit fackelte nicht lange, sofort schlang er den Wecken herunter und seufzte anschließend zufrieden. »Das tat gut. Danke.«

Eine Weile blieben sie stumm sitzen, sie genossen es einfach nur, dass sie wieder zueinandergefunden hatten. Beide waren sie dem Tod von der Schippe gesprungen, wieder einmal.

»Erzähl«, brach Johann schließlich das Schweigen.

»Viel zu erzählen gibt es nicht. Ich habe drei Tage im Wald

gewartet. Dann habe ich unsere Essensvorräte eingepackt und bin losmarschiert, immer der Sonne nach. Ein paarmal habe ich mich verlaufen, was daran lag, dass die Sonne sich ziemlich oft hinter den Wolken versteckte. Aber irgendwann habe ich den Fluss erreicht. Ein paar mitleidige Fischer haben mich mitgenommen, und da bin ich jetzt.«

»Du hättest dir was von dem verfluchten Geld einstecken sollen, dann hättest du wenigstens satt zu essen gehabt!«

»Das hätten sie mir nur gestohlen«, sagte Veit pragmatisch.

»Wo hast du geschlafen?«

»In einem Armenhospital am Eigelstein.«

»Wie hast du herausgefunden, wo ich bin?«

»Köln ist ein Dorf, was Neuigkeiten angeht. Jeder Klatsch macht schneller die Runde als der Klingelbeutel in der Kirche.« Veit machte eine ungeduldige Bewegung. »Jetzt du. Deine Geschichte ist sicher weit abenteuerlicher! Nun berichte schon!«

Johann zuckte die Achseln. Im Rückblick kam ihm alles weniger abenteuerlich als vielmehr höchst unersprießlich vor. »Wenn du den Klatsch ohnehin schon kennst, gibt es nicht viel zu erzählen. Ich bin den Schergen davongeritten bis zum Rhein, dort schnappten sie mich und schleppten mich nach Köln. Ein paar Tage lag ich im Bayenturm in Fesseln. Dann wurde ich in die Hacht überstellt, und ein Gericht verurteilte mich zum Tode. Den Rest kennst du sicher.«

Veit nickte. »Konrad von Hochstaden hat dich begnadigt. Er hat dich nicht einmal verbannt, sondern dir sämtliche Bürgerrechte belassen.« Es klang nachdenklich. »Warum er das wohl getan hat?«

»Das wüsste ich auch gern. Ich werde es auf jeden Fall herausfinden, daher trifft es sich sehr gut, dass ich noch eine Weile unbehelligt in der Stadt bleiben kann.«

»Bei dieser Brauerin, die neuerdings deine Ehefrau ist?« Veit schüttelte amüsiert den Kopf. »Ich konnte es zuerst gar nicht glauben.«

»Ich selbst auch nicht.«

»Dahinter muss mehr stecken, als nach dem allgemeinen Gerede zu vermuten ist.«

»Davon bin ich überzeugt. Auch das werde ich herausfinden.«

»Du hast dir allerhand vorgenommen.«

»Nicht mehr, als ich mir zutraue.«

Veit lachte. »Deinen Schneid haben sie dir nicht abkaufen können, was?«

»Nein, das schafft höchstens dieses kratzbürstige Weib.«

»Deine Ehefrau? Wie ist sie so? Die Leute sagen, sie habe ein sehr resolutes Wesen.«

»Das ist noch milde ausgedrückt. Und es wird ihr nicht völlig gerecht. Sie weist noch eine Menge anderer anstrengender Eigenschaften auf.«

»Das klingt, als wärest du angetan von ihr.«

»Das bin ich«, gab Johann freimütig zu. »Doch unsere Verbindung ist eine reine Zweckgemeinschaft, wir ziehen beide unseren Nutzen daraus.

»Du machst mich wirklich neugierig. Ich würde sie zu gern kennenlernen.«

»Das wirst du«, sagte Johann. »Und zwar sehr bald.«

Eine Woche später

»Und ich sage, dass sie die Bedingungen der Zunft nicht erfüllt hat!« Der Brauer Barthel hatte sich von seinem Platz erhoben, um seinen Worten Nachdruck zu verleihen. »Sie ist nicht richtig mit diesem Mann verheiratet. Es gehen Gerüchte, dass sie einfach den nächstbesten Todeskandidaten beim Henker ausgelöst hat, der sich ihr zu Gefallen als Brauer ausgibt. Wer sagt, dass er wirklich einer ist? Alles, was wir über ihn wissen, ist, dass er ein Raubritter ist!« Speichel spritzte durch seine Zahnlücke, sein letzter Satz hatte zu viele Zischlaute gehabt, doch in seiner Entrüstung merkte er es nicht. Unter den übrigen Brauern setzte Gemurmel ein, die meisten schienen seiner Meinung zu sein. »Einen Räuber können wir in den Reihen der Zunft nicht dulden!«, rief einer. »Welches Licht wirft das auf unser Handwerk?«

»Der Erzbischof persönlich hat ihn begnadigt«, gab der Braumeister Eberhard zu bedenken. »Das bedeutet, dass wir ihm seine Taten nicht mehr zur Last legen dürfen. Und seine Raubzüge haben einzig und allein denen von der Richerzeche geschadet.«

»Die haben es verdient!«, rief Jacop dazwischen. Ganz gegen seine sonstige Gewohnheit hatte er seinen Vater zu dieser Sitzung begleitet. Er musste retten, was zu retten war, sonst würde sein ganzer schöner Plan am Ende doch noch fehlschlagen. »Denen kann man nicht genug stehlen!«

»Das stimmt«, pflichtete ihm der Brauer zu seiner Rechten bei. Ihm hatte einer von der Richerzeche im vorigen Jahr ein Haus vor der Nase weggekauft, was ihn immer noch in Rage brachte. »Der Mann hat wohlgetan, sie auszurauben! Und die Begnadigung zeigt, dass unser Erzbischof ebenso denkt! Er will es denen von der Richerzeche zeigen! Hat er doch erst letztes Jahr mehr als zwei Dutzend von den Kerlen verbannt und eingesperrt! Und uns Handwerkern mehr Macht im Rat eingeräumt!«

»Aber das macht diesen Johann von Bergerhausen noch lange nicht zu einem Brauer im Sinne unserer Bruderschaft!«, schrie Barthel. Röte war in sein mageres Gesicht gestiegen, er vertrat seine Belange, als gelte es sein Leben. Jeder der Anwesenden wusste, dass er scharf auf die Brauerin war, was zugleich der Grund dafür war, dass er so aus sich herausging. Normalerweise war er derartig schüchtern, dass er nicht einmal in der Kirche beim Beten die Zähne richtig auseinanderkriegte, geschweige denn auf den Sitzungen der Zunftbrüder. »Er hat doch im Prozess nur behauptet, ein Brauer zu sein, um Bruder

Eberhard gnädig zu stimmen. Weil er glaubte, dass ein Brauer einen anderen bestimmt nicht zum Tode verurteilen würde!«

»Da ist was dran«, meldete sich ein Zunftbruder von der gegenüberliegenden Seite des großen Tisches. »Es könnte einfach nur eine List gewesen sein.«

»Das können wir leicht überprüfen«, sagte Braumeister Eberhard.

»Dann sollten wir das sofort tun!«, verlangte Barthel vehement.

»Ich werde mich selbst darum kümmern. So bald wie möglich.«

»Auch wenn du feststellst, dass er sich aufs Brauen versteht, ziehe ich diese Eheschließung immer noch in Zweifel«, erklärte Barthel.

»Aus welchem Grund?«

»Sie kann nur null und nichtig sein, denn ich hörte, dass der Bräutigam überhaupt nicht bei Bewusstsein war.« Barthel spie das Wort *Bräutigam* voller Verachtung hervor.

»Von wem hörtest du das?«, wollte Jacop wissen.

»Von einem, der dabei war und es mitbekommen hat.«

Jacop sann fieberhaft darüber nach, wen Barthel damit meinte. Hermann hatte gewiss nichts verraten. Infrage kamen also nur der Schinder und dieser geldgierige Mönchspriester. Doch halt, es war noch jemand vorbeigekommen. Ein anderer Mönch, der zwar schnell wieder verschwunden war, aber vorher geglotzt hatte wie ein Kalb. Vielleicht hatte er Barthel von den Einzelheiten erzählt.

Barthel musste richtiggehend nachgeforscht haben! Er war förmlich besessen von Madlen. Er hatte sie schon von jeher angehimmelt, bereits zu der Zeit, als er noch bei Madlens Vater in die Lehre gegangen war. Barthels Vater hatte ihn für ein paar Jahre zum Lernen ins *Goldene Fass* geschickt, viele Handwerksmeister hielten es so mit ihren Söhnen, das stärkte den Zusammenhalt innerhalb der Bruderschaft und schuf lebenslange Verbindungen. Jacop hatte ebenfalls zwei Jahre in einer anderen

Brauerei zugebracht, bevor der Meister ihn zu seiner Erleichterung wieder nach Hause entlassen hatte.

Madlen hatte sich natürlich für Konrad entschieden, der von sonnigem Gemüt und höchst ansprechendem Äußeren gewesen war, das glatte Gegenteil von Barthel. Konrad hatte sie zum Lachen gebracht und sie auf Händen getragen. Er war ein Glückspilz gewesen, und die Menschen hatten ihn geliebt. Jedenfalls die meisten.

Grübelnd sah Jacop Barthel an. Es war schon eigenartig, mit welcher Inbrunst dieser Sonderling darum kämpfte, Madlens Heirat rückgängig zu machen, aber es wäre ein Unding, ihm dabei freie Hand zu lassen.

Jacop holte tief Luft und rang sich zu einem Bekenntnis durch: »Ich war selbst dabei.«

»Wobei?«, wollte der Bruder zu seiner Linken wissen.

»Bei der Heirat.«

»Was?« Sein Vater fuhr zu ihm herum. »Wie das?«

Jacop merkte, wie er rot anlief. Er wand sich unter den forschenden Blicken seines Vaters. »Na ja, es war der reine Zufall.« Geschwind dachte er sich eine passende Geschichte aus, die so nahe wie möglich bei der Wahrheit blieb, ohne seine wahre Beteiligung an der Angelegenheit zu offenbaren.

»An jenem Morgen bin ich früh aufgebrochen, um Madlen ein letztes Mal um ihre Hand zu bitten«, begann er mit frommem Augenaufschlag. Das war die Version, die er seinen Eltern bereits aufgetischt hatte. »Als ich zu ihrem Haus kam, sah ich, wie sie gerade losfuhr, um einen anderen zu ehelichen. Ich begleitete sie, um es ihr auszureden, schaffte es aber nicht. Bis zum Schluss redete ich auf sie ein, konnte sie aber nicht bewegen, von ihrem Vorhaben abzulassen. So geschah es, dass ich bei der … ähm, Zeremonie anwesend war. Der Bräutigam war ein wenig angeschlagen, schließlich hatte er eine, ähm, harte Zeit hinter sich. Aber alles ging mit rechten Dingen zu, ich habe es von Anfang bis Ende gesehen. Ich … hm, bin sogar als Zeuge aufgetreten. Zusammen mit ein paar anderen, die auch dabei waren.« Bei den letzten Sätzen verhaspelte er sich beinahe vor Eifer, alles in einen gefälligen Zusammenhang zu bringen.

Die Zunftbrüder starrten ihn an, allen voran sein Vater. Barthel stand der Mund offen, er sah aus wie ein stranguliertes Nagetier. Dann straffte er sich und schrie: »Es waren der Henker und der Schinder!«

Aha, er wusste es also und hatte sich diesen Trumpf bis zum Schluss aufgehoben. Jacop ging blitzschnell alle zu Gebote stehenden Möglichkeiten durch. Die restlichen Hintergründe kannte Barthel sicher nicht, sonst wäre er längst damit herausgeplatzt.

Barthel warf sich triumphierend in die Brust. »Wie kann eine Eheschließung rechtens sein, wenn Henker und Schinder sie bezeugen?«

»Wieso nicht?«, widersprach Jacop sofort.

»Weil sie Unehrliche sind!«

»Na, aber ich bin keiner, oder?«

Barthel sah aus, als wolle er quer über den Tisch hechten und Jacop an die Kehle gehen. »Wie kam es, dass sie *überhaupt* dabei waren?«

»Nun, ich schätze, sie liefen ihm über den Weg, weil sie eigentlich vorhatten, ihn zum Köpfen aus der Stadt zu bringen. Auf diese Weise sind sie bestimmt mit ihm ins Gespräch gekommen und haben ihn … ähm, ein Stück seines Wegs begleitet.« Jacop zuckte leicht zusammen, weil das Räuspern seines Vaters seine letzten Worte übertönte.

»Das alles mutet höchst seltsam an«, meinte Braumeister Eberhard grollend. »Der Vorgang als solcher ist jedoch rechtlich nicht zu beanstanden. Es gibt eine Urkunde über die Heirat, Madlen hat sie mir gezeigt. Die Namen der Zeugen habe ich nicht gründlich studiert, die Schrift war nicht die beste.« Er warf seinem Sohn einen Blick zu, der darauf schließen ließ, dass er noch ein Hühnchen mit ihm zu rupfen hatte. »Die ganzen Umstände mögen etwas merkwürdig sein. Aber es steht außer Frage, dass ein Priester dabei war und der Eheschwur geleistet wurde.«

»Und wenn die Ehe gar nicht vollzogen ist?«, rief Barthel mit bebender Stimme.

»Mit solchem Unfug wirst du uns doch wohl nicht ernstlich kommen«, sagte der Braumeister ärgerlich.

Barthel gab nicht klein bei. »Der Papst hat schon viele Ehen wegen fehlenden Vollzugs für ungültig erklärt! Es müssen nur Zeugen dafür gefunden werden! Man sollte die Leute befragen! Das könnte ich übernehmen!«

»Schluss mit diesem Unsinn«, beschied Eberhard ihn mit fester Stimme. »Ich werde prüfen, ob der Mann ein Brauer ist und damit die Bedingung erfüllt, die wir Madlen gestellt haben. Ist er keiner, wird das Brauamt die Schließung ihres Sudhauses verfügen. Ist er einer, darf sie weitermachen.« Er blickte in die Runde. »Hat jemand Einwände, dass wir so verfahren?«

Barthel hob die Hand, um seine Gegenstimme kundzutun. Er zitterte, doch sein Wille war ungebrochen.

»Da niemand deiner Meinung folgt, bleibt es dabei«, erklärte Eberhard.

Barthel sank auf seinem Stuhl zusammen wie ein Blasebalg, den jemand angestochen hatte. Sein Gesicht war bleich, doch dann sah er zu Jacop hinüber, der voller Unbehagen seinen Blick erwiderte. Ein wildes Glühen stand in Barthels Augen, und Jacop erkannte, dass dieser Mann nicht so schnell aufgeben würde.

»Und deshalb musst du dich in Acht nehmen«, vertraute Jacop Madlen flüsternd an. Sie standen zusammen auf der Gasse vor dem *Goldenen Fass*, Jacop hatte Madlen unverzüglich nach der Sitzung aufgesucht. »Der Kerl bringt es fertig, alles noch zu ruinieren.«

»Aber wie will er das anstellen?«

»Indem er tatsächlich Zeugen aufmarschieren lässt, die bekunden, dass alles nur Theater ist.«

»Woher will er das denn wissen?«

»Keine Ahnung. Irgendwas weiß er aber. Sonst hätte er nicht so geredet. Es würde mich nicht wundern, wenn er schon damit begonnen hätte, die Leute auszuhorchen.«

Madlen kaute an ihrem Daumennagel. Was war, wenn Jacop recht hatte mit seinem Verdacht? Vor allem Irmla tratschte für ihr Leben gern. Nicht einmal für Caspar und die Jungen mochte Madlen die Hand ins Feuer legen, sie konnten arglos alles Mögliche ausplaudern. Ganz zu schweigen davon, was für Gefasel die auf Schmähreden versessene Nachbarin womöglich schon in die Welt gesetzt hatte.

Madlen nahm sich den nächsten Fingernagel vor, Sorge und Unmut hatten sich ihrer bemächtigt. Hörte das denn nie auf?

»Könntest du nicht …?«, fragte Jacop, den Rest der Frage bedeutungsschwer in der Luft hängen lassend.

Sie hörte auf zu kauen. »Könnte ich was?«, fuhr sie Jacop an, obwohl sie ganz genau wusste, was er meinte.

»Du müsstest es ja nicht mehrmals machen, einmal würde schon reichen«, sagte er.

»Halt den Mund.«

»Ich sage ja gar nichts mehr.« Doch sofort fuhr er fort: »Wo ist er überhaupt?«

»Keine Ahnung.«

»Oje. Er wird doch nicht schon fortgezogen sein?«

Madlen gab keine Antwort, weil sie es nicht wusste. In der einen Woche, die seit ihrer Übereinkunft mit Johann verstrichen war, war er des Öfteren verschwunden, so auch an diesem Tag. Meist blieb er nur für eine oder zwei Stunden weg, einmal war er jedoch auch für einen ganzen Tag fort gewesen, doch das war am Sonntag gewesen, da ruhte ohnehin die Arbeit. Er hatte nicht gesagt, wohin er wollte, und er war erst lange nach Sonnenuntergang zurückgekehrt, nachdem Madlen bereits davon überzeugt gewesen war, er werde nicht wiederkommen.

Unter der Woche hatte er jeden Tag fleißig gearbeitet, Faulheit konnte man ihm wahrlich nicht vorhalten. Er schuftete buchstäblich für drei. Den Zaun hatte er in zwei Tagen zur

Gänze erneuert. Zwischendurch hatte er in drei Stunden an der Malzmühle so viele Säcke Getreide geschrotet wie Willi im Laufe eines ganzen Tages. Am Samstagmorgen hatte er mit der Kraft eines Ochsen das Fuhrwerk mit Fässern für den Marktverkauf beladen, so schnell, wie Caspar, Willi und Berni es auch mit vereinten Kräften nicht hingekriegt hätten. An den Abenden hatte er in der Schänke Bier gezapft und dabei standhaft die neugierigen und bohrenden Blicke der Gäste ignoriert. Als einer von ihnen Madlen an sich gezogen und sie begrapscht hatte, war Johann eingeschritten. Er hatte den Mann wortlos gepackt, ihn wie ein kleines Kind vor die Tür getragen und ihm dort erklärt, was er beim nächsten Mal mit ihm machen würde. Im Haus hatte er einen Fensterladen repariert, der schon seit Monaten geklappert hatte. Er war aufs Dach geklettert und hatte lockere Schindeln befestigt. Und er hatte dem Gaul den Huf gerichtet, ohne ihn dabei auch nur ein einziges Mal anzuschreien. Kurzum: Er hatte sich binnen kürzester Zeit unentbehrlich gemacht. Soweit es Madlen betraf, hätte es gar nicht besser laufen können. Sie hoffte, dass Johann noch möglichst lange in Köln blieb. Anders als befürchtet, fiel er niemandem zur Last. Schweigend und zügig erledigte er alle ihm übertragenen Aufgaben – und noch einige mehr, die er aus eigenem Antrieb verrichtete. Er redete nur das Nötigste und wehrte jede Bestrebung des Gesindes, Unterhaltungen anzufangen, mit höflicher Einsilbigkeit ab. Madlen selbst versuchte gar nicht erst, ihn ins Gespräch zu ziehen. Seit jenem Nachmittag im Garten hatten sie kaum mehr als ein paar Worte miteinander gewechselt. Dennoch spürte sie, dass er Geheimnisse mit sich herumtrug, von denen sie lieber nichts wissen wollte. Sie war davon überzeugt, dass das auch der Grund für sein gelegentliches Verschwinden war. Nie wusste sie, wohin er ging, abgesehen von jenem einen Mal, da konnte er nur im Badehaus gewesen sein, weil er anschließend sauber und wohlriechend heimgekommen war. Dafür hatte er am Sonntag, als er den ganzen Tag mit unbekanntem Ziel verschwunden war, bei seiner Rückkehr nach feuchter Borke, Moos und Lehm gerochen, und seine Stiefel und Beinlinge waren schlammverschmiert gewesen, als hätte er stundenlang in nasser Erde herumgewühlt.

Jacop riss sie aus ihren Gedanken. »Was hast du jetzt vor?«

»Woher soll ich das wissen?«, versetzte sie gereizt. Sie kratzte sich am Arm, es juckte plötzlich teuflisch. Bekam sie dort etwa wieder Pusteln?

»Du solltest zumindest darüber nachdenken. Gut, er ist wirklich hässlich, aber mit etwas Überwindung ...«

»Er ist *nicht* hässlich«, fiel sie ihm ins Wort.

»Oh. Na dann.« Aufmunternd sah er sie an. »Sprich doch einfach mit ihm. Bestimmt tut er dir den Gefallen, dich ein einziges Mal zu begatten. Du bist ein hübsches Frauenzimmer. Sogar ich könnte es tun, wenn es sein müsste.«

Es kostete Madlen Überwindung, ihn nicht zu ohrfeigen. Noch lieber hätte sie ihn angeschrien, er möge sich fortscheren. Allein seine Dreistigkeit, über solche Dinge mit ihr zu reden! Wie stellte er sich das eigentlich vor? Dass sie ... O nein, auf keinen Fall, niemals würde sie sich auf diese Weise einem Manne andienen! Und was ebenfalls zu bedenken war: Jacop hatte sie schon einmal mit seinem undurchschaubaren Intrigenspiel hereingelegt, die ganze Sache mit der Begnadigung stank zum Himmel, es kursierten die unterschiedlichsten Versionen darüber in der Stadt. Und wenn er nun behauptete, Barthel sei im Begriff, alles zu ruinieren, stimmte vielleicht auch das hinten und vorne nicht. Doch ihre nagende Sorge wollte nicht weichen.

Sie sah Johann das nächste Mal etwa eine Stunde später, als sie gerade im Hof stand und Wasser aus dem Brunnen schöpfte. Unbestimmter Ärger erfüllte sie, als er zu ihr trat. »Wir müssen uns unterhalten«, sagte er.

»Der Meinung bin ich auch«, blaffte sie ihn an. »Du warst die ganze Zeit fort!«

»Es war höchstens eine Stunde.«

Ihr lag eine Zurechtweisung auf den Lippen, jeder Grund kam ihr recht, ihre Gereiztheit an ihm auszulassen, doch im Augenblick musste sie es sich verkneifen, obwohl es sie noch wütender machte. Sie konnte sich nicht erlauben, ihn gegen sich aufzubringen.

»Stört es dich, wenn ich zwischendurch weg bin?«, fragte er höflich.

Anstelle einer Antwort presste sie die Lippen zusammen.

»Welche Laus ist dir über die Leber gelaufen?«, wollte er wissen.

Mit mehr Schwung als nötig zerrte sie den vollen Eimer aus dem Brunnen nach oben. »Jacop war hier«, sagte sie.

»Der Sohn des Braumeisters Eberhard?«

Sie nickte. »Er war auf der Sitzung der Bruderschaft. Sein Vater will heute noch herkommen und sich davon überzeugen, dass du ein richtiger Brauer bist.«

»Nun, ich bin einer und kann jeder Überprüfung standhalten.«

Sie rang mit sich, ob sie ihm auch den Rest erzählen sollte. Es fiel ihr schwer, mit ihm darüber zu sprechen, zumal das Ganze ihr immer absurder vorkam. Vielleicht hatte Jacop einfach nur maßlos übertrieben. Bei ihm wusste man nie, was wahr und was erdichtet war.

»Steht noch mehr Ärger ins Haus?«, wollte Johann wissen.

»Nein«, sagte sie. Dann platzte sie heraus: »Vielleicht doch. Jacop meinte, Barthel suche nach Zeugen, dass unsere Ehe nur zum Schein eingegangen wurde, um die Bedingung der Bruderschaft zu unterlaufen.«

Sie beugte sich über den Brunnen, um nach dem Kübel zu greifen, doch Johann kam ihr zuvor und nahm ihn ihr ab.

»Warum macht dieser Barthel das? Und wer ist er überhaupt?«

»Er ist einer von denen, die …« Sie stockte. »Er wollte mich heiraten.«

»Aber du wolltest ihn nicht.« Es war eine Feststellung, keine Frage.

Madlen nickte stumm. Sie wollte ihm den Kübel aus der Hand nehmen, doch er hielt ihn fest. »Es gäbe ein Mittel, die Bestrebungen dieses Barthels ins Leere laufen zu lassen«, sagte er.

»O nein. Vergiss das sofort. Das kommt auf keinen Fall infrage!«

»Keine Sorge, ich dachte nicht daran, eheliche Rechte einzufordern. Niemals käme ich auf den Gedanken, dir mehr zuzumuten, als du meinetwegen schon auf dich genommen hast. Außerdem gehörst du nicht zu der Art Frauen, die mich reizen.«

Sie schoss einen wütenden Blick auf ihn ab. »Warum fängst du dann überhaupt davon an?«

»Weil die Gelegenheit gerade günstig ist.« Er blickte über ihre Schulter in den Torbogen. »Bleib so stehen.«

»Warum?«, wollte sie irritiert wissen.

Er zog ihre Hände von dem Eimer und stellte ihn auf den Boden. »Ich werde jetzt etwas machen, bei dem du stillhalten musst. Es tut nicht weh und ist schnell vorbei.«

»Was denn?«, wollte sie perplex wissen.

»Etwas, das uns Glaubwürdigkeit verschafft.« Mit einer raschen Bewegung zog er sie in seine Arme. Sie wollte erschrocken zurückweichen, doch er hielt sie fest an sich gedrückt und sprach in ihr Ohr. »Einfach stillhalten. Es ist nur Theater. Soeben ist der Braumeister vorn in der Toreinfahrt aufgetaucht. Er kann uns sehen.« Er drehte sich mit ihr herum, sodass er dem Schöffen den Rücken zuwandte und Madlen mit seiner großen Gestalt abschirmte, dann neigte er den Kopf. Mit dem Mund dicht vor Madlens Lippen flüsterte er: »Jetzt sieht es für ihn so aus, als würden wir uns küssen. So wie es Jungvermählte für gewöhnlich tun.«

Sie versteifte sich in seinen Armen, völlig überrumpelt von dem unerwarteten Übergriff.

»Wehr dich nicht«, raunte er. »Das hier ist nicht nur für deine Zwecke wichtig, sondern auch für meine, denn du hast selbst gesagt, dass du mich beim Henker nur dank der Eheschließung auslösen konntest. Was würde der wohl mit mir tun, wenn die Spatzen von den Dächern pfeifen, dass diese Ehe gar keine ist?«

Sie rührte sich nicht vom Fleck, obwohl alle Instinkte sie dazu trieben, ihn fortzustoßen und wegzurennen, um so viel Entfernung wie möglich zwischen sich und ihn zu legen. Seine Lippen so dicht vor den ihren, die feste Umarmung, die Wärme, die sein großer, harter Körper ausstrahlte – sie fühlte sich wie ein Tier in der Falle. Ihr Herz jagte, sie konnte kaum atmen.

»Was macht der Schöffe jetzt?«, fragte er.

Madlen schluckte angestrengt und blickte über seine Schulter. »Er schaut zu uns her. Es scheint ihm peinlich zu sein, uns so zu sehen.«

»Dann war die Vorstellung erfolgreich.«

Johann drückte sie ein letztes Mal fest an sich, streifte mit den Lippen ihre Stirn und ließ sie los.

Madlen musste sich zwingen, nicht augenblicklich ein paar Schritte zurückzuweichen. Stattdessen bückte sie sich nach dem Kübel und ergriff ihn mit zitternden Händen. Als sie sich wieder aufrichtete, gab sie sich überrascht. »Onkel Eberhard! Na so was!«

Er bedachte sie mit einem jovialen Lächeln. »Mein liebes Kind! Wie geht es dir als frischgebackenem Eheweib?« Er wartete Madlens Antwort gar nicht ab, sondern wandte sich an Johann. »Und das ist dein neuer Ehemann. Endlich lerne ich ihn auch einmal kennen.« Röte stieg in seine feisten Wangen, als er hinzufügte: »Ich meine, auf eine Weise, die weit angenehmer ist als beim letzten Mal.« Dem Braumeister war anzumerken, dass er gern woanders gewesen wäre, doch als Mann, der die ihm übertragenen Verpflichtungen ernst nahm, musste er sich dieser Aufgabe stellen.

Madlen gab sich unbedarft. »Was führt dich zu mir, Onkel Eberhard?«

»Äh … nun ja … Du weißt doch, die Bedingung der Bruderschaft …«

Madlen dachte gar nicht daran, es ihm leichter zu machen. Mit ihrer Verbindlichkeit war es vorbei. Sie setzte sich den Eimer auf die Hüfte und blickte Eberhard feindselig an.

Er überwand sich und rückte endlich mit seinem Ansinnen heraus. »Ich bin im Dienste der Bruderschaft hier, um mich von den Fertigkeiten deines Gatten zu überzeugen.«

»Wollt Ihr mich bei der Arbeit sehen oder mir Fragen stellen?«, erkundigte Johann sich zuvorkommend.

Der Braumeister war erleichtert und entwaffnet von so viel unerwarteter Freundlichkeit. »Am besten beides gleichzeitig.«

Johann deutete zum Brauhaus hinüber. »Ich kann Euch gern vorführen, was ich kann.«

Das Publikum war bereits aufmarschiert. Caspar und die beiden Lehrbuben hatten sich im offenen Tor des Sudhauses versammelt. Ein wenig unbehaglich fragte Madlen sich, wie lange sie wohl schon dort standen und glotzten.

Als Johann und der Braumeister näher kamen, gaben sie den Weg frei, hörten aber nicht auf zu starren. Madlen scheuchte sie mit ein paar rabiaten Worten zurück an die Arbeit, bevor sie ihre Aufmerksamkeit wieder auf Johann und Eberhard richtete. Sie sorgte sich nicht, dass Johann einen unzureichenden Eindruck machen könnte. Er verstand mindestens so viel vom Brauen wie sie selbst. In Bayern hatten sie sogar teilweise bessere Methoden entwickelt, die er ihr bereits erklärt hatte. Manches hatte sie überzeugt, anderes nicht. Ein paar Dinge wollte sie ausprobieren, beispielsweise das Zusetzen von Hopfen, mit dem Johann in dem Kloster experimentiert hatte. Dagegen hielt sie nichts davon, das Malz beim Darren zu bräunen, obwohl Johann behauptet hatte, dass dabei ein schmackhaftes Bier herauskäme.

Die beiden Männer unterhielten sich über die Zusammensetzung der Gruit und die Schwierigkeiten, den Sud während des Maischens bei gleichbleibend hohen Temperaturen zu halten. Johann machte seine Sache gut, er redete wie jemand, der das Brauen erfunden hatte.

Willi bediente unterdessen die Malzmühle, schaute dabei aber immer wieder über die Schulter zu den Männern hinüber. Ab und zu wanderte sein Blick auch zu Madlen. In seinem Gesicht stand ein Ausdruck, der in Madlen den Impuls wachrief, ihn zurechtzuweisen, obwohl er, abgesehen davon, dass er mürrisch dreinschaute, ausnahmsweise gar nichts tat, was einen Tadel gerechtfertigt hätte. Dafür nahm sie sich Berni vor, der behände wie ein Eichhörnchen auf die Tenne gestiegen war und mit gewohnter Neugier herunterlugte.

»An die Arbeit«, befahl sie ihm. Reumütig grinsend zog er sich zurück und schwang gleich darauf wieder fleißig die Forke.

Caspar arbeitete schweigend im Hintergrund, er schüttete Treber vom letzten Sud in einen Bottich. Einen Teil davon würde wie immer der Bäcker vom Neumarkt bekommen, der es zum Brotbacken benutzte, ein anderer Teil war Futter für das Pferd und die Ziegen. Verstohlen sah er zuerst zu Johann und dann zu Madlen hinüber; sein Blick hatte etwas Fragendes. Zweifellos hatte er die Umarmung gesehen und konnte sich keinen Reim darauf machen. Madlens Verstimmung nahm zu. Die ganze Situation war einfach zu grotesk. Betont gleichmütig wandte sie sich Johann und Onkel Eberhard zu, die beim Maischbottich standen.

»Ich plane ein Verfahren zur Vereinfachung und Verbesserung des Läuterns«, erklärte Johann gerade. »Das Umschütten des Suds in den Läuterbottich ist nach meinem Dafürhalten zu umständlich.«

»Das ist leider wahr«, stimmte Eberhard zu. »Außerdem bleiben beim Seihen immer Spelzen und andere Reste vom Treber zurück. Und Ihr meint, es gäbe eine Methode, das zu verhindern?«

»Es wäre sinnvoll und kräftesparend, wenn man den Sud nicht umschütten, sondern ihn einfach abfließen lassen und gefiltert in einem anderen Behältnis auffangen könnte.«

»Wie durch ein Sieb?«

»Ganz recht. Genau das stelle ich mir vor. Ein Sieb, in welchem man maischen und zubrühen und durch welches man die Flüssigkeit anschließend ablaufen lassen kann.«

»Aber dann würde ja die Flüssigkeit schon beim Einfüllen herauslaufen!«

»Nicht, wenn man das Sieb in den Bottich stellt.« Johann demonstrierte Eberhard mit knappen Handbewegungen seine Idee. »Nach dem Maischen müsste es nur hochgezogen werden, was man mit einer Winde machen könnte. Der Sud kann dabei durch den Treber nach unten ablaufen. Dabei würde nichts verloren gehen, man könnte sogar den Bodensatz noch ausdrücken oder ausspülen. Ebenso könnte man später beim Kochen der Würze verfahren. Es wäre viel weniger aufwendig, als den Sud mithilfe von Weidenkörben oder Tüchern abzuseihen.«

Madlen hörte überrascht und fasziniert zu. *Darüber* hatte er noch nicht mit ihr gesprochen, sie hatte keine Ahnung, wann ihm das eingefallen war. Es klang so bestechend einfach und sinnvoll, dass sie sich fragte, warum sie nicht schon längst von selbst darauf gekommen war. Oder einer der übrigen Kölner Brauer. Im Geiste stellte sie bereits Überlegungen an, wie sich sein Vorschlag umsetzen ließe.

Eberhard schien ähnlich zu empfinden, er wirkte enorm beeindruckt. »Ihr seid fürwahr ein tüchtiger Brauer«, sagte er. Erfreut drehte er sich zu Madlen um. »Du hast richtig entschieden, Kind.«

Sie war zu verdattert, um darauf zu antworten. Immerhin brachte sie es fertig, zustimmend zu nicken.

»Ich werde die Bruderschaft auf unserer nächsten Sitzung entsprechend unterrichten.« Wohlwollend lächelte Eberhard Johann an. »Und nichts für ungut wegen neulich.«

Madlen musste sich zwingen, den Mund zu halten, sonst hätte sie Eberhard wütend angefaucht. *Nichts für ungut!* Sah er denn nicht, was Johann angetan worden war?

Er hatte die Gugel herabgestreift, sie lag als wollener Wulst um seinen Nacken. Das Haar auf seinem Kopf war ein wenig nachgewachsen, es war dunkel, genauso schwarz wie sein Bartschatten, aber die Stoppeln reichten nicht, um all die blauen Flecken und die vielen gerade erst verheilten Wunden zu verbergen. Am Hinterkopf war immer noch die hässliche große Narbe von der gewaltigen Platzwunde zu sehen, sie hatte mit einem Dutzend Stichen genäht werden müssen. Ein Riss an der Lippe, die immer noch blutverkrustet war. Eine aufgeplatzte Braue, zusätzlich zu der anderen, die ohnehin schon vernarbt war. Ein zerschlagenes Ohr. Die gebrochene Nase, an der Wurzel immer noch schwarzviolett geschwollen, genau wie der Bereich unter den Augen. Von den übrigen schlimmen Prellungen ganz zu schweigen. Madlen waren die Tränen gekommen, als sie ihn ausgezogen hatte, der Anblick seines schrecklich zerschlagenen Gesichts und der dunklen Striemen an seinem Körper stand ihr immer noch vor Augen.

»… wünsche ich dir und deinem strebsamen Gatten in eurer Ehe viel Glück«, sagte Eberhard. Madlen war so in die Betrachtung der abheilenden Blessuren versunken, dass Eberhards letzte Worte erst mit Verspätung zu ihr vordrangen. Rasch wandte sie sich ihm zu. »Ich danke dir für deine guten Wünsche«, sagte sie.

Johann trat an ihre Seite, legte den Arm um ihre Mitte und zog sie vertraulich an sich. »Wir danken Euch *beide* sehr«, sagte er zu Eberhard.

Madlen beherrschte sich und zwang sich zu einem glücklichen Lächeln, während Eberhard ihnen abermals zufrieden zunickte und sich dann empfahl, eine untersetzte Gestalt in dunkelblauem Tuch, jeder Zoll untadlige Ehrbarkeit und Amtswürde.

Kaum war er verschwunden, ließ Johann sie los. »Ich muss dir was Wichtiges sagen.«

Madlen antwortete nicht. Caspar und Willi starrten sie unverhohlen an, und auch Berni lugte wieder über den Rand der Tenne herab.

»Ich brauche frische Luft«, sagte sie, schon auf dem Weg nach draußen.

Er folgte ihr auf dem Fuße. Im Hof hielt er sie bei der Schulter fest und wollte etwas sagen, doch sie schnitt ihm das Wort ab. Ihr Gesicht brannte vor Verlegenheit.

»Musste das eben schon wieder sein?«, fauchte sie.

»Was denn?«

»Das weißt du genau!«

»Wenn ich dir für dein Empfinden zu nahe getreten bin, bedaure ich das. Allerdings bin ich der Meinung, dass es nur eine kleine Beeinträchtigung für dich war, jedenfalls gemessen am Gewinn, den du daraus ziehst. Du hast selbst gesagt, dass das Brauen dein Leben ist. Dieses Leben willst du dir unbedingt erhalten. Also kann ein bisschen Taktik nicht schaden, vor allem nicht gegenüber den richtigen Leuten. So wie beispielsweise Meister Eberhard. Du hast in diesem Schöffen einen wichtigen Verbündeten gewonnen, sein Wort zählt viel in der Bruderschaft. Was lag also näher, ihn vollständig davon zu überzeugen, dass du alle von diesen unsäglichen Bedingungen, die sie dir gesetzt haben, erfüllt hast? Und zugleich die Gelegenheit zu nutzen, auch dem Gesinde zu demonstrieren, dass alles seine Ordnung hat? Wen will dieser Barthel für seine Zwecke einspannen, wenn ein jeder aus deinem Haushalt bezeugen kann, dass es nichts zu bezeugen gibt?«

Aufgewühlt ballte sie die Fäuste. Schlimm genug, dass er völlig recht hatte, seine Argumente waren in jedem Punkt sachlich und überzeugend, doch das änderte nichts daran, dass sie sich auf rätselhafte Weise gedemütigt und manipuliert fühlte. Hinzu kam die Verwirrung, in die seine Umarmungen sie gestürzt hatten, vor allem die erste. Die Selbstverständlichkeit seiner Berührungen, die unerwartete Nähe seines beängstigend großen Körpers, der ihr dieses unbekannte Gefühl von Unterlegenheit und Ausgeliefertsein vermittelte.

»Das wird sich nicht wiederholen«, sagte sie.

Er nahm diese kategorische Äußerung mit einem kurzen Nicken auf, dann wiederholte er: »Ich muss dir was Wichtiges …«

Doch sie war bereits ins Haus gestürmt. Und blieb in der Stube ungläubig stehen.

»Was ist denn hier los?«, entfuhr es ihr.

Auf der Bank saß ein fremder Mann.

»Das wollte ich dir vorhin erklären«, sagte Johann hinter ihr.

Madlen starrte den Fremden an. Er mochte Mitte bis Ende dreißig sein, aber sein Alter war schwer zu schätzen, denn er war erbärmlich ausgemergelt und heruntergekommen. Seine Tunika war fadenscheinig, das Hemd darunter fleckig und zerrissen. Sein kinnlanges, dunkelblondes Haar war jedoch sorgsam hinter die Ohren gekämmt, und als er zögernd lächelte, war zu sehen, dass er gute Zähne hatte.

Der Mann stank. Nicht nur nach altem Schweiß und zerlumpter, verschmutzter Kleidung, sondern auch süßlich nach Eiter und Krankheit. Der Geruch rührte von seinem Armstumpf her, den er wie zum Schutz vor sich hielt. Halb ausgewickelt lag dieser Stumpf vor ihm auf dem Tisch, die schmutzige Leinenbandage wie eine graue fleckige Schlange daneben, der Rest davon noch am Arm hängend, welcher zwei Handbreit unter dem Ellbogen in einem geschwürigen, wulstigen Knubbel endete.

Als spüre er Madlens Blick, zog er hastig die Bandage über den Stumpf, doch sie hatte die nässenden, entzündeten Stellen bereits gesehen.

Der Mann war verlegen. »Es tut mir leid. Ich wollte nur … es hatte sich gelockert …«

»Lass das«, sagte Johann zu ihm. Er trat zu dem Fremden, zog die verdreckte Binde ganz herunter und warf sie zur Seite. »Das wirst du nicht noch einmal anlegen. Madlen wird dir ein sauberes Stück geben.« Er drehte sich zu Madlen um. »Das ist Veit. Er ist blind.«

Madlen blickte dem Fremden erstaunt ins Gesicht, denn seine Augen hatten ganz normal ausgesehen. Doch dann hob er den Kopf, und sie erkannte im hellen Tageslicht, das durch die offenen Klappläden fiel, dass Johann recht hatte. Der Mann hatte zwar klare blaue Augen, aber er konnte sein Gegenüber nicht richtig fixieren. Sein Blick irrte um sie herum, als suche er nach der Stelle, die es festzuhalten galt, ohne sie finden zu können. »Ich möchte Euch keine Umstände bereiten«, sagte er höflich zu ihr.

»Verbinde seinen Arm«, befahl Madlen Irmla, die mit stoischer Miene vor dem Arbeitstisch neben der Feuerstelle stand und Gemüse klein schnitt. »Und dann gibst du ihm Suppe, bevor er wieder geht.« Niemand sollte ihr nachsagen, dass sie einen armen Krüppel, der sich in ihr Haus verirrt hatte, herzlos seiner Wege schickte.

»Kommst du kurz mit raus, damit ich mit dir reden kann?«, fragte Johann. Sie fuhr zu ihm herum, als er nach ihrem Arm fasste. Die vernichtende Zurechtweisung für diese neuerliche Berührung lag ihr schon auf der Zunge, doch sie hielt an sich, denn Irmla warf einen neugierigen Blick über die Schulter.

Madlen folgte Johann hinaus auf den Hof.

»Wer ist der Mann?«

»Ein armer Teufel.«

»Das sehe ich selbst. Was hat er in meinem Haus verloren? Wieso hast du ihn angeschleppt?«

»Weil er mir einst das Leben gerettet hat.«

»Wann?«

»Im Krieg.«

»Also kennst du ihn schon länger?«

Johann nickte. »Ich habe ihn unlängst in der Stadt wiedergetroffen. Du hast gesehen, wie er aussieht. Zum Bettler taugt er nicht viel. Er wird sterben. Wenn nicht am Hunger, dann an all dem Dreck und der Kälte und der Einsamkeit.«

Madlen sah ihn an. Sie war von widerstreitenden Empfindungen erfüllt. Auf der einen Seite rief es ihren Unmut hervor, dass er eigenmächtig einen Krüppel in ihr Haus brachte. Auf der anderen Seite hatte der Anblick des armen Versehrten auf der Stelle ihr Mitleid geweckt; sie hatte noch nie am Leid anderer vorbeigehen können. Jeden Sonntag nahm sie Münzen und Äpfel mit zur Kirche, um sie vor Sankt Aposteln unter den Bedürftigen zu verteilen. Besonders schmerzte es sie, hungernde oder frierende Kinder zu sehen, und sie verabscheute die wohlgenährten und selbstsüchtigen Kirchgänger, die sich ungerührt an all dem Elend vorbeidrängten und ihre Spenden lieber in die Kollekte warfen, die bloß dem Kirchenbau zugutekam statt denen, deren Überleben davon abhing. Sie gab gerne einen Teil ihres Überflusses ab, nicht nur um ihres Seelenheils willen, sondern weil sie wusste, dass andere es verzweifelt brauchten.

»Warum hast du ihn mitgebracht?« Sie beobachtete ihn, sein vernarbtes und von den Schlägen immer noch verfärbtes Gesicht, das die anderen hässlich fanden, obwohl es doch überhaupt nichts Abstoßendes an sich hatte. Im Gegenteil, es war auf unbestreitbare Weise anziehend, und dieser Eindruck vertiefte sich, je öfter sie ihn betrachtete. Sie sah in seinem Gesicht Wesenszüge, die sich ihr so mühelos offenbarten, als könne sie in einem Buch lesen, obwohl sie des Lesens unkundig war und ihn obendrein gar nicht richtig kannte. Er besaß Würde und Charakterstärke. Er behandelte die Menschen anständig, die gut zu ihm waren, er war hilfsbereit, großmütig und zielstrebig. Er war aufrecht und stark und ließ sich nicht kleinkriegen. Sie fühlte sich ihm auf eine Art seelenverwandt, die sie verstörte, fast noch mehr als seine einschüchternde körperliche Präsenz. Eines wusste sie sicher: Wenn er zum Räuber geworden war, dann nur aus Not und nur bei denen, die den Verlust entbehren konnten. Und dann waren da noch die Geheimnisse, die er ohne jede Frage hütete und die sie erst recht beunruhigten, aber gleichzeitig auch anlockten wie das Kerzenlicht die Motte. Sie verspürte den unüberwindlichen Wunsch, mehr über ihn und seine Vergangenheit zu erfahren, obwohl eine innere Stimme sie davor warnte. Eine vage Ahnung drohender Gefahren ging damit einher, doch das verstärkte höchstens den Drang, alles über ihn herauszufinden.

»Madlen«, sagte er leise. »Ich kann ihn nicht da draußen lassen. Er geht vor die Hunde.«

Er sagte nicht, dass sie den Mann in ihrem Haus aufnehmen sollte, ebenso wenig brachte er zum Ausdruck, dass er sein eigenes Bleiben davon abhängig machte. Er blickte sie einfach nur bittend an.

Ihr Widerspruchsgeist regte sich, denn wieder fühlte sie sich in eine Richtung gelenkt, die nicht sie selbst bestimmte, sondern er. Doch sie hatte bereits erkannt, dass es nur eine richtige Entscheidung gab. Viele Kölner hatten Hausarme, warum nicht auch sie? Platz war genug vorhanden, satt zu essen gab es auch. Im Grunde war also dagegen nichts einzuwenden, vor allem nicht, wenn es nur vorübergehend war.

»Kannst du dich für seine Redlichkeit verbürgen?«, wollte sie wissen.

»Mit meinem Leben.«

»Gut. Solange du bleibst, kann auch er bleiben. Er kann im Wagenhaus schlafen, dort gibt es reichlich sauberes Stroh, und er bekommt eine warme Decke.«

»Danke«, sagte er einfach.

Sie nickte nur und ging zurück ins Haus.

Johanns Freund Veit erwies sich zu Madlens Erleichterung rasch als ausgesprochen angenehmer Hausgenosse. Während Johann bei der Arbeit und bei Tisch immer noch Vorbehalte und teilweise sogar Ablehnung entgegengebracht wurden, erfuhr Veit binnen kürzester Zeit allseitige herzliche Zustimmung. Man konnte nicht anders, als ihn zu mögen, sogar der missmutige Willi und die launische Irmla begegneten ihm mit Freundlichkeit. Sein offenes Lächeln, sein verbindliches Wesen, vor allem aber sein nie versiegender Sinn für Humor nahmen von Anfang an alle für ihn ein. Es verging keine Mahlzeit, bei der er nicht mit einer spannenden Geschichte aufwartete, von glorreichen Schlachten der Kreuzfahrer, von prächtigen orientalischen Palästen, von wilden Reiterhorden, den goldenen Dächern und dem betörenden Zauber der Heiligen Stadt. Madlen zweifelte nicht daran, dass das meiste davon frei erfunden war, aber das minderte die Faszination kein bisschen. Genau wie die anderen lauschte sie diesen Erzählungen jedes Mal mit aufmerksam gespitzten Ohren und konnte kaum genug davon kriegen. Ab und zu gab Veit eine komische Anekdote zum Besten, bei der reihum alle in Gelächter ausbrachen. Mit wenigen Worten konnte er eine so fröhliche Stimmung verbreiten, wie sie in diesem Haus bislang nur selten geherrscht hatte.

Alle mochten ihn, und binnen weniger Tage ließ Irmla ihm dieselbe Vorzugsbehandlung angedeihen wie dem alten Cuntz. Sie tat ihm die besten Bissen auf, steckte ihm zwischen den Mahlzeiten weitere Happen zu, holte ihm becherweise Bier aus der Schankstube, schüttelte ihm täglich den Strohsack auf und änderte einige von Konrads Kleidungsstücken für ihn. Die Sachen lagen seit einem Jahr ungetragen in der Kiste in Madlens Schlafkammer, eine Tatsache, die Irmla mehrmals gespielt beiläufig erwähnte, bis Madlen sich schließlich dazu durchrang, sie herauszuholen. Es fiel ihr nicht sonderlich schwer. Konrad wäre damit mehr als einverstanden gewesen, er hatte die Armen stets mit derselben Bereitwilligkeit unterstützt wie sie selbst. Er hätte Veit gerngehabt, so wie es alle hier taten, sogar der Brummbär Willi.

Madlen war froh, dass sie sich dafür entschieden hatte, Veit bei sich aufzunehmen.

In den folgenden Tagen spielte sich auch zwischen ihr und Johann alles etwas besser ein. Zumindest beim Arbeiten gewöhnte Madlen sich an Johanns Anwesenheit. Es störte sie zwar gelegentlich, dass er das Gesinde befehligte und die Aufgaben verteilte, wie er es für richtig und angemessen hielt, genau so, wie es jeder Meister tat. An seinen Entscheidungen gab es jedoch nichts auszusetzen, sie waren stets durchdacht, Madlen selbst hätte nichts anders gemacht.

Das Einzige, was sie kaum ertrug, war seine Art, das Bier zu kosten. Als Brauer hatte er dafür zu sorgen, dass das Bier gelang, und die einzige Möglichkeit, sich über den guten Geschmack eines Suds Gewissheit zu verschaffen, bestand darin, ihn zu probieren. Johann tat es, indem er einen Schluck nahm, ihn mit geschlossenen Augen auf der Zunge herumrollen ließ – und ihn dann wieder ausspuckte. Das konnte Madlen rasend machen, und mehr als einmal drängte es sie, ihn deswegen anzugehen, doch dann kam es ihr albern vor und sie ließ ihn gewähren.

Der Knecht und die Lehrbuben befolgten Johanns Anweisungen klaglos, doch es entging Madlen nicht, dass dieser Gehorsam teilweise von Widerwillen begleitet war. Vor allem Caspar schaute zuweilen skeptisch drein, wenn Johann ihm dieses oder jenes auftrug, und manchmal kam es Madlen so vor, als wolle der Knecht aufbegehren und sagen, dass er die Arbeit auch allein tun konnte, ohne eigens dazu angehalten zu werden.

Willi schien nach einem Befehl von Johann manchmal noch langsamer zu arbeiten als sonst, sein Gang wurde dann schleppend, sein Gesicht spiegelte seinen Verdruss wider, und seine Bewegungen kamen so zögerlich, dass Madlen ihn mehr als einmal barsch an seine Pflichten erinnern musste. Nur Berni tat eifrig sofort alles, was Johann verlangte. Wie ein junger Hund wuselte er um ihn herum, der zerzauste rote Schopf leuchtete ständig in Johanns Nähe. Berni schaute sich viel von Johann ab und versuchte immer wieder, ihn über seine Ritterzeit auszufragen, ohne jedoch mehr als ein paar beiläufige und nichtssagende Antworten zu ernten. So arglos Berni sich im Allgemeinen verhielt, so ausgeprägt war jedoch auch seine Neugier, er ließ nicht nach in seinem Bestreben, mehr über den neuen Meister herauszufinden. Wenn er Madlen und Johann beisammenstehen sah, äugte er jedes Mal zu ihnen hinüber, einen unsicheren, fragenden Ausdruck in seinem sommersprossigen Gesicht. Es war klar, was ihm dabei durch den Kopf ging – dasselbe, was auch den Knecht und Willi umtrieb und was auch Irmlas Neugier anstachelte. Wahrscheinlich machte auch der alte Cuntz sich Gedanken darüber, obwohl er es sich am wenigsten anmerken ließ. Alle miteinander fragten sie sich nur eines: Warum hatte Madlen so kurz entschlossen und ohne jede Ankündigung ausgerechnet diesen Fremden mit der geheimnisvollen und zweifelhaften Vergangenheit zum Mann genommen, statt entweder Barthel oder Jacop zu wählen, wie alle Welt es erwartet hatte?

Einmal hatte Madlen aus dem Stall heraus ein Gespräch zwischen Caspar und Irmla mit angehört, die sich in gedämpftem Ton auf dem Hof darüber unterhalten hatten.

»Sie hat ihn nur aus einem Grund genommen – weil er sie nicht im Bett belästigt.«

»Bist du sicher?«, war es zweifelnd von Caspar gekommen. »Ich habe nämlich letzthin gesehen, wie er sie umarmte!«

»Das mag sein, aber das Bett teilen sie nicht. Ich schlafe unter der Treppe und höre alles. Oder in dem Falle eben nichts.«

»Du meinst, sie haben gar nicht …«

»Du sagst es«, bestätigte Irmla. Dann fügte sie in misstrauischem Ton hinzu: »Wieso siehst du so zufrieden drein? Machst du dir etwa immer noch Hoffnung, du könntest hier eines Tages der Meister werden?«

»Unsinn.«

»Wirklich? Ich sehe dir an der Nasenspitze an, dass du das Gegenteil denkst. Aber lass dir sagen, dass es völlig sinnlos ist.«

»Wenn die Bruderschaft mich als Zunftgesellen aufnimmt, kann ich sehr wohl eines Tages ein Braumeister werden!«

Madlen hatte sich beim Belauschen dieses Gesprächs mit schlechtem Gewissen daran erinnert, dass sie deswegen immer noch nicht bei Onkel Eberhard vorgesprochen hatte. Sie nahm sich vor, es bei nächster Gelegenheit nachzuholen. Gleichzeitig war jedoch ihre Sorge wieder erwacht, dass das, worüber Caspar und Irmla gerade gesprochen hatten, Barthel zu Ohren kommen könnte. Die Lage war und blieb unangenehm.

Mitte März 1260

Johann maß mit großen Schritten den Innenraum der Braustube ab. Madlen stand mit verschränkten Armen daneben. Die Lehrbuben, die eine willkommene Gelegenheit für eine Pause gekommen sahen, hielten mit ihrer Beschäftigung inne, doch Madlen scheuchte sie sofort wieder an die Arbeit.

»Hier könnte der zweite Kamin hin«, sagte Johann und deutete auf eine seiner Ansicht nach passende Stelle an der Längswand des Hauses, unweit der bereits vorhandenen Feuerstelle. »Der Rauchfang sollte entsprechend groß sein, damit zwei Brennstellen darunter Platz finden.«

»An der Wand schlafe ich aber!«, mischte Willi sich ein.

»Du kannst bei Caspar auf dem Dachboden neben der Tenne schlafen, da ist Platz genug«, wies Madlen ihn zurecht. Beleidigt wandte Willi sich wieder der verhassten Schrotmühle zu.

»Wozu sollen die zusätzlichen Brennstellen gut sein?«, erkundigte sich Caspar. Er stand vor dem Maischbottich und rührte das Gebräu um.

»Um mehr Sudkessel gleichzeitig betreiben zu können. Was am Ende mehr Bier bedeutet.« Johann wuchtete sich einen Sack Malz auf die Schultern und schleppte ihn zur Mühle. »Hier, bevor der Nachschub ausgeht.« Willi zog ein Gesicht und stöhnte vernehmlich, doch Johann schob ihn zur Seite. »Du warst lange genug an der Mühle. Kümmere dich um den Gaul. Er muss gefüttert und getränkt werden, und der Stall gehört ausgemistet. Ich übernehme das Schroten für eine Weile.«

Erleichtert zog Willi ab. Johann schüttete Malz in den Trichter und zog sich dann das Wams aus, das er ordentlich über ein Fass legte. Mit beiden Händen packte er die Treibstange. Der Mahlstein begann sich knirschend zu drehen. Es war warm im Sudhaus, fast heiß, denn die Sonne entfaltete trotz der frühen Jahreszeit bereits einige Kraft, und die dampfenden Schwaden, die von den Kesseln aufstiegen, taten ein Übriges. Niemand konnte es einem Brauer verdenken, wenn er im Hemd oder gar mit nacktem Oberkörper arbeitete, um nicht in Schweiß zu ertrinken. Caspar und die Lehrbuben taten das bei entsprechender Witterung auch oft, und Konrad sowie Madlens Vater hatten es zu ihren Lebzeiten nicht anders gehalten. Doch das hatte Madlen nie so irritiert wie bei Johann. Sein Hemd stand vorn offen und ließ eine beträchtliche Fläche seiner breiten Brust sehen, und der durchgeschwitzte Stoff des Hemdes spannte sich über den Schultern und Oberarmen, sodass niemandem seine eindrucksvollen Muskeln verborgen bleiben konnten.

»Berni«, rief Madlen zur Tenne hinauf. »Komm mit in den Keller und hilf mir ein Fässchen hochtragen! Wir brauchen für heute Abend noch frisches Bier in der Schankstube.«

Sofort ließ Caspar das Maischholz fahren. »*Ich* helfe dir.«

»Du bleibst hier und gibst auf den Sud Acht«, befahl Johann ihm. Zu Madlen sagte er: »Ich komme mit.« Er wischte sich den Schweiß von der Stirn und ging hinaus auf den Hof, wo er kurz bei der Hundehütte stehen blieb und sich bückte, um dem Spitz das Fell zu zausen, bevor er in die Toreinfahrt weiterging. Dort war vor der Haustür eine große eichene Bodenplatte eingelassen, unter der eine Stiege hinabführte.

Der Keller bestand aus einem niedrigen, gemauerten Gewölbe, sogar an der höchsten Stelle konnte Madlen nur stehen, wenn sie den Kopf einzog. Beidseits des schmalen Gangs lagerten die Fässchen, rechts und links eine Doppelreihe, ein Teil auf, ein anderer Teil unter den lang gestreckten Bänken an den Wänden. Sie hatten immer einen Vorrat für ein bis zwei Wochen im Keller, viel länger blieb das Bier nicht genießbar, wenn die Gärung abgeschlossen war, schon gar nicht in den wärmeren Monaten. Im Keller war es leidlich kühl, aber es war kein Vergleich zu den tiefen Gewölben der alten Römerkeller, von denen es um den Heumarkt und den Alter Markt herum noch viele gab. Manche von ihnen waren so tief, dass man zwei Stockwerke als Lagerstätte zur Verfügung hatte, und in ihnen war es kalt wie im Winter. So einen Keller hatten sie und Konrad auch haben wollen … Rasch verdrängte Madlen die schmerzhaften Gedanken.

Vor ihr umfasste Johann den eisernen Ring der Falltür und klappte ohne sichtbare Kraftanstrengung die schwere Platte hoch. Madlen bemerkte, dass von dem erbärmlichen Quietschen, das sonst jeden Gang in den Keller einleitete, nichts mehr zu hören war.

»Ich habe die Scharniere geölt«, sagte Johann, als hätte er ihre Gedanken gelesen.

Während Madlen ihm über die schmale Stiege in den Keller folgte, fragte sie sich, ob er es darauf anlegte, ihr zu beweisen, dass er alles viel besser, eigenständiger und gründlicher erledigte als ihr Gesinde oder sie selbst. Oder dachte er gar nicht erst darüber nach, weil es für ihn selbstverständlich war?

Im nächsten Moment lösten sich ihre Überlegungen schlagartig in Luft auf, als Johann unvermittelt mit einem unterdrückten Fluch vor ihr stehen blieb und sie gegen seinen harten Rücken prallte. Die Wärme, die von seinem verschwitzten Körper ausstrahlte, schien sie zu umhüllen. Unwillkürlich hielt sie die Luft an. Nicht etwa, weil sein Geruch ihr unangenehm gewesen wäre, sondern weil sie wieder diese Verwirrung spürte, wie immer, wenn er ihr zu nahe kam.

»Was ist los?«, fragte sie.

»Hier unten sind Mäuse. Mir ist gerade eine über den Fuß gelaufen.«

Madlen wiederholte den Fluch, den er vorhin unterdrückt hatte. Mäuse im Bierkeller waren ein Ärgernis. Die Fässer waren niemals ganz dicht, höchstens die neuen, aber es war völlig ausgeschlossen, ständig neue Fässer in Gebrauch zu nehmen. Ein Fass wurde geleert, ausgespült, bei Bedarf gepicht und erneut befüllt, dann wurde es im Keller gelagert und herausgeholt, wenn es an der Zeit war, es leer zu trinken. Mäuse nagten sich durch alles, wenn es ihnen Zugang zu vielversprechenden Genüssen verschaffte, beispielsweise durch Spundlöcher oder durch die Ritzen verzogener Dauben. Frisches süßes Bier verströmte einen für die kleinen Plagegeister nahezu unwiderstehlichen Duft.

»Dieser vermaledeite Kater«, schimpfte Madlen. »Wir sollten ihn hier unten im Keller einsperren!«

»Ein paar Mausefallen würden vermutlich mehr nützen.« Johann wandte sich zu ihr um. In dem matten Dämmerlicht konnte sie sein Gesicht kaum sehen, doch seine Neugier war unverkennbar. »Wieso hat dein Kater eigentlich keinen Namen? Und der Hund und das Pferd auch nicht?«

Sie zuckte die Achseln. »Weil es nur Tiere sind. Und nutzlose noch dazu.« Es klang grob, das hörte sie selbst, außerdem war es nur ein Teil der Wahrheit, und dabei nicht einmal der entscheidende. Doch der andere Teil betraf Dinge, über die sie nicht mit diesem Mann reden wollte. Sie sollte überhaupt nicht allzu viel mit ihm reden, schon gar nicht über ihre innersten Gefühle, wie sie manchmal zwischen ihr und Juliana zur Sprache kamen. Das alles ging ihn nichts an, denn bald würde er aus ihrem Leben verschwinden. Er hatte seine Geheimnisse, und sie hatte die ihren.

Bei dem Gedanken an Juliana kam Madlen unwillkürlich in den Sinn, dass auch dies eines seiner Geheimnisse war. Als er mehr tot als lebendig oben in der Kammer gelegen hatte, war Juliana gekommen, um seine Wunden zu versorgen und ihm Mohnsaft gegen die Schmerzen einzuflößen. In den ersten drei Tagen zwar sie zwei Mal da gewesen, danach war es von allein mit ihm aufwärts gegangen. Die Begine hatte ihn gepflegt, sie hatte seinen nackten Körper gewaschen und gesalbt und seine Wunden vernäht und verbunden, kein Fleck seines Leibes war ihr verborgen geblieben. Zwar hatte sie all das beim schwachen Licht einer kleinen Talgleuchte getan, denn es hatte beide Male, als sie da gewesen war, geregnet, und der Wind hatte ums Haus geheult, sodass die Läden geschlossen bleiben mussten. Aber hätte sie ihn nicht trotzdem erkennen müssen, wenn er wirklich ihr Bruder war?

Es hatte jedoch nichts darauf hingedeutet, dass Johann ihr

bekannt vorkam, auch nicht, als Madlen ihr seinen Namen genannt hatte. Juliana hatte lediglich ein wenig Besorgnis gezeigt, was allerdings damit zusammenhing, dass Madlen sich so unverhofft in diese seltsame Zweckehe gestürzt hatte.

Möglicherweise hatte sie Johann jedoch nur deshalb nicht wiedererkannt, weil es so viele Jahre her war, dass sie ihn zuletzt gesehen hatte. Juliana war damals kaum dem Kindesalter entwachsen gewesen, und Johann war höchstens ein oder zwei Jahre älter als sie, auch er konnte seinerzeit nicht viel mehr als ein Junge gewesen sein, vielleicht so alt wie Berni oder Willi. Ohne Frage hatte er sich seitdem sehr verändert. Womöglich hätte nicht einmal seine eigene Mutter ihn wiedererkannt, bei all den Narben im Gesicht und seiner großen, massiven Statur. Als Jüngling hatte er vermutlich völlig anders ausgesehen. Ganz zu schweigen davon, was die Schläge mit ihm angerichtet hatten. Und dann war da natürlich noch Julianas Gedächtnisverlust. Dieser mochte bewirken, dass Juliana sich selbst dann nicht an Johann hätte erinnern können, wenn er seit seiner Jugend gänzlich unverändert geblieben wäre.

Madlen hatte hin und her überlegt, ob sie Johann davon erzählen sollte, dass Juliana hier gewesen war, als er besinnungslos im Bett gelegen hatte. Oder ob sie Juliana reinen Wein über ihn einschenken sollte. Doch dann hatte sie entschieden, abzuwarten. Juliana würde sicher in ein paar Tagen wieder herkommen, es lagen selten mehr als drei Wochen zwischen ihren Besuchen. Dann sollte Johann selbst feststellen, ob Juliana jene Blithildis war. Oder auch nicht, denn ebenso gut war es möglich, dass er eine ganz andere Begine suchte.

Um Julianas Leben sorgte Madlen sich nicht mehr. Johann würde ihr nichts tun, das stand zu Madlens tiefster Überzeugung fest. Bei dem Gedanken entwich ihr ein kleiner Seufzer der Erleichterung, was sofort dazu führte, dass sie sich mit leiser Selbstironie fragte, woher sie ständig diese Sicherheit nahm, was Johanns Ehrenhaftigkeit anlangte. Doch sie ging dieser Frage nicht weiter nach, weil es gänzlich müßig war – sie hatte ihren Instinkten bisher noch immer vertrauen können. Wenn in ihrem Leben auf eine Sache Verlass war, so war es ihre Fähigkeit, Menschen zu durchschauen. Jedenfalls meistens. Ein paar wenige schafften es mitunter, sie für dumm zu verkaufen, so wie Jacop neulich. Aber lange dauerte es nie, bis sie dahinterkam.

Johann riss sie aus ihren Gedanken. »Welches soll ich nehmen?« Er hatte sich über die Reihen der Fässer gebeugt und betrachtete die Markierungen. Es gab keine bestimmte Reihenfolge bei der Lagerung, denn dann hätte ständig alles umgeräumt und herumgeschoben werden müssen, das war zu aufwendig und bekam dem Bier nicht gut. Stattdessen markierte Madlen die Fässer mit Kreidesymbolen, die Tag, Woche und Monat abbildeten. Sie hatte für alles genügend Symbole, die sie sich leicht merken konnte. So hatte sie immer im Blick, welches Fass als nächstes angestochen werden musste.

Sie deutete auf eines in der rechten unteren Reihe.

»Das da.«

Johann zog es heraus, packte es mit beiden Armen und wartete, bis Madlen vor ihm die Stiege hochgeklettert war, bevor er ihr nach oben folgte. Sie streckte ihm die Hände entgegen. »Schaffst du es allein oder soll ich anpacken?«

Sie sah, dass er keine Hilfe benötigte, und wich zurück, um ihm nicht den Weg zu versperren. Er wuchtete das Fass ins Freie, schleppte es durch den Vordereingang in die Schankstube und stellte es dort ab. Mit dem Finger malte er die Kreidezeichen auf dem Fass nach. »Was sind das für seltsame Symbole?«

Madlen merkte, wie sie rot wurde. »Die habe ich mir ausgedacht. Das erste ist für den Tag, das zweite für die Woche, das dritte für den Monat.« Sie wies auf das erste Zeichen, einen nach oben gerichteten Pfeil. »Das steht für den Montag.« Hastig zog sie die Hand zurück, weil sie unbeabsichtigt seinen Zeigefinger berührt hatte. »Der Kreis mit den beiden Punkten in der Mitte ist die zweite Woche im Monat. Und die drei Bögen am Ende stehen für den dritten Monat, also den März.«

Sie spürte seinen Blick von der Seite und fügte ein wenig

trotzig hinzu: »Ich kann nicht schreiben und kenne auch keine Zahlen, deshalb mache ich es so.«

»Es ist sinnvoll und für deine Zwecke völlig ausreichend. Kein Grund, sich deswegen zu schämen.«

Madlen schob das Kinn vor. »Ich schäme mich nicht.« Sie drehte sich auf dem Absatz um und ließ ihn stehen.

Es gab eine Menge Gerede über Madlens neuen Gatten, nicht nur auf der Schildergasse, sondern im ganzen umliegenden Viertel und auch auf den Märkten. Irmla, die mit ausufernder Schwatzhaftigkeit geschlagen war und diese Neigung während aller nur denkbaren Besorgungen auslebte, brachte neben ihren Einkäufen auch reichlich Klatsch mit nach Hause. Sobald sie sich vergewissert hatte, dass Johann nicht anwesend war, gab sie es unaufgefordert zum Besten.

»Die Leute erzählen sich alle möglichen Schauergeschichten über ihn. Der Küfer auf der Cäcilienstraße will gehört haben, dass Johann drei Händlern von der Richerzeche eigenhändig den Hals durchgeschnitten hat. Die Frau des Besenbinders meint, er habe bei Nacht tote Katzen vergraben.«

»Das ist noch gar nichts«, warf Veit launig ein. Er saß mit Cuntz auf der Bank und hörte alles mit an. »Auf dem Fischmarkt traf ich unlängst einen Mönch, der davon überzeugt war, dass Johann ein Spion der Franzosen ist, die sich bei nächster Gelegenheit unser heiliges Köln einverleiben wollen.«

Irmla überging seine Bemerkung, sie konnte an der ganzen Angelegenheit nichts Lustiges finden. »Man sagt auch, er habe gemeinsam mit dem Henker bei Vollmond Leichen auf dem Schindanger ausgegraben, um Dämonen herbeizurufen, und mit deren Hilfe habe er Madlen verhext, damit sie ihn zum Manne nimmt.« Irmla hielt inne und bekreuzigte sich, bevor sie mit gesenkter Stimme fortfuhr: »Die Kinder fürchten ihn wie den sprichwörtlichen Schwarzen Mann, sie glauben, dass er sie fängt und auffrisst.«

Madlen hörte sich den ganzen Schwachsinn konsterniert an. »Du hast ihnen doch hoffentlich gesagt, was für ein Unfug das alles ist!«

Irmla wiegte den Kopf. »Weiß man's?«

Das trug ihr eine geharnischte Strafpredigt von Madlen ein, die Irmla bockig über sich ergehen ließ. Anschließend ließ sie scheinbar aus Versehen den Haferbrei anbrennen und tischte zur nächsten Mahlzeit eine Kohlsuppe auf, die nach Dung schmeckte. Madlen drohte ihr daraufhin wutentbrannt an, sie davonzujagen und sich eine neue Magd zu suchen, und erst durch Veits schalkhafte Bemerkungen beruhigte sich die Lage wieder halbwegs. Johann bekam von alledem nichts mit, er hatte im Sudhaus zu tun.

Als am darauffolgenden Sonntag die Glocken zur Kirche riefen, konnte Madlen, die sonst wenig auf das Geschwätz der Leute gab, ihre Anspannung kaum bezähmen. Sie hatte ihren Sonntagsstaat angelegt, ein Obergewand aus lichtblauer, feiner Wolle und darunter ein frisch gewaschenes Unterkleid. Mit dem Gebende hatte sie sich mehr Mühe gegeben als sonst, es lag hervorragend an und gab ihrem Gesicht einen gefälligen Rahmen. Auch Johann trug ein sauberes Hemd und den besseren Surcot, er sah wie ein rechtschaffener Bürger aus. Wenn er überhaupt Blicke auf sich lenkte, dann nur, weil er deutlich größer war als die meisten anderen. Veit, ausgestattet mit den Sachen von Konrad, machte ebenfalls einen soliden Eindruck.

Dennoch geschah, was Madlen bereits befürchtet hatte: Die Blicke der Leute brannten förmlich auf ihnen. Auf dem Weg über den Neumarkt wurden sie von allen Seiten eindringlich gemustert, und je näher sie der Kirche kamen, desto schärfer wurden sie ins Visier genommen. Etliche von den Leuten kamen regelmäßig ins *Goldene Fass*, sie hatten sie und Johann schon bei der gemeinsamen Arbeit gesehen, doch die Übrigen reckten neugierig die Köpfe und spießten sie mit Blicken förmlich auf.

Mit grimmiger Entschlossenheit versuchte Madlen, das aufdringliche Starren zu ignorieren. Vor der Kirchenpforte verteilte sie die üblichen Almosen an die Armen und überhörte beharrlich das Getuschel, im Vertrauen darauf, dass die Leute wenigstens während der Messe allmählich das Interesse verloren. Doch diese Hoffnung erfüllte sich nicht. Sogar ihr Gesinde und ihr alter Großvater wurden begafft, als wäre ihnen über Nacht ein zweiter Kopf gewachsen, und auch Veit zog zahlreiche bohrende Blicke auf sich. Doch das war noch harmlos im Vergleich zu dem, was Johann erdulden musste – die Leute stierten ihn an, als sei er mit dem Höllenfürsten und sämtlichen Dämonen auf einmal im Bunde.

Madlen faltete die Hände zum Gebet und flehte die heilige Ursula um Geduld und Demut an, denn sie war drauf und dran, den einen oder anderen der Umstehenden anzuschreien, was in der Kirche keinen guten Eindruck gemacht hätte. Johann stand mit gesenktem Kopf neben ihr, die Gugel fiel ihm in die Stirn und verbarg sein Gesicht, und seine Schultern hatte er nach vorn gezogen, als habe er eine schwere Last zu tragen. Madlen erkannte an seiner Haltung, dass es ihm nicht einerlei war, was die Leute über ihn dachten. Heftiges Mitleid erfasste sie. Ihre Gebete um Mäßigung halfen nicht viel, vor lauter Zorn auf die Gaffer bekam sie kaum mit, was der Priester predigte. Dann war die Messe endlich vorbei, sie konnten die Kirche verlassen. Draußen sah sie Barthel stehen, er lungerte an der alten Stadtmauer herum und tat so, als suche er jemanden, doch Madlen bemerkte, dass er sie und Johann, der einen Schritt hinter ihr ging, aus den Augenwinkeln beobachtete.

Madlens nächste Handlung war ganz und gar ungeplant. Impulsiv wandte sie sich zu Johann um, ergriff seine Hand und schmiegte sich an ihn. Dabei schaute sie liebevoll und dankbar zu ihm auf, so wie sie es früher unzählige Male in der Öffentlichkeit auch bei Konrad getan hatte. Natürlich war diese Zuneigung nur gespielt, aber ihr Groll befähigte sie zu einer Vorstellung, der einige Inbrunst innewohnte. Johann hatte sich gut in der Gewalt, das Erstaunen in seinem Gesicht wurde sofort von einem – wenn auch leicht verkrampften – Lächeln verdrängt. Er legte den Arm um ihre Schulter und drückte sie an sich, wie es ein in seine junge Frau vernarrter Ehemann tun würde.

Das lenkte erst recht die Aufmerksamkeit der Leute auf sie, ebenso wie die von Madlens Gesinde, doch es hatte auch die gewünschte Wirkung auf Barthel. Madlen sah den Ausdruck von Fassungslosigkeit in seinem Gesicht, bevor er sich ruckartig abwandte und davoneilte.

Johann blieb dicht an ihrer Seite, und Madlen unterdrückte standhaft das Verlangen, ein paar Schritte Abstand zwischen sich und ihn zu legen.

»War er das?«, wollte er leise wissen. »Der abgewiesene Ehekandidat?«

Sie nickte stumm.

»Mach dir seinetwegen keine Gedanken«, sagte Johann. »Und wegen der Leute auch nicht. Beim nächsten Mal sind wir nur noch halb so wichtig wie heute, und beim übernächsten Mal schert sich keiner mehr um uns.«

Sein Wort in Gottes Ohr.

Am Nachmittag desselben Tages kam seit Wochen zum ersten Mal wieder die Begine Juliana. Alle Mitglieder von Madlens Hausstand hatten arbeitsfrei, wie immer an den Sonntagen, jeder vertrieb sich die Zeit auf seine Weise, als Juliana erschien: Cuntz saß am Tisch in der Stube und schnitzte, die Lehrjungen waren auf Besuch bei ihren Eltern, Caspar war zum Alter Markt gegangen, um sich mit Freunden zu treffen, Veit hatte sich nach dem Mittagsmahl zu einem Nickerchen in den Stall zurückgezogen, Irmla döste auf ihrem Lager unter der Treppe, und Johann kam gerade aus dem Sudhaus zurück, wo er allerlei Berechnungen angestellt und Notizen gemacht hatte. Er hatte sich eine Wachstafel nebst Griffel besorgt, die er, wo er ging und stand, mit Zeichen übersäte. Madlen sah es mit einer Mischung aus Misstrauen und Minderwertigkeitsgefühlen. Sie hatte sich nie daran gestört, wenn Leute besser gekleidet waren als sie oder schönere Häuser besaßen, es gab nun einmal Reich und Arm und Leute dazwischen, so hatte Gott die Welt erschaffen. Dennoch fühlte Madlen sich unzulänglich, wenn sie Johann dabei beobachtete, wie er mühelos und scheinbar ohne nachzudenken Worte und Ziffern produzierte. Es rumorte in ihr, dergleichen bei anderen zu sehen, denn sie zweifelte nicht daran, dass sie selbst klug genug gewesen wäre, es ebenfalls zu beherrschen. Sogar der Dummkopf Jacop konnte lesen und schreiben.

Dessen ungeachtet konnte sie nicht umhin, Johann einen in jeder Beziehung messerscharfen Verstand zu attestieren. Sogar dann, wenn er des Rechnens und Lesens unkundig gewesen wäre, hätte er jeden anderen ihr bekannten Mann allein mit der Kraft seines Geistes in den Schatten gestellt, und das nötigte ihr widerwillige Bewunderung ab.

Er stand mitten im Raum und prüfte geistesabwesend seine Berechnungen, als Madlen Juliana die Tür öffnete. Madlens Blicke gingen von Juliana zu Johann und wieder zurück, sie beobachtete beide mit angespannter Eindringlichkeit.

Juliana trat mit dem ihr eigenen energischen Schwung ein. »Gott zum Gruße«, sagte sie mit zurückhaltender Freundlichkeit, als sie Johann sah. Sie betrachtete ihn kurz, wie um sich zu vergewissern, in welchem Maße ihre Bemühungen um seine Gesundheit zu seinem Wohlbefinden beigetragen hatten. Höflich setzte sie hinzu: »Ich hörte bereits, dass Ihr wieder vollständig genesen seid.«

Madlen forschte verstohlen in Julianas Zügen nach Anzeichen von Überraschung oder Furcht. Die entstellenden Schwellungen in Johanns Gesicht waren deutlich zurückgegangen, er sah beinahe wieder so aus wie vor den schrecklichen Prügeln. Falls Juliana sich aus ihrer Jugend an ihn erinnerte, wäre fraglos jetzt der Zeitpunkt gewesen, dass sie ihn hätte wiedererkennen müssen. Doch davon war nichts zu bemerken. Madlen nahm lediglich eine leise Unsicherheit wahr, doch die konnte genauso gut daher kommen, dass die Begine sich so unvermittelt diesem Fremden gegenübersah, der mit seiner großen Gestalt die halbe Stube auszufüllen schien.

»Ja, es hat Gott gefallen, mich noch eine Weile im irdischen Jammertal wandeln zu lassen.« Johann betrachtete die Begine, aber es konnte keine Rede davon sein, dass er sie anstarrte. Seine Blicke zeigten lediglich wohlwollendes Interesse und eine Spur von Neugier. Er ließ sich auf einem der Schemel nieder, die vollgekritzelte Wachstafel legte er vor sich auf den Tisch. Madlen versuchte, in seinem Gesicht zu lesen, sie suchte nach verborgenen Regungen, doch außer verbindlicher Aufmerksamkeit war dort nichts zu erkennen.

Ganz offensichtlich hatten die beiden einander noch nie im Leben gesehen.

»Das ist meine Freundin, die Begine Juliana«, sagte Madlen zu Johann. »Sie ist eine sehr gute Heilerin. Habe ich dir schon erzählt, dass sie diejenige war, die deine Wunden nähte und dich in den ersten Tagen pflegte?«

»Nein«, sagte Johann. »Davon sagtest du nichts.« Interessiert erkundigte er sich bei Juliana: »Welchem Konvent gehört Ihr an?«

»Dem in der Glockengasse.«

»Beschäftigen sich alle Beginen mit der Heilung?«

»Oh, nein, wir verrichten ganz unterschiedliche Arbeiten. Wir weben, bauen Gemüse und Wein an, erzeugen Wolle und dergleichen mehr.«

Der alte Cuntz klopfte auf die Bank neben sich. »Setz dich doch zu uns, Juliana!«

»Eigentlich wollte ich mir nur dein Bein ansehen.« Ein wenig verlegen wandte die Begine sich an Madlen. »Ich kann es auch morgen machen, ich möchte euer sonntägliches Beisammensein nicht stören.«

»Ihr stört uns nicht, Begine«, sagte Johann.

»Nein, ganz gewiss nicht«, pflichtete Cuntz ihm bei.

Madlen beeilte sich, den beiden zuzustimmen, auch wenn

sie angesichts von Johanns eigenmächtiger Äußerung wieder ihren altbekannten Widerspruchsgeist erwachen fühlte. Dieser Mann riss allzu gern in allen Lebenslagen die Bestimmungsgewalt an sich, das hatte nicht einmal Konrad getan, und der war immerhin hier der wirkliche und mit allen Befugnissen ausgestattete Hausherr gewesen. Sie unterdrückte den Anflug von Groll und forderte Juliana auf, sich zu ihnen an den Tisch zu setzen, anschließend scheuchte sie Irmla von ihrem Lager hoch und befahl ihr, Brot und Käse aufzutischen. Sie selbst ging in die Schankstube, um für jeden einen Becher Bier zu zapfen. Nur nicht für Johann. Sollte er doch Wasser aus dem Brunnen trinken, wenn ihm das besser schmeckte.

Sie zuckte zusammen und ließ beinahe einen vollen Becher fallen. Johann stand hinter ihr, sie hatte nicht mitbekommen, dass er ihr gefolgt war.

»Ich wollte dir beim Tragen helfen.«

»Himmel, musst du dich so anschleichen?«

Er ging nicht darauf ein, sondern stellte sich neben den Schanktisch, während sie weiter Bier zapfte.

»Woher kennst du die Nonne?«, fragte er.

Aus seiner Stimme klang Anspannung. Unvermittelt begriff Madlen, wie gut er sich vorhin in der Stube verstellt hatte. Er musste Juliana sofort erkannt haben. Madlen drehte sich langsam zu ihm um, in jeder Hand einen schäumenden Becher.

»Beginen sind keine Nonnen«, sagte sie.

»Das war nicht meine Frage.« Es klang schroff.

Madlen ließ ihn nicht aus den Augen. »Sie kam vor drei Jahren das erste Mal zu uns, als mein Vater krank wurde, und sie pflegte ihn, bis er starb. Seither kommt sie regelmäßig, um nach Großvaters Bein zu sehen. Und sie hat sich sehr liebevoll um mich gekümmert, als letztes Jahr mein Mann ermordet wurde.«

»Was weißt du über sie? Woher kommt sie?«

Es war an der Zeit, ihm reinen Wein einzuschenken.

»Sie hat vor vielen Jahren ihr Gedächtnis verloren und es nie wiedergefunden. Sie weiß nichts mehr über ihre Kindheit. Die

Beginen nahmen sie auf, und sie gab sich den Namen Juliana.« Mit verengten Augen musterte sie ihn. »Sie ist es, oder? Sie ist deine Schwester.«

»Warum hast du mir verschwiegen, dass du sie kennst?«, fragte er zurück. Er trat einen Schritt vor, und instinktiv wollte sie zurückweichen, doch er nahm ihr nur die beiden vollen Becher aus der Hand und erwiderte ihren Blick. In seinen Augen lag ein Ausdruck von Leid und Sorge, Regungen, die sie bisher noch nie an ihm wahrgenommen hatte, obwohl ihm doch so übel mitgespielt worden war.

»Ich wusste nicht, was du für ein Mensch bist«, sagte sie einfach. »Woher wollte ich wissen, ob du wirklich ihr Bruder bist? Du hättest ihr Feind sein können. Einer von denen, die ihr das angetan haben.«

»Die ihr *was* angetan haben?«

»Furchtbare Dinge, an denen sie beinahe gestorben wäre.«

Der Becher in seiner Rechten zerbrach, das Bier floss über seine Hand, während die Holzstücke zu Boden fielen. Sein Gesicht war versteinert. »Was ist ihr widerfahren?«

»Johann, bitte«, sagte sie hilflos. Zum ersten Mal sprach sie ihn direkt mit Namen an, obwohl sie allein waren und niemand sie belauschte. Sie musste keinem was vorspielen, es wäre überhaupt nicht nötig gewesen, und trotzdem hatte sie es getan. Es war unbewusst geschehen, sie hatte es gar nicht vorgehabt, und kaum, dass das Wort über ihre Lippen war, hätte sie es gern zurückgenommen, denn es erschien ihr von ungewohnter und unangebrachter Intimität. Seinen Namen zu sagen und ihm dabei ins Gesicht zu blicken schuf eine seltsame Vertrautheit zwischen ihnen, die Madlen durcheinanderbrachte. Sie wollte das nicht, es ging ihr zu weit.

»Bitte *was*?«, fragte er ablehnend.

»Bitte quäl dich nicht damit. Und vor allem: Quäl *sie* nicht damit! Gut, sie mag deine Schwester sein, aber du hast selbst gesehen, dass sie sich nicht an dich erinnert. Sie hat dich nicht wiedererkannt, weder neulich, als sie dich gepflegt hat, noch heute, obwohl du wieder aussiehst wie du selbst. Sie weiß nicht, wer du bist. Auch ihren Namen kennt sie nicht. An jenem Tag, als du das erste Mal hier warst und mich nach ihr fragtest, habe ich sie gefragt, was ihr der Name Blithildis sagt. Es hat sie überhaupt nicht berührt, Johann.« Da, schon wieder hatte sie es getan. Madlen biss sich auf die Lippe, dann hob sie den Kopf und fuhr mit leidenschaftlicher Eindringlichkeit fort: »Das alles ist sehr lange her. Ich möchte nicht, dass du versuchst, das Schreckliche wieder hervorzuzerren, denn das tut ihr weh und macht ihr Angst. Sie hat bei den Beginen ein gutes Leben und ist glücklich mit dem, was sie tut. Ihre Vergangenheit ist vorbei und vergessen. Keinem ist geholfen, wenn du darin herumwühlst.«

»Sie war dreizehn, als ich von ihr Abschied nahm«, sagte er. Seine Stimme war leise und klang tonlos. »Sie war ein fröhliches, immer zu Späßen aufgelegtes Mädchen. Sie lachte viel, und sie liebte die Musik. Sie spielte mit großer Freude die Leier und sang dazu. Ihre Stimme war wundervoll. Sie hatte eine Katze namens Nocturne. Wir alle liebten sie, sie war in unserer Familie die Sonne am Himmel.«

Madlen konnte kaum atmen, als er von seiner Schwester sprach. Etwas schien an ihrem Inneren zu zerren und hinauszuwollen, und erst, als sie die Nässe auf ihren Wangen spürte, erkannte sie, dass es Kummer war. Ein Teil davon war ihr eigener Schmerz, über das, was sie selbst verloren hatte. Liebe, Familie, Geborgenheit. Das Gefühl von Zusammengehörigkeit.

»Ich war damals fünfzehn und zog ins Heilige Land, zu einem Krieg, der mir so leuchtend und schön erschien wie das Kreuz des Erlösers, in dessen Namen wir aufbrachen. Blithildis winkte mir zu, als wir davonritten. Seitdem habe ich sie nicht wiedergesehen. Bis vor einer Viertelstunde. Sie ist alles, was mir von früher geblieben ist. Doch ich bin ein Fremder für sie.«

Diese bitteren Worte wühlten Madlen noch mehr auf. Ohne nachzudenken, legte sie die Hand auf seine Brust, wobei sie selbst nicht wusste, ob sie ihm mit dieser Geste Trost spenden oder ihm einfach nur das Gefühl vermitteln wollte, dass er nicht allein war und dass jemand zu ihm hielt.

»Vielleicht …«, begann sie, stockte dann aber verzagt, weil sie nicht wusste, wie sie ihre Gedanken in Worte kleiden sollte. Sie wusste ja nicht einmal genau, was sie denken sollte. Vielleicht würde seine Schwester sich ja doch wieder erinnern, irgendwann. Vielleicht war es aber auch besser, gar nicht erst an die Vergangenheit zu rühren.

Johann legte seine vom Bier nasse Hand auf die ihre und drückte sie gegen seine Brust. Unter ihren Fingern fühlte sie sein Herz pochen, es schlug kräftig und stetig, und dabei sah er sie unentwegt an. Seine Miene war undurchdringlich, aber in seinen Augen glaubte sie eine vage Sehnsucht zu erkennen. Unvermittelt stieg eine Wärme in Madlen auf, die ihr Angst einjagte. Zögernd zog sie ihre Hand unter der seinen heraus und senkte den Blick.

»Was wirst du tun?«, fragte sie.

»Ich weiß es nicht.«

Sie kehrten gemeinsam ins Haus zurück, Johann half ihr beim Tragen. Als sie die Stube betraten, war Juliana gegangen.

Sie hatte sich unter einem Vorwand aufgemacht. Eben sei ihr eingefallen, dass sie noch dringend nach einer Wöchnerin am Malzbüchel sehen müsse, hatte sie Cuntz erklärt, und dann war sie mit einer Eile aufgebrochen, die sie selbst beunruhigend fand. Von plötzlicher Rastlosigkeit erfüllt, hatte sie keinen Moment länger bleiben können, obwohl ihr bewusst war, wie unhöflich sie sich benahm. Irmla hatte bereits Brot geholt, dazu ein Brett mit aromatisch duftendem Käse und einen Topf mit süßem Apfelkompott. Cuntz hatte ihr seine neue Schnitzarbeit gezeigt und von dem Hausarmen erzählt, der neuerdings bei ihnen lebte. Unter anderen Umständen wäre Juliana gespannt darauf gewesen, diesen Menschen kennenzulernen, der offenbar hier bei allen wohlgelitten war. Doch die seltsame Unruhe trieb sie fort, sie musste das Haus verlassen, weil das schleichende, nagende Gefühl einer nahen Bedrohung sonst unerträglich geworden wäre.

Ihr Atem kam stoßweise, als sie im Laufschritt die Schildergasse hinabeilte. Es war warm, der Frühling hatte mit Macht eingesetzt und brachte bereits die ersten Blüten hervor. Ein lauer Wind streifte ihr Gesicht, die Sonne schien kräftig, sodass sie unter ihrer Tunika zu schwitzen begann. Ihre Hand tastete über das Gewand, bis sie die Umrisse des Kreuzes unter ihren Fingerspitzen fühlte. Doch der sonst so tröstliche Anhänger schien sie noch mehr aufzuwühlen, rasch ließ sie ihn los und suchte stattdessen in ihrer Gürteltasche nach dem geschnitzten Abbild der heiligen Magdalena. Eigentlich war es zu groß, um es mit sich herumzutragen, doch Juliana konnte sich nicht davon trennen. Es war aus einem leichten Holz gemacht, vielleicht Birnbaum, sie spürte das Gewicht kaum.

Sie murmelte Gebete vor sich hin, ohne darüber nachzudenken, was sie sagte. Es schien nur darum zu gehen, dass sie überhaupt etwas sagte, irgendwelche Worte, die sie von der Verzweiflung ablenkten, die sie mit einem Mal empfand. Sie musste nur beten, dann wurde ihr Kopf leer und ihr Herz weit. Sie würde wieder richtig atmen und normal gehen können, statt zu rennen und damit die Blicke der Leute auf sich zu ziehen.

Doch sie konnte ihre Schritte nicht verlangsamen, sie musste laufen. Davonlaufen. Der Atem brannte ihr in den Lungen, ihr Gewand flatterte und schlug ihr bei jedem Schritt um die Knie, doch sie hielt nicht inne, bis sie den Konvent in der Glockengasse erreicht hatte.

Ich hätte es ihm nicht sagen dürfen, durchfuhr es sie unvermittelt. Jetzt weiß er, wo ich wohne. O Gott, was habe ich getan? Er wird … er wird … Ich werde … Sie hob die Hände und presste sie sich gegen die Schläfen, als könnte sie auf diese Weise ihren Kopf zwingen, sofort mit dem Denken aufzuhören. »Heilige Magdalena, hilf mir!« Und diesmal half sie endlich. Juliana wurde ruhig, ihr Geist klärte sich wieder, ihr eben noch in

Auflösung begriffenes Leben setzte sich wieder zu einem stabilen Ganzen zusammen. Es gab keine Gefahren, alles war in Ordnung. Die Sonne streute ihr sanftes Licht auf den lehmigen Weg zu ihren Füßen, die Mauer, die den Konvent zur Gasse hin abschirmte, war von tröstlicher, festgefügter Verlässlichkeit. Sie hätte sich nicht allein auf den Weg machen dürfen, das war ein Fehler gewesen. Die Meisterin predigte es ihnen immer wieder. Geht nur zu zweit, dann seid ihr sicherer. Juliana würde nie wieder gegen diese Regel verstoßen, auch wenn der Besuch noch so harmlos und der Sonntag noch so sonnig war.

Sie klopfte an die Pforte und wartete, bis ihr aufgetan wurde. Als sie ins Haus ging und ihre Kammer aufsuchte, war sie innerlich und äußerlich vollkommen ruhig. Sie legte sich auf ihr Bett, weil sie so erschöpft war wie seit Langem nicht. Ein weiterer Fehler, sie hätte nicht so rennen dürfen. Schlaf senkte sich über sie, die Augen fielen ihr zu. Das Gefühl, einer schlimmen Gefahr knapp entronnen zu sein, war zu beruhigend, um es zu hinterfragen, obwohl ihr in einem winzigen Winkel ihres Verstandes klar war, wie seltsam diese Empfindung war, denn niemand hatte ihr etwas Böses getan, keiner hatte sie bedroht. Eine Stimme in ihrem Inneren wollte sie etwas fragen, doch Juliana wusste, dass sie diese Frage nicht ertragen konnte, also brachte sie die Stimme mit einem weiteren Gebet zum Schweigen. Diesmal war es ganz leicht, weil der Schlaf so nah war und sie so müde. Bereitwillig ergab sie sich der immer stärker werdenden Mattigkeit und ließ sich hinabziehen in das Dunkel des Vergessens.

Johann blieb nicht im Haus. Er sei, so sagte er, mit seinen Berechnungen noch nicht fertig und wolle daher wieder zurück in die Braustube. Madlens Frage, was genau er denn dort noch zu berechnen habe, beantwortete er mit einem stummen Achselzucken. Sie erkannte, dass er einfach nur allein sein wollte und ließ ihn in Frieden. Etwas später ging sie auf den

Hof, um den Hund zu füttern. Die Tür zum Sudhaus stand offen, wie immer an schönen Tagen, doch von Johann war nichts zu sehen. Sie ging hinein und sah sich um, sie stieg sogar zur Tenne und zum Dachboden hoch, doch er war nicht da. Sie schaute auf dem Abtritt nach, dann ging sie in den Garten und rief nach ihm, aber es kam keine Antwort. Im Schuppen war er ebenfalls nicht, dafür erblickte sie dort Veit, der auf seinem Strohsack lag, die Arme über der Brust verschränkt und die Augen geschlossen. Madlen wollte sich leise wieder zurückziehen, doch Veit richtete sich bereits auf.

»Bist du das, Madlen?«

»Es tut mir leid, ich wollte dich nicht stören.«

»Du störst mich niemals. Was ist geschehen? Ich hörte, wie du nach Johann riefst. Ist er nicht da? Du klingst besorgt.«

Das war sie tatsächlich. Sie fürchtete, dass Johann ihre Bitte in den Wind geschlagen hatte und Juliana zum Konvent gefolgt war. Es war ihre Schuld! Sie hätte es verhindern müssen! Kurz zog sie in Erwägung, in die Glockengasse zu gehen, um nach dem Rechten zu sehen, doch dann verwarf sie diesen Gedanken wieder. Wenn Johann Juliana wiedersehen wollte, war es nicht zu verhindern. Er würde Mittel und Wege finden, sei es nun heute oder an einem beliebigen anderen Tag.

Geistesabwesend setzte Madlen sich neben Veit nieder. Der Schuppen war sauber, der Boden zwischen dem Strohlager und dem Pferdegatter gekehrt. Hier hatte Irmla ganze Arbeit geleistet. Es roch angenehm nach trockenem Heu, staubigem Sackleinen, altem Leder, frischem Hafer und Pferd. Madlen mochte den Geruch, sie hatte sich schon als Kind immer gern hier aufgehalten und dem Pferd Geschichten erzählt.

So wie Veit seine Geschichten aus dem Morgenland zum Besten gab, hatte sie als kleines Mädchen hier gesessen und Fabeln ersonnen, und weil sonst niemand da war, dem sie ihre phantastischen Erzählungen hatte präsentieren können, war das Pferd ihr Zuhörer gewesen.

»Woran denkst du?«, fragte Veit.

Sie wandte sich zu ihm um. Sein offenes Gesicht mit den leuchtend blauen Augen war ihr zugewandt. Es war ein ebenmäßiges männliches Antlitz, das sie entfernt an Konrad erinnerte. Die Ähnlichkeit lag jedoch weniger im Äußerlichen begründet als vielmehr im Gesichtsausdruck, und der wiederum bestimmte sich nach dem Gemüt. Veits Art zu lächeln, seine lebensbejahende Fröhlichkeit, gewisse unbekümmerte Gesten beim Sprechen – in seinem ganzen Wesen gab es einiges, worin er Konrad glich.

Madlen zog die Knie an und umschlang sie mit den Armen. »Ich dachte gerade daran, dass ich als Kind gern hier hockte und mich mit dem Pferd unterhalten habe.«

Veit grinste. »Was hast du zu ihm gesagt?«

»Alles Mögliche. Ich habe mir Geschichten ausgedacht und sie ihm erzählt.« Sie kicherte unterdrückt. »Ähnliche Geschichten, wie du sie erzählst. Nur noch viel phantastischer. Von geflügelten Drachen, edlen Rittern, wunderschönen Königstöchtern und goldenen Feen, die alle Wünsche erfüllen. Das Pferd hat mir sehr geduldig gelauscht, es war ganz Ohr. Nur ab und zu steckte es den Kopf in den Hafersack oder äpfelte ausgiebig.«

Veit lachte. »Das klingt, als hättest du sehr anregend erzählt.«

Madlen fiel in sein Lachen ein. Sie lauschte dem Klang ihres und seines Gelächters nach. Mit einem Mal schien einiges von der Schwere, die eben noch auf ihr gelastet hatte, verschwunden zu sein. Veit stellte das mit einem an, es war eine Gottesgabe. Er nahm den Menschen, mit denen er zu tun hatte, den Kummer, oder doch wenigstens einen Teil davon. Ob er das auch für Johann getan hatte? Madlen hatte längst bemerkt, dass die beiden sich nicht nur aufgrund einer flüchtigen, zufälligen Begegnung kannten, sondern einander seit Langem verbunden waren. Sie hatte sie beobachtet, wenn sie während der Mahlzeiten oder nach getaner Arbeit zusammen in der Stube am Tisch saßen, oder auch, wenn Johann zu Veit in den Schuppen ging, um nach ihm zu sehen. Die zwei wechselten nicht viele Worte, aber das war auch gar nicht nötig. Allein die Art, wie Johann Veit bei allen nur denkbaren Verrichtungen unterstützte, sagte alles. Die Selbstverständlichkeit, mit der er ihm einen Becher Bier zuschob oder ein Stück Brot reichte, die Behutsamkeit, mit der er ihn die ersten Male über den Hof zum Abtritt geführt und ihm erklärt hatte, was sich in den Nebengebäuden befand und was er von der Nachbarin zu erwarten hatte – das alles fügte sich zu einem Bild tiefer, vertrauter Freundschaft.

»Du und Johann, ihr wart zusammen im Krieg, oder?«, fragte sie unumwunden.

Er nickte. »Es war nicht schwer, das herauszufinden, oder?«

»Er hat selbst davon gesprochen. Du habest ihm das Leben gerettet.«

»Oh, das. Nein, eher ist es umgekehrt richtig. Es gäbe mich wohl nicht mehr, wenn er mich nicht vom Schlachtfeld aufgesammelt hätte. Oder zumindest hätte ich mehr verloren als mein Sehvermögen und das hier.« Er hob seinen Armstumpf, der jetzt frisch verbunden war. Madlen hatte ihn mit der Salbe bestrichen, die Juliana für Cuntz dagelassen hatte, Veit meinte, es habe ihm bereits gut geholfen.

»Was hat er denn dann gemeint?«

»Man hatte ihn eingekerkert, und ich habe dazu beigetragen, dass er freikam.«

»Erzähl mir davon!«, bat sie.

»Was weißt du über den Kreuzzug, Madlen?«, fragte er.

Sie zuckte die Achseln. »Nicht viel. Jerusalem ging verloren, der Kampf war vergebens.«

»Das ist treffend zusammengefasst. Es gab schreckliche Schlachten, in denen Zehntausende starben, in Alexandria und in Syria. Am schlimmsten war die Schlacht von Al-Mansura am Nil. Nach zahlreichen Angriffen, Gegenangriffen, Belagerungen und fehlgeschlagenen Verhandlungen musste sich unser Heer nach Damiette zurückziehen, dort gerieten wir alle in Gefangenschaft.« Veits sonst so heiteres Gesicht verlor jeden Ausdruck. »Viele von uns wurden anschließend … exekutiert. Nur wenige blieben übrig.«

Hinter diesen lapidaren Worten musste mehr stecken, das Leid und die Schrecknisse der Vergangenheit schienen mit einem Mal nur einen Schritt entfernt zu sein, auch ohne dass Veit davon berichtete.

»Im Zuge dieser ganzen Wirren wurden Johann und ich getrennt. Es gelang dem König, mit dem Sultan einen Lösegeldvertrag auszuhandeln, ich war unter den Ersten, die freigelassen und seinem Gefolge überstellt wurden. Johann schmorte weiter im Kerker, der Sultan wollte für die Freilassung der übrigen Kreuzfahrer mehr Geld. Es gab nur eine Möglichkeit, den Verhandlungen eine günstige Wende zu geben: Der Sultan musste sterben. Und freundlicherweise tat er es, obwohl dabei nachgeholfen werden musste.«

Madlen verfolgte jede Regung in seinem Gesicht. »Hattest du damit zu tun?«

»Sagen wir, ich hatte einen bestimmten Anteil daran. Mehr als reden konnte ich damals nicht, ich war noch geschwächt von den Folgen meiner Verletzung. Doch im Krieg ist es ja oft so, dass die wichtigsten Schlachten nicht auf dem Feld geschlagen werden, sondern bei heimlichen Absprachen hinter den Fronten. Ich kannte einige einflussreiche Mamelucken, die bereit waren, sich mit dem König gegen den Sultan zu verbünden, doch ich tat nicht mehr, als die richtigen Männer für diesen Plan zusammenzubringen. So verlor der Sultan sein Leben, und Johann kam frei, zusammen mit ein paar anderen. Gerade noch rechtzeitig, denn die meisten von denen, die man mit ihm zusammen in diesem elenden Loch eingesperrt hatte, waren schon tot.« Veit hielt inne und schloss die Augen, als wollte er Erinnerungsbilder bannen, die er trotz seiner Blindheit noch sehen konnte. »Der Krieg war damit längst entschieden, viele kehrten heim. Doch wir hatten Ludwig den Treueeid geschworen und blieben daher bei ihm. Er hatte uns nicht im Stich gelassen, und umgekehrt galt dasselbe. Es gab noch einige Schlachten, eine vage Hoffnung, Jerusalem doch noch zu befreien, doch alle Versuche schlugen fehl. Schließlich reiste der König ab, zurück nach Frankreich, vorübergehend, wie es zunächst hieß. Johann und ich blieben danach noch zwei Jahre in Palästina, zuerst in Jaffa, dann in Akkon, wo Johann dem Seneschall des Königs bis zu dessen Rückkehr als Ritter dienen wollte. In einem weiteren Kampf gelang es, den feindlichen Statthalter von Jerusalem zu töten, doch die Eroberung der Stadt rückte dadurch keinen Schritt näher. Der König schickte zwar Geld, aber er blieb in Frankreich. Die Sache, um derentwillen wir einst unsere Heimat verlassen hatten – es gab sie nicht mehr. Alles hatte sich in sinnlosen Scharmützeln verzettelt, in denen jeder gegen jeden kämpfte, sogar Christen gegen Christen. Vor vier Jahren hatte Johann endgültig die Nase voll, wir kehrten dem Heiligen Land den Rücken.«

»Wie kam es, dass ihr anschließend noch drei Jahre in einem bayerischen Kloster gelebt habt?«

»Das war gewissermaßen meine Schuld«, sagte Veit. »Ich fiel unglücklich und brach mir ein Bein. Die Mönche kümmerten sich um mich, sie hatten einen recht guten Knochenflicker, und so fanden wir Aufnahme bei den Augustinern. Die Verletzung heilte problemlos, ich merke heute nichts mehr davon. Aber kaum konnte ich damals wieder die ersten humpelnden Schritte tun, wurde ich von einem Fieber niedergeworfen. Dann kam ein langer, harter Winter, in dem ich mich mit den Folgen jenes Fiebers herumplagen musste und Johann eine Weiterreise nicht riskieren wollte. Während dieses Winters lernte Johann Grete kennen.«

»Grete? Du meinst, es gab da in Bayern eine Frau?«

Veit nickte. »Johann hat sich in sie verliebt.«

Die Worte versetzten Madlen einen Stich, es kam ihr so vor, als sei sie mit voller Absicht getäuscht worden, obwohl das absurd war. Schließlich hatte Johann sich keineswegs danach gedrängt, sie zu heiraten, er hatte es ja nicht einmal mitbekommen. Davon abgesehen führten sie sowieso keine richtige Ehe, alles lief darauf hinaus, dass er bald weiterzog und sie selbst unbehelligt ihr angestammtes Leben fortsetzen konnte.

Madlen griff sich eine Handvoll Strohhalme und fing an, sie zu zerrupfen. »Wer war die Frau?«

»Grete war eine jüdische Witwe holländischer Herkunft. Sie hatte einen sechzehnjährigen Sohn.«

»Dann war sie schon alt«, sagte Madlen erstaunt.

Veit lächelte verhalten. »Nur drei Jahre älter als Johann. Als er sie kennenlernte, war sie kaum dreißig. Und ich übertreibe nicht, wenn ich sage, dass sie eine Schönheit war. Ihr Sohn hielt sich bei ihrem Bruder in Amsterdam auf, um dort den Tuchhandel zu erlernen. Alle Treffen zwischen ihr und Johann fanden heimlich statt, es sollte nicht ruchbar werden. Als Gretes Sohn zurückkam, war die Beziehung zu Ende. Sie wollte es so, es war eine klare Abmachung. Eine Ehe mit einem Andersgläubigen kam für sie nicht in Betracht, und sie wollte ihrem Sohn keinen Stiefvater zumuten.«

Das weckte in Madlen einen Hauch von Entrüstung. »Sie haben es so *abgemacht*? Ihr Sohn kommt zurück und sie schickt Johann zum Teufel? Er war für diese Grete also nur eine willkommene Abwechslung?!«

»Nun ja, umgekehrt galt vermutlich dasselbe.«

Madlen zerknickte die Strohhalme in ihrer Hand. Am liebsten hätte sie sich selbst geohrfeigt. Wieso machte sie sich Gedanken darüber, ob eine fremde Frau Johann zu ihrem Spielzeug erkor, wenn er es doch offensichtlich gar nicht anders wollte, ja, es sogar genoss?

»Ein paar Wochen lang war er ziemlich niedergeschlagen«, fuhr Veit fort.

Gut so, dachte Madlen.

»Aber er ist jemand, der sich immer an seine Abmachungen hält«, schloss Veit.

Zum Glück, sagte Madlen sich. Dann kann ich mich wenigstens darauf verlassen, dass er auch unsere Abmachung befolgt und bald von hier verschwindet.

Trotzig griff sie nach weiteren Strohhalmen.

Das Pferd schnaubte. In einer Aufwallung von Ruhelosigkeit erhob Madlen sich und ging hinüber zum Gatter. Über die Schulter sagte sie zu Veit: »Deine Geschichte war gut. Der Gaul hat den ganzen Hafersack leer gefressen.«

Als keine Antwort kam, wandte sie sich zu ihm um. Der heitere Ausdruck, den er sonst immer zur Schau trug, war besorgter Nachdenklichkeit gewichen.

»Im Haus gibt es frisches Bier und Essen, du solltest auch gleich rüberkommen«, sagte sie, dann verließ sie hastig den Stall.

Die Glocken läuteten zur Komplet, als Johann zurückkehrte. Madlen, die mit Cuntz am Tisch saß und unter gelegentlichen stummen Flüchen bei Kerzenlicht einen eingerissenen Rocksaum flickte, tat so, als sei es ihr völlig einerlei, wo er gewesen war. Doch als er kommentarlos die Stiege hinaufkletterte und in seiner Kammer verschwand, warf sie die verhasste Näharbeit zur Seite und stand auf. Sie holte Käse und Brot aus der Speisekammer, richtete beides zusammen mit einem Apfel auf einem Brett an und füllte nach einigem Nachdenken auch noch einen Becher mit Apfelmost. Sie trug das verspätete Vespermahl nach oben und stieß mit der Schulter die Tür zu Johanns Kammer auf. Er fuhr überrascht zu ihr herum, und beinahe hätte sie alles fallen lassen. Er hatte sich bis auf die Bruche entkleidet. Im Licht der Kerze, die auf dem Schemel neben dem Bett brannte, erschien Madlen seine Gestalt wie die eines urtümlichen Kriegers, die Muskeln vom vielen Reiten und vom Schwertkampf gestählt, die Haut vernarbt und immer noch von den Schlägen der Schergen verfärbt. Seine Miene war ernst, und für einen Augenblick glaubte Madlen Zorn in seinem Blick wahrzunehmen. Sie bekämpfte die Furcht, die sie anfliegen wollte, mit allem ihr zu Gebote stehenden Trotz.

»Du warst beim Essen nicht da«, sagte sie knapp. »Ich habe dir deinen Teil aufgehoben. Hier ist er.«

Er kam auf sie zu, was Madlen um ein Haar veranlasst hätte, vor ihm zurückzuweichen, doch das wäre angesichts ihrer Vorsätze ebenso dämlich wie feige gewesen.

Dicht vor ihr blieb er stehen, und wieder fühlte sie den Drang zu fliehen, doch auf eine Weise, die mit Angst nichts zu tun hatte. Unwillkürlich fragte sie sich, ob er wohl auch so vor dieser Grete gestanden hatte. Ob ihr gefallen hatte, was sie sah? Die breite Brust. Die massiven Schenkel, die mit ebenso vielen Narben übersät waren wie der Oberkörper. Die sehnigen Füße, die so fest auf dem Boden standen, als könne auch meilenweites Laufen sie nicht ermüden.

Ob Grete auch seinen Geruch eingesogen hatte, diese unverwechselbare Ausdünstung nach Mann? Wie er wohl im Bett war, eher sanft und zärtlich, oder holte er sich einfach was er wollte, heftig und grob und ohne Rücksicht auf die Empfindungen der Frau?

Johann nahm ihr das Brett mit dem Essen und den Becher aus den Händen. Er trank einen Schluck, ohne Madlen dabei aus den Augen zu lassen. Seine Blicke bannten sie und machten ihr unmöglich, sich zu bewegen. Nur ihre Brust hob und senkte sich heftig. Ihr Atem klang in ihren eigenen Ohren viel zu laut.

Nur mit Mühe entsann sie sich, warum sie ihm überhaupt das Essen gebracht hatte. Ganz sicher nicht, um ihn zu füttern, dazu war er bestens allein imstande.

Sie räusperte sich, dann fragte sie rundheraus: »Warst du in der Glockengasse?«

Er zögerte, dann nickte er langsam.

»Hast du … hast du mit Juliana gesprochen?«

»Nein. Ich war nur dort, weil ich wissen wollte, wo sie lebt. Ob sie es gut hat.«

»Es ist ein ordentlicher Konvent. Ich war selbst schon da. Ein sauberes, schönes Haus. Jede Begine hat eine eigene Kammer. Sie haben einen wunderbaren Garten, in dem sie nicht nur Gemüse und Obst, sondern auch Blumen anpflanzen. Juliana ist glücklich dort, das weiß ich.«

»Du hast sie wohl gern, oder?«

»Sehr. Sie ist meine beste Freundin. Ich kann mit ihr über alles sprechen.«

»Auch über mich?«

Sie merkte, wie sie rot wurde und schüttelte widerwillig den Kopf. Wieder wurde sie sich bewusst, dass er fast nackt war. Sie war nicht schamhaft, und er war es gewiss auch nicht, doch ihm in dieser engen Kammer so dicht gegenüberzustehen und dabei gelassen dreinzuschauen erforderte einige Anstrengung.

»Was hast du ihr erzählt?«, wollte er wissen.

»Was meinst du?«, fragte sie verwirrt. Sie merkte, dass sie auf seine Brust gestarrt hatte. Rasch senkte sie den Blick auf die Bodendielen.

Er erweiterte seine Frage. »Was hast du zu ihr gesagt, wie du auf einmal an einen neuen Ehemann gekommen bist?«

»Dasselbe, was ich auch den anderen gesagt habe.« Es war ja nicht einmal die Unwahrheit – Johann war zum Tode verurteilt worden, und er war Brauer und daher ein geeigneter Ehemann. Sie hatte ein Leben retten können und hatte es getan. Das waren die entscheidenden Gründe. Alles Weitere, etwa ihre Absprache mit Johann oder die Wahrheit über seine Begnadigung – bei der, wie Madlen nachträglich gehört hatte, sogar der Erzbischof persönlich die Hand im Spiel gehabt haben sollte –, spielte keine Rolle. Wozu hätte sie Juliana mit solchen beunruhigenden Einzelheiten belasten sollen? Zumal sie ihr dann folgerichtig auch hätte erzählen müssen, dass Johann von Bergerhausen ihr Bruder war.

Er stellte den Becher weg, ergriff den Apfel und biss mit seinen kräftigen Zähnen hinein. Ein winziger Saftspritzer traf Madlen an der Lippe, sie leckte ihn unwillkürlich weg. Sein Blick heftete sich auf ihre Zungenspitze, und Madlen musste die Hände ineinander verschränken, um ihr plötzliches Zittern zu verbergen. Die Luft zwischen ihnen schien mit einem Mal zum Schneiden dick zu sein. Madlen konnte kaum noch atmen. Sie musste schnell hier raus, so viel stand fest. Zeit, ihr letztes

Anliegen zur Sprache zu bringen, beim nächsten Mal fand sie vielleicht nicht mehr den Mut dafür.

»Ich … ich möchte dich um einen Gefallen bitten«, platzte sie heraus.

»Was immer du willst, Madlen.« Seine Stimme klang rau, in ihrem Nacken stellten sich winzige Härchen auf. Seine Blicke wanderten über ihren Körper. Madlen meinte, sie förmlich auf ihrer Haut zu spüren, es war wie ein vorsichtiges Abtasten.

»Ich will das Schreiben und Lesen von Zahlen und Wörtern lernen. Kannst du es mir beibringen?«

Ehrliche Verblüffung zeichnete sich in seinem Gesicht ab. »Nun ja. Das kommt ganz darauf an.«

»Worauf?«, wollte sie misstrauisch wissen. »Willst du dafür was haben?«

Irritiert hob er die vernarbte Braue. »Das ist Unsinn, denn dann wäre es ja kein Gefallen. Nein, ich meinte Folgendes: Es kommt darauf an, wie viel Zeit du dir dafür nehmen willst.«

»Würde es denn sehr lange dauern?«

Er lächelte flüchtig. »Von heute auf morgen lernt man es gewiss nicht. Ich habe Jahre gebraucht und war für meinen Lehrer eine echte Plage.«

Ihr sank das Herz. Dann würde sie es nie lernen!

»Du könntest es sicher viel schneller schaffen«, fuhr er fort. »Wenn man es wirklich will und nebenher übt, kann man es in ein paar Monaten beherrschen. Vielleicht nicht vollständig, aber doch genug, um einfache Texte lesen und verstehen zu können.«

»Und die Zahlen?«

»Da ist es ähnlich. Die römischen Ziffern lassen sich etwas leichter lernen, aber rechnen lässt es sich besser mit den arabischen, vor allem im Kopf.«

»Dann will ich die arabischen lernen«, erklärte sie sofort.

»Von höherer Mathematik verstehe ich nicht viel. Ich kann dir nur einfache Rechenarten beibringen.«

Sie nickte bereitwillig. »Das würde mir reichen. Wir könnten uns immer sonntags und montags zusammensetzen, dann haben wir keinen Schankbetrieb. Können wir gleich morgen nach der Arbeit anfangen?«

»Meinetwegen schon heute. Schließlich ist Sonntag.«

Sie wagte einen kurzen Blick auf seine nackte Brust. »Lieber morgen.«

Am folgenden Morgen, kurz nach dem Terzläuten, stand Johann in der Glockengasse, in Sichtweite des Beginenkonvents. Er wusste, dass er, indem er hier auf das Erscheinen seiner Schwester wartete, Madlen in gewisser Weise täuschte. Sie ging stillschweigend davon aus, dass es ihm reichte, Blithildis sicher untergebracht zu wissen, sodass er darauf verzichten würde, seine Schwester wiedersehen zu wollen, mit Rücksicht auf deren Seelenzustand. Doch das hatte er mitnichten vor, es war das schlichte Gegenteil von dem, was er wollte. Natürlich widerstrebte es ihm zutiefst, Blithildis in irgendeiner Form Ungemach zu bereiten, denn nach allem, was Madlen angedeutet hatte, war ihr genug Leid widerfahren. Madlen hatte nicht mit Einzelheiten herausrücken wollen, und er war deswegen nicht in sie gedrungen, weil es nur wieder ihren Unwillen erregt hätte – sie war ja strikt dagegen, dass er Blithildis wiedersah, daher musste er sich nach ihrem Dafürhalten auch nicht mit den schlimmen Einzelheiten belasten. Ihr fürsorgliches Bestreben, den Mantel des Vergessens über die Vergangenheit breiten zu wollen, rührte ihn eher, als dass es ihn störte, denn er würde das, was er wissen musste, auf anderem Wege herausfinden. Für den Anfang hatte ihm bereits Irmla weitergeholfen. Schon ein paar beiläufige Fragen von Johann hatten gereicht, sie hatte nach dem Morgenmahl alle möglichen wissenswerten Einzelheiten ausgeplaudert. Etwa, dass Juliana immer mit einer Magd ihre Krankenbesuche vornahm, welche wiederum eine sehr gute Freundin von Irmla war. Aus diesem Grund wusste Irmla auch, zu welchen Zeiten Juliana für gewöhnlich zur Arbeit ging.

»O nein, sie muss nicht von Sonnenaufgang bis Sonnenuntergang arbeiten, die Beginen dieses Konvents führen ein wirklich angenehmes Leben. Meist machen sie sich erst beim Terzläuten auf den Weg.« Irmlas verdrießlicher Ton ließ vermuten, dass sie diese Verlautbarung gern in Madlens Anwesenheit losgeworden wäre, doch die war bereits seit dem Morgengrauen in der Braustube zugange.

Er betrachtete das Gebäude. Es war ein schindelgedecktes, zweistöckiges Haus, das von einer mannshohen Mauer umgeben war, hinter der Obstbäume aufragten. Das Anwesen wirkte solide und strahlte sogar einen gewissen Wohlstand aus. Blithildis hatte es wirklich gut getroffen. Es war nicht mit Burg Bergerhausen zu vergleichen, aber mit ihrem früheren gemeinsamen Elternhaus in der Rheingasse konnte es auf jeden Fall mithalten. Sie hatte gesund ausgesehen, mit klaren Augen, reiner Haut, gepflegten Zähnen. Ihr Haar hatte er nicht gesehen, da es von einer Haube bedeckt gewesen war, doch er konnte es sich gut dazudenken. Eine lange, braune Mähne mit goldenen Glanzlichtern darin, die damals ein reizendes Mädchenantlitz umrahmt hatte. Ihre Züge waren nun reif und fraulich, um die Augen und die Mundwinkel hatten sich Fältchen eingenistet, sie wirkte insgesamt viel melancholischer, dennoch hätte er sie unter Hunderten von Frauen wiedererkannt. Die fünfzehn Jahre seit seinem Aufbruch hatten sie trotz der ihr zugestoßenen Schrecknisse nicht so stark verändern können wie ihn selbst. Schon damals war sie von hohem, elegantem Wuchs gewesen, hatte sich auf diese geschmeidige und zugleich sparsame Weise bewegt, hatte den Kopf in einem bestimmten Winkel geneigt, wenn etwas sie irritierte.

Johann verlagerte sein Gewicht ein wenig, weil das Sitzen auf dem Handkarren nicht sonderlich bequem war. Er hatte ein paar Säcke Hafer, einen Beutel mit getrocknetem Hopfen sowie ein Fässchen Pech auf dem Markt besorgt; dafür hatte es sich nicht gelohnt, das Fuhrwerk aus dem Wagenhaus zu holen und den Gaul anzuschirren.

Lange konnte er nicht mehr hierbleiben, Madlen würde sich bald fragen, wo er steckte. Falls er heute kein Glück hatte, würde er es an einem anderen Tag erneut versuchen, auch auf die Gefahr hin, damit Madlens Unwillen zu erregen. Sie war leicht aus der Ruhe zu bringen, wenn etwas nicht nach ihrem Kopf ging, dazu reichte es schon, wenn er ein paar Stunden außer Haus war.

»Das kommt daher, dass sie sich sorgt, du könntest dich einfach ohne ein Wort davonmachen«, hatte Veit ihm zu bedenken gegeben. »Dann würde sie vor der Bruderschaft dumm dastehen.«

Da mochte was dran sein, obwohl Johann vermutete, dass ihre oft gewittrige Stimmung eher profanere Ursachen hatte – sie war es ganz einfach gewohnt, dass jedermann ihr gehorchte. Für ein so kleines, zartes Persönchen besaß sie ein erstaunlich tyrannisches Wesen. Johann fragte sich, ob sie ahnte, dass es mit jedem Tag, den sie beide unter einem Dach lebten und arbeiteten, zwischen ihnen schwieriger werden konnte. Nicht in dem Sinne, dass sie stritten oder einander misstrauten. Sondern weil sich zwischen ihnen eine höchst fatale Anziehungskraft entwickelte. Was ihn selbst betraf, so wusste Johann schon seit einer Weile genau, wonach es ihn drängte, und es fiel ihm immer schwerer, es nicht zu tun: Er wollte sie packen und sie küssen und ihr die Kleider vom Leib reißen. Oft am liebsten in solchen Augenblicken, wenn sie wütend war oder sich über irgendwelche Nichtigkeiten ereiferte. Schon wenn er sich ihr nur ein paar Schritte näherte, reichte das aus, um alle möglichen lüsternen Gedanken in ihm zu wecken. Stieg ihm dann noch ihr Geruch in die Nase, jener unverwechselbare Duft aus warmer, verschwitzter Haut, süßen Kräutern und frischem Malz, musste er manchmal den Kopf abwenden, damit nicht jeder sofort merkte, wie sehr sie ihn um den Verstand brachte.

Am Vorabend, als er nur mit der Bruche bekleidet vor ihr gestanden hatte, war es ihm beinahe so vorgekommen, als habe weibliche Bewunderung in ihrem Blick gelegen, vielleicht sogar eine Spur von Begehren, doch waren dies höchstens unbewusste Empfindungen, die gegenüber ihren wirklichen Wünschen nichts bedeuteten. Noch wahrscheinlicher war, dass er es sich nur eingebildet hatte, denn inzwischen wusste er, dass Madlens toter Mann ein Ausbund an männlicher Tugend und jugendlicher Schönheit gewesen war. Irmla hatte ihn erst heute früh ins Bild gesetzt und dabei nicht mit Andeutungen gegeizt, dass er dem teuren Verstorbenen in keiner Hinsicht das Wasser reichen konnte.

»Er war so jung und so schön wie der edelste aller Prinzen, keine einzige Narbe verunzierte sein herrliches Antlitz! Dabei war er zugleich männlich und voller Saft und Kraft! Sie trieben es fast jeden Tag vor dem Einschlafen, auch wenn er vorher stundenlang Fässer geschleppt hatte!«

Weitere Ausführungen hatte sie sich versagt, denn in diesem Moment war Madlen vom Abritt zurückgekehrt, mit der Ankündigung, für den kommenden Abend die Goldgräber bestellen zu wollen, da die Latrinen nun endgültig voll seien, der Gestank sei nicht länger zu ertragen.

Irmlas kurzer Exkurs hatte Johann jedoch vollauf gereicht, um die Dinge wieder im richtigen Licht zu sehen. Für Madlen war allein maßgeblich, dass er sie vor den Einmischungen der übermächtigen Bruderschaft bewahrte, und auch die praktische Seite dieser Übereinkunft war klar geregelt. Sie wollte keinen Mann fürs Bett, sondern seine Hilfe in der Brauerei und neuerdings auch Schulunterricht. Beides sollte sie haben, das schuldete er ihr. Alles andere schlug er sich besser aus dem Kopf.

Das Tor zum Beginenkonvent öffnete sich, zwei grau gekleidete Frauen traten heraus. Eine davon war Blithildis. Johann holte tief Luft, mit einem Mal schien ihm sein Vorhaben falsch und grob. Madlen hatte recht, er durfte seine Schwester nicht mit der Vergangenheit konfrontieren, sie hatte zu viel durchgemacht. Sie führte ein glückliches und zufriedenes Leben, und jeder Versuch, ihre Erinnerungen wieder zu wecken, musste sie zwangsläufig verstören. Während er noch zauderte, kam sie näher. Begleitet wurde sie von einer rundlichen Begine, die einen Kopf kleiner war als sie und fröhlich vor sich hin schwatzte. Blithildis schien nicht richtig hinzuhören, sie wirkte gelangweilt, fast sogar angeödet. Ihr Gesichtsausdruck zeigte, dass sie auf die Gesellschaft der anderen keinen besonderen Wert legte. Dann sah sie Johann an der Ecke stehen, und in ihrer Miene offenbarten sich Erstaunen sowie eine Spur von Furcht. Johann verfluchte sich bereits für seinen Plan, doch da er sich schlecht in Luft auflösen konnte, blieb er stehen und wartete, bis sie näher gekommen war. Nachdem sie ihn bereits bei ihrer besten Freundin als deren neuen Ehemann kennengelernt hatte, war es ihr nicht möglich, einfach wortlos an ihm vorbeizueilen, doch er ahnte, dass sie am liebsten genau das getan hätte.

»Gott zum Gruße«, sagte sie zögernd. Sie verlangsamte ihre Schritte und blieb schließlich voller Unbehagen stehen, weit genug von ihm weg, als wolle sie sicherstellen, dass sie jederzeit den Rückzug antreten konnte. »Ihr wart wohl schon auf dem Markt.«

Ihr kläglicher Versuch, höfliche Konversation zu betreiben, schnitt ihm ins Herz. Er war drauf und dran, die Deichsel des Karrens anzuheben und sich mit einer beiläufigen Bemerkung zu entfernen, doch die jüngere Begine stand im Weg. Neugierig starrte sie ihn an.

»Wer ist das, Juliana?«, wollte sie wissen.

»Das ist Madlens Ehemann, Johann von Bergerhausen.«

Während sie den Namen aussprach, verzog sich ihr Gesicht wie unter einem leichten Schmerz, sie blickte Johann befremdet und besorgt an und tat einen halben Schritt rückwärts.

Er konnte sie nicht einfach gehen lassen. Sie war seine Schwester, er hatte sie so lange gesucht, und außer ihr hatte er keine Familie mehr. Als Kinder hatten sie einander innig geliebt, sie waren wie die beiden Seiten einer Münze gewesen, verschieden und doch gleich, aber niemals weiter voneinander entfernt als einen kurzen Blick.

»Blithildis«, sagte er sanft und bittend. »Erinnerst du dich denn gar nicht an mich? An unser Haus in der Rheingasse. An

Burg Bergerhausen bei Kerpen, wo wir später lebten. An deine Eltern, die auch meine Eltern sind. Blithildis, ich bin dein Bruder.«

Stolpernd wich sie zurück, auf ihrem Gesicht malten sich Angst und Unglauben.

»Nein«, stieß sie hervor. »Ich erinnere mich nicht. Ich kenne Euch nicht, es sei denn als Madlens Gatten. Wie könnt Ihr mein Bruder sein, wenn ich mich Eurer nicht entsinne?« Panisch blickte sie sich nach allen Seiten um, als seien überall um sie herum feindliche Angreifer, die auf sie eindringen wollten, dann wandte sie sich abrupt ab und lief davon, zurück zum Konvent. Wie von Sinnen hämmerte sie an das Tor, bis ihr aufgetan wurde. Die jüngere Begine folgte ihr, während sie verwirrt über die Schulter zu Johann zurückblickte. Gemeinsam mit Blithildis verschwand sie durch das Tor, das mit einem dumpfen Geräusch hinter ihnen ins Schloss fiel.

Johann ließ die angehaltene Luft entweichen. Der Schmerz in seinem Inneren war scharf und quälend, er fühlte sich wie ein Kind, das geschlagen worden war, doch fast noch schlimmer waren die Selbstvorwürfe, die ihn dazu brachten, sich stumm, aber heftig für sein Verhalten zu verfluchen. Nicht nur für ihn war dieses Zusammentreffen unerfreulich und bedrückend gewesen, Blithildis musste es ungleich schlimmer erlebt haben, denn bei ihr war die Angst dazugekommen. Die Angst vor der Erinnerung, die Angst vor der Vergangenheit. Vor denen, die dafür verantwortlich waren, dass sie ihr Gedächtnis verloren hatte.

Langsam, wie ein alter Mann, umfasste Johann den Handgriff der Deichsel und zog den Karren hinter sich her. Die Räder rumpelten über den unebenen Gassenboden. Ein streunender Hund trottete vorbei. Aus einem der benachbarten Häuser kam ein bezopftes kleines Mädchen, das eine Rückenkiepe mit frisch gebackenem Brot trug. Eine alte Frau bog um die Ecke, einen Korb auf der Hüfte, in dem ein Kohlkopf und Steckrüben lagen. Ihr graues Haar hing in zottigen Strähnen aus dem Gebende heraus, ihr Gewand war zu lang, es schleifte am Boden. Im Vorbeigehen bedachte sie ihn mit misstrauischen Blicken, und er bemerkte, dass er sie angestarrt hatte, ebenso wie zuvor den Hund und das Mädchen, jedoch ohne sie richtig wahrzunehmen. Rasch schaute er zur anderen Gassenseite, doch auch dort gewahrte er nur die banale Alltäglichkeit seiner Umgebung, die bei aller soliden Fassbarkeit nicht annähernd so prägnant war wie das Bild, das in seinem Kopf zurückgeblieben war: Blithildis, die ihn angstvoll anblickte und vor ihm floh.

Als er an der Mauer des Konvents vorbeikam, öffnete sich das Tor und eine ältere Frau erschien. Sie mochte um die sechzig sein, doch ihre Haltung war aufrecht und straff und ihr Blick lebhaft. Wie Blithildis trug sie die schlichte, graue Tracht der Beginen. Ihr Gesicht unter der strengen Haube war besorgt, sie musterte Johann fragend. Da sie offensichtlich mit ihm sprechen wollte, blieb er stehen. Höflich neigte er den Kopf. *»Suora.«*

»Wer seid Ihr? Was habt Ihr mit Juliana zu schaffen? Stimmt es, was Hildegund eben gesagt hat?«

»Mein Name ist Johann von Bergerhausen. Die Frau, die Ihr als Juliana kennt, ist meine Schwester Blithildis.«

Sie starrte ihn an, suchte in seinen Gesichtszügen nach Ähnlichkeiten. Oder nach Anzeichen dafür, dass er log.

Schließlich meinte sie langsam. »Juliana. Sie hat diesen Namen gewählt, und dabei wollen wir bleiben, wenn wir über sie reden.«

Über sie reden. Diese Worte weckten eine verzweifelte Hoffnung in Johann. Über sie zu reden bedeutete, mehr über sie zu erfahren. Ihr vielleicht doch noch – auf welche Weise auch immer – näherzukommen. Die gemeinsame Vergangenheit wiederzufinden.

Er nickte stumm und abwartend.

»Es geht ihr nicht gut«, fuhr die Begine fort. Sie verschränkte die Hände in einer Geste, die ihre Anspannung zum Ausdruck brachte. »Die Begegnung mit Euch hat sie sehr aufgewühlt.«

»Offenbar hat sie große Angst vor der Vergangenheit«, stimmte Johann zu. Er drang sofort zur wichtigsten seiner Fragen vor. »Was ist mit ihr passiert? Warum kann sie sich nicht erinnern?«

Etwas an seinem Gesichtsausdruck musste die Begine davon überzeugt haben, dass er nichts Böses im Schilde führte, doch ihr Misstrauen war noch nicht völlig ausgeräumt.

»Erzählt mir zunächst, wer Ihr seid und woher Ihr stammt.«

»Meinen Namen sagte ich Euch schon. Mein Vater hieß Martin, meine Mutter Barbara. Blithildis und ich sind ihre einzigen überlebenden Abkömmlinge, unsere anderen Geschwister starben im Kleinkindalter. Mein Vater war Gewürzhändler und ein anerkanntes, weithin geachtetes Mitglied der Richerzeche. Wir lebten in einem Haus in der Rheingasse. Dann zog mein Vater als Gefolgsmann des Erzbischofs mit diesem in eine Schlacht, und es fügte sich, dass er ihm das Leben rettete. Konrad von Hochstaden war vom Pferd gefallen, und einer seiner Feinde holte bereits mit dem Schwert aus. Mein Vater konnte unter Einsatz seines eigenen Lebens gerade noch verhindern, dass der Erzbischof seinen Kopf verlor. Dafür war ihm die Dankbarkeit Konrads gewiss. Er wurde mit der Ritterwürde sowie einer Lehnsburg bedacht. Die unserer Familie allerdings später wieder abhandenkam.« Abermals verzog er das Gesicht, diesmal in offener Verachtung. »Doch ich will nicht abschweifen. Als ich mit meinen Eltern und Blithildis auf jene Burg zog, war sie acht und ich zehn Jahre alt. Ich lebte nicht lange dort, nur einige Monate. Danach kam ich auf eine andere Burg, wo ich zum Ritter ausgebildet wurde. Mit fünfzehn zog ich in den Krieg, zusammen mit dem Ritter, dem ich damals als Knappe diente und der heute noch mein Freund ist. Es folgten viele Jahre im Morgenland, voller Schlachten und anderer unangenehmer Ereignisse, oft überlebte ich nur um Haaresbreite und mit mehr Glück als Verstand, doch schließlich fand ich wieder zurück in meine Geburtsstadt Köln.«

Die Begine hatte seinen Bericht ohne sichtbare Regung angehört. Sie nickte nachdenklich.

»Ich danke Euch für Eure Offenheit, Johann von Bergerhausen. Ich glaube Euch. Leider kann ich Euch über Eure Schwester nicht viel sagen, zumindest nicht über das, was vor ihrer Zeit bei uns geschah. Wir fanden sie damals übel zugerichtet auf der Gasse. Genau an der Stelle, wo Ihr gerade steht. Jemand hatte sie geschändet und niedergestochen, sie kam gerade noch mit dem Leben davon. Zwei Monate später hatte sie eine Fehlgeburt, was sie abermals fast umbrachte. Doch mit der Zeit wurde sie wieder gesund und fing ihr neues Leben an.«

Johanns Hände öffneten und schlossen sich krampfartig, als er hörte, was seiner Schwester angetan worden war. Er bekämpfte mit äußerster Willensanstrengung den Drang, sich wie ein Berserker aufzuführen. Die Versuchung, mit der Faust gegen die Mauer zu schlagen und sich mit rasendem Wutgebrüll Luft zu machen, war fast stärker als seine Vernunft. Die Begine bemerkte, wie groß seine Anspannung war. Wachsamkeit spiegelte sich in ihrer Miene, während sie ihn eindringlich ansah und auf jede seiner Bewegungen achtete. Johann zog heftig die Luft ein, atmete zwei, drei Mal tief durch und hatte sich endlich wieder in der Gewalt.

»Hat man je herausgefunden, wer es gewesen ist?« Seine Stimme klang halbwegs sachlich, als er diese Frage stellte, doch der Begine entging nicht, welche Beherrschung es ihn kostete.

Sie schüttelte verneinend den Kopf. »Niemand hat es gesehen. Irgendwann im Jahr darauf hörte ich auf dem Fischmarkt, wie zwei Aalfänger über ein Mädchen redeten, das von einem Flößer rheinabwärts mit nach Köln gebracht worden sei, übel zugerichtet und mehr tot als lebendig. Ich mischte mich sofort in das Gespräch ein und befragte die beiden Männer, doch sie wussten nichts Genaues. Jener Flößer hatte angeblich das Mädchen südlich von Köln am Fluss gefunden, offenbar hatte es sich mit letzter Kraft dorthin geschleppt. Oder war dorthin verschleppt worden, das war nicht herauszufinden. Der Flößer hat sie auf seinen Kahn getragen und mit nach Köln genommen, wo er sie – so erzählten es jedenfalls die beiden Aalfischer – einfach vor einem Kloster ehrenwerter Frauen ablegte.« Die Begine zuckte die Achseln. »Das war unser Konvent hier in der Glockengasse.«

»Was war das für ein Flößer?«

»Sie kannten seinen Namen nicht. Ich habe trotzdem versucht, anhand ihrer Beschreibungen herauszufinden, um wen es sich handelte. Tatsächlich gelang es mir sogar. Ich machte den Mann ausfindig.« Nicht der leiseste Anflug von Stolz über diese beachtliche Leistung klang aus ihrer Stimme, vielmehr deutete ihr spöttisch hochgezogener Mundwinkel an, was sie von jeglichem Eigenlob hielt. »Leider führte es zu nichts. Er war ein braver, gottgefälliger, gutherziger Bootsmann, der zufällig ein schwer verletztes Mädchen am Rheinufer fand, als er auf der Fahrt nach Köln war. Er hielt an und nahm sie mit. Weil er fürchtete, dass dieser Akt christlicher Nächstenliebe auf ihn zurückfallen könnte – schließlich hätte jemand auf den Gedanken kommen können, er sei derjenige gewesen, der sich auf so schreckliche Weise an dem armen Kind vergriffen hatte – beschloss er, sie heimlich an Land zu bringen. Er hat unseren Konvent ausgesucht, weil eine Tante seiner Frau früher hier gelebt hat, sie hatte wohl viel Gutes darüber berichtet, deshalb fiel seine Wahl auf uns. Er lud das Mädchen auf einen Karren, deckte es mit ein paar Säcken zu und legte es hier ab. Dann klopfte er ans Tor und machte sich aus dem Staub, bevor ihn jemand sehen konnte.« Die Begine hob die Schultern. Ihre Miene drückte tief empfundenes Bedauern aus. »Mehr konnte ich nicht herausfinden.«

»Könnt Ihr mir den Namen des Mannes sagen?«

»Das könnte ich wohl, aber es wird Euch nicht weiterhelfen. Er starb im vorletzten Winter. Ich war mit ihm in Verbindung geblieben, weil ich hoffte, er könnte auf seinen Fahrten vielleicht noch das eine oder andere in Erfahrung bringen oder auf Leute treffen, die mehr über die Geschehnisse wussten, doch dazu kam es nicht.« Die Begine blickte ihn offen an. In ihrem Gesicht war Anteilnahme, aber auch große Eindringlichkeit zu erkennen. »Ich sehe Euch an, dass Ihr Rache üben wollt. Das ist eine verständliche Regung. Dennoch möchte ich Euch inständig bitten, Juliana nicht damit zu belasten. Ich kenne sie seit vielen Jahren, sie ist mir so teuer wie ein eigenes Kind. Als Meisterin dieses Konvents habe ich die Verantwortung für die Frauen, die sich mir anvertraut haben. Oder die mir von Gott anvertraut worden sind, so wie Juliana. Ich kann nicht zulassen, dass sie abermals Leid erfährt, auf welche Weise auch immer. Tut, was Ihr wollt und was Ihr müsst, aber tut es ohne sie.« Sie brachte es mit einem einzigen Satz auf den Punkt. »Lasst sie in Ruhe.«

»Ihr meint, ich soll nicht mehr herkommen?« Die Frage war eher rhetorischer Natur, Johann hatte sehr gut verstanden, worauf die Begine hinauswollte.

»Genau das meinte ich. Ich bin davon überzeugt, dass es besser für Juliana ist, wenn sie sich nicht erinnert.«

Johann nickte höflich. »Ich will ebenfalls nur das Beste für Blithildis. Und wenn es das Beste für sie ist, dass ich sie meide, dann soll es so sein. Dennoch möchte ich Euch danken. Dafür, dass Ihr Euch die Mühe genommen habt, mit mir zu sprechen. Besonders aber dafür, dass Ihr Euch um sie gekümmert habt.« Er betrachtete sie fragend. »Darf ich Euren Namen erfahren?«

»Sybilla.«

»Danke, Frau Sybilla.«

Sie nickte und sah ihm nach, als er, den Griff des Handkarrens mit der schwieligen Faust umspannend und das Gefährt ohne erkennbare Mühe hinter sich herziehend, mit festen Schritten die Glockengasse hinunterging und um die nächste Ecke verschwand. Dann kehrte sie, ohne zu zögern, ins Haus zurück. Vom Refektorium aus betrat sie den dahinterliegenden Gang, der zu den einzelnen Kammern führte. Julianas Zimmer lag ganz am Ende, sie hatte ein Fenster zum Garten hinaus. Im Frühjahr und im Sommer, wenn an schönen Tagen die Läden den ganzen Tag offen standen, konnte sie in die blühende, duftende Farbenvielfalt der Natur hinaussehen. In der ersten Zeit hatte Juliana oft stundenlang aus dem Fenster gestarrt, augenscheinlich gebannt von dem satten Grün der Blätter und dem verschlungenen Geäst der Weinreben. Meist aber hatte sie im Bett gelegen, der Körper bewegungslos, der Geist dem tiefen, gnädigen Schlaf überantwortet. Nur so konnte sie Frieden finden, auch wenn er nur befristet war.

Vor der Kammer traf Sybilla auf Hildegund.

»Wie geht es ihr?«, wollte die Meisterin wissen.

»Sie hat schrecklich geweint, aber wir konnten sie beruhigen.« Hildegund bemühte sich vergeblich, ihre brennende Neugierde zu verbergen. »Stimmt es, dass dieser große, hässliche Fremde ihr Bruder ist?«

»Wieso findest du, dass er hässlich ist?«, gab Sybilla zurück. Sie ließ Hildegund stehen und betrat auf Zehenspitzen die Kammer. Juliana lag seitlich ausgestreckt im Bett, den Kopf hatte sie auf beide Hände gelegt wie ein schlafendes Kind. Ihr Gesicht war bleich, die Lider lagen wie bläuliche Schatten über den Augen. Ihre entspannten Züge und die regelmäßigen Atemzüge verrieten, dass ihre Flucht vor den Dämonen der Vergangenheit wieder für eine Weile geglückt war.

Madlen stand neben dem Maischbottich. Sie hatte die Hände in die Hüften gestemmt, als wollte sie ihrer zierlichen Gestalt auf diese Weise mehr Umfang verleihen. Keine besondere Unterstützung brauchte dagegen ihre Stimme, die in jeden Winkel der Braustube drang und alle anderen Geräusche ihrer Bedeutung enthob. Sie war laut und klar – und vor allem ungeheuer wütend. Johann blieb vorsorglich in der Tür stehen, froh darüber, dass sie ihm den Rücken zukehrte. Er war davon überzeugt, dass sie ihn, sobald ihr finsterer Blick ihn traf, auf der Stelle zu sich befehlen würde, damit er sich mit Caspar, Willi und Berni in eine Reihe stellte und ihr Donnerwetter über sich ergehen ließ.

»Soll ich euch sagen, was ich mit demjenigen mache, der noch einmal behauptet, dass die Bierzauberschen schuld sind, wenn ein Sud sauer wird?« Sie packte das Maischholz und zog es aus dem Bottich, um es dem Knecht und den Lehrjungen entgegenzurecken. Ein Regen aus breiiger Maische sprühte über die Gemaßregelten und ließ sie zurückweichen.

»Hiergeblieben!«, schrie Madlen. Ihr ganzer Körper bebte vor Entrüstung, und ihr aufgelöster Zustand schien sich in ihrem Äußeren auszudrücken: Ihr Gebende hatte sich gelockert, ein paar Locken waren herausgeschlüpft. Sie wippten bei jeder Bewegung über ihre Schultern und untermalten ihre empörten Gesten. An ihrer Schürze, die viel zu groß war für den schmalen Körper, war die Rückenschleife aufgegangen, die Bändel hingen bis auf den Boden und flatterten im Rhythmus ihrer ausholenden Gesten.

»Ich werde euch mit Schlägen Verstand einbläuen!«, rief Madlen. »Und eure Köpfe in den Sud tunken, bis ihr es endlich begriffen habt! Nicht die Zauberschen verderben das Bier, sondern ihr selber! Weil ihr mit euren Gedanken in den Wolken seid statt beim Brauen!«

»Aber wie kann es unsere Schuld sein, wenn ein Fass verdorben ist und ein anderes nicht?« Caspar, der diesen Widerspruch gewagt hatte, zog den Kopf ein, als Madlen mit dem Holz in seine Richtung ausholte. Er stand zu weit weg, als dass sie ihn damit hätte treffen können, und gewiss hätte sie ihn damit nicht geschlagen, daran gab es trotz aller entgegenstehenden Androhungen keinen Zweifel, doch der Schwung, mit dem sie das Werkzeug durch die Luft schwenkte, hatte etwas durchaus Beängstigendes.

»Du dämlicher Esel!«, schrie Madlen den eingeschüchterten Caspar an. »Das fragst du noch? Hättest du das Fass gründlich genug mit heißem Wasser ausgespült und es von der nutzlosen Neige befreit, bevor du es mit frischem Sud befüllt hast, hätte sich das Bier nicht in diese widerwärtige Jauche verwandelt!«

Johann merkte, wie sich ein beträchtlicher Teil seiner inneren Anspannung löste und milder Belustigung wich, als Madlen mit Macht gegen das zu ihren Füßen stehende Fässchen trat, um das sich offenbar die leidige Debatte drehte. Sie hatte zu fest ausgeholt, was dem Fässchen indes weniger ausmachte als ihrem Fuß, doch ihr unterdrückter Wehlaut hinderte sie nicht, sofort ihre Schimpftirade fortzusetzen. Offenbar war ihr Ärger nicht allein auf den verdorbenen Inhalt des Fasses zurückzuführen. Sie schlug mit dem Maischholz gegen den Bottich, es dröhnte dumpf und unheilverkündend.

»Es gibt eine ganze Reihe von Gründen, aus denen ein Sud verderben kann, aber keiner davon hat mit den Zauberschen zu tun! Das wisst ihr genauso gut wie ich! Denn wäre es so einfach, müsste dieser dämliche Schutzzauber ja helfen, oder nicht?« Sie machte eine bedeutungsvolle Pause, während der sie mit spitzen Fingern einen Gegenstand aus der trüben Suppe im Maischbottich fischte. Johann erkannte darin ein von Willi gebasteltes Amulett, das im Wesentlichen aus einer Schnur mit Holzperlen bestand, wobei weiteren zerrupften Bestandteilen ihre genaue Herkunft nicht unbedingt anzusehen war. Sie sahen wie die Überreste von Gänsefedern aus, was immerhin nicht ganz so widerlich war wie der in ein Stoffsäckchen gewickelte Finger eines Braumeisters, den Caspar unlängst auf dem Friedhof hatte mitgehen lassen.

»Er war über Nacht aus der Erde gewachsen und hat genau in meine Richtung gezeigt, es war ein göttliches Zeichen«, hatte er Johann beteuert, der den Knecht gerade noch daran hindern konnte, das Ding in den frischen Sud zu tunken. »Bloß kurz, dann wirkt es schon!«, hatte Caspar versichert, nur um im nächsten Augenblick, als Madlen die Braustube betrat, rasch den abscheulichen Talisman hinter seinem Rücken verschwinden zu lassen.

Johann konnte den jungen Burschen ansehen, was sie dachten. Alle drei waren Madlen trotz der zahlreichen Zurechtweisungen sehr zugetan, sie ließen sich mehr oder weniger geduldig von ihr auszanken, aber insgeheim behielten sie sich vor, in manchen Belangen besser Bescheid zu wissen als ihre Meisterin. Etwa, wenn es um die Bierhexen ging. Kein vernünftiger

Mensch konnte nach Caspars Ansicht daran zweifeln, dass sie existierten. Schließlich hatte sogar schon Madlens Vater Amulette benutzt. Und er hatte um den Kessel herum Kräuter ausgelegt, von denen bekannt war, dass sie gegen bösen Zauber halfen. Angeblich hatte er auch lebendige Frösche in den Sud gehalten, weil sie nicht nur dazu taugten, bösen Zauber fernzuhalten, sondern zugleich dafür herhielten, die richtige Temperatur des Gebräus festzustellen – lebten sie hinterher noch, war die Abkühlung ausreichend. Er hatte sogar, weil es Glück brachte, regelmäßig in den Sud gespuckt, weshalb ihm nur ganz selten einer misslungen war.

Das zumindest hatte Caspar Johann erzählt. »Man sollte gute alte Gebräuche nicht aufgeben. Auch wenn Madlen nichts davon hält.«

Madlen schleuderte Willi das Amulett vor die Füße. »Wenn ich noch einmal so etwas hier finde, werde ich dich zwingen, es aufzuessen!«

»Ich hab's nur danebengelegt, es muss irgendwie hineingefallen sein«, beteuerte Willi. Sein pickeliges rundes Gesicht zeigte einen beflissenen Ausdruck, doch in seinem Blick offenbarte sich seine Widerborstigkeit.

Madlen gab es auf. Schnaubend wandte sie sich von ihrem Gesinde ab – und sah Johann im Türrahmen stehen. Sein Anblick trug nicht dazu bei, sie zu besänftigen, im Gegenteil. In ihre Augen trat ein unheilschwangeres Leuchten. Seufzend bereitete er sich darauf vor, ebenfalls vom Blitzstrahl ihres Zorns getroffen zu werden.

Madlen brachte einiges an Willenskraft auf, um Johann nicht augenblicklich ebenso zusammenzustauchen wie die Übrigen. Sie besann sich gerade noch darauf, dass er ihr Mann war, jedenfalls nach dem Gesetz, und dass es keinen guten Eindruck gemacht hätte, wenn sie ihn vor dem Gesinde anschrie, nur weil er für seine Besorgungen auf dem Markt länger gebraucht hatte als erwartet. Außerdem war ihr nach einem einzigen Blick auf sein Gesicht klar, dass er sich nicht einfach nur verbummelt hatte, sondern dass sein Ausbleiben ebenso wie die anderen Male mit seinem früheren Leben zusammenhing. Dieses Mal umgab ihn jedoch nichts von der zufriedenen Aufgeräumtheit, mit der er, verschlammt und nach Moos und Walderde riechend, neulich sonntagabends heimgekommen war. Heute wirkte er niedergeschlagen, beinahe verstört, obwohl er sich erkennbar Mühe gab, sich nichts anmerken zu lassen. Fast schien es sogar, als wartete er nur darauf, dass sie ihn wie die anderen ausschimpfte, zweifellos in der Annahme, dass das ihren Blick auf andere Dinge lenkte als die, die er vor ihr verbergen wollte. Doch diesen Gefallen tat sie ihm nicht. Sie folgte ihm, als er die Vorräte und das Pechfass in den Lagerschuppen trug, und als sie sicher sein konnte, dass niemand sie belauschte, stellte sie ihn zur Rede.

»Du warst in der Glockengasse, oder?«

Er versuchte gar nicht erst, es abzustreiten, was sie erst recht erboste. »Ich hatte dir gesagt, dass es nicht richtig ist!« Bissig fügte sie hinzu: »Deiner Leichenbittermiene nach hättest du besser auf meinen Rat gehört.«

Er zuckte nur stumm die Schultern, bevor er sich bückte und das Fass hochstemmte, um es in das roh gezimmerte Regal an der Stirnseite des Vorratsschuppens zu stellen. Sein Gesicht war blass, die frischen Wundmale zeichneten sich rot davor ab, sie bildeten gemeinsam mit den darunter verlaufenden, bereits verblassten Narben ein Muster der Verwüstung. Madlen erhaschte einen kurzen Blick in seine Augen, und ihre Wut erlosch wie eine Kerze im Wind. Sein Leid war fast mit Händen zu greifen, und im selben Augenblick fühlte sie eine solche Verbundenheit mit ihm, dass es ihr fast die Tränen in die Augen trieb. Wenn jemand wusste, wie es war, einen geliebten Menschen zu verlieren, dann war sie es. Wie konnte sie ihn schelten und wütend auf ihn sein, während er hier stand, geschlagen vom Schicksal, und nicht ein noch aus wusste in seiner Hoffnungslosigkeit? Er hatte seine Schwester wiedergefunden, nur um festzustellen, dass er sie für immer verloren hatte. Ebenso gut hätte sie tot sein können, das machte kaum einen Unterschied. Nein, vielleicht war es sogar so, wie es jetzt war, noch schlimmer. Einem geliebten Menschen gegenüberzustehen und diesem völlig fremd zu sein – wie furchtbar das sein musste!

»Johann«, sagte sie leise. Bevor sie noch recht erkannte, was sie da tat, machte sie einen Schritt auf ihn zu und ergriff seine Hand. Groß und schwer lag sie in ihren viel kleineren Händen, sie war warm und schwielig und kantig, die Haut braun wie Holz und der Handrücken mit kleinen dunklen Haaren bewachsen, doch die langen Finger waren schlank und überraschend schön geformt, bis auf den rechten Daumen, der aussah, als sei er mehrfach gebrochen und krumm wieder zusammengewachsen. Stumm blickte Madlen auf Johanns Hand nieder, sie suchte nach den Worten, die ihr eben noch auf der Zunge gelegen hatten und die plötzlich verschwunden waren wie Staub im Regen.

Sie setzte mehrmals an zu sprechen, doch schließlich kam nur ein einziger Satz heraus, der nicht einmal annähernd das zum Ausdruck brachte, was sie ihm eigentlich hatte sagen wollen. Genau genommen handelte er von etwas völlig anderem.

»Ich dachte, ich hätte da gerade einen Splitter gesehen.« Unbeholfen drehte sie seine Hand um und gab vor, sie zu untersuchen.

Johann blickte forschend zuerst auf Madlen, dann auf seine Hand. Er machte keine Anstalten, sie ihr zu entziehen, und Madlen kam es mit einem Mal so vor, als würden ihre Fingerspitzen von der Berührung seiner Haut prickeln. Sie ließ ihn los, als hätte sie sich verbrannt.

»Ich habe mich wohl getäuscht«, sagte sie hastig. Sich räuspernd, trat sie zur Seite und machte sich an einem Sack mit Wacholderbeeren zu schaffen. »Übrigens habe ich mir auch eine Wachstafel und Griffel besorgt. Für den Unterricht.«

»Das ist gut.« Seine Stimme klang ungewohnt rau.

»Ich dachte, wir fangen heute nach der Arbeit damit an.«

»Das können wir gern machen.«

So, wie er das sagte, klang es nicht gerade nach uneingeschränkter Begeisterung, und mit einem raschen Seitenblick suchte Madlen in seinem Gesicht nach Anzeichen von Widerwillen. Doch seine Miene war von größtmöglicher Ausdruckslosigkeit. Gleich darauf gingen beide wieder zurück an die Arbeit, und für die nächsten Stunden war alles außer dem Bierbrauen nebensächlich.

Madlen achtete an diesem Tag darauf, dass das Vespermahl pünktlich auf dem Tisch stand. Sie befahl Irmla, sich mit den Vorbereitungen zu beeilen, und anders als sonst duldete sie nicht, dass das Gesinde nach dem Essen allzu lange am großen Tisch in der Stube beisammensaß. Caspar und die Lehrjungen schauten befremdet drein, räumten dann aber bereitwillig das Feld, nachdem Madlen jedem von ihnen ein zusätzliches Stück Käse zugesteckt hatte, worüber sich indessen Irmla, die für die Verwaltung und Einteilung der Vorräte verantwortlich zeichnete, in beleidigtem Tonfall ausließ.

»Wie soll ich mit dem Käse drei Tage auskommen, wenn du ihn gleich am ersten Tag an diese nichtsnutzigen Vielfraße verfütterst?«

Sie hätte noch mehr dazu gesagt, doch Madlen schnitt ihr kurzerhand das Wort ab und befahl ihr, für die nächste Stunde in den Schuppen zu gehen und sich solange neben Veit ins Stroh zu setzen oder dort den Boden zu fegen oder sonst was zu machen. Am liebsten hätte sie auch ihren Großvater hinausgeschickt, doch zu ihrer Erleichterung besaß Cuntz genug Umsicht, sich von allein in seine Kammer zurückzuziehen.

Mit klopfendem Herzen holte Madlen die Wachstafel und den Griffel aus ihrer Kammer. Beides hatte sie bei einem Krämer am Alter Markt gekauft, zusammen mit einem kleinen Ballen Seidenstoff für ein neues Gebende, ein unverzeihlicher Luxus.

Sie hatte die Ausgabe für den Stoff schon bereut, bevor sie noch alle Münzen auf den Klappladen des Gaddems gezählt hatte. Zu Hause in ihrer Kammer hatte sie die weiße Seide ausgerollt und befühlt, sie war wunderbar weich und roch blumig frisch nach Lavendel. Bestimmt würde ein Gebende aus diesem Stoff sie gut kleiden.

Madlen besaß keine rechte Vorstellung davon, wie sie aussah. Von jeher hatten alle gesagt, sie sei hübsch, vor allem Konrad, der niemals müde geworden war, ihr zu beteuern, wie schön er sie fand. Madlen hatte bislang nur selten den Wunsch verspürt, sich selbst ins Gesicht zu sehen, so wie es vornehme Damen taten, die polierte Spiegel aus Silber oder Kupfer besaßen. Doch neuerdings hätte sie zu gern gewusst, wie sie in den Augen anderer wirkte. Sie verfluchte sich stumm, während sie mit ihrem neu erworbenen Schreibgerät die Stiege hinabkletterte und sich an den Tisch setzte, wo Johann schon auf sie wartete.

»So geht es leider nicht«, sagte er.

Verständnislos blickte sie auf. »Was meinst du?«

»Du musst neben mir sitzen. Sonst kann ich dir nicht zeigen, wie es geht.«

»Ach so.« Errötend erhob sie sich von der Bank und ging um den Tisch herum. Widerstrebend nahm sie auf dem Schemel neben ihm Platz. Er war ihr so nah, dass sie den Geruch seines Körpers einatmete, nach Rauch, Malz, Kräutern, einem Hauch Harz und nach etwas Urtümlichem, Verwirrendem, das sie dazu brachte, nervös auf dem Schemel herumzurutschen.

»Hier ist die Tafel«, sagte sie überflüssigerweise.

»Was willst du zuerst lernen, die Zahlen oder die Buchstaben?«

»Was geht denn schneller?«

»Die Zahlen. Noch schneller ginge es, wenn du ein Rechentuch hast, dann kann ich dir mit den Steinen demonstrieren, wofür die einzelnen Ziffern stehen.«

Sie sprang auf und rannte nach oben, um ihr Rechentuch zu holen, ein ansehnliches Stück aus grünem Samt, eingefasst mit einer bestickten Borte. Sie faltete es auseinander und legte es vor sich auf den Tisch. Die *Calculi* befanden sich in einem kleinen, intarsienverzierten Kästchen, eine Arbeit von Cuntz, die er vor vielen Jahren für seine Tochter angefertigt hatte – Madlens Mutter, die gestorben war, als Madlen zehn Jahre alt gewesen war.

»Ein schönes Tuch«, sagte Johann.

Madlen nickte nur schweigend.

Johann zog die Tafel zu sich heran und schrieb eine Ziffer. »Das ist eine Eins.« Es sah aus wie ein einfacher Strich, das war leicht.

»Weiter«, sagte sie.

Johann schob einen der Calculi auf dem Tuch zurecht. »Eins«, erläuterte er, zuerst auf die Ziffer und dann auf den kleinen Kalkstein deutend.

»Ja, ja«, sagte sie voller Ungeduld. »Ich hab's begriffen. Bring mir die nächste Zahl bei.«

»Na gut. Hier ist die Zwei.« Johann malte eine weitere Ziffer auf die Tafel und schob einen Stein zu dem ersten.

Madlen blickte die Zahl konzentriert an, dann nickte sie. »Die nächste.«

»Die Drei.« Eine weitere Ziffer, ein neuer Stein.

Er schob ihr die Tafel hin. »Hier. Schreib sie ab, damit du ein Gefühl dafür bekommst.«

Madlen ergriff zögernd den Griffel. Ihre Hand, sonst immer so geschickt und flink im Umgang sowohl mit feinem als auch grobem Gerät, kam ihr mit einem Mal seltsam plump vor. Es machte sie wütend, dass die Ziffern, die sie abzumalen versuchte, krumm und schief gerieten und von allzu unterschiedlicher Größe waren. Dabei hatte es bei Johann so spielerisch und fließend ausgesehen. Sie war drauf und dran, den Griffel an die Wand zu werfen.

»Schreib ein paar Reihen«, schlug er vor. »Es wird immer einfacher, von Mal zu Mal.«

Sie beugte sich über die Tafel, schob angestrengt die Zunge

in den Mundwinkel und tat wie geheißen. Johann hatte recht, je mehr Zahlen sie niederschrieb, umso leichter ging es ihr von der Hand.

»Jetzt die nächsten drei«, verlangte sie, bevor sie ihm die Tafel wieder zuschob.

Ehe sie sich versah, schlug die Kirchturmglocke von Sankt Aposteln zur Komplet, sie hatte bereits über eine Stunde Zahlen gelernt und geschrieben. Zwischendurch hatte sie die Läden schließen und eine Kerze entzünden müssen, weil es zum Abend hin dunkel und kühl geworden war. Bittend blickte sie Johann an. »Können wir noch die nächsten drei Ziffern machen?«

»Es ist nur noch eine übrig«, sagte er lächelnd.

Ihr Herz tat einen Satz, weil sein Lächeln etwas mit ihrem Inneren anrichtete, das sie nicht unter Kontrolle hatte. Es war so ähnlich wie am Vorabend, als er so spärlich bekleidet vor ihr gestanden hatte.

»Nur noch eine?«, wiederholte sie ein wenig atemlos.

Er nickte. »Die Null.«

»Null?«, fragte sie zweifelnd. »Was soll das für eine Zahl sein?«

»Die wichtigste überhaupt. Genau genommen ist sie jedoch gar keine Zahl, denn sie bedeutet für sich allein – nichts.«

»Was?« Verblüfft blickte Madlen auf das aufrecht stehende kleine Oval, das Johann auf die Tafel gezeichnet hatte. Anders als die vorigen Male hatte er keinen Stein zur Verdeutlichung der Menge auf das Rechenbrett gelegt. »Wozu braucht man sie dann, wenn sie nichts bedeutet?«

»Um größere Zahlen damit bilden zu können. Schau.«

Er malte eine Eins und hängte die Null daran. »Das ist eine Zehn. Und das hier …« – eine Zwei und eine Null – »… eine Zwanzig. Und hier haben wir eine Hundert. Eine Eins mit drei Nullen bedeutet tausend. Und die Zahlen dazwischen werden mit den übrigen Ziffern ausgedrückt. Sieh her. Elf. Zwölf. Dreizehn. Bis hin zur Zwanzig. Und dann immer weiter.«

»Warte.« Sie überlegte. »Zeig mir eine Einundzwanzig.« Erklärend fügte sie hinzu: »So alt werde ich bald.«

Er schrieb die Zahl hin.

»Und jetzt dein Alter.«

Er malte eine Drei und eine Null. Sie hob die Hand. »Nicht vorlesen. Ich will es selbst herausfinden.« Sie prüfte die Vergleichsziffern, suchte in der Reihe der dazu passenden Calculi die entsprechende Menge und dachte kurz nach. »Dreißig.«

Er nickte und blickte sie dabei an, als sei ihm wichtig, was sie darüber dachte, doch sie ging schon zur nächsten Frage über.

»Wie sieht eine Vierundsiebzig aus? So alt ist Cuntz.«

»Versuch es selbst.«

Madlen suchte mit dem Finger nach den Zahlen, zuerst auf dem Rechentuch, dann auf der Tafel. Sie starrte grübelnd auf die Ziffern, die mit einem Mal ein befremdliches Eigenleben entfalteten, es war, als wollten sie alle durcheinanderhüpfen, ohne Sinn und Bedeutung. Dann schien in ihrem Kopf plötzlich etwas zusammenzuschnappen, und alles rückte an den richtigen Platz. Zügig malte sie zuerst eine Sieben und dann eine Vier auf die Tafel. Dann schrieb sie beides in umgekehrter Reihenfolge. »Siebenundvierzig.« Danach eine Fünf und eine Fünf. »Fünfundfünfzig.« Sie probierte weitere Zahlenfolgen aus. Immer wieder zog sie mit dem breiten Ende des Griffels bereits beschriftete Stellen glatt, um neuen Platz zum Schreiben zu haben.

»Das alles ist … so klug!«, rief sie begeistert aus. Es fehlte nicht viel, und sie hätte wie ein entzücktes Kind in die Hände geklatscht.

»Das bist du wirklich«, bestätigte Johann.

Doch Madlen schüttelte ungeduldig den Kopf, sie hatte nicht von sich gesprochen, sondern von den Zahlen. Genauer, von den Menschen, die sie sich ausgedacht hatten.

»Damit kann man alles machen«, sagte sie voller Ehrfurcht. »Man kann Tausende und Abertausende in eine einzige Reihe schreiben!«

»Das kann man«, stimmte Johann zu. »Und alles nur dank der Null.«

»Wo hast du diese Ziffern erlernt?«, wollte sie begierig wissen.

»In Outremer.«

»Dort, wo du im Krieg warst?«

Er nickte. »Die Araber sind sehr gebildet. In manchen Belangen sind sie uns weit voraus. Früher, als Kind, habe ich bei unserem Hauslehrer die römischen Zahlen gelernt, aber im Vergleich zu den Ziffern der Araber haben sie nur eingeschränkten Nutzen.«

»Alle Kaufleute, die ich kenne, benutzen die römischen Ziffern«, meinte Madlen. Einschränkend fügte sie hinzu: »Alle, die schreiben können.«

Die anderen griffen auf selbst erdachte Zahlensymbole zurück, so ähnlich wie Madlen es bei ihren Fässern handhabte, und für die Berechnung ihrer Einnahmen, Ausgaben und Steuern verwendeten sie das Rechentuch oder -brett oder benutzten ein Gerät, das Abakus hieß.

»Die Araber haben diese Zahlen von Menschen gelernt, die noch weiter im Osten leben als sie«, erklärte Johann. »Viele Kaufleute, denen ich begegnet bin, arbeiten bereits damit. Venezianer vor allem. Ich glaube, dass diese Ziffern die römischen künftig ganz verdrängen werden, denn sie bieten viel mehr Vorteile.«

»Welche denn?«

»Man kann schnellere Berechnungen anstellen. Wenn du zum Beispiel mit einem Kaufmann handelst und dich mit ihm statt auf achtundneunzig Pfennig auf eine Summe von vierunddreißig geeinigt hast, wie rechnest du dann den Unterschied aus, also das, was du gutgemacht hast?«

»Das wäre zu viel«, widersprach Madlen. »So weit lässt sich kein Kaufmann herunterhandeln.«

Johann grinste. »Stellen wir es uns trotzdem vor.«

Sie dachte kurz nach. »Vierundsechzig.«

Sein Grinsen wurde breiter. »Das hätte ich mir denken können. Du bist ein Naturtalent im Kopfrechnen. Mir hätte es schon früher auffallen sollen, bereits an jenem Tag, als wir zusammen auf den Heumarkt gefahren sind und du mit diesem Händler geschachert hast wie auf einem türkischen Basar.«

Sie merkte, wie sie rot wurde.

Sachlich fuhr er fort: »Beim nächsten Mal zeige ich dir, wie man es schriftlich ausrechnet. Wir fangen mit Additionen an.«

»Ich weiß zwar nicht, was das ist, aber ich kann es kaum erwarten!« Sie strahlte ihn an.

Für einen Lidschlag spürte sie seinen Blick auf ihren Lippen, er wirkte … hungrig. Madlen merkte, dass sie viel zu dicht bei ihm saß. Sie versuchte vergeblich, das ungewohnte Flattern unter ihrem Brustbein damit abzutun, dass sie sich auf die Additionen freute, was immer diese bedeuten mochten.

Ein gebieterisches Pochen an der Haustür riss sie aus ihren wirren Gedanken. Hastig sprang sie auf. Wer kam denn noch so spät?

Dann fiel es ihr wieder ein, und augenblicklich verflog ihre gute Laune. Die Goldgräber waren da.

Hermann, der Scharfrichter, kam in die Stube stolziert, als gehörte er dorthin. »Der Meister der Nachtkarre ist da«, kündigte er sich selbst in aufgeräumtem Ton an. Milde lächelnd schaute er sich um, bevor er einen eingebildeten Fussel von seinem Umhang zupfte und sich zu Johann umdrehte.

»Gott zum Gruße, Meister Johann«, sagte er höflich. »Ich hoffe sehr, dass es Euch gut geht.«

Johann betrachtete den Henker. Das war also der Kerl, der ihn für zehn Goldstücke verhökert hatte.

»Seid gegrüßt«, gab er mit unbewegter Miene zurück. Er warf einen Blick auf die offensichtlich funkelnagelneuen Stiefel des Mannes. Auch der Umhang sah aus, als sei er keine drei Wochen alt. »Euch geht es *sehr* gut, wie ich sehe.«

Hermann blinzelte kurz, als müsse er überdenken, welche Antwort hier opportun sei, dann kam er zu dem Schluss, gar keine sei wohl die beste. Mit strahlender Miene wandte er sich der Hausherrin zu. »Auf der Gasse warten vier meiner besten Männer. Bis zum Morgengrauen werden sie es sicher erledigt haben, dafür verbürge ich mich!«

Madlen musterte ihn grimmig. Jeder Zoll ihrer Erscheinung kündete davon, dass es in ihr brodelte. Inzwischen war es ein offenes Geheimnis, dass der Erzbischof Johann begnadigt hatte, womit feststand, dass sein Überleben kaum einer mitfühlenden Anwandlung des Henkers zugeschrieben werden konnte.

»Die Soden quellen schon über von dem Unrat«, informierte sie Hermann kühl. »Meine Nachbarn, mit denen wir uns leider Gottes eine Ablaufrinne und die Sickergrube teilen müssen, scheuen nicht davor zurück, alles Mögliche hineinzuwerfen. Nicht nur ihre fauligen Küchenabfälle wie alte Knochen und Innereien, sondern auch totes Getier, beispielsweise Ratten und andere Kadaver.«

»Sicher habt Ihr mit Euren Nachbarn abgesprochen, dass Ihr bei mir die Goldgräber bestellt habt«, meinte Hermann mit gemütvollem Augenaufschlag.

Madlen starrte ihn an. Ihr Blick nagelte ihn förmlich fest. »Ich habe ihnen nichts davon gesagt. Weil meine Nachbarin Agnes es nur wieder zum Anlass nehmen würde, dagegen Widerspruch zu erheben. Sie ist gegen alles, was ich mache. Grundsätzlich. Wenn sie es ungestraft tun dürfte, würde sie mich ebenfalls in der Latrine versenken und dort verrotten lassen.«

»Oh. Ich verstehe. Im Ergebnis bedeutet es, dass die Arbeit meiner Männer heute Nacht allein auf Euren Auftrag hin erfolgt.«

»Nein. Es bedeutet, dass sie notwendig ist, weil wir sonst alle in Scheiße ertrinken. Auch Agnes und ihr Mann Hans und ihr armer Sohn Ludwig.«

»Sehr bedauerlich. Aber sicher werdet Ihr einsehen, dass die Bezahlung für …«

»Und deshalb bin ich der Meinung«, fuhr Madlen fort, als hätte Hermann nicht gerade angesetzt, den vollen Lohn für die Arbeit seiner Leute bei ihr einzufordern, »dass es an Euch als aufrechtem und ehrenhaftem Amtsdiener ist, Agnes davon zu überzeugen, sich an dieser Grubenleerung zu beteiligen.« Die Art, wie sie *ehrenhaft* betonte, ließ keinen Zweifel daran, dass sie bereit war, notfalls bis tief in die Nacht um jeden Pfennig zu feilschen, auch wenn es nichts war gegen das, was sie dem Scharfrichter auf dem Judenbüchel in den Rachen geworfen hatte.

Hermann musterte sie bewundernd, dann warf er Johann, der die Unterhaltung amüsiert vom Tisch aus mitverfolgt hatte, einen anerkennenden Blick zu. »Sagt selbst. Sie ist doch jedes Goldstück wert, oder?«

Johann lachte, er konnte nicht anders. Madlen schoss einen giftigen Blick auf ihn ab, was ihn jedoch nicht daran hinderte, weiter in sich hineinzugrinsen.

Madlen richtete sich zu voller Höhe auf, was in Anbetracht ihrer geringen Körpergröße leider nicht allzu beeindruckend war. »Da ich diejenige bin, die Ihr um mein sauer verdientes Erspartes erleichtern wollt – es gar schon getan habt! –, solltet Ihr bei Euren Forderungen nicht *meinen* Wert in die Waagschale werfen, sondern den meines Geldes.«

Sie sah ihm fest ins Auge. Es war völlig klar, dass sie für die Arbeit der Goldgräber keinen Pfennig mehr herausrücken würde als die Hälfte des üblichen Preises.

Hermann gab überraschend bereitwillig nach, er akzeptierte, dass Madlen nur ihren Anteil bezahlte, und sagte großmütig zu, sich den Rest bei den Nachbarn holen zu wollen. Nachdem er seine Männer in die Arbeit eingewiesen und den Lohn kassiert hatte, spazierte er von dannen, als ginge das Ganze ihn nichts mehr an. Wie üblich erfüllte er nur die übergeordneten Aufgaben und gab anderen die nötigen Befehle zum Verrichten der niederen, das galt für jedes seiner schmutzigen Geschäfte, ob es nun ums Töten, das Überwachen von Huren oder das Wegschleppen von Jauche ging.

Madlen verfolgte in sichtlich schlechter Stimmung und mit emporgehaltener Fackel die Arbeit der vierschrötigen Burschen, die, ausgestattet mit besudelten Wachsschürzen, Kübel um Kübel aus der Sickergrube hievten, die vollen Bottiche einen nach dem anderen zu ihrem Karren trugen und dabei in stummer Ergebenheit den bestialischen Gestank aushielten. Madlen hatte sich ein Tuch vor Mund und Nase gebunden, Irmla presste sich einen Sack getrockneter Kräuter vors Gesicht, und Willi und Berni hatten sich zu Caspar auf den Dachboden des Sudhauses geflüchtet. Veit stand im Wagenhaus und striegelte den Gaul, der sich in der letzten Zeit eines ungewöhnlich glänzenden Fells erfreute. Hin und wieder strich der Kater um Veits Füße, zog es dann aber vor, sein Heil in der weiter entfernten, weniger übel riechenden Nachbarschaft zu suchen. Der Hund hatte sich mit leisem Winseln in seine Hütte verkrochen. Der alte Cuntz war gleich zu Beginn der Arbeiten verschwunden. Er hatte erklärt, die Spätmesse besuchen zu wollen, wobei er Madlens Einwand, es finde doch gar keine mehr statt um diese Zeit, nicht gelten lassen wollte.

Johann trat neben Madlen, die wie eine fackelbewehrte Statue neben dem Brunnen stand, während die Kloakenreiniger in schweigender Prozession an ihr vorbeidefilierten.

»Wieso hast du nicht versucht, dir dein Geld von ihm zurückzuholen?«

»Von Hermann?«, fragte sie, offenbar bemüht, für die Antwort Zeit zu schinden.

»Von Hermann«, bestätigte Johann. »Es waren immerhin zehn Goldstücke, das ist ein kleines Vermögen, sogar für eine so fleißige und gut verdienende Frau wie dich. Das, was du heute bei Hermann herausgehandelt hast, ist nur ein Bruchteil davon.«

Hinter dem Tuch, das sie sich vorgebunden hatte, war ihr Gesicht nicht zu sehen, nur die großen Augen schauten heraus, doch der Seufzer, der ihr entwich, war nicht zu überhören. »Ich hätte das Geld gern zurück, das will ich gar nicht bestreiten.

Hast du die Stiefel von dem Kerl gesehen? Wenn ich könnte, würde ich sie mit einem Zauber belegen, damit er sich für den Rest seines Lebens damit selbst in den Hintern tritt. Natürlich könnte ich mich an den Rat wenden. Aber wenn ich das täte, würde es nur unerwünschte Aufmerksamkeit wecken. Man würde die ganze Angelegenheit untersuchen, bei allen möglichen Leuten gründlich herumschnüffeln und vielleicht am Ende herausfinden, dass diese Ehe auf … ähm, unredliche Weise zustande gekommen ist. Dann würde ich womöglich schlechter dastehen als vorher. Die zehn Gulden würden mir in diesem Fall auch nicht viel nützen.« Sie hob den Kopf auf jene entschlossene Weise, mit der sie ausdrückte, dass sie sich nicht kleinkriegen ließ. »Ich betrachte das Geld einfach als Investition, nämlich für die Erhaltung meines Geschäfts.«

Johann nickte ein wenig verdrießlich, ihre Antwort entsprach in etwa dem, was er vermutet hatte. Er hatte die Frage ohnehin nur gestellt, weil er einen Vorwand brauchte, um sich zu ihr zu gesellen. Alles zog ihn zu ihr hin, er hatte aufgehört, dagegen anzukämpfen.

Möglichst unauffällig betrachtete er sie von der Seite und fragte sich, wie er die nächste Unterrichtsstunde durchstehen und dabei die Hände bei sich behalten sollte.

Hermann hatte Wort gehalten, bis zum Morgengrauen waren die Kloakenreiniger mit der Arbeit fertig. Sie zogen mit ihrem Karren hinab zum Fluss, wo sie außerhalb der Stadtmauern ihre stinkende Fracht auf die Felder kippten. Sogar daran verdiente Hermann noch Geld, ordentlicher Dünger war bei den Bauern immer begehrt.

Madlen hatte es irgendwann um Mitternacht herum aufgegeben, den Männern bei der Arbeit zuzusehen. Statt gegen den grässlichen Gestank abzustumpfen, empfand sie ihn als immer unerträglicher, weshalb sie schließlich zu Bett ging, im Vertrauen darauf, dass am nächsten Morgen die Sickergrube auch tatsächlich leer war. Oben hörte sie Johanns leises Schnarchen, er hatte sich schon vor ihr zur Ruhe begeben. Obwohl sie todmüde war, konnte sie nicht einschlafen. Sie betete einen halben Marienpsalter, doch auch das half nicht. Schließlich tat sie, was sie den ganzen Abend über vermieden hatte: Sie dachte über die Rechenstunde nach. Alle Ziffern von der Eins bis zur Null hüpften ihr im Kopf herum, sie bildeten lange, immer kompliziertere Zahlenschlangen, vor denen sie kapitulierte, weil sie ihre Vorstellungskraft sprengten. Wie nannte man eine Zahl mit sechs Nullen? Tausendtausend? Sie beschloss, Johann danach zu fragen. Damit waren ihre Überlegungen wieder bei ihm gelandet. Und zugleich direkt vor jener Klippe, die sie so gern umschifft hätte, weil sie ahnte, dass sie sonst daran zerschellen würde wie ein Schiff, das mit vollen Segeln auf das Land zuhielt, weil es von betörendem Sirenengesang angelockt wurde. Sie merkte, dass sie auf konfuse Weise ihre eigenen Gedanken mit den seltsamen Geschichten durcheinanderbrachte, die Veit immer erzählte. So wie die von den Schiffen und den Sirenen. Es war eine Geschichte, in der auch Schweine vorkamen. Und eine Zauberin. Und ein einäugiger Riese. Alle in der Stube hatten wie gebannt gelauscht, Berni hatte den Mund gar nicht mehr zubekommen, und selbst Willi, der sich immer in seinen Missmut hüllte wie in einen Mantel, hatte vor Staunen die Augen aufgerissen und sogar ein bisschen ängstlich dreingeschaut, als in jener Geschichte der einäugige Riese die Gefährten des Helden fraß.

Madlen starrte an die Decke, wo das Licht der kleinen Talgleuchte, die neben ihrem Bett brannte, bewegliche Schatten erzeugte, wie unheimliche Gestalten aus einer fremden Welt, die durch das Dach des Hauses zu ihr vordringen wollten. Ein Hauch von Angst flog sie an, vor dem Fremden und Neuen. Vor den Zahlen, hinter denen sich eine Macht verbarg, vor der sie zurückschreckte. Und vor Johann, vor dem sie erst recht zurückschreckte. Er war wie die Ziffern, erkannte sie plötzlich. Und wie die Sirenen am fernen Ufer. So verlockend und verheißungsvoll. Zum Greifen nah, doch auch gefährlich. Wie ein Tor zu einem unbekannten Land. Durchschritt man es, war man verloren.

Dieser beunruhigende Gedanke war der letzte in dieser Nacht, Madlen nahm ihn mit in den Schlaf.

Teil III

Am anderen Morgen wurde sie zum ersten Mal, seit sie zurückdenken konnte, nicht bereits mit dem ersten Tageslicht wach. Sie hatte keine Ahnung, wie spät es war, als sie sich aus dem Bett kämpfte und zum Fenster stolperte, um den Laden aufzustoßen. Sonnenstrahlen stachen ihr in die Augen. Unten auf der Gasse herrschte bereits emsiges Leben. Ein Hütejunge trieb eine Schar Ziegen vor sich her. Ein Karren mit Mehlsäcken wurde in Richtung Neumarkt gezogen, ein anderer folgte, schwer mit Fischfässern beladen. Vorn an der Ecke standen die Frau des Bäckers und die des Kräuterhändlers, sie tratschten, was das Zeug hielt. Im nächsten Moment läuteten die Glocken zur Terz, buchstäblich der schlagende Beweis, dass Madlen verschlafen hatte. Und zwar um Stunden.

Fassungslos und mittlerweile hellwach kletterte sie die Stiege hinab. Irmla stand am Kochtopf und bereitete Haferbrei zu. Als sie Madlen erblickte, verzog sie grämlich das Gesicht, sagte aber nichts. Dafür nahm Madlen kein Blatt vor den Mund.

»Warum hast du mich nicht geweckt?«, fuhr sie die Magd an.

»Weil er es nicht wollte.«

»Er?«

»Dein *Mann*«, erklärte Irmla mit abfälliger Betonung. »Er hat mir befohlen, dich schlafen zu lassen, dein Herr Gemahl. Anscheinend hat er neuerdings das Sagen hier im Haus.«

Madlen versagte es sich, Irmla über den Mund zu fahren, obwohl ihr einige sehr handfeste Grobheiten auf der Zunge lagen. Sie klatsche eine Kelle Haferbrei in eine Schale, setzte sich damit zu ihrem Großvater an den Tisch, sprach ein Gebet und begann lustlos zu essen. Auf die erste Morgenmahlzeit hätte sie gut verzichten können, nachmittags hatte sie deutlich mehr Hunger, doch wer mit leerem Magen an die Arbeit ging, brachte nichts Brauchbares zuwege, das hatte ihr die Mutter früher so oft eingeschärft, dass es ihr schon vor langer Zeit in Fleisch und Blut übergegangen war.

Die Hintertür öffnete sich, Veit kam in die Stube. Er tastete sich vorsichtig an der Wand entlang.

»Hast du Hunger?«, fragte Irmla fürsorglich. »Komm, ich helfe dir zum Tisch.« Sie fasste Veit unter und geleitete ihn zur Sitzbank. »Ich bringe dir Haferbrei, er ist ganz frisch. Wenn du magst, kann ich dir etwas Honig hineingeben, dann ist er schön süß. Und hinterher kannst du ein Stück Käse haben.« Sie warf Madlen einen herausfordernden Blick zu, doch diese hatte gar nicht vor, zu widersprechen. Sie beugte sich über ihre Schale und hoffte, dass in der Brauerei alles seinen ordentlichen Gang nahm. Dann machte sie sich bewusst, dass sie davon ohne Weiteres ausgehen konnte, solange Johann dort das Regiment führte. Er würde schon dafür sorgen, dass alles wie am Schnürchen klappte. Geistesabwesend führte Madlen den nächsten Löffel Brei zum Mund. Seltsam, dieses ungewohnte Gefühl, sich auf jemand anderen verlassen zu können. Zu wissen, dass der Betreffende die Arbeit ebenso gut, wenn nicht besser erledigte als man selbst, ganz ohne die Sorge, dass das Malz faulig wurde, der Sud überkochte oder nicht rechtzeitig frisches Feuerholz herbeigeschafft wurde. Wann hatte sie dieses Gefühl zuletzt gehabt? Sie dachte gründlich darüber nach und kam zu dem Ergebnis, dass es zu einer Zeit gewesen sein musste, als ihr Vater noch gelebt hatte. Bei Konrad hatte sie diese Empfindung vollständiger Sicherheit nie gehabt, jedenfalls nicht, was die Arbeit betraf. Er war ein hervorragender Brauer gewesen, doch manchmal auch ein Tagträumer. Es war schon vorgekommen, dass er sich für einen Moment in die Sonne gesetzt hatte, nur um gleich darauf von einem bunten Falter abgelenkt zu werden, den er verfolgt und gefangen hatte, um ihn sich genauer anzusehen, und während die Lehrbuben und der Knecht angeregt zugeschaut hatten, war eine mächtige Muttersau durch die offene Hofeinfahrt in das Sudhaus getrottet und hatte einen halben Bottich Bier leer gesoffen. Einmal hatte er mit Caspar und den Jungen im Hof über Sinn und Nutzen des Karnevals diskutiert, während der Wind in die Braustube fuhr und dort Glut vom Feuer hochstieben ließ, direkt auf einen Haufen trockener Gerste. Zum Löschen hatten sie das Nächstbeste genommen: ein Fass erstklassiges Bier, gerade erst frisch abgefüllt.

Nicht, dass dergleichen oft vorgekommen wäre, bei genauerem Nachdenken konnte Madlen sich kaum an ähnliche Geschehnisse erinnern. Aber solche Dinge *waren* vorgekommen, und sie hätten jederzeit wieder passieren können.

Madlen wusste, dass diese unbekümmerte Sorglosigkeit einen großen Teil von Konrads Wesen ausgemacht hatte. Seine heitere Liebenswürdigkeit, sein sonniges Gemüt – eins hatte man nicht vom anderen trennen können, das alles hatte zu ihm gehört, so war er nun einmal gewesen, und sie hatte ihn dafür geliebt.

Sie rieb sich über die Augen und schluckte hart, der Brei fühlte sich in ihrem Mund fade und klumpig an. Nein, dachte sie mit aufkommendem Zorn. Er *war* fade und klumpig. Wenn man Irmlas Kochkünste mit denen von Madlens Mutter verglich, war der Unterschied von so himmelschreiender Offensichtlichkeit, dass Madlen sich ernsthaft zu fragen begann, wieso sie all die Jahre klaglos diesen Fraß in sich hineingestopft hatte. Gut, sie gab nicht viel ums Essen, hatte es nie getan. Und alle anderen schaufelten ebenfalls in sich hinein, was auf den Tisch kam, das war schon immer die goldene Regel aller hart arbeitenden und ehrlichen Menschen gewesen. Hauptsache, es war viel und machte satt. Aber musste es wirklich immer so sein? Zum ersten Mal bereute Madlen, dass sie nie kochen gelernt hatte. Sie hatte lieber ihrem Vater bei der Arbeit über die

Schulter geschaut als ihrer Mutter, und so hatte es nach deren Tod Irmla oblegen, fortan für das leibliche Wohl der Haushaltsmitglieder zu sorgen. Madlens Vater hatte darüber wohl des Öfteren gebrummelt, doch er hatte es nicht über sich gebracht, Irmla wegzuschicken, sie war schon mit zwölf Jahren als Magd ins Haus gekommen, überdies war sie als Schankhilfe geschickt und umsichtig. Auch den übrigen Haushalt und die Tiere versorgte sie zufriedenstellend, nur das, was sie kochte, stand vom Ergebnis her in keinem Verhältnis zum Aufwand. Madlen seufzte und schob die Schüssel mit der kaum genießbaren grauen Pampe weg. Sie zupfte an ihrer Cotte und schnüffelte dann an ihrem Haar. Beides roch alles andere als einnehmend, und dasselbe galt für ihren ganzen Körper. Die Sickergrube mochte leer sein, aber der Gestank von letzter Nacht hatte sich überall eingenistet, er haftete an ihr, als hätte sie wochenlang auf dem Abtritt gehockt.

Der Entschluss kam aus heiterem Himmel. »Ich gehe heute ins Badehaus!«, verkündete sie in entschiedenem Ton. Warum sollte sie es nicht ausnutzen, die Arbeit in andere Hände legen zu können? Sie schuftete sonst von früh bis spät. War es nicht ihr gutes Recht, auch einmal etwas anderes zu tun?

»Es ist Dienstag, nicht Samstag«, sagte Irmla.

Madlen funkelte sie angriffslustig an. »Steht vielleicht irgendwo geschrieben, dass man nur samstags ins Badehaus geht? Ich gehe hin, wenn ich finde, dass ich stinke. Und heute stinke ich wie ein Schwein in der Suhle.«

»Du stinkst nicht schlimmer als ich.«

»Dann habe ich es erst recht nötig.« Madlen widerstand dem Bedürfnis, eine Handvoll von dem Haferbrei aus der Schale zu klauben und Irmla damit zu bewerfen.

Veit, der an der gegenüberliegenden Seite des Tisches saß, räusperte sich. Seine blinden Augen wandten sich in Madlens Richtung.

»Dürfte ich eine Bitte äußern?« Sein Ton war demütig, offensichtlich war es ihm peinlich.

»Sicher«, sagte Madlen verdutzt.

»Könntest du mich ins Badehaus mitnehmen?«

Irmla schien für dieses geballte Bedürfnis nach Sauberkeit jegliches Verständnis zu fehlen. »Du hast doch erst letzte Woche gebadet!«

»Ich könnte es wieder vertragen«, verteidigte Veit sich.

»Warum? Das Stroh im Stall ist ganz sauber, weit und breit keine Flöhe.«

»Halt den Mund«, befahl Madlen ihr. »Er geht mit. Wenn er baden will, soll er baden. Auch Arme haben ein Anrecht auf Reinlichkeit.« Wütend hieb sie ihren Löffel in die Breischale. »Und nebenbei, dein Haferbrei schmeckt wie verfaultes Stroh.«

Irmla schnappte nach Luft.

Cuntz, unter dessen Händen eine neue Schnitzerei Gestalt annahm, hob den Kopf. Bislang hatte er die Unterhaltung wortlos verfolgt, doch zum Baden wollte er seine Meinung kundtun. »Da sprach Jakob zu allen in seinem Hause: Reinigt euch und wechselt eure Kleider.«

Irmla musterte ihn argwöhnisch. »Welcher Jakob?«

»Der aus dem Buch Mose«, sagte Cuntz. Er lächelte friedfertig. »Und der Brei hat wirklich schon besser geschmeckt.«

Irmla war zutiefst beleidigt, fühlte sich aber zu einer Rechtfertigung berufen. »Wir haben Fastenzeit!«

Madlen nahm mit beiden Händen die Schale, hob sie an und schlug sie krachend auf den Tisch, sodass der Inhalt hochspritzte. »Was hat dieser Schweinefraß mit Fasten zu tun?« Sie erhob sich und pulte einen Klumpen Brei aus ihren Locken. »Du wirst ab sofort auch für mich Honig in den Brei geben, ist das klar? Und ich will heute Mittag ein Essen auf dem Tisch haben, in dem weder Kohl noch Rüben noch Zwiebeln sind. Und auch kein Stockfisch. Vor *allem* kein Stockfisch.« Ein unausgesprochenes *Sonst* begleitete diese entschiedene Aufforderung. Es hing ebenso unmissverständlich wie bedeutungsschwer im Raum, als Madlen barfuß und mit wehendem Hemd zur Stiege stapfte und nach oben entschwand.

Irmla gab einen Laut von sich, der die gesamte Spanne zwischen rechtschaffener Entrüstung und gekränktem Aufopferungswillen abdeckte.

»Sie hat gut reden«, murrte sie. »Was soll ich denn während der heiligen Fastenzeit sonst in den Eintopf tun? Vielleicht Steine?«

»Du könntest dir bei Johann Rat holen«, schlug Veit vor. »Er kocht sehr gut.«

»Er kann *kochen*?«, erkundigte Cuntz sich interessiert. »Und sogar gut?« Er äugte in Richtung Feuerstelle. »Hast du das gehört, Irmla?«

Irmla ließ mit Getöse eine Holzschüssel fallen.

»Manche sagen *Million* dazu«, sagte Veit. »Jedenfalls habe ich einige in unserem Heer getroffen, die es so nannten, wenn tausendmal tausend gemeint war.«

»Million.« Madlen ließ das Wort auf der Zunge zergehen, es hatte einen guten, runden Klang.

»Dir macht das Erlernen von Zahlen wohl Freude, oder?«, wollte Veit wissen.

»Ja, das tut es«, sagte Madlen. »Zahlen sind … schön. Ich mag daran, dass sie wahr sind. Nicht so wie Worte, die man so oder so auslegen kann.« Sie hob drei Finger. »Das ist eine Drei, und keiner kann was anderes behaupten.«

Von Dampf umwabert, saßen sie einander im Badezuber gegenüber, das warme Wasser schwappte ihnen bis zum Hals. Zwischen ihnen befand sich ein Brett, das den Zuber in der Mitte teilte. Darauf standen ein Krug Bier nebst Becher, ein Brett mit geräuchertem Fisch und eine Schale mit Schwamm und Seife. Neben Madlen döste eine Matrone, deren Kopf auf das Brett herabgesunken war, und auf Veits Seite schwelgte ein vollbärtiger Pilger im heißen Wasser. Er summte vor sich hin und hob gerade unter Verrenkungen einen verhornten Fuß über die Oberfläche, um ihn hingebungsvoll mit Bimsstein abzuschrubben. Ihm gehörte auch die Seife, ein harter, duftender weißer Klumpen. Er hatte sie aus Venedig mitgebracht, wo sich, wie er berichtet hatte, die besseren Leute beim Baden damit säuberten. Madlen hatte wiederholt daran geschnuppert, sie konnte sich kaum satt riechen. Schließlich hatte der Pilger sie großmütig aufgefordert, sie zu benutzen. Sie hatte sich das Haar damit gewaschen und ihren Körper von oben bis unten damit abgerieben, und das dabei entstehende Gefühl von Sauberkeit und Wohlbehagen schlug die Reinigung mit der üblichen Schmiere aus Talg und Pottasche um Längen.

Der Bader hatte schon mehrmals heißes Wasser nachgeschüttet und zwischendurch Veit rasiert. Auch der Pilger ließ sich mit genießerisch zurückgelegtem Kopf das Bartgestrüpp entfernen, es war seine erste Rasur seit vielen Wochen. Er hatte ein Gelübde abgelegt, dass er sich erst wieder den Bart scheren ließ, wenn er am Dreikönigsschrein gebetet hatte, so wie zuvor an anderen heiligen Orten. Zu diesem Zweck war er durch halb Europa gereist. Er hatte in Santiago de Compostela am Grab des Apostels gebetet, in Rom zum heiligen Petrus, in Venedig bei den Gebeinen des heiligen Markus, und stets hatte er sich während der Reisen weder gewaschen noch rasiert. Er war ein beleibter Mann, anscheinend war er vom Fasten als Beweis seiner Frömmigkeit weniger überzeugt als vom Verzicht aufs Baden und Bartscheren.

Neben seiner dicklichen Gestalt wirkte Veit noch hagerer, obwohl er längst nicht mehr so ausgezehrt aussah wie bei seinem Einzug. Noch ein paar Wochen, und niemand würde mehr bemerken, dass er wochenlang gehungert hatte. Auch Johann hatte sich rasch wieder von der schmalen Gefängniskost erholt, er verdrückte unglaubliche Mengen, wobei er sich keineswegs auf die von Irmla auf den Tisch gebrachten Speisen beschränkte. Nicht immer nahm er an den gemeinsamen Mahlzeiten teil. Stattdessen besorgte er zuweilen für sich und Veit besseres Essen auf dem Markt oder bei den Garküchen und teilte es mit ihm im Schuppen. Der Himmel allein wusste, woher er das

Geld dafür nahm; die paar Pfennige, die Madlen ihm gegeben hatte, waren mit Sicherheit längst aufgebraucht. Manchmal roch sie den Duft geräucherter Bachforelle oder frisch gebackenen Brotes, oder auch das Aroma eines würzigen, fetten Käses. Einmal hatte Veit ihr höflich ein Stück von dem Mandelkuchen angeboten, den Johann ihm mitgebracht hatte. Madlen hatte spontan davon abgebissen, was ihren Groll über die einseitige Beköstigung, mit der sie sich tagein, tagaus begnügen musste, beträchtlich gesteigert hatte. Irmla bekam genug Geld zum Wirtschaften, aber irgendwie schien sich unter ihren Händen alles in klumpigen Brei oder fade, stinkende Eintöpfe zu verwandeln. Es gab nur wenige Lichtblicke. Etwa guter Käse, den Madlen selbst vom Markt mitbrachte. Oder Apfelbrei, bei dessen Zubereitung man nicht viel verkehrt machen konnte, sofern man ihn nicht anbrennen ließ. Frisches Brot vom Bäcker. Und außerhalb der Fastenzeit natürlich Wurst oder Schinken oder gefüllte Pasteten. Dafür waren die Bemühungen Irmlas, Fischtopf oder Schmorfleisch mit genießbarem Ergebnis zuzubereiten, selten von Erfolg gekrönt. Der große gemauerte Backofen im Anbau der Braustube, zu Lebzeiten von Madlens Mutter noch regelmäßig in Gebrauch, war in den letzten Jahren nur noch vereinzelt angeheizt worden. Irmla hasste das Backen, zweifellos weil sie es noch schlechter beherrschte als das Kochen.

Wenigstens beim Trinken musste keiner von ihnen Verzicht üben – es stand jederzeit das köstlichste Bier bereit.

Madlen seufzte verhalten, die vielen Gedanken ans Essen und Trinken zeitigten Wirkung. Mittlerweile knurrte ihr der Magen, begehrlich schielte sie auf das Brett mit dem Räucherfisch. Es waren nur die Reste von einem üppigen Mahl, das der Pilger sich vor der Rasur einverleibt hatte. Anscheinend war er ein Mann, der leibliche Genüsse schätzte. Köln war voll von Wallfahrern, und längst nicht alle waren Asketen. Oft bevölkerten sie scharenweise die Schänken, viele kamen auch ins *Goldene Fass*, manche sogar alle Jahre wieder.

Der Mann erhob sich aus dem Zuber, der Leib feuchtweiß glänzend wie bei einer riesigen, fetten Made. Das Lendentuch hing triefend bis zu den Knien, und von seinem Wanst lief das Wasser auf den guten Fisch und ins Gesicht der schlafenden Frau, die mit einem unwilligen Laut hochschrak.

Platschend stieg der Pilger aus dem Zuber, nahm seinen Schwamm und seine Seife aus der Schale und empfahl sich mit höflichem Abschiedsgruß. Auch die Matrone stemmte sich aus dem Wasser. Das nasse Hemd umgab ihren Körper wie eine zweite Haut und ließ jeden Wulst und jede Vertiefung ihrer unförmigen Mitte sichtbar werden. Beim Aussteigen drängte sich ihr Hintern gegen Veits Gesicht, er musste sich nach hinten beugen, um nicht unnötig Bekanntschaft mit den wabbelnden Massen zu machen. Madlen unterdrückte ein Kichern, und auch Veit machte aus seiner Erheiterung keinen Hehl.

»Wollen wir noch einen Nachguss nehmen?«, fragte er.

»Warum nicht.« Madlen winkte dem Bader. Abgesehen von ihrem Hunger fühlte sie sich wohl, das warme Wasser tat ihr gut. Sie fragte sich, warum sie nicht öfter ins Badehaus ging. Viele Leute, die sie kannte, gönnten es sich jede Woche, nicht nur, weil sie auf Sauberkeit hielten, sondern weil es Gelegenheit zu einem willkommenen Schwatz bot. Madlen schätzte daran eher, auch einmal für sich zu sein und nichts weiter tun zu müssen, als sich zu entspannen und für eine kurze Weile mit allen Sinnen den Müßiggang zu genießen, der ihr sonst fremd war. Sie hatte vorhin sogar überlegt, sich wie die anderen auf die Bank neben den großen Ofen zu setzen und sich vom Bader abbürsten zu lassen, doch die Blicke, mit denen er die jüngeren Frauen bedachte, hatten sie davon abgehalten. Ihr Hemd war noch dünner und kürzer als das der Frau, die eben noch bei ihnen im Zuber gesessen hatte. Männer waren offenbar niemals imstande, ihre lüsternen Gedanken zu zügeln, wenn sie eine leicht bekleidete Frau sahen. Abgesehen natürlich von jenen, die ihr Augenlicht verloren hatten.

Madlen warf einen verstohlenen Blick auf die andere Seite

des Zubers. Veit hatte den Kopf zurückgelegt. Sein Armstumpf ragte aus dem Wasser, er musste immer noch damit Acht geben, obwohl die Entzündung gut abgeheilt und von gesundem Schorf bedeckt war. Beim Auskleiden war er fast ohne Unterstützung zurechtgekommen, nur für die Stiefel hatte er Hilfe gebraucht.

Nachdem der Bader einen Bottich heißes Wasser nachgeschüttet und die Essensreste abgeräumt hatte, gab Madlen der Versuchung nach, Veit über sein früheres Leben auszufragen. Je häufiger sie ihn um sich hatte, desto größer schien ihr Bedürfnis zu werden, alles über ihn zu erfahren. Einiges wusste sie bereits, aber längst nicht alles.

Er war der Sohn eines Burggrafen im Niederrheinischen, wo er eine glückliche Kindheit verlebt hatte. Aufgewachsen war er wie viele Knaben aus dem Adel auf der Burg eines anderen Edelmannes, wo er zunächst, wie es üblich war, der Dame des Hauses als Page und später dem Burgherrn als Knappe gedient hatte, bis man ihm die Ritterwürde verliehen hatte.

»Das war die beste Zeit meines Lebens. Mit meinen Freunden zog ich von Turnier zu Turnier, wir fochten eine Menge harmloser Kämpfe aus, bei denen es nur um den Spaß ging. Wir ließen uns von den Damen unseres Herzens bunte Tücher anstecken und begossen jeden gewonnenen Tjost mit gutem Wein.«

»War Johann damals schon bei dir?«

»Er kam zu uns auf die Burg, als er zehn war. Das Pagenleben schmeckte ihm ganz und gar nicht.« Veit lachte in der Erinnerung an diese Zeit. »Er wollte sofort den Umgang mit Waffen erlernen und beim Tjosten mitmachen. Tatsächlich war er ein gelehriger Schüler, es dauerte nur wenige Jahre, bis ihm nichts mehr beizubringen war, denn schon in seiner Jugendzeit war er den meisten Männern an Kraft überlegen. Vor allem aber hatte er schon früh begriffen, dass ein Ritter mehr braucht als Schwert, Rüstung und Schlachtross.«

»Was denn?«, fragte Madlen neugierig. »Tapferkeit und Mut?«

»Das natürlich auch. Aber noch wichtiger ist die Ehre. Ohne Ehre ist ein Ritter nichts. Die Ehre erfordert eine besondere Art von Stärke. Dazu gehört es, den Schwachen zu helfen. Nur im offenen Kampf zu töten, Mann gegen Mann. Dem Guten zum Sieg über das Böse zu verhelfen.« Veit lächelte schmerzlich. »Wir glaubten beide, dass wir nur für das Gute streiten würden. Und wir glaubten, dass auch andere daran glaubten. Wir waren bereit, für diesen Glauben zu sterben. Als Johann fünfzehn war und ich einundzwanzig, kam der Aufruf zum Kreuzzug. Der französische König und der Papst ließen überall in Europa die Kunde verbreiten, dass es an der Zeit sei, die Heilige Stadt endgültig von den heidnischen Horden zu befreien. Der Erzbischof unterstützte sie darin, damals passte es in seine politischen Pläne, sich mit dem Papst und dem König gutzustellen. *Deus lo vult*, hieß es, Gott will es. Gott wollte es schon beim Ersten Kreuzzug, und natürlich wollten wir genau dasselbe, was auch Gott wollte, also zogen wir in den Krieg.« Die Bitterkeit in seiner Stimme war nicht zu überhören. »Es dauerte nicht lange, bis wir herausfanden, dass das, was wir da taten, weniger der Wille Gottes war als der von Menschen, die aus Eigennutz handelten. Es war ein Krieg wie jeder andere. Nichts daran war heilig. Er war schmutzig, grausam, barbarisch. Es ging um Land und um Macht, um nichts sonst.«

Es überraschte Madlen nicht allzu sehr, ihn so unverblümt darüber reden zu hören. Sie hatte schon vorher vermutet, dass all sein bisheriges Gerede über ruhmreiche Schlachten und glorreiche Siege nur freundliche Tünche war. In Wahrheit hatte man ihn und Johann um Jahre ihres Lebens betrogen. Man hatte sie mit dem Versprechen ewigen Seelenheils in die Fremde gelockt, und bei ihrer Rückkehr gab es ihr früheres Leben nicht mehr. Aus Veits Familie waren alle tot. Nach einem Scharmützel, wie es sie zwischen den Truppen des Erzbischofs und seinen Feinden vielfach gegeben hatte, war die väterliche Burg geschleift worden, in den nachfolgenden Wirren waren seine Eltern und andere Verwandte umgekommen. Die Ländereien waren verheert, die Gefolgsleute in alle Winde versprengt. Es gab nichts mehr, wohin er hätte heimkehren können.

Was Johann betraf, so existierte wohl noch eine Burg mit Landbesitz, aber dieses Lehen gehörte mittlerweile anderen, denen der Erzbischof stärker verpflichtet war als seinen früheren Verbündeten. Mehr als diese kargen Einzelheiten hatte Madlen bisher nicht in Erfahrung gebracht. Johann sprach nicht gern darüber, und auch Veit hielt sich bedeckt, wenn die Rede darauf kam, obwohl er in anderen Dingen durchaus mitteilsam war. Etwa, wenn Madlen mehr über die Zeit in Bayern wissen wollte, besonders über besagte Grete. Madlen wusste inzwischen, dass die Frau groß und schwarzhaarig und üppig war, also das genaue Gegenteil von ihr. *Das* also hatte Johann gemeint, als er davon gesprochen hatte, dass Madlen nicht zu der Art Frauen gehörte, die ihn reizten. Sie war ihm zu klein, zu hellhaarig und zu mager. Und natürlich auch zu dumm, denn neben all ihren Vorzügen war jene Grete auch gebildet, sie konnte, wie Veit auf Befragen eingeräumt hatte, lesen und schreiben. Sie hatte sogar einmal ein Gedicht für Johann verfasst. Außerdem konnte sie vermutlich mit richtigen Zahlen statt nur mit den Fingern und selbst ausgedachten Symbolen rechnen.

Madlen hatte genug vom Baden. Sie stand auf, drückte das Wasser aus ihren Haaren und strich das triefende Hemd glatt. Sie überlegte, ob sie ihr Haar noch hier in der Badestube oder lieber zu Hause auskämmen sollte. Sonst trug sie zum Baden meist eine Haube, denn das Entwirren nasser Haare war eine mühselige und schmerzhafte Angelegenheit, weshalb sie sich auch nicht allzu oft den Kopf wusch. Der duftenden Seife hatte sie jedoch nicht widerstehen können, und der angenehme Geruch ihres Haars war die lästige Prozedur des Auskämmens allemal wert. Während sie noch dort im Zuber stand, die nassen Locken um die Finger gewunden, tauchte eine Gestalt aus dem Dampf auf, die sich im nächsten Augenblick als Barthel entpuppte. Er sah sie sofort.

»Madlen!«, stieß er stammelnd hervor.

»Gott zum Gruße, Barthel«, erwiderte sie peinlich berührt. »Wie schön, dich wieder einmal zu treffen.«

Sie ahnte, dass die Lüge ihr auf der Stirn stand. Am liebsten hätte sie ihn für den Rest ihres Lebens nur noch von Weitem gesehen. Ihm ausgerechnet hier im Badehaus gegenüberzustehen, nackt bis auf ein tropfendes Hemdchen, war so unerquicklich, dass ihre Haut davon zu jucken begann. Bis zum Abend würde sie sicher wieder Pusteln bekommen. Sie ließ ihr Haar los, kratzte sich an den Armen und versuchte dabei, Barthel nicht allzu genau in Augenschein zu nehmen, denn auch er war nahezu nackt. Nur ein dürftiger Leinenstreifen hing um seine Lenden. An seinem spindeldürren Körper klebten noch ölige Reste von der Seifenpaste, und seine Haut war tiefrot von der Bürste, mit der ihn der Bader traktiert hatte. Er starrte Madlen an wie eine Erscheinung.

»Wir müssen jetzt gehen«, sagte sie hastig zu Veit. »Es ist bald Essenszeit.«

Ohne Umschweife stieg Veit aus dem Zuber.

»Barthel, ich wünsche dir einen guten Tag.« Madlen nahm Veit bei der Hand und führte ihn an Barthel vorbei zu den Bänken, wo sie ihre Kleidung abgelegt hatten. Sie ließ sich vom Bader frische Tücher zum Abtrocknen bringen und half Veit beim Anziehen, bevor sie sich selbst ankleidete. Die ganze Zeit über spürte sie Barthels Blicke auf sich.

Zum Mittagessen tischte Irmla einen Fischtopf auf, der schmackhafter nicht hätte sein können. Die Fischstücke waren weiß und fest, und wie von Madlen gefordert, gab es als Gemüse weder Kohl noch Steckrüben, sondern fein geschnittenen Lauch und zarte Pastinaken. Alles schwamm in einer dicken, mit Mandelmilch und Petersilie angereicherten Tunke, von der kein Tropfen übrig blieb. Cuntz wischte mit einem Seufzer des Behagens und unter Zuhilfenahme eines Stücks Brot auch noch den allerletzten Rest aus dem Topf.

Die Frage, wer dieses Essen zubereitet hatte, stellte sich gar nicht erst, denn dass es nicht von Irmla stammte, war so unumstößlich sicher wie das Amen in der Kirche. Niemand ließ sich darüber aus, wie ungewohnt köstlich diese Mahlzeit schmeckte, aber alle langten derart begeistert zu, dass Irmla schließlich rot anlief vor Ärger und mit verkniffenem Gesichtsausdruck erklärte, dass eine Schwalbe noch keinen Sommer mache. So zusammenhanglos sie diese Äußerung tat, so eilig hatte sie es sofort nach dem Essen, im Garten zu verschwinden, vorgeblich, um die Ziegen zu füttern.

Johann, Caspar und die Jungen gingen wieder an die Arbeit, Veit in den Schuppen. Madlen blieb noch eine Weile bei ihrem Großvater sitzen. Obwohl sie heute, außer zu baden, noch nichts geleistet hatte, fühlte sie sich matt. Der Kopf tat ihr weh.

»Er kann gut kochen«, sagte der Alte angelegentlich.

»Er kann vieles gut«, gab Madlen verdrossen zurück.

»Du hast eine vernünftige Wahl getroffen.«

Madlen fragte sich, was er wohl dazu sagen würde, wenn Johann wieder aus ihrer aller Leben verschwunden war.

»Hat Irmla wenigstens beim Kochen geholfen?«, erkundigte sie sich.

»Sie hat alles klein geschnitten und aufmerksam zugesehen.«

»Dann besteht ja noch Hoffnung, dass sie es beim nächsten Mal besser hinkriegt.«

»Das glaube ich nicht, denn deiner Mutter hat sie auch oft zugesehen, und die konnte sehr gut kochen.«

»Ich weiß.« Madlen rieb sich die Schläfen. Vielleicht hätte sie sich das Haar lieber nicht waschen sollen. Das Kämmen der wirren, halb trockenen Strähnen war äußerst unangenehm gewesen, kein Wunder, dass sie Kopfschmerzen hatte. Zu allem Überfluss tat ihr auch noch der Hals weh, und die Pusteln auf ihren Armen schienen eher mehr statt weniger zu werden. Sie sollte längst im Sudhaus sein, neue Gruit ansetzen. Und sie musste noch zum Markt, Salzhering und Brot für die Schankgäste besorgen. Am Essen verdiente sie nicht viel, doch die Leute tranken mehr, wenn sie dazu etwas zu beißen hatten, vor allem, wenn es salzig war. Nach Ostern würde es im *Goldenen Fass* außer Fisch auch wieder dünne, über dem Feuer geröstete Scheiben Schweinebauch geben, davon konnten die Gäste nicht genug bekommen, und weil es sich dabei um eines der wenigen Gerichte handelte, mit deren Zubereitung Irmla keine Schwierigkeiten hatte, konnten sie häufig welche anbieten.

Wo Johann wohl das Kochen gelernt hatte? In Bayern oder in Outremer? Ob gar die vollkommene Grete es ihm beigebracht hatte?

Madlen seufzte abermals, gar zu gern hätte sie ihren Kopf auf die Arme gelegt und sich noch ein bisschen ausgeruht. Noch lieber wäre sie nach oben in ihre Kammer gegangen, um sich für eine Weile ins Bett zu legen.

Warum sollte sie nicht genau das tun? Schließlich war sie die Herrin im Haus. Wenn sie müde war, durfte sie ruhen. Keiner konnte sie zur Arbeit zwingen, es sei denn, sie selbst. Sie war niemandem Rechenschaft schuldig für das, was sie tat. Oder nicht tat.

»Fühlst du dich nicht wohl?«, fragte ihr Großvater. Sein faltiges Gesicht mit den sanften, liebenswerten Gesichtszügen hatte einen besorgten Ausdruck angenommen. »Du wirst mir doch nicht krank werden?«

Madlen schüttelte den Kopf. »Nein, ganz sicher nicht.«

Sie war noch nie krank gewesen, jedenfalls konnte sie sich nicht daran erinnern. Sie war gesund wie ein Pferd. Es hatte schon Tage gegeben, da hatte die gesamte Familie mit Fieber das Bett hüten müssen, während sie als Einzige gearbeitet und obendrein noch alle versorgt hatte.

»Vielleicht sollte ich vorsorglich noch ein wenig ruhen«, sagte sie.

»Das solltest du unbedingt tun«, stimmte Cuntz sofort zu. »Du siehst sehr blass aus. Wer weiß, ob das Baden deiner Gesundheit zuträglich war.« Cuntz hatte zwar keine Vorbehalte gegen das Baden, er ging selbst alle paar Wochen ins Badehaus, doch jeder wusste, dass es zu nichts Gutem führen konnte, mit nassem Kopf durch die Gassen zu laufen.

»Gut. Ich lege mich hin. Aber nur bis zum nächsten Glockenschlag, dann soll Irmla mich wecken.«

Mit schweren Gliedern schleppte sie sich nach oben in ihre Kammer und streckte sich auf dem Bett aus. Ihr fielen sofort die Augen zu.

Gemeinsam mit dem Knecht und den Lehrjungen erledigte Johann zügig alle im Sudhaus anfallenden Arbeiten. Er hätte gern damit angefangen, die Mauer für den neuen Rauchfang hochzuziehen, doch da der Baumeister, der ihnen auch die Ziegel geliefert hatte, an diesem Tag keine Zeit hatte, musste die Arbeit verschoben werden. Stattdessen nahm er, nachdem er einen großen Sack voll Malz geschrotet hatte, die Darre in Augenschein. Der große Trockenofen befand sich im Dachgeschoss des Sudhauses und war von der Tenne durch eine zusätzliche Wand abgetrennt. Entstehender Rauch konnte durch eine Maueröffnung nach draußen entweichen. Alles war gut durchdacht und ordentlich ausgeführt, doch das Grünmalz konnte auf der steinernen Trockenfläche nur gedörrt, nicht angeröstet werden, dafür reichte das Schwelfeuer in dem Ofen nicht. Zum stärkeren Einheizen war die Vorrichtung ungeeignet, auch fehlte eine Möglichkeit, unterschiedlich stark zu darren, etwa indem man das Grünmalz näher über dem Feuer oder weiter davon entfernt auslegte. Sinnend ging er vor der Darre auf und ab, als Caspar von unten zu ihm heraufrief: »Kommt Madlen heute denn gar nicht zur Arbeit?«

Jäh aus seinen Gedanken gerissen, bemerkte Johann erst jetzt, dass Madlen nach dem Essen tatsächlich noch nicht im Sudhaus aufgetaucht war. Das sah ihr so wenig ähnlich, dass Johann sofort sämtliche Gedanken an eine Verbesserung der Darre vergaß und eilends die Stiege hinabkletterte. In der Stube des Wohnhauses saß Cuntz am Tisch und ging seiner gewohnten Schnitzarbeit nach.

Madlen fühle sich nicht wohl und müsse daher das Bett hüten, erklärte der Alte Johann auf dessen Frage.

Irmla, die bei ihm saß und Linsen verlas, fügte unaufgefordert hinzu, dass sie es gleich gewusst habe. Zu viel Sauberkeit sei nun mal ungesund.

Wie schon am Morgen befahl Johann ihr, Madlen auf jeden Fall schlafen zu lassen.

»Aber wir haben nachher Ausschank!«

»Nun, wir sind zu dritt, oder nicht? Als ich noch nicht hier war, klappte es auch mit drei Leuten.«

Er ging in den Schuppen, um nach Veit zu sehen. Dieser hob lauschend den Kopf, als Johann zu ihm trat.

»Johann?«

»Ganz recht.« Er setzt sich neben Veit ins Stroh und blickte sich müßig um. Sein Freund hätte schlechter logieren können, das Lager, auf dem er schlief, war sauber, im Wagenhaus war es trocken und warm. Dank Madlens Großzügigkeit besaß er ordentliche Kleidung und festes Schuhwerk, und obendrein gab es jeden Tag reichlich zu essen. Dennoch war Johann nicht restlos zufrieden mit der Situation, es behagte ihm nicht, dass Veit auf die Gnade anderer angewiesen war. Er würde zeitlebens fremde Hilfe brauchen, daran ließe sich gewiss nie mehr etwas ändern, aber Veit sollte ein Leben in Würde führen, wenigstens halbwegs so, wie es seinem Stande angemessen war. Gern hätte er dem Freund seine Kammer abgetreten und an seiner Stelle hier im Stroh geschlafen, er hatte es sogar schon vorgeschlagen, doch Veit wollte es nicht.

Johann versuchte erneut sein Glück. »Im Haus hättest du es bequemer als hier. Mein Bett ist zwar kurz, aber für dich wäre es genau richtig.«

Veit schüttelte lächelnd den Kopf. »Was denkst du, was es für einen Eindruck bei der allsehenden Nachbarin hervorruft, wenn statt meiner auf einmal du jeden Morgen mit Stroh im

Haar aus dem Stall kommst? Außerdem fühle ich mich wohl hier. Ich mag das Pferd.« Er wandte Johann das Gesicht zu. »Was ist los mit dir? Du hörst dich besorgt an.«

»Madlen scheint krank zu sein. Sie schläft.«

»Heute Morgen beim Baden war sie noch wohlauf. Kein Husten, kein Schniefen. Wahrscheinlich ist sie einfach nur restlos erschöpft. Sie arbeitet zu viel.«

»Ich weiß. Sie schuftet, als ginge es dabei um ihr Seelenheil.«

»Vielleicht tut es das ja.«

»Wie meinst du das?«, wollte Johann wissen.

»Solange sie arbeitet, muss sie nicht nachdenken. Vor allem nicht über ihren Kummer. Sie hat innerhalb von drei Jahren ihren Vater und ihren Ehemann verloren. Eine schwächere Frau wäre daran verzweifelt.«

Johann musste daran denken, dass er Madlen manchmal nachts in ihrer Kammer weinen hörte. Das schienen die einzigen schwachen Augenblicke zu sein, die sie sich zugestand. Und zugleich waren es die einzigen, in denen sie zur Ruhe kam, von daher mochte das, was Veit eben gesagt hatte, zutreffen. Trotz ihrer jungen Jahre hatte Madlen nach dem Tod ihres Mannes nicht gezögert, ihr Leben in die Hand zu nehmen. Sie hatte alles im Griff. Ihr Haushalt funktionierte wie am Schnürchen, ihrem siechen Großvater mangelte es an nichts, ihre Geschäfte liefen gut. Sie schlug ihr Bier nicht nur fässerweise eigenhändig auf dem Markt los, sondern bewirtete auch Abend für Abend ihre Gäste.

»Hast du einmal nachgerechnet, wie viel Schlaf sie an solchen Tagen für gewöhnlich bekommt?«, meinte Veit.

»Weniger als ich«, gab Johann zu. »Sie geht abends immer noch durch den Garten und sieht überall nach dem Rechten, wenn alle anderen bereits im Bett liegen. Und morgens hat sie immer schon die Tiere gefüttert und den Kamin angeheizt, bevor ich unten bin.«

»Wenn du mich fragst, ist sie schlicht erschöpft. Man sollte sie schlafen lassen.«

»Das habe ich vor.«

»Wie stehst du zu ihr?«, wollte Veit sanft wissen.

Johann zuckte die Achseln, dann machte er sich bewusst, dass Veit es nicht sehen konnte; oft vergaß er es einfach. »Manchmal werde ich hart, wenn ich nur in ihre Nähe komme.«

»Das hatte ich nicht gemeint.«

»Und ich habe nichts anderes gemeint«, sagte Johann ein wenig ruppig.

Veit zögerte, dann meinte er freimütig: »Du solltest nicht mit ihren Gefühlen spielen, mein Freund.«

»Von welchen Gefühlen sprichst du?« Johanns Stimme klang ablehnend.

»Es kann dir nicht entgangen sein, dass sie dich bewundert. Und dabei spreche ich nicht nur von deinen Rechenkünsten und deinem starken Rücken.«

»Du redest Unsinn«, sagte Johann. »Aber ich nehme es dir nicht übel, weil es dem Verlust deines Sehvermögens geschuldet ist. Hättest du dein Augenlicht noch, würdest du dich sehr wundern, wie ich im Vergleich zu früher aussehe. In meinen besten Zeiten war ich vielleicht mal ein ganz ansehnlicher Bursche, aber das ist lange her. Unlängst war ich bei einem Barbier, der einen recht ordentlichen Spiegel hat. Das einzig Gute an meinem Spiegelbild war, dass es mich nicht allzu sehr entsetzt hat, denn in Gretes Haus gab es ebenfalls einen Spiegel, und dort hatte ich schon einmal den Fehler begangen, mein Gesicht zu betrachten. Es ist eine Narbenwüste, Veit. Hinzu kommt, dass mein Schädel ziemlich kahl ist.«

»Wirklich?« Veit schaute schockiert drein. »Willst du damit sagen, dass du in den letzten fünf Jahren zum Glatzkopf geworden bist und mir nichts davon gesagt hast?«

»Unfug. Sie haben mir im Gefängnis den Kopf geschoren. Es wächst nach, aber es ist noch weit davon entfernt, wie ein Schopf auszusehen.«

»Ich weiß.« Veit grinste schräg. »Es war ein Scherz, Johann.«

Johann konnte es nicht sonderlich erheiternd finden. »Glaub

mir einfach, dass ich wie ein Kerl aussehe, der unter ehrbaren Leuten nichts verloren hat.« Mit leiser Bitterkeit erinnerte er sich, wie die Leute ihn beim Kirchgang angeglotzt hatten. Zum Glück hatte Veit nichts davon bemerkt, manchmal konnte es eben auch segensreich sein, nichts zu sehen. »Wenn du wüsstest, wie Madlen aussieht, wäre dir klar, wie absurd die Vorstellung ist, sie könnte Gefühle für mich hegen. Abgesehen natürlich von Mitleid sowie vielleicht noch dem Wunsch, sich von mir Schreiben und Rechnen beibringen zu lassen.«

»Wie sieht sie denn aus?«, wollte Veit wissen. »Weißt du, das habe ich mich heute Morgen schon gefragt, als sie nur mit einem tropfenden Badehemd direkt vor mir stand und dieser Barthel sie ganz zweifellos anstierte wie die schaumgeborene Venus.«

»Was wollte der Kerl von ihr?«

»Höre ich da Unmut aus deiner Stimme? Oder gar eine Spur von Eifersucht?«

»Blödsinn. Es war eine einfache Frage.«

»Bist du sicher?«

»Was soll das?« Johann wurde allmählich ärgerlich. »Hat er sie nun belästigt oder nicht?«

»Nein«, sagte Veit friedfertig. »Und wenn es dich beruhigt: Sie ist ebenfalls eifersüchtig.«

Johann lachte ungläubig. »Du machst Witze.«

»Kein Scherz diesmal, mein Freund. Du würdest staunen, wenn du wüsstest, wie oft sie mich schon über Grete ausgefragt hat. Sie wollte haargenau wissen, wie sie aussieht, ganz ungeachtet der Tatsache, dass ich die gute Frau nie gesehen habe. Das hat jedoch Madlens Wissensdrang nicht geschmälert. Sie fragte sogar, was in dem Gedicht steht, das Grete dir geschrieben hat.«

»Welches Gedicht?« Johann starrte seinen Freund an. »Was hast du ihr erzählt?«

»Nur das, was sie hören wollte. Du weißt, was für ein phantasiebegabter Geschichtenerzähler ich bin. Was kann es schaden, Grete ein wenig klüger, schöner und üppiger zu machen, wenn es dazu dient, dein Ansehen bei der kleinen Brauerin zu heben?« Veit wurde ernst. »Kann sein, dass ich etwas übertrieben habe, aber ich wollte etwas herausfinden, und das ist mir gelungen.«

»Was denn?«, fragte Johann skeptisch. »Dass sie eifersüchtig ist?«

»Nein, dass eure Eifersucht beiderseitig ist. Als Irmla dir so lebhaft von den Vorzügen des verblichenen Konrad vorschwärmte, konnte ich trotz meiner Blindheit den Dampf sehen, der dir darob aus den Nüstern stob, und als ich Madlen gegenüber die hervorstechenden Eigenschaften der guten Grete ins rechte Licht rückte, machte ich eine ganz ähnliche Erfahrung.«

Johann starrte ihn an. »Und was soll mir das Ganze nun sagen?«

Veit zuckte mit den Schultern. »Das ist eine Sache, die du schon selbst herausfinden musst. Trotzdem würde ich immer noch gern wissen, wie sie aussieht.«

»Du weißt bestimmt recht gut, wie sie aussieht, sicher hast du die Leute darüber reden hören.«

»Natürlich habe ich das. Ich meinte auch nicht diese Art des Aussehens. Dass sie klein, blond und niedlich ist, habe ich schon mehrfach gehört. Mich interessiert mehr, wie sie in bestimmten Augenblicken aussieht. Etwa heute Mittag, als sie von deinem Fischtopf gekostet hat.«

Daran erinnerte Johann sich nur allzu gut. Er hatte sie beobachtet, und der Ausdruck reinen Entzückens in ihrem Gesicht hatte dazu geführt, dass er sich Zunge und Schlund verbrannt hatte, weil er sich, völlig in Bann geschlagen von dem Anblick, einen Löffel voll kochend heißer Suppe in den Mund geschoben und geschluckt hatte, ohne darauf zu achten, was er tat. Er zögerte, davon zu sprechen, aber dann tat er es doch, denn er wusste, wie schwer es für den Freund war, all diese feinen und zugleich so aussagekräftigen Zwischentöne menschlichen Miteinanders nicht mehr beobachten zu können.

»Beim ersten Löffel hat sie ausgesehen wie ein Kind, das sich über ein wundersames und unerwartetes Geschenk freut. Und beim zweiten war ihr der schiere Genuss anzusehen, den sie empfand. Es war, als erlebe sie eine … sinnliche Verzauberung.« Johanns Stimme klang rau. »So hat sie die ganze Zeit ausgesehen, während sie aß. Ich will verdammt sein, aber ich kann es kaum erwarten, wieder was zu kochen.«

»Das solltest du unbedingt tun. Schon um deinetwillen. Gutes Essen hebt nachhaltig die Laune.«

Johann achtete nicht auf den Einwurf. »Wenn sie sich ärgert, presst sie die Lippen zusammen und ballt die Fäuste, dann weiß man sofort, woher der Wind weht, denn das Donnerwetter lässt meist nicht mehr lange auf sich warten. Ist sie besonders empört, drückt sie den Rücken durch und wirft den Kopf zurück, dann heißt es, sich in Acht zu nehmen.« Er ließ unerwähnt, dass ihr Zorn sein Begehren weckte; Veit mochte es von allein ahnen. »Wenn sie lächelt, geht selbst bei trübstem Wetter die Sonne auf. Sie hat ein allerliebstes Grübchen in der rechten Wange, und wenn ihr Gebende verrutscht – was häufig geschieht –, quellen Löckchen heraus, die nach allen Seiten abstehen. Wenn sie nachdenkt, kraust sie die Stirn und beißt sich auf die Lippe, und beim Rechnen schiebt sie die Zungenspitze in den Mundwinkel. Manchmal, wenn sie glaubt, dass niemand es sieht, bückt sie sich nach dem alten Spitz und nimmt ihn in die Arme, sie drückt ihn an sich wie ein Kind. Und einmal habe ich sie dabei ertappt, wie sie den Kater streichelte.«

»Das macht sie auch mit dem Pferd. Sie weiß ja, dass ich es nicht sehen kann. Aber ich höre, wie sie mit ihm murmelt.«

»Oft setzt sie sich zu ihrem Großvater auf die Bank und legt beide Arme um ihn. In ihrem Gesicht ist dann so viel Liebe, dass die ganze Stube davon leuchtet. Als ich halb tot dort oben in der Kammer lag, hat sie mich beim Heiland schwören lassen, dass ich sie nicht ausraube, und später hat sie mir die blutigen Sachen ausgezogen und bei meinem Anblick bitterlich geweint.«

»Ich verstehe«, sagte Veit.

»Gar nichts verstehst du«, versetzte Johann grollend. »Du scheinst aus irgendwelchen Gründen zu glauben, dass ich mir nur zu nehmen brauche, was sie mir anbietet, doch das ist ein Irrtum.«

»Ich meine keineswegs, dass du dir nehmen sollst, was dir angeboten wird. Gerade das wäre falsch. Sie begehrt dich, trotz all deiner eingebildeten Hässlichkeit, aber es wäre ein Fehler, wenn du das ausnutzt.«

Johann verstand rein gar nichts mehr. »Worauf, zum Teufel, willst du überhaupt hinaus?«

»Ich dachte, das wäre klar. Trotzdem kann ich es dir gern noch mal in kurzen Worten erklären.«

»Ich weiß nicht, ob ich noch mehr von diesem ganzen Unsinn hören will.«

»Es dauert nicht lange, ich sagte doch, dass ich mich kurzfasse. Du begehrst sie, und umgekehrt gilt dasselbe.« Er hob die Hand, als Johann zum Widerspruch ansetzte. »Unterstellen wir es einfach. Du wärst sicher bald selbst dahintergekommen, es ist ohnedies seltsam, dass du es noch nicht bemerkt hast, deshalb rede ich jetzt mit dir darüber.«

»Worüber?«, fragte Johann leicht gereizt.

»Darüber, dass du besser die Finger von ihr lassen solltest.«

Johann fiel die Kinnlade herab. »Was?«

»Du solltest sie in Ruhe lassen. Es wäre nicht gut für euch beide. Schließlich ist dein Aufenthalt hier nur vorübergehender Natur. Du wirst weggehen, und sie bleibt allein zurück. Es würde ihr das Herz brechen. Und dir vielleicht auch.«

»Das ist lächerlich. Dazu kommt es sicher nicht.«

»Heißt das, du willst gar nicht weggehen?«

»Natürlich will ich das«, versetzte Johann. »Glaubst du vielleicht, ich will auf ewig das Leben eines Brauers führen? Ich will mein Erbe zurück. Auch Madlen geht es einzig und allein um ihr Erbe. Sie hilft mir, und ich helfe ihr, so lange, bis wir beide haben, was wir wollen. Dass ich sie begehre, streite ich nicht ab, aber das hängt allein damit zusammen, dass ich zu selten bei einer Frau liegen kann, es bedeutet nichts. Mehr ist da nicht, und falls du irgendwo Anzeichen für das Gegenteil zu sehen glaubst, bist du mit Blindheit geschlagen.« Betroffen über seine gedankenlose Bemerkung hielt er inne. »Verzeih.«

Doch Veit lachte nur.

Wie üblich öffneten sie die Schänke in der Stunde vor dem Vesperläuten. Die ersten Gäste ließen nicht lange auf sich warten – Händler, die auf dem Neumarkt ihre Geschäfte gemacht hatten, Landarbeiter auf dem Heimweg, Tagelöhner und Knechte aus den umliegenden Werkstätten. Bald erfüllte lärmender Trubel das *Goldene Fass*. Johann zapfte ein Bier nach dem anderen. Irmla schob sich zwischen den eng stehenden Tischen und Bänken hindurch und brachte die vollen Becher zu den Zechern, und Caspar hielt sich im Kielwasser ihres ausladenden Hinterns, um das Kassieren zu übernehmen. Zwischendurch eilte Irmla in die Vorratskammer, um die Salzheringe und das Brot zu holen. Die Leute aßen und tranken und lachten, die Stimmung war ausgelassen. Die laue Frühlingsluft, die durch die offenen Fenster hereinwehte, verlockte die Anwesenden zum Bleiben und die Vorbeigehenden zum Hereinkommen. Es war einer dieser Abende, die ordentlich Bares einbrachten. Johann ließ sich nach einer Weile von Caspar die Münzen aushändigen und verstaute sie in der Geldkatze an seinem Gürtel. Er bemerkte wohl den misstrauischen Ausdruck in den Augen des Knechts, doch das kümmerte ihn nicht weiter. Er nahm das Geld nicht etwa an sich, weil er glaubte, der Bursche wolle etwas davon für sich selbst abzweigen, sondern weil er der Herr im Haus war und genau das gegenüber dem Gesinde bei jeder Gelegenheit herauskehrte. Nicht aus Herrschsucht, sondern im Interesse Madlens. Solange er mit Befehlen um sich warf, musste sie es nicht selbst tun. Befehlsgewalt bedeutete nichts anderes als Verantwortung, und die konnte, wenn man auf Dauer zu viel davon tragen musste, zu einer Bürde werden. Es tat ihr gut, sich einmal davon auszuruhen. Sie schlief immer noch, er hatte vorhin im Haus nach dem Rechten gesehen, Cuntz hatte nur nach oben gedeutet und sich den Finger auf die Lippen gelegt.

Irmla kam mit einem Tablett voller leerer Becher und zog mit frisch gefüllten wieder ab. Sie schwitzte über das ganze Gesicht, ihr feistes Kinn zitterte vor Anstrengung. Als sie das nächste Mal auftragen wollte, forderte er sie auf, das Zapfen zu übernehmen.

»Ich bediene die Leute für eine Weile«, erklärte er.

Sie zuckte die Achseln, als sei es ihr gleichgültig, doch er bemerkte die dankbare Erleichterung, die über ihr Gesicht huschte.

Er nahm die nächsten Bestellungen entgegen und ging dann in den Keller, um ein weiteres Fass Bier zu holen. Als er es auf den Schanktisch wuchtete, sah er aus den Augenwinkeln in der offenen Tür zur Gasse ein bekanntes Gesicht, doch als er genauer hinschaute, war dort niemand mehr. Eilig ging er um den Schanktisch herum, aber der Weg zur Tür war versperrt, mehrere Zecher waren aufgestanden, um zu gehen, und als er endlich auf die Gasse hinaustreten konnte, war derjenige, den er zu sehen geglaubt hatte, nirgends zu erblicken. Mittlerweile war er unsicher, vielleicht hatte er sich getäuscht. Viele Männer trugen Vollbart, Drago war bei Weitem nicht der Einzige, der so herumlief. Gleichwohl war es durchaus möglich, dass er es gewesen war. Es gehörte zu Dragos speziellen Fähigkeiten, Leute auszuspähen, ohne sich dabei selbst blicken zu lassen. Möglicherweise hatte ihn die Neugier geplagt, was sich aus seinem misslungenen Verrat entwickelt hatte. Nicht auszuschließen, dass es ihn ziemlich fuchste, Johann bei bester Gesundheit vorzufinden. Oder er lachte sich ins Fäustchen, weil sein ehemaliger Kumpan in einer Bierschänke arbeitete, vielleicht fand Drago das sogar als Rache wesentlich angemessener als die Prügel, die man Johann in der Hacht verpasst hatte.

Als er von der Gasse in die Schänke zurückkam, sah er, dass zwischenzeitlich neue Gäste das *Goldene Fass* betreten hatten.

Sie hatten an dem Tisch Platz genommen, den die eben aufgebrochenen Zecher geräumt hatten. Es handelte sich um zwei Männer und eine Frau. Einen der beiden Männer kannte Johann – es war niemand anderers als Simon Hardefust, der neue Eigentümer von Burg Bergerhausen. Zu seiner Rechten saß ein gut aussehender Bursche, der sich nach allen Seiten umschaute. Als seine Blicke auf Johann trafen, spannte er sich erkennbar an.

An Simons anderer Seite saß eine Frau, die ein wenig ängstlich umherblickte. Sie gehörte noch weniger hierher als die beiden Männer. Schon ihre vornehme Kleidung verriet, dass sie zur gehobenen Schicht gehörte. Ihr Umhang war mit Samt abgesetzt, ihr Gebende aus Seide, die Schuhe aus feinstem Leder. Johann stellte fest, dass die drei mit einem Fuhrwerk oder zu Pferde gekommen sein mussten, diese Schuhe hatten keinen Straßenschmutz berührt.

Simon und die Frau steckten die Köpfe zusammen und tuschelten, dann schauten sie beide zu ihm hin. Die Frau starrte Johann an, in ihrem Gesicht arbeitete es, als müsste sie um Fassung ringen. Sie mochte um die dreißig sein, also in seinem Alter, und abgesehen von der feinen Kleidung war ihr Äußeres eher farblos. Sie war leidlich hübsch, mit feinen, schwermütigen Gesichtszügen und leicht umschatteten Augen.

Er ging zu dem Tisch. »Bier, wohledle Herren?«, fragte er höflich. Er hielt den Blick auf Simon Hardefust gerichtet. Dieser nickte ein wenig unbehaglich.

»Auch etwas zu essen?«

»Was gibt es denn?«, fragte Simons Begleiter.

»Salzhering und Brot.«

»Ich nehme beides.«

»Und die Dame?«, fragte Johann, an die Frau gewandt.

Sie sagte nichts, sondern schluckte nur heftig. Ihre Augen schwammen in Tränen. »Johann«, sagte sie leise. »Ich bin's. Ursel.«

Verständnislos erwiderte er ihren Blick. Sollte er eine Ursel kennen? Falls ja, musste er sehr betrunken gewesen sein, denn er konnte sich nicht erinnern. Doch dann stellte er den nötigen Zusammenhang her. Sie war Simons Schwester! Und er kannte sie tatsächlich, auch wenn die letzte Begegnung an die zwanzig Jahre her sein durfte. Sie hatten als Kinder in derselben Kölner Straße gewohnt. Nachdem er mit seinen Eltern nach Burg Bergerhausen gezogen war, hatte er sie nicht wiedergesehen. Nein, das stimmte nicht, sie waren einander in den paar Jahren darauf doch noch begegnet, als er schon Knappe auf der Burg von Veits Vater gewesen war. Zwei Mal war sie mit ihren Eltern zu den Turnieren gekommen, die dort veranstaltet worden waren. Ihr kleiner Bruder Simon war damals auch mitgebracht worden, ein blondlockiger Knirps, der kaum aus den Windeln war. Ursel Hardefust … Sie schien sich weit besser an ihn zu erinnern als er sich an sie. Die Hardefusts hatten früher in seiner Kindheit nur ein paar Häuser weiter gewohnt, in demselben Haus in der Rheingasse, das noch heute der Stammsitz der Familie war. Als Kinder hatten sie hin und wieder gemeinsam mit etlichen anderen Gleichaltrigen auf der Straße gespielt, Johann entsann sich, dass Ursel an ihm geklebt hatte wie eine Klette. Als sein Vater damals vom Erzbischof für seine Verdienste in der Schlacht von 1239 das Erblehen bekommen hatte und der Umzug auf die Burg anstand, hatte Ursel einen Weinkrampf erlitten. Sie war damals felsenfest davon überzeugt gewesen, sie und Johann seien füreinander bestimmt. Johann erinnerte sich plötzlich wieder an diese Szene, und auch daran, wie peinlich es ihm gewesen war, als sie im Beisein der anderen Kinder erklärt hatte, auf ihn warten zu wollen, bis er einst als Ritter zu ihr zurückkäme, um sie als Gemahlin heimzuholen. Davon war sie offenbar auch in den nachfolgenden Jahren nicht abgerückt, denn anlässlich der beiden Turniere, auf denen er sie wiedergetroffen hatte, war ihre glühende Bewunderung über die Köpfe aller Zuschauer hinweg zu spüren gewesen. Als er sie das letzte Mal gesehen hatte, musste sie – ebenso wie er selbst damals – ungefähr zwölf oder dreizehn gewesen sein, auf keinen Fall älter als vierzehn. Gesprochen hatten sie bei diesen

Gelegenheiten allerdings nicht miteinander, Johann war ihr aus dem Weg gegangen, und anschließend hatte er sie schlicht vergessen.

Sie ihn jedoch ganz offensichtlich nicht.

»Johann, ich habe gehört, dass du aus dem Krieg zurückgekehrt bist und jetzt wieder in Köln lebst. Es tut mir furchtbar leid, was dir widerfahren ist!«

Er ging davon aus, dass sie damit die Misshandlungen in der Haft und das Todesurteil ansprach, doch anscheinend wollte sie auf etwas anderes hinaus. »Es ist so schrecklich, dass du alles verloren hast!«

Noch deutlicher wurde es, als Simon sich räusperte und mit entschuldigendem Tonfall in Worte fasste, was seine Schwester gemeint hatte.

»Ihr müsst wissen, dass das Lehen, das einst Eurem Vater gehörte, nun in meinem Besitz steht.«

»Tatsächlich?«, gab Johann sarkastisch zurück. »Seid Ihr hergekommen, um mir das mitzuteilen?«

Simon wurde rot. »Das war Ursels Wunsch. Sie wollte Euch wiedersehen und mit Euch sprechen. Wir – das heißt ich und mein Gefolgsmann Diether ...« – er wies auf den Mann an seiner Seite – »haben sie begleitet. Bei dieser Gelegenheit möchte ich Euch ebenfalls mein Bedauern über Euren Verlust zum Ausdruck bringen und Euch versichern, dass ich nicht nach den Gütern Eures Vaters gestrebt habe. Wenn es nach mir ginge ...« Er stockte, offenbar scheute er sich zuzugeben, dass er das Leben als Burgherr satthatte. »Es tut mir leid«, schloss er. »Vor allem angesichts der Tatsache, dass unsere Väter, wie ich hörte, einst Freunde waren. Unser Vater hat es zutiefst bedauert, was Eurer Familie widerfuhr, und als das Lehen an die Hardefusts ging, sah er dies als Gelegenheit, das Andenken Eures Vaters zu ehren und zu bewahren.«

Johann starrte Simon an. Glaubte dieser blonde Schönling ernstlich, was er da sagte, oder führte er ein Schauspiel auf, um seine Sippschaft in ein besseres Licht zu rücken?

Simons Wangen färbten sich eine Schattierung dunkler, und er schaute unter Johanns bohrendem Blick einen Moment zu schnell zur Seite. Er log.

»Ich hörte, dass die Burg gut geführt wird.« Johann bemühte sich um einen verbindlichen Tonfall. Die Gelegenheit war zu gut, um sie ungenutzt verstreichen zu lassen. »Man erzählt sich, dass unser früherer Verwalter noch dort ist.«

»Ihr meint Sewolt? Ein tüchtiger Mann. Er tut, was er kann, wir verdanken ihm viel. Über Euch und Euren Vater weiß er übrigens nur Gutes zu sagen.«

»Das freut mich zu hören. Zu gern hätte ich ihn einmal wiedergesehen und über alte Zeiten mit ihm gesprochen.« Johanns Stimme klang zerstreut, im Geiste ging er bereits die Möglichkeiten durch, wie er, ohne Zeit zu verlieren, nach Kerpen kam, um sich Sewolt vorzunehmen, solange Simon und Diether hier in Köln waren. Was ihn wieder zu der Frage brachte, wer sich sein Pferd unter den Nagel gerissen hatte, denn damit wäre er am schnellsten dort. Seinen Ring und seine Kleidung hatte man ihm nach der Begnadigung noch in der Hacht ausgehändigt, aber das Pferd war verschwunden. Er hatte sich beim Gewaltrichter danach erkundigt, doch der hatte abgestritten, etwas über ein Pferd zu wissen.

»Oh, das trifft sich gut, denn Sewolt ist mit uns nach Köln gekommen!« Simons Gesicht hellte sich auf, es schien ihn zu freuen, Johann einen Gefallen erweisen zu können. »Er hat sich uns angeschlossen, weil er zu einem Zahnreißer gehen wollte. Wenn Ihr mit ihm sprechen wollt, findet Ihr ihn in der Schmierstraße, in der Herberge *Zum Ochsen*.«

Zum wiederholten Male riefen einige Gäste nach frischem Bier, Johann merkte, dass er sich zu lange bei den Hardefusts aufhielt.

»Ich bringe Euch gleich das Gewünschte.« Er ging zum Schanktisch, wo er das Tablett mit frisch gefüllten Bechern belud und die Essenswünsche an Irmla weitergab.

Als er zum Tisch der Hardefusts zurückkehrte, stand Ursel

unerwartet auf und drückte ihm eine kleine Pergamentrolle in die Hand.

»Das ist für dich, Johann. Jedes Wort kommt mir aus dem Herzen!« Tränen liefen ihr über das Gesicht, während sie ihn mit weit aufgerissenen Augen ansah. Dann wandte sie sich unvermittelt ab, drängte sich an den voll besetzten Tischen vorbei und rannte fluchtartig zur Tür. Ihr Bruder erhob sich eilig. »So warte doch, Ursel!«, rief er, doch sie war schon auf die Gasse hinausgerannt. Seine Miene spiegelte sein Unbehagen über den Gefühlsausbruch seiner Schwester wider. Er warf ein paar Münzen auf den Tisch. »Wir müssen aufbrechen. Lebt wohl, Johann von Bergerhausen.«

Johann sah den Männern nach, dann drehte er sich aus einem Impuls heraus wieder zum Schanktisch um. Dort stand Madlen und starrte ihn an.

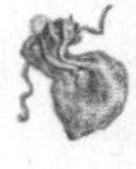

Caspar, der ebenso wie Madlen alles verfolgt hatte, lachte leise, und gleich darauf hob er an, leise vor sich hin zu singen.

Es war die schlüpfrige Verballhornung eines ohnehin schon unanständigen Minnelieds, und als Madlen die Worte hörte, ging es mit ihr durch. Bevor sie wusste, was sie tat, fuhr sie herum und verpasste Caspar eine Ohrfeige.

Er prallte zurück und hielt sich die Wange. Gekränktes Entsetzen stand in seinen Augen. Sie hatte ihn noch nie geschlagen. Es drängte sie, sich bei ihm zu entschuldigen, doch dann presste sie die Lippen zusammen, damit kein einziges Wort hinauskonnte. Er hatte es verdient. In ihrer Schänke wurden keine schmutzigen Lieder gesungen!

Aber auch Johann bekam sein Fett weg. Vor allen Leuten blaffte Madlen ihn an. Weil er Irmla verboten hatte, sie zu wecken. Weil er mit seinem Gerede reiche Gäste vergrault hatte. Er begehrte nicht auf, sondern reichte ihr nur wortlos das Geld, das der blonde Edelmann dagelassen hatte, eine Summe, die für hundert Becher Bier gereicht hätte. Dann machte er sich wieder an die Arbeit, und Madlen ging mit heißen Wangen und Aufruhr im Herzen zum Schanktisch zurück. Sie konnte nur an die vornehm gekleidete Frau denken. Ihr Name war Ursel, Madlen hatte gehört, wie der Blonde nach ihr gerufen hatte. Wie diese Ursel Johann angehimmelt hatte! Die Tränen in ihrem Gesicht, ihr verzweifelter Blick. Und der Brief, den sie ihm in die Hand gedrückt hatte.

Aufgewühlt machte sie sich am Bierzapf zu schaffen, doch ihre Wut wurde bald von Bedauern verdrängt. Nicht, weil sie Johann so scharf angegangen war, sondern wegen der Ohrfeige. Caspar bediente die Gäste fleißig und umsichtig wie immer, doch er war blass und still und wich Madlens reuigen Blicken beharrlich aus. Auch Johann arbeitete schweigend, er wirkte in sich gekehrt und besorgt.

Sie machten zeitig zu und gingen zu Bett. Mitten in der Nacht wurde Madlen wach und starrte ins Dunkel. Sie hörte das Knarren auf der Stiege, die leisen Schritte. Ihr Herz fing schmerzhaft an zu rasen, für einen Augenblick war die Angst wieder da, das vergangene Jahr schrumpfte zu einem schwarzen Moment des Schreckens zusammen, es war, als sei seither kein Tag verstrichen und der Mörder ganz nah. Dann begriff sie, dass es nicht Konrad, sondern Johann war, der nach unten ging. Sie lauschte und hörte, wie er das Haus verließ. Durch die Vordertür. Hastig stand sie auf und eilte zum Fenster. Sie öffnete den Laden einen Spaltbreit und schaute hinab auf die Gasse. Unten sah sie Johann in Richtung Hohe Straße davoneilen. Er trug eine Talgleuchte bei sich, die den Weg nur dürftig erhellte, doch seine Gestalt wirkte in dem matten Licht riesenhaft, sein Schatten bewegte sich an den gegenüberliegenden Hauswänden wie der bedrohliche Gigant aus Veits Erzählung. Madlen erschauderte, ein Anflug von Furcht erfasste sie. Machte er sich davon? Hatte sie ihm in der Schänke zu arg zugesetzt?

Madlen grub zaudernd die Zähne in die Unterlippe, sie starrte immer noch auf die Schildergasse hinab, obwohl Johann längst in der Dunkelheit verschwunden war. Sie wusste, dass das, was sie vorhatte, falsch war, doch sie konnte nicht anders. Rasch entzündete sie eine Kerze und tappte auf bloßen Füßen nach nebenan in Johanns Schlafkammer. Sie klappte die Kiste auf, in der er seine wenigen Habseligkeiten verwahrte. Die Kleidungsstücke, die er im Wechsel mit denen trug, die er gerade anhatte. Zwei neue Hemden, die er sich selbst dazugekauft hatte, von Geld, das er nicht von ihr bekommen hatte. Sein Schreibzeug, das er für seine Berechnungen benutzte. Auf der wächsernen Oberfläche der Tafel erkannte sie die Umrisse einer Zeichnung, in der sie eine Abbildung der Darre zu erkennen glaubte. Anscheinend plante er weitere Umbauten.

Madlen war machtlos gegen die Erleichterung, die sie durchströmte. Solange er all seine Sachen hier liegen hatte und Änderungen für das Sudhaus plante, würde er gewiss nicht einfach bei Nacht und ohne ein Wort verschwinden.

Das, was sie suchte, war nicht in der Kiste. Sie sah unter der Matratze nach, doch auch dort fand sie nichts. Fast wäre sie über sein zweites Paar Stiefel gestolpert, die vor dem Bett standen. Einer fiel um, und da war es. Die kleine Pergamentrolle kullerte heraus, Madlen griff so schnell danach, dass sie in der Eile fast die Kerze fallen ließ. Sie setzte sich auf die Bodendielen, klemmte die Kerze zwischen ihre Füße und entrollte das knisternde Pergament. Grübelnd starrte sie die Schriftzüge an. Sie sahen ordentlich aus, leicht zur Seite geneigt und mit feiner Feder aneinandergereiht. Madlen hätte eine Menge darum gegeben, wenigstens ein paar Worte lesen zu können.

Bald, schwor sie sich. Grimmig verstaute sie den Brief wieder dort, wo er vorher gewesen war. Sie vergewisserte sich sorgfältig, dass ihre Anwesenheit keine Spuren hinterlassen hatte. Ebenso leise, wie sie hergeschlichen war, kehrte sie schließlich wieder in ihre eigene Kammer zurück.

Johann bog von der Schildergasse in Richtung Streitgasse ab, eilte an Sankt Kolumba und dem Kloster der Minderen Brüder vorbei und hatte gleich darauf die Schmierstraße erreicht, die an der alten Stadtmauer entlangführte. Als er nach der Herberge Ausschau hielt, kam der Nachtwächter vorbeigeritten. Die Hufe seines zottigen Gauls klapperten auf dem Weg, die hochgehaltene Lampe beleuchtete ein verdrossenes, müdes Gesicht. Johann drückte sich in eine Toreinfahrt und wartete, bis der Mann außer Sicht war. Wenig später hatte er die Herberge gefunden, ein windschiefes, nicht sonderlich vertrauenerweckendes Anwesen, über dessen Eingang ein bemaltes Holzschild baumelte, auf dem mit groben Strichen ein Ochse gemalt war. Johann hämmerte ohne großes Federlesens an die Tür. Es dauerte eine Weile, bis ihm eine zahnlose, aber erkennbar zum Zanken aufgelegte Wirtin die Tür aufmachte. »Wir haben nichts mehr frei«, schnauzte sie ihn an.

»Ich will kein Logis. Nur mit jemandem reden, der bei Euch übernachtet.«

»Meine Gäste wollen nicht gestört werden.«

Er zauberte ein Geldstück hervor und hielt es ihr vor die Nase, und zugleich hob er die Laterne, damit sie sehen konnte, dass es aus Silber war. Sie schielte es begehrlich an. »Ist es denn wichtig?«

»Sehr wichtig. Es ist jemand gestorben, der ihm sehr nahestand.«

»Wie ist sein Name?«

»Sewolt. Er ist ungefähr fünfzig und kommt aus Kerpen.«

»Ah, der. Er kann sowieso nicht schlafen, eben war er noch hier unten und wollte starken Wein.«

»Den kann er mit mir trinken. Schickt ihn zu mir raus.«

Die Alte zögerte, doch das Geldstück blinkte zu verführerisch. Sie schnappte es sich und schlug die Tür zu. Johann hörte Schritte und ein paar halblaute Worte, dann ging die Tür wieder auf und Sewolt stand vor ihm. Er machte Anstalten, die Tür sofort wieder zuzuschlagen, doch Johann war schneller. Er packte den Mann beim Wams und zog ihn zu sich auf die Gasse.

»Wenn du schreist, töte ich dich«, zischte er ihm ins Ohr, dann zerrte er den protestierenden Sewolt vom Haus weg, an der Einmündung einer dunklen Gasse vorbei, an deren Namen Johann sich trotz der vielen Jahre in der Fremde erinnerte, weil er ihn als Kind lustig gefunden hatte. Sie hieß Katzenbauch, da sie an einer Stelle einen Schlenker machte, der besagtem Körperteil ähnelte. Ein Stück weiter hörte die Bebauung auf, rechter Hand tat sich freies Feld auf. Hier würde sie so schnell niemand sehen und hören.

Sewolt hielt sich die Hand vor den Mund, im spärlichen Schein der kleinen Talgleuchte war sein Gesicht schmerzverzerrt, obwohl Johann ihn nicht besonders hart angefasst hatte. Noch nicht.

Dann nahm der Mann die Hand herunter und entblößte eine monströs geschwollene Wange. Offenbar hatte der Zahnreißer ganze Arbeit geleistet. Johann betrachtete Sewolt mitleidlos.

»Ich hatte dir gesagt, dass ich zurückkomme, um noch einmal mit dir zu sprechen. Diesmal ist niemand von deinen neuen Herren in der Nähe, um uns zu stören. Also rede.«

»Ich hatte doch schon gesagt, dass ich nichts weiß.« Sewolts Stimme klang weinerlich, er stank nach Wein, doch er war in jedem Fall nüchtern genug, um sich an das zu erinnern, was Johann von ihm wissen wollte. Das schlechte Gewissen stand ihm im Gesicht geschrieben.

»Zwing mich nicht, dir wehzutun«, sagte Johann kalt.

»Was soll ich Euch denn erzählen?«, kam es jammernd zurück.

»Fang von vorne an. Gleich mit der Zeit nach meinem Aufbruch vor fünfzehn Jahren.«

»Alles war wie immer«, stieß Sewolt hervor. Er hielt sich wieder die Wange, aus seinem Mundwinkel lief ein blutiger Spuckefaden, seine Stimme klang verwaschen. »Bis Euer Vater starb.«

»Berichte mir von seinem Tod. Ich will alles wissen.«

»Er bekam ein Fieber und war lange krank, es dauerte Monate.«

»Willst du behaupten, er starb von allein?«

Sewolt nickte. »Es war Gottes Wille.«

»Lass Gott aus dem Spiel!« Johann packte den Mann bei der Hemdbrust und zerrte ihn zu sich heran. Die Lampe, die er in der anderen Hand hielt, warf ein flackerndes Licht auf die angstvollen Züge des Burgvogts. »Weiter!«, befahl er.

»Euer Vater starb, versehen mit den Sakramenten unserer Heiligen Kirche. Er fand sein Grab auf dem Friedhof zu Kerpen.«

Johann hatte nach dem Grab gesucht, doch es war längst eingeebnet worden, nicht einmal ein Grabstein war dort belassen worden. Über den Tod seines ehemaligen Herrn hatte Sewolt höchstwahrscheinlich die Wahrheit gesagt, einige Bauern von den Pachthöfen, die zum Lehen seines Vaters gehörten, hatten diese Version bestätigt.

»Kommen wir jetzt zu dem wichtigen Teil. Was geschah mit meiner Mutter und meiner Schwester?«

»Sie fielen Raubrittern zum Opfer.«

»Dasselbe haben schon andere vor dir behauptet. Ich will was Neues von dir hören.«

»Aber ich weiß doch auch nicht mehr!«

Sewolt log, Johann sah es sofort am Zucken der Augen, an der Art, wie der Mann beim Sprechen zur Seite sah und gleichzeitig die Finger auf den Mund legte, als wolle er verhindern, dass die Lüge entwich.

Er schlug ihn auf die lädierte Wange. Sewolt schrie unterdrückt auf.

»Das war nur eine kleine Ermahnung.« Johann stellte die Laterne zu seinen Füßen ab und zog seinen Dolch. Es war nicht das Messer, das er tagsüber zum Essen benutzte. Er hatte es sich neu gekauft, von einem Händler, der seine Ware über Venedig aus Arabien bezog. Es war eine Waffe für Assassinen – ein tödlich scharf geschliffener Sarazenendolch. Er hielt sie dicht vor das Gesicht des Burgvogts und drückte die Spitze gegen das Kinn. Der Mann fing sofort an zu reden, er sprudelte förmlich über.

»Ich glaube, dass Wendel Hardefust dahintersteckt, jawohl, davon bin ich überzeugt! Er hatte sich die Burg in den Kopf gesetzt, ich habe Simon darüber reden hören, dass sein Vater schon immer dieses Lehen wollte, weil er es Eurem Vater neidete. Und der Erzbischof brauchte dringend Geld. Wendel hatte genug davon, Ihr wisst, wie reich er ist!«

»Willst du damit sagen, dass Wendel Hardefust meine Mutter auf dem Gewissen hat?«

»Der Erzbischof weigerte sich, Eurer Familie den Besitz zu entziehen, deshalb sorgte Wendel Hardefust dafür, dass niemand mehr im Weg stand.« Hastig hob Sewolt beide Hände. »Ich habe keine Beweise, ich war nicht dabei. Aber ich bin sicher, dass es so war, denn es passte alles zeitlich genau zusammen. Zuerst die Weigerung des Erzbischofs, dann der Tod Eurer Mutter und Eurer Schwester ...«

»Wieso warst du nicht auf der Burg, als es geschah?«

»Ich war ... auf einem der Höfe.«

Wieder eine Lüge. Johann brachte den Dolch nah an das rechte Auge des Mannes.

»Ich konnte rein gar nichts tun«, stieß Sewolt angstvoll hervor. »Wir hatten nicht genug Männer, nur eine Handvoll Knechte, und keiner war ordentlich bewaffnet. Die Raubritter kamen mit Gebrüll über den Wall geritten, es blieb nicht einmal Zeit, das Tor zu schließen. Eure Mutter und Eure Schwester waren außerhalb der Mauer, sie sammelten Kräuter am Seeufer. Sie schafften es nicht mehr in den Turm. Ich sah noch von oben, wie die Räuber sie packten und fortschleppten, und gleich darauf waren sie verschwunden, als wären sie nie da gewesen. Eure Mutter entdeckten wir Stunden später tot im Wald. Von Eurer Schwester fanden wir nur den blutigen Samtumhang, er lag unweit vom Rhein und war ... von Dolchstößen durchlöchert und ...« Sewolt stockte.

»Und *was*?«

Sewolt schüttelte den Kopf.

»Du wolltest noch mehr sagen.«

Der Burgvogt schüttelte den Kopf.

»Sag es«, knirschte Johann zwischen den Zähnen hervor.

»Er war mit Flecken von Samen übersät. Man hatte sie geschändet, bevor man sie umbrachte.«

Johann musste sich zusammenreißen, um seinen Zorn nicht an dem Burgvogt auszulassen. »Woher willst du wissen, dass sie tot war?«

Sewolt blinzelte erstaunt. »Das war offenkundig. Der Umhang war der Beweis. Außerdem war sie verschwunden. Die Kerle haben sie zweifelsohne im Fluss versenkt.«

»Was geschah dann?«

Sewolt zuckte die Achseln. »Zunächst nichts, der Erzbischof hielt seine Weigerung lange Zeit aufrecht. Ich habe Burg und Ländereien verwaltet wie immer, nach bestem Wissen und Gewissen. Es dauerte Jahre, bis die Hardefusts anrückten und mir die vom Erzbischof gesiegelte Urkunde präsentierten, die Simon als neuen Lehnsherrn auswies. Wendel hatte inzwischen beschlossen, dass sein Sohn stolzer Burgbesitzer werden sollte, inzwischen war er alt genug dafür, während Wendel seine einträglichen Handelsgeschäfte nicht mehr aufgeben wollte.«

»Woraufhin du unverzüglich beschlossen hast, als treuer Vasall dem Mörder meiner Familie zu dienen.«

Sewolt duckte sich unter den höhnischen Worten Johanns. »Mir blieb nichts anderes übrig! Er hat mich gezwungen! Sein Gefolgsmann stand vor mir, mit seinem Dolch, so wie Ihr gerade, und er sah mir direkt in die Augen. Sewolt, sagte er, du hast zwei Möglichkeiten. Entweder du lebst dein Leben weiter wie immer und versiehst deine Aufgaben zur Zufriedenheit des neuen Burgherrn und dessen Vaters, oder …« Sewolt hielt inne.

»Oder was?«, wollte Johann wissen.

»Er sagte es nicht. Aber die Art, *wie* er es nicht sagte, ließ keinen Zweifel daran, was er meinte.« Sewolt erschauderte. »Ihr kennt ihn nicht. Niemand vermag sich vorzustellen, wozu Jobst imstande ist!«

Das vermochte Johann sehr wohl, schließlich hatte er mit eigenen Augen beobachtet, mit welcher routinierten Präzision besagter Jobst den Burgvogt zusammengeschlagen hatte. Die Abfolge seiner Bewegungen hatte beinahe einstudiert gewirkt, als erledige er dergleichen jeden Tag.

»Nun, vielleicht hilft es dir, dass die meisten Leute sich auch nicht vorstellen können, wozu *ich* imstande bin«, sagte Johann. »Bis auf jene natürlich, die wissen, warum ich zum Tode verurteilt wurde. Glaub mir, Sewolt, alles, was sie über mich sagen, ist wahr.« Er hielt kurz inne. »Nein, das ist nicht ganz richtig. In Wirklichkeit ist es viel schlimmer. Und was dich betrifft: Du kannst sehr sicher sein, dass ich weit bessere Gründe als jener Jobst oder sonst jemand habe, dir den Hals umzudrehen, und dass ich ohne Frage genauso wenig damit zögern würde, wie er es täte. Pass also gut auf, was ich dir nun sage.« Er schob Sewolt ein Stück von sich weg, damit der Mann sein Gesicht sah und begriff, wie ernst es ihm war. »Du wirst mit niemandem darüber reden, worüber wir heute Nacht gesprochen haben. Und du wirst hübsch die Ohren und die Augen offen halten, in jeder nur denkbaren Hinsicht. Sobald wir uns das nächste Mal treffen – und zweifle bloß nicht daran, dass dies bald geschieht –, wirst du mir getreulich alles berichten, was du zwischenzeitlich gehört oder gesehen hast, gleichviel, wie unwichtig oder nebensächlich es dir erscheint. Haben wir uns verstanden?«

»Ja, *Domine*«, sagte der Burgvogt. Im selben demütigen, unterwürfigen Ton, den er auch früher immer bei Johanns Vater angeschlagen hatte. Und vermutlich auch bei Wendel Hardefust. Sewolt war ein Opportunist reinsten Wassers, seine Loyalität reichte nicht weiter, als er springen konnte, und vielleicht nicht einmal bis dorthin.

Johann stieß ihn weg und wandte sich ab. Er ging davon, ohne zurückzusehen.

Am folgenden Tag hätte Madlen fast wieder verschlafen, denn nachdem sie am Vortag bis zum Abend im Bett gelegen hatte, war ihr in der Nacht kaum Schlaf vergönnt gewesen, vor allem nicht, nachdem sie Johanns Zimmer durchsucht und den Brief gefunden hatte. Sie hatte endlos lange wach gelegen und war erst in den letzten Stunden vor dem Morgengrauen in einen unruhigen Schlummer gesunken. Hätte Irmla nicht mit lautem Scheppern einen Topf fallen lassen, wäre Madlen womöglich wieder erst um die Mittagszeit zu sich gekommen. Sie sprang aus dem Bett und zog sich in Windeseile an. Das Frühstück ließ sie ausfallen, es gab ohnehin nur die übliche klumpige Hafergrütze. Sie begnügte sich mit einem großen Becher kühlen, süßen Biers, das sie in der Schänke zapfte und gleich dort trank, bevor sie ins Sudhaus hinüberging. Caspar und die Lehrjungen waren schon bei der Arbeit, doch Johann war nirgends zu sehen. Dann hörte sie Schritte über sich im Dachgeschoss. Tief durchatmend, beschloss sie augenblicklich, den Stier bei den Hörnern zu packen. Sie kletterte die Stiege hoch und fand Johann bei der Darre stehend, allerlei Berechnungen auf seine Wachstafel kritzelnd.

»Guten Morgen«, sagte sie ein wenig hölzern.

Er blickte über die Schulter und erwiderte ihren Gruß freundlich, aber erkennbar zurückhaltend. Sie trat neben ihn.

»Was hast du mit der Darre vor?«, erkundigte sie sich mit einem Hauch Misstrauen in der Stimme. »Du willst sie doch nicht etwa umbauen?«

»Nicht umbauen, nur etwas ändern.« Er tat einen Schritt zu ihr hin. Dicht neben ihr stehend, zeigte er ihr seine Zeichnung. »Schau her. Ich will im Inneren der Darre auf mittlerer Höhe Eisenkrampen einschlagen, die ein Blech tragen können.«

»Was für ein Blech?«

»Eines, auf dem das Malz angeröstet werden kann. Wir könnten es beim Schmied passend anfertigen lassen.«

Er hatte schon einmal davon gesprochen, dass Bier, welches

mit dunklerem Malz gebraut werde, sehr schmackhaft sei, doch Madlen hatte es nicht recht glauben wollen.

»Bier aus angebranntem Malz schmeckt nach Kohle«, sagte sie.

»Ich sprach nicht von anbrennen, sondern anrösten.« Nachdenklich blickte er auf sie hinunter. »Wenn du es nicht willst, mache ich es nicht.«

»Das habe ich nicht gesagt«, meinte sie eilig. »Vielleicht könnte man es versuchen.« Sie war sich seiner Nähe so stark bewusst, dass sie ihren Herzschlag in der Kehle spürte. Sie war kein unerfahrenes, unschuldiges Mädchen mehr, sie wusste genau, dass ihre körperliche Reaktion einem Anflug unvernünftigen Begehrens entsprang. Doch sie würde den Teufel tun, solche Gefühle zuzulassen. Es kam nicht infrage, dass sie ihr Leben noch mehr durcheinanderbrachte. Bald wäre er für immer fort, es galt somit, den größtmöglichen Nutzen aus seiner Anwesenheit zu schlagen, solange es noch möglich war, wobei sich dieser Nutzen selbstredend streng auf das beschränkte, was sie auch künftig noch gebrauchen konnte. Etwa dieses Blech in der Darre. Oder die zusätzliche Feuerstelle, die sicher vor dem Beginn des Sommers noch fertig werden würde. Oder die Ziffern und Buchstaben, die er ihr bis dahin noch beibringen sollte.

Mit bemühter Beiläufigkeit näherte sie sich dem Ansinnen, um dessentwillen sie hier heraufgekommen war. »Du sprachst davon, dass das Schreiben schwieriger zu erlernen sei als das Rechnen.«

»Das ist richtig.«

»Ich habe mir überlegt, dass es vielleicht zu wenig ist, nur an zwei Tagen in der Woche Unterricht zu erhalten. Zumal du ja bald fortgehst. Bis dahin möchte ich so viel wie möglich lernen.« Sie hielt inne, dann platzte sie heraus: »Ich will jeden Tag Unterricht, immer eine Stunde, von einem Glockenschlag bis zum nächsten. Wir haben sehr viel Bier auf Vorrat gebraut, mehr als sonst. Deshalb können wir eine Stunde am Tag erübrigen. Heute möchte ich mit dem Lesen anfangen.« Sie holte Luft, jetzt war es heraus. Sie beobachtete Johann unter gesenkten Lidern. Rasch fuhr sie fort: »Irmla soll so lange an meiner Stelle in der Braustube mitarbeiten, sie kann die Maische umrühren. Das Essen, das sie uns kocht, schmeckt sowieso scheußlich, im Haus ist sie also entbehrlich. Wir essen einfach Salzhering und Brot, das ist schnell auf den Tisch gebracht.« Mit einem Mal erschien ihr nichts wichtiger, als so zügig wie möglich Lesen zu lernen. Wenn sie lesen konnte, war sie klüger als viele Händler und Handwerker, allein das war bares Geld wert. Sie konnte sich alle Rezepturen für die Gruitmischungen genau aufschreiben, statt sich allein auf ihr Gedächtnis zu verlassen, denn das würde mit zunehmendem Alter sicher nicht besser. Kurzum, es gab viele gute Gründe, Lesen und Schreiben zu lernen.

»Von mir aus können wir gleich anfangen«, sagte Johann.

»Gut«, sagte Madlen. Ihr Herz klopfte ungebührlich laut, als er vor ihr die Stiege hinunterkletterte und ihr, als er unten war, die Hand reichte, um ihr die restlichen Stufen hinabzuhelfen.

Das Gesinde nahm die geplante Änderung des Tagesablaufs mit Murren auf. Caspar zog ein Gesicht, weil er der Meinung war, dass Irmla als Brauhelferin nichts taugte, was diese wiederum mit wütendem Gekeife quittierte, welches darin gipfelte, dass sie einen Holzlöffel nach ihm warf. Willi erklärte sofort, er habe keine Lust, den ganzen Tag die Schrotmühle zu drehen, dafür zahle sein Vater nicht das viele Lehrgeld, schließlich sei er kein einfacher, dummer Knecht, was Caspar derart empörte, dass er Willi eine Backpfeife versetzte. Willi sprang zur Seite und rempelte aus Versehen Berni an, der, wie immer das wandelnde Ungeschick, über seine Füße stolperte und ein Säckchen mit teuren Kräutern zertrat.

Ergrimmt verdonnerte Madlen das Gesinde angesichts dieser geballten Aufsässigkeit zu Zusatzarbeiten. Doch der Wunsch, schreiben und lesen zu lernen, war ihr mit einem Mal verleidet. Hatte schon je irgendwer in ihrer Familie Unterricht erhalten? Welche Rosinen hatte sie im Kopf, jetzt auf einmal damit anzufangen? Sie war drauf und dran, alles abzublasen.

Bevor sie dazu ansetzen konnte, mischte Johann sich ein. Er stellte sich vor das versammelte Gesinde und stauchte alle mit harten Worten zusammen. Erstaunlicherweise wurde er dabei nicht einmal besonders laut, aber die Wirkung war nachhaltig. Alle machten sich ohne jedes Zeichen von Aufmüpfigkeit an die ihnen zugewiesene Arbeit, während sich Madlen und Johann wie schon bei der ersten Unterrichtsstunde in die Stube setzten. Cuntz verzog sich ohne ein Wort in seine Kammer, was Madlen einerseits erleichterte, aber ihre Unruhe zugleich in beträchtlichem Maße schürte, denn nun war sie wieder mit Johann allein.

Sie legte sich gerade die Tafel zurecht, als von der Gasse her ungewohnter Lärm zu hören war. Ein Grölen und Jaulen schallte durch die offenen Fenster ins Haus, es war so laut, dass man kaum noch das eigene Wort verstand.

Madlen eilte hinaus, gefolgt von Johann. Ihnen wurde ein erschreckender Anblick zuteil. Ludwig, der Sohn der Nachbarn Agnes und Hans, jagte mit einem Eichenprügel hinter einem Hund her, der verletzt war und deshalb nicht weglaufen konnte. Beide Hinterläufe waren gebrochen, das arme Tier winselte erbärmlich. Es blutete aus dem Maul, und auch das Fell war von tiefen Wunden übersät. Ludwig drosch unter dem Johlen von Willi und Berni auf den Hund ein, während Caspar an der Hauswand lehnte und sich offensichtlich gut von dem Schauspiel unterhalten fühlte.

»Gib's ihm, Ludwig!«, schrie Willi. Sein rundes Gesicht war erhitzt vor Eifer, die Pickel leuchteten tiefrot. Auch Berni johlte und klatschte begeistert in die Hände.

Madlen wollte einschreiten, doch Johann kam ihr zuvor. Mit wenigen großen Schritten war er bei Ludwig, riss ihm den Stock aus der Hand und zog ihn dem Jungen übers Gesäß.

»Nicht!«, rief Madlen, doch es war schon passiert. Ludwig blieb stocksteif stehen und glotzte Johann an. Der Hund kroch an den Straßenrand und brach dort zu einem jämmerlich fiependen Bündel zusammen. Johann ging neben dem Tier in die Hocke. Er zog den Dolch aus der Scheide an seinem Gürtel, stieß dem Hund die Klinge ins Herz und säuberte sie anschließend, indem er sie über das am Gassenrand wachsende Gras zog. Langsam richtete er sich wieder auf, schob den Dolch zurück in die Scheide und wandte sich zu Willi, Berni und Caspar um. Hastig und ohne ein Wort verschwanden die drei in der Einfahrt.

Madlen eilte zu Ludwig und nahm seine Hand.

»Ludwig«, sagte sie sanft. »Es ist alles in Ordnung.«

Doch der Junge sah sie nicht an. Aus seinem geöffneten Mund rann Speichel, seine entzündeten Augen zuckten, sein Körper zitterte. Seiner Kehle entrang sich ein Ächzen, er versuchte etwas zu sagen.

»G-gut«, brachte er schließlich mühevoll und unter Gestotter heraus. »L-Ludwig guter Junge.«

»Jesus«, sagte Johann erschüttert, als er erkannte, was mit dem Jungen los war.

»Ja, Ludwig ist ein guter Junge«, sagte Madlen beruhigend. »Es war wieder derselbe, oder? Wer hat dir den Stock gegeben und gesagt, dass du den Hund schlagen sollst?«

»Böser Hö-Höllenhund, will Ludwig fr-fressen«, stammelte Ludwig. Er war vierzehn, so alt wie Willi. Für sein Alter war er groß und kräftig, aber sein Geist war auf dem Stand eines Dreijährigen. Als kleiner Junge war er in den Duffesbach gefallen und fast ertrunken, seither war er so wie jetzt. Madlen konnte Agnes nicht ausstehen, doch eines musste man der Frau hoch anrechnen: Sie hing mit nie versiegender Liebe an ihrem Sohn, nichts war ihr je zu viel, was ihn betraf. Niemals wäre sie auf den Gedanken gekommen, Ludwig abzuschieben, auch wenn er eine Last war, da er nie ohne Aufsicht sein konnte und oft unter Krämpfen litt, die zuweilen mit quälenden, dumpfen Schreien einhergingen.

»Die drei werde ich Mores lehren!« Johanns Gesicht war weiß. »Sie sollen was erleben!« Ruckartig wandte er sich ab und ging zur Toreinfahrt.

»Warte!«, rief Madlen ihn zurück. »Wahrscheinlich war es

wieder der Sohn vom Hundeschläger, der hat das schon mal gemacht. Dem armen Jungen einen halb toten Hund vor die Füße geworfen und ihm gesagt, es sei ein Höllendämon, den er totschlagen müsse.«

»Das mag sein. Aber du hast gesehen, wie sehr dein Knecht und deine Lehrjungen sich am Leid einer Kreatur Gottes ergötzt haben.«

An der Art, wie Johann Ludwig ansah, erkannte Madlen, dass er damit nicht den Hund gemeint hatte. Reue und Scham standen in seinem Gesicht, aber auch Zorn, sowohl auf sich selbst, weil er vorschnell einen Unschuldigen bestraft hatte, als auch auf Caspar und die Lehrbuben, weil sie sich an dem Geschehen erfreut hatten.

»Sie haben Strafe verdient«, räumte Madlen ein. »Doch schlagen sollte man sie nicht.« Ihr Gesinde war nicht bösartig, sondern verhielt sich bloß genauso wie die meisten anderen Menschen, die jederzeit bereit waren, in Scharen zusammenzulaufen, wenn jemand ausgepeitscht, gebrandmarkt, verstümmelt oder gehenkt wurde. Madlen selbst würde dagegen niemals begreifen, was die Leute an solch blutigen Grausamkeiten fanden, ihr wurde dabei höchstens übel vor Abscheu und Mitleid.

»Sie werden kein Mittagessen bekommen«, sagte Madlen kurz entschlossen.

Johann nickte knapp. Mit einem Mal sah er sehr blass aus. »Wie du meinst.« Er ging zu dem Jungen, blieb vor ihm stehen und blickte ihm eindringlich ins Gesicht. Er kämpfte sichtlich mit seinem Bedauern über das Vorgefallene. Behutsam strich er dem Jungen über den Kopf. »Es tut mir leid, Ludwig. Dich zu schlagen war nicht recht.«

Ludwig zog ängstlich den Kopf ein und fing an zu wimmern. »Ludwig nicht schlagen!«

»Ich tu dir doch nichts«, beteuerte Johann ihm. Hilflos schaute er Madlen an.

»Er versteht dich nicht«, sagte Madlen. Sie klopfte energisch an die Tür des Nachbarhauses. Hans öffnete ihr, ein verhärmt wirkender Mann in den Dreißigern, dessen hervorstechendstes Merkmal seine gewaltigen Segelohren waren. Als er Madlen sah, lächelte er sie an. Die Abneigung seiner Frau gegen Madlen teilte er nicht, im Gegenteil – ein paar Wochen nach Konrads Tod, als Agnes einmal nicht in der Nähe gewesen war, hatte er Madlen anvertraut, dass er sie schon seit ihrer Kindheit gut leiden könne und immer gern eine gute Nachbarschaft mit ihr gehabt hätte, und dass dem nicht so sei, liege nur an Agnes, die von ihrem sinnlosen Hass wie besessen sei. Madlen solle das bitte nicht krummnehmen. Und bloß nicht ausplaudern, was er ihr gerade verraten habe.

Daran hatte Madlen sich gehalten, was sie aber nicht daran hinderte, Agnes mit gleicher Münze heimzuzahlen, wenn diese sich in Beleidigungen erging.

»Agnes ist auf den Markt gegangen«, sagte Hans.

»Das dachte ich mir. Du musst Ludwig reinholen. Der Sohn vom Hundeschläger hat ihm wieder denselben Streich gespielt wie schon einmal.« Sie wies auf den Kadaver am gegenüberliegenden Straßenrand.

»Dummer Bengel, du!« Hans packte Ludwig beim Arm und zerrte ihn ins Haus. Er ging dabei nicht sonderlich zartfühlend zu Werke. Anders als seine Frau wäre er den Jungen gern losgeworden, von väterlicher Zuneigung war bei ihm nicht viel zu spüren. Im vorigen Jahr hatte er sich sogar bei Juliana nach der Möglichkeit erkundigt, Ludwig an einem Ort unterzubringen, »wo die Irren unter sich sind«. Juliana hatte ihm beschrieben, wie es in solchen Spitälern zuging, hatte hervorgehoben, dass die Tobsüchtigen dort wie Tiere gehalten wurden, auf fauligem Stroh, das nur quartalsweise gewechselt wurde. Tagsüber steckte man manche von ihnen in Tollkisten vor den Stadttoren, wo sie das Mitleid spendierwilliger Reisender erwecken sollten; nachts wurden sie in Ketten gelegt. Hans hatte sich Julianas Erklärungen aufmerksam angehört und dabei nicht den Eindruck gemacht, als schreckten ihn diese schlimmen Zustände ab. Dann war Agnes dazugekommen und hatte mitgekriegt, worum es ging. Ihr Wutgeschrei war durch die halbe Schildergasse geschallt, und Hans hatte sich danach wochenlang nur noch zur Sonntagsmesse aus dem Haus gewagt.

Gerade wollte er seinem Sohn ins Haus folgen, als sein Blick in Richtung Neumarkt ging. Er zog ein Gesicht, als hätte er Schmerzen. Agnes kam von ihren Einkäufen zurück. Als sie Madlen und Johann vor ihrem Haus stehen sah, beschleunigte sie ihre Schritte.

»Was will dieses Weibsstück von dir?«, schrie sie bereits von Weitem ihren Mann an, so laut, dass es jeder in der Nachbarschaft hören konnte.

Hans wartete, bis Agnes nah genug heran war, um in normaler Tonlage antworten zu können.

»Es war wieder dieser Junge vom Hundeschläger, er hat …«

»Mein armer Ludwig!« Agnes ließ den Korb mit den Lauchstangen fahren, den sie vom Markt mitgebracht hatte, und lief unverzüglich ins Haus. Besorgte Rufe schallten heraus, dann unterdrücktes Schluchzen und unartikuliertes Gestammel von Ludwig.

»Lass sehen!«, rief Agnes schrill. »Zeig mir die Stelle!«

Nach wenigen Augenblicken kam sie wieder auf die Gasse gerannt. »Du Mörder! Halsabschneider! Verbrecher!«, schrie sie mit überkippender Stimme. Sie schüttelte beide Fäuste, und wäre Johann von schmächtigerer Statur gewesen, wäre sie womöglich auf ihn losgegangen. »Die Pest soll dich holen! Ich werde dich beim Rat anzeigen, du … Dämonenanbeter! Schlägst ein unschuldiges, schwachsinniges Kind!«

»Er ist kein Kind mehr«, wandte Hans zaghaft ein.

Seine Frau schlug ihm mit dem Handrücken über den Mund. Er wurde weiß im Gesicht, presste sich die Hand vor die getroffene Stelle und verschwand sofort im Haus.

»Ich wusste nichts von seinem geistigen Zustand«, sagte Johann, um einen sachlichen Tonfall ringend, doch seine Bemerkung ging in Agnes' neuerlichem Gezeter unter.

»Das wirst du büßen! Höchste Zeit, dass bei dir der Scharfrichter seine Arbeit zu Ende bringt! Oder ein anderer, der mit Gottes Segen bereit ist, solches Gelichter wie dich vom Angesicht der Erde zu tilgen!«

Sie raffte den Einkaufskorb an sich und stapfte ins Haus. Die Tür krachte hinter ihr zu. Madlen seufzte beklommen, doch es überwog ihre Erleichterung darüber, dass es vorbei war – zumindest für diesmal.

Sie wandte sich zu Johann um. »Lass uns wieder hineingehen, sonst ist meine Stunde schon vorbei, bevor sie angefangen hat.«

Madlen blickte mit gelindem Schrecken auf die Buchstaben, die Johann auf die Tafel geschrieben hatte.

»Das Ganze nennt man Alphabet«, erklärte er. »Es sind die Buchstaben, die man zum Schreiben braucht.«

Im Gegensatz zu den Ziffern sahen die Buchstaben deutlich komplizierter aus, eine verwirrende Folge fremdartig anmutender Symbole, dreiundzwanzig an der Zahl. Johann meinte sogar, dass es für viele Worte bestimmte Abkürzungen gebe, die noch hinzukämen, aber damit müsse sie sich nicht befassen, das sei eher für Gelehrte wichtig.

»Man muss sie einfach auswendig lernen«, sagte er lapidar. »Mit einem Buchstaben allein kann man keine Wörter bilden.« Diesmal saß er nicht so dicht bei ihr wie beim letzten Mal, es kam Madlen so vor, als meide er ihre Nähe. Überhaupt schien er an diesem Tag keine besonders gute Laune zu haben. Ob es an dem Zwischenfall mit Ludwig lag? Das Ganze hatte Johann ersichtlich mitgenommen, was Madlen für einen Mann, der im Krieg gewesen war und sicherlich Hunderte von Männern getötet hatte, ungewöhnlich fand. Oder ob seine gedrückte Stimmung eher mit dem Brief der Frau zu tun hatte? So wie auch sein nächtlicher Ausflug vermutlich damit zusammenhing. Johann war nicht lange weggeblieben, vielleicht eine Stunde. Doch in einer Stunde konnte ein Mann viel unternehmen.

Madlen deutete missvernügt auf den ersten Buchstaben. »Was ist das für einer?«

»Ein *A*. Es kommt in vielen Wörtern vor. Zum Beispiel in deinem Namen, und in meinem auch.«

»Ich verstehe«, behauptete sie. Sie verstand nicht das Geringste. Doch so schnell ließ sie sich nicht ins Bockshorn jagen. Sie musste immer nur an eines denken, wenn ihr Mut nachließ: Was Jacop geschafft hatte, konnte sie schon lange. Sie war auf keinen Fall dümmer als er.

»Zeig mir, wie man meinen Namen schreibt.«

Johann holte zum Üben seine eigene Tafel hervor. Er schrieb Madlens Namen auf, einen Buchstaben nach dem anderen, alle sorgfältig und sauber ausgeführt. Madlen verglich sie mit denen, die er auf ihre Tafel geschrieben hatte. »Sag mir, wie sie heißen«, verlangte sie.

»Der erste Buchstabe ist ein *Em*.

»Müsste ich dann nicht Emadlen heißen?«

Johann furchte irritiert die Stirn, dann grinste er leicht, was ihn überraschend jung aussehen ließ und es Madlen erschwerte, sich lediglich auf die Tafel zu konzentrieren.

»Ich bin ein schlechter Lehrer«, meinte er. »Ich hätte dir das vorher erklären müssen. Für sich allein werden nämlich die meisten Buchstaben anders ausgesprochen als im Wort. Das macht es für dich sicher nicht einfacher.«

Nein, das tat es eindeutig nicht.

»Erklär es mir an einem Beispiel.« Sie gab sich forsch, konnte aber nicht verhindern, dass ihre Stimme ein wenig verzagt klang. Sie meinte, in Johanns Blick eine Regung von Mitleid wahrzunehmen, was auf der Stelle ihren Eifer wieder anstachelte.

»Bleiben wir bei deinem Namen. Vorn steht ein *Em*, so nennt man es beim Buchstabieren, um es besser hören zu können, aber im Wort wird es *Mmm* ausgesprochen.«

Sie nickte, das hatte sie verstanden. So schlimm war es nicht.

»Dann kommt das *A*, das hatten wir schon. Beim Buchstabieren wird es lang gezogen ausgesprochen. Aber im Wort benutzt man es manchmal als langen, manchmal als kurzen Laut. Deshalb heißt es Madlen und nicht M*aaa*dlen.«

»Und Johann statt Joh*aaa*nn.«

»Genau. Weißt du ein Wort, in welchem ein langes *A* vorkommt?«

Sie musste nicht groß nachdenken. »Abend. Nase. Haben.«

»Sehr gut«, lobte er, und Madlen strahlte ihn an, was dazu führte, dass er noch weiter von ihr abrückte, was sie auf unbestimmte Weise erboste.

»Nehmen wir nun den dritten Buchstaben deines Namens. Das ist ein *De*. Gesprochen wird es im Wort aber als *D*, ohne das *E* daran, also Ma*d*len.«

»Warum sagt man beim Buchstabieren *Em*, aber *De*? Warum nicht *Ed*? Das ist nicht …« Sie suchte nach dem richtigen Wort.

»Logisch?« Johann sah sie überrascht an. »Du hast recht. Darüber habe ich noch nie nachgedacht.« Er schüttelte den Kopf. »Es ist tatsächlich nicht logisch. Den Grund dafür kann ich dir aber leider nicht sagen. Vielleicht weiß Veit es, der ist ziemlich klug, er war immer eine Leuchte in Griechisch und Latein.«

»Beherrschst du ebenfalls fremde Sprachen?«

»Ja, Latein und etwas Griechisch, aber bei Weitem nicht so gut wie Veit. Dazu recht ordentlich Französisch, etwas Englisch, leidlich Arabisch, ein paar Brocken Kastilisch – in Outremer gab es viele Völker mit vielen Sprachen.«

Diese Auskunft trug nicht gerade zu Madlens Selbstvertrauen bei.

Johann drehte nachdenklich den Griffel zwischen den Händen. »Mir ist der Grund eingefallen, warum man beim Buchstabieren *De* sagt statt *Ed*. Man macht es, weil man es sonst verwechseln könnte. Man sagt nicht *Ed*, weil man zum *Te* dann auch *Et* sagen würde, was genauso klingen würde wie *Ed*.« Er schien mit sich zufrieden zu sein, weil er das entdeckt hatte. Wenig später erwies sich jedoch seine auf den ersten Blick einleuchtende Erklärung als unbrauchbar, denn als sie zum *El* kamen, wollte Madlen wissen, womit man es verwechseln könne, wenn man es als *Le* buchstabieren würde, und überhaupt könne man ja auch *Me* statt *Em* und *Ne* statt *En* sagen, die Zahlen drehe man ja auch nicht so blödsinnig um. Zu dieser nicht zu widerlegenden Sichtweise fiel Johann nichts ein.

Es sei halt so, meinte er von oben herab. Damit müsse sie sich abfinden und sich den Regeln fügen, das müssten alle Menschen tun, die das Lesen lernen wollten.

Madlen bekam durch diesen kleinen Beweis seiner Unvollkommenheit wieder Auftrieb. Auch er war nicht allwissend, egal, wie viele Sprachen er beherrschte.

»Gibt es eine Möglichkeit, wie ich es schneller lernen kann?«, wollte sie wissen.

»Üben«, sagte er lakonisch. »Man muss die Buchstaben einzeln lernen, indem man sie immer wieder aufschreibt und sie sich vorsagt. Erst dann kann man irgendwann daraus Wörter bilden.«

Sie schob das Kinn vor. »Ich will es lieber gleich mit ganzen Wörtern üben, denn ich bin sicher, dass das schneller geht. Wenn ich sehe, welche Buchstaben darin vorkommen, kann ich es mir besser merken. Wie schreibt man zum Beispiel deinen Namen?«

Am Ende der Stunde wusste sie, wie man *Johann* und *Mann* und *alt* schrieb und dass es eigentlich kleine und große Buchstaben gab, doch Johann meinte, es sei vertretbar, die kleinen zunächst außen vor zu lassen, da sie das Ganze unnötig verkomplizierten. Madlen bestand jedoch darauf, auch die kleinen zu lernen.

»Ich will *richtig* lesen können, nicht nur das, was ich selbst aufschreibe, sondern auch das von anderen Leuten«, erklärte sie entschieden.

Johann nahm den Griffel und schrieb zu jedem Buchstaben des Alphabets den passenden kleinen dazu. Manche davon sahen aus wie ihre größeren Gegenstücke, manche jedoch völlig anders und sehr viel verschlungener, und Madlen unterdrückte einen Anflug von Verzweiflung.

Zu ihrem Erstaunen gab Johann ihr nach der Stunde Aufgaben, die sie bis zum nächsten Unterricht erledigen sollte.

»Suche aus allen Wörtern, die wir bisher durchgenommen haben, die einzelnen Buchstaben heraus und versuche, neue Wörter daraus zu bilden, so viele, wie dir einfallen. Und die ersten fünf Buchstaben des Alphabets lernst du auswendig und schreibst sie ab, jeden davon zehn Mal. Nur wenn du zusätzlich übst, kannst du es schneller lernen.«

Das leuchtete ihr ein. Trotzdem ging ihr das alles viel zu langsam.

Später in der Braustube wanderten ihr dauernd die Buchstaben im Kopf herum, sie ertappte sich sogar dabei, wie sie mit der Fußspitze welche in den Staub zog. Zu ihrer Freude fielen ihr auf Anhieb jede Menge Wörter ein. Beispielsweise *Name* oder *malen*. Immer wieder sagte sie sich die Buchstaben im Geiste vor, so, wie man sie buchstabierte, und dann wieder so, wie sie im Wort klangen.

Dummerweise lenkte sie sich damit zu sehr von der Arbeit ab. Prompt missriet ihr eine Gruitmischung, sie gab zu viel von dem Hopfen hinein, den Johann vom Markt mitgebracht hatte. Sie war drauf und dran, es wegzuschütten, doch dann ließ sie das streng riechende Kraut mitkochen und hoffte, dass es nicht allzu bitter durchschmecken würde. Die Kräuterhändler fügten für gewöhnlich getrockneten Hopfen den von ihnen gefertigten Schlaftinkturen zu, man sagte ihm beruhigende und dämpfende Wirkung nach. Spät am Abend getrunken, mochte somit ein Hopfenbier zu angenehmer Nachtruhe verhelfen. Johann meinte, das Bittere in der Gruit verringere die Gefahr von Fäulnis während der Gärungs- oder Lagerzeit, doch das erschien Madlen ähnlich fragwürdig wie die Schutzzauber, auf die Caspar so schwor und von denen noch keiner nachweislich gewirkt hatte. Aber da Johanns bisherige Vorschläge allesamt sinnvoll und nützlich gewesen waren, wollte sie sich auch diesem nicht von vornherein verschließen.

Er hatte das Wams ausgezogen und arbeitete im Hemd an

der Feuerstelle. Seine Muskeln spannten sich, als er den großen Kessel anhob und den heißen Sud durch ein mit feinem Stroh ausgelegtes Korbgeflecht in ein leeres Gefäß goss, um die Abkühlung zu beschleunigen. Unterstützt wurde der Vorgang durch den einfachen Flaschenzug, den er eigens zu diesem Zweck an der Decke angebracht hatte. Caspar zog an dem Seil, während Johann mit dem an einem Haken hängenden, schweren Gefäß hantierte und vorsichtig die heiße Flüssigkeit herauslaufen ließ. Ein gelochter Kessel zum bequemeren Abseihen war auch schon beim Kupferschmied in Auftrag gegeben worden, obwohl Madlen angesichts der Kosten ein wenig Bauchgrimmen hatte. Es ließ sich nicht leugnen, dass sie, was ihre Ausgaben betraf, in der letzten Zeit ziemlich viele spontane und nicht immer vernünftige Entscheidungen getroffen hatte.

Der Nachmittag verstrich in emsiger Betriebsamkeit, jeder ging wieder seinen angestammten Aufgaben nach, wenn auch nicht alle bei gleich guter Stimmung. Irmla hatte sich, triefend vor Schweiß und denkbar übler Laune, wieder ins Haus zurückgezogen, um Cuntz und Veit zu versorgen, während alle anderen in der Braustube arbeiteten. Caspar und die Lehrjungen hatten lange Gesichter gemacht, als Madlen ihnen das Mittagsmahl gestrichen hatte, vor allem Caspar fühlte sich ungerecht behandelt und machte daraus keinen Hehl. Er verrichtete zwar widerspruchslos alle ihm auferlegten Arbeiten, trug dabei aber eine beleidigte Miene zur Schau. Auch Willi benahm sich bockig; einmal rempelte er Berni mit voller Absicht an und behauptete anschließend, es sei ein Versehen gewesen. Madlen war drauf und dran, ihm auch noch das Abendessen zu versagen, doch dann fand sie, es habe für heute schon genug Streit und Reibereien gegeben.

Schließlich war das Brauen für diesen Tag erledigt, das Feuer konnte herunterbrennen, der fertige Sud gären. Johann holte noch ein Fass Bier aus dem Keller und brachte es in die Schankstube, dann setzte er sich für eine Weile zu Veit in den Schuppen, bevor die beiden sich gemeinsam mit dem Gesinde sowie Madlen und ihrem Großvater rund um den großen Tisch in der Stube zum Essen versammelten. Irmla hatte gerade die Heringe aufgetragen und Cuntz zum Sprechen des Tischgebets angesetzt, als die Vordertür aufflog und zwei Männer in den Raum stolziert kamen. Ihre Stiefelsohlen hallten auf dem Boden, die dunklen Umhänge schwangen um ihre Gestalten, ihre Mienen verhießen nichts Gutes.

Irmla schrie vor Schreck auf und ließ das Brett mit dem Brot auf den Tisch fallen. Johann sprang auf, sein Schemel flog krachend um. Auch Caspar erhob sich, wenngleich etwas langsamer. Alle anderen blieben wie vom Donner gerührt sitzen. Madlen hatte die beiden Männer noch nie gesehen. Der Ältere war um die fünfzig und von bulliger Statur. Er war vornehm gekleidet, mit feinwollenen Beinlingen, teuren Lederstiefeln und einem Surcot aus bestem, schwerem Tuch. Doch nicht seine Aufmachung zog Madlens Blicke auf sich, sondern sein Gesicht, das vor Wut verzerrt war, und seine rechte Hand, die am Knauf seines Schwertes lag.

Der andere Mann war vielleicht zehn Jahre jünger, seine Gestalt eher sehnig als vierschrötig und seine Kleidung nicht ganz so edel. Sein Gesichtsausdruck spiegelte keine Angriffslust wider, sondern etwas anderes, Lauerndes, das Madlen beinahe noch schlimmer vorkam.

Bevor sie auch nur einen Ton hervorbringen konnte, hob der ältere der beiden Männer an zu sprechen.

»Sieh an, da ist er also, der verlorene Sohn, mithilfe unseres Stadtherrn dem Tod von der Schippe gesprungen und unter die Schürze eines Weibes gekrochen.« Der Mann spie die Worte förmlich hervor.

Madlen überwand ihren Schreck, sie fasste sich ein Herz und stand auf. »Was ist Euer Begehr? Welches Recht habt Ihr, einfach so in mein Haus einzudringen?« Sie hatte in scharfem

Ton gesprochen, doch der Fremde achtete nicht auf sie. Er hatte den Blick auf Johann geheftet.

»Du weißt, warum ich hier bin!«, rief er, sich in seinen Zorn hineinsteigernd. »Man hat dich bei der Burg gesehen! Solltest du es noch einmal wagen, auch nur einen Fuß auf meinen Grund und Boden zu setzen, bist du tot! Und falls ich dich jemals in der Nähe meiner Tochter sehe, werde ich dafür sorgen, dass du es bereust, geboren zu sein!«

Madlen blickte von dem aufgebrachten Mann zu Johann, der mit weißem Gesicht mitten in der Stube stand. Seine Hände öffneten und schlossen sich, als könne er nicht entscheiden, was als Nächstes zu tun sei. Kurz zuckte seine Rechte zum Gürtel, wo sein Dolch hing, doch dann ließ er die Hand sinken und blieb reglos stehen. In seinen Augen loderte es.

»Dies hier ist mein Haus«, sagte Madlen zu den beiden Fremden. Sie sprach laut und bestimmt, das schwache Zittern in ihrer Stimme hörte nur sie selbst. »Ihr habt Euch unberechtigt Zutritt verschafft, denn hier gibt es nichts, was Euch gehört. Ich bin eine freie Bürgerin dieser Stadt. Wenn Ihr nicht auf der Stelle hinausgeht, werde ich beim Rat Klage gegen Euch erheben.«

Der ältere Mann starrte sie an, als sehe er sie zum ersten Mal, dann wandte er sich abrupt um und stürmte hinaus. Sein Begleiter warf einen abwägenden Blick in die Runde. Zuletzt schaute er Madlen von oben bis unten an und hob die Brauen, als gelte es, darüber nachzudenken, welche Bedeutung ihr zukam. Dann wandte auch er sich ab und folgte dem anderen nach draußen. Madlen war mit einem Satz bei der Tür und verriegelte sie. Fragend wandte sie sich zu Johann um, doch der nahm sich nur mit unergründlicher Miene ein Stück Brot vom Tisch und ging zur Hintertür.

»Was zum …« Madlen lief ihm hinterher, doch nach drei Schritten blieb sie stehen, denn Caspar und die Lehrjungen machten Anstalten, sich an ihre Fersen zu heften. »Ihr bleibt alle hier und esst!«, befahl sie.

Sie marschierte hinaus auf den Hof und sah Johann ins Sudhaus gehen. Eilig folgte sie ihm, doch ihr erster Versuch, ihn zur Rede zu stellen, wurde durch das Getöse übertönt, mit dem er einen leeren Siedekessel ergriff und ihn auf das hölzerne Gestell platzierte, wo er besser trocknen konnte. Den Brotkanten hatte er zwischen die Zähne geschoben, er verdeckte sein halbes Gesicht. Die Narben auf seinen Wangen und unter dem borstig nachwachsenden Haar seines Schädels waren unnatürlich rot, sein Blick angestrengt, der Rücken starr. Er war außer sich, setzte aber offenkundig alles daran, es zu verbergen.

»Was für Männer waren das, und was wollten sie?«, wiederholte Madlen ihre Frage.

Johann nahm das Brot aus dem Mund und ging zur Stiege. Er kletterte nach oben, ohne ihr geantwortet zu haben.

»Ich habe ein Recht, es zu erfahren!«, rief sie erzürnt, ihm auf dem Fuße folgend. Gerstenkörner und Spelzen fielen ihr ins Gesicht, was ihre Empörung noch steigerte. Dieser Fremde, der in ihrer Stube herumgeschrien hatte, war ganz offensichtlich der Vater einer Frau, der Johann sich auf unziemliche Weise genähert hatte. Vermutlich der Person, die ihm den Brief in die Hand gedrückt hatte. Einen Brief, auf dem sein Name stand, ganz oben in der ersten Reihe. Madlen hatte die Buchstaben sofort wiedererkannt, sie waren ihr gleich ins Auge gesprungen, als Johann ihr seinen Namen aufgeschrieben hatte.

»War er deshalb hier? Um dich zur Rechenschaft zu ziehen, weil du mit seiner Tochter herumgehurt hast? Warst du letzte Nacht bei ihr? War es die Heulsuse, die bei uns in der Schänke war?«

Johann drehte sich zu ihr um. »Was?« Bei all seiner Anspannung wirkte er verständnislos, doch Madlen fiel nicht darauf herein.

»Ich habe genau mitgekriegt, wie sie dir schöngetan hat! Und dir ihren Liebesbrief zugesteckt hat! Was hat sie dir geschrieben? Den Ort, wo du sie treffen sollst? Wie du es ihr besorgen sollst? Und du? Hattest du es derart nötig, dass du es nicht ausgehalten hast?« Sie hielt inne, entsetzt über das, was sie ihm gerade an den Kopf geworfen hatte. Sie klang fast wie Agnes. Ein unerträglich zänkisches, keifendes Weib, von dem jeder verständige Mann sich sofort mit Grausen abwenden musste.

Johann legte bedächtig das Brot auf die steinerne Einfassung der Tenne. »Mit einem hast du recht.«

»W-was?« Von glühender Verlegenheit erfüllt, brachte sie nichts hervor außer diesem einen gekrächzten Wort.

»Ich habe es wirklich nötig. Und ich kann es nicht mehr aushalten. Wahrscheinlich wird mich der Teufel dafür holen, und ganz sicher ist es ein großer Fehler, aber ich muss das jetzt tun.« Mit diesen Worten trat er auf sie zu, umschlang sie ohne Umschweife mit beiden Armen und neigte den Kopf, um sie zu küssen. Ihr Mund stand vor Verblüffung offen, als seine Lippen auf die ihren trafen, sodass seine Zunge sofort die ihre berührte. Jähe Hitze schoss von dort in alle Winkel ihres Leibes, ihr Herzschlag setzte aus, um gleich darauf mit gewaltigem Hämmern wieder einzusetzen. Sie dachte gar nicht daran, vor ihm zurückzuweichen, denn das Denken war ihr von einem Augenblick auf den nächsten abhandengekommen. Sein Mund verschlang den ihren förmlich, der Kuss war zügellos und wild und so heiß, das Madlen davon zu verbrennen glaubte. Ein unbekannter Hunger brachte sie dazu, mehr zu wollen, den Mund noch weiter zu öffnen, um seiner Zunge noch tieferen Zugang zu gewähren. Sie spürte seine Hand auf ihrem Körper, auf ihren Brüsten, unter den Röcken zwischen ihren Beinen, und sie stöhnte in seinen plündernden Mund und bog sich seinen eindringenden Fingern entgegen. Sie war nass dort unten, floss über vor hitzigem Begehren und schamloser Wollust. Ihre Hände krallten sich in seinen Rücken, aber gleich darauf fingen auch sie an zu tasten, an hinderlichem Stoff zu zerren und nach nackter Haut zu suchen. Ihre Finger fanden die harte Wölbung unter der Bruche, sie zog das Tuch zur Seite und umschloss sein Glied mit der Hand. Es kam ihr gewaltig vor, aber der winzige Anflug von Furcht wurde hinweggeschwemmt von einer Woge der Gier, als sie sein kehliges Stöhnen hörte. Entschlossen schob er ihr die Röcke hoch. In einer einzigen Bewegung drängte er sie gegen die Wand, packte sie bei den Schenkeln und stemmte sie hoch. Sein Glied drängte zuckend gegen ihre Scham und presste sich langsam in sie hinein. Ihr schwanden bereits die Sinne, sie war, obwohl er noch kaum in sie eingedrungen war, nur einen oder zwei Atemzüge davon entfernt, den Gipfel der Lust zu erreichen, als er plötzlich erstarrte, sich ruckartig aus ihr zurückzog und lauschend den Kopf zur Leiter wandte. Keuchend sog sie die Luft ein, sie brauchte einen Moment länger als er, um die Stimmen von unten zu hören. Die Worte verstand sie nicht, denn das Blut rauschte ihr in den Ohren, viel lauter als das heftige Pochen ihres Herzens, das sich im selben Takt und auf schmerzhaft unerfüllte Weise tief in ihrem Schoß fortzusetzen schien. Vorsichtig ließ Johann sie hinabgleiten und stellte sie wieder auf die Füße. Während sie schwankend nach Halt suchte, fielen ihre Röcke über ihre Beine, als sei nichts gewesen. Bevor Johann mit hastigen Bewegungen seine Bruche ordnete und das Wams darüberzog, erhaschte sie einen kurzen Blick auf sein steifes Glied. Hitzige, konfuse Gefühle hinderten Madlen, auch nur einen klaren Gedanken zu fassen.

»Sie müssen oben sein«, hörte sie Caspar wie durch Nebel sagen.

»Aber ich höre gar nichts«, gab Berni zurück.

Willi schnaubte verächtlich. »Ich wette, ich kenne den Grund.«

»Wir sind tatsächlich hier oben und sehen uns die Darre an«, rief Johann mit fester Stimme. Er verschwand über die Stiege nach unten, was Madlen Zeit gab, sich zu sammeln und ihre Kleidung zurechtzurücken, bevor sie ebenfalls hinabstieg. Sie hatte sich wieder vollständig in der Gewalt, ihre Stimme klang wie immer, als sie Caspar anwies, die Schänke für den Abend zu öffnen. Doch der wilde Schlag ihres Herzens wollte sich lange nicht beruhigen.

Den ganzen Abend über hatte sie das Gefühl, jeder müsse sie unablässig anstarren. Mit erhitzten Wangen eilte sie von Tisch zu Tisch und servierte Bier. Sie brachte den Gästen Salzheringe, Stockfisch und Brot und kassierte die Zeche, je nachdem, was gerade anstand. Johann blieb bei den Fässern und zapfte, und jedes Mal, wenn sie zum Schanktisch ging, um frisch gefüllte Becher zu holen, senkte sie den Blick, um ihn nicht ansehen zu müssen. Als sich die Schankzeit bereits dem Ende zuneigte, legte Johann unvermittelt seine Hand auf die ihre, gerade als sie nach einem weiteren Becher greifen wollte. Sie zuckte zurück, doch er hielt sie fest.

»Lass uns reden.«

»Wir haben noch Arbeit.«

»Dann eben hinterher, wenn alle gegangen sind.«

Sie nickte mit abgewandtem Gesicht, bevor sie sich wieder den Gästen widmete. Anders als sonst fiel es ihr schwer, den Leuten mit der gewohnten, unbefangenen Herzlichkeit zu begegnen, sie musste sich zwingen, wenigstens hin und wieder zu lächeln. Bei jeder Handreichung spürte sie Johanns Blicke auf sich ruhen. Auch Caspar beobachtete sie immer wieder verstohlen, ihm war nicht entgangen, dass sie sich anders benahm als sonst.

Wenig später läuteten die Abendglocken, es wurden die letzten Bestellungen angenommen. Die Gäste durften danach noch austrinken, doch wer sich allzu lange an seinem letzten Becher festhielt oder noch auf einen weiteren Schluck drängte, wurde aufgefordert, am nächsten Tag wiederzukommen. Ein Mann und seine Frau, die eigene Trinkkrüge dabeihatten, ließen sich für den Heimweg Bier einfüllen, bevor sie unter launigen Abschiedsgrüßen davonzogen. Johann nahm sich des betrunkenen Zechers an, der häufig ins *Goldene Fass* kam, um dort seinen Tag zu beschließen. Meist begoss er sich ausgiebig woanders die Nase, bevor er bei ihnen einkehrte. Während Johann ihn vor die Tür verfrachtete, erinnerte sich Madlen unvermittelt daran, dass der Mann an jenem Abend im letzten Jahr auch hier gewesen war. Damals hatte Konrad ihn hinausschaffen müssen.

Der Gedanke an ihren toten Mann schnürte Madlen die Kehle zu. Die Schamgefühle, die ihr schon die ganze Zeit zugesetzt hatten, wurden übermächtig, plötzlich musste sie mit den Tränen kämpfen. Sie hatte sich schändlich benommen, so verworfen und unzüchtig, wie sie es sich vorher selbst in ihren sündhaftesten Träumen nicht hatte vorstellen können. Wenn sie früher mit Konrad das Bett geteilt hatte, war sie wahrhaftig kein Kind von Traurigkeit gewesen, sie hatte jedes Beisammensein mit ihm genossen. Doch sie hatte dabei die Lust als wunderbaren Teil ihrer großen Liebe zu ihm empfunden. Sie waren vollkommen ineinander aufgegangen, hatten einander angehört mit Leib und Seele.

Das mit Johann war hingegen auf eine rein körperliche Ebene beschränkt, es war nichts weiter gewesen als enthemmte, schiere Lust um ihrer selbst willen. Sie hatte sich diese Lust nehmen wollen, wie etwas, das ihr Körper brauchte. So wie man essen wollte, weil man ausgehungert war. Und Johann hatte dasselbe gewollt wie sie. Sie hatten sich paaren wollen wie zwei Tiere, von nichts weiter dazu getrieben als von der Hitze in ihrem Blut.

Als die letzten Gäste endlich gegangen waren und Caspar die Schänke aufräumte, ging Madlen hinaus auf den Hof. Sie streichelte gedankenverloren den Hund. Der alte, blinde Spitz drängte seine feuchte Nase gegen ihre Hand und winselte leise. Madlen hörte Johanns Schritte und wollte sich aufrichten, doch er ging neben ihr in die Hocke und zauste dem Hund ebenfalls das Fell.

»Ich muss dich um Verzeihung bitten«, sagte er leise. »Es ist mit mir durchgegangen. Mir ist klar, dass du es gar nicht wolltest, jedenfalls nicht mit dem Herzen. Es ist im Eifer des Augenblicks passiert.« Er hielt inne und verbesserte sich: »Oder vielmehr *beinahe* passiert. Am besten vergessen wir es einfach. Ich verspreche dir, dass es nicht mehr vorkommt.«

Sie nickte nur und fragte sich, warum sie auf einmal einen Kloß in der Kehle hatte.

»Außerdem schulde ich dir eine Erklärung. Der Name des Mannes lautet Wendel Hardefust. Die Lehnsburg, die früher meinem Vater gehörte und mit seinem Tod in mein Eigentum überging, fiel auf Veranlassung des Erzbischofs an Wendels Sohn Simon.«

»Man hat dir dein Erbe weggenommen?«

»Wendel Hardefust hat reichlich dafür gezahlt. Der Erzbischof brauchte dringend Geld. Außerdem war ich lange fort. Kein Mensch rechnete noch mit meiner Heimkehr.«

»Aber du willst dich nicht damit abfinden«, stellte Madlen fest. »Zumindest denkt dieser Hardefust das. Sonst hätte er nicht so einen Wind darum gemacht, dass du auf seinem Land gesehen wurdest.«

»Streng genommen ist es das Land seines Sohnes, aber das ist für ihn dasselbe. Sein Machthunger ist grenzenlos, er hofft, es mithilfe des Erzbischofs noch weit zu bringen. Als Konrad von Hochstaden letztes Jahr scharenweise die Schöffen absetzte und einkerkerte, hätte er das ohne Wendels Geld nicht geschafft. Es ist ein stillschweigendes Abkommen, das ihnen beiden nützt. Der Erzbischof festigt seine Macht über die Stadt. Und Hardefust entledigt sich nach und nach aller Richerzechen- und Ratsmitglieder, die seinen Einfluss schmälern. Zweifellos träumt er davon, eines Tages der Einzige zu sein, der in Köln das Sagen hat. So reich und mächtig, dass nur noch der Erzbischof über ihm steht – und vielleicht nicht einmal mehr der.«

Madlen, die stumm zugehört hatte, richtete sich auf. Johann tat es ihr gleich und blickte auf sie hinunter. Es war nahezu dunkel auf dem Hof, bis auf den schwachen Widerschein der Talgleuchten, die in der Schänke brannten. Johanns Gesicht war nicht zu sehen, nur der Umriss seiner großen Gestalt und seines Kopfes, auf dem die nachsprießenden Haare einen schwarzen Schatten bildeten.

»Du hast Pläne, was diesen Wendel Hardefust betrifft, oder? Willst du dir dein Erbe zurückholen?«

»Mir gehen einige Überlegungen durch den Kopf.«

Sie begriff, dass er nicht darüber reden wollte.

»Diese Ursel«, platzte sie heraus, bevor sie an sich halten konnte. »Was will sie von dir?«

»Ich schätze, das, was du vermutest.«

Ingrimmig stellte Madlen fest, dass sich schon wieder der Stachel der Eifersucht in ihr Fleisch bohrte. Sie kam sich hilflos und töricht vor und hasste sich dafür.

»Ich habe ihr nie Anlass dafür gegeben«, führte Johann aus. »Wir kannten uns als Kinder, sie hat als Mädchen für mich geschwärmt, mehr war nie. Sie war damals schon etwas seltsam, und wie es scheint, ist es in all den Jahren seither nicht besser geworden. Ich habe sie nicht heimlich getroffen und habe es auch nicht vor.«

Madlen ärgerte sich über die Erleichterung, die seine Worte bei ihr hervorriefen. Grollend beschloss sie, gründlich in sich zu gehen und ihre unangemessen heftigen Gefühle durch Beten zu bekämpfen. Gleich nachher, wenn sie allein in ihrer Kammer war.

Doch eins wollte sie noch wissen. »Wo warst du letzte Nacht?«

»Das hatte nichts mit dem zu tun, was du mir so wortgewaltig unterstellt hast. Ich musste mit jemandem sprechen, aber es war keine Frau.«

Zu ihrem Unmut konnte Madlen sich abermals einer gewissen Erleichterung nicht erwehren. Es hatte durchaus nahegelegen, dass er zu einem Stelldichein gegangen war, wenn schon nicht mit dieser Ursel, dann mit einer anderen. Ganz Köln war voll von leichtlebigen Frauen, Madlen hatte bereits von etlichen gehört, die im Alltag ein höchst ehrbares Leben führten, aber heimlich bei Nacht in eigens dafür angemieteten Kammern gegen Geld Männer empfingen, die ihrerseits aus Sorge um ihr Ansehen ihre verbotenen Gelüste nicht öffentlich ausleben konnten. Manche dieser Frauen wurden gar von ihren Ehemännern zu ihrem frevelhaften Treiben ermuntert, denn es brachte wohl gutes Geld ein.

»Wenn dieser nächtliche Ausflug mit deinen geheimen Plänen zu tun hat, so magst du diese für dich behalten. Nach den Drohungen dieses Hardefust will ich nur eines wissen: Sind Leib und Leben der meinen in Gefahr?«

Johann zögerte mit der Antwort, schließlich meinte er: »Ich weiß es nicht. Wendel Hardefust ist ein Mann der Gewalt, das war er schon immer. Ich erinnere mich an einen Tag in meiner Kindheit, als meine Familie noch in der Rheingasse wohnte, genau wie die Hardefusts. Mein Vater war seinerzeit nicht in Köln, er war damals mit dem Erzbischof in die Schlacht von Bonn geritten. An jenem Tag kam Hardefust an unserem Haus vorbei. Einer unserer Knechte machte eine dumme Bemerkung, ich weiß nicht einmal, ob sie sich überhaupt gegen Hardefust richtete. Aber er sah es auf sich gemünzt. Er saß ab und ging mit der Reitpeitsche auf unseren Knecht los, schlug ihn halb tot. Meine Mutter wollte dazwischengehen, und da peitschte Hardefust auch sie, er war wie von Sinnen. Ich stürzte mich auf ihn, aber ich war nur ein kleiner Knabe, er stieß mich einfach in den Staub und schlug abermals nach meiner Mutter. Wir schrien um Hilfe, die Leute liefen zusammen und hielten ihn fest. Später bat er meine Eltern um Verzeihung, er behauptete, sich im Zorn vergessen zu haben. Er musste demütig auf den Knien vor ihnen rutschen und außerdem eine sehr hohe Buße bezahlen. Aber das hat den Vorfall natürlich nicht aus der Welt geschafft und seinen Hass nur geschürt. Aus irgendwelchen Gründen hat er meine Eltern verabscheut, vor allem meine Mutter, obwohl mein Vater und er ganz früher, als beide noch junge Männer gewesen waren, angeblich befreundet waren.«

»Was für ein grausamer Mensch!«

»Wenn du mich nicht länger hierhaben willst, weil du um euer Leben fürchtest, packe ich mein Bündel und gehe.«

»Nein«, widersprach sie sofort. Er sollte bleiben. Mochte es auch Unheil bringen, sei es von diesem Hardefust oder von anderer Seite – sie wollte ihn nicht ziehen lassen, obwohl sie keinen Gedanken daran wagte, warum das so war.

»Du wüsstest ja auch gar nicht, wohin«, versuchte sie, es vernünftig zu begründen. »Er würde dich überall finden, wenn er dich wirklich töten wollte. Uns wird er schon nichts tun, wir sind ja nicht seine Feinde.« Ihr kam ein Gedanke, der ihre Meinung untermauerte. »Zudem glaube ich, dass er sich nicht traut, gegen dich anzugehen, denn der Erzbischof hat dich vor dem Tode bewahrt. Mir scheint, er wollte nicht, dass dir etwas geschieht.« Sie runzelte die Stirn. »Warum er das wohl tat? Was steckt dahinter?«

»Das wüsste ich auch gern.«

Madlen reckte das Kinn. »Einerlei. Keiner vertreibt dich gegen deinen Willen aus meinem Haus. Bei mir bist du so sicher, wie du es auch woanders wärst, deshalb wäre es unsinnig, wenn du fortgingest.« Verunsichert fügte sie hinzu: »Es sei denn, du willst es.«

»Ich will es nicht. Jedenfalls noch nicht.«

Dieses *noch nicht* empfand Madlen als bedrückend, wieder eine Regung, die ihr nicht einleuchten wollte. Doch da sie gleich ohnehin um innere Einkehr beten musste, wollte sie jetzt nicht darüber nachdenken. Sich bereits abwendend, meinte sie betont gleichmütig: »Dann haben wir nun alles besprochen. Ich wünsche dir eine gute Nacht.«

Johann ging zu Veit in den Schuppen, um ihm gute Nacht zu sagen. Der Freund hatte bereits auf ihn gewartet. Johann sah keinen Anlass, Veit den Vorfall auf der Tenne zu verschweigen, sie hatten keine Geheimnisse voreinander. Mit kargen Worten fasste er das Geschehen zusammen und kratzte sich ratlos den Kopf, als er geendet hatte.

Veit lauschte dem Geräusch nach, die Augen auf die Talgleuchte gerichtet, die im Eingang zum Stall brannte, in sicherer Entfernung zum Heu. »Woran denkst du jetzt gerade?«, wollte er wissen.

»Ich bin froh, dass wir nicht fortmüssen, denn es würde uns

ziemliche Umstände machen, eine neue Bleibe zu suchen. Und ich überlege, welchen Zug Hardefust wohl als Nächstes macht und wie ich ihm zuvorkommen kann. Ich glaube, dass der Erzbischof Pläne mit mir hat, und ich wüsste gern, welche das sind, weshalb ich mir Gedanken darüber mache, wie ich es herausfinden kann, sobald er das nächste Mal in Köln ist.« Johann unterbrach sich und seufzte schwer. »Mir hängt noch sehr nach, dass ich den Nachbarsjungen geschlagen habe, und ich wünschte, ich wüsste, wie ich es wiedergutmachen kann, zumal ich nicht will, dass er Angst vor mir hat. Ich habe überlegt, ihm ein Spielzeug zu besorgen, vielleicht einen Schnurrer oder einen Ball.«

»Ich wollte eigentlich eher wissen, wie dir in Bezug auf Madlen zumute ist.«

Johann ahnte, dass Veit sich das ohne Weiteres selbst denken konnte. Er hatte keine große Lust, über seine innersten Gefühle zu reden, das war ihm immer schon schwergefallen, zumal er oft selbst nicht in der Lage war, sie gedanklich richtig zu erfassen, vor allem jene, die nicht leicht zu beschreiben waren. Was Madlen betraf, so musste er jedoch nicht erst überlegen. Er war fast verrückt vor Verlangen nach ihr, noch nie hatte er eine Frau mit solcher Inbrunst besitzen wollen. Er hatte in seinem bisherigen Leben noch nie so viel Beherrschung aufbringen müssen wie dort oben auf der Tenne. Sie nicht einfach doch noch zu nehmen, egal wer unten stand und es mitkriegte, hatte ihn schier übermenschliche Anstrengung gekostet. Wenn er nur daran dachte, wie es sich angefühlt hatte, in sie einzudringen, brach ihm am ganzen Körper der Schweiß aus, und er fing jämmerlich an zu zittern. Sie während des Abends in der Schänke vor Augen zu haben, ohne sie berühren zu können, war ebenfalls eine ausgesprochen harte Prüfung gewesen, im wahrsten Sinne des Wortes, seine Erektion war zwischendurch kaum abgeklungen. Der Schwung ihrer Hüften, wenn sie sich zwischen den Bänken hindurchwand, die sachte Rundung ihres Busens, der sich offenbarte, wenn sie das Tablett gegen den Bauch drückte, um eine

Hand zum Kassieren frei zu haben, die köstliche Linie ihres Nackens, wenn sie sich vorbeugte, um Becher abzuräumen – zweifellos hatte er die ganze Zeit wie ein sabbernder Trottel dagestanden und sie angestarrt. Er stöhnte unwillkürlich und wandelte es gerade noch in ein Räuspern um, bevor er sich vollends zum Narren machte. »Sie bringt meine Pläne durcheinander«, fasste er seine Empfindungen in Worte.

»Ah«, sagte Veit, was alles oder nichts bedeuten konnte. »Und was wirst du jetzt tun?«

»Nichts.«

»Was genau meinst du mit nichts?«

»Gar nichts. Ich habe ihr versprochen, sie nicht mehr anzufassen, weil es ein Fehler war.«

»Das war sehr vernünftig.«

Johann musterte den Freund argwöhnisch, denn der letzte Satz war ihm eher ironisch als beifällig vorgekommen, doch Veits Miene zeigte nichts außer freundlicher Gelassenheit.

»Du hast selbst gesagt, ich solle die Finger von ihr lassen«, hob Johann hervor. »Nichts anderes habe ich mir vorgenommen.«

»Gewiss. Ich sagte doch, dass es vernünftig war.«

»Ich glaube, ich gehe jetzt zu Bett«, verkündete Johann.

»Träum was Schönes«, meinte Veit lächelnd.

Dafür hätte Johann erst einmal schlafen müssen. Nachdem er sich ausgezogen und ins Bett gelegt hatte, starrte er an die Decke und ließ die Szene auf der Tenne vor seinem inneren Auge vorüberziehen, genüsslich alle Einzelheiten nachempfindend. Er lauschte nach nebenan, wo regelmäßige, tiefe Atemzüge verrieten, dass Madlen schlief. Dann tat er das, was Männer immer tun, wenn sie einsam sind und von schmerzhaften Begierden erfüllt. Er bemühte sich, leise zu sein und nicht zu stöhnen, eines der ersten Dinge, die ein junger Mann lernen musste, wenn er mit einem Heer in den Krieg zog. Im Feldlager waren die Wände der Zelte dünn und die anderen meist nur einen Atemzug entfernt, man war nie wirklich allein.

Abrupt hielt er inne, denn er hörte ein Rascheln von nebenan. Sie war aufgewacht. Er vernahm ihre Stimme, kaum mehr als ein Murmeln, aber er verstand sie trotzdem.

»Heilige Ursula, hilf mir, wieder einzuschlafen. Und ich bitte dich nochmals, gib mir die Kraft, nicht ständig wütend oder traurig zu werden. Hilf mir, meine lüsternen Gedanken zu besiegen. Lass mich weise und klug sein und die dämlichen Buchstaben schneller lernen. A-em-e-en.«

Sie hatte das *Amen* buchstabiert, Johann unterdrückte ein Glucksen. Dann hielt er die Luft an, denn sie betete weiter, diesmal zu einem anderen Heiligen.

»Heiliger Petrus, lass den Sud von heute nicht zu bitter werden, denn ich möchte um Johanns willen, dass er gelingt, weil Johann ein tüchtiger Brauer ist und gute Arbeit leistet. Lass dafür die Sache mit dem Blech noch etwas dauern, denn es ist sehr teuer, und kein Mensch hat je verkohltes Malz zu Bier gemacht. Lass ihn lieber den Rauchfang noch fertigbauen, bevor er weggeht und ich wieder allein dastehe.« Dann fing sie unvermittelt an zu weinen. Johann richtete sich auf, drauf und dran, aufzustehen und zu ihr hinüberzugehen, doch dann hörte er sie unter leisem Schluchzen weiterbeten.

»Hilf mir, dass ich Konrad nicht vergesse. Er war mein Leben. Ich vermisse ihn so, es tut immer noch schrecklich weh, und ich habe Angst, dass ich mich eines Tages nicht mehr an sein Gesicht erinnern kann. Dann habe ich ihn ein zweites Mal verloren, wie soll ich das ertragen? Bitte hilf mir, heiliger Petrus, damit ich sein Bild weiter in meinem Herzen tragen kann!«

Johann sank langsam auf die Matratze zurück, ihr Weinen im Ohr. Seine Erregung war schlagartig erloschen, er fühlte sich erschöpft und ausgehöhlt. Als endlich der Schlaf kam, war es wie eine Erlösung.

Er war auf dem Schlachtfeld von Al-Mansura und watete durch Ströme von Blut, schlug mit dem Schwert um sich, er erwehrte sich der auf ihn eindringenden Kämpfer, spaltete Köpfe, spießte Leiber auf. Rechts und links lagen die Toten und Sterbenden, das Kreischen und Stöhnen übertönte den Wind, der Hitze und Sand über die blutigen Haufen wehte. Eine Hand reckte sich aus dem Gewirr zerhackter Leichen, griff nach seinem Knöchel. Er zog daran, holte einen Mann zwischen all den Toten hervor, wollte ihm aufhelfen, vielleicht war es einer der seinen. Doch es war ein Feind, der mit seinem Krummsäbel nach ihm hieb. Johann schlug ihm die Hand ab, und der Gegner brach zusammen, wimmernd wie ein Kind. Es war ein Kind, er erkannte es, als er die Kufiya zur Seite zog, die der Junge sich zum Schutz gegen den Wind vors Gesicht gelegt hatte. Zwölf, vielleicht dreizehn, älter war er nicht. Er starb vor Johanns Augen. Andere kamen, diesmal richtige Männer, triefend vom Blut der Gefallenen, genau wie er selbst. Er hatte sein Schwert schon vorher weggeworfen, fiel mit ausgebreiteten Armen und gesenktem Kopf vor ihnen auf die Knie. Tötet mich, dachte er. Es soll vorbei sein. Doch den Gefallen taten sie ihm nicht, sie schleppten ihn mit anderen Gefangenen in die Stadt, wo der Sultan über sein weiteres Schicksal entschied. Er lag im Kerker, überall um sich herum die Ritter des Kreuzes, einige sterbend, die meisten tot, verhungert, verdurstet, verreckt. Er schrie und bettelte, habt Erbarmen, bringt es zu Ende, doch niemand hörte es, nicht einmal er selbst, denn er war zu schwach, seine Schreie fanden den Weg nicht mehr aus seinem Kopf heraus.

Gott, dachte er. Wo bist du? Hat es dich je gegeben? Lachst du über unsere Narreteien, dort, wo du bist? Oder bist du nicht mehr als der Wind hinter den Hügeln, die wir für dich einnehmen sollten, so flüchtig wie der Atem jener, die in deinem Namen kämpften?

Veit sprach zu ihm: Nein, es war nicht Gott, der uns gezwungen hat, bis zu den Knien in Blut zu waten. Nicht Gott hat diese Menschen hingeschlachtet, wir selbst waren es. Wir und unser Heer und der König und alle anderen, die es so wollten. Es war unser Wille, nicht der von Gott. Und jetzt ist es an uns, für unsere Taten um Vergebung zu bitten.

Um Vergebung bitten. Für den Jungen, dessen Hand er abgeschlagen hatte. Für Ludwig, den armen Toren. Für all das Schreckliche, die vielen, vielen Sünden. Aber wen sollte er um Vergebung bitten? Es war niemand da. Er war allein.

Johann erwachte mit einem keuchenden Atemzug. Sein Gesicht war nass, er hatte im Schlaf geweint. Der Traum wirkte noch nach, er fühlte die Einsamkeit wie einen dumpfen Schmerz, der ihm die Brust abdrückte. Wie leicht war es gewesen, als er noch hatte beten können, alle Last auf Gott laden konnte. Doch Gott war nicht mehr da.

Nein, es gab niemanden mehr, den er um Vergebung anflehen konnte.

Er drehte sich auf die andere Seite und döste wieder ein. Gerade begannen die Traumbilder ihn wieder zu umgaukeln, diesmal erfreulichere, die ihn erleben ließen, wie Juliana ihn wiedererkannte, als ein Geräusch ihn herumfahren ließ. Jemand war im Zimmer, er sah Kerzenlicht. Doch diese Erkenntnis kam zu spät, im selben Moment traf ihn ein harter Schlag an der Schulter. Johann brüllte auf, vor Schmerz und vor Schreck. Die Kerze war erloschen, in der Dunkelheit sah er nichts, und obwohl er sofort aufsprang, hatte sich der Angreifer blitzartig zurückgezogen und war bereits wieder auf der Stiege. Johann stürzte ihm mit Riesensätzen hinterdrein, er nahm die Stufen mit zwei gewaltigen Sprüngen. Dabei wurde ihm seine Größe zum Verhängnis, er krachte mit der Stirn gegen die Treppeneinfassung und sah Sterne. Am Fuß der Stiege kämpfte er torkelnd um sein Gleichgewicht, und als er sich in der Finsternis orientiert hatte, knarrte die Hintertür. Johann war mit einem einzigen Sprung dort. Er kriegte jemanden zu fassen und rang ihn mit ganzer Kraft nieder. Der Mann schrie unter seinem harten Griff um Gnade, und es dauerte einen Moment, bis Johann begriff, dass es Caspar war.

»Er ist weg!«, schrie der Knecht. Er schluchzte auf, weil Johann ihm fast den Arm ausgerenkt hatte. »Er ist weg!«, wiederholte er. »Ich habe ihn durch den Garten fliehen sehen!«

Ein Licht glomm in der Dunkelheit auf, der alte Cuntz kam aus seiner Kammer gestolpert, das Gesicht starr vor Schreck. Die Hand, mit der er die kleine Unschlittlampe hielt, zitterte so heftig, dass die Flamme auszugehen drohte.

»Was ist?«, schrie er. »Wo ist Madlen?«

»Ich bin hier«, kam es von oben. Der Alte fing an zu weinen und stammelte ein Dankgebet. Johann ging zu ihm und nahm ihm die Leuchte ab. Madlen kam im Hemd die Treppe herunter, das Haar aufgelöst bis zur Hüfte hängend, die Augen vor Furcht und Entsetzen aufgerissen. Irmla kroch unter der Treppe heraus, sie war nackt und hatte notdürftig ihre Cotte um sich gewickelt.

»Der Mörder!«, stieß sie hervor. »Er war wieder da!«

Alle starrten Johann an, und für einen absurden Augenblick war er davon überzeugt, dass sie ihn für den Mörder hielten, doch dann merkte er, dass sie auf seine Schulter blickten. Blut floss von dort herab, rann über seinen unbekleideten Körper und tropfte auf den Boden. Er sah es sich kurz an und entschied dann, dass ein Verband warten konnte. Es war nur eine oberflächliche Fleischwunde und fühlte sich nicht danach an, als seien Gelenk oder Knochen beschädigt.

»Wir suchen nach dem Kerl«, befahl er knapp. »Vielleicht ist er noch in der Nähe und versteckt sich.«

»Ihr seid nackt«, sagte Irmla missbilligend, doch der Blick, mit dem sie seinen Körper bedachte, war alles andere als abschätzig.

Johann schob Madlen zur Seite und eilte nach oben, um sich etwas überzuziehen. »Caspar, hol Berni und Willi«, rief er, während er sich eilig Hemd und Beinlinge überstreifte und in die Stiefel stieg. »Sie sollen suchen helfen! Ihr könnt zu dritt gehen!«

Als er wieder nach unten kam, hielt Madlen ihn am Arm fest. »Tu das nicht, Johann.«

»Was?«, fragte er ungeduldig.

»Geh nicht raus.« Ihre Stimme klang flehend. »Er könnte irgendwo lauern.«

»Das hoffe ich ja.« Er machte sich los. »Keine Sorge. Ich sehe mich vor.«

Sie suchten mit Fackeln jeden Winkel rund ums Haus ab, gingen die Schildergasse bis zum Neumarkt hoch und spähten in alle Büsche und Soden, umrundeten die Häusergevierte der Nachbarschaft und horchten immer wieder in die Dunkelheit, doch sie fanden nichts Verdächtiges. Schließlich schickte Johann den Knecht und die Jungen zurück ins Sudhaus, befahl ihnen aber, für den Rest der Nacht abwechselnd den Hof zu bewachen und eine Fackel brennen zu lassen.

Johann bemerkte Madlens Erleichterung, als er zurückkehrte. Sie bestand darauf, ihn zu verbinden, also zog er das Hemd aus und setzte sich auf einen Schemel. Veit hatte sich mittlerweile ebenfalls in der Stube eingefunden, er saß am Tisch und leistete ihnen Gesellschaft, während Madlen eine saubere Leinenbinde um Johanns Schulter wand.

Es versetzte Johann in Unruhe, sie nur mit dem dünnen Hemd bekleidet so dicht neben sich stehen zu haben, doch in Anbetracht der Umstände fiel es ihm nicht allzu schwer, sich auf wesentlichere Belange zu konzentrieren, schließlich war er nur um Haaresbreite dem Tod entronnen.

»Der Kerl muss mit einem Knüppel zugeschlagen haben«, meinte Johann, der sich mit allen Arten von Waffen auskannte. Im Moment fühlte sich der Arm taub an, aber er wusste, dass er am nächsten Tag höllische Schmerzen haben würde. Wahrscheinlich würde er für den Rest der Woche nicht richtig arbeiten können, doch davon abgesehen hatte er unglaubliches Glück gehabt. In der engen Kammer hatte der nächtliche Attentäter vermutlich nicht richtig ausholen können, denn der Schlag war nicht mit voller Wucht geführt worden. Hinzu kam, dass Johann sich im letzten Moment herumgeworfen hatte, sonst hätte der Knüppel ihn an Kopf oder Nacken erwischt und zumindest so lange außer Gefecht gesetzt, bis der Eindringling einen zweiten und dritten Schlag hätte anbringen und ihm damit den Garaus machen können.

Er fachsimpelte mit Veit über die Art und Weise, wie der Mörder vorgegangen war, angefangen von der Wahl der Waffe über die Schnelligkeit seiner Flucht bis hin zu den Zusammenhängen mit dem Mord an Madlens erstem Gatten.

»Er ist ein Feigling«, konstatierte Johann sachlich. »Er schlägt hinterrücks zu und begeht die Tat im Schutze der Nacht. Er ist über den Hof durch die Hintertür gekommen, denn die Vordertür war verriegelt, desgleichen das Tor zur Einfahrt. Also muss er über den Zaun oder die Mauern von den Nachbargrundstücken geklettert sein.«

Johann wollte fortfahren, als er bemerkte, wie Madlen zitterte. Sie hatte beide Hände an seiner Schulter, als wollte sie nicht nur den Leinenverband dort festhalten, sondern auch ihn selbst. Er nahm ihre Hände in seine und merkte, dass sie eiskalt waren. »Du solltest zurück ins Bett gehen.«

Die Magd hatte sich bereits wieder auf ihr Lager unter der Treppe verzogen, und auch Cuntz war in seiner Kammer verschwunden, doch Madlen schüttelte störrisch den Kopf, als Johann sie abermals drängte, sich hinzulegen. Sie gab erst nach, als Johann erklärte, ebenfalls gleich wieder schlafen zu gehen, er wolle nur noch rasch draußen nach dem Rechten sehen. Er begleitete Veit zurück in den Schuppen und vergewisserte sich anschließend, dass Caspar in der Braustube saß und durch die offene Tür den Hof im Auge behielt. Er ging kurz zu dem Knecht hinüber.

»Es tut mir leid, dass ich so grob war.«

Caspar verzog das Gesicht. »Du konntest ja nicht wissen, dass ich es war.«

»Wie kam es, dass du so schnell im Haus warst?«

»Ich saß auf dem Abtritt. Mich hat's mal wieder erwischt. Dann hörte ich dich schreien und bin raus. Blöderweise habe ich die Lampe auf dem Lokus gelassen, deshalb konnte ich nichts sehen, nur einen Schatten, der hinten im Garten verschwand. Entweder über die Mauer oder den Zaun.« Neugierig blickte er Johann an. »Ob es wirklich derselbe Kerl war wie der, der Konrad erschlagen hat? Könnte es nicht vielleicht auch jemand gewesen sein, den dieser Wendel Hardefust dir auf den Hals geschickt hat? Vielleicht der Bursche, der ihn begleitet hat? Er hat sich die Stube genau angesehen, bevor er ging. Als wollte er sich alles genau einprägen. Vielleicht dachten die beiden, wenn sie es genauso aussehen lassen wie den Mord an Konrad, dass dann kein Verdacht auf sie fällt.«

»Daran habe ich auch schon gedacht. Wir werden uns in Acht nehmen und ein paar Vorsichtsmaßnahmen treffen.«

»Welche denn?«

»Das entscheiden wir morgen. Heute Nacht bist *du* für unsere Sicherheit zuständig. Du hast morgen bis zum Mittag frei, wenn du bis Sonnenaufgang Wache hältst. Schaffst du das?«

»Sicher«, sagte Caspar wegwerfend. Sein schmales junges Gesicht nahm einen besorgten Ausdruck an. »Geht es Madlen gut?«

»Nicht sehr. Aber ich werde heute Nacht auf sie aufpassen.«

»Du kannst ruhig schlafen, *ich* passe auf.«

»Vielleicht hältst du besser einfach mal das Maul«, kam es missgelaunt aus der Dunkelheit hinter Caspar. »Damit überhaupt *irgendwer* schlafen kann.« Willi fügte noch etwas hinzu, das nicht zu verstehen war, doch dem Tonfall nach war es nichts Nettes.

Johann fand, dass der Worte genug gewechselt waren. Er nickte Caspar zu und kehrte zum Haus zurück. Bevor er zu Bett ging, sah er kurz in Madlens Kammer. Sie hatte sich unter der Decke zu einer Kugel zusammengerollt und rührte sich nicht. Leise zog er sich auf sein Zimmer zurück und legte sich hin. Seine Schulter tat weh, und in seinem Inneren herrschte Aufruhr. Er machte sich Sorgen und hatte Angst, aber da war auch noch ein anderes Gefühl, das er zuerst nicht richtig einordnen konnte, nicht nur, weil er es so lange nicht gespürt hatte, sondern auch, weil es der Situation nicht unbedingt angemessen war. Im

Grunde passte es überhaupt nicht, dass er so empfand, aber er tat es, tief in seinem Herzen. Es hatte damit zu tun, wie Madlen ihre Hände auf seine Schulter gelegt hatte. Es dauerte jedoch eine Weile, bis es ihm gelungen war, einen Zusammenhang zwischen ihren Händen auf seiner Schulter und diesem seltsamen Gefühl herzustellen, für das er endlich den Namen fand.

Es war Hoffnung.

Eine Woche später, Ende März 1260

Der junge Hund tollte über den Hof, blieb an jeder Ecke, stehen und beschnüffelte ausgiebig alle Gegenstände, die ihm vor die Nase kamen. Ab und zu hob er das Bein und markierte das, was er für seinen neuen Besitz hielt. Den alten Spitz umrundete er mit fragendem Gebell, bevor er zögernd zu ihm hintapste und ihn aus der Nähe beroch. Der vermeintliche Widersacher hob kaum den Kopf, und bis auf ein kurzes, nicht unfreundliches Knurren gab er keinen Laut von sich. Es war lange her, dass er das letzte Mal gebellt hatte.

»Scheint so, als hätten sie sich angefreundet«, sagte Johann, der auf der Brunneneinfassung saß und den neuen Hund aufmerksam beobachtete.

Cuntz hockte ein paar Schritte entfernt auf einem leeren Fass, er schien erleichtert. »Es sieht tatsächlich so aus«, meinte er. »Anderenfalls hätte es Ärger geben können. Madlen hätte Spitz niemals dem Hundeschläger gegeben, sie hängt viel zu sehr an ihm. Schon als der letzte Hund starb, war sie wochenlang verzweifelt. Damals war sie sechs. Sie bestand darauf, das tote Tier auf den Friedhof zu bringen, und sie wollte nicht begreifen, dass Hunde dort nichts verloren haben. Sie schrie wie von Sinnen, als der Abdecker den Kadaver holte.«

Johann begriff, dass diese Geschichte etwas damit zu tun hatte, dass der Spitz keinen Namen bekommen hatte, ebenso wenig wie der Kater und das Pferd. Madlen hatte Angst, allzu vertraut mit den Tieren zu werden, weil sie irgendwann starben und sie untröstlich zurückließen.

Der neue Hund hatte jedoch bereits einen Namen, Johann hatte ihn Hannibal genannt und ihm beigebracht, darauf zu hören. Davon abgesehen war Hannibal schon leidlich gut erzogen. Johann hatte ihn bei einem Bauern mitgenommen, der ihn bisher mit durchgefüttert hatte und froh war, ihn los zu sein. Die meisten Welpen wurden gleich nach der Geburt ertränkt, die übrigen verjagt. Nur gelegentlich wurden welche am Leben gelassen und zum Wachhund abgerichtet. Mit acht Monaten war Hannibal noch nicht ausgewachsen, aber er war an die Kette gewöhnt und vor allem mit der angestammten Aufgabe eines Hofhunds vertraut – nämlich unbefugte Eindringlinge zu verbellen und vertreiben. Jeder, der die Hofeinfahrt betrat, löste sofort ein ohrenbetäubendes Gekläff aus. Am längsten hatte es gedauert, bis Hannibal sich an den alten Spitz gewöhnt hatte, doch inzwischen hatte er die Anwesenheit eines älteren Rüden akzeptiert, zumal dieser kaum noch genug Kraft hatte, sich vor seine Hütte zu schleppen und wenigstens ein paar Bissen von den Schlachtabfällen zu fressen, die ihm täglich hingeworfen wurden. Johann hatte für Hannibal einen eigenen Verschlag gebaut, näher zum Stall hin, von wo aus die Hofeinfahrt besser zu überblicken war.

»Wieso habt ihr nicht längst einen neuen Wachhund angeschafft?«, wollte Johann von Cuntz wissen. »Ich meine, letztes Jahr, als …« Er hielt inne, von plötzlicher Scheu erfüllt.

Cuntz wiegte den Kopf. »Wir hatten einen, ich selbst habe ihn nach Konrads Tod besorgt, aber der hat den alten Spitz gebissen, also musste er wieder weg, Madlen wollte das nicht dulden. Deshalb haben wir uns andere Schutzmaßnahmen überlegt. Beispielsweise haben wir Stricke mit kleinen Glocken über den Hof gespannt. Darüber stolperte dann Berni, weil er im Schlaf umherlief. Irmla hatte eine Weile leere Blechschüsseln vor der Hintertür stehen, über die ich ein paarmal gefallen bin und einen Höllenlärm veranstaltet habe. Also haben wir das bald wieder sein gelassen. Wir haben stattdessen alle Türen und Läden verriegelt und verrammelt. Irgendwann wurde jedoch die Angst weniger und wir selbst nachlässiger. Was wohl ein Fehler war. Oder ein Segen, denn wie hätten wir sonst weiterleben können? Wie hätte *sie* weiterleben können?« Er blickte in den hinteren Teil des Gartens, wo Madlen damit beschäftigt war, ein Bäumchen einzupflanzen.

»Ich werde nicht zulassen, dass ihr etwas geschieht«, sagte Johann.

»Ich weiß«, antwortete Cuntz.

Es war ein warmer Tag, Madlen hatte das Obergewand abgelegt und den Leinenkittel hochgebunden, sodass ihre Beine vom Knie abwärts zu sehen waren. Ihr Gebende machte sich auch schon wieder selbstständig. Madlen zog den Spaten aus der Erde, hielt ihn mit einer Hand fest und zerrte mit der anderen ungeduldig an der Kopfbedeckung, bis sie alles gelöst hatte. Nachlässig hängte sie das baumelnde Leinengebilde über den Zaun. Der locker geflochtene Zopf fiel ihr über die Brust, und rund um ihre Stirn standen zerzauste Löckchen ab, die vom Wind bewegt wurden, während sie sich bückte, um mit dem Graben fortzufahren. Johann konnte kaum den Blick von ihr wenden. Er merkte, dass der Alte ihn von der Seite beobachtete, doch auch das hielt ihn nicht davon ab, Madlen zu betrachten. Er hatte sich getreulich an sein Versprechen gehalten und war ihr nicht mehr nahegekommen, auch wenn es ihn einige Anstrengung gekostet hatte, von der er jeden Tag mehr statt weniger aufbringen musste. Am ärgsten war es bei den Unterrichtsstunden, die immer noch täglich stattfanden. Derzeit blieb die Schänke wegen der Karwoche ganz geschlossen, weshalb der Unterricht bis zu vier Stunden in Anspruch nahm. Madlen war in ihrer Wissbegier nahezu unersättlich, und sie lernte mit einer Geschwindigkeit, die ihn immer wieder verblüffte, zumindest in den Augenblicken, in denen er nicht vollauf damit beschäftigt war, sein Verlangen im Zaum zu halten.

Caspar kam aus dem Sudhaus, ein fröhliches Pfeifen auf den Lippen. Auch er war wegen der Wärme leicht bekleidet. Die Beinlinge hatte er nachlässig angenestelt, die Hemdzipfel hochgebunden. Das kinnlange Haar hatte er hinter die Ohren gestrichen. Er rollte ein volles Bierfass vor sich her, in Richtung Keller. Sein Pfeifen verstummte mit einem Misston, als Johann ihm in den Weg trat.

»Warte. Ich habe doch gesagt, dass die Fässer so wenig wie möglich durchgerüttelt werden sollen. Es ist für das Bier nicht gut, und für das Fass auch nicht.« Johann bückte sich und stemmte das Fass mit einiger Mühe auf seine Schulter. Es war ziemlich schwer, aber nicht zu schwer, um es zu tragen. Dass Caspar das allem Anschein nach anders sah, bemerkte er erst, als der Knecht ihn mit Seitenblicken bedachte, die weniger auf Dankbarkeit als auf Verdruss hindeuteten. Johann achtete nicht weiter darauf. Nach seinem Dafürhalten erging sich das Gesinde allzu häufig in Empfindsamkeiten, die weder der Arbeit noch dem Hausfrieden zuträglich waren. Mochte Madlen auch glauben, hart genug durchzugreifen, so nützte ihr häufiges Schimpfen in Wahrheit nur wenig. Sie wurde einfach nicht ernst genommen, denn sie hatte ein allzu weiches Herz. Richtige Strafen hatte hier niemand zu befürchten, und das wussten alle ganz genau.

Johann ignorierte die Schmerzen in seiner Schulter. Der Schlag, den der nächtliche Eindringling ihm verpasst hatte, war bei solchen Arbeiten immer noch deutlich zu spüren, auch wenn die Schwellung abgeklungen war und die blauschwarze Verfärbung bereits verblasste. Er schleppte das Fass in den Keller und deponierte es an der Wand. Bei der Gelegenheit sammelte er ein paar Mausefallen ein, holte die Kadaver heraus und brachte neue Köder an. Als er anschließend in den Hof zurückkehrte, sprang ihm Hannibal hechelnd entgegen. Das Drollige des Welpen hatte er noch nicht verloren, er war neugierig und anhänglich und mitunter noch etwas übermütig, und wo immer es Neues zu entdecken gab, rannte er sofort hin. Johann ließ ihn, damit er sein Revier vollständig und gründlich erkunden konnte, tagsüber frei herumlaufen und legte ihn nur nachts an die Kette.

Vor dem Sudhaus standen eine Reihe gebrauchter Fässer. Johann hatte sie mit heißem Wasser ausgespült und angefangen, sie zu pichen, wie er es in der bayerischen Klosterbrauerei gelernt hatte. Dort hatte er überdies die Erfahrung gemacht, dass Sauberkeit im Umgang mit dem frischen Sud die beste Möglichkeit war, das Bier davor zu bewahren, faulig oder sauer zu werden. Er hatte auch schon von Weinbauern gehört, dass diese ihre Fässer vor einer neuen Befüllung ausschwefelten, doch das ging, wie es hieß, oft zu Lasten des Geschmacks. In jedem Fall aber waren Reste vom alten Inhalt, angeschimmelte Dauben oder gar Mäusekot Gift für jeden Sud. Johann wurde nicht müde, es dem Brauknecht und den Lehrjungen mit Nachdruck zu erklären, und er hatte jedem Einzelnen von ihnen Schläge für den Fall angedroht, dass sie wieder Amulette in den Bottich warfen.

Ihm war bewusst, dass die jungen Burschen ihm zuweilen nur widerwillig gehorchten, aber immerhin taten sie es. Bisher hatte er noch keinen von ihnen schlagen müssen, auch wenn er einige Male dicht davorgestanden hatte.

Unwillkürlich richtete er den Blick hinüber zur Mauer, und als hätten seine Gedanken ihn heraufbeschworen, tauchte Ludwig nebenan im Garten auf. Er schaute mit weit aufgerissenen Augen herüber, das Gesicht starr vor Angst. Johann legte den Spatel, den er zum Verstreichen des Pechs benutzt hatte, zur Seite und ging zu Ludwig hinüber.

Der Hund sprang munter neben ihm her. Ludwig wich stöhnend zurück.

»Du musst keine Angst vor mir haben«, sagte Johann beruhigend. »Ich tue dir nichts, Junge.«

Ludwig hielt den Schnurrer umklammert, den Johann ihm geschenkt hatte. Johann hatte, um ihm das Spielzeug zu überreichen und ihm vorzuführen, was man damit machte, einen Zeitpunkt ausgewählt, als Agnes zu Besorgungen weg gewesen war. Ihr Hass war ungebrochen, sie sparte nicht mit Beschimpfungen, wenn sie seiner ansichtig wurde, und am vergangenen Sonntag hatte sie auf dem Kirchplatz inmitten etlicher Gemeindemitglieder lauthals kundgetan, was sie von ihm hielt. Immerhin hatte sie ihrem Sohn das Spielzeug gelassen.

Ludwig stand zitternd da, seine Furcht war beinahe mit Händen zu greifen. Wäre nicht die Mauer im Weg gewesen, wäre Johann zu ihm gegangen, um ihn zu beruhigen, auch wenn das zweifelsohne unverzüglich Agnes auf den Plan gerufen hätte.

Hannibal kläffte immer lauter, Johann rief ihm einen barschen Befehl zu, doch der Hund wollte sich nicht zum Schweigen bringen lassen. Ludwig quollen fast die Augen aus dem Kopf, und Johann erkannte, dass die Angst des Jungen gar nicht ihm galt, sondern dem Hund.

»Hö-Höllenhund!«, stammelte Ludwig. »Totmachen!«

»Nein, Ludwig. Er ist ein lieber Hund. Hörst du? Er ist lieb. Er hat dich gern.«

Ludwig schüttelte mit verzerrtem Gesicht den Kopf. Johann packte Hannibal beim Halsband und zog ihn von der Mauer weg. Er brachte ihn zu der Hundehütte und legte ihn an die Kette. Ludwigs Worte hallten in ihm nach, alles daran versetzte ihn in Aufruhr. Er warf dem Hund einen Knochen hin, worauf endlich Ruhe einkehrte und auf dem Hof nach außen hin dieselbe beschaulich frühlingshafte, scheinbar unbeschwerte Stimmung herrschte wie zuvor. Durch das offene Tor zum Sudhaus waren die Lehrjungen bei der Arbeit zu sehen. Berni rührte die Maische, Willi holte gedarrtes Malz von der Tenne. Caspar hatte ein weiteres Fass aus der Braustube nach draußen gebracht; diesmal trug er es mit Todesverachtung auf den Schultern. Sein Gesicht war gefährlich rot angelaufen, die Adern an seinen Schläfen traten wie Stricke hervor, er konnte sich kaum auf den Füßen halten, doch er stapfte schwankend den ganzen

Weg zum Keller hinüber und lud erst vor der Falltür seine Last unter lautem Ächzen ab.

Cuntz war zum Schuppen hinübergegangen, um Veit Gesellschaft zu leisten. Die beiden verstanden sich gut.

Madlen kam aus dem Garten zurück. »War da eben Ludwig drüben bei der Mauer? Ist alles in Ordnung?«

War es das? Johann blickte sie grübelnd an. Ob sie ahnte, was Ludwig beim Anblick des neuen Hundes umtrieb? Hatte er diese Furcht vor Hunden schon immer gehabt? Waren hier gar Zusammenhänge zu den Geschehnissen im vergangenen Jahr denkbar? Welche Rolle spielte Hans dabei? Es war Johann nicht entgangen, dass der Nachbar Madlen auf eine Weise ansah, die nicht zu seiner väterlichen Freundlichkeit passte. Es war dasselbe versteckte Begehren, das auch in den Augen des armen Barthel gestanden hatte, der am vergangenen Sonntag wieder wie unabsichtlich ihren Weg gekreuzt und ihr lange nachgeschaut hatte.

»Was ist?«, fragte sie unsicher.

»Nichts«, log Johann. Er hätte gern mit ihr über alles gesprochen, doch er wusste, wie sehr es sie verstören und belasten würde, deshalb tat er es nicht. Der nächtliche Anschlag auf ihn hing ihr immer noch nach. Sie hatte mit keinem Wort widersprochen, als er tags darauf den neuen Hund geholt hatte, und als er sowohl am Tor zur Gasse als auch an der Hintertür jeweils einen zusätzlichen schweren Riegel angebracht hatte, war ihre Erleichterung unübersehbar gewesen.

Sie lächelte ihn fragend und ein wenig scheu an.

»Wollen wir rechnen, Johann?«

Alle Gedanken, die ihn vorhin noch beschäftigt hatten, traten in den Hintergrund. So erging es ihm immer, wenn sie lächelte. Er sah nur noch sie. Ihr von der Arbeit gerötetes Gesicht, den sich auflösenden Zopf, ihre von Erde verschmutzten Hände. Die dunkle Dreckspur auf ihrer Nase, die ihre Augen noch blauer leuchten ließ.

»Ja«, sagte er rau. »Lass uns rechnen.«

Beim Multiplizieren taten sich für Madlen neue Welten auf. Das kleine Einmaleins beherrschte sie ohnehin schon lange im Kopf, doch es sich selbst nun mit Zahlen versinnbildlichen zu können, verschaffte ihr höchstes Vergnügen, von der Anwendung auf größere Zahlen ganz zu schweigen. Aus ihrem Entzücken, dass sich nur mit Griffel und Tafel sogar vier- und fünfstellige Zahlen in Windeseile miteinander malnehmen ließen, machte sie keinen Hehl.

»Das ist doch sehr viel einfacher als mit den Fingern«, meinte sie begeistert.

Johann glaubte, sie habe einen Witz gemacht, doch sie musterte ihn etwas verwundert und erklärte, dass sie das Multiplizieren tatsächlich mit den Fingern gelernt habe.

Er wollte es nicht glauben, bis sie es ihm vormachte. Sie hielt ihm alle Finger ihrer kleinen, abgearbeiteten Hände hin und erklärte es ihm. Jeder Finger stand für eine Zahl, deren Höhe durch Abknicken noch variiert werden konnte. Durch Aneinanderhalten der Finger konnte die Summe ermittelt werden. Auf diese Weise konnte Madlen problemlos zweistellige Zahlen miteinander multiplizieren, sie war dabei sogar schneller als Johann, der es gleichzeitig auf der Tafel nachrechnete. Seit ihrer Kindheit war ihr das Fingerrechnen so geläufig, dass sie es im Kopf beherrschte, nur bei Zahlen über hundert benötigte sie das Rechentuch.

»Wo hast du diese Art des Rechnens gelernt?«, wollte er wissen.

»Ein polnischer Viehtreiber hat es meinem Vater beigebracht und der dann mir.« Madlen zog die Tafel heran und versuchte sich an einer neuen Multiplikation mit vierstelligen Zahlen. »Ich konnte es schneller als er, deshalb musste ich immer schon als Kind mit auf den Markt und mit den Fingern rechnen, während er mit den Händlern um den Preis für eine Fuhre Bier feilschte. Irgendwann brauchte ich die Finger dann nicht mehr, ich hab's im Kopf ausgerechnet.« Konzentriert betrachtete sie das Ergebnis auf der Tafel. »Das sind über drei Millionen«, stellte sie erfreut fest.

»Wer hat dir gesagt, dass eine Zahl von dieser Höhe so heißt?«

»Veit«, meinte sie zerstreut. »Beim Baden.«

Sofort stellte er sie sich nackt im Badezuber vor, was seiner Gelassenheit alles andere als zuträglich war.

»Ich glaube nicht, dass ich dir beim Rechnen noch viel beibringen kann. Das Wichtigste konntest du vorher schon.«

Entrüstet blickte sie ihn an. »Das Teilen musst du mir auf jeden Fall noch zeigen! Und ich will auch das lernen, von dem du letzte Woche gesprochen hast. Geo... Geo...«

»Geometrie«, sagte er. Ob er sich überhaupt noch an alles erinnerte, was ihm der Hauslehrer eingebläut hatte? Es war schon viel zu lange her, und er hatte nie viel darum gegeben, ihn hatte das Ritterwesen weit mehr gelockt. Wen scherte es, wie die Fläche eines Dreiecks auszurechnen war, wenn man zum Tjosten reiten durfte.

Madlen hingegen saugte alles Wissen auf wie ein Schwamm, sie war kaum zu bremsen. Es bereitete ihr nicht die geringsten Schwierigkeiten, die Ziffern mit der jeweils dahinterstehenden Menge in Einklang zu bringen. Sie erklärte es Johann damit, dass sie sich zu jeder Zahl eine passende Anzahl von Dingen vorstellte. Johann erinnerte sich, dass er es als Kind auch so gelernt hatte. Auf Geheiß seines Lehrers hatte er eine Reihe von Äpfeln malen müssen, einen für jeden Teil der Menge, für die Zahl Fünf also fünf Stück. Ab Ziffern von hundert aufwärts war es äußerst mühselig geworden, er hatte für die Zahl Tausend – *M* – Kohorten von Äpfeln zeichnen müssen, ab da waren die Zahlen keine richtigen Mengen mehr gewesen, sondern nur noch Vorstellungen davon. Als er viele Jahre später die arabischen Ziffern erlernt hatte, war es wesentlich einfacher gewesen, fast kinderleicht.

Madlen seufzte tief.

»Was ist?«, fragte er.

»Ich weiß nicht. Du bist so ... Du hast es gut. Weil du all das gelernt hast. Es ist wichtig, Dinge zu wissen.«

Er beobachtete sie. »Warum glaubst du das?«

Sie dachte nach. Stirnrunzelnd meinte sie: »Wenn man mehr weiß als andere, ist man klüger. Menschen, die dumm sind, müssen sich mehr gefallen lassen, und zwar von denen, die es besser wissen als sie.«

»Du bist nicht dumm.«

»Nein«, sagte sie langsam. »Das bin ich nicht. Und ich bin froh, dass du mir beim Lernen hilfst.« Sie blickte ihn eindringlich an. »Eigentlich sollten alle Menschen lesen und schreiben und rechnen lernen, nicht nur die reichen oder die Klosterbrüder. Dann könnten sie alles eher … verstehen.«

Diese mit großer Ernsthaftigkeit vorgetragene Ansicht rührte Johann, er hätte gern ihre Hand gestreichelt, mit der sie den Griffel umklammert hielt. Oder ihr die kleine steile Falte zwischen den Brauen weggeküsst und ihr gesagt, dass sie aufhören solle, sich die Sorgen der ganzen Welt aufzuladen. Dass sie nachts nicht mehr in ihrer Kammer weinen und beten sollte, weil es ihm das Herz zerriss. Doch er tat nichts von alledem, sondern meinte nur leichthin: »Du hattest mich doch unlängst gefragt, wo ich das Kochen gelernt habe.«

»Ja«, sagte sie, leicht verwundert über das neue Thema. »Und du gabst mir zur Antwort, dass du es in Outremer lerntest, im Hause des Statthalters, dem du dort im Namen des Königs gedient hast und dessen Koch sich den Arm gebrochen hatte, sodass du ihm zur Seite stehen musstest.«

»Ganz recht.« Johann erinnerte sich flüchtig, dass sie seltsam erleichtert gewirkt hatte, als er ihr davon erzählt hatte. »Ich hatte dich nach deinen Gewürzvorräten gefragt, und du hattest gesagt, du wollest sie mir bei Gelegenheit zeigen. Jetzt wäre ein guter Zeitpunkt dafür.« Als er ihren fragenden Blick sah, fügte er hinzu: »Ich will sehen, ob du einige passende Gewürze zum Kochen vorrätig hast. Ich möchte zu Ostern für uns alle ein Festmahl bereiten.«

Unverwandt erwiderte sie seinen Blick. »Das freut mich.« Ihre Stimme klang ein wenig atemlos.

Er räusperte sich. »Dann lass uns nachsehen.«

Madlen fragte sich, ob es wirklich vernünftig war, mit ihm in den Vorratsschuppen zu gehen. Je öfter sie sich mit ihm irgendwo allein aufhielt, desto nachteiliger wirkte es sich auf ihr inneres Gleichgewicht aus. Sie hatte längst aufgehört, sich etwas vorzumachen – das Zusammensein mit ihm beunruhigte sie zwar, aber es bereitete ihr auch Freude. Sie mochte seine besonnene Art, und sie hörte ihm gern zu, wenn er ihr etwas erklärte. Er redete nicht viel und lächelte noch weniger, doch wenn er es tat und sie dabei ansah, schien sich ihr Herz zu weiten, und sie musste schneller atmen, um genug Luft zu bekommen. In anderer Hinsicht übte er allerdings eine eigenartig beruhigende Wirkung auf sie aus. Das, was in der vergangenen Woche geschehen war, hatte das im Laufe der Monate so mühsam zurückgewonnene Gefühl von Sicherheit binnen Augenblicken in Stücke gefetzt. Doch schon tags darauf war es viel besser gewesen, sie hatte erstaunlich schnell wieder in den Alltag gefunden. Das war Johanns Verdienst. Seine Gegenwart vermittelte ihr das Gefühl, behütet und geschützt zu sein. Nicht der neue Hund oder die Riegel riefen diese Empfindung in ihr wach – Johann tat es.

Im Schuppen trat er an das Vorratsregal mit den Gewürzkästchen und Kräutersäcken. Madlen lagerte dort immer eine reichhaltige Auswahl an Zutaten für die Gruit, sie versuchte sich häufig an neuen Mischungen und ermunterte gelegentlich auch die Lehrjungen und Caspar, es unter ihrer Aufsicht zu probieren. Auf der Suche nach bisher nicht verwendeten Geschmacksrichtungen, die allen mundeten, hatte sie schon viele Misserfolge erlebt, aber auch schon so manchen köstlichen Sud brauen können. Die Brauer, die ihre Gruit fertig gemischt kauften oder nur Medebier brauten, hatten es leichter, doch ihr Bier schmeckte immer gleich, ihm fehlte die Abwechslung. Viele Brauer dachten ähnlich wie Madlen: Das Brauen war in mancher Weise eher Kunst als Handwerk, man brauchte, wie schon Madlens Vater ihr von klein auf erklärt hatte, ein Händchen dafür und die Freude am Probieren.

Daran musste Madlen denken, während Johann der Reihe nach die Kisten und Säckchen öffnete und daran schnupperte.

In kleinen Kästchen verwahrte sie die teureren Spezereien, Ingwer, Koriander und Süßholz. Gewürze wie Safran und Muskat waren schlichtweg zu kostspielig, nicht einmal in winzigen Prisen mochte Madlen sie einem Sud beimischen, zumal schwer zu sagen war, ob man sie überhaupt herausschmeckte.

Als Johann die Gewürzkisten öffnete, sog sie unwillkürlich die entweichenden Aromen ein. Sie konnte sie mit geschlossenen Augen auseinanderhalten. Das Süßholz erinnerte entfernt an Anis, war aber wärmer und nicht ganz so beißend. Koriandersamen rochen leicht nussig, fast sogar fruchtig, ganz anders als die blühende Pflanze, die abstoßend stank. Ingwer roch scharf und stach in der Nase.

Gagel, das wichtigste Bierkraut, roch angenehm streng, das Bier wurde davon säuerlich herb, aber nicht zu sehr. Von den anderen, in sparsamer Dosierung zuzusetzenden Kräutern verwendete Madlen gern Beifuß, der würzig roch, außerdem die süßliche Weinraute, dann Wacholder, ebenfalls süßlich, aber auch beißend, der nach Wald duftende Rosmarin, und Salbei, dessen Geruch einem durchdringend in die Nase stieg, wenn man die Blätter zwischen den Fingern zerrieb. Kümmel, mild und süßlich. Kampfer, im Geruch ähnlich wie Schafgarbe. Der aromatische Lorbeer.

Es gab Säckchen mit blumig und staubig riechenden, gedarrten und gehackten Früchten wie Johannisbeeren, Pflaumen und Brombeeren, die dem Sud eine schwache Süße verliehen und so das Herbe vom Gagelkraut ausglichen. Zudem sammelte Madlen in kleinen Leinenbeuteln Blütenpollen, auf die sie schwor, weil sie das Bier davor bewahrten, zu schnell schlecht zu werden. In noch kleineren, mit Wachs versiegelten Tonschälchen bewahrte sie außerdem geriebene Bestandteile von Bilsenkraut und Sumpfporst auf, die nur in winzigen Mengen zur Gruit gegeben werden durften, da sie nicht nur berauschend wirkten, sondern auch giftig waren. Ein bisschen zu viel davon, und grässliche Krämpfe oder gar der Tod konnten die Folge sein. Beides roch widerwärtig, wie zum Beweis dafür, dass es mit Vorsicht zu genießen war.

Auch mit dem Geruch des getrockneten Hopfens hatte Madlen sich bisher nicht anfreunden mögen, sie fand ihn alles andere als angenehm – muffig und mit einem Hauch von altem Schweiß. Als sie es Johann sagte, zeigte sich der Anflug eines Lächelns um seine Lippen. »Manche mögen den Geruch. Und nicht alles, was stinkt, schmeckt auch schlecht.«

Das wusste sie selbst, sonst hätte sie unlängst sicher keine Hopfendolden in den Sud gegeben. Sie hatte jedoch vorsorglich ein paar gehackte Rosinen mitgekocht und war neugierig auf das Ergebnis.

»Kochen«, dozierte Johann, »ist kein Geheimnis, genauso wenig wie das Brauen. Man muss nur auf die richtigen Zutaten achten und sorgsam damit umgehen.«

Das klang vernünftig, aber es ließ sich nicht von der Hand weisen, dass Brauer nicht vom Himmel fielen. Wenn das Kochen auch nur halb so viel Fingerspitzengefühl erforderte wie das Brauen, nahm es nicht wunder, dass Irmla es nicht hinkriegte.

Johann hatte seine Wahl unter den Gewürzen getroffen, er nickte zufrieden. »Alles da, was ich brauche.«

»Was soll es denn geben?«, fragte Madlen.

»Lass dich überraschen.«

Eberhard zuckte zusammen, als seine Frau in die Braustube gefegt kam. »Du musst etwas unternehmen!«, schrie sie.

»Was denn?«, fragte er, bemüht, einen abgeklärten und auch sonst seinem Amt angemessenen Eindruck zu machen. Das war jedoch, wenn man Anneke näher kannte, ein schwieriges Unterfangen. Sie sah so lieb und klein und mollig aus, fast wie ein putziges, in die Jahre gekommenes Kätzchen. Doch der Schein trog. Sie konnte die reinste Furie sein, wenn sie es darauf anlegte, und im Moment *legte* sie es darauf an.

»Diese Klosterbrüder von Groß Sankt Martin! Du musst es ihnen verbieten!«

»Was denn verbieten?«, erkundigte er sich mit vorgetäuschtem Interesse. Er wusste genau, was sie meinte, er fragte nur, um Zeit zu gewinnen, sich eine möglichst begütigende Antwort zu überlegen.

»Bier auszuschenken, was sonst«, fauchte Anneke. Die Zipfel ihres Kopfputzes zitterten empört. »Sie tun es sogar heute! Den ganzen Tag! In der Karwoche! Ich dachte, diese Tage sind zu heilig dafür! Warum machen wir unsere Schänke nicht auch auf?«

»Weil die Bruderschaft zu Ehren unseres Erlösers beschlossen hat, sich an diesen Tagen des Ausschanks zu enthalten.«

»Dann muss es den Betbrüdern von Groß Sankt Martin auch verboten sein.«

»Sie unterstehen nicht unserer Zunftordnung, und nach den Bestimmungen der Kirche dürfen sie es, denn Flüssiges bricht das Fasten nicht. *Liquida non frangunt ieiunium.* Es ist gleichsam, als würden sie das Brot mit Gästen brechen.«

»Gäste! Sie lassen sie dafür bezahlen!«

»Das tun wir sonst doch auch, mein Liebes. Wir nehmen sogar mehr dafür als sie«

»Das ist es ja gerade! Sie geben ihr Bier billiger ab als die meisten Brauer und schnappen uns so die Kunden weg! Sie betreiben einen Ausschank, verhökern ihr Bier an der Klosterpforte, brauen es gar fässerweise für den Verkauf – und alle Leute, die vorher bei uns kauften, rennen jetzt zu den scheinheiligen Mönchen! Bald wird keiner mehr zu uns in den *Schwarzen Hahn* kommen. Das muss aufhören! Wenn der Papst den Weinausschank in den Klöstern verbieten kann, geht das auch beim Bier.« Anneke stemmte die Hände in die Hüften. »Du musst eine Sitzung einberufen, und dann muss die Bruderschaft eine Eingabe beim Rat machen.«

»Der Rat hat über die Klöster nicht zu befinden, die unterstehen dem Erzbischof.«

»Dann müsst ihr die Eingabe eben bei dem machen, und er muss es dann verbieten.«

»Er ist derzeit nicht in der Stadt.«

»Irgendwann wird er schon wiederkommen! Du musst endlich was tun!« Anneke hob die Stimme, bis sie in alle Winkel der Braustube drang und sämtliche Gesellen und Knechte bestens hören konnten, wer hier das Sagen hatte. Eberhard zählte im Stillen bis zehn und betete zum heiligen Petrus um Geduld und Beherrschung.

»Nach Ostern werde ich mich darum kümmern«, versprach er. Und das war nicht einmal nur so dahingesagt, denn er hatte es tatsächlich vor, auch wenn es ihm jetzt schon Magenschmerzen verursachte, weil es nur dazu führen konnte, die ohnehin schon tiefen Gräben zwischen dem Erzbischof und der Stadt zu vertiefen. Es ging dabei nämlich beileibe nicht nur um unterschiedliche Schankzeiten. Die Klöster mussten keine Biersteuern zahlen und konnten daher ihre Preise deutlich günstiger kalkulieren – zum Nachteil der Braubruderschaft. Auf lange Sicht war das äußerst unbefriedigend und störte ein gedeihliches Zunftleben.

Bedächtig legte Eberhard die Kelle beiseite, mit der er eine Probe vom Sud entnommen hatte, und schritt gemessenen Schritts zum Tor. Anneke lief ihm hinterdrein wie ein Bluthund, der eine Fährte aufgenommen hatte. Das Blitzen in ihren Augen sagte ihm, dass sie noch nicht fertig mit ihm war. Die Sache mit den Klosterbrauern war nur der Auftakt für die eigentliche Auseinandersetzung gewesen, die sich fraglos wieder um denselben leidigen Punkt drehen würde wie immer, wenn sie ihm mit Klagen und Beschimpfungen in den Ohren lag.

»Eberhard, ich muss mit dir über deinen Sohn reden.«

Immer, wenn Jacop sündigte oder seiner Mutter anderweitigen Kummer bereitete, war er nicht ihrer beider, sondern allein Eberhards Sohn, Annekes Einleitung verhieß folglich Ungemach.

Sie senkte die Stimme. Was sie als Nächstes zu sagen hatte, musste nicht unbedingt jeder mitbekommen.

»Er geht immer noch zu dieser Hure.« Das letzte Wort stieß sie heraus, als müsse sie Essig ausspucken. »Vorhin war ich auf dem Markt, und dort behauptete die Frau vom Tischler, jemand aus ihrer Verwandtschaft habe ihn aus dem Haus der Witwe Appolonia kommen sehen, wo angeblich sogar der Scharfrichter verkehrt.« Aufgebracht schloss sie: »Er hat mir *geschworen*, davon abzulassen! In dem sicheren Wissen, dass er sich nicht daran halten wird! Verstehst du? Dein Sohn hat seiner eigenen Mutter ins Gesicht gelogen! Und ich habe ihm geglaubt!«

»Oh.« Eberhard gab sich überrascht, doch er fürchtete, dass seine Darbietung nicht viel hergab, denn Anneke musterte ihn mit flammendem Blick. »Gib zu, dass du davon wusstest! Es war nämlich während der Arbeitszeit, er hätte also hier in der Braustube sein müssen, somit kann es dir nicht entgangen sein! Und jetzt ist er schon wieder nicht da! Wo steckt der missratene Bengel? Unterstützt du etwa sein sündiges Tun auch noch?«

»Wie kannst du das glauben!« Rasch setzte er hinzu: »Gesetzt den Fall, er wäre wirklich wieder dort gewesen – es gibt weit Schlimmeres, was ein junger Mann tun könnte.« Er dachte kurz nach, um etwas hinreichend Scheußliches präsentieren zu können. »Beispielsweise Dinge, die wider die Natur sind.«

Er musste nicht näher ausführen, was er damit meinte. Seine Frau wurde rot, ihre Schamgrenze war verletzt, doch immerhin hatte Eberhard die Sünden seines Sohnes erfolgreich in ein milderes Licht gerückt. Wobei Jacops Treiben durchaus hartes Einschreiten verdient hätte. Nicht unbedingt seine häufigen Besuche bei der entzückenden jungen Appolonia, der noch ganz andere Männer als sein Sohn willenlos zu Füßen lagen. Sondern die Art und Weise, wie er diese Leidenschaft zu finanzieren pflegte. War Eberhard bislang geneigt gewesen, beide Augen zuzudrücken, so musste er nun wohl bald etwas unternehmen. Eberhard zahlte Jacop den regulären Gesellenlohn, zudem hatte der Junge keine Kosten für Logis und Essen, er konnte folglich alles zur Erfüllung seiner geheimen Bedürfnisse ausgeben. Das tat er offenbar mit solchem Eifer, dass diese Bedürfnisse davon erst recht ins Uferlose wuchsen. Anneke hatte bereits eine Magd aus dem Haus geworfen, weil sie davon überzeugt war, die Frau habe sie bestohlen.

Eberhard seufzte schwer. Alles hätte so einfach sein können, wenn Madlen sich für Jacop entschieden hätte. Zwar konnte Eberhard ihr wahrlich nicht übelnehmen, dass sie den Jungen verschmäht hatte, doch wäre nicht dieser geheimnisumwitterte Fremde aufgetaucht und hätte nicht Jacop alles darangesetzt, dass Madlen sich diesen zum Gemahl auserkor, hätte sie gewiss Jacop gewählt, dann hätten sich alle Schwierigkeiten längst von allein erledigt. Madlen hätte es ohne jede Frage unterbunden, dass Jacop sich weiter mit Appolonia verlustierte. Vor allem hätte sie nicht geduldet, dass er auch nur einen Pfennig ihres Geldes dafür verschwendete. Nicht etwa, weil sie mehr Durchsetzungskraft besaß als Anneke, sondern weil sie um einiges scharfsinniger war und Jacop deshalb viel schneller auf die Schliche gekommen wäre, sogar schon bevor er erst dazu hätte ansetzen können, sich neuen Unfug auszudenken. Hinzu kam, dass Jacop als Madlens Ehemann gewiss bald von selbst sein heimliches Laster aufgegeben hätte, denn Madlen war ein allerliebstes Geschöpf, jung und frisch wie eine Frühlingsblume. Wer so ein Weib im Bett hatte, brauchte nicht die Dienste einer Kurtisane, auch wenn diese sich noch so sehr darauf verstand, die Männer zu umgarnen.

Eberhard stand vor dem Brauhaus und war tief in seine trüben Gedanken versunken, aus denen er unvermittelt gerissen wurde, als sein Sohn vor ihn hintrat. Eberhard hatte ihn nicht kommen sehen und war entsprechend erschrocken. »Warum schleichst du dich so an?«

»Ich bin doch ganz offen die Straße heraufgekommen, Vater.«

Das mochte zutreffen, minderte aber Eberhards Groll auf Jacop nicht. Er rang sich dazu durch, das Unausweichliche in Angriff zu nehmen. »Ich muss ein ernstes Wort mit dir reden.«

»Ich auch mit dir!«, gab Jacop mit eifrig funkelnden Augen zurück. »Es ist gut, dass du hier draußen bist, so kann ich unter vier Augen mit dir darüber sprechen. Du glaubst nicht, was ich heute erfahren habe!«

»Du wirst es mir sicher gleich erzählen«, versetzte Eberhard, wobei sich schwache Erleichterung in seine Verdrießlichkeit mischte, denn solange Jacop sprach, konnte er selbst seine Ermahnungen – womöglich sogar Drohungen, denn mit schlichten Belehrungen war Jacop ja nicht mehr beizukommen – auf später verschieben und sich passende Worte dafür zurechtlegen.

»Es ist eine Verschwörung im Gange!«, flüsterte Jacop, während er sich nach allen Seiten umsah, um sicherzustellen, dass niemand außer seinem Vater ihn hörte. »Und zwar an allerhöchster Stelle!«

»Was meinst du damit?«

»Die Geschlechter planen, die Zünfte und Bürger zu unterwerfen und sie ihrer alleinigen Befehlsgewalt untertan zu machen.«

»Wer hat das gesagt?«

»Das ist geheim«, behauptete Jacop.

Eberhard entging nicht die Röte, die in die Wangen seines missratenen Sohnes gestiegen war, und er dachte sich seinen Teil. »Was wurde noch darüber gesagt?«, wollte er wissen, gegen seinen Willen nun doch neugierig.

»Dass sie bereit sind, Gewalt anzuwenden, um sich ihre alte Macht zurückzuholen und jene, die vom Erzbischof eingekerkert wurden, zu befreien.«

»Du meinst, sie planen einen *Aufstand* gegen den Erzbischof?« Eberhard blickte Jacop ungläubig an. »Wer denn, um Himmels willen?«

Jacop zuckte die Achseln. »Das wurde nicht erwähnt, aber ich werde bestimmt bald mehr herausfinden. Außerdem hieß es, dem Erzbischof sei der Plan bereits bekannt, er warte nur darauf, den renitenten Geschlechtern die große Abrechnung zu präsentieren, so jedenfalls habe ich es läuten hören! Wichtig ist für unsere Bruderschaft nur, dass wir uns vorsehen müssen. Den Geschlechtern ist es ein Dorn im Auge, dass sie ihre Macht im Rat mit einfachen Handwerkern teilen müssen, nur weil es dem Erzbischof so gefällt. Sie ertragen es nicht, dass ein Mann wie du Schöffe ist, alle Welt weiß das. Gewiss sind sie schon dabei, feindliche Handlungen gegen die friedlichen Bürger dieser Stadt auszuhecken!«

Aufrechte Entrüstung spiegelte sich in Jacops Miene, doch Eberhard kam es so vor, als sei ein Teil davon nicht echt.

»Wer hat denn zu dir darüber gesprochen?«, fragte er misstrauisch. »Etwa einer der angeblichen Verschwörer? Die werden sich doch gewiss nicht ausgerechnet mit dir darüber unterhalten haben!«

»Nicht direkt mit mir, aber ich weiß es aus zuverlässiger Quelle. Es kam von jemandem, der in höchsten Kreisen verkehrt!«

Eberhard blickte ihn ärgerlich an. »Du wirst auf solches Hurengeschwätz hoffentlich nichts geben.«

Zu seinem Leidwesen hatte Anneke seine letzten Worte gehört. Sie kam durch die Pforte des Brauhauses auf die Gasse hinaus, und im nächsten Moment sah sie ihren Sohn dort stehen und stellte den naheliegenden Zusammenhang zwischen Eberhards Bemerkung und Jacops peinlich berührter Miene her.

Sie holte so tief Luft, dass sich der Stoff ihres Gewandes über ihrer Brust spannte. »Jacop. Du warst schon wieder dort.« Sie hob ihre kleine, aber sehr hart aussehende Faust. »Ab ins Haus mit dir. Sonst ereilt dich meine Strafe für deine schamlosen Lügen gleich hier draußen.«

Jacop beeilte sich, dem Befehl seiner Mutter Folge zu leisten.

Als er eine halbe Stunde später das Haus in Richtung Marspforte verließ, war er in gedrückter Stimmung, doch mit jedem Schritt, den er tat, kehrte sein üblicher Frohsinn zurück. Gleich würde er Appolonia wiedersehen, nichts anderes zählte, auch nicht die Strafpredigt seiner Mutter, obwohl sie ihm diesmal schlimmer zugesetzt hatte als sonst. Sogar Vater hatte am Ende Mitleid mit ihm gehabt, trotz seiner anfänglichen Neigung, mit Mutter ins selbe Horn zu blasen.

Jacop rieb sich die Wangen, sie brannten noch von Annekes Ohrfeigen. Allzu hart konnte sie nicht zuschlagen, schon deshalb nicht, weil sie nicht ihre Fäuste benutzte, sondern nur die flache Hand. Ochsenziemer oder Stock hatte sie auch in ihrer größten Wut noch nie gegen ihn eingesetzt, ebenso wenig wie gegen das Gesinde, hierfür fehlte ihr die nötige Erbarmungslosigkeit. Jacop wusste, woran das lag: Sie war eben eine Frau.

Deshalb gebrach es ihr in gewissen Belangen auch an Verstand. So konnte sie beispielsweise nicht zählen, jedenfalls nicht richtig. Sie wusste nie, wie viel Geld sie in ihrem Beutel hatte, zudem fehlte ihr die Übersicht, ob es sich um ganze, Halb- oder Viertelpfennige oder sonstige Kupferstücke handelte. Nur einmal hatte er übertrieben und die ganze Börse leergeräumt, das war ihr dann doch aufgefallen, aber sie hatte sofort die Magd beschuldigt, weil die sich schon vorher verdächtig gemacht hatte, indem sie sich ohne Erlaubnis Kuchen zu Gemüte geführt hatte.

Mit dem Geld war es ein Kreuz, irgendwie schaffte er es nie, genug davon beisammenzuhaben. Immer, wenn er glaubte, diesen unersprießlichen Zustand ändern zu können, wendete sich das Schicksal zu seinen Ungunsten. Von Madlens zehn Gulden etwa hatte Hermann ihm gerade mal einen einzigen abgegeben, obwohl ihm doch eigentlich die Hälfte zugestanden hätte. Doch Hermann war kein Mann, mit dem es sich gut verhandeln ließ. Ein falsches Wort, und er würde dafür sorgen, dass Appolonia nie wieder für ihn zu sprechen war.

Infolgedessen blieb Jacop nichts anderes übrig, als sich weiterhin bei seiner Mutter zu bedienen, denn der eine Gulden war auch schon wieder weg. Er hatte sich eine ganze Nacht mit Appolonia dafür gekauft, und von dem Rest hatte sie sich einen Ballen Seide gewünscht. Er war überglücklich gewesen, ihn ihr schenken zu können.

Heute hatte er seiner Mutter nur einen Pfennig gestohlen, der würde ausnahmsweise reichen, denn der Rest war ihm von Hermann erlassen worden, weil er seinem Vater die ominöse Botschaft überbracht hatte, so wie Hermann es ihm aufgetragen hatte. Für das Geld musste er auch Madlens Mann noch eine Botschaft übermitteln, doch das hatte Zeit bis später.

Zuerst stand sein Treffen mit Appolonia an ... Jacop spürte sein Herz in der Kehle pochen, wenn er nur daran dachte, dass er sie gleich in die Arme schließen durfte. Seine Liebe zu ihr war stetig weitergewachsen, er konnte sich nicht mehr vorstellen, jemals wieder ohne sie zu sein. Mittlerweile hatte er sich sogar mit Hermann abgefunden. Er fürchtete sich zwar immer noch vor dem Scharfrichter – wer tat das nicht! –, aber es half ja nichts. Deshalb stellte Jacop sich einfach vor, dass Hermann Appolonias Vormund sei. Damit ließ es sich leben.

Nicht jedoch damit, dass er wenig später jemanden aus Appolonias Kammer kommen sah, mit dem er zuallerletzt gerechnet hatte.

Hermann hatte soeben seinen Pfennig kassiert und ihm launig mitgeteilt, dass Appolonia gleich so weit sei, es könne nur noch einige Augenblicke dauern, und Jacop hatte sich bereits auf die unterste Stufe der Stiege gesetzt und ungeduldig über die Schulter nach oben geblickt. Daher sah er auch, dass die Tür von Appolonias Kammer aufging, nicht etwa bei Kunlein.

Er starrte den Mann an, zunächst davon überzeugt, es müsse sich um ein Trugbild handeln. Es konnte nur jemand sein, der Barthel lediglich entfernt ähnlich sah.

Doch dem war nicht so.

Jacop stieß einen Schrei aus und sprang auf. Er hatte Barthel am Hals gepackt, bevor dieser noch wusste, wie ihm geschah. Er würgte den dürren Braumeister aus Leibeskräften, und es störte ihn nicht im Mindesten, dass ihm dabei durch die breite Zahnlücke Zischlaute entgegendrangen, die Spucke über sein gesamtes Gesicht verteilten. Es klang wie *Mistkerl.*

Gleich darauf wurde Jacop ruckartig zurückgerissen, seine

Hände lösten sich von Barthels Kehle, dieser torkelte haltlos gegen die Treppe und ächzte erbarmungswürdig.

»Aber Jacop«, sagte Hermann mit mildem Tadel. Er klopfte sich den Surcot ab und strich sich das makellos frisierte Haar glatt. »Was soll das denn? Dergleichen dulden wir nicht, sonst hätten wir hier bald die schlimmsten Verhältnisse. Männer, die sich schlagen, überantworten wir dem Gewaltrichter, nur so können wir auf Dauer Frieden halten.« Mit fragendem Lächeln wandte er sich an Barthel. »Möchtest du Jacop anzeigen, mein Junge?«

Der nickte krampfartig. »Er hat versucht, mich zu töten!«

»Nun gut. Ich schicke Kunlein die Büttel holen. Du kannst gleich mit ihr gehen und aussagen.«

»Äh … aussagen?« Barthel massierte sich den malträtierten Adamsapfel und sah verschreckt drein.

»Aber sicher. Du musst doch erzählen, worum der Streit ging. Dass ihr euch um Appolonia geschlagen habt.«

Barthel blickte unsicher von einem zum anderen, dann zog er die Schultern hoch. »Es ist ja im Grunde nichts weiter geschehen.«

Jacop starrte ihn an, er wollte den Kerl immer noch tot sehen. Doch er sah ein, dass es einige unerfreuliche Ereignisse in Gang bringen würde, wenn er wegen seines Verhaltens mit der Obrigkeit in Konflikt käme. Seine Mutter würde es am Ende gar gutheißen, dass der Gewaltrichter ihn in den Turm sperrte.

Barthel zog von dannen, nicht ohne einen mörderischen Blick zurückzuwerfen.

»Du hast dir einen Feind gemacht, mein Junge.« Hermann blickte Barthel stirnrunzelnd hinterher.

»Er hasst mich sowieso.«

»Was hast du ihm getan? Ich meine abgesehen davon, dass du eben versucht hast, ihn zu erwürgen.«

»Er wollte Madlen heiraten, und er denkt, ich habe sie eigens dem anderen zugeführt, um sein Glück zu ruinieren. Er versucht immer noch, die Ungültigkeit der Ehe zu beweisen.« Sorgenvoll blickte er auf seine Füße, das enthob ihn der Notwendigkeit, Hermann anzusehen. Er begegnete diesem Mann einfach zu oft.

Hermann schien die Sache mit Barthel nicht weiter wichtig zu finden. »Jacop, du denkst doch an unsere kleine Abmachung, oder?«

Widerstrebend sah Jacop auf. »Gewiss. Mit meinem Vater habe ich schon gesprochen. Zu Madlen gehe ich auch heute noch. Aber zuerst will ich zu Appolonia.« Verletzt blickte er den Scharfrichter an. »Wieso durfte Barthel überhaupt zu ihr?«

»Was glaubst du wohl?«

»Weil er bezahlt hat?« Jacop versuchte heldenhaft, das wehe Gefühl in seinem Inneren zu ignorieren, doch es gelang ihm nicht. Die Vorstellung, dass Barthel für Geld mit Appolonia … Nein.

»Natürlich hat er bezahlt. Und zwar gut.«

Jacop traten die Augen aus dem Kopf, so hart musste er schlucken. Er wollte nichts davon hören.

»Ich will jetzt zu ihr.« Es klang weinerlich, und er hasste sich dafür, doch es war nicht zu ändern, dass er sich fühlte wie ein geprügelter kleiner Junge.

»Nur zu«, sagte Hermann großmütig. »Du darfst sogar heute eine Stunde länger bleiben. Weil du ihre einzige wahre Liebe bist.«

Jacop war bereits oben, er polterte, ohne anzuklopfen, in Appolonias Kammer, obwohl er wusste, dass sie es nicht ausstehen konnte, wenn er einfach so hereinplatzte.

Sie lag auf dem Bett, das lange schwarze Haar umfloss ihren herrlichen Körper, der nur von einem dünnen Seidenschleier verhüllt war. Ihre grünen Augen leuchteten träumerisch im Kerzenlicht, als sie Jacop lächelnd entgegensah. »Da hat es aber jemand eilig!« Kokett setzte sie hinzu: »Du weißt, dass du vorher klopfen musst.«

»Damit ich nicht sehe, dass ein anderer Mann bei dir liegt?«, entfuhr es ihm. Er betrachtete sie anklagend und war zugleich hingerissen von ihrer überirdischen Schönheit.

»Andere Männer zählen nicht.« Sie legte ihre Hand auf ihre Brust. »Wichtig ist nur das, was in diesem Herzen ist. Und das bist allein du, Jacop.«

Jacop atmete tief durch, von schmerzlicher Sehnsucht erfüllt. Die Vorbehalte, die ihn eben noch gequält hatten, waren bereits im Schwinden begriffen. Aber noch konnte er sich nicht zu ihr legen. »Du hast zugelassen, dass Barthel dich besucht.« Seine Stimme zitterte. »Wie kannst du dich derartig erniedrigen und unsere Liebe so besudeln!«

»Oh, aber das tue ich doch nur für dich und mich! Es ist eine Last, die ich auf mich nehme und klaglos ertrage! Für uns beide!«

Er verstand überhaupt nichts mehr. »Für uns?«

»Aber ja. Ich muss ihm seine dummen Pläne austreiben! Er sucht doch nach Beweisen, dass Madlens Ehe nicht rechtens ist, du hast es mir selbst erzählt, oder nicht?«

Er nickte verständnislos.

Appolonia zog einen Schmollmund. »Stell dir vor, er könnte welche erbringen, dann müsste Madlen sich erneut vermählen. Was denkst du wohl, wen sie dann wählt? Ganz gewiss nicht Barthel, das kannst du mir glauben.«

»Aber mich auch nicht. Sie würde einfach diesen Johann noch einmal heiraten, nur diesmal richtig.«

Appolonia nickte. »Das täte sie vielleicht. Aber was, wenn er dann gar nicht mehr lebt?«

»Warum sollte er nicht?«

»Jemand hat vorige Woche mitten in der Nacht versucht, ihn im Schlaf zu erschlagen.«

Jacop war fassungslos, er musste nach Luft schnappen. »Woher weißt du das denn?«

»Die Magd hat es in der Nachbarschaft herumerzählt, und irgendwer hat es dann Kunlein gesagt, und die mir.« Für Appolonia schien das Thema jedoch bereits erledigt zu sein. Sie klopfte einladend neben sich auf die Matratze.

»Komm her zu mir, ich friere, und du sollst mich wärmen. Aber zieh dich vorher aus, dein Wams ist mir zu kratzig.«

Jacops Hände bewegten sich wie von allein. Er zog sich den Surcot aus und streifte Hemd und Beinlinge ab. Nur mit der Bruche bekleidet, stieg er zu seiner Liebsten ins Bett. Sie legte beide Arme um ihn und schmiegte ihr Gesicht an seine Brust. Sofort stieg ihm ihr weiblicher Duft in die Nase. Er konnte nicht mehr klar denken, obwohl es eigentlich wichtig gewesen wäre. Doch für den Augenblick gab es anderes zu tun.

Am frühen Abend, als seine Zeit mit Appolonia verstrichen war und er seine Gedanken wieder halbwegs beisammen hatte, erschien es ihm umso dringlicher, etwas wegen Barthel zu unternehmen. Es ging nicht an, dass Appolonia aus Liebe zu ihm die Zudringlichkeiten dieses Widerlings erduldete. Jacop verabschiedete sich von ihr, mit glühenden Küssen und dem Versprechen, ihr Barthel fortan vom Hals zu halten, und suchte unverzüglich das *Goldene Fass* in der Schildergasse auf, um wie von Hermann gewünscht die Botschaft zu überbringen. Und bei derselben Gelegenheit Barthel ein paar Steine in den Weg zu legen.

Lautes Gebell empfing ihn, als er am Tor zur Einfahrt rüttelte. Auch die Tür zur Schankstube war verschlossen. Er musste eine Weile an der Haustür klopfen, bevor ihm aufgetan wurde. Johann stand vor ihm, in wachsamer Haltung und mit misstrauischem Blick.

»Was willst du?«, fragte er unwirsch.

Jacop zwang sich zu einem Lächeln, obwohl der große Mann mit dem vernarbten Gesicht und den eisgrauen Augen etwas Einschüchterndes an sich hatte.

»Ihr habt ja einen neuen Hund«, sagte er leutselig. Hastig fügte er hinzu: »Ich muss mit Euch reden. Und mit Madlen. Es geht um … ähm, den Brauer Barthel.«

Madlen kam ebenfalls auf die Gasse hinaus. »Jacop«, sagte

sie, offensichtlich nicht allzu angetan von seinem Erscheinen. Jacop staunte, wie hübsch sie war, das war ihm vorher nie in diesem Maße aufgefallen. Ihre Wangen waren rosig, die Augen leuchteten hell, und in ihrem Gesicht stand ein Ausdruck, der von stiller Zufriedenheit kündete. Sie sah alles andere als unglücklich aus. Darüber freute er sich aufrichtig, wenigstens hier hatte das Schicksal alles zum Guten gewendet.

Ohne weitere Umschweife kam er zu seinem vordringlichen Anliegen. »Es geht um Barthel.« Er senkte die Stimme. »Ich habe erfahren, was letzte Woche hier geschehen ist. Und ich bin sicher, dass Barthel der Übeltäter war.«

»Wieso glaubst du das?«, wollte Johann wissen.

Jacop blickte ihn ernst an. »Weil er von Madlen besessen ist. Er sucht immer noch nach Möglichkeiten, gegen eure Ehe vorzugehen. Erst gestern hörte ich davon, dass er den Rechtsgelehrten des Domkapitels aufsuchen will. Der soll ihm eine Schrift aufsetzen, aus der hervorgeht, dass Eure Ehe mit Madlen nicht rechtens ist. Und für den Fall, dass er es auf diesem Wege nicht schafft …« Jacop fuhr sich mit dem Zeigefinger über die Kehle. »Denkt doch nur an Konrad! Gibt es da noch einen Zweifel? Barthel war schon vor fünf Jahren verrückt nach Madlen. Er hat nie verwunden, dass sie ihn nicht wollte. Nachdem er sich schon so viele Jahre nach ihr verzehrt hat, kann er nicht mehr klar denken.«

»Wieso vor fünf Jahren?« Johann richtete sich zu voller Größe auf, seine Fäuste ballten sich mit hörbarem Knacken.

Jacop fuhr leicht zusammen. »Ach, das wisst Ihr noch gar nicht?« Rasch warf er Madlen einen Blick zu. »Hast du ihm nichts davon erzählt?«

»Wovon?«, fuhr Johann drohend dazwischen.

Jacop zuckte erneut zusammen, doch Madlen blieb unbeeindruckt. Ein wenig verärgert meinte sie: »Barthel war früher bei uns in der Lehre.«

»Heißt das, er hat hier gelebt?« Johann sah sie stirnrunzelnd an.

»Volle zwei Jahre«, antwortete Jacop an Madlens Stelle. »Er kennt die Örtlichkeiten in- und auswendig und würde sich auch im Dunkeln überall zurechtfinden. Ihr beide solltet euch weiterhin sehr vor ihm in Acht nehmen.« Er deutete auf das Tor. »Und ihr tut recht daran, alles zu verriegeln. Ich bin davon überzeugt, dass er nicht mehr richtig bei Verstand ist.«

Jacop bemerkte, wie sich Johann anspannte, die Stimmung wurde zusehends ungemütlicher. Er beeilte sich, die Botschaft loszuwerden, die sich direkt an Johann richtete. »Der Hardefust heckt üble Pläne aus, und ich will nicht versäumen, Euch davon zu unterrichten, weil ich hörte, er sei Euer Feind.«

Johann erstarrte, und Jacop wich unwillkürlich einen Schritt zurück, denn er hatte den Eindruck, als wolle sein Gegenüber ihn bei der Gurgel packen.

»Erzähl alles«, sagte Johann gefährlich leise. »Und erzähl es sofort. Das, was du weißt. Von wem du es weißt. Seit wann du es weißt. Vor allem: Sag die Wahrheit, das rate ich dir.«

Jacop gewahrte, was für einen gewaltigen Dolch Johann am Gürtel hängen hatte, und er fragte sich, ob die Abmachung, die er mit Hermann getroffen hatte, ihm vielleicht Ärger eintrug, von dem er überhaupt noch nichts ahnte. Johann blickte ihn so eindringlich an, dass Jacop sich bis auf den Grund seiner Seele durchschaut fühlte. Er wand sich unbehaglich und musste tief durchatmen, um weitersprechen zu können. Dabei unternahm er, anders als bei seinem Vater, gar nicht erst den Versuch, um den heißen Brei herumzureden, denn Johann war gewiss nicht der Mann, der das geduldet hätte.

»Ich weiß es seit heute, von Hermann, dem Scharfrichter«, sagte er etwas kläglich. »Und der hat es von Appolonia. Von wem die es hat, weiß ich nicht, aber sie kennt viele Männer. Einer von denen hat es ihr erzählt. Der Hardefust plant einen Aufstand der Geschlechter, heißt es. Und zwar schon bald. Es soll gegen die Bürger und Zünfte gehen.«

»Was hat das mit mir zu tun?«

»Der Mann hasst Euch. Hat Hermann gesagt. Der es von

Appolonia weiß. Die es wiederum von irgendwem hat, sie wollte mir den Namen nicht sagen.«

»Weiter«, sagte Johann ungeduldig.

»Deshalb sollt Ihr Euch, wenn es so weit ist, unbedingt vorsehen, denn der Hardefust würde eine bewaffnete Unruhe in der Stadt gewiss ausnutzen, um Euch umzubringen. Neben ein paar anderen, die er auch nicht leiden kann. So sagte es mir jedenfalls Hermann. Ich geb's nur weiter.« Verunsichert blickte er von Johann zu Madlen und wieder zurück. »Ich weiß nicht, was genau er damit gemeint hat. Aber vielleicht könnt Ihr Euch selbst einen Reim darauf machen.«

»Wer ist Appolonia?«, fragte Madlen.

Johann blickte sie kurz an. »Eine von des Scharfrichters hübscheren Hürchen.«

Madlen bedachte Jacop mit wütenden Blicken. »Was ist los mit dir? Stehst du neuerdings in den Diensten des Henkers? Oder bist du gar sein Freund?«

Er zog den Kopf ein. »Hermann ist auch nur ein Mensch.« Vorwurfsvoll blinzelnd fügte er hinzu: »Vergiss nicht, er hat euch gewissermaßen zusammengebracht und dir eine schreckliche Ehe erspart.« Er hielt kurz inne und fügte ergänzend an: »Mit Barthel.« Sich räuspernd, äugte er hoffnungsvoll zu Johann hoch. »Was wollt Ihr nun gegen den Kerl unternehmen? Ihr seht doch ein, dass die Welt ohne ihn besser dran ist, oder? Ich finde, Ihr solltet in Betracht ziehen …«

Johann schnitt ihm das Wort ab. »Hast du sonst noch irgendwelche Nachrichten zu überbringen?«

Stumm schüttelte Jacop den Kopf. Im nächsten Moment hatte Johann Madlen ins Haus zurückgezogen und ihm die Tür vor der Nase zugeknallt. Jacop lauschte dem Geräusch des Eisenriegels, dann wurde ein zweiter Riegel vorgelegt, und anschließend setzte drinnen in der Stube eine Unterhaltung ein, die er jedoch nicht verstehen konnte, da zu leise gesprochen wurde.

Lauschend blieb er noch einige Augenblicke stehen, bevor er achselzuckend seiner Wege ging.

In der Stube ließ es sich schlecht über die verstörenden Botschaften reden, die Jacop überbracht hatte, denn sie waren nicht allein. Das Vespermahl war zwar schon beendet, Caspar und die Jungen waren bereits ins Brauhaus zurückgekehrt, aber Veit und Cuntz saßen am Tisch, und Irmla werkelte an der Kochstelle herum. Madlen rutschte auf ihrem Schemel hin und her und verging fast vor Unruhe, während Johann die Ruhe selbst zu sein schien. Er redete mit Veit und Cuntz über Alltägliches, als sei Jacop gar nicht hier gewesen. Als Cuntz gefragt hatte, was Jacop gewollt habe, hatte Johann beiläufig behauptet, Jacop habe ihn im Namen seines Vaters zur nächsten Zunftsitzung eingeladen; anscheinend wollte er den Alten nicht beunruhigen. An Veits Miene bemerkte Madlen jedoch, dass dieser sich, anders als Großvater, nicht damit abspeisen ließ. Dank seines scharfen Gehörs hatte er vermutlich ohnehin jedes Wort der vor der Tür geführten Unterhaltung mitbekommen.

Schließlich hielt sie es nicht länger aus. Abrupt schob sie den Schemel zurück und stand auf. »Ich gehe nach oben«, sagte sie zu niemandem im Besonderen, doch sie hoffte, dass Johann den Wink verstand.

In ihrer Kammer kniete sie sich auf den Betschemel, um Zwiesprache mit der heiligen Ursula zu halten, doch sie konnte kaum einen klaren Gedanken fassen. Rastlos erhob sie sich wieder und ging in der Kammer hin und her, vom Fenster, dessen Läden noch aufgeklappt waren, bis zur rückwärtigen Seite, wo sich der Bettalkoven befand. Ungeduldig zerrte sie sich das Gebende vom Kopf und schleuderte es auf ihre Kleiderkiste, dann streifte sie die Schuhe ab, weil die Sohlen auf den Bodendielen hallten. Sie warf sie von sich, und das Poltern, mit dem sie in der Ecke landeten, fiel mit den dumpfen Tritten auf der Stiege zusammen. Er war ihr nach oben gefolgt. Ein kurzes Klopfen an der Tür, ihr gedämpftes *Herein*, dann stand er in der Kammer, die hochgewachsene Gestalt viel zu groß für den engen, niedrigen Raum. Er zog die Tür hinter sich zu und blickte sie an.

»Du willst mit mir reden.« Es war eine Feststellung, keine Frage.

Madlen hatte sich vorher sorgfältig zurechtgelegt, welche Fragen sie ihm stellen wollte, doch da er selbst das Gespräch eröffnet hatte, geriet alles durcheinander, deshalb platzte sie zu ihrem Schreck ausgerechnet mit der einen Frage heraus, die sie sich hatte verkneifen wollen.

»Woher kennst du die Frau?«

»Welche Frau?«

»Diese Appolonia.«

»Ich kenne sie gar nicht.«

»Aber du hast gesagt, sie sei eine hübsche Hure. Also musst du sie schon gesehen haben.«

Johann blickte sie mit unergründlicher Miene an. »Madlen, warum willst du das wissen?«

Sie rang nach Worten, doch seine Frage hatte ihr so nachhaltig die Sprache verschlagen, dass sie gewiss noch morgen hier stehen würde, stumm wie ein Fisch und das Gesicht so brennend vor lauter Scham, dass es sich anfühlte, als würde es gleich in Flammen aufgehen. Natürlich hatte sie aus Eifersucht gefragt, aus keinem anderen Grund. Und er wusste es genau. Es war ihr so peinlich, dass sie sich am liebsten die Hände vors Gesicht geschlagen hätte, damit er sie nicht mehr ansehen konnte.

»Madlen«, sagte er sanft. Nur dieses eine Wort. Dann trat er auf sie zu, bis er dicht vor ihr stand. »Du weißt doch noch, was ich dir letzte Woche versprochen hatte, oder?«

Wusste sie es noch? In ihrem Kopf herrschte gähnende Leere. Sie konnte sich nicht erinnern. Sie konnte ja nicht einmal denken.

»Ich wollte dich nicht mehr anrühren.«

Ihr Gesicht brannte noch stärker.

»Manche Vorsätze kann ein Mann unmöglich einhalten, es sei denn, er wäre ein Heiliger«, fuhr er fort. »Ich bin aber keiner.«

Du sollst auch keiner sein, wollte sie sagen, doch sie brachte nichts heraus, weil ihr vor Aufregung die Kehle zugeschnürt war.

»Ich will dich haben«, sagte er rau. »Schon lange. Seit dem ersten Tag. Du machst mich verrückt. Alles an dir. Deine Lippen, dein Körper, dein Geruch. Aber das weißt du längst, oder?«

Nein, sie hatte es nicht gewusst, aber das spielte keine Rolle mehr. Sie konnte immer noch nichts sagen. Mit angehaltenem Atem blickte sie zu ihm auf, während er die Hand ausstreckte und nach einer ihrer Locken griff, die ungebärdig über ihre Schultern und ihre Brust wallten. Nur einen Hauch davor hielt er inne, ließ die Fingerspitzen dicht vor der Locke schweben, als sei ein Hindernis dazwischen, eine unsichtbare Hürde, die er nicht zu überschreiten wagte. In seinen Augen stand eine Frage, und in ihren Augen las er die Antwort. Er umfasste die Strähne und rieb sie vorsichtig zwischen den Fingern. Es knisterte leise, ein Geräusch wie von Seide, die über bloße Haut streift. Madlen ließ die angehaltene Luft entweichen, ihr war nicht bewusst gewesen, dass sie die ganze Zeit nicht geatmet hatte. Ihre Brust hob sich mit einem ruckartigen Keuchen, und während sie auf die große, schwielige Hand niedersah, die sich so sacht in ihr Haar schlang, tobte in ihrem Inneren ein nie gekannter Aufruhr. Ihre eigene Hand hob sich, stahl sich zu ihm hin und berührte seine Brust. Auch sein Atem ging schneller, er holte in tiefen Zügen Luft, und dann war es um ihn geschehen. Mit einem raschen Griff packte er sie und zog sie an sich, hart und fordernd legte sich sein Mund auf ihre Lippen, die sie ihm bereitwillig öffnete. Sein Kuss war tief und verlangend, seine Zunge so heiß wie die Begierde, die mit Macht von ihr Besitz ergriff, noch stärker als in der vergangenen Woche auf der Tenne. Sie wollte ihn so sehr, dass es wehtat. Mit einem Mal war es ihr, als würde sie schweben, und erst mit einem Augenblick Verzögerung begriff sie, dass sie es tatsächlich tat. Ihre Füße baumelten in der Luft. Er hatte sie hochgehoben und hielt sie an sich gepresst, während er die wenigen Schritte bis zum Bett zurücklegte. Dort drängte er sie rückwärts auf das Lager nieder und beugte sich über sie. Im matten Dämmerlicht, das sie beide umfing, schimmerten seine Augen unwirklich hell.

Atemlos blickte sie zu ihm auf. Bei Gott, er war so schön! Wie konnte irgendwer auf der Welt behaupten, sein Gesicht sei hässlich? Die Narben konnten ihn nicht entstellen. Tatsächlich prägten sie seine Züge nur, machten ihn zu dem Mann, der er war. Er war jemand, dessen Gesicht der Spiegel seiner Seele war. Vom Leben gezeichnet, aber nicht geschlagen. Mutig und aufrecht und stark, ein Mensch, der viele Kämpfe ausgefochten hatte, nicht zuletzt gegen sich selbst. Impulsiv streckte sie ihre Hände nach diesem Männerantlitz aus, umfing es sacht und streichelte es, als wolle sie allem nachspüren, was ihm widerfahren war. Einen Hauch von dem vergangenen Leid mitempfinden. Mit ihm teilen, was er gefühlt hatte. Das hitzige Begehren, das sie zu ihm hinzog und sie willenlos gegenüber ihrem eigenen Körper werden ließ, war noch da, es brannte dicht unter ihrer Haut und füllte sie vollständig aus, doch es war, als öffne sich inmitten dieser Lust für einen magischen Moment eine Grenze, hinter der noch etwas anderes verborgen lag.

»Johann«, murmelte sie, mit einem Mal von dem Bedürfnis erfüllt, seinen Namen auszusprechen. Ihr Blick hielt den seinen fest, und während er ihre Hand nahm und sie sich gegen die Wange drückte, als wolle auch er diesen Augenblick ausdehnen, wusste sie, dass das, was sie gleich tun würden, richtig war.

Dann war dieser Moment des Innehaltens vorbei, die Begierde löschte alle anderen Wahrnehmungen aus. Sie sah, wie Johanns Blick sich verschleierte. Seine Hände fuhren über ihren Körper, er richtete sich auf und zog sie hoch, um ihr mit einem Ruck Cotte und Hemd über den Kopf zu zerren. Nackt sank sie zurück auf die Bettstatt, seinen Blicken preisgegeben. Ein kurzes Zaudern erfasste sie, als er neben ihr auf dem Bett kauerte und sie von oben bis unten ansah, doch dann erkannte sie die Freude und das Verlangen in seinen Augen, und als er sich ebenfalls mit hastigen Bewegungen entkleidete, fasste sie ihn schamlos an. Kühn griff sie nach seinem harten Glied und liebkoste es, und dann war er über ihr, schob sich zwischen ihre weit offenen Schenkel. Gegen den Widerstand ihres Körpers drängte er sich in ihre feuchte Wärme, langsam, weil sie eng war und er so groß, und Madlen atmete keuchend, den offenen Mund gegen seine Schulter gepresst, bereits unter den ersten Wonneschauern zuckend, als er ein Stück zurückglitt und dann erneut zustieß. Die Fingernägel in seinen Rücken gebohrt, empfing sie ihn tief in ihrem Leib. Er drückte sie in die Kissen, umfasste ihre Hände und bog sie ihr über den Kopf, stieß härter und schneller zu. Aufstöhnend stemmte er sich über ihr hoch, sah sie eindringlich an, dann neigte er sich zu ihr herab, und sein Mund umschloss mit heißem Saugen eine ihrer Brustwarzen. Madlen entwich ein zitternder Schrei. Immer noch auf dem Gipfel, schlang sie die Beine um seine Hüften und öffnete sich ihm noch weiter, bäumte sich seinem pumpenden Glied entgegen und gab sich ihm in wilder Ekstase hin, bis ihr Inneres sich zusammenzog und in winzige, gleißende Splitter zerbarst, mit denen sie in die Unendlichkeit davonwirbelte.

Drei Tage später, erste Aprilwoche 1260

Madlen beugte sich über das Bein ihres Großvaters und besah sich die geschwürige Stelle. Es kam ihr so vor, als sei es wieder schlimmer geworden, obwohl sie die Wunde täglich mit der Salbe bestrich, die Juliana ihr gegeben hatte. Allmählich ging der noch davon verbliebene Vorrat zur Neige. Sicher würde Juliana ihr einen neuen Tiegel geben, das bereitete Madlen die geringsten Sorgen. Doch der Himmel allein wusste, ob die Freundin je wieder zu ihr in die Schildergasse käme, solange Johann hier wohnte. Johann hatte Madlen von seinem Besuch in der Glockengasse erzählt und ihr gestanden, wie sehr es Juliana – Madlen brachte es nicht fertig, sie Blithildis zu nennen, schon gar nicht in Gedanken – aufgewühlt hatte, ihn wiederzusehen, und er hatte ihr auch von seinem Gespräch mit der Meisterin Sybilla berichtet. Madlen hatte hin und her überlegt, wie sie selbst daraufhin verfahren sollte. Die Freundin war ihr lieb und teuer, der Gedanke, sie nicht wiederzusehen, schmerzte sie, und so hatte sie spontan beschlossen, in der Glockengasse vorbeizuschauen. Sie hatte Juliana nicht angetroffen, die Begine war in der Stadt zu Krankenbesuchen unterwegs gewesen, doch die Meisterin hatte Madlen zur Seite genommen und auch sie gebeten, Juliana lieber eine Weile in Ruhe zu lassen. Vielleicht sei diese eines Tages von selbst in der Lage, sich ihrer Vergangenheit zu stellen, bis dahin solle man nichts erzwingen. Madlen fand sich wohl oder übel damit ab. An diesem Samstag war es jedoch an der Zeit, frische Salbe zu besorgen, deshalb beauftragte sie Berni, zum Beginenkonvent in die Glockengasse zu gehen.

»Wenn Juliana dort ist, richte ihr einen lieben Gruß von mir aus. Wenn nicht, sprich mit der Meisterin Sybilla. Sag ihr, dass ich dich geschickt habe und dass du einen Tiegel von der Heilsalbe brauchst.« Sie zählte dem Jungen eine ausreichende Menge Geld in die Hand, und als er damit vor ihr stand und es sehnsüchtig betrachtete, zauste sie ihm aus einer Aufwallung von Zuneigung heraus das widerspenstige rote Haar. »Behalt den Rest und kauf dir einen süßen Wecken davon.«

Auf seinem spitzbübischen Gesicht ging die Sonne auf. Er strahlte sie an, und ihr wurde das Herz weit, weil er so liebenswert und unbeschwert war. Kein Falsch war in diesem Knabengesicht, Berni war fröhlich und arglos wie ein Kind, und wie ein solches benahm er sich auch oft. Er tollte mit Hannibal über den Hof und brachte ihm das Apportieren bei, obwohl ein Kettenhund sich mit solchen Kunststückchen nicht um das Wohl seiner Herren verdient machte. Er hockte in seiner Freizeit bei Veit im Schuppen und ließ sich Geschichten aus dem Morgenland erzählen, und wenn Johann ihm diese oder jene Handreichung beim Brauen erklärte, bemühte er sich heldenhaft, sein ihm angeborenes Gezappel zu unterdrücken und aufmerksam zuzuhören. Alle hatten ihn gern, nur Willi nicht, der immer eine Möglichkeit fand, Berni wie einen Tölpel dastehen zu lassen oder ihm sonst wie eins auszuwischen, indem er ihn schubste oder ihm ein Bein stellte oder ihn einfach von der Arbeit ablenkte, bis Berni den erwarteten Fehler beging und ausgeschimpft wurde. Gern hob Willi hervor, dass er aus einer besseren Familie stammte als Berni, dessen Vater nur Kranentreter war, und dass Berni nur deshalb ein ordentliches Handwerk erlernen könne, weil sein Großvater, der Tischler gewesen war, das ganze Lehrgeld im Voraus aufgebracht hatte. Mit solch herablassenden Äußerungen machte Willi sich auch bei Caspar unbeliebt, der darunter womöglich noch mehr litt als Berni, vor allem, seit Madlen ihm vor zwei Tagen eröffnet hatte, dass seine Aussichten, der Bruderschaft der Brauer beizutreten, gering waren. Nach außen hin hatte er es gefasst aufgenommen, doch Madlen hatte gemerkt, wie sehr es ihn getroffen hatte. Sonst meist zu Spott und launigen Scherzen aufgelegt, war er anschließend kaum noch ansprechbar gewesen. Wie es aussah, hatte er sich noch immer nicht von diesem Schlag erholt, denn er blieb die ganze Zeit in sich gekehrt und bedrückt.

Gern hätte sie ihm eine bessere Nachricht überbracht, doch Onkel Eberhard, den sie eigens deswegen aufgesucht hatte, hatte aus seinen Bedenken keinen Hehl gemacht. Er wollte es zwar auf einer der nächsten Sitzungen ansprechen, warnte aber davor, darauf irgendwelche Hoffnungen zu gründen. Die Bruderschaft neigte dazu, ihre Reihen geschlossen und ihre Regeln hochzuhalten. Bereits Johann könne von Glück sagen, dass eine Mehrheit von Mitgliedern seiner Aufnahme wohlwollend gegenüberstehe; es gebe durchaus den einen oder anderen, der sich gegen ihn ausgesprochen habe. Eberhard musste nicht eigens erwähnen, dass damit Barthel gemeint war.

Letzteren sah Madlen in derselben Woche am Samstag auf dem Markt wieder, wo sie wie üblich ihr Bier verkaufte und nebenher davon auch ausschenkte, um die Leute probieren zu lassen. Barthel hatte sein Fuhrwerk nicht allzu weit von ihrem abgestellt, auch er schlug einige von seinen Fässern los. Herbergswirte, Bürgersfrauen, Stiftsverwalter, Klostervorsteher und Handwerksmeister zogen in Begleitung ihres Gesindes über den Markt, um in entsprechender Menge für die bevorstehenden Festtage einzukaufen. Das Ende der Fastenzeit steigerte die Kauflaune, allerorten wurden Handkarren und Fuhrwerke beladen, deren Räderrumpeln sich mit dem übrigen Marktlärm mischte. Das laute Feilschen, das Schnauben der Zugpferde, das Poltern der Fässer, die von den Händlern zu den Wagen gerollt wurden – das geschäftige Treiben reichte bis in die letzten Winkel der Budengassen. Das frühlingshafte Wetter tat ein Übriges, die Menschen in aufgeräumte Stimmung zu versetzen und die Vorfreude auf Ostern und die damit einhergehenden leiblichen Genüsse zu steigern. Vorbei die Zeit, da hauptsächlich Hering, Kohl und Rüben den täglichen Speiseplan bestimmt hatten! Fleisch wurde in Mengen gekauft, Würste und Schinken und fettig glänzender Speck, frisch geschlachtete Hühner und Lämmer, Seiten von Schwein und Rind, schiere Bratenstücke und ausgesuchte Innereien. Auch Johann hatte bereits für das Ostermahl eingekauft und die Waren in einem Korb hinten auf dem Fuhrwerk verstaut, während Madlen mit Caspars Unterstützung ein Fässchen Bier nach dem anderen unter die Leute brachte und zwischendurch die Kundschaft zum Probieren einlud. Sie scheute sich nicht, wie die anderen Markthändler durch energische Rufe und Gesten auf ihre Erzeugnisse aufmerksam zu machen.

»Leute, probiert mein Ingwerbier!«, rief sie. »Und kauft ein Fass von meinem frischen Kräuterbier, es ist schon beinahe alles weg! Wer heute kauft, sitzt morgen nicht auf dem Trockenen! Ist euch ein ganzes Fass zu viel? Ich fülle euch auch einen Krug ab, dafür mache ich einen Sonderpreis!«

Sie hatte bereits bemerkt, dass Barthel kaum ein Dutzend Schritte entfernt stand und immer wieder zu ihr herübersah, doch sie tat einfach so, als sei er nicht da. Anders konnte sie ihrer Gefühle nicht Herr werden, denn hätte sie weitere Gedanken über ihn zugelassen, wäre sie womöglich auf ihn losgestürmt und hätte ihm ins Gesicht geschrien, was sie von ihm hielt. Dabei hegte sie nicht einmal einen wirklichen Verdacht gegen ihn; etwas in ihr weigerte sich, in ihm den Mörder ihres ersten Mannes zu sehen, schon die bloße Möglichkeit war einfach zu ungeheuerlich, um sie in Betracht zu ziehen. Doch seit Jacop vor ihrer Tür aufgetaucht war und von Barthels fortgesetzten Machenschaften berichtet hatte, hatte sich ihr einstiges Mitleid in schleichendes Misstrauen und handfeste Abneigung verwandelt. Sie konnte Barthel nicht mehr freundlich gegenübertreten, folglich ignorierte sie ihn einfach.

Was ihre Ehe betraf, so konnte er ihr nicht mehr schaden. Madlen wurde rot, wenn sie daran dachte, *wie* gründlich sie und Johann den Vollzug ihrer Ehe vorangetrieben hatten. Sie hatte zwei Tage lang kaum richtig sitzen können.

In der Sorge, dass ihr allzu ungezügeltes nächtliches Treiben vielleicht sündhaft war, hatte sie nach der ersten Nacht noch im Bett im Geiste einen Marienpsalter gebetet. Zumindest hatte sie es vorgehabt, denn kaum hatte sie damit angefangen, war Johann aufgewacht. Er hatte die Decke zurückgeschlagen, seine schwere Hand auf ihren nackten Bauch gelegt und mit einem einzigen Blick ihrem Bemühen um bußfertige Frömmigkeit ein Ende bereitet. Nein, es gab wahrlich keinen Anlass mehr, diese Ehe anzuzweifeln. Schon gar nicht, nachdem sie für eine zusätzliche Absicherung gesorgt hatten: Um allem Gerede wegen der möglicherweise ungültigen Heiratszeremonie ein Ende zu bereiten, hatte sie Johann aufgefordert, ein weiteres Mal mit ihr vor den Priester zu treten. Er war sofort einverstanden gewesen. Vor zwei Tagen war es ohne jeglichen feierlichen Anstrich vonstattengegangen, und es hatte kaum länger gedauert als die erste Eheschließung. Im Beisein von zwei Mönchen als Zeugen hatte der Gemeindepriester von Sankt Aposteln ihnen eilig vor der Seitenpforte der Kirche die Gelübde abgenommen und alles urkundlich festgehalten. Seine anfänglich geäußerten Bedenken, es liege doch bereits eine vollgültige Ehe vor, hatte Madlen ihm für ein Goldstück abgekauft. Da er zudem von keinem Gesetz wusste, das ein Erneuern von Ehegelübden ausschloss, erteilte er ihnen schließlich großzügig den nochmaligen Segen der Kirche. Anschließend hatte Johann auf Madlens Bitte hin ein Schriftstück beglaubigen lassen, wonach sie zur Fortführung des Braurechts auf Lebenszeit berechtigt sei, auch wenn seine eheliche Vormundschaft über sie, gleichviel aus welchen Gründen, je enden sollte. Damit war sichergestellt, dass die Bruderschaft der Brauer sie nicht noch einmal mit ihren unersprießlichen Zunftregeln heimsuchen konnte.

Ihr war das Ganze mindestens so unangenehm gewesen wie Johann, sie hatte sich alles andere als gut dabei gefühlt, doch wenigstens war er nun auch im biblischen Sinne wirklich und wahrhaftig ihr Mann, niemand konnte mehr Gegenteiliges behaupten. Über die teils heimlichen, teils bohrenden Blicke des Gesindes, die ihr am Morgen nach der ersten gemeinsamen Nacht mit Johann zuteilgeworden waren, war sie trotzig hinweggegangen. Sie hatte es sich auch verkniffen, Irmla wegen ihrer Klatschsucht zurechtzuweisen, denn es konnte ihr nur recht sein, wenn die Magd allen Leuten erzählte, was neuerdings nachts an ihre Ohren drang, ob es nun jemand wissen wollte oder nicht.

»Das Probierfässchen ist beinahe leer«, sagte Caspar mitten in ihre Gedanken hinein. Fragend sah er sie an. »Soll ich ein neues anstechen?«

»Warte«, sagte sie geistesabwesend. Soeben kam Barthel auf sie zu. Seine entschlossene Miene ließ keinen Zweifel daran, dass er ihr etwas mitzuteilen hatte. Beunruhigt sah sie sich nach Johann um, doch der war immer noch im Gewimmel des Alter Markts verschwunden.

»Madlen!« Barthel blieb drei Schritte von ihr entfernt stehen. »Ich muss mit dir sprechen.«

Caspar trat drohend vor. »Besser, Ihr lasst Madlen in Ruhe!«

»Schon gut, Caspar.« Madlen hob entschlossen das Kinn. »Soweit es mich angeht, gibt es nichts, was wir noch zu bereden hätten, Barthel. Du hast aus kleinlichem Eigennutz versucht, mich und den Mann, den ich mir aus freien Stücken als Gatten gewählt habe, auseinanderzubringen. Das kann ich dir nicht verzeihen. Nun sag, was du zu sagen hast, und dann geh wieder.«

Barthel blickte sie mit allen Anzeichen von Verzweiflung an. »Ich weiß, dass ich mich falsch verhalten habe, Madlen. Und dafür möchte ich dich um Verzeihung bitten. Was ich getan habe, war nicht recht.« Ein entsagungsvoller Ausdruck trat auf sein Gesicht. »Ich habe schon längst eingesehen, dass ich früher hätte aufgeben müssen, doch ich wollte nicht wahrhaben, dass du für einen anderen Mann bestimmt bist.«

In Madlen erwachte der Zorn. »Du besitzt die Frechheit, dich vor mich hinzustellen und so eine Lüge zu erzählen?«

»Wieso Lüge?«, fragte er verdattert. »Ich habe wirklich bereut, dass …«

»Halt den Mund!«, fuhr sie ihn an. »Erst vor drei Tagen hörte ich, was du vorhast! Aber versuch es nur! Dann wirst du erleben, was es bedeutet, sich vor aller Welt lächerlich zu machen.«

»Ich weiß nicht, was du meinst!«, rief er aus. »Madlen, ich ahne, dass die Leute dir hässliche Dinge über mich erzählen! Aber das ist nicht wahr! Ich schwöre dir, ich habe mich damit abgefunden, dass du einen anderen genommen hast. Schon seit Wochen!«

Er sah sie mit solcher Aufrichtigkeit an, dass sie nicht mehr wusste, was sie glauben sollte. Einer log, entweder Jacop oder Barthel. Und da Jacop sie schon öfter angeschwindelt hatte, war es durchaus möglich, dass er der Lügner war.

»Nun gut«, beschied sie ihn kühl. »Dann sei es so, wie du es behauptest, und ich will dir nichts weiter unterstellen. Falls dir aber immer noch der Sinn danach stehen sollte, mich wieder ledig zu sehen, so solltest du wissen, dass Johann und ich uns ein weiteres Mal die Treue geschworen haben, um einen möglichen Makel vom ersten Mal wettzumachen.« Mit Bedacht fügte sie hinzu: »Wobei ich bestreite, dass es einen solchen Makel überhaupt gab. Wie auch immer, wir sind Mann und Frau, und zwar in *jeder* Beziehung.« Herausfordernd musterte sie Barthel, der immer kleiner zu werden schien und erbleichend über ihre Schulter blickte. Sie wandte sich um und sah Johann näher kommen. Barthel eilte stolpernd zurück zu seinem Fuhrwerk. Er kletterte auf den Bock und trieb das Pferd an. Der anrollende Wagen verscheuchte einige Frauen, die mit ihren Bauchläden Bücklinge feilboten und keifend zur Seite wichen. Gleich darauf war das Fuhrwerk mit schwerfälligem Schaukeln in Richtung Klein Sankt Martin verschwunden.

Johann blieb neben Madlen stehen. Er legte ihr die Hand in den Nacken, neigte sich zu ihr und gab ihr einen kurzen, aber festen Kuss auf die Stirn. Madlen merkte, wie sie rot wurde. Sie hatte sich noch nicht daran gewöhnt, dass er keine Gelegenheit ausließ, ihre neue Vertrautheit in der Öffentlichkeit zu bekunden. Dabei tat er nichts, was unschicklich gewesen wäre, doch sittsame Zurückhaltung erlegte er sich auch nicht auf.

»War das gerade nicht Barthel? Was wollte er?«

»Mir sagen, dass er aufgehört hat, mich für sich gewinnen zu wollen.«

»Ah, das ist eine gute Nachricht.« Es klang eher zerstreut als erleichtert. Auch in seinem Gesicht war nichts zu entdecken, das auf etwaige Eifersucht hingedeutet hätte. Offenbar war ihm diese Regung fremd, was man von ihr nicht sagen konnte. Die Frage, ob und woher er die ominöse Appolonia kannte, war immer noch ungeklärt. Und der Brief von dieser Ursel steckte inzwischen in seiner Kleiderkiste, Madlen hatte keine Schwierigkeiten gehabt, ihn dort zu finden. Sie holte ihn regelmäßig heraus und sah ihn sich an, doch bislang hatte sie trotz ihrer täglichen Unterrichtsstunden nur wenige Worte entziffern können. Eines davon war *Liebe* und ein anderes *immer.* Von einem weiteren hätte sie schwören können, dass es *Küsse* bedeutete. Er hätte den Brief auch wegwerfen können, aber er hatte es nicht getan. Vielleicht mochte er solche Briefe, schließlich hatte er auch mit besagter Grete Liebesgedichte ausgetauscht. Frauen, die lesen und schreiben konnten und sich in Samt und Seide kleideten, entsprachen eher dem Stand eines Ritters als eine einfache Brauerin, die ihm nichts bieten konnte als harte Arbeit und miserabel schmeckendes Essen. Das, was sie mittlerweile jede Nacht im Bett taten, konnte er sich genauso gut auch woanders holen. Lange würde er ohnedies nicht mehr bleiben, das hatte er schließlich gleich zu Beginn klargestellt. Sie hatte seine Worte noch genau im Ohr. *Höchstens bis zum Sommeranfang.*

Johann stellte einen weiteren Korb mit Einkäufen auf die Ladefläche des Fuhrwerks und betrachtete anerkennend die zusammengeschrumpfte Reihe der Fässer. »Du bist einiges losgeworden.«

»Ja«, sagte sie wortkarg.

»Soll ich nun noch ein Fass anstechen oder nicht?«, wollte Caspar wissen. Er musste die Frage wiederholen, um zu Madlen vorzudringen. Sie besann sich. »Ja, tu das.«

»Soll ich noch eins von dem Ingwerbier nehmen, von dem ich die Würze gemacht habe?« Er musterte sie hoffnungsvoll. »Es hat den Leuten gut geschmeckt, oder?«

Sie nickte und sah dabei durch ihn hindurch, in Gedanken immer noch mit Johann beschäftigt. Caspars Gesicht verschloss sich. Madlen bemerkte es und beteuerte sofort, dass sein Bier großartig sei und dass die Leute es liebten, doch der richtige Moment war bereits vertan, es klang aufgesetzt und bemüht.

Caspar hatte sich wortlos abgewandt und machte sich an dem Fass zu schaffen. Johann schichtete die noch verbliebenen Fässer um, sodass man sie besser vom Wagen heben konnte. Madlen wandte sich seufzend wieder der kauflustigen Menge zu, doch die Freude am Markttreiben war ihr verdorben.

Johann bemerkte wohl, dass sie trübseliger Stimmung war, doch er hatte seine eigenen Sorgen. Er dachte an das vorangegangene Gespräch mit Sewolt. Der Burgvogt hatte ihm an einer Ecke des Alter Markts aufgelauert und ihn in eine der engen Budengassen gezogen.

»Ich habe Augen und Ohren aufgehalten, so wie Ihr es wolltet«, flüsterte er, sich gehetzt nach allen Seiten umblickend. »Es soll am Sonntag nach Ostern geschehen.«

»Was?«

»Hardefust will einen bewaffneten Aufruhr anzetteln. Er plant, auch Euch an diesem Tag anzugreifen und es so aussehen zu lassen, als habe er damit nichts zu tun. Seht Euch also vor.«

Mit diesen Worten drehte er sich um und verschwand im Gewühl. Johann starrte ihm nach. Also stimmte es, was Jacop erzählt hatte. Es würde blutige Unruhen in der Stadt geben. Der Sonntag war immer ein guter Tag, um Kämpfe anzuzetteln, da waren alle, die es anging, beisammen – in den Kirchen. Nirgendwo brachte man schneller so viele bewaffnete Anhänger zusammen wie dort. Hardefust würde sich seine Hauskirche dafür aussuchen und einen Zwist gegen Zunftleute anzetteln, es wäre ein Kinderspiel, sie in Rage zu versetzen. Dann musste er nur noch genug Männer aus der Richerzeche sowie deren Gefolgsmänner um sich scharen, und schon gäbe es in der Stadt Krieg. Johann plante im Geiste bereits, wie er sich und die Seinen vor den Plänen des Hardefust schützen konnte.

Madlens Laune erfuhr merklich Auftrieb, als sie später am Tag ihre übliche Rechenstunde bei Johann hatte. Diese Zeit des Tages war ihr kostbar, sie freute sich schon Stunden vorher darauf, und nicht einmal das Wissen, dass es vielleicht schon in wenigen Wochen damit vorbei wäre, konnte ihr den Spaß daran nehmen. Das Rechnen fiel ihr wesentlich leichter als das Schreiben, was ihr zuerst nicht hatte einleuchten wollen, doch Johann hatte gemeint, es liege daran, dass sie es im Grunde schon vorher beherrscht und vielfach geübt hatte, es hätten ihr nur die mathematischen Methoden zur Vereinfachung gefehlt, weshalb sie es nun, da ihr beides zur Verfügung stehe, so leicht damit habe. Madlen begeisterte sich am Dividieren ebenso wie schon zuvor am Multiplizieren, und auch an der Methode des

Kürzens fand sie Gefallen. Als Johann ihr den Dreisatz erläuterte, kannte ihr Entzücken keine Grenzen. Sie erfasste sofort den praktischen Nutzen dieser Rechenmethode für ihre Arbeit und machte sich eifrig daran, es auf bestimmte Mengen einzelner Zutaten beim Brauen anzuwenden.

Inzwischen machte es ihr auch nichts mehr aus, wenn andere während ihres Unterrichts zugegen waren. Veit und Cuntz saßen mit am Tisch und verfolgten ihre Bemühungen mit stillem Vergnügen. Cuntz barst fast vor Stolz, er erklärte, schon seine verstorbene Tochter, Madlens Mutter, sei ein helles Köpfchen gewesen, sie habe jedes Gebet nach nur einmaligem Hören auswendig gekannt, nur leider habe zu jenen Zeiten kein Mensch daran gedacht, ihr das Rechnen oder Lesen beizubringen. Veit erklärte daraufhin, dass auch heute noch kaum jemand daran denke, eine Frau dergleichen zu lehren, was vornehmlich daran liege, dass Frauen viel weniger Verstand besäßen als Männer. Als Cuntz skeptisch den Kopf wiegte und Madlen wütend schnaubte, lachte Veit und erklärte, es sei ein Scherz gewesen, denn diese Behauptung werde zumeist von Männern aufgestellt, die kaum je eine Frau aus der Nähe gesehen hätten – gelehrten Mönchen hinter Klostermauern.

Madlen warf Johann während ihrer Rechenübungen hin und wieder einen Blick von der Seite zu. Er saß dicht bei ihr und legte ihr häufig die Hand auf den Rücken oder neigte sich zu ihr, was sie jedes Mal für einen Moment aus dem Konzept brachte und die Zahlen in ihrem Kopf durcheinanderpurzeln ließ.

Schließlich war es Zeit für das Vespermahl. Irmla tischte ein letztes Mal vor dem Osterfest ein Fastengericht auf, Linseneintopf und Brot, doch Johann hatte bereits angefangen, das Essen für den morgigen Tag vorzubereiten. Er hatte ein Huhn in Wein eingelegt, einen Lammrücken mit Speck umwickelt und in abgedeckten Schüsseln geheimnisvolle Zutaten für eine Süßspeise bereitgestellt.

Caspar und die Jungen kamen aus dem Brauhaus zum Essen

herüber und setzten sich mit an den Tisch. Es kam Madlen so vor, als habe Caspar sich wieder gefangen, er machte während des Essens sogar die eine oder andere scherzhafte Bemerkung. Nur Willi sah verdrossen drein. Er hatte sich erhofft, die Ostertage mit seiner Familie verbringen zu dürfen, doch sein Vater hatte ihm die Tür gewiesen – für einen zusätzlichen Kostgänger sei bei ihm kein Platz. Es hatte Madlen ins Herz geschnitten, als Willi davon erzählte, und sie hatte ihm zum Trost ein paar kleinere Münzen zugesteckt, damit er sich eine Süßigkeit kaufen konnte. Die unverhoffte Gabe hatte ihn nicht gerade froh gestimmt, aber wenigstens hatte er nicht mehr ganz so niedergeschlagen gewirkt. Zwar waren Jungen, die zur Lehre weggegeben wurden, damit endgültig aus dem Haus und bis zum Ende ihrer Gesellenzeit dem Lehrherrn unterstellt; dieser hatte sie bei sich unterzubringen und zu beköstigen. Doch Madlen erschien das Verhalten von Willis Vater hartherzig und lieblos. Zum ersten Mal kam ihr der Gedanke, dass Willi vielleicht deshalb so aufsässig und unzufrieden geworden war, im Gegensatz zu Berni, dessen Eltern zwar bitterarm waren, aber ihren Sohn von Herzen liebten und ihn jederzeit willkommen hießen. Das Festessen wollte Berni morgen noch hier genießen, danach durfte er heim zu seiner Familie.

Nach dem Abendessen blieben sie alle noch eine Weile am Tisch sitzen. Die Läden standen weit offen, ein lauer Frühlingswind drang in die Stube und vertrieb den Geruch nach Eintopf und Herdasche. Eine friedliche Stille erfüllte den Raum. Madlen stützte das Kinn auf ihre verschränkten Hände und blickte in die Runde. Alle schienen sich wohlzufühlen, es war einer dieser kostbaren, seltenen Augenblicke, die man gern festgehalten hätte, in dem Wissen, dass das Leben sie nur in begrenzter Anzahl bereithielt.

Schließlich trug Irmla die leeren Schalen und Becher ab, und Caspar und die Jungen zogen sich ins Sudhaus zurück. Johann begleitete Veit zu seiner Unterkunft, so wie er es jeden Abend tat.

»Lass uns noch ein wenig draußen bleiben«, schlug Veit vor. »Es ist so ein angenehmer Abend.«

Johann hatte nichts dagegen. Er führte Veit in den hinteren Teil des Gartens, wo die Weinreben und die Obstbäume wuchsen. Der große Pflaumenbaum stand bereits in voller Blüte, und auch die Knospen des Apfelbaums hatten sich schon zartrosa verfärbt. Die beiden Kirschbäume strotzten nur so von Knospen, hier würde die Blütenpracht in wenigen Wochen folgen. Im mattgoldenen Licht der untergehenden Sonne bot sich dem Betrachter ein Bild von verwunschener Schönheit, und es tat Johann in der Seele weh, dass sein Freund es nicht sehen konnte. Doch Veit genoss die Umgebung auf seine Weise. Er hob das Gesicht dem Licht entgegen, er roch den Duft der Blüten und der satten, dunklen Erde, lauschte dem entfernten Lachen eines Kindes und tastete sich dabei den Zaun entlang, bis er die Stelle gefunden hatte, die er suchte. Johann hatte dort aus zwei alten Fässern und einem Brett in einer windgeschützten Ecke zwischen Zaun und Bäumen eine Bank errichtet, auf der Veit sitzen konnte, wenn es ihn nach draußen zog. Dort konnte er ganz für sich sein.

Johann lehnte sich gegen den Stamm des Apfelbaums und beobachtete Veit, der den Kopf zurückgelegt hatte, um die letzten Sonnenstrahlen genießen zu können.

»Geht es dir gut?«, erkundigte er sich. Die Frage war ihm einfach herausgerutscht, doch bereits während er sie stellte, erkannte er, wie ungeheuer wichtig ihm die Antwort war, viel wichtiger als sonst, obwohl er keine Ahnung hatte, warum das so war.

Veit wandte sich ihm zu. »Gibt es daran einen Zweifel? Schau in die Vergangenheit, bis hin zu Al-Mansura. Fällt dir auch nur ein einziger Tag ein, an dem du mich so zufrieden gesehen hast wie an diesem?«

Johann rief sich die zurückliegenden Jahre ins Gedächtnis, dachte an den Krieg, an ihre gemeinsame Zeit in Akkon, den Aufenthalt im Kloster. Nein, es gab keinen Tag wie diesen, obwohl Veit nie geklagt hatte. Im Gegenteil, immer hatte er es so aussehen lassen, als sei er wohlauf, und er war mit beschämender Leichtigkeit über alle Strapazen hinweggegangen. Er hatte die schlimmsten Schmerzen ausgehalten und den Verlust seines Augenlichts ertragen, ohne je mit Gott zu hadern oder in Schwermut zu verfallen. Dennoch erkannte Johann weit klarsichtiger als sonst, dass – und dies galt auch für Veit – zwischen dem, was ein Mensch zeigte, und dem, was er fühlte, ein Spalt klaffen konnte. Er sah es daran, wie Veit dort saß. Wie er die von Blütenduft geschwängerte Luft einsog. Wie seine Hand auf dem Knie lag, entspannt und offen. Er wirkte wie ein Mensch, der vom Leben mehr bekommen hatte, als er sich erhofft hatte, völlig im Einklang mit sich selbst.

»Und du?«

Veits unvermittelte Frage riss Johann aus seinen Gedanken. »Du meinst, ob es *mir* gut geht? Aber sicher.«

»Wie soll es mit dir und Madlen weitergehen?«, wollte Veit wissen.

»Darüber habe ich mir noch nicht allzu viele Gedanken gemacht.« Johann merkte selbst, wie durchsichtig diese Lüge klang, und rang sich zu einer genaueren Erklärung durch. »Mir ist durch den Kopf gegangen, dass ich auch ohne mein Erbe weiterleben kann. Immerhin habe ich Madlen das ihre bewahren können. Außerdem gibt es üblere Schicksale, als noch ein wenig länger mit ihr das Bett zu teilen, sofern sie mich lässt.«

»Siehst du es so? Als Episode? Und sie als ein Bettschätzchen?«

»*Sie* sieht es so«, versetzte Johann leicht gereizt. »Sie will nichts weiter von mir als *das*. Vielleicht noch das Rechnen und Schreiben und den verdammten Rauchfang. Sie nimmt sich, was sie will und was sie braucht, und schmiedet Pläne für die

Zeit, wenn ich weg bin. Und zwischendurch weint sie um ihren toten Mann. Ihren *richtigen* Mann.«

»Du bist ein Idiot.«

»Was soll das heißen?«

»Dass du ein Idiot bist. Du bist blinder als ich, und das will schon etwas heißen.«

»Möchtest du mir das vielleicht näher erklären?«

»Nein, das möchte ich nicht. Ich gebe dir lieber anheim, es selbst herauszufinden, getreu dem Motto, dass Selbsterkenntnis der erste Weg zur Besserung ist. Und jetzt solltest du ins Haus gehen, damit ich in Ruhe die Linsen verdauen kann.«

Grollend gehorchte Johann, er stapfte durch den Garten zurück auf den Hof. Hannibal war bereits für die Nacht angekettet, er sprang schweifwedelnd auf, als Johann zu ihm trat, um ihm den Kopf zu tätscheln. »Selbsterkenntnis«, murmelte er. »Was zum Henker soll ich bei mir selbst erkennen, was ich nicht schon weiß?«

Hannibal wuffte kurz, als wolle er ausdrücken, dass er es auch nicht wusste. Johann vergewisserte sich, dass das Tor zur Einfahrt und die Vordertür des Schankhauses geschlossen waren, dann ging er ins Haus.

Irmla döste unter der Treppe, Cuntz war in seiner Kammer verschwunden. Alles Tagwerk war verrichtet. Es blieb nichts weiter zu tun, abgesehen von dem, worauf er schon seit Stunden brannte.

Als er Veit gesagt hatte, dass sie bloß das eine von ihm wolle, war das buchstäblich nur die halbe Wahrheit gewesen, denn im Grunde war er selbst es, der sich danach verzehrte.

Er zwang sich, gemächlich die Stiege hochzusteigen, doch er konnte nicht verhindern, dass sein Herz schon auf der ersten Stufe anfing zu hämmern. Sie wartete bereits auf ihn. Den Betschemel hatte sie zur Seite geschoben, in eine Ecke, wo er nicht ständig darüber stolperte. Ginge es nach ihm, hätte sie das Ding ganz verschwinden lassen können, doch er wusste, wie wichtig ihr das Beten war, sie tat es andauernd, vor allem, wenn sie glaubte, gesündigt zu haben, was sie nach ihrem Dafürhalten jede Nacht tat. Die Frage war, ob sie weniger Gewissensbisse gehabt hätte, wenn er sie nicht dazu verleitet hätte, sich ebenso zügellos wie er selbst dem gemeinsamen Liebesspiel hinzugeben. Sie war nicht unerfahren, und sie hatte ganz zweifellos Spaß am Ehebett. Doch bei aller natürlichen Leidenschaft hatte sie einiges noch nicht gekannt, und es erfüllte Johann mit einer gewissen rohen Befriedigung, dass er derjenige war, der es ihr beibrachte und sie damit zu höchsten Wonnen brachte, auch wenn es sie hinterher reute, weil sie es für sündig hielt.

Als er ins Zimmer trat, war sie dabei, sich auszukleiden. Er wollte protestieren und sie bitten, es ihm zu überlassen, denn er liebte es, sie auszuziehen, doch dann sah er fasziniert, dass sie sich nicht einfach nur ihrer Sachen entledigte, sondern sie mit bewusst sinnlichen Bewegungen abstreifte. Als sie schließlich nackt dort stand, umwallt von dem langen Haar, das in dem rötlichen Dämmerlicht wie brennendes Kupfer leuchtete, konnte er den Blick nicht von ihr wenden. Ihr Körper war makellos, mit hoch angesetzten, vollen Brüsten, sanft gewölbten Hüften und schlanken Beinen. Er wusste, dass sie selbst sich zu mager fand. Sie versuchte, diesem eingebildeten Missstand durch zusätzliches Essen abzuhelfen, auch wenn es ihr nicht schmeckte. Vor allem den morgendlichen Haferbrei zwang sie immer mit Todesverachtung herunter.

Morgen, dachte er. Morgen wird sie wieder so dreinschauen wie bei dem Fischtopf neulich.

Gebannt verfolgte er ihre Bewegungen. Erst als sie einen Schritt zur Seite tat, sah er die Waschschüssel auf dem Schemel. Daneben lagen ein Schwamm und ein Stück weiße Seife. Sie ergriff den Schwamm, benetzte ihn mit Wasser aus der Schüssel und rieb ihn an der Seife. Ein feinherber, samtiger Duft erfüllte den Raum, als Madlen mit dem Schwamm über ihren Körper fuhr. Sie wusch sich damit die Brüste ab, den Bauch, die Schenkel. Wasser lief in Rinnsalen über ihre Haut und ließ sie wie Perlmutt leuchten.

Johann hörte sein eigenes Stöhnen, doch er war unfähig, es zu unterdrücken. Madlen legte den Schwamm zur Seite und lächelte ihn an, süß und ein wenig verrucht, doch Johann spürte dahinter auch die leise Unsicherheit, als sie auf ihn zutrat und an seinem Wams zupfte. Er ließ seine Arme und Hände herabhängen, obwohl er sie kaum stillhalten konnte. Alles in ihm schrie danach, Madlen aufs Bett zu werfen und sie sofort zu nehmen.

Konzentriert blickte sie zu ihm auf, während sie ihn langsam entkleidete, Stück für Stück. Zuerst die an den Seiten geschlitzte Tunika, dann das Hemd. Sie zog ihm beides über den Kopf, und Johann ächzte, als die Spitzen ihrer Brüste dabei seinen Oberkörper streiften. Graziös ging sie vor ihm in die Hocke. Sie streifte die Beinlinge herab und half ihm, aus den groben Sandalen zu schlüpfen, die er bei der Arbeit immer trug.

Johann holte keuchend Luft, als ihre Locken über seine Schenkel glitten und sich wie von eigenem Leben erfüllt daran schmiegten. Sie richtete sich auf, ihre Hand schlüpfte in seine. »Komm«, sagte sie leise. Sie zog ihn zu der Waschschüssel, wo er mit bebenden Knien stehen blieb und benommen an sich herabsah, während sie ihm die Bruche abwickelte. Sein erigiertes Glied sprang ihr förmlich entgegen, es kam ihm ungehörig groß vor, doch ihr schien es zu gefallen. Sie biss sich auf die Lippe, und er bemerkte das schwache Zittern ihrer Hand, als sie den Schwamm tränkte und mit Seife einrieb und ihn dann über seinen Körper gleiten ließ, sorgfältig und langsam, vom Schlüsselbein bis zu den Füßen. Sein Glied wusch sie zuletzt. Sie zog den Schwamm über sein zuckendes Fleisch, fuhr ihm damit zwischen die Beine und legte währenddessen ihre freie Hand auf sein Hinterteil, als wolle sie dafür sorgen, dass er nicht zurückwich.

Dann ließ sie den Schwamm sinken und blickte zu ihm auf. Ihre Augen waren verhangen, ihre Nasenflügel blähten sich, als sie tief Luft holte. Er nahm ihr den Schwamm aus der Hand und warf ihn in die Schüssel. Dann hob er sie mit schnellem Schwung auf seine Arme und trug sie zum Bett.

Später lagen sie in enger Umarmung da, Arme und Beine verschlungen und die schweißfeuchten Körper so dicht aneinanderklebend, dass Johann nicht wusste, wo seine Haut aufhörte und die ihre begann. Mittlerweile war es dunkel geworden, er war irgendwann zwischen dem ersten und zweiten Mal aufgestanden, um das Talglicht anzuzünden. Sinnend betrachtete er die schlafende Frau in seinen Armen. Sie hatte den Rücken in die Höhlung seines Leibes geschmiegt. Der Kerzenschein umspielte ihr Profil, das sich von ihrem zerzausten Haar abhob. Ihre Wange war zerkratzt von seinen Bartstoppeln, und der Rest von ihrem Körper sah ähnlich mitgenommen aus. Er war nach dem Waschen ohne jedes Zartgefühl über sie hergefallen, doch sie war ihm mit derselben Wildheit entgegengekommen. Er kannte ihren Körper inzwischen so gut wie seinen eigenen und wusste genau, was sie wollte, aber auch sie schien mit jedem seiner Atemzüge vorauszuahnen, womit sie ihn um den Verstand bringen konnte. Sie hatte sich ihm mit bedingungsloser Selbstverständlichkeit hingegeben, aber mit derselben Kompromisslosigkeit hatte sie auch alles von ihm eingefordert, was er geben konnte.

Sie seufzte im Schlaf und runzelte unwillig die Stirn. Johann küsste sie auf die Schläfe. Sie wurde davon wach und bewegte sich schlaftrunken. Ihr Hinterteil rutschte über seine Lenden, und obwohl er sich in den letzten Stunden bis zum Exzess verausgabt hatte, spürte er einen Anflug neuerlicher Erregung. Madlen merkte es und wandte den Kopf.

»Johann«, murmelte sie. »Weißt du, was das bedeutet?«

»Nein«, gab er zurück. »Weißt du es?«

»Aber ja.« Sie kicherte verschlafen und drehte sich in seinen Armen zu ihm um. »Dass ich morgen schrecklich viel beten muss.«

Er sah das Grübchen in ihrer Wange, und mit einem Mal wurde ihm das Herz so weit, dass es wehtat. Seine Brust dehnte sich davon, und sein Atem geriet ins Stocken. Plötzlich wusste er, was Veit gemeint hatte. Er war wirklich ein Idiot. Er hätte einfach nur in sich hineinhorchen müssen, statt sich ständig den Kopf darüber zu zerbrechen, was sie in ihm sah oder von ihm wollte. Er hätte sich bloß fragen müssen, was sie *ihm* bedeutete. Und das wusste er auf einmal sehr genau.

Voller Zärtlichkeit drückte er sie an sich. Er konnte es ihr nicht sagen, die Worte waren noch nie über seine Lippen gekommen, doch er konnte es ihr zeigen, und das tat er.

Als sie schließlich voneinander abließen und in einen erschöpften Schlaf fielen, graute draußen bereits der Morgen.

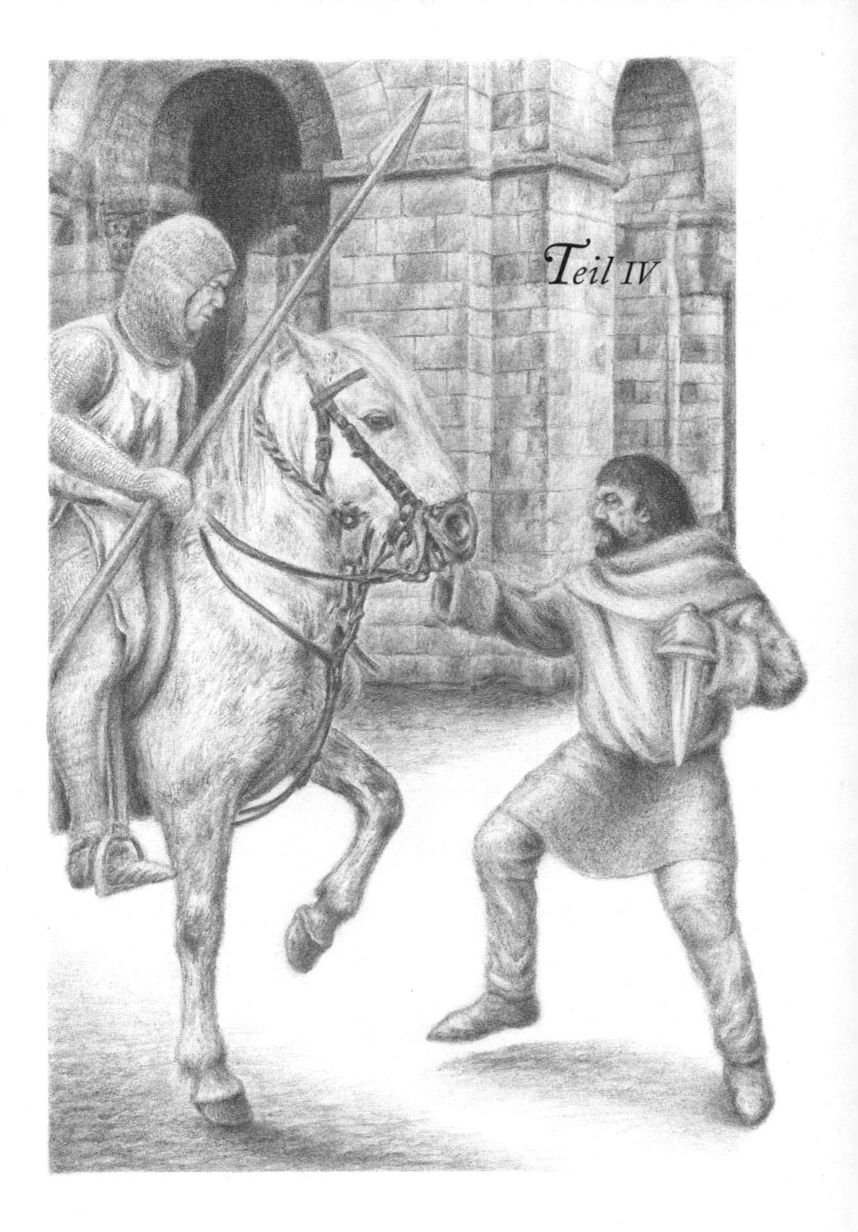

Teil IV

Ostern 1260, Anfang April

»Du musst jetzt pressen«, sagte Juliana zu der Frau. Ihre Stimme war laut und beschwörend, denn die Kreißende war kaum bei Sinnen. Sie schrie während der gesamten Wehe und übertönte damit alle Befehle und Ermahnungen. Es war ihr erstes Kind. Sie war blutjung, höchstens sechzehn, und es gab weder einen Ehemann noch Eltern und auch sonst niemanden, der sich um sie kümmerte. Das Kind war von dem Mann, in dessen Haus sie als Magd gedient hatte, und als ihre Schwangerschaft ruchbar geworden war, hatte er sie vor die Tür gesetzt. Sie war von einem alten Fassbender aufgenommen worden, dem im Vorjahr die Frau gestorben war, ihm hatte sie den Haushalt führen und das Bett wärmen dürfen, bis ihr wachsender Leibesumfang ihn störte und er sie ebenfalls hinauswarf. Die letzten Wochen hatte sie an der Stadtmauer geschlafen und sich mit Betteln durchgeschlagen, das war ihr immer noch aussichtsreicher erschienen als in einem der überfüllten Armenhospitäler zu wohnen, wo man sich nur die Krätze oder Schlimmeres holte.

Sie war viel zu dünn, und auch das Kind in ihrem Leib war zu klein. Sogar Hildegund, aus der nie eine brauchbare Hebamme werden würde, hatte keine Schwierigkeiten damit gehabt, das festzustellen.

»Sie kommt viel zu früh nieder«, hatte sie kopfschüttelnd gesagt. »Ich glaube nicht, dass das Kind leben wird.«

»Halt den Mund und koch Wasser«, hatte Juliana sie angefahren.

»Und wenn der Alte mich nicht lässt? Er war sowieso schon wütend, weil doch Ostern ist und er in Frieden das Fest begehen will!«

»Sag ihm, unser Erlöser sieht an diesem heiligen Tag Seiner Auferstehung den bösen Menschen direkt ins Herz, und dass jenen, die Schlechtes tun, das ewige Höllenfeuer der Verdammnis droht!«

Hildegund bekreuzigte sich, dann eilte sie davon.

Die Schwangere bäumte sich unter der nächsten Wehe auf und schrie wie von Sinnen. Juliana hielt ihr die Schenkel auseinander, denn gleich würde der Kopf durchtreten. In dem Schuppen, wo sie das Mädchen vorgefunden hatten, war es erbärmlich schmutzig, nur faulige Binsen und schlammiger Untergrund. Das Dach wies große Löcher auf, es hatte reichlich hereingeregnet. Es gab nichts, worauf man das Mädchen hätte betten können, folglich hatte Juliana ihren Umhang ausgezogen und ihn der Schwangeren untergelegt. Er war alt und abgeschabt, sie hatte längst einen neuen gebraucht. Die Meisterin würde es verstehen.

Die Kreißende ächzte und wimmerte, alle Kraft hatte sie verlassen. Doch die Natur sorgte von allein dafür, dass das Kind zur Welt kam. Zuerst erschien der Kopf, dann rutschte der winzige Körper nach. Die Haut war blau, das Neugeborene zeigte kein Lebenszeichen. Hildegund hatte recht gehabt, es war viel zu klein, kaum eine Hand groß. Es blieb Juliana keine Zeit, es näher zu untersuchen, denn ihr erstes Augenmerk galt wie nach jeder Geburt der Mutter. Das Mädchen lag still, es war, als sei mit dem Kind auch alles Leben aus ihr gewichen. Ihr Gesicht war bleich, die Augen geschlossen. Juliana blickte prüfend zwischen ihre Schenkel, zwischen denen die gedrehte Nabelschnur im Inneren des Körpers verschwand. Juliana zog leicht daran, und wenig später folgte an einem Stück die Nachgeburt. Sie wollte schon erleichtert aufatmen, als das Verhängnis seinen Lauf nahm. Es geschah immer wieder, viele Frauen waren davon betroffen, egal ob gesund oder krank, arm oder reich. Vor diesem Schicksal war keine Gebärende gefeit. Auch diese nicht. Das Blut kam in solchen Schwallen, dass schon nach wenigen Augenblicken klar war, womit es enden würde. Juliana nahm die Hand des Mädchens, um mit ihr und für sie zu beten, und während sie tonlos das Ave-Maria murmelte, starb die junge Frau, still und leise, ohne noch einmal die Augen zu öffnen. Auch das Kind regte sich nicht, es war schon tot auf die Welt gekommen. Dennoch taufte Juliana es, vielleicht bekäme es wenigstens gemeinsam mit der Mutter ein Armengrab am Rande des Kirchfelds statt nur eine Grube auf dem Schindanger. Sie legte dem Mädchen das Kind auf die Brust und kreuzte die Arme der Toten darüber. Anschließend schlug sie ihren Umhang über den beiden Leichnamen zusammen und knotete ihn zu. Die Totengräber würden ihn zweifellos an sich nehmen, sie machten alles zu Geld, doch bis zur Beerdigung sollten das Mädchen und ihr tot geborenes Kind unter dieser schützenden Hülle bleiben.

Glockengeläut erhob sich, in den umliegenden Pfarr- und Klosterkirchen endete gerade die Ostermesse. Sie und Hildegund hätten in der Kirche von Sankt Kolumba sein sollen, doch Krankheit und Tod kannten keine Unterscheidung nach Pfarrsprengeln. Wenn die frommen Frauen aus dem Beginenkonvent gerufen wurden, gingen sie dorthin, wo man sie brauchte, gleichgültig, wo in der Stadt ihre Hilfe nötig war.

Juliana betete ein letztes Vaterunser, dann erhob sie sich und klopfte sich den Schmutz von ihrem mit Blut und Fruchtwasser beschmierten Gewand. Ihr war übel, sie spürte einen leichten Schwindel. Nun, da alles vorbei war, drängten von allen Seiten die Bilder auf sie herein. Sie sah sich selbst dort liegend, gebärend und blutend und fast tot. Sie meinte, den Schmerz wieder zu fühlen, verlor sich an jene grauenhaften Tage, und sie bohrte sich die Nägel in die Handflächen, um ihren Körper wiederzufinden. Ihren heutigen Körper, dem niemand mehr etwas anhaben konnte.

Sie musste ihrem Geist verbieten, sich nach innen zu wenden, weg von den Menschen. Es geschah immer wieder, obwohl sie sich dagegen wehrte. So etwa, als Berni gekommen war, um in Madlens Auftrag die Salbe zu holen. Sie hatte sich verleugnen lassen und Meisterin Sybilla gebeten, ihm den Tiegel zu geben. Aber es half nichts, die Gedanken an jenen Mann kehrten regelmäßig zurück. Madlens Mann, der behauptet hatte, ihr Bruder zu sein. Sie versuchte, sich an sein narbiges Gesicht zu erinnern, doch es verschwamm vor ihrem inneren Auge zu einer weißen Fläche. Er war ein Fremder und würde es bleiben. Eines Tages würde er seiner Wege gehen, dann konnte sie die Freundin wieder besuchen. Madlen hatte ihr gesagt, er wolle nicht lange bleiben, nur bis zum Beginn des Sommers.

Der Sommer. Sie würde wieder Kräuter sammeln gehen, so wie früher.

Juliana erschrak, kaum dass dieser Gedanke ihr durch den Kopf gegangen war. Es war keine Erinnerung gewesen, nur eine flüchtige Regung, so, wie man überlegte, dass man sich waschen oder kämmen oder zur Beichte gehen sollte. Doch dieser Gedanke ans Kräutersammeln hatte in Verbindung mit *früher* gestanden, obwohl es kein Früher gab.

Hildegund kam aus dem Wohnhaus zurück, einen dampfenden Henkeltopf mit sich schleppend. Sie ließ einen zornigen Laut hören, als sie das eingewickelte Menschenbündel auf dem Stallboden liegen sah. »Da hätte ich mir die Mühe mit dem Wasser auch sparen können!«

Juliana bezähmte ihren Drang, Hildegund zu ohrfeigen, und mit grimmigem Sarkasmus sagte sie sich, dass ihr Benehmen bloß eine von Gott auferlegte Prüfung sein könne, denn nur so war zu erklären, dass immer wieder derartige Bemerkungen von ihr kamen. Vielleicht, so sinnierte sie, hatte Gott es aber auch in weiser Voraussicht so gefügt und den Sterbenden Hildegunds Anwesenheit ersparen wollen. Im Beisein Hildegunds das Zeitliche zu segnen konnte den Tod nur noch schlimmer machen, als er ohnehin schon war.

Sie wusch sich mit dem heißen Wasser die Hände, obwohl sie sich fast die Haut damit verbrühte. Anschließend ging sie mit Hildegund zu dem Fassbender, um ihm zu sagen, dass die Frau in seinem Stall tot war. Er fing sofort an zu zetern, dass er damit nichts zu tun haben wolle, die dumme Hure habe sich heimlich in den Schuppen geschlichen, er habe sie schon vor Wochen hinausgeworfen und sei nicht für sie verantwortlich.

Juliana betrachtete den wütenden alten Mann, der ohne Gesinde in seiner heruntergekommenen, verdreckten Kate lebte und selbst kaum genug zu beißen hatte. Er hatte sich bereits für den Kirchgang vorbereitet, der ihm nun entgangen war. Sein fleckiges Wams war notdürftig aufgebürstet, und er hatte sich offenbar selbst den Bart geschabt, denn das faltige Gesicht war von blutigen Kratzern übersät.

»Ich schicke den Totengräber«, sagte Juliana erschöpft.

»Und wir werden *nicht* für Euch beten!«, fügte Hildegund empört hinzu. »Denn dem Hartherzigen ist der Weg ins Paradies versperrt.«

Das schien ihn wenig zu stören. Seine unflätigen Beschimpfungen folgten ihnen den gesamten Weg zurück auf die Gasse.

Vom Haus des Fassbenders, in der Nähe vom Holzmarkt gelegen, gingen sie an Sankt Maria Lyskirchen vorbei in Richtung Filzengraben. Sie begegneten festlich gekleideten Menschen, die scharenweise aus der Kirche strömten, in freudiger Stimmung nach der Ostermesse, begann doch mit der Feier der Auferstehung Jesu Christi das österliche Freudenfest.

»Wir haben die ganze Messe verpasst«, jammerte Hildegund.

Juliana gab keine Antwort. Eine Gruppe von einem Dutzend Männern kam ihr aus Richtung Rheingasse entgegen, angeführt von einem etwa fünfzigjährigen, grauhaarigen Edelmann in vornehmer Gewandung. Im Vorbeigehen fiel Juliana auf, dass die Männer sich anders verhielten als die übrigen Kirchenbesucher. Niemand von ihnen schien sich zu freuen, sie wirkten vielmehr, als seien sie wachsam und auf der Hut. Einer stach aus der Gruppe hervor, nicht weil er besonders auffallend aussah, sondern weil er in diesem Augenblick aus dem Schatten des älteren Mannes heraustrat, sodass Juliana sein Gesicht sehen konnte.

Sie erstarrte. Hob die Hand und wischte sich über die Augen. Ließ sie wieder sinken. Um sie herum drehte sich alles.

»Was ist?«, wollte Hildegund wissen. Sie war ungeduldig stehen geblieben. Ihre nörglerische Stimme drang wie durch Nebel zu Juliana vor.

»Geh vor. Verschwinde.« War sie das, die diese raue Aufforderung hervorgestoßen hatte? Hildegund gab einen schnippischen Laut von sich und ging weiter, während Juliana ihren Blick auf den Mann heftete, von dessen Anblick ihr übel wurde. Er war … er war … jemand von *früher*.

Die Männer gingen in die Kirche, und Juliana folgte ihnen, sie ging wie von Schnüren gezogen hinter ihnen her. Ihr war entsetzlich schlecht, die Schwindelgefühle wurden schlimmer. Sie sollte sich hinlegen, an nichts mehr denken. Bevor es zu spät war.

Doch sie konnte nicht mehr zurück. In dieser Kirche war ein Teil von ihrem alten Leben. Das wusste sie jetzt.

Die Männer der Gruppe hatten sich um den Grauhaarigen geschart. Eine weitere Gruppe hatte sich nur wenige Schritte vom Altar entfernt versammelt, Juliana erkannte einige von ihnen, es waren Zunftleute. Ordentliche, fromme Handwerker, die ihre Werkstätten in der näheren Umgebung unterhielten und die sich, wie es der Brauch ihrer Bruderschaft vorsah, zur Messe zusammengefunden hatten, um das heilige Osterfest gemeinsam zu begehen, und nun noch eine Weile beisammenstehen und reden wollten. Oder hatten sie absichtlich hier auf die anderen Männer gewartet? Sie hatten die Gruppe um den Grauhaarigen ins Auge gefasst, als erwarteten sie Ärger. Und den gab es auch. Es war nicht zu erkennen, wer zuerst wen angerempelt, wer mit den Beleidigungen angefangen hatte, doch es gab keinen Zweifel, dass es aus der Gruppe des Grauhaarigen gekommen war. Ein wüstes Handgemenge setzte ein, die Männer schubsten einander und schrien sich an. Vorn beim Altar stand der Priester, er rief den Zorn Gottes auf die Streithähne herab und flehte sie an, diese heilige Stätte nicht zu entweihen, doch er predigte tauben Ohren. Die Lage spitzte sich zu, die Leute fingen an, sich ernstlich zu prügeln.

»Ihr seid nichts wert!« Der Grauhaarige hatte das gebrüllt. Er war auf den Altar geklettert und drohte den Zunftleuten mit erhobenen Fäusten. »Ratsmänner und Schöffen sollen aus euren Reihen kommen? Aus einer Herde dummer Schafe? Ihr seid Abschaum! Gewürm! Der Schmutz unter den Schuhen der edel Geborenen!«

Wütende Aufschreie erhoben sich unter den solcherart Geschmähten, die Keilerei wurde zu einem Kampf auf Leben und Tod. Waffen tauchten wie aus dem Nichts auf. Einer schwang einen Knüppel, ein weiterer reckte drohend sein Kurzschwert. Inmitten des Gerangels zog einer der Männer aus der Gruppe des Grauhaarigen ein Messer, es war der Mann … der Mann von *früher*. Er hob den Dolch und stieß ihn einem der Zunftmänner in den Bauch. Zog es heraus. Stach es erneut hinein. Noch einmal. Und wieder. Blut spritzte heraus, der Verletzte brach in die Knie und hielt sich den Leib.

Juliana presste beide Hände auf ihren Bauch. Dicht unter die Rippen. Sie konnte nicht atmen. Nicht weglaufen. Nur die Augen schließen.

Es roch nach Kräutern.

»Hier ist noch mehr Minze, Mutter!« Blithildis drehte sich zu ihrer Mutter um, die über den Uferstreifen wanderte, den Leinensack am Gürtel und die Hände grün vom Pflücken. Sie sammelten wilde Minze, um sie zu trocknen. Im Winter würden sie Heiltränke davon zubereiten oder sie in der Küche zum Würzen verwenden. Blithildis pflückte eifrig die am Seeufer wachsenden Triebe und brachte sie ihrer Mutter. Die Mutter sog scharf die Luft ein, und für einen Augenblick dachte Blithildis, sie habe ihr versehentlich wehgetan oder ihr Brennnessel- statt Minzezweige gegeben, aber dann sah sie, dass die Mutter nicht vor Schmerz, sondern vor Angst die Luft anhielt. Blithildis drehte sich um, und nun sah sie es auch. Männer kamen über den Wall geritten, sie waren zu sechst. Und sie waren schnell, sie hatten ihre Pferde zum Galopp getrieben. Es wa-

ren Bewaffnete, sie trugen Harnische und Helme, die in der Sonne blitzten.

»Mutter?«, fragte Blithildis unsicher.

Ihre Mutter gab ihr einen Schubs. »Lauf!«, schrie sie.

Und Blithildis lief. Sie rannte auf das Tor in der schützenden Mauer der Burg zu, doch es war viel zu weit weg. Die Männer kamen rasch näher, sie hörte die Mutter hinter sich schreien und fuhr herum. Einer der Reiter hatte sie gepackt und zu sich aufs Pferd gezerrt.

»Mutter!«, schrie Blithildis.

Dann hatten die Männer auch sie erreicht. Einer griff herab, fast nachlässig, zerrte sie am Haar zu sich heran, hob sie hoch und warf sie quer über den Sattel. Sie kreischte vor Schmerz und Angst, und da schlug er ihr mit der Faust ins Gesicht, sodass ihr schwarz vor Augen wurde. Als sie wieder zu sich kam, ritten sie immer noch, sie lag vor dem Mann auf dem Pferderücken, ihr Kopf nach unten hängend, das lange Haar am Boden schleifend. Sonst sah sie nichts. Nur ihr Haar und einen Stiefel, der in einem Steigbügel steckte. Wieder fing sie an zu schreien. Der Mann zügelte das Pferd und zerrte sie herab. In wilder Furcht blickte sie sich um. Sie befand sich in einer menschenleeren Gegend. Ungefähr hundert Schritte entfernt floss der Rhein. Von den übrigen Reitern war keiner mehr zu sehen.

»Wo ist meine Mutter?«, schrie sie.

»Da, wo du auch bald bist«, sagte der Mann. Er war jung, vielleicht Mitte zwanzig, und er sah ganz alltäglich aus. Sehnig und kräftig, braunes Haar, glatte Gesichtszüge und bartlose Wangen. Nichts an seinen Zügen deutete darauf hin, dass er böse war.

»Bitte«, stieß sie weinend hervor. »Lasst mich gehen! Ich habe Euch doch nichts getan!«

»Du hast recht«, sagte er. »Du bist ein unschuldiges Mädchen. Ich sollte dir helfen. Wie ist dein Name?«

»Blithildis.« Sie sagte es halb schluchzend, halb stammelnd.

»Ich bin Jobst. Komm. Ich bringe dich in Sicherheit, dann kann dir keiner mehr was tun.« Er streckte die Arme aus und sah sie dabei mitfühlend an. Sie ließ sich täuschen, denn sie wollte ihm glauben.

Zögernd ging sie auf ihn zu. Er hieb ihr mit der Faust in den Magen und trat ihr die Füße weg. Dann griff er sich in den Schritt und öffnete seine Bruche. »Bald darfst du zu deiner Mutter, nur eine kleine Weile noch. Sagte ich schon, dass sie tot ist?« Bevor er sich auf sie warf und ihr die Kleider vom Leib riss, lächelte er.

Mit einem langgezogenen Keuchen kam sie zu sich, als jemand grob gegen sie stieß. Die Menge war in Bewegung geraten, die beiden verfeindeten Gruppen scharten ihre jeweiligen Anhänger um sich und drängten ins Freie. Überall ertönte Geschrei, sei es vor Wut oder Schmerz. Die Kämpfe hielten an, Rufe nach Unterstützung wurden laut. Holt die Weber, holt die Brauer, holt die Fleischer! Blithildis sah einen Mann stöhnend zusammenbrechen, einen anderen seitlich wegtaumeln, beide Hände vor dem blutbeschmierten Gesicht. Einer der Zunftmeister sammelte die Männer aus seiner Bruderschaft um sich. »Das soll er büßen!«, brüllte er. »Nieder mit dem Hardefust!«

»Nieder mit dem Hardefust!«, schallte es von allen Seiten zurück. Und schon drängte die ganze Meute vorwärts in Richtung Rheingasse. Hinter Blithildis sammelten sich weitere Männer, die dem rachsüchtigen Haufen nachstürmten. Sie geriet in das Gewühl und wurde mitgezogen, sie konnte sich nur mühsam aufrecht halten in diesem Gerangel stampfender Beine, stoßender Arme und hassverzerrter Gesichter. Immer wieder rammten sich ihr Ellbogen in den Leib, sie wurde geschubst, angerempelt, zur Seite gedrängt. In dem Getümmel wurde ihr die Haube vom Kopf gezogen, ihr Haar fiel herab. Benommen taumelte sie mit den Übrigen vorwärts.

In der Rheingasse kam der Mob zum Stillstand. Unter Wutgebrüll sammelte sich die Menge, die inzwischen auf mehrere hundert Zunftleute und andere Gemeindemitglieder angewachsen war, vor dem Haus des Wendel Hardefust. Blithildis erinnerte sich an das Haus, so wie an ihre gesamte Vergangenheit. Alles lag auf einmal offen vor ihr, die innere Mauer, die sie vor ihrem früheren Leben abgeschirmt hatte, war bis auf den letzten Stein niedergerissen. Sie wusste, was Jobst ihr angetan hatte. Auch an Wendel Hardefust konnte sie sich erinnern. Beide Männer waren älter geworden, doch die Zeit hatte ihre Gesichter nicht der Vergessenheit anheimfallen lassen können. Jobst war heute der Gefolgsmann des Hardefust, also war er es auch damals schon gewesen, denn nur so ergab alles einen Sinn. Vor allem jener Tag, als er mit den übrigen Mordgesellen auf sein Geheiß ihre Mutter verschleppt und getötet hatte. Sie selbst hatte er ebenfalls getötet, nur dass sie als anderer Mensch weitergelebt hatte, ohne Erinnerungen an das Davor, mit nichts außer den Narben, der Scham und der Angst, die sie aus dem Dunkel mit herübergenommen hatte.

Der Hardefust hatte Mutter gehasst, mit einem Mal erinnerte Blithildis sich auch an jenen staubigen, von Schmerzensschreien erfüllten Tag aus einer noch viel weiter zurückliegenden Zeit. Sie war sieben gewesen, vielleicht auch erst sechs. Vater war im Krieg gewesen, und draußen auf der Gasse war Hardefust über ihre Mutter hergefallen und hatte sie gepeitscht. Nur ein paar Häuser weiter, dort drüben – vor ihrem früheren Elternhaus, wo sie einst gelebt hatten, bis sie nach Kerpen auf die Burg gezogen waren. Johann hatte versucht, Mutter zu beschützen, doch er war dem großen, schweren Mann nicht gewachsen gewesen, denn er war ja selbst noch ein Knabe gewesen.

O Gott, Johann. Ein gepeinigter Aufschrei entrang sich Blithildis. Er lebte noch! Er hatte sie wiedergefunden! Sie sah ihn vor sich stehen, sein verzweifeltes, von Narben übersätes Gesicht. Der zerschundene Körper, den sie gewaschen und gesalbt und verbunden hatte. Ihr Bruder.

Tränen strömten ihr übers Gesicht, und sie hörte sich mit gequältem Schluchzen seinen Namen ausrufen.

Ihr Aufschrei fiel mit dem eines Mannes zusammen, der aus der Menge heraus mit überkippender Stimme brüllte: »Lasst es in Flammen aufgehen! Legt Feuer!« Die Männer drängten vorwärts, einer warf eine brennende Fackel auf das Haus des Hardefust. Sie landete auf dem Dach und rollte herab, ohne Schaden anzurichten. Er versuchte es erneut und schleuderte die

Fackel durch einen der offen stehenden Läden, und wenige Augenblicke später loderte es im Haus auf. Die Menge brach in begeistertes Geheul aus, weitere Fackeln kamen geflogen, überall züngelten Flammen hoch, und gleich darauf breiteten sich beißende Rauchschwaden aus, die all jene zum Rückzug zwangen, die sich zu nah herangewagt hatten. Johlend sammelten sie sich in sicherer Entfernung und verfolgten mit wilder Freude, wie das Haus in Flammen aufging.

Blithildis wurde gegen eine Mauer gedrückt. Rauch wehte heran, sie musste husten. Die Männer um sie herum drängten in eine andere Richtung, von Blutgier und wilder Angriffslust aufgestachelt. Das Feuer befriedigte ihren Zerstörungsdrang nicht, sie waren getrieben von besinnungslosem Hass auf die Reichen und Mächtigen der Stadt, die ihnen, den einfacheren Leuten, ein Leben in Demut und Unterwerfung zugedacht hatten, während sie selbst alle Macht und allen Wohlstand für sich allein wollten. Von irgendwoher schrie jemand, dass sich die Vasallen der Richerzeche am Heumarkt sammelten, und daraufhin gab es kein Halten mehr.

»Tod den Geschlechtern!«, tönte es vielstimmig aus der Menge. Blithildis stolperte, als die Männer an ihr vorbeistürmten und sich den Übrigen anschlossen, die zu neuen Kämpfen aufbrachen.

Wendel Hardefust hatte sich mit Jobst und zwei anderen seiner Getreuen unbemerkt unter einen Torbogen zurückgezogen und mit grimmiger Befriedigung das Geschehen verfolgt. Alles lief genau wie geplant, jeder Schritt vollzog sich so, wie er es vorausberechnet hatte. Einer seiner Männer hatte den Brandbefehl ausgerufen, ein anderer die erste Fackel geschleudert, ein dritter die Kunde von den sich zusammenrottenden Richerzechenleuten verbreitet, und alle, wirklich alle Zunftbrüder mitsamt ihren Anhängern hatten exakt das getan, was sie tun sollten.

»Diese Trottel«, sagte er verächtlich.

»Sie sind wirklich wie Schafe«, stimmte Jobst zu. Seine Miene, sonst meist gelangweilt, zeigte einen Anflug von Freude. Er hatte Blut vergossen, das stimmte ihn immer froh, doch noch mehr ergötzte er sich daran, den Mann in der Kirche getötet zu haben. Er hatte es förmlich zelebriert und mehrmals zugestoßen, obwohl ein Stich gereicht hätte. Jobst mochte es, wenn seine Gegner noch eine Weile litten. Er stach so zu, dass sie noch lange ihre Qualen bei vollem Bewusstsein erleben konnten, bevor sie innerlich jämmerlich verbluteten. Wendel empfand leisen Abscheu, er war außerstande, die Regungen dieses Mannes zu begreifen. Die Freude am Töten, am Demütigen. Es mit solcher Bedachtsamkeit zu tun, frei von jedem Zorn und jeder Rachsucht. Einfach nur um des reinen Vergnügens willen. Manchmal graute es Wendel vor Jobst, vor diesem Blick, in dessen Tiefen eine Boshaftigkeit lauerte, die niemals an die Oberfläche hätte kommen dürfen.

Doch gleich darauf kümmerte es ihn nicht mehr. Jobst hatte so gehandelt, wie es abgesprochen war. Einen der Zunftleute erstochen – es war ein einflussreicher Fleischer gewesen – und damit wie geplant in den übrigen unbezähmbare Rachegelüste erweckt. Gleichzeitig waren mehrere seiner Leute in der Stadt unterwegs gewesen, um die Geschlechter auf Trab zu bringen. *Das gemeine Volk brennt unsere Häuser nieder! Wir müssen die Leute in die Schranken weisen!*

Zweifellos würden die Edelmänner genau das tun, was auch das dumme Volk getan hatte – ihre Gefolgschaft zusammentrommeln und den Zwist mit dem Plebs bis aufs Blut austragen. Er lauschte in Richtung Heumarkt, doch außer dem aufgeregten Geschrei des Pöbels war nichts zu hören. Bald jedoch würden Waffenlärm und Hufgeklapper hinzukommen; die Geschlechter mochten vielleicht nicht so viele Männer aufbieten können wie die Bürger, aber sie waren beritten und wesentlich besser bewaffnet. Viele unter ihnen hatten in blutigen Feldschlachten ihre Kampfkraft gestählt, einer von ihnen reichte, um ein Dutzend Gemeine niederzumachen. Und es würden nicht nur jene kämpfen, die jetzt auf den Heumarkt strömten. Überall in der Stadt würden die Menschen aufeinander losgehen und sich gegenseitig die Köpfe einschlagen, denn war es erst mit dem Frieden vorbei, wollten sie alle Blut sehen, das lag in der menschlichen Natur. Und am Ende würde es nur einen einzigen Gewinner geben. Ihn selbst.

Wendel Hardefust lächelte mit schmalen Lippen, während er sein brennendes Haus betrachtete. Die Leute aus der Nachbarschaft und von seinem Gesinde hatten mit panischen Löschversuchen begonnen, nicht etwa, weil sie sein Eigentum retten wollten, sondern um ein Übergreifen des Feuers auf die anderen Häuser zu verhindern. Sie bildeten Menschenketten und reichten Kübel um Kübel weiter, schütteten das Wasser unter aufgeregtem Geschrei auf die immer wieder hochschießenden Flammen und verzweifelten fast bei dem Bemühen, den Brand einzudämmen. Ihre Häuser mochten sie wohl retten, doch für seines kam jede Hilfe zu spät. Aber das berührte ihn nicht, er würde sich von dem Lohn, der ihm winkte, zehn andere kaufen können. Dieses hier war ohnehin alt, er trug sich schon lange mit dem Gedanken, ein neues zu beziehen. Drinnen war nur noch gut brennbarer Plunder, er hatte seine wertvolleren Habseligkeiten in den vergangenen Wochen nach und nach weggeschafft, hinaus auf die Burg, wohin er auch Simon und Ursel für den heutigen Tag verbannt hatte.

Das Schauspiel begann ihn zu langweilen.

»Zeit für den nächsten Akt«, sagte er zu seinen Männern. Er setzte sich in Bewegung, drehte sich jedoch nach wenigen Schritten zu Jobst um, der wie angewurzelt stehen geblieben war. »Was ist?«, wollte er ungeduldig wissen.

Jobst starrte eine Frau an, die mit unsicheren Schritten durch die Rheingasse ging, an dem rauchenden Haus vorbei. Sie schaute über die Schulter zu ihnen zurück, einen Ausdruck unaussprechlichen Grauens im Gesicht. Ihre Augen waren weit aufgerissen, ihr Mund verzerrt, als unterdrückte sie nur mit

Mühe einen Schrei. Ihr Blick war, wie Hardefust befremdet bemerkte, auf Jobst gerichtet.

»Wer ist das?«, wollte er wissen, verärgert über die Verzögerung. »Kennst du sie?«

»Ich weiß nicht«, sagte Jobst langsam.

Die Frau war groß und schlank. Sie mochte Ende zwanzig sein, mit langem braunem Haar und feinen Gesichtszügen. Wendel war sicher, sie noch nie gesehen zu haben, dennoch kam sie ihm auf seltsame Weise bekannt vor. Während er noch versuchte, diesen Widerspruch zu ergründen, stolperte sie weiter von ihnen weg, dann wurde sie unvermittelt schneller und hastete davon. Gleich darauf war sie im Gewühl der Menschen verschwunden.

Jobst starrte grübelnd ins Leere, dann zischte er einen Fluch. »Ich weiß jetzt, wer das war. Blithildis von Bergerhausen.«

Hardefust erstarrte. »Das Kind von damals? Aber sie ist tot! Du hast sie mit eigenen Händen umgebracht, du hast es gesagt.«

»Das tat ich auch. Jedenfalls dachte ich es.« Er schüttelte abermals den Kopf. »Ich hab's wirklich gedacht.«

Hardefust spürte Hass in sich aufwallen und widerstand dem Drang, den Mann zu züchtigen. Er brauchte ihn noch. Doch eines Tages wäre auch das vorbei, dann würde er sich seiner entledigen.

»Sie hat uns gemeinsam hier stehen sehen«, sagte er mit schneidender Stimme. »Nun wird sie sich ihren Teil zusammenreimen.«

»Ihr meint, sie wird sich denken, dass ich damals in Eurem Auftrag handelte?«

Hardefust hörte den leisen Hohn in der Stimme des Mannes, und sein Wunsch, ihm die Peitsche zu schmecken zu geben, wurde übermächtig.

Kalt erwiderte er: »Wenn sie jemanden des Mordes bezichtigen kann, dann nur dich. Du allein bist damals in Erscheinung getreten, nicht ich. Und was das angeht: Sie hat all die Jahre nichts unternommen. Warum sollte sie es jetzt auf einmal tun? Wir können also unbesorgt weitermachen.«

Jobst runzelte die Stirn. »Ich sollte sie besser suchen und umbringen«, sagte er langsam. Zum ersten Mal meinte Hardefust, im Gesicht dieses Mannes so etwas wie Besorgnis wahrzunehmen, was ihn mit leiser Genugtuung erfüllte.

»Das kannst du gern tun«, versetzte er zynisch. »Sobald wir die andere Sache erledigt haben.« Abrupt wandte er sich um und marschierte los, und diesmal folgte Jobst ihm auf dem Fuße.

Blithildis rannte wie von Furien gehetzt, sie schob sich durch das Gedränge der Aufrührer, kämpfte sich wild stoßend und schiebend hindurch, sie teilte im selben Maße aus, wie auch sie auf dem Weg in die Rheingasse drangsaliert worden war. Nur fort! Er hatte sie gesehen, hatte sie angestarrt, ihr direkt in die Seele geblickt, nur einen Wimpernschlag davon entfernt, sie zu erkennen. Sie floh wie ein gehetztes Wild vor dem Jäger, und als sie mitten in der grölenden Menge stecken blieb, schrie sie auf wie ein verwundetes Tier. Einige Männer erschraken und wichen zur Seite, das verschaffte ihr Platz. Genug, um sich den Weg zum Rand des Marktes freizukämpfen und von dort aus Umwege einzuschlagen, die sie so weit wie möglich von hier wegbrachten. Sie folgte den schmalen Gassen, die sie alle bis in den letzten Winkel kannte. Ziellos rannte sie kreuz und quer, entschied immer erst im letzten Moment, welche Richtung sie als Nächstes nahm, nur nicht die zum Konvent. Die ganze Zeit hielt sie keinen Augenblick inne, nur davon beseelt, *ihm* zu entkommen.

Endlich wusste sie, dass niemand hinter ihr her war, jedenfalls nicht er und auch keiner der anderen Männer, mit denen er zusammengewesen war. Sie hörte auf zu rennen, schöpfte keuchend Atem. In ihren Lungen brannte es wie Feuer, vor ihren Augen kreisten dunkle Wirbel. Ihr dröhnte der Schädel, sie musste einen Moment stehen bleiben, weil ihr so schwindlig wurde, dass sie sich kaum noch aufrecht halten konnte. Sie hatte die Einmündung des Perlengrabens bei der alten Stadtmauer erreicht, auch dort herrschte allenthalben Aufruhr, die Menschen liefen aufgescheucht herum und wollten wissen, was geschehen sei. Von allen Seiten war Geschrei zu hören.

»Die Geschlechter und die ganze Richerzechenbande wollen auf das Volk los!«, brüllte einer.

»Auf dem Heumarkt fallen sie über die gottesfürchtigen Kölner Leute her!«, schrie ein anderer. »Sie haben die arglosen Zunftbrüder aus der Kirche gezerrt, um sie umzubringen!«

Auf ihrem weiteren Weg sah Blithildis überall das gleiche Bild: Die Menschen gerieten in Zorn, sie bewaffneten sich und zogen los, dahin, wo gekämpft wurde.

Tut es nicht!, wollte Blithildis ihnen zurufen. Es ist alles nur das Werk eines Mannes, der euch ins Verderben stürzen will! Doch sie brachte kein einziges Wort heraus, nur ein lautes Stöhnen, denn die Kopfschmerzen hatten sich in ein rasendes, fauchendes, ihren Schädel zerfleischendes Ungeheuer verwandelt. Ihre Sicht trübte sich immer mehr, sie sah kaum noch etwas.

Ich muss heim, durchfuhr es sie. Aber wo war ihr Zuhause? Bilder schossen ihr durch den Kopf. Ihr altes Elternhaus in der Rheingasse, sie und Johann und ein paar andere, unter ihnen auch Ursel Hardefust, die immer mitspielen wollte und von den anderen Kindern gehänselt wurde, weil sie in Johann verliebt war. Die Wasserburg bei Kerpen, wo sie später lebten, für eine wundervolle, friedliche Zeit, bis zu Vaters Tod, und danach noch ein paar traurige Monate, in der sie und Mutter versucht hatten, das Leben ohne ihn zu meistern. Es wäre ihnen gelungen. Doch dann hatte ein einziger Tag alles ausgelöscht.

Die Erinnerungen und Bilder verschoben sich, wechselten in verwirrender Reihenfolge, bis sie sich in zuckende Blitze verwandelten, die sich hinter ihren Augen tief ins Innere ihres Kopfes hineinbohrten. Sie versuchte zu beten, doch es ging nicht. Sie musste heim. Nur dann konnte alles gut werden. Mit ausgestreckten Händen torkelte sie weiter, stützte sich ab, wo immer sie Halt fand, geriet schließlich an einen Menschen, der sie umfasste und aufrichtete.

»Um Christi willen«, hörte sie eine Frauenstimme, danach eine zweite, und dann nur noch Satzfetzen. »Die Begine … ja, aus der Glockengasse … bestimmt unter die Mordbanden der Richerzeche geraten … heimbringen …«

Hände fassten sie unter, hielten sie, zogen sie weiter.

Sie konnte aufhören zu denken. Man brachte sie nach Hause.

Johann hatte schon im Morgengrauen mit dem Kochen und Braten des Festessens begonnen, bereits lange vor dem Kirchgang hatten verheißungsvolle Düfte das Haus erfüllt. Irmla musste ihm zuarbeiten, er gönnte ihr keine Pause und scheuchte sie mit knappen Kommandos zwischen Vorratskammer, Tisch und Feuerstelle hin und her. Sie fuhrwerkte schwitzend um ihn herum, das Gesicht eine einzige Leidensmiene, eine Sklavin hätte nicht verzweifelter dreinschauen können. Dann endlich wurde sie vom Glockenläuten erlöst, es ging zur Kirche. Ihr blieb gerade noch genug Zeit, den alten Arbeitskittel aus- und das Festgewand nebst Gebende anzuziehen. Auch Johann legte seinen besseren Surcot an, wusch sich Gesicht und Hände und war bereit zum Aufbruch. Madlen, die sich aus der Kocherei herausgehalten und stattdessen mit Veit und Cuntz am Tisch gesessen hatte, freute sich auf den Tag. Auf das Essen, das sie nach ihrer Rückkehr von der Kirche verspeisen würden, auf das Beisammensein mit Johann, Großvater, Veit und dem Gesinde – auf das ganze Leben. Während sie in der Kirche der feierlichen Predigt des Priesters lauschte, begriff sie, was mit ihr geschehen war. Zunächst ganz unbemerkt, aber doch beharrlich hatte sich das Glück wieder in ihr Leben gestohlen. Nicht lachend und strahlend wie damals in der ersten Zeit ihrer Ehe mit Konrad, sondern leise und zögernd, immer wieder aufgehalten von Hindernissen und Zweifeln. Johann stand neben ihr, er hatte die Hände gefaltet und hielt den Kopf gesenkt. Sie bezweifelte, dass seine Andacht von Herzen kam, sie spürte, dass er sich nichts aus dem Beten machte, er tat es eher wie jemand, der es hinter sich bringen musste, weil es sich nun einmal so gehörte und weil er nicht unangenehm auffallen wollte. Doch das kümmerte sie nicht. Sie sah nur seine schwieligen Hände, seinen gebrochenen Daumen, die Narben an den Gelenken. Sein Profil mit der ebenfalls gebrochenen Nase, die Narben an seiner Wange, die dunklen Brauen über den gesenkten Lidern, die klaren Linien seiner Stirn. Ein tiefes Gefühl durchströmte sie bei seinem Anblick, es wärmte ihr Inneres und ließ sie ihren eigenen Herzschlag hören.

Sie erkannte, dass sie ihn liebte.

Diese Gewissheit traf sie unvermittelt und verstörte sie eher, als dass es eine beseligende Empfindung in ihr ausgelöst hätte. Es kam ihr wie Verrat an ihrer Liebe zu Konrad vor. Dabei war es nicht einmal so, als wäre ihre Liebe zu ihrem ersten Mann vergangen, sie war immer noch da, bittersüß und schmerzlich ruhte sie tief in ihrer Seele und würde bis ans Ende ihrer Tage dort bleiben. Aber wie es schien, war nun auch Platz für eine neue, andere Liebe, die mit der ersten nicht zu vergleichen war. Die Art, wie sie Konrad geliebt hatte, war viel selbstverständlicher gewesen, von einer natürlichen, fröhlichen Unbefangenheit, in der sich ihre ganze Jugend widergespiegelt hatte. Sie hatten zusammengehört wie zwei Eier in einem Nest, waren gemeinsam erwachsen geworden, so innig verschworen und verbunden, wie es stärker nicht vorstellbar war. Nie hätte sie geglaubt, nach ihm noch einmal einen Mann lieben zu können, und doch tat sie es. Und zwar einen, der so völlig anders war, dass es erst recht kaum zu glauben war. Johann, der so viele Jahre älter war als Konrad und sich auch sonst in fast allem von ihm unterschied, mit seiner grüblerischen Schweigsamkeit, seiner kühlen Überlegenheit und seinem bedächtigen Geschick. Und mit seiner leidvollen, geheimnisumwitterten Vergangenheit, die so vieles vor ihr verborgen hielt. Dann gab es noch jene andere

Seite an ihm, die er im Bett zeigte. Er war fordernd in seiner Leidenschaft, und doch achtete er immer darauf, dass sie die gleiche Freude an ihrem Beisammensein empfand wie er selbst. Er konnte verspielt sein und Dinge tun, die sie zum Lachen brachten; manchmal kitzelte er sie, und er wusste, dass sie eine Stelle hinterm Ohr hatte, auf die er nur pusten musste, um sie bis in die Zehenspitzen erschaudern zu lassen.

In der letzten Nacht hatte er sie voller Zärtlichkeit in den Armen gehalten und sein Kinn auf ihren Scheitel gelegt. Sie hatte den Herzschlag in seiner Brust gespürt und war ihm so nah gewesen wie nie zuvor.

Madlen sah auf seine Hände, und in diesem Moment kostete es sie Beherrschung, sie nicht einfach zu ergreifen und an ihr Gesicht zu drücken. Bei dem Gedanken, dass er sie bald verlassen könnte, spürte sie einen harten Kloß im Hals. Gleich darauf stellte sich jedoch eine Regung von Trotz ein. Noch war er da, und er war ihr Mann. Er hatte ihr vor dem Priester die Treue gelobt, und bei diesem zweiten Mal war er gänzlich Herr seiner Sinne gewesen.

Die Glocken läuteten, die Messe war zu Ende, alle Gemeindemitglieder strömten ins Freie. Schon auf dem Neumarkt trafen sie auf die ersten Aufrührer. Männer mit Knüppeln und Forken rannten in Richtung Schildergasse, überall waren Aufrufe zum Kampf zu hören.

Madlen sah Johann erbleichen, er trieb sie alle zur Eile an, scheuchte sie ins Haus und verriegelte Türen und Läden. Madlen bestürmte ihn mit Fragen, doch er gab keine Antwort. Stattdessen holte er hastig Latten aus dem Schuppen, die vom Zaunbau übrig geblieben waren. Er hieb sie im Hof mit der Axt der Länge nach entzwei, spitzte sie auf einer Seite an und drückte Caspar, Willi und Berni jeweils eine dieser behelfsmäßigen Lanzen in die Hand.

»Haltet sie mit beiden Händen, wenn ihr zustoßt, und legt eure ganze Kraft hinein. Bleibt nah bei der Tür, geht sofort auf sie los, wenn sie hereinkommen. Wartet nicht darauf, dass sie euch angreifen. Schlagt zuerst zu. Zögert nicht, euer Leben kann davon abhängen. Erwischt sie, bevor sie euch erwischen.«

Veit reichte er die Malzforke. »Halt sie vor dich, wenn es brenzlig wird, ansonsten bleib still sitzen.«

Cuntz schickte er in seine Kammer und befahl ihm, dort zu bleiben, komme, was da wolle. Irmla und Madlen forderte er auf, nach oben zu gehen und sich in einer der Kammern einzuschließen. Irmla gehorchte mit zitternden Gliedern, sie war schon fast oben, kaum dass er sie dazu aufgefordert hatte. Madlen hingegen weigerte sich rundweg.

»Ich will zuerst wissen, was hier los ist!«, rief sie.

Da sah er sie an. Seine Gestalt war hoch aufgerichtet, alle Muskeln gespannt. In der engen Stube wirkte er plötzlich riesenhaft und fremd. Seine Miene war steinern, nur die frischen Narben hoben sich rot vor der Blässe ab. »Los, rauf mit dir, und schließ die Tür hinter dir ab.« Er befahl es mit tödlichem Ernst, und sie wich in Richtung Treppe zurück, um zu tun, was er sagte. Im nächsten Augenblick krachte die Tür auf, und Madlen stieß einen schrillen Schrei aus.

Johann war mit einem Satz bei der Pforte. Sie waren zu viert, und sie hatten einen Balken als Rammbock benutzt. In dem Moment, als die Tür zerbarst, wurde er nur noch von seinen Instinkten beherrscht, er handelte, ohne nachzudenken. Den ersten Eindringling hatte er bereits erstochen, bevor der Mann den Balken loslassen konnte. Der zweite stürmte jedoch im selben Moment an ihm vorbei, und aus den Augenwinkeln nahm Johann wahr, wie Berni sich ihm mit der angespitzten Latte entgegenwarf. Der Mann wich aus, zog ein Kurzschwert und stieß es Berni in die Brust. Im Hintergrund schrie Madlen, oben hörte man Irmla kreischen, und auf dem Hof gebärdete Hannibal sich wie toll, sein Gebell schien von allen Seiten widerzuhallen. All diese Geräusche waren jedoch für das Geschehen nur am Rande bedeutsam, sie begleiteten es wie das Heulen den Sturm.

Johann kämpfte mit dem dritten Mann, stellte sich ihm bei der Tür in den Weg, sodass der vierte nicht hereinkonnte. Sein Gegner war groß und kräftig und im Messerkampf erfahren, einer jener Söldner, die für eine Handvoll Silber vor keinem Mord zurückschreckten. Sein Dolch streifte Johanns Hemdsärmel, schlitzte ihn auf. Das reißende Geräusch fiel mit dem Gurgeln des Mannes zusammen, als Johann ihm die Damaszenerklinge quer über die Kehle zog und ihm den halben Hals durchtrennte.

Hinter ihm kreischte es unentwegt, Herz und Verstand wollten ihn zwingen, zu Madlen herumzufahren, doch seine Reflexe verhinderten, dass er dem Angreifer, der als Letzter hereindrängte, den Rücken zukehrte. Der Mann hielt eine Saufeder mit gekürztem Schaft, er drang mit dem Spieß auf Johann ein, der sich vor der mörderischen Spitze blitzartig zur Seite wandte, den Waffenarm des Mannes packte und ihn gleichzeitig vorwärts riss. Als der Angreifer, von seinem eigenen Schwung nach vorn getragen, über Johanns ausgestrecktes Bein fiel, sprang Johann ihm mit beiden Knien auf den Rücken, packte seinen Kopf und schnitt ihm von hinten die Kehle durch.

Das Schreien hatte aufgehört, Johann fuhr mit gezücktem Dolch herum. Der Mann, der Berni niedergestochen hatte, lag mit blicklos aufgerissenen Augen auf dem Rücken, die Zinken der Forke tief in der Brust vergraben, der Stiel wie ein Mahnmal senkrecht aus dem Körper zur Decke ragend. Veit hockte stöhnend neben ihm, er hatte den versehrten Arm unter die Achsel geklemmt. Madlen stand hinter ihm, dicht an die Wand gedrängt, die Augen weit aufgerissen, das Gesicht weiß wie Kreide. Johann war sofort bei ihr.

»Bist du verletzt?« Bevor sie antworten konnte, tastete er sie bereits fieberhaft ab, fuhr mit beiden Händen über ihren Kopf, ihre Brust, ihre Seiten. Nirgends war Blut.

»Mir fehlt nichts«, stieß sie hervor, dann drängte sie ihn zur Seite und stolperte an ihm vorbei zu Berni, der neben der Tür lag. Sie schrie und schluchzte, während sie neben dem Jungen in die Knie sank, den leblosen Körper in ihre Arme zog und ihn hielt. »Er ist tot! O Gott, er ist tot!«

»Geh von der Tür weg.« Johann packte sie und zog sie zurück, dann blickte er nach draußen. Überall rennende Gestalten, gereckte Waffen, Kampfgeschrei. Doch drüben, schräg gegenüber, auf der anderen Seite der Gasse, stand ein Mann, der nur beobachtete. Er spähte herüber wie ein Raubtier auf der Lauer, und als er erkannte, dass Johann ihn bemerkt hatte, zögerte er kurz, als sei er nicht sicher, was als Nächstes zu tun sei. Johann machte ihm die Entscheidung leicht, er trat mit dem bluttriefenden Dolch auf die Gasse hinaus, forderte den anderen stumm heraus. Jobst betrachtete ihn abwägend, dann drehte er sich um und lief mit ausgreifenden Schritten davon. Gleich darauf war er im Gewimmel der blindwütigen Raufbolde verschwunden.

Johann eilte zu Veit. »Wie steht es um dich?«

»Ich lebe noch«, kam es mit einem Ächzen zurück. »Du weißt doch, dass ein paar Kratzer mich nicht umbringen. Zum Glück hat der Kerl mir auf den Arm gehauen, den ich sowieso nicht mehr brauche.« Sein lakonischer Tonfall entlockte Johann einen Seufzer der Erleichterung. Doch als er sich die Verletzung ansah, fluchte er stumm. Ein tief klaffender Spalt zog sich über den Stumpf, das Blut floss in Strömen aus der Wunde. Veit versuchte heldenhaft, sein Stöhnen zu unterdrücken, doch ihm liefen vor Schmerzen die Tränen übers Gesicht.

»Ich hole Leinen zum Verbinden.« Madlen rannte zur Stiege.

Johann drehte sich zu Caspar um, der an der Wand neben der Tür lehnte und sich die ganze Zeit über nicht bewegt hatte. Die Hand, mit der er immer noch die provisorische Lanze umfasst hielt, hing schlaff herunter.

»Es ging alles so schnell«, sagte er hilflos. »Ich konnte gar nicht … Berni hatte schon … und dann war da Veit … Und plötzlich war alles vorbei.«

»Ich weiß«, sagte Johann. Er selbst hatte Ähnliches schon zu oft erlebt, um dem Knecht Feigheit oder Langsamkeit vorwerfen zu können. Tatsächlich war der ganze Kampf binnen Augenblicken zu Ende gewesen, alles hatte kaum mehr als ein paar Herzschläge gedauert, und Caspar hatte an einer ungünstigen Stelle gestanden, er hatte weder Zeit noch Gelegenheit zum Eingreifen gehabt.

Johann blickte sich um, doch Willi war nirgends zu sehen. Im nächsten Augenblick kam der Junge unter dem Tisch hervorgekrochen. Sein Gesicht war hochrot, sein Mund zitterte. Seine Augen schwammen in Tränen. Auch hier fand Johann es nicht angezeigt, darüber auch nur ein Wort zu verlieren. Der Junge war vierzehn, und Todesangst war eine zu mächtige Kraft, um ihr mit dem Verstand begegnen zu können. Wenn sie die Menschen in die Flucht schlug oder ins Versteck zwang, so war dies allein Gottes Wille. Manchen trieb sie auch zum Angriff, so wie Berni, und in solchen Fällen wurde die Angst mit wohlklingenden Namen belegt, man nannte sie dann Mut oder Tapferkeit, und wer dabei umkam, war ein Held. Willi musste sich selbst für einen ausgemachten Feigling halten, es würde ihm für den Rest seines Lebens nachhängen, dass er sich unter den Tisch geflüchtet hatte, während Berni, ein Jahr jünger und deutlich schmächtiger als er, sich, ohne zu zögern, einem übermächtigen Feind entgegengeworfen hatte.

Doch nach außen hin fing sich Willi bereits wieder. Stumm wischte er mit dem Handrücken seine Nase ab und stand auf. Vor den Toten schien es ihn nicht zu grausen, er trat zu dem hin, der ihm am nächsten lag, packte die Forke und riss sie ihm mit einem Ruck aus der Brust. Trotzig und ein wenig unsicher blickte er in die Runde, als wolle er klarstellen, dass auch er seinen Teil beigetragen hätte, wenn das Schicksal es nicht verhindert hätte.

Johann ging zu Berni und hob den schlaffen Körper auf. Der Junge war überraschend leicht, und doch drückte es Johann den Atem ab, das tote Kind in seinen Armen zu halten. Seine Augen brannten, als er auf das schmale, wachsbleiche Gesicht hinabblickte, wo keine einzige Sommersprosse mehr zu erkennen war.

Dafür sah er andere Einzelheiten. Das rostrote Haar hatte über der Stirn einen eigensinnigen Wirbel, und am Haaransatz war eine winzige Narbe zu sehen, zweifellos Folge eines der vielen Missgeschicke, mit denen der Junge sich immer herumgeschlagen hatte.

»Bringt die anderen Leichen hinaus auf den Hof«, sagte Johann mit rauer Stimme zu Caspar und Willi. Erschöpft wandte er sich zu Madlen um. »Veits Wunde muss genäht werden. Bist du dazu imstande oder soll ich es tun?«

»Ich mache es«, sagte sie tonlos und ohne aufzublicken, während er mit dem toten Jungen in den Armen an ihr vorbei zur Hintertür ging. Er glaubte zu spüren, was sie dachte. Ihn hätten die Männer töten sollen, nicht Berni. Seinetwegen hatten sie die Tür aufgebrochen, auf seinen Tod waren sie aus gewesen. Wäre er nicht hier gewesen, wäre all das nicht geschehen, niemand wäre zu Schaden gekommen.

Er hatte vorgehabt, sie alle von hier fortzubringen. Am Sonntag nach Ostern, in einer Woche. Ein Ausflug, vielleicht nach Deutz oder Rodenkirchen, irgendwohin, nur aus der Stadt heraus, bis der Krawall vorüber war. Johann hatte einen gallebitteren Geschmack im Mund. Die Perfidie, mit der Wendel Hardefust die Ausführung dieses Plans vorbereitet hatte, war nicht zu übertrumpfen. Einfach einen späteren Zeitpunkt für den Angriff vorzugaukeln und das Opfer damit in Sicherheit zu wiegen war ebenso raffiniert wie wirkungsvoll. Und er selbst war dumm genug gewesen, Sewolt zu glauben, ausgerechnet Sewolt, der von jeher immer nur dem Herrn gedient hatte, von dem er sich die meisten Vorteile versprach.

Draußen legte er Berni abseits von den anderen Toten ins Gras, unter den blühenden Pflaumenbaum. Hier im Garten war es friedlich und ruhig. Über ihm strich der Wind durch das Geäst und wehte einige der winzigen Blütenblätter herab, Johann spürte ihre sachte Berührung auf seinem Gesicht. Doch als er sie abstreifen wollte, ertastete er auf seinen Wangen nur Tränen.

Einige Tage später, 2. Aprilwoche 1260

Konrad von Hochstaden stand an der Stirnseite des gewaltigen Saals, der über zwei Geschosse des Bischofspalastes reichte und für das Schauspiel, das sich ihm soeben bot, den angemessenen Rahmen bildete. Ein wildes Triumphgefühl bemächtigte sich seiner, als er seine Feinde auf den Knien über den Steinboden rutschen sah, die Köpfe tief gesenkt, die Schultern verkrampft nach vorn gezogen, als fürchteten sie, doch noch das Los derer teilen zu müssen, für die es nicht so glimpflich ausgegangen war. Der Erzbischof hatte den aufrührerischen Geschlechtern seine Stärke demonstriert. Das ihnen auferlegte Bußgeld war schwindelerregend hoch, doch der befohlene Kniefall traf viele von ihnen schlimmer. Hunderte Zuschauer, vornehmlich Zunftleute, hatten sich im Saal versammelt und begafften die Gedemütigten mit feixender Schadenfreude. Nur der Greve drückte sich mit peinlich berührter Miene an der Wand herum, wo er den hasserfüllten Blicken der Zuschauer auswich und sich zweifellos inbrünstig woandershin wünschte – er hatte sich, ebenfalls für viel Geld, von dem Kniefall freigekauft. Den anderen hatte der Erzbischof diese Gnade nicht gewährt. Keine Gnade hatten auch diejenigen zu erwarten, die sich der schmachvollen Buße entzogen und aus der Stadt geflohen waren. Der Erzbischof hatte sie für vogelfrei erklären, ihnen nachstellen und sie ergreifen lassen, und nun warteten sie in der Hacht auf ihre Enthauptung.

Nur wenige Männer aus der Richerzeche hatte der Erzbischof von Strafe und Buße verschont, unter ihnen jene, die nachweislich keine Männer in den Kampf geschickt hatten, und natürlich, so wie es abgesprochen war, den Hardefust, der sich nach außen hin dank seines abgebrannten Hauses als armes Opfer gebärden konnte, der Teufel möge seine schwarze Seele holen. Der Mann hatte Wort gehalten, sein abgefeimter Plan war aufgegangen, und dies war nur der erste Teil davon, der zweite, nicht minder niederträchtig, sollte bald folgen. Jene, die dort auf dem Boden knieten, ahnten nicht, dass diese erzwungene Unterwerfung nur der Vorgeschmack auf ihre wirkliche Niederlage war.

Konrad von Hochstaden merkte, wie sein Triumph sich zu verflüchtigen drohte, mit einem Mal schmeckte die Genugtuung schal. Bei den Ausschreitungen waren mindestens ein Dutzend Menschen aus den Gemeinden ums Leben gekommen, allesamt umgebracht von den Schergen der Geschlechter, und die Anzahl jener, die schwer verwundet mit dem Tode rangen, war noch nicht überschaubar.

Das Schauspiel im Saal verdross ihn mittlerweile, doch er sah es sich bis zum bitteren Ende an. Als er den Männern aus den edlen Kölner Geschlechtern schließlich huldvoll die erflehte Verzeihung gewährte, war er froh, dass es vorbei war und er sich in seine Gemächer zurückziehen konnte.

Dort empfing er wie vereinbart einige Stunden später Wendel Hardefust, der, ähnlich wie bei ihrem letzten Gespräch, in denkbar schlechter Laune bei ihm eintraf. Obwohl alles planmäßig verlaufen war, trug er seine Wut wie einen Schild vor sich her.

Er küsste den Ring des Erzbischofs mit unziemlicher Hast, als könne er sich dabei die Lippen verbrennen. Konrad von Hochstaden registrierte es mit wachsendem Missfallen.

»Ihr seht Uns zufrieden«, sagte er herablassend, bewusst wieder die Form des Pluralis Majestatis wählend, damit der Mann gar nicht erst auf den Gedanken verfiel, ihn wie seinesgleichen zu behandeln. »Wir konnten die Gräben zwischen Volk und Geschlechtern vertiefen und die Richerzeche isolieren. Die Köpfe, die heute noch auf dem Heumarkt rollen werden, sollten dieses Ergebnis festigen. Und Unser Ansehen beim geschundenen Volk wächst im selben Maße, wie jenes der Geschlechter schwindet. Unsere Belohnung habt Ihr Euch somit verdient.« In seiner Stimme schwang der unausgesprochene Befehl mit, es dabei zu belassen. Doch Hardefust schien für diesen Wink nicht empfänglich.

»Ich will den Kopf des Johann von Bergerhausen!« Er schrie es beinahe. »Der Kerl hat die Unruhen ausgenutzt, um heimtückisch vier meiner Gefolgsleute umzubringen!«

Der Erzbischof wusste genau, was passiert war, in der Stadt geschah wenig, über das er nicht im Bilde war. Hätte Wendel Hardefust den Vorfall nicht zur Sprache gebracht und die Sache auf sich beruhen lassen, hätte der Erzbischof es übergehen können. Doch Hardefusts Wille, das Geschlecht derer von Bergerhausen vom Angesicht der Erde zu tilgen, schien ungebrochen. Der Erzbischof merkte, wie siedender Zorn in ihm erwachte. Wäre die Hilfe dieses Mannes für die endgültige Zerschlagung der Geschlechter nicht unabdingbar gewesen, hätte er Ott befohlen, ihn an Ort und Stelle zu töten. Der Hauskaplan wartete wie immer stumm im Hintergrund, die große Gestalt in stoischer Ehrerbietung aufgerichtet, die massigen Arme über der Brust gekreuzt.

»Reicht Euch nicht der Reichtum, den Wir Euch zu Füßen legen? Ein jeder aus der Richerzeche würde sich einen Arm abhacken dafür, einen Teil der Münzrechte für sich beanspruchen zu dürfen!« Der Erzbischof erhob sich aus seinem Lehnstuhl und betrachtete Hardefust von der Höhe des Podestes herab. »Wir brauchen Eure Hilfe, aber bringt Uns nicht zu der Einsicht, dass dieser Pakt ein Fehler war. Wir hatten Euch schon einmal davor gewarnt, Johann von Bergerhausen zu attackieren, und Ihr habt diesen Befehl schmählich missachtet.« Er hob die Hand, als Hardefust widersprechen wollte. »Maßt Euch nicht an, mich mit Euren Lügen hinters Licht führen zu können.« Seine Stimme wurde gefährlich leise, doch seine folgenden Worte ließen den Mann vor ihm erstarren. »Hiermit tun Wir Euch kund, dass Wir die Acht über Euch verhängen, wenn Johann von Bergerhausen oder den Seinen noch einmal ein Leid geschieht, gleichviel ob von Eurer Hand oder der Eurer gedungenen Mörder.« Kalt schloss er: »Begrabt Euren Groll gegen den Mann. Und seht vor allem zu, dass der Rest des Plans nicht misslingt, denn Eure Anteile an der Münzerhausgenossenschaft können Wir Euch genauso schnell wieder entziehen, wie Wir sie Euch übertragen haben.« Er zeigte mit dem Finger auf Hardefust. »Und jetzt hinaus. Geht mir aus den Augen.«

Wendel Hardefust wollte aufbegehren, doch Ott trat sofort einen Schritt vor, als habe er nur darauf gewartet. Hardefust verneigte sich und zog sich zurück, doch in seinen Augen schwelte unauslöschlicher Zorn. Konrad von Hochstaden ließ sich zurück auf seinen Stuhl sinken, beide Hände auf die Armlehnen gelegt, und versank in brütende, unerfreuliche Gedanken. Schließlich wandte er sich zu Ott um. »Wir müssen uns auf den nächsten Schritt vorbereiten. Er soll auf dem üblichen Weg davon erfahren, aber vergewissere dich zu gegebener Zeit, dass die Botschaft richtig angekommen ist.«

Ott verbeugte sich, dann verließ er schweigend den Raum.

Madlen verbrachte die Tage nach Bernis Tod wie unter einer Glocke aus Blei, sie fühlte sich mit ihrem Entsetzen und der Trauer über das Vorgefallene allein. Wie schon im letzten Jahr nach Konrads Ermordung versuchte sie, Trost und Ablenkung in ihrer Arbeit zu finden. Sie braute wie besessen, stellte neue Gruitmischungen her und setzte einen Sud nach dem anderen an, bis alle Kessel und Bottiche in Gebrauch und sämtliche verfügbaren Fässer gefüllt waren. Abends stand sie bis zum Zusammenbruch im Schankhaus, und wenn die Gäste gegangen waren, schrubbte sie bis tief in die Nacht die Tische und Bänke. Doch auch bei der Arbeit übermannte sie oft der Schmerz über den Tod des Jungen. Sie musste ständig an ihn denken. Wie er ausgesehen hatte, wenn er traurig war oder wenn er nachts schlecht geträumt hatte. Sein herzliches Lachen, wenn er sich über etwas freute. Manchmal glaubte sie, sie könne ihn, ohne dabei ihre Vorstellungskraft allzu sehr anzustrengen, mit Hannibal im Hof herumtollen oder von oben über die Tenne lugen sehen, das verschmitzte Knabengesicht zu einem breiten Lächeln verzogen. Immer wenn sie sich in diesen Bildern verlor, musste sie mit den Tränen kämpfen, und dann konnte es geschehen, dass sie bei der Arbeit nicht richtig aufpasste. Einmal verbrühte sie sich beim Brauen am heißen Sud die Finger, was ihr in den letzten Jahren nur noch selten passiert war. Sie ging verbissen darüber hinweg. Berni hatte für sie den Tod auf sich genommen; sollte dann nicht sie wenigstens ein paar kleine Brandblasen erdulden können? Ihre Arme waren ohnehin immer noch von dem juckenden Ausschlag übersät, der sie in den letzten Tagen heimgesucht hatte, aber sie war wild entschlossen, alles klaglos auszuhalten.

Auch Veit hätte um ein Haar sein Leben für sie hingegeben. Als sie wie von Sinnen schreiend an der Wand gestanden hatte, war er zu ihr herübergestolpert und hatte sich vor sie gestellt, einen Atemzug bevor das tödliche Sirren des niedersausenden Schwertes ertönt war. Er hatte den Hieb mit dem Armstumpf abgewehrt und dem Angreifer zugleich mit der gesunden Rechten die Forke ins Herz gestoßen. Dafür bezahlte er immer noch; die Wunde hatte sich entzündet, er lag fiebernd oben in der Kammer, wo auch Johann einst seine Verletzungen auskuriert hatte. Ob Veit jedoch gesunden würde, vermochte keiner zu sagen.

Johann ging ihr aus dem Weg. Das Bett teilten sie nicht mehr. Er hatte sich sein Schlaflager bei Veit in der Kammer auf dem Boden bereitet, um ihm in den Nächten jederzeit beistehen zu können. Tagsüber schuftete er genau wie Madlen von früh bis spät und schien keinen Moment der Muße zu ertragen. Mit den Unterrichtsstunden hatten sie aufgehört. Madlen hatte ihn nicht mehr darum gebeten, und er hatte es ihr nicht angeboten. Sie vermisste seine Nähe schmerzlich, doch sie fand keinen Zugang mehr zu ihm und versuchte es auch gar nicht, denn es war, als hüllte er sich voller Absicht in diese andauernde, abweisende Düsternis, die fast mit Händen zu greifen war. Schweigsam und in sich versunken verrichtete er seine Arbeit, er redete nur noch das Nötigste, und wenn ihr Blick zufällig den seinen einfing, schaute er weg.

Auch hütete er weiterhin seine Geheimnisse. Veit hatte im Fieber davon gesprochen, dass *das Dreckschwein Sewolt* Johann hereingelegt habe, doch was genau dahintersteckte, hatte sie nicht erfahren.

Die erste Nacht nach den blutigen Geschehnissen hatten Johann und Caspar die beschädigte Haustür mit Brettern vernagelt, und gleich am Tag danach hatten sie beim Tischler eine neue Tür geholt, doppelt so dick wie die alte, wuchtig und aus schwerer Eiche. Johann hatte sie unter gewaltigen Hammerschlägen eingesetzt und mit einem neuen, noch größeren Riegel ausgestattet. Das Geld für die Tür hatte er nicht von ihr, zweifelsohne hatte er irgendwo eigenes versteckt, doch auch darüber ließ er sie im Dunkeln.

Hatte sie vor dem Überfall noch auf eine gemeinsame Zukunft mit ihm gehofft – zumindest auf die Möglichkeit einer solchen –, so musste sie jetzt erkennen, dass die Kluft zwischen ihnen so unüberbrückbar schien wie nie.

Am Freitag nach Ostern hielt Madlen es nicht mehr aus. Die beklemmende Stimmung, zu der sie selbst mit ihrer eigenen Trauer beitrug, wurde ihr zu viel. Statt mit den anderen das Mittagsmahl einzunehmen, ging sie zum Friedhof. Auf dem Heumarkt lief sie Agnes über den Weg, die sie im Vorbeigehen mit Schmährufen bedachte. Madlen brachte nicht die Kraft auf, sie in die Schranken zu weisen, wortlos ging sie an der Nachbarin vorbei. Sie hatte sich schon oft gefragt, warum Agnes sie so hasste, denn sie hatte der Frau nie etwas getan, abgesehen davon, dass sie sich gegen ihre wortreichen Anwürfe zur Wehr setzte. Nun fragte sie sich zum ersten Mal, ob die Ursache von Agnes' Abneigung vielleicht in der Vergangenheit wurzelte. Sie erinnerte sich, dass sie im letzten Jahr einmal mit Hans darüber gesprochen hatte. Warum hasst deine Frau mich so?, hatte sie ihn geradeheraus gefragt, und er hatte eine Schulter hochgezogen und mit verkniffener Miene gemeint: Das sind uralte Geschichten, sie haben nichts mit dir zu tun. Anschließend hatte er, wie er es schon einmal getan hatte, voller Überzeugung hervorgehoben, wie freundlich und liebreizend sie sei, und dabei war er halb verlegen, halb aufgeregt von einem Bein aufs andere getreten, bis es ihr peinlich wurde und sie ihn stehen ließ.

Der Friedhof lag im Sonnenlicht vor ihr, alles wirkte friedlich und unberührt, nichts erinnerte an die Horden, die am vergangenen Sonntag in blindwütiger Zerstörungslust durch die Stadt gezogen waren und auch den Kirchplatz nicht verschont hatten. Wie die Vandalen hatten sie die Knochen aus dem Beinhaus geworfen, doch der Totengräber hatte sie säuberlich wieder aufgestapelt, das Andenken der Verstorbenen blieb erhalten.

Madlen ging zu Bernis Grab. Sie hatte einen guten Platz gekauft, so nah wie möglich bei der Kirchenmauer, und dem Totengräber hatte sie genug Geld zugesteckt, damit er eine ausreichend tiefe Grube aushob. Bernis Eltern hatten keinen Pfennig entbehren können, und weil Madlen sich in der Verantwortung sah, hatte sie alles bezahlt: Totenwache, Seelenmesse und Ministranten für den Versehgang. Die Beisetzung war eine Qual für sie gewesen, denn sie hatte dabei die Erfahrung machen müssen, dass früher erlittenes Leid das frische nicht milderte, sondern es eher noch schlimmer machte. Alles, was sie bereits nach dem Tod ihrer Eltern und ihres Mannes durchgemacht hatte, kam mit einem Schlag zurück, und nicht nur das: Ihr eigenes Leid tausendfach in den Mienen von Bernis verzweifelt weinenden Eltern widergespiegelt zu sehen war fast mehr, als sie ertragen konnte. Sie fühlte sich ausgelaugt, kraftlos, leer.

Aber auch andere Kölner hatten nahestehende Menschen verloren, die Unruhen hatten einen hohen Tribut gefordert. Viele waren schwer verwundet und lagen auf dem Krankenbett, so wie Veit. Auch Sachschäden waren zuhauf zu beklagen. Brandschatzung, Plünderungen und Raub hatten so manchen die gesamte Habe oder sogar das Dach über dem Kopf gekostet.

Der Erzbischof hatte drakonische Strafen verhängt, drei Männer der Richerzeche waren auf dem Heumarkt enthauptet worden. Doch das hatte die Toten nicht lebendig und das Blutbad nicht ungeschehen gemacht. Niemand aus Madlens Haushalt war zur Hinrichtung gegangen, an dem Tag hatten sie Berni unter die Erde gebracht.

Madlen betete an seinem Grab und gedachte seiner, indem sie eine brennende Tagleuchte auf den niedrigen Erdhügel stellte. Anschließend verfuhr sie ebenso an Konrads Grab. Sie wollte dort Zwiesprache mit ihm halten, so wie sie es das ganze letzte Jahr über getan hatte, wollte sich vorstellen, wie er mit ihr redete, sie tröstete, bei ihr war. Doch diesmal war es anders, es schien, als habe er sich in ihren Erinnerungen von ihr entfernt. Er war so weit weg, dass sie von Verzweiflung übermannt wurde. Nicht einmal das war ihr geblieben! Alle hatten sie verlassen!

Leise schluchzend schloss sie die Augen und beschwor sein Bild herauf, flehte alle Heiligen an, ihr dabei zu helfen, und endlich gelang es ihr. Sie sah sein Gesicht vor sich, so jung und schön und glücklich, voller Liebe und Zärtlichkeit. Die Dankbarkeit ließ ihr das Herz überströmen. Er war wieder bei ihr, sie hatte ihn nicht verloren! Das, was sie einst verbunden hatte, diese niemals endende Liebe, erfüllte sie immer noch. Im Geiste streckte sie die Hand nach ihm aus, spürte der herzerwärmenden Fröhlichkeit nach, die sein Wesen bestimmt hatte. Einen Teil davon fand sie wieder, aber da war auch ein tiefer Ernst. Er schien sie anzusehen und ihr etwas sagen zu wollen. Sie lauschte in sich hinein, meinte einen schwachen Widerhall zu spüren.

Nimm das Glück in deine Hände.

An irgendeinem Sommerabend hatte er das zu ihr gesagt. Sie hatten gerade den Ausschank geschlossen und waren noch für eine Weile dort bei Kerzenlicht sitzen geblieben, nur er und sie. In seinen Augen hatte seine ganze Liebe gestanden. Er hatte ihre Hände genommen und sie um sein Gesicht gelegt, und dann diese Worte zu ihr gesagt.

Nimm das Glück in deine Hände.

Madlen blickte auf sein Grab und atmete tief durch. Nach einem bewegten Dankesgebet bekreuzigte sie sich und machte sich auf den Heimweg.

Nachdem sie am Abend die Schänke geschlossen und aufgeräumt hatten, beeilte Madlen sich, ins Haus zu kommen. Sie wollte vor Johann dort sein. Ohne zu zögern, ging sie nach oben in die Kammer, in der Veit sein Krankenlager hatte und wo neuerdings auch Johann schlief.

Madlen legte prüfend die Hand auf die Stirn des Kranken. Es fühlte sich immer noch viel zu heiß an, seit Tagen hatte er Fieber und verbrachte die meiste Zeit im Dämmerschlaf. Manchmal murmelte er vor sich hin, ohne dass man ihn verstand. Zwar war der Zustand der Wunde an seinem Armstumpf nicht schlimmer geworden, Madlen hatte sogar den Eindruck, dass die Salbenverbände, die sie täglich wechselte, allmählich gegen die Entzündung halfen, doch das Fieber wollte nicht aus seinem Körper weichen. Irmla flößte ihm mehrmals täglich warmes, mit viel Honig gesüßtes Bier ein, ein besonderer Sud, in dem Madlen Weidenrinde und Mohnsamen mitgekocht hatte. Veit schlief davon viel und tief, was nach Lage der Dinge sicher das Beste war. Juliana hatte ihr schon oft gesagt, dass Schlaf die beste Medizin sei. Juliana … Sie war ebenfalls krank, ein schweres Fieber hatte sie an Ostern niedergestreckt. Madlen war nach Bernis Beerdigung zum Beginenkonvent gegangen, in dem verzweifelten Bedürfnis, mit einem ihr vertrauten Menschen über alles zu reden, doch Meisterin Sybilla hatte sie fortgeschickt, Juliana sei zu krank für Besuch. Zu Madlens drückenden Sorgen war damit eine weitere hinzugekommen.

Eine dieser Sorgen wollte sie jedoch noch an diesem Tag aus der Welt schaffen. Entschlossen nahm sie die Nachtleuchte und richtete sich auf, als sie Johanns Schritte auf der Stiege hörte, und als er gleich darauf in der offenen Tür auftauchte, ging sie geradewegs auf ihn zu.

»Er schläft ganz ruhig«, sagte sie sachlich. »Ich will mit dir reden. Kommst du mit in unsere Schlafkammer?«

Sie hatte bewusst *unsere* gesagt, denn es war ein Teil dessen, was sie ihm mitzuteilen hatte.

Ein flüchtiger Ausdruck von Sorge und Resignation schien

aus seinem Blick zu sprechen, doch gleich darauf wurde seine Miene undurchdringlich, er nickte kurz. Sie ging voraus, wartete, bis er die Kammer betreten hatte und zog dann die Tür zu. Dann deutete sie auf den Schemel. »Kannst du dich setzen?« Erklärend fügte sie hinzu: »Es ist schwer, mit jemandem zu reden, der so viel größer ist als man selbst.«

Ihr bemüht leichter Ton verfing nicht bei ihm, im Gegenteil, er versteifte sich, sein Blick wurde kühl. »Sag mir einfach, was du zu sagen hast, dann haben wir es hinter uns.«

Ihr sank das Herz, und für einen Augenblick wollte sie aufgeben. Sie mochte dem, was sie schon ertragen hatte, nicht noch die Demütigung hinzufügen, sich selbst grundlos zu erniedrigen. Er war von adliger Geburt und ein Ritter, sie dagegen bloß von einfachem Stand, und ihre Vereinbarung hatten sie nur auf Zeit geschlossen, wie konnte sie das außer Acht lassen und mehr wollen, als er zu geben bereit war? Doch dann straffte sie sich. Sie war nicht weniger wert als andere Frauen. Kampflos würde sie nicht aufgeben!

»Na gut.« Sie hob das Kinn. »Dann sage ich es eben. Du sollst mein Mann sein.« Sie blickte auf das flackernde Talglicht in ihren Händen und schluckte, denn das, was sie als Nächstes sagen wollte, fiel ihr schwer, obwohl es so wichtig war. Das Wichtigste von allem. Mit gesenkten Augen schloss sie: »Ich will nicht, dass du mich verlässt, denn … du bist mir wichtig. Ich brauche dich. Nicht nur, weil du mir hilfst, sondern weil … ich dich lieb gewonnen habe.« Jetzt war es heraus, und sie war erleichtert, dass sie es gesagt hatte. Doch das Schwerste kam erst noch. Sie musste ihn ansehen und seine Antwort abwarten. Mit einem Anflug von Verzweiflung hob sie den Blick und schaute ihn direkt an, und als sie sein Gesicht sah, war es ihr, als würde sie in ein klaftertiefes Loch stürzen. Noch nie hatte sie ihn so entgeistert gesehen.

Er starrte sie ungläubig an »Du hast *was*?«

Sie merkte, wie sie glühend rot wurde. Um ihre Unsicherheit zu überspielen, wandte sie sich ab und stellte das Nachtlicht auf ihre Kleiderkiste. »Du hast mich genau verstanden, noch einmal sage ich es nicht.«

»Heißt das, du willst mich gar nicht rauswerfen?«

Verwirrt drehte sie sich zu ihm um. »Wie kommst du auf diesen dämlichen Gedanken?«

»Nun, als du mich hier hereingebeten hast, um mit mir zu sprechen … Deine ernste Miene …« Immer noch fassungslos, unterbrach er sich und schüttelte den Kopf. »Sagen wir es so: Ich habe deinen Rauswurf seit Tagen erwartet, weil du allen Grund dazu hattest. Ich allein bin schuld an Bernis Tod, denn ich habe einem Lügner geglaubt. Davon abgesehen hätte ich euch alle gar nicht erst dieser Gefahr aussetzen dürfen. Von Anfang an nicht.«

Von dem, was er da sagte, verstand sie nur, dass er sich für Bernis Tod verantwortlich fühlte.

Grollend meinte sie: »Von diesem ganzen Unsinn will ich nichts hören. Wie kannst du schuld an einem Mord sein, den andere begangen haben? Warum um alles in der Welt sollte ich dich deswegen rauswerfen? Du bist mein *Mann*! Und setzt du dich nun endlich auf den Schemel?« Sie war laut geworden, sicher konnte Irmla sie unten hören, doch das war ihr egal.

Zögernd tat Johann, was sie wollte, und während er zu ihr aufblickte, stellte sie sich vor ihn hin. Nun, da er saß, war sie ein wenig größer als er, aber zu ihrem Leidwesen vermittelte ihr das nicht die erhoffte Überlegenheit.

»*Willst* du denn von hier weg, Johann?«

Offen blickte er sie an. Im Kerzenschein war seine Miene ernst und nachdenklich. »Ich weiß es nicht, Madlen. Das Leben eines Brauers – es ist nicht gerade das, was ich mir für meine Zukunft erhofft habe.«

Ihr Herzschlag verlangsamte sich, etwas in ihr wollte schrumpfen und sterben. Es war alles umsonst gewesen.

»Aber eins weiß ich ganz sicher«, fuhr er bedächtig fort. »Ich kann dich nicht mehr hergeben. Du gehörst zu mir. Und wenn das bedeutet, dass ich bis ans Ende meiner Tage zwischen Braukesseln leben muss, würde ich es tun.«

Sie lächelte mit zitternden Lippen, dann streckte sie beide Hände aus und legte sie um sein Gesicht. Er drückte ihre Finger gegen seine Wangen, drehte leicht den Kopf und küsste die Innenfläche einer Hand. »Wie kannst du einen Mann wie mich lieben?«

»Wie kann ich nicht?«, gab sie zurück.

»Ich bin ein hässlicher, viel zu alter, von Narben übersäter Dummkopf, der dich nicht verdient.«

»Du bist nicht hässlich.«

Er schien weitere Einwände zu erwarten, und als keine kamen, grinste er flüchtig. Sie kicherte unwillkürlich. Er zog sie auf seinen Schoß und legte die Arme um sie. Seufzend barg sie den Kopf an seiner Schulter. Er knüpfte sacht ihr wie immer unzureichend befestigtes Gebende auf, dann löste er mit langsamen Bewegungen ihren Zopf und fuhr mit den Fingern durch die lockigen Strähnen.

»Madlen«, murmelte er in ihr Haar. »Ich danke dir.«

»Wofür?«

»Dafür, dass es dich gibt.«

Einen Tag später

Sybilla beugte sich über Blithildis und half ihr auf. »Du solltest besser noch eine Weile liegen bleiben. Die letzten Tage haben dich all deine Kraft gekostet.«

»Ein bisschen ist noch übrig«, widersprach Blithildis. Sie unterdrückte ein Stöhnen. So unrecht hatte die Meisterin nicht. Die überstandene Krankheit steckte ihr noch in den Knochen, jede Bewegung tat weh, sie war schwach wie eine Greisin. Doch zumindest ihr Wille war stark. Entschlossen richtete sie sich auf und streckte sich. Ihr Körper hatte bereits weit Schlimmeres überstanden als dieses Fieber, und ihr Geist war völlig klar. Ihr Leben lag in geordneter Abfolge vor ihr, vom ersten Tag ihrer bewussten Kindheitserinnerungen bis zu dem Moment am frühen Morgen, als Sybilla zu ihr in die Kammer gekommen war und sich schockiert an der Wand abstützen musste, als Blithildis ihr eröffnete, dass sie ihr Gedächtnis zurückgewonnen hatte.

Mühsam ging sie auf und ab, in der Hoffnung, dass es mit jedem Schritt besser würde, doch es führte nur dazu, dass ihre Knie anfingen zu zittern und sie vor Erschöpfung kaum atmen konnte.

»Es sind noch drei andere von uns krank geworden, sie liegen mit hohem Fieber im Bett«, berichtete die Meisterin. »Hildegund hat es auch erwischt, außerdem Beata und Dorlein. Auch woanders scheint es umzugehen, ich hörte schon von weiteren Fällen.« Trocken fügte sie hinzu: »Wenigstens hat Gott es nicht allein auf unseren Konvent abgesehen. Und nun komm, du brauchst noch Ruhe.«

Fürsorglich führte sie Blithildis wieder zum Bett, doch zu ihrer Missbilligung wollte sich ihr Schützling nicht wieder hinlegen, sondern nur ein frisches Hemd aus der Kleidertruhe holen. »Ich muss zu Madlen«, sagte Blithildis. »Vor allem aber zu meinem Bruder.«

Die Meisterin setzte an, es ihr zu verbieten, aber eine ungewohnte Scheu hielt sie davon ab. Die Frau, die sie so viele Jahre lang als Juliana gekannt hatte, zeigte mit einem Mal trotz ihrer offenkundigen körperlichen Schwäche eine beinahe stählerne Unbeugsamkeit. Sie schien sich verändert zu haben; die Linien ihres Gesichts wirkten kantiger, ihr Blick klarer, beinahe bezwingend in seiner Eindringlichkeit. Es war fast, als suche sich ihr neu erwachter Geist einen Weg, sich über ihr Äußeres mitzuteilen.

Seufzend gab Sybilla nach. »Nun gut. Aber zu Fuß gehen wirst du nicht, und schon gar nicht allein. Ich lasse den Wagen anspannen und begleite dich.«

P Hannibal stimmte sein ohrenbetäubendes Gebell an, wie immer, wenn jemand vorn am Tor Einlass begehrte. Anders als sonst hielten sie es jetzt stets geschlossen, niemand konnte wie früher tagsüber einfach hereinspazieren. Madlen spähte durch einen der vorderen Fensterläden im Schankhaus auf die Gasse hinaus. Dort stand ein Eselskarren und daneben Sybilla, die ausgesprochen sorgenvoll dreinschaute. Und am Tor wartete Juliana.

Mit heftig klopfendem Herzen lief Madlen hin, um zu öffnen, und als die Freundin dann vor ihr stand, blass und ausgezehrt von der schweren Zeit, die hinter ihr lag, übermannten sie die Gefühle. Weinend fiel sie der Begine in die Arme. »Ich hatte solche Angst um dich, Juliana!«

»Blithildis. Mein Name ist Blithildis.«

Erschüttert trat Madlen einen Schritt zurück. »Du hast dich erinnert?«

Blithildis nickte. Sie wirkte entschlossen, doch zugleich auch ein wenig ängstlich. »Wo ist Johann?«

»Hier.« Er tauchte hinter Madlen im Torbogen auf. Er war blass, in seinem Gesicht arbeitete es heftig. An seiner Wange zuckte ein Muskel, und Madlen sah, wie seine Hände zitterten. »Hast du … weißt du, wer ich bin?«

»Du bist mein Bruder. Ich erinnere mich an dich.« Sanft fügte Blithildis hinzu: »Es ist lange her, aber der Tag, an dem du fortgeritten bist, ist wieder fest in meinem Gedächtnis verankert. Die Sonne schien, und dein Haar glänzte so dunkel wie die Schwingen eines Raben. Du hast auf dem Schimmel gesessen, den Vater dir für den Kreuzzug geschenkt hatte, und die Schwertscheide an deinem Sattel leuchtete wie schieres Silber. Noch heller aber waren deine Augen. Du hast mich angelacht und mir zugewinkt, und du hast irgendetwas gerufen, das ich jedoch nicht verstanden habe. Dann bist du davongetrabt, zusammen mit Veit. Du hast sehr glücklich ausgesehen.« Die Begine holte Luft. »Ich habe danach immer wieder überlegt, was du wohl gerufen hast. Mutter und Vater hatten es auch nicht verstanden, aber sie meinten, so wichtig könne es nicht gewesen sein, vermutlich einfach nur ein beliebiger Abschiedsgruß. Später kam dann die Zeit, als ich … Ich konnte mich an nichts mehr erinnern. Aber jetzt ist alles wieder da, jeder einzige Augenblick. Und wieder frage ich mich, was du damals, bevor du weggeritten bist, wohl zu mir gesagt haben magst.«

»Ich weiß es noch. Ich sagte: *Nichts wird uns je trennen, Schwester, spätestens zu deiner Hochzeit bin ich wieder zurück und bringe dir Blumen mit.*«

Blithildis lächelte angestrengt. In ihren Augen standen Tränen. »Ich hätte mir denken können, dass es etwas in dieser Art war.«

Johann sah sie unverwandt an. Sein Gesicht war wie ein offenes Buch, ein seltener Anblick für Madlen, die daran gewöhnt war, dass er seine Gefühle nur selten zeigte. Nun offenbarte sich in seinen Zügen alles, was er empfand. Fassungslose Freude, aber auch eine Spur von dem, was ihn schon lange umtrieb – Trauer über die verlorene Zeit, Wut auf jene, die daran schuld waren. Vor allem aber seine tiefe, unverbrüchliche Zuneigung zu seiner Schwester. Dies war der wahre Johann, jener Teil von ihm, den er sonst immer so sorgfältig verborgen hielt. Im Grunde seines Herzens war er liebevoll, großmütig und gütig, ein Mensch, dem man blind sein Leben anvertrauen konnte und der für jene, die ihm angehörten, alles gab. Madlen musste gegen den Drang ankämpfen, zu ihm hinzulaufen und die Arme um ihn zu schlingen, denn in diesem Moment quoll ihr das Herz förmlich über vor Liebe.

Anscheinend waren auch ihr die Gefühle anzusehen, denn Blithildis betrachtete sie forschend, und dann nickte sie leicht, als ob sie mit dem, was sie gerade bemerkt hatte, zufrieden sei. Sie wandte sich zu ihrer Meisterin um. »Ich bleibe eine Weile hier. Fahrt ruhig wieder zurück, Johann kann mich später heimbringen.« Dann sagte sie zu ihrem Bruder: »Wollen wir hineingehen? Ich glaube, wir haben uns viel zu erzählen.«

Tags darauf, am See bei der Wasserburg nahe Kerpen

Johann wartete geduldig am Waldrand und beobachtete das große Tor in der Ringmauer, und als es sich wie erwartet öffnete und ein einzelner Reiter über den Wall ans andere Seeufer galoppiert kam, machte er sich bereit. An der Stelle, wo er sich versteckt hielt, wurde der Pfad so schmal, dass Sewolt das Pferd Schritt gehen lassen musste, und genau in dem Moment, als der Burgvogt dieses Wegstück passierte, sprang Johann hinter dem Baum hervor, hinter dem er sich verborgen gehalten hatte. Sewolt erkannte ihn sofort und hieb dem Pferd die Fersen in die Flanken, doch Johann hatte ihn bereits erreicht. Er fiel ihm in die Zügel, packte ihn am Arm und riss ihn aus dem Sattel. Das Pferd, erschreckt durch das unerwartete Geschehen, warf wiehernd den Kopf hoch und trabte ein Stück weit in den Wald, bis es in einiger Entfernung unruhig schnaubend zwischen den Bäumen stehen blieb.

Johann packte Sewolt beim Schopf, zerrte ihn hoch und stieß ihn rücklings gegen den Baum. Seine Faust krachte in Sewolts Rippen, und gleich darauf schlug er ihn ein weiteres Mal, diesmal noch härter. Hätte er seine Rachsucht nicht mit aller Macht im Zaum gehalten, hätte er den Mann bis zur Ohnmacht geprügelt. Immer wieder sah er Berni vor sich. Das kindliche, blutleere Gesicht. Der Haarwirbel über der Stirn. Der herzzerreißende Augenblick, als Bernis Mutter sich über ihr Kind auf der Totenbahre gebeugt und diesen Wirbel geküsst hatte, bevor sie weinend in den Armen ihres Mannes zusammengebrochen war.

Johann riss Sewolt am Wams zu sich heran und stieß ihn abermals heftig gegen den Stamm der Eiche. »Du hättest ihn ebenso gut selbst umbringen können«, presste er zwischen den Zähnen hervor. »Er war erst dreizehn Jahre alt.«

Er erklärte Sewolt gar nicht erst, wen er meinte, der Burgvogt wusste es ganz genau.

»Wendel Hardefust hat mich gezwungen, dir den falschen Tag zu sagen«, winselte er. »Er hätte mich getötet, wenn ich es nicht getan hätte!«

»Das setzt voraus, dass du zu ihm gelaufen bist und ihm hinterbracht hast, worüber wir in der Schmierstraße geredet haben. Du hast ihm verraten, dass du für mich die Augen offen halten solltest.«

»Jobst hat es mir angemerkt!« Sewolt faltete in einer jämmerlichen Geste der Demut die Hände. »Er hat mich nur angesehen und wusste es! Es war, als könne er mir in die Seele schauen. Sewolt, sagte er, da ist doch etwas, das du uns verschweigst. Es steht dir auf der Stirn geschrieben, dass du ein Geheimnis hast.« Sewolt schluchzte und schniefte, sein Gesicht war tränennass, er heulte wie ein Kind. »Was hätte ich denn tun sollen? Ihr kennt Jobst nicht, Ihr wisst nicht, was dieser Mann einem antun kann!«

Johann wusste es sehr gut. Seine Schwester hatte es ihm erzählt. Er hatte sofort losstürmen und Jobst töten wollen, doch sie hatte ihn bei ihrer beider Leben schwören lassen, dass er weder sich noch die Seinen durch blindwütige Handlungen in Gefahr brachte. Er hatte lange gebraucht, um sich zu beruhigen und wieder seinen Verstand zu benutzen, und als er endlich so weit gewesen war, hatte er, kalt bis ins Herz, einen neuen Plan geschmiedet.

Diesmal würde er anders vorgehen als beim letzten Mal. Sewolt mit dem Tod zu drohen war einfach, aber auch sinnlos, denn seine Widersacher waren darin mindestens ebenso bewandert, und vor ihnen ängstigte sich der Burgvogt offenkundig weit mehr als vor Johann. Aber es gab noch andere Methoden. Im Krieg hatte er viel gelernt, nicht nur über das Kämpfen, sondern auch über das Verlieren. Über das Sterben, über Verzweiflung, über Hoffnungslosigkeit. Es hatte Zeiten gegeben, da war ihm das Leben zur Last geworden, doch er hatte weitergemacht, weil das, was ihn auf Erden hielt, mehr wert war als der Friede, den er sich vom Tod versprach. Bei ihm war es Veit gewesen, der ihn gehalten hatte.

»Deine Tochter«, sagte er. »Sie heißt Ella, ich erinnere mich. Damals, als ich fortging, war sie erst drei. Ein niedlicher Fratz mit blonden Zöpfen. Jetzt ist sie achtzehn und schon Witwe. Du liebst sie sicher sehr, oder? Du *musst* sie lieben, denn sonst wärest du nicht sofort wie ein Wilder losgeritten, als der Bote dir auf mein Geheiß die Nachricht überbrachte, dass sie im Sterben liegt. Es wird dich sicher freuen zu hören, dass sie kerngesund ist. Aber ich wette, du hast schon seit Monaten höllische Angst um sie. Ich hörte, dass das Schicksal ihr übel mitgespielt hat. Ihr Mann ist Weihnachten gestorben, und sie steht kurz vor der Niederkunft. Sie hat schon ein Kind verloren und wäre dabei fast verblutet. Es könnte wieder geschehen und diesmal schlecht ausgehen.«

Sewolt fiel auf die Knie. »Bitte, *Domine*, Ihr dürft ihr nichts tun! Ich flehe Euch an! Sie ist alles, was ich habe!«

»Ich habe nicht vor, ihr etwas zu tun, im Gegenteil. Ich wünsche mir, für sie und für dich, dass sie einem gesunden Kind das Leben schenkt, damit du noch viele glückliche Jahre als Vater und Großvater erleben kannst. In Frieden und Sicherheit, ohne Angst im Nacken. Vielleicht weit weg von Köln. Auf einem eigenen Stück Land, wo dich niemand kennt. Ich kann dir dazu verhelfen, wenn du einen gerechten Handel mit mir eingehst. Hältst du deinen Teil ein und gelingt mein Plan, so hast du dafür mein Ehrenwort als Ritter. Du musst dich nie wieder vor Hardefust oder seinen Schergen fürchten.« Er blickte den Burgvogt fest an. »Du hast es in der Hand.«

Sewolt rang um Fassung, er zitterte immer noch, aber in seinen Augen sah Johann das, was er sich gewünscht hatte. Zaghafte Bereitschaft und einen Anflug verzweifelter Hoffnung.

»Was soll ich tun?«, fragte der Burgvogt.

»Das sage ich dir, wenn es so weit ist. Was du nicht weißt, kannst du auch nicht verraten. Niemand wird mehr sterben, weil du den Mund nicht halten kannst oder Lügen erzählst.«

Sewolt senkte beschämt den Kopf, es schien, als wolle er sich ein weiteres Mal rechtfertigen, doch Johann hatte sich bereits abgewandt und ging davon.

Kunlein öffnete Jacop die Tür. Sofort spähte er über ihre fleischige Schulter ins Innere des Hauses. Zu seiner Erleichterung war Hermann nicht da, was seine Vorfreude augenblicklich enorm steigerte.

Beschwingt wollte er zur Stiege laufen, doch Kunlein streckte einen ihrer dicken Arme aus und versperrte ihm dem Weg. »Es ist noch jemand bei ihr, Jacop.«

»Aber ich bin angemeldet!«, rief er entsetzt. »Wie kann da jemand anderes bei ihr sein?«

»Manche Besucher werden sofort reingelassen, sie dürfen immer kommen, so oft sie wollen.« Kunlein überdachte kurz, was sie gesagt hatte, und als ihr der schlüpfrige Doppelsinn ihrer Worte aufging, lachte sie laut auf.

Noch schlimmer wurde diese Demütigung, als kurz darauf besagter Vorzugsgast herunterkam, ein hünenhafter Kerl von einem Mann, die Schultern fast so breit wie die Tür und Arme vom Umfang dicker Balken. Die schlichte Kleidung irritierte Jacop, er sah aus wie ein Handwerker, nicht wie jemand mit viel Geld, wieso durfte er dann ohne Anmeldung zu Appolonia? Außerdem kam er Jacop irgendwie bekannt vor, und richtig, gleich darauf fiel ihm ein, wo er ihn schon gesehen hatte – neulich erst, beim Bußgang der Aufrührer im Palast des Erzbischofs. Der Mann hatte sich ständig in unmittelbarer Nähe des Erzbischofs aufgehalten, während die Büßer auf Knien im Saal herumrutschten. Jacop hatte mit seinem Vater weit genug vorn gestanden, um den Erzbischof mitsamt seinem Gefolge bestens im Blick zu haben, und da war ihm dieser Kerl aufgefallen, weil er so groß und kräftig war. Nur dass er da noch die Pfaffenkutte getragen hatte.

»Weißt du, wer da eben bei dir war?«, schrie er Appolonia anklagend an, kaum dass er ihr Zimmer betreten hatte.

»Aber ja, mein Lieber. Er heißt Ott und ist ein Mann Gottes.«

Der Mund klappte ihm auf, weil sie es so unverblümt zugab.

»Er hat ein wundervoll sanftmütiges Wesen«, schwärmte Appolonia. »In seiner Gegenwart fühle ich mich so geborgen und zufrieden wie sonst selten.«

Hin und her gerissen zwischen einem Wutausbruch und einem Weinkrampf, konnte Jacop sie nur mit offenem Mund anstarren, während sie, nun ganz sachlich, die Bibel hochhielt, die neben ihr auf dem Bett lag. »Der gute Ott liest mir daraus vor, es ist eine solche Wohltat, das Wort Gottes aus seinem Mund zu hören. Und er nimmt mir auch die Beichte ab und erteilt mir die Absolution. Ich wüsste nicht, was ich ohne ihn täte.«

»Du meinst, er ist dein *Beichtvater*?«, wollte Jacop fassungslos wissen.

»Aber das sagte ich doch gerade. Du weißt, wie schlecht ich sonntags in der Frühe aus dem Bett komme, und in der Kirche bin ich ohnehin kein gern gesehener Gast. Deshalb hole ich mir den frommen Segen nach Hause.«

»Und sonst macht dieser Pfaffe nichts mit dir?«

Appolonia runzelte die Stirn. »Was sollte er denn sonst noch mit mir machen?«

Jacop stieg das Blut ins Gesicht. »Vielleicht das, was wir beide tun.«

»Oh, das.« Appolonia kicherte. »Du kannst aber immer nur an das eine denken, wie?«

Seine Wangen wurden noch heißer. »Ich liebe dich nun mal so sehr.«

Sie strahlte ihn an. »Ich dich doch auch! Hast du die vier Pfennige?«

»Aber Hermann ist doch nicht da! Er müsste gar nicht erfahren, dass ich hier war!«

Appolonia krauste ihre entzückende kleine Nase. »Fürwahr! Du hast recht. Das habe ich nicht bedacht.« Schmeichelnd lächelte sie ihn an. »Du könntest mir das Geld trotzdem geben, dann könnte ich mir dieses zauberhafte Intarsienkästchen kaufen, das ich neulich auf dem Alter Markt sah. Es hat genau die richtige Größe für meinen Schwamm.«

Den Schwamm schob sie sich aus unerfindlichen Gründen immer in ihre weibliche Öffnung, bevor er sie beschlafen durfte. Ihre Augen leuchteten so hoffnungsvoll, als sie den Wunsch nach diesem Kästchen äußerte, dass er die Pfennige mit blutendem Herzen herausrückte. Immerhin durfte er danach sofort zu ihr ins Bett steigen. Gleich darauf ging ihm jedes Gefühl für Raum und Zeit verloren. Irgendwann, nicht allzu lange später, blickte er hingerissen zu Appolonia auf. Ihre Brüste wippten bei jeder ihrer Bewegungen direkt über ihm, zwei pralle weiße Hügel mit köstlichen rosa Spitzen, und darüber ihr entrücktes, betörend schönes Gesicht. Sie hob und senkte ihren Leib in einem Rhythmus, der Jacop die reinsten Folterqualen auferlegte, denn es kostete ihn unmenschliche Beherrschung, nicht von unten in sie zu stoßen, viel schneller, als sie ihm vorgab. Sie hatte ihm verboten, sich zu bewegen, und auch ihre Brüste durfte er nicht berühren, durfte sie nur ansehen, und so lag er da und war davon überzeugt, gleich dem Wahnsinn anheimzufallen. Kurz darauf wurde sie jedoch schneller und fing an zu stöhnen, und dann beugte sie sich vor und bot ihm ihre Brüste dar, sodass er sie in den Mund nehmen konnte, was er umgehend tat. Um seine Beherrschung war es damit vollends geschehen, er packte ihre Hüften und tat, was sie ihm untersagt hatte, er drang schneller und heftiger in sie ein als vorher, stieß aus Leibeskräften, sodass ihr Körper nicht mehr auf und nieder glitt, sondern regelrecht sprang. Ihr Haar flog, ihre Brüste hüpften, und ihre Zähne klapperten aufeinander, doch Jacop bekam all das nur noch durch einen rasenden, wilden Rausch mit. Schluchzend vor schierer Wonne erreichte er binnen Augenblicken einen nie gekannten Höhepunkt und schrie lustvoll auf, während er sich in köstlichen, langen Strömen in ihr entlud.

Als es vorbei war, legte sie sich neben ihn und streichelte seine schweißnasse Brust. »Das war wundervoll, Jacop. Ich liebe dich. Du bist mein ganzes Glück.«

Er fing an zu weinen, als er diese Worte hörte. War es vorhin noch die Lust, die ihn fast umgebracht hatte, so war es jetzt seine Liebe. Er konnte es nicht mehr ertragen, sie nur so selten zu sehen, immer nur in dieser einen gestohlenen Stunde nach Einbruch der Dunkelheit, und das auch nur, wenn nicht gerade jemand anders bei ihr war. So wie vorhin dieser Pfaffe.

Sie griff sich zwischen die Schenkel und zog den tropfenden Schwamm heraus. Jacop starrte ihn an und fragte sich, wieso er sich nicht daran erinnern konnte, dass sie ihn hineingeschoben hatte. Er kniff die Augen zu, denn er wollte an nichts denken. Nur noch daran, wie glücklich es ihn machte, Appolonia so wie jetzt in seinen Armen zu halten. Er hätte ewig so hier liegen können und hasste den Gedanken, gleich wieder gehen zu müssen. Und tatsächlich, sie setzte sich auf, tätschelte seinen Kopf und erklärte, es sei schon spät. Immer drückte sie es auf diese Weise aus. Es ist schon spät. Gemeint war damit aber: Es kommt heute noch jemand. Jacop schluckte an dem gewaltigen Kloß, der ihm in der Kehle steckte, und richtete sich ebenfalls in eine sitzende Position auf. Er legte bittend die Arme um Appolonia und drückte sein Gesicht gegen ihren Rücken, atmete den Geruch ihres herrlichen Haars ein. »Ich will noch nicht gehen! Hermann wird es nicht merken, wenn ich länger bleibe, denn er ist ja nicht da.«

»Oh, aber ich kann nicht länger bleiben, ich bin auf eine Feier eingeladen.«

»Eine Feier?«

Sie nickte und stand auf, die nackte Gestalt feengleich zart und doch an den richtigen Stellen von verheißungsvoller Üppigkeit. »Denkst du, ich liege den ganzen Tag nur im Bett? Manchmal habe auch ich ein Bedürfnis nach Geselligkeit und Frohsinn. Danach, unter Menschen zu gehen, die lachen, singen und tanzen. In einer netten Runde, bei gutem Essen, leckerem Wein und fröhlicher Musik.«

Jacop fiel in einen schwarzen Schacht der Eifersucht. »Ich gehe mit dir dorthin«, verkündete er.

Die Tür ging knarrend auf, und davor stand Hermann. »Sie hat schon einen Begleiter«, sagte er. »Aber du kannst dir eine kostenlose Zusatzstunde in Appolonias Bett verdienen, wenn du die neue Botschaft überbringst.«

Jacop überwand nur mühsam den Schreck über das unvermutete Auftauchen des Scharfrichters und zog das Laken über seine Blöße. »Was für eine Botschaft?«

»Lass es dir von Appolonia sagen, sie hat es sicher noch genau im Kopf.« Hermann wandte sich ab und kletterte die Stiege wieder hinunter. Jacop blickte ihm mit brennenden Augen nach. Er fühlte sich so elend, als hätte er ein ganzes Fass von verdorbenem Bier ausgetrunken.

»Ach ja, stimmt, das hatte ich fast vergessen«, meinte Appolonia, während sie vor der polierten Silberscheibe, die ihr als Spiegel diente, an ihrem Haar herumnestelte. »Ein weiterer Kampf steht bevor, am ersten Mai. Es soll wieder hoch hergehen, und du sollst es deinem Vater sagen und Madlens Mann.«

»Du meinst, die Richerzeche wird sich erneut mit den Zünften und Gemeinden befehden?« Jacop vergaß die schmachvolle Zurückweisung für einen Augenblick; neugierig blickte er Appolonia an. Sie nickte und fing an, sich ein gelbes Seidenband ins Haar zu flechten. »Diesmal soll es ums Ganze gehen, viele Schöffen werden ihren Kopf verlieren.«

»Was meinst du mit *Kopf verlieren*?«

»Na, das, was den dreien passiert ist, mit denen Hermann dieser Tage auf dem Heumarkt zu tun hatte.«

Jacop schluckte, er war dabei gewesen und hatte Hermann in Aktion und jeden der drei Köpfe fallen sehen. Mit einem Mal fühlte sich sein Hals eng an.

»Aber der Erzbischof hat doch gerade erst mit der Stadt ein neues Bündnis geschlossen, zur gemeinsamen Abwehr der inneren und äußeren Feinde!«

»Wer die wahren Feinde des Erzbischofs sind, wird sich am ersten Mai zeigen.«

»Wie kannst du das alles vorher wissen? Und von wem?«

Mit einem Mal begriff er. »Dieser Ott hat es dir gesagt. Genau wie beim letzten Mal, oder? Das sind die Pläne des Erzbischofs, stimmt's? Er will die Fehde irgendwie … herbeiführen. Und bestimmte Leute will er vor Schaden bewahren und lässt es sie deshalb vorher wissen. Aber eher … zufällig. So, dass man ihn nicht direkt damit in Verbindung bringen kann.« Er war stolz auf sich, das so gut zu durchschauen.

Appolonia zuckte bloß die Achseln, für sie schien all das nicht sonderlich bedeutsam zu sein. »Wenn dein Vater sich heraushält, kann ihm nichts geschehen.«

Jacop fühlte sich von einem plötzlichen Einfall durchdrungen: Wenn sein Vater als Aufrührer dem Richtschwert anheimfiel, wäre er selbst als sein Sohn und Erbe fortan sein eigener Herr! Mit Zugriff auf das gesamte Familienvermögen! Dieser Gedanke versetzte ihn in solche Hochstimmung, dass er Appolonia nur zerstreut beipflichtete, als sie ihn fragte, ob er alles getreulich ausrichten werde. Sogar der Abschied, vor dem er sich immer so fürchtete, war diesmal leichter zu ertragen als sonst. Bald wäre er wohlhabend! Sein Vater wäre dann zwar tot, aber er war sowieso alt, und er hatte ein wirklich gutes Leben gehabt. Warum mit dem Sterben warten, bis man ein gichtiger, schmerzgeplagter Greis war und jeder Tag nur noch eine Plage?

Er küsste Appolonia innig zum Abschied und ging dann nach unten. Soeben war ihm ein weiterer Gedanke gekommen, der noch viel schlüssiger war als der davor. Wenn sein Vater erst tot und er selbst wohlhabend war, konnte er Appolonia das Leben bieten, das ihr gebührte. Sie würde nie wieder einen anderen Mann in ihr Bett lassen müssen, sondern ganz allein ihm gehören! Als seine Gattin, bei der er jede Nacht liegen konnte, so oft er wollte. Jacops Entschluss stand bereits fest, als er die Stiege hinunterkam und Hermann im Lehnstuhl sitzen sah, die schlanken Finger der rechten Hand um einen mit Schmucksteinen besetzten Weinpokal gelegt.

»Ich will Appolonia heiraten«, platzte er heraus.

Hermann verlor schlagartig seine übliche Gelassenheit, seine Miene zeigte blankes Erstaunen. »Du willst *was*?«

»Sie zum Weibe nehmen. Ich weiß, dass manche Leute sie für ehrlos halten, doch das schert mich nicht. Notfalls ziehe ich mit ihr fort, irgendwohin, wo niemand uns kennt.«

»Oh, wirklich? Und warum erzählst du mir das?«

»Ich bitte dich hiermit um ihre Hand, weil du ja ihr … Vormund bist.«

Anstelle einer Antwort warf Hermann den Kopf in den Nacken und ließ ein brüllendes Gelächter hören, das nicht enden wollte. Er klopfte sich auf den Schenkel, bevor er keuchend zur nächsten Lachsalve ansetzte, während ihm Tränen der Heiterkeit übers Gesicht rannen. Tief gedemütigt verließ Jacop das Haus. Das Lachen des Scharfrichters folgte ihm bis auf die Gasse hinaus.

Zwei Tage später, Köln, Mitte April 1260

Blithildis betrachtete den Armstumpf des Mannes von allen Seiten. Sie hatte den Fensterladen weit geöffnet, um mehr Licht zu haben, und die helle Mittagssonne, die ins Zimmer fiel, bestärkte sie in dem Schluss, dass sie in etwa einer Woche die Fäden würde ziehen können. Die Wundnaht war sauber ausgeführt, wenn auch nicht allzu filigran. Feine Stiche waren nicht gerade Madlens Stärke, für das Würzen des Biersuds hatte sie ein empfindsameres Händchen als für die Arbeit mit Nadel und Faden. Doch sie hatte geschickt und gleichmäßig die Wundränder zusammengezogen, nur darauf kam es an. Die Verletzung heilte, die gefährlichen Schwellungen rund um den Schnitt gingen von Tag zu Tag mehr zurück. Madlen hatte befolgt, was Blithildis ihr oft genug eingeschärft hatte – sie hatte zu allen Zeiten Sauberkeit walten lassen. Vor dem Nähen die Hände gewaschen, zum Verbinden sauberes Leinen benutzt, die Wunde beim Verbandswechsel niemals mit schmutzigen Gegenständen in Berührung gebracht. Blithildis selbst hatte es vor vielen Jahren von Meisterin Sybilla so gelernt. »Man weiß nicht, warum es so ist, aber die Krankheit flieht die Sauberkeit eher als den Schmutz«, hatte Sybilla erklärt, und alle Beginen ihres Konvents, die in der Krankenpflege arbeiteten, hielten sich daran, so gut sie es vermochten. Nicht immer war frisches Leinen oder sauberes Wasser zum Waschen zur Hand, aber wo es möglich war, benutzten sie es.

Die Salbe tat ein Übriges, sie bestand aus feinstem Rindertalg, vermengt mit Bienenwachs, Johannis- und Kiefernöl sowie Honig.

»Sagst du mir, wie es aussieht?«, fragte Veit. Seine Stimme war noch schwach, hatte aber bereits wieder jenen leisen Unterton von Belustigung, der so kennzeichnend für ihn war. »Du weißt ja, dass ich es nicht selbst sehen kann.«

»Es heilt sehr gut. Du wirst wieder gesund.«

Sie merkte, dass bei ihren Worten ein Teil der Anspannung von ihm wich, die sie vorher hatte spüren können, obwohl er stets danach trachtete, sein Leid zu bagatellisieren und seine Angst vor dem Tod zu leugnen. Ein wehes, ziehendes Gefühl bemächtigte sich ihrer, weil sie ihn immer noch vor sich sah, wie er vor fünfzehn Jahren gewesen war. Ein blondschopfiger Ritter von einundzwanzig Jahren, dessen unbeschwertes Lachen über den See schallte, als er mit ihrem Bruder davonritt. Von der Burg seines Vaters war Veit noch einmal mit Johann nach Kerpen gekommen, damit auch der Junge Abschied von der Familie nehmen konnte, bevor er zum Kreuzzug aufbrach. Es liege sowieso am Weg, hatte Veit behauptet, obwohl es ein Umweg von einem halben Tagesritt gewesen war. Mutter hatte vor Dankbarkeit geweint, weil Veit ihr Johann noch einmal nach Hause gebracht hatte.

Blithildis hingegen hatte nur Augen für diesen jungen, strahlenden Ritter gehabt, der ihr in seiner männlichen Schönheit wie ein Held aus einer Sage erschienen war. Schon viermal zuvor hatte sie ihn gesehen, bei Turnieren und großen Festen. Er hatte sie angelacht und ihr gesagt, wie hübsch sie doch sei. Sie war noch keine vierzehn gewesen und ein dummes Ding mit einer Vorliebe für lyrische Minnelieder, und sie hatte geglaubt, an gebrochenem Herzen sterben zu müssen, weil er beim Tjosten das Seidentuch einer anderen angesteckt hatte.

Sinnend blickte sie dem Mann ihrer Mädchenträume ins Gesicht. Sein Antlitz war immer noch schön, alles Leid hatte es nicht verwüsten können. Linien hatten sich hineingegraben, er war nicht mehr jung, doch sein Lachen war noch da, und seine Augen waren immer noch so blau wie der Himmel, auch wenn er nichts mehr damit sah außer schwachen Umrissen und den Wechsel von Licht und Schatten.

Das verlorene Augenlicht und die verlorene Hand standen ebenso wie die Narben in Johanns Gesicht symbolhaft für alles, was der Krieg diesen hoffnungsfrohen Jungen von damals entrissen hatte. Heiße Wut stieg in Blithildis auf, wenn sie sich ausmalte, was stattdessen hätte sein können. Veit hätte heute Herrscher über die Burg seines Vaters sein müssen, ein allseits geachteter Grundherr und Beschützer der Seinen, genau wie Johann. Doch der Allmächtige in Seinem unerforschlichen Ratschluss hatte es anders gewollt.

Ihr Inneres wollte gegen diese göttliche Fügung aufbegehren, mit einem Mal empfand sie Verständnis dafür, dass ihr Bruder sich vom Glauben abgekehrt hatte. Über ihr eigenes Hadern erschrocken, bekreuzigte sie sich rasch und bat die heilige Magdalena um Kraft, damit sie helfen konnte, Johann wieder zu Gott finden zu lassen.

»Betest du gerade?«, wollte Veit wissen.

»Woher weißt du das?«, fragte Blithildis überrascht.

»Wenn man nichts sieht, kriegt man mit der Zeit ein Gespür dafür, was die Leute denken. Hast du für mich gebetet?«

»Warum willst du das wissen?«, fragte sie ein wenig ablehnend.

»Also nicht für mich.« Er machte ein so betrübtes Gesicht, dass sie lachen musste.

»Ich kann auch für dich beten.« Sie sagte ihm nicht, dass sie es längst getan hatte, sie hatte schon damit angefangen, als Madlen sie am Vortag das erste Mal hier heraufgebracht hatte, damit sie sich um ihn kümmerte.

Sein Gesicht war im Sonnenlicht blass von der Krankheit, die ihn niedergestreckt hatte, doch er würde sich jetzt rasch wieder erholen. Blithildis wusste inzwischen, dass er nicht wegen der Wunde gefiebert hatte, sondern an etwas Ähnlichem gelitten hatte wie sie selbst, da er ihr dieselben Symptome beschrieben hatte, die auch ihr zu schaffen gemacht hatten: rasender Kopfschmerz, Übelkeit, starke Schwindelgefühle, und dann das unvermittelt einsetzende, Tage anhaltende Fieber. Viele andere Kranke, die an diesem Fieber litten, hatten seither nach ihr rufen lassen, doch die Meisterin hatte ihr verboten, hinzugehen, solange sie nicht selbst wieder ganz auf der Höhe war. Es reiche, so befand sie, dass Blithildis sich um den Freund ihrer Familie kümmerte, und schon das sei kaum zu verantworten, so schwach, wie sie noch sei.

Blithildis saß auf dem Schemel dicht neben dem Bett. Sie hatte den Armstumpf über ihre Knie gelegt, sodass er ihre Röcke nicht berührte, sondern an der Luft trocknen konnte. Gleich würde sie frische Salbe auftragen und die Wunde neu verbinden. Sie hätte schon längst damit anfangen können, doch sie sagte sich, dass ein wenig warme Sonne der Wunde nicht schaden könne, und außerdem hatte sie keine anderen Verpflichtungen, die Meisterin hatte ihr jegliche Arbeit verboten, also konnte sie genauso gut hier sitzen wie woanders. Veit hatte ihr sein Gesicht zugewandt, die blinden Augen bewegten sich, sein Blick umfasste ihre Gestalt vor der Helligkeit des Fensters. Es fühlte sich an wie eine Liebkosung.

»Bleibst du noch eine Weile bei mir?«, fragte er.

»Ja«, sagte sie, dem winzigen Flattern in ihrer Herzgegend nachspürend. »Ich bleibe noch.«

Am Abend zur Schankzeit

Der bärtige Mann mit dem speckigen Wams saß bei der Tür. Er hatte sich den dritten Becher Bier bestellt und dazu gerösteten Schweinebauch nebst einem Kanten von dem Brot, das jeden Abend während der Schankzeit in großen Mengen wegging. Das Bier schien ihm zu munden, mehrfach hob er den Becher und prostete Madlen lächelnd zu. Sie lächelte freundlich zurück, wenngleich nach dem zweiten Mal etwas bemüht, denn seine Anwesenheit verursachte ihr wachsendes Unbehagen. Er trug abgerissene Kleidung, und seine Haut war dunkler als die der meisten Leute, so wie bei denen, die aus den südlichen Ländern kamen. In seinen Augen schien ein lauernder Ausdruck zu liegen, Madlen fühlte sich beobachtet, jedoch nicht in der Art, wie andere Männer, gleich welchen Alters, sie anschauten. Das war harmlos und gehörte zu ihrer Arbeit als Schankwirtin, sie hatte beizeiten gelernt, dem keine besondere Bedeutung zuzumessen. Der bärtige Fremde dagegen schien sie regelrecht abzuschätzen, als wolle er ergründen, wie viel sie wert sei, und das Ergebnis schien ihn zu amüsieren, denn er grinste in sich hinein.

Auch die Umgebung begutachtete er auf diese Weise, und schließlich fiel es sogar Irmla auf. Sie erlegte sich keine Zurückhaltung auf, sondern marschierte zu dem Mann hin, baute sich vor ihm auf und starrte ihn feindselig an. »Was hast du zu glotzen, Mann?« Sie streckte die Hand aus. »Du musst noch bezahlen. Und dann solltest du gehen. Wir bewirten keine Leute, die sich über unsere Schänke lustig machen.«

Er warf ihr unter gesenkten Lidern einen langen, undeutbaren Blick zu, und Madlen, die alles vom Schanktisch aus mitverfolgt hatte, befürchtete schon, es werde Ärger geben. Sie gab Caspar einen versteckten Wink, worauf er verstohlen zu ihr trat und die Hand nach dem schweren Eichenknüppel ausstreckte, der unter dem Tisch lehnte. Im nächsten Moment warf der

Fremde ein paar Münzen auf den Tisch und stand auf. Er stülpte sich die Kappe aufs Haupt und ging ohne ein Wort.

»Was für ein seltsamer Bursche«, sagte Irmla kopfschüttelnd zu Madlen. »Solche wie den brauchen wir hier wirklich nicht.«

Madlen war derselben Meinung, doch sie hatte das Gefühl, dass sie den Mann hier nicht zum letzten Mal gesehen hatten.

Johann klopfte unterdessen an die Pforte der Witwe Appolonia und wunderte sich nicht weiter, als ihm vom Scharfrichter aufgetan wurde. Er hatte Hermann in dessen Behausung aufsuchen wollen, ihn dort jedoch nicht angetroffen. Auch Hermann schien es nicht verwunderlich zu finden, dass Johann hier bei der Witwe Appolonia auftauchte.

»Nur herein, Johann von Bergerhausen«, sagte er leutselig, aber auch mit einer Spur von Vorsicht in der Stimme. Johann zog den Kopf ein, so wie immer, wenn er kleinere Häuser betrat, und fand sich sogleich im einzigen Raum des Erdgeschosses wieder. Im Hintergrund saßen zwei Frauen am Tisch, eine dralle Brünette und eine bildschöne Schwarzhaarige, bei der es sich nur um besagte Appolonia handeln konnte, deren Ruhm in Köln beispiellos war. Es hatte Johann einige Mühe gekostet, Madlen glaubhaft zu erklären, dass er sie wirklich nicht kannte, sondern bloß etliche Männer über sie hatte reden hören. Jene Männer hatten nicht mit obszönen und deftigen Bemerkungen gegeizt, aber manche hatten auch sehnsüchtig ihre Schönheit gepriesen.

»Was führt Euch her?«, fragte Hermann in seiner gewohnt freundlichen Art, die jedermann dazu brachte, es für ausgeschlossen zu halten, dass sein Gewerbe das Töten von Menschen war.

»Ich will wissen, woher Ihr Eure Informationen bezieht«, sagte Johann geradeheraus. »Das würde so manche umständliche Übermittlung vereinfachen.«

Hermann betrachtete ihn nachdenklich. »Ich nehme an, dass Euch unser gemeinsamer Freund Jacop heute oder gestern aufgesucht hat. Reicht Euch denn nicht, was er Euch wissen ließ? Hat er sich missverständlich ausgedrückt?«

»Ich weiß nicht, wovon Ihr sprecht«, sagte Johann ungeduldig. »Jacop war das letzte Mal in der Woche vor Ostern bei uns, seitdem nicht mehr. Zweifellos stimmt Ihr mir zu, dass mir besser gedient ist, wenn ich direkt mit demjenigen spreche, der Eurer liebreizenden Gefährtin …« – er wies mit dem Kopf auf die Schwarzhaarige – »… sein Wissen über künftige Ereignisse zukommen lässt.«

Hermann betrachtete angelegentlich seine makellos sauberen Fingernägel. »Wart Ihr heute und gestern zu Hause? Also in der Schildergasse?«

»Sicher. Was soll die Frage?«

»Und Jacop war wirklich nicht bei Euch?«

»Ich sagte doch eben, dass er vor Ostern das letzte Mal bei uns war.« Johanns Ärger wuchs. »Wollt Ihr mir nun endlich sagen, an wen ich mich wenden kann?«

»Ich fürchte, an niemanden«, sagte Hermann. Es klang aufrichtig bedauernd.

»Vielleicht wollt Ihr Eure Antwort noch einmal überdenken, Henker.« Johann richtete sich zu voller Größe auf. Seine Hand lag am Knauf seines Dolchs.

Hermann zuckte leicht zusammen, als ihn der verachtungsvolle und drohende Blick des Besuchers traf. Angst hatte er nicht, diese Regung war ihm fremd, aber er hatte ein Auge für Gefahren und eine Begabung, sich von ihnen fernzuhalten. Ihm war durchaus bewusst, dass Johann in seinem bisherigen Leben womöglich mehr Menschen getötet hatte als er selbst, wobei er als Scharfrichter – im Gegensatz zu einem in etlichen Gemetzeln abgehärteten Kreuzritter – keine Ahnung vom Zweikampf hatte. Alle Welt wusste mittlerweile, was den Schergen widerfahren war, die Johann von Bergerhausen zu Ostern ans Leder gewollt hatten. Die Leute kamen von weither, um Bier im *Goldenen Fass* zu trinken und den Kreuzritter zu betrachten, dessen Messerhand angeblich schneller war als eine zustoßende Viper.

Gleichwohl war Hermann ziemlich sicher, dass Johann von Bergerhausen ihm nicht gleich den Hals durchschneiden würde, nur weil er nicht mit den gewünschten Auskünften herausrücken mochte. Dennoch gab es einiges, das Hermann nicht minder unerfreulich erschien. Etwa eine Verletzung seiner Linken, der Führungshand am Richtschwert. Er hielt seine Finger stets geschmeidig, er bog und massierte und lockerte sie, wann immer es ging, und er achtete sorgfältig darauf, die wirklich schweren Arbeiten seinen Männern zu überlassen. Ein gebrochener Knöchel, eine Zerrung, und er würde höchstens noch dazu taugen, die Galgen vor der Stadt zu bestücken. Mit seiner eigentlichen Kunst, dem blitzschnellen, sauberen, perfekten Enthaupten wäre es dann vorbei. Ein Fehlschlag, und sein Ruf wäre für alle Zeiten ruiniert, die Leute würden ihm nicht mehr mit schaudernder Ehrfurcht nachblicken, sondern nur noch mit Verachtung.

»Es gibt durchaus einiges, was Ihr wissen solltet«, sagte er zuvorkommend. »Wollt Ihr Euch nicht niedersetzen? Dann lässt es sich angenehmer reden.« Er deutete zum Tisch, wo sich soeben die Dralle einen Becher mit dunklem, im Kerzenlicht wie Blut schimmerndem Rotwein füllte. Die Schwarzhaarige schenkte Johann ein laszives, leicht spöttisches Lächeln. Hermann setzte sich und winkte dem Gast mit launiger Geste, sich zu ihnen zu gesellen.

Johann bezweifelte nicht, dass diese muntere Tischrunde mit allen Wassern gewaschen war. Er atmete durch, rückte sich den angebotenen Schemel zurecht und ließ sich zwischen dem Scharfrichter und der Hure nieder.

»Du hast Wein getrunken!« Madlen fuhr entrüstet hoch, als Johann zu ihr ins Bett steigen wollte.

»Es war für einen guten Zweck«, sagte er friedfertig. Dass der Wein hervorragend geschmeckt hatte, unterschlug er lieber, und erst recht, in wessen Haus er diesen Wein getrunken hatte.

Er schlang die Arme um sie und drückte seine Nase in die weiche Kuhle unter ihrem Ohr. »Mhm«, machte er. »Du riechst gut.« Sie hatten am Vortag gemeinsam das Badehaus besucht, eine überaus angenehme Erfahrung, die Johann beizeiten wiederholen wollte, auch wenn es den einen oder anderen peinlichen Moment gegeben hatte und er den Zuber erst hatte verlassen können, nachdem sie schon eine Weile zum Anziehen verschwunden war.

»Du warst sehr lange weg, dafür, dass du nur kurz mit dem Henker sprechen wolltest.« Sie versteifte sich ein wenig in seinen Armen.

»Er hatte einige aufschlussreiche Dinge zu erzählen.«

»Welche?«

»Das sage ich dir morgen.« Er blies sacht auf die empfindliche Stelle unter ihrem Ohr, und sie erschauderte. Seine Hand glitt über ihren Rücken, umfasste ihre Hinterbacken und drückte ihren Unterleib gegen seinen. Sie seufzte erwartungsvoll und schmiegte sich an ihn. Er küsste sie leidenschaftlich, und sie kam ihm begierig entgegen, ohne wegen des Weins weitere Einwände zu erheben.

Später hielt er sie umfangen; sie war bereits eingeschlafen, und er lauschte ihren regelmäßigen Atemzügen. Neben dem Bett brannte eine Talglampe, für den Fall, dass Veit sie in der Nacht noch einmal brauchte. Doch dem Freund ging es deutlich besser, er hatte schon in der vergangenen Nacht ruhig durchgeschlafen.

Neben der Tür stand der kleine Betschemel, und an der Wand darüber war ein Heiligenbild angebracht, zweifellos sollte es die heilige Ursula darstellen, zu der Madlen häufig betete, außer, wenn es ums Brauen ging, dann hielt sie es eher mit dem heiligen Petrus. Blithildis hingegen verehrte die heilige Magdalena und betete ansonsten viel zur Muttergottes. Cuntz schätzte die Zwiesprache mit dem heiligen Josef, dem er sich als Holzschnitzer besonders verbunden fühlte, und Irmla betete mit Vorliebe zur heiligen Barbara; sie hatte sogar als Kind mit ihrer

Mutter einmal eine Wallfahrt ins Rheingau unternommen, wo in einem Kloster der Benediktinerinnen eine Reliquie der Heiligen verwahrt wurde. Vermutlich huldigten auch Caspar und Willi besonderen Heiligen. Zusätzlich zu den vielen Gebeten, die sie an den Allmächtigen richteten, morgens, mittags und abends. Ob sie ahnten, wie sinnlos all diese Mühe war?

Du Dummkopf, sprach es in seinem Inneren zu ihm, und Johann vermochte nicht zu sagen, ob es seine eigenen Gedanken waren oder die Stimme von jemandem, dessen Existenz er lange geleugnet hatte. Wie kann etwas sinnlos sein, das die Menschen tröstet und sie mit Hoffnung erfüllt? Und wenn Gott Trost und Hoffnung ist, wo soll er dann sein, außer hier?

Die bestrickende Logik in diesem Gedanken – oder dieser Stimme – verschlug Johann den Atem. Er starrte auf die blakende Lampe auf dem Boden, sah den sich kräuselnden Rauchfaden, das Flimmern der Luft über der Flamme. In seinen Armen hielt er die Frau, die er liebte. Nebenan schlief sein bester Freund. Und er hatte seine tot geglaubte Schwester wiedergefunden. Ein vielfach gewundener Pfad hatte ihn durch ein dunkles Dickicht von Leid und Niederlagen hierhergeführt, an diesen Ort, wo Trost und Hoffnung sich wie eine Blüte entfaltet und ihn mit Liebe erfüllt hatten. Sein Inneres schien sich von diesen Gedanken ausdehnen zu wollen, es war wie eine Ahnung von etwas, das größer war als er selbst, größer als alles, was er je hätte verstehen können.

Die Geräusche der Nacht verbanden sich zu einem Chor von Fragen. Ein Knacken der Dielen, das leise Klappern des Fensterladens, das Zischen der Lampe beim Abbrennen eines Talgklumpens. Doch Johann lauschte nur der Antwort, die ihm viel näher war als sämtliche Fragen, denn sie berührte seine Haut und strich sanft über ihn hin – der sanfte Atem seiner Frau.

Eine Woche später, Ende April

Madlen wechselte behände zwischen Sudkessel und Maischbottich hin und her und prüfte mit dem Finger die Wärme der Flüssigkeit im Bottich, bevor sie sich ans Zubrühen machte. Das Brauergebnis hing wesentlich davon ab, dass die Maische gleichmäßig warm gehalten wurde, sie durfte nicht zu heiß werden, sich aber auch nicht zu schnell abkühlen. Der Vorgang war immer derselbe: Man schöpfte einen Teil der mit warmem Wasser eingemaischten Flüssigkeit aus dem Bottich, erhitzte ihn im Kessel über dem Feuer und schüttete ihn nach einer bestimmten Dauer wieder zur Maische zurück. Dabei musste ständig gerührt werden, damit sich das aufgeweichte Malz nicht absetzte. Beim Erhitzen des abgezogenen Teils wiederum musste darauf geachtet werden, wann sich der weißliche Schaum auf der Flüssigkeit bildete, der anzeigte, dass sie eine Weile ruhen musste, bevor sie endgültig aufgekocht und anschließend zum Zubrühen verwendet wurde. Wiederholte man den Vorgang, wurde das Bier würziger, die besten Stoffe vom Malz wurden so bis zum Letzten ausgenutzt. Erst beim abschließenden Sieden kochte Madlen auch die Gruit mit, so hatte sie es von ihrem Vater gelernt. Manche Kräuter und Gewürze weichte sie jedoch lediglich kalt ein und gab den Auszug erst hinterher hinzu, weil so das Aroma nicht beim Erhitzen verloren ging. Außerdem hatte sie festgestellt, dass dadurch die Gärung rascher einsetzte.

Zum Abseihen der Flüssigkeit dienten flache, mit sauberem Stroh ausgelegte Körbe, aber in jüngster Zeit hatte Madlen auch häufiger grob gewirktes Tuch verwendet; noch besser würde es sicherlich mit dem Siebkessel gehen, der beim Schmied in Arbeit war.

Gegoren wurde in separaten Bottichen. Meist entschied sich schon nach kurzer Zeit, ob der Sud gelungen war oder nicht. Manchmal verdarb er über Nacht, dann schlugen einem faulige

Dünste entgegen, sodass man die Luft anhalten musste, bis die widerwärtige Brühe weggeschüttet war. War der Sud gut geworden, wurde er in Fässer gefüllt, wobei nach einer Weile das Spundloch kurz geöffnet werden musste, denn sonst konnte es vorkommen, dass ein Fass unter dem Druck der Nachgärung zerbarst.

Zu Zeiten ihres Großvaters, so hatte ihr Vater erzählt, war das Bier teilweise noch in großen Tonkrügen gelagert worden, vor allem bei der Hausbrauerei, die auf dem Land immer noch üblich war. Auch in Köln gab es in jeder Straße Familien, in denen die Frauen noch selbst brauten, hier wanderten die Braukessel unter Aufsicht des städtischen Brauamts und nach festgelegten Zeiten reihum von Haus zu Haus. Doch mit dem Aufkommen des von der Bruderschaft gestärkten Brauwesens nahm das Hausbrauen in der Stadt ab, denn diese Arbeit war aufwendig und zeitraubend, viel einfacher ließ sich rasch ein Fass auf dem Markt holen oder ein Krug in der Schänke füllen.

In früheren Zeiten hatte es auch Jahre gegeben, in denen das Brauen ganz verboten war. Ihr Vater hatte es als Kind miterlebt. Damals hatte eine Hungersnot gewütet, die Ernte war auf den Feldern verfault, und das bisschen Getreide, das noch übrig war, musste zum Brotbacken verwendet werden. So mancher Brauer war dadurch der Armut anheimgefallen. Madlen stellte sich gelegentlich schaudernd vor, dass dergleichen wieder geschehen könnte, und sie war froh um jeden Goldgulden, den sie noch in ihrem Kästchen hatte. Hin und wieder stieg Groll in ihr auf, wenn sie daran dachte, wie Jacop und der Henker sie um ihr sauer Erspartes gebracht hatten, doch dann reichte ein Blick auf Johann, um den ganzen Hergang in ein anderes, wesentlich milderes Licht zu rücken.

Als hätten ihre Gedanken ihn herbeibeschworen, tauchte Jacop an diesem Vormittag in der letzten Aprilwoche bei ihr auf. Unter dem wilden Kläffen von Hannibal öffnete sie ihm das Tor und ließ ihn ein. Seine ernste, verschwörerische Miene ließ sie nichts Gutes ahnen. Es bereitete Madlen Sorge, dass Johann nicht hier war, sondern auf dem Stapelmarkt, wo er neue Fässer kaufen wollte. Doch wie sich herausstellte, wollte Jacop nicht mit ihm reden, sondern mit ihr.

Er zog sie auf den Hof und blickte sich dabei um, als könne ihn aus den Ecken jemand anspringen und beißen. Hannibal hatte auf einen kurzen Befehl Madlens sein Bellen eingestellt und sich wieder neben den alten, blinden Spitz gelegt, als wolle er ihn beschützen.

»Ihr habt ja immer noch den alten Köter«, sagte Jacop stirnrunzelnd. »Ich dachte, der wäre längst tot.«

»Nein, er lebt noch, wie du sehen kannst.« Zu Madlens Ärger gesellte sich Kummer. Der greise Hund war in den letzten Tagen immer schwächer geworden, er fraß so gut wie nichts mehr, und Johann hatte bereits ernst davon gesprochen, ihn erlösen zu wollen. Es zog Madlen das Herz zusammen, daran auch nur zu denken.

»Was willst du?«, fragte sie verstimmt.

»Besser, uns hört keiner.« Er stapfte weiter in den Garten, wohin sie ihm notgedrungen folgen musste. Schließlich blieb er bei den Weinranken stehen und drehte sich zu ihr um. »Ich muss mit dir über Hermann reden.«

»Den Henker?«

Jacop nickte. Er trug einen Ausdruck von Verdrossenheit zur Schau, der mit unterdrücktem Zorn gepaart war. »Eigentlich wollte ich es dir schon längst erzählt haben, aber ich dachte, du hast schon genug Sorgen. Doch nun kann ich es nicht länger für mich behalten, ich muss es loswerden.« Er setzte eine aufopferungswillige Miene auf.

»Komm zur Sache«, sagte Madlen voller Ungeduld.

»Ja doch.« Jacop wand sich, es fiel ihm sichtlich schwer, damit herauszurücken. »Es war alles nur Theater. Die ganze Hinrichtungssache. Johann sollte überhaupt nicht geköpft werden. Der Erzbischof hatte ihn bereits begnadigt, er war frei und konnte gehen. Doch dann haben ihn die Wächter geschnappt und zusammengeschlagen.« Er senkte die Stimme. »Sie waren bestochen, von jemandem, der Johann Übles wollte.«

Madlen konnte sich denken, wer das war. Angespannt wartete sie darauf, dass er fortfuhr.

»Gerade, als sie ihn mit ihren schweren Stiefeln tottreten wollten, kam Hermann dazu. Die Wächter hörten mit ihrem schändlichen Treiben auf, als sie ihn sahen. Hermann schmiedete daraufhin seinen betrügerischen Plan. Er nahm den halbtoten Johann mit sich, damit er ihn am nächsten Morgen zum Judenbüchel hinausfahren konnte, wo er ihn dir verkaufen wollte. Für zehn Gulden.«

»Die er zweifellos mit dir, der du das alles sauber eingefädelt hattest, teilen sollte.« Madlen musterte ihn verächtlich.

Jacop protestierte vehement. »Ich dachte, dass alles ganz ehrenhaft und gesetzmäßig vonstattengeht, denn ich wusste nicht, dass die Hinrichtung aufgehoben war! Ich glaubte wirklich, dass Johann geköpft werden sollte und dass du seine letzte Rettung wärest! Wie konnte ich ahnen, was für ein hinterhältiger, abgebrühter Gauner dieser Scharfrichter ist!«

»Was genau willst du eigentlich?«, fragte Madlen mit scharfer Stimme. »Denkst du etwa, ich wusste bis heute nichts von der Begnadigung? Inzwischen pfeifen es die Spatzen von den Dächern!«

»Oh.« Jacop wirkte leicht verunsichert. »Und nun? Willst du etwa alles so belassen? Möchtest du nicht dein Geld zurückhaben?«

»Natürlich möchte ich das!« Madlen schäumte. »Vor allem die Hälfte, die du mir noch schuldest!«

Jacop zog den Kopf ein. »Ehrlich, eines Tages, wenn ich erst …«

»Halt den Mund!«, fuhr Madlen dazwischen. »Du wirst es vielleicht nicht glauben, aber ich habe nicht vor, das Geld von Hermann zurückzuverlangen. Übrigens auch nicht von dir, wenn du es schon wissen willst. Zum einen ist Johann jedes einzelne dieser Goldstücke wert, sogar mehr als das.«

»Das freut mich zu hören«, flocht Jacop beflissen ein.

Madlen sprach weiter, als hätte er nichts gesagt. »Zum anderen will ich nicht, dass die Spatzen auch von den Dächern pfeifen, was damals auf dem Judenbüchel und beim Deutschordenhaus geschehen ist, und dazu würde es auf alle Fälle kommen, wenn ich Hermann vor Gericht zerre.«

»Aber genau da gehört er hin!« Jacop ereiferte sich. »Er ist korrupt! Er lügt und betrügt! Man sollte ihn an den Pranger stellen! Ihn mit Ruten aus der Stadt peitschen!«

»Du scheinst richtig darauf versessen zu sein, ihn zu denunzieren.«

»Ich will nur die Wahrheit über ihn ans Tageslicht bringen«, rechtfertigte Jacop sich.

»Dann geh doch selbst zum Rat und schwärze ihn an.«

Jacop zeigte Anzeichen von Verzweiflung, und Madlen musterte ihn argwöhnisch. »Was genau hast du gegen den Mann?« Sie begann zu begreifen. »Es hat mit dieser Appolonia zu tun, oder? Johann hat erzählt, dass du verliebt in sie bist. Glaubst du, dass sie dir allein gehören wird, wenn du den Scharfrichter los bist?«

Er wirkte ertappt.

Angewidert schüttelte sie den Kopf. »Du bist dermaßen dreist, dass mir die Worte fehlen. Scher dich zum Teufel, Jacop. Verschwinde.«

Er wollte aufbegehren, zog aber dann mit hängendem Kopf von dannen. Als er über den Hof ging, trat er nach Hannibal, als der spielerisch nach seinen Stiefeln schnappte. Caspar kam mit einem Bottich voller Treber aus dem Sudhaus und blickte Jacop misstrauisch nach.

»Alles in Ordnung?«, fragte er.

Madlen nickte seufzend, in der Hoffnung, dass es stimmte. Sie hatte den untrüglichen Eindruck, dass Jacop ihnen noch Ärger machen würde.

1. Mai 1260

Der Braumeister Eberhard rang um Haltung, während die Anklage verlesen wurde. Es kostete ihn Mühe, nicht herauszuschreien, dass alles nur Lüge sei. Mit ihm waren noch drei andere Schöffen angeklagt, allesamt wie er selbst aus den Zünften stammend, gegen die Wendel Hardefust im Auftrag der Geschlechter beim erzbischöflichen Hochgericht Klage eingereicht hatte.

Die Beschuldigten und ihre Gefolgsleute standen murrend und gestikulierend im Gerichtssaal des Palastes beisammen, nur die Anwesenheit des Erzbischofs und seiner Ordnungshüter hielt sie davon ab, auf die Kläger loszugehen. Die erhobenen Vorwürfe waren samt und sonders fadenscheinig, die zugrunde liegenden Aussagen an den Haaren herbeigezogen oder zumindest maßlos übertrieben. Es wurden Zeugen aufgeboten, die noch nie jemand gesehen hatte.

Dabei ging es nicht um irgendwelche Bagatellen, sondern um regelrechten Rufmord! Die Anschuldigungen umfassten eine Reihe schwerwiegender Vergehen, angefangen von Amtsmissbrauch über Vetternwirtschaft bis hin zu Bestechlichkeit und schwerer Willkür. Ganze Wagenladungen von Bierfässern sollten beispielsweise auf Befehl Eberhards in den Rhein gekippt worden sein, nur weil der Händler, der sie auf dem Markt hatte verkaufen wollen, kein Mitglied seiner Bruderschaft war. Einem der anderen angeklagten Schöffen, ein in der Stadt hochangesehener Fischhändler, der zahlreiche Fangboote sein Eigen nannte, wurde vorgehalten, mehrfach die Boote nicht ansässiger Heringshändler versenkt zu haben. Der dritte Schöffe sollte gar versucht haben, die Zollbestimmungen zu unterlaufen, indem er einen Schlägertrupp zum Hafen gesandt und unter Umgehung städtischer Schätzer Wein in die Stadt gebracht habe. Es war von empörender Offensichtlichkeit, was hinter dieser Klage des Hardefust steckte – er wollte die Zünfte aus dem Rat treiben und ihnen so jeden Einfluss nehmen.

Eberhard zitterte vor Wut und Empörung, der Erzbischof musste doch bemerken, dass eine Intrige dahintersteckte! Doch er bekam keine Gelegenheit, sich dazu zu äußern, ständig sprachen andere.

Noch war allerdings nichts verloren. Dem Erzbischof schien ebenfalls aufzufallen, wie einseitig und dünn die Anklage in vielen Punkten klang. Während der Gerichtssitzung, die er im großen Saal anberaumt hatte, ließ er mehrfach Skepsis erkennen, desgleichen, als die Zeugen auftraten. Irgendwann fing er an, sich zu langweilen, was er durch mehrfaches Gähnen untermalte.

Schließlich unterbrach er die Verhandlung und unterbreitete einen Vorschlag zur gütlichen Einigung, in der Weise, dass die Zünfte für die genannten Gesetzesverstöße Schadensersatz an die Betroffenen entrichteten und künftig ihre Machtposition nur in dem ihnen gewährten Rahmen nutzten. Eberhard wollte aufbegehren, er hatte nichts getan! Das Bier, das er hatte wegschütten lassen, war faul gewesen, eine stinkende, verseuchte Brühe, der Händler hätte das ganze Gewerbe in Verruf gebracht! Und mochte auch die Sache mit dem Zollverstoß stimmen, so konnte sie doch nicht ihm angelastet werden! Seine Empörung war grenzenlos, aber dann meldete sich leise die Stimme der Vernunft. Sag Ja, flüsterte sie ihm zu. Der Klügere gibt nach! Der Erzbischof weiß das zu schätzen, er wird euch im Schöffenamt lassen, und nur darauf kommt es an!

Doch er kam gar nicht erst dazu, seine innere Zwiesprache zu Ende zu führen, denn kaum hatte der Erzbischof seinen Vergleichsvorschlag formuliert, als sich seitens der Kläger scharfer Protest erhob. Wendel Hardefust als Wortführer der Geschlechter weigerte sich rundheraus, einfach alles beim Alten zu belassen.

»Wir bestehen auf einem Urteil gegen diese Männer, denn sie sind eine Schande für die Stadt!«, schrie er, die Hand in Richtung der verunglimpften Schöffen ausstreckend.

Aus dem Murren wurde Geschrei, das sich im ganzen Saal fortsetzte. Beide Parteien hatten ihre Gefolgsleute mitgebracht. Ihre Waffen hatten sie am Eingang abgeben müssen, und eine eindrucksvolle Reihe erzbischöflicher Soldaten sicherte den Saal, doch das hinderte die Kontrahenten nicht, ihrem Unmut durch wüste Beschimpfungen Luft zu machen. Zu gut waren ihnen noch die blutigen Auseinandersetzungen des Ostertags in Erinnerung. Wendel Hardefust stand derweil mit den Vertretern der Geschlechter zusammen und griente vor sich hin. Es schien alles so recht nach seinem Geschmack zu sein, und je lauter die Beschuldigten herumschrien, umso zufriedener wirkte er. Eberhard hatte ein mulmiges Gefühl, er konnte sich des Eindrucks nicht erwehren, dass hier etwas nicht mit rechten Dingen zuging.

Der Erzbischof ließ seinen Ausrufer vortreten, der stimmgewaltig für Ruhe sorgte und im Namen des obersten Stadtherrn verkündete, dass ein Urteil ergehen und dessen Abfassung einem Richter übertragen werde.

Damit war die Verhandlung geschlossen, die heillos zerstrittenen Parteien wurden des Saales verwiesen.

Eberhard wurde auf dem Weg nach draußen von dem Fischhändler abgefangen, der Mann befand sich in heller Aufregung.

»Sie machen Ernst«, empfing er ihn.

»Wer?«, fragte Eberhard verdutzt.

»Die Geschlechter. Es dürstet sie nach Blut. Nach *unserem* Blut! Sie schicken bereits in der ganzen Stadt nach ihren Leuten. Dieser Tag wird noch viel schlimmer als Ostern, sie werden uns reihenweise massakrieren und hernach auch gegen den Erzbischof ziehen, ich hörte sie darüber reden!«

Die übrigen Schöffen aus den Reihen der Zünfte stießen dazu, ihnen erzählte der Fischhändler auf dem Weg nach draußen dasselbe. Eberhard hätte seine düsteren Prophezeiungen gern als maßlos übertrieben abgetan, aber wie sich gleich darauf zeigte, schien der Fischhändler recht zu haben. In der Einmündung zu Unter Goldschmied sammelten sich bereits Schergen der Geschlechter, als hätten sie vorher in den umliegenden Gassen nur darauf gewartet. Einer aus der Zunft der Wollenweber wusste zu berichten, dass sich die Gegner bereits bei Sankt Kolumba und in der Rheingasse zusammenrotteten.

»Worauf warten wir noch?«, rief der Fischhändler. »Wir müssen unseren Leuten Beine machen! Alle Zünfte müssen sich bewaffnen, sonst wird es uns noch schlimmer ergehen als zu Ostern!« Der zweite angeklagte Schöffe stimmte ihm angesichts der drohenden Lage vorbehaltlos zu. Auch Eberhard machte sich sofort auf den Weg, alle Mitglieder seiner Bruderschaft zusammenzurufen, er schickte gleich mehrere Boten los, damit es nicht zu lange dauerte. Er selbst eilte mit wehendem Umhang nach Hause, um im *Schwarzen Hirschen* seine Gesellen und Knechte sowie seinen Sohn auf Trab zu bringen.

Während er die Männer aus dem Sudhaus zusammenrief, kam Anneke auf den Hof gelaufen und wollte wissen, was los war.

»Dasselbe wie zu Ostern.«

Sie brach in Wehgeschrei aus und flehte ihn inständig an, auf keinen Fall zu kämpfen. »Sie werden dich töten! Du bist ein alter Mann!«

»Soll ich zusehen, wie die von der Richerzeche unsere Leute niedermetzeln und uns auf Jahre hinaus knechten, so wie sie uns immer schon unterdrückt haben? Wir aus den Zünften haben uns so mühsam die Rechte im Rat errungen, glaubst du, das lassen wir uns einfach wieder wegnehmen?«

»Auf keinen Fall!«, rief Jacop. Er war mit den Gesellen aus dem Sudhaus gekommen und pflichtete seinem Vater bei, offensichtlich entflammt von dessen Worten. »Wir dürfen uns nicht wie die niedersten Unfreien mit Füßen treten lassen! Wir müssen kämpfen, das ist unsere Pflicht als ehrenvolle Bürger dieser Stadt!«

Anneke verpasste ihm eine Ohrfeige. »Du bleibst hier.«

Er duckte sich und blickte sie halb zaudernd, halb bereitwillig an. »Meinst du wirklich?«

»Er kommt natürlich mit«, sagte Eberhard barsch.

»Eberhard, das kannst du nicht tun, Jacop ist mein einziger Sohn!«, rief Anneke außer sich.

»Meiner auch. Höchste Zeit, dass er einmal beweist, dass ein Mann in ihm steckt.«

Anneke hielt Jacop am Ärmel fest, während Eberhard seine Männer um sich scharte, sie mit allem ausrüstete, was als Waffe verwendet werden konnte und sie in Richtung Dom in Marsch setzte.

»Du bleibst hier«, befahl sie Jacop erneut.

»Lass mich nur machen, Mutter«, meinte er beruhigend. »Ich gehe ganz gewiss nicht mit.«

Als sein Vater nach ihm rief, verzog er schmerzvoll das Gesicht und deutete auf seinen Leib. »Ich habe plötzlich grauenhaftes Bauchgrimmen. Geht ihr ruhig schon vor, ich komme gleich nach, ich muss nur rasch noch zum Abtritt.«

Sein Vater musterte ihn, und für einen Moment glaubte Jacop, Misstrauen und Abneigung in den Augen des Alten wahrzunehmen, weshalb er noch mehr Schmerz in seine Miene legte und beide Hände gegen seinen Bauch drückte. Sein Vater hielt sich nicht länger mit ihm auf, sondern stürmte mit den Männern davon.

Jacop wandte sich zufrieden zu seiner Mutter um.

Anneke musterte ihn, ihr Gesicht spiegelte eine Mischung aus Erleichterung und Ablehnung wider. Schließlich überwog die Ablehnung. »Du wolltest doch auf den Abtritt. Geh und setz dich drauf. Und lass dich bloß bis zum nächsten Glockenschlag nicht mehr blicken.«

Jacop tat wie geheißen. Eine Weile auf dem stinkenden Lokus zu hocken, schien ihm ein geringer Preis dafür, dass derartige Befehle bald der Vergangenheit angehören würden. War er erst der Herr im Haus, würde er sich auch von seiner Mutter nichts mehr vorschreiben lassen. Gut gelaunt schlug er nach einer dicken, blauschillernden Fliege, die ihn hartnäckig umsummte. Er verfehlte sie, doch das machte nichts. Alles entwickelte sich nach Plan, und bald wäre Appolonia endgültig sein.

Auch beim *Goldenen Fass* tauchte ein Bote auf, um Johann zum Kampf gegen die Geschlechter zu rufen, doch der Mann, ein Knecht aus Eberhards Gesinde, prallte erschrocken zurück, als ihm im Torbogen vier waffenstarrende, gefährlich aussehende Kerle entgegentraten und ihm den Weg versperrten. Im nächsten Augenblick tauchte Johann hinter ihnen auf, woraufhin der Mann hastig sein Anliegen vortrug und dann eilig weiterlief, um dem nächsten Braumeister Bescheid zu geben.

Johann hatte nicht vor, irgendwohin zu gehen. Nach allem, was ihm der Henker gesagt hatte, würde Hardefust zwar keine Mörderbande mehr in die Schildergasse schicken, weil der Erzbischof ihn anderenfalls für vogelfrei erklären würde, doch falls Johann mitten im Kampfgetümmel auf dem Markt oder beim Dom ein Messer zwischen die Rippen bekäme, würde man das dem Hardefust nicht so leicht anlasten können.

Hermann hatte allerdings gemeint, es werde wohl diesmal eher nicht zu Unruhen kommen, jedenfalls seien keine vorgesehen, so habe es zumindest geheißen. Genauere Einzelheiten hatte er jedoch nicht gewusst und sich auch weiter darüber ausgeschwiegen, von wem er das alles hatte. Johann vermutete jedoch längst, dass die Informationen von Ott kamen; der Hauskaplan war nicht nur Leibwächter, sondern zugleich engster Vertrauter des Erzbischofs und genau der passende Mann für solche Aufgaben.

Die vier Männer, die Johann für die Dauer der anstehenden Ereignisse zum Schutz angeheuert hatte, dienten der zusätzlichen Sicherheit, denn ehe der Tag kam, an dem er anfing, Wendel Hardefusts Friedfertigkeit zu vertrauen, würde es in der Hölle schneien.

Madlen hatte das Auftauchen von Eberhards Boten mitbekommen, sie stand bei der Hintertür und blickte besorgt in den Durchgang. Johann nickte ihr beruhigend zu und schloss das Tor zur Einfahrt wieder. Die Männer blieben draußen auf der Gasse und bewachten das Haus. Sobald Ärger drohte, würden sie ein vereinbartes Zeichen geben, und dann hieß es entweder kämpfen oder – für den Fall, dass es zu viele Angreifer waren – fliehen. Johann hatte vorsorglich zwei Bretter am Zaun gelockert.

Er ging zu Madlen und umarmte sie. Sie lehnte den Kopf an seine Schulter und umklammerte ihn, als wolle sie ihn nie wieder loslassen.

»Hab keine Angst«, sagte er. »Bald ist alles vorbei.«

Wendel Hardefust erlebte die folgende Stunde als die triumphreichste seines Lebens, dagegen war sogar jener Tag bedeutungslos, an dem der Erzbischof Simon das Lehen der Bergerhausens übertragen hatte.

Dem Fischhändler hatte er einiges zahlen müssen, doch dafür hatte der Mann seine Rolle überaus glaubhaft gestaltet, die Zunftherren hatten ihre Anhänger gar nicht schnell genug zu den Waffen rufen können. Noch leichter war es gewesen, anschließend die Geschlechter zu mobilisieren. Ein paar ebenfalls von ihm bezahlte Aufwiegler stachelten deren Wut gehörig an, sie wussten, was sie zu sagen hatten.

Der Erzbischof ist an allem schuld! Er lässt den Zunftbrüdern freie Hand, die Macht der wahren Herrscher wird jedoch immer mehr beschnitten! Die Gelegenheit ist gut, Konrad von Hochstaden endgültig aus der Stadt zu jagen!

Die Worte fielen bei den Edelleuten auf fruchtbaren Boden, die Kränkung des demütigenden Bußgangs brannte immer noch wie ein Schandmal. Die Männer der vornehmsten und reichsten Familien Kölns sammelten sich mit Reitern und bewaffneten Fußsoldaten rund um Sankt Kolumba, andere bei

Klein Sankt Martin. Hardefust, der zuerst die eine und dann die andere Gruppe aufsuchte und dabei die Hetztiraden vernahm, mit denen sie sich in ihre wilde Angriffslust hineinsteigerten, frohlockte innerlich. Es kostete ihn Mühe, angemessen besorgt dreinzuschauen, und als er sich einmal zu Jobst umsah, der ihm schon den ganzen Tag wie ein Schatten folgte, sah er auch in dessen Miene ein verstohlenes Grinsen.

Er verlor keine Zeit, es galt zu handeln, bevor die Ereignisse ihn überrollten. Eilends begab er sich zum Palast des Erzbischofs, der inmitten seines Gefolges im großen Saal Hof hielt. Und der, was sonst niemand wusste, schon auf ihn wartete.

Hardefust fiel vor Konrad von Hochstaden auf die Knie und küsste unterwürfig seinen Ring. »Exzellenz«, sagte er mit volltönender Stimme, damit auch wirklich alle Umstehenden es hörten. »Um Sankt Kolumba und Klein Sankt Martin rotten sich Verschwörer gegen Euch zusammen. Die Geschlechter wollen mit entrolltem Banner gegen den Bischofspalast ziehen.« Laut zählte er die Namen all derer auf, die den Erzbischof befehden wollten.

»Euer Leben ist in unmittelbarer Gefahr!«, schloss er.

Der Erzbischof neigte sich zu ihm hinunter und flüsterte ihm etwas zu, sodass es für die übrigen Anwesenden aussah, als wolle er sich mit ihm beraten.

»Was seid Ihr für ein heuchlerischer, wahrhaft bösartiger Mensch, Hardefust.«

Wendel Hardefust verstand das als Kompliment, er küsste erneut den Ring des Bischofs und erhob sich.

»Exzellenz, seid versichert, dass ich mein Bestes gebe!« Wieder sprach er mit lauter Stimme. »Ich werde sehen, was ich ausrichten kann.« Mit einer tiefen Verneigung zog er sich zurück, dann lief er im Eilschritt zurück zu Sankt Kolumba.

»Der Erzbischof gibt nach!«, schrie er. Er verschaffte sich Gehör, indem er auf eines der Pferde stieg, von wo aus er die kriegerische Versammlung gut überblicken konnte.

»Der Erzbischof hat sich besonnen! Er wird die Zünfte aus

den Schöffenämtern jagen und die Geschlechter wieder einsetzen! Das Gericht wird in unserem Sinne entscheiden!«

Sie glaubten ihm jedes Wort, auch den Rest. Er war schließlich einer der Ihren, und als solcher erläuterte er ihnen auch, was zu tun sei. Voraussetzung für die genannte Zusage des Erzbischofs sei eine waffenlose Zusammenkunft, zu der die Männer der Geschlechter – unter Zusicherung freien Geleits – sofort zu erscheinen und den Friedenseid zu leisten hätten, und im Gegenzug werde alles wieder so sein wie früher. Auch die übrigen Geschlechter, die sich bei Klein Sankt Martin versammelt hätten, seien bereits auf dem Weg zum Palast.

Die einen oder anderen zögerten ein wenig, viele sahen sich um den ersehnten Kampf gebracht, aber die meisten waren froh, die Waffen strecken und den Zwist auf diese Weise beilegen zu können.

Und so folgten sie ihm alle zum Palast des Erzbischofs, die Judes und die Overstolzen, die von der Mühlengasse, die Girs, die Kleingedanks, die Grins, die von der Schuren und wie sie alle hießen – zu Dutzenden marschierten sie in ihr Verderben, lauter Mitglieder der Richerzeche und ihre Söhne, Brüder, Vettern, Schwäger.

Kaum hatten sie sich im Saal des Palastes versammelt, stürzten sich von allen Seiten die Soldaten des Erzbischofs auf sie und überwältigten sie.

Konrad von Hochstaden hatte sich von seinem Stuhl erhoben und blickte siegestrunken auf sie hinab. Sie hatten gewagt, ihm die Stirn zu bieten, und er hatte sie alle auf einen Streich in seine Gewalt gebracht. Das Schicksal der Geschlechter war besiegelt, ihr Widerstand endgültig gebrochen. Flüchtig sah er zu Wendel Hardefust hinüber, der die Niederlage der Männer, mit denen er seine Macht bisher hatte teilen müssen, im selben Maße genoss wie Konrad von Hochstaden. Für die Dauer eines Atemzugs begegneten sich die Blicke des Erzbischofs und des Hardefust, und einen Moment lang glaubte Wendel Hardefust, ein drohendes Flackern in den Augen seines Gegenübers wahrzunehmen. Dann wandte Konrad von Hochstaden sich ab, um mit seinem Hauskaplan zu sprechen, und Wendel Hardefust verließ den Saal. Für ihn hatte die Zeit des Siegens erst begonnen.

Unter den Zunft- und Gemeindemitgliedern brach ein Begeisterungssturm los, als die Nachricht von der Niederwerfung der Geschlechter die Runde machte. Statt des erwarteten Kampfs gab es ein Freudenfest, die Leute zogen lachend und jubelnd durch die Straßen, Wein und Bier flossen in Strömen und kühlten so manches eben noch erhitzte Gemüt.

Jacop nahm am Boden zerstört zur Kenntnis, dass sein Vater mitnichten dem Tode geweiht war; der Erzbischof hatte nur die Edelleute festgenommen. Wie betäubt ließ Jacop sich von Eberhard in die Schänke scheuchen, wo er Freibier für alle zapfen musste.

Auch in dem Haus, in dem Wendel Hardefust sich aufhielt, wurde gefeiert, er hatte sich bei einer Base am Malzbüchel einquartiert und dorthin einige Vertraute eingeladen, die maßgeblich zum Gelingen des ganzen Plans beigetragen hatten. Von den Geschlechtern war keiner darunter. Nachdem er von denen fast alle dem Erzbischof ans Messer geliefert hatte, würde er auf absehbare Zeit der Einzige sein, der von den alten städtischen Adelsfamilien übrig blieb. Mit den angestammten Rechten eines Herrschers versehen, würde er die Geschicke der Stadt leiten, jedenfalls da, wo es Geld einbrachte. Münze, Silberhandel, Zoll, Akzise, Stapel – seiner Macht waren keine Grenzen gesetzt. Nicht einmal durch Konrad von Hochstaden, der Köln ohnehin bald wieder den Rücken kehren würde. Er blieb nie lange in der Stadt, fast könnte man meinen, er hasste Köln – was vermutlich zutraf –, wogegen er, Wendel Hardefust, dieses Fleckchen Erde liebte. Er wäre nie auf den Gedanken verfallen, die Stadt gegen eine dämliche Burg auf dem Land einzutauschen, wie es Martin von Bergerhausen getan hatte. Doch die Ritterwürde, die der Erzbischof Martin verliehen hatte, die war Wendel ein Dorn im Auge gewesen. Martin war immer alles in den Schoß gefallen, das war schon in ihrer beider Jugend so gewesen. Martin, dessen Vater reicher war als seiner. Martin, der größer und gescheiter und geschickter als Wendel war. Martin, der mehr Glück bei den Frauen hatte. Der ihm Barbara weggenommen hatte. Wendel hatte ihm anvertraut, dass er sie liebte und um sie freien wollte. Martin hatte gelacht: Na so was, ich liebe sie auch, und ich will ebenfalls um sie freien.

Sie hatte mit Erlaubnis ihres Vaters Martin von Bergerhausen gewählt. Und am Ende die Quittung dafür bekommen.

Wendel merkte nicht, wie sich seine Hände immer wieder zu Fäusten zusammenkrampften. Erst als Jobst erschien und ihn mit spöttisch hochgezogenen Brauen betrachtete, wurde er gewahr, was er tat.

»Was willst du?«, herrschte er seinen Gefolgsmann an.

»Dieser Kerl ist da«, sagte Jobst. Seiner Stimme war keine Regung anzuhören, und auch sein Gesicht blieb ausdruckslos. Er musste nicht erklären, wen er meinte, Wendel wusste es auch so, Jobst hatte den Mann auf sein Geheiß aufgestöbert.

Wendel blickte sich um, dann sagte er mit gesenkter Stimme: »Er soll hinters Haus gehen, ich rede draußen mit ihm, es muss keiner hören.«

Jobst nickte gleichmütig. »Ich sag's ihm.« Ein schwaches Funkeln trat in seine Augen. »Blithildis. Ich will sie.«

»Damit meinst du sicher, dass du sie töten willst.«

»Natürlich.« Der Anflug eines maliziösen Lächelns zuckte in Jobsts Mundwinkeln.

In Wendel stieg Ekel auf. »Vergiss das. Es ist zu riskant. Ich will sie ebenfalls tot sehen, aber noch ist der Erzbischof in der Stadt, er hat einen Haufen Truppen unter seinem Befehl, und er wartet nur darauf, dass ich einen Fehler mache.«

»Ich kann warten.«

Das wirst du auch, dachte Wendel, bis in alle Ewigkeit. Der Mann, den er gleich hinterm Haus traf, würde nicht nur einen, sondern zwei Aufträge erhalten. Manche Dinge schob man besser nicht allzu lange auf.

Simon und Diether hatten sich auf den Hof zurückgezogen.

Im Haus war die Luft zum Schneiden dick, Simon hatte es drinnen nicht mehr ausgehalten. Die Dünste des aufgetragenen Essens, die vielen schwitzenden, bezechten Menschen, der Lärm, das Gedränge – er brauchte frische Luft. Vater hatte darauf bestanden, dass er dabei war, ebenso wie er von ihm verlangt hatte, die Demütigung der Geschlechter im Saal des Bischofspalastes mit anzusehen. Dem künftigen Oberhaupt derer von Hardefust, so hatte er erklärt, obliege es, sich vor der Welt zu zeigen, damit es später keinen Zweifel gebe, wer die Macht innehatte. Vater hatte ihn nach Köln zitiert wie einen Lakaien, genauso wie er ihn am Ostertag auf die Burg geschickt hatte. Dass er Ursel befohlen hatte, ihn zu begleiten, hatte Simon nur anfangs gewundert. Mittlerweile war völlig klar, dass beide Befehle – einmal jener, sich fernzuhalten, einmal der, sich einzufinden – im Zusammenhang mit den jüngsten Ereignissen standen. Vater hatte ganz offensichtlich schon vorher genau gewusst, was geschehen würde, weshalb es auf der Hand lag, dass alles, was passiert war, einem sorgsamen Plan entsprungen war. Dem gemeinsamen Plan seines Vaters und des Erzbischofs.

»Sag mir, warum ich das alles mitmache«, bat Simon den Freund. Er war von Selbsthass und Überdruss erfüllt. Allein die Stimme seines Vaters zu hören rief Widerwillen in ihm hervor.

»Morgen können wir wieder zurück nach Kerpen«, sagte Diether. »Vielleicht lässt er uns dann eine Zeit lang in Frieden.«

»Du weißt, dass er das nicht tun wird. Wahrscheinlich fragt er sich jetzt schon wieder, wo ich stecke.«

»Vergiss ihn einfach für eine kleine Weile. Komm her.« Diether legte die Arme um ihn, und Simon überließ sich für einige

Augenblicke der tröstlichen Nähe, die ihn für alles entschädigte. Die Sorge, dass ihre Verbindung eines Tages ruchbar wurde, lag dennoch schwer auf seiner Seele. Ohne Diether war er nichts, er konnte nicht leben ohne ihn, sie wussten es beide, wenngleich Simon sich darüber im Klaren war, dass Diether eine viel größere Gefahr einging als er selbst. Während Wendel Diether bedenkenlos umbringen würde, käme Simon mit einer brutalen Tracht Prügel davon, und gleichzeitig würde sein Vater es irgendwie deichseln, dass der Mantel des Schweigens über allem ausgebreitet blieb. Er würde seinem Sohn einen Ablassbrief kaufen, so wie er es für sich selbst auch regelmäßig tat, und damit sogar den lästigen Gang zur Beichte überflüssig machen. Simon hatte indessen seit Langem nicht mehr gebeichtet, schon gar nicht seine Liebe zu Diether, denn wie konnte etwas, das aus tiefstem Herzen kam, verwerflich und verboten sein? Die leuchtende Reinheit seiner Gefühle für einen anderen Menschen als Sünde zu betrachten, war ihm schlechterdings unmöglich, er hatte schon lange aufgehört, sich deshalb mit Gewissenszweifeln zu plagen. Es gab nichts, was Gott ihm hätte vergeben können.

»Da kommt jemand«, flüsterte Diether. Hastig zog er Simon in eine finstere Ecke neben dem Stall, wo sie sich mucksmäuschenstill verhielten. Hinterm Haus war es dunkel, nur ein schwacher Widerschein der Fackeln, die auf der Gasse brannten, drang bis auf den Hof.

Schritte kamen näher, zwei Männer sprachen leise miteinander. »Hier hört uns niemand«, sagte Wendel Hardefust. Er und der andere Mann blieben stehen. »Ihr solltet es so rasch wie möglich erledigen und ihn danach verschwinden lassen. Wenn es keine Leiche gibt, kann mir auch keiner einen Mord vorwerfen. Deshalb darf es keine Zeugen geben. Und den Seinen darf nichts geschehen, sonst weiß jeder, was passiert ist. Später könnt Ihr auftauchen und als Zeuge aussagen, dass er noch lebt. Ihr könntet ihn beispielsweise in den Wäldern gesehen haben, wo er wieder die Handelszüge ehrbarer Kaufleute überfällt.

Bringt einen Eurer Kumpane mit, der dasselbe bekundet, doppelt hält besser. Ich werde einen Kölner Händler schmieren, der behaupten wird, dass seine Wagenkolonne von dem Bergerhausen angegriffen wurde.«

Der andere Mann lachte unterdrückt. »Was für ein schurkischer Plan!«

»Es gibt noch einen weiteren Auftrag.«

»Auch jemand, der nicht gefunden werden soll?«

»Nein, es geht um meinen Gefolgsmann Jobst, ihn könnt Ihr umbringen, wo immer Ihr wollt, Ihr solltet Euch nur nicht dabei erwischen lassen. Tut es einfach bei nächstbester Gelegenheit, aber seht Euch vor, er ist schlau und ein wendiger Messerkämpfer.«

»Das ist Johann von Bergerhausen auch. Was habt Ihr eigentlich gegen den Mann?«

»Das geht Euch nichts an.« Leises Klimpern war zu hören. »Hier die erste Hälfte, wie ausgemacht. Den Rest, wenn es getan ist.«

»Es wird mir ein Vergnügen sein.«

»Verschwindet jetzt. Ich warte, bis Ihr fort seid, ich will nicht mit Euch gesehen werden.« Schritte entfernten sich. Simon machte eine unbedachte Bewegung, unter seinem Stiefelabsatz knirschten Steinchen.

Sein Vater ließ einen halblauten Fluch hören. »Wer ist da, verdammt?«

Simon hörte ihn näher kommen, und gleich darauf waren auch die schattenhaften Umrisse seiner Gestalt auszumachen. Simon drängte Diether gegen die Mauer. »Bleib hier«, hauchte er ihm ins Ohr, und im nächsten Moment war er aus dem Versteck gesprungen und ging auf seinen Vater zu.

»Vater, bist du das?«

»Simon?«

»Ja, natürlich.« Er beeilte sich in seinem Bemühen, die Entfernung zwischen sich und Diethers Versteck zu vergrößern. »Ich bin hier draußen, um Luft zu schnappen.«

Er beging den Fehler, zu dicht vor seinen Vater hinzutreten. Der packte ihn beim Surcot und riss ihn zu sich heran. »Was hast du gehört?«, zischte er ihm ins Gesicht.

»Nichts«, behauptete Simon, doch er merkte sofort, dass der Vater ihm nicht glaubte. Augenblicklich schmückte er seine Antwort entsprechend aus. »Ich habe vor mich hingedöst und wurde von einem Lachen wach, und dann hörte ich, dass du mit irgendwem über Handelszüge gesprochen hast. Du weißt, dass mich das nicht interessiert, also habe ich gar nicht richtig hingehört.«

»Wo ist dieser verfluchte Diether?«

»Er ist Wein holen gegangen, denn dieser Verschnitt, den die Tante uns kredenzt hat, schmeckt uns nicht.« Sein Tonfall ließ nicht den geringsten Zweifel offen, dass er die Wahrheit sagte. Diethers Leben hing davon ab. Es klang gelangweilt und ein wenig niedergedrückt, ganz so, als hätte er von allem die Nase voll, nicht nur vom schlechten Wein. Genauso hätte er gesprochen, wenn sich alles so verhalten hätte, wie er gerade behauptet hatte. Wenn er *nicht* mit angehört hätte, wie sein Vater einen Meuchelmörder damit beauftragte, zwei Menschenleben auszulöschen.

»Morgen nach der Messe verschwindest du nach Kerpen«, sagte sein Vater. Es klang kalt und überdrüssig, aber in seinem Ton schwang auch jene Siegessicherheit mit, die ihn schon den ganzen Tag über beflügelt hatte.

»Soll Ursel wieder mitkommen?«

Sein Vater dachte kurz nach. »Wenn sie will. Vielleicht bringt die Landluft sie auf andere Gedanken.«

»Gut«, sagte Simon. Sein Herz schlug lauter als jeder Donner, als sein Vater sich endlich in Bewegung setzte und am Haus vorbei zurück zur Gasse ging. Er zwang sich, nicht in hörbarer Erleichterung den Atem entweichen zu lassen. Während er seinem Vater folgte, warf er keinen Blick zurück.

Im *Goldenen Fass* ging es hoch her, die Schänke war lange nicht so stark besucht gewesen wie an diesem Abend. Madlen hatte Willi aus dem Bett holen müssen, damit er beim Bedienen half. Sie selbst stand am Schanktisch und zapfte, bis ihr die Hände wehtaten, während Johann, Caspar und Willi in raschem Wechsel die vollen Becher zu den Tischen brachten und Irmla das Essen heranschleppte. Schon drei Mal hatte Johann ein frisches Fass aus dem Keller holen müssen, und Irmla kam kaum nach mit dem Anrichten und Servieren von Brot, Speck und Räucherhering. Die Gäste waren glänzender Stimmung, ständig wurden neue Trinksprüche ausgebracht, und es flogen Zoten hin und her, von denen die meisten den übertölpelten Geschlechtern galten. Aus dem Stegreif wurden Spottverse gedichtet und, untermalt mit den Melodien bekannter Lieder, vor versammelter Runde zum Besten gegeben, bis die Leute sich die Seiten hielten vor Lachen und nach mehr Bier und Speck schrien, weil die gute Laune ihren Durst und die Lust am Essen förderte. Die Wandleuchten flackerten und tauchten den Raum in ein warmes Licht. Der Geruch von Räucherfisch, gebratenem Speck und frisch gezapftem Bier mischte sich mit den Ausdünstungen der Menschen, die Luft stand förmlich, obwohl die Läden geöffnet waren. Nicht alle Gäste hatten Plätze zum Sitzen gefunden, manche lehnten an den Wänden, andere drängten sich um einen behelfsmäßigen Stehtisch, den Johann aus zwei aufeinandergestapelten Fässern in der Ecke aufgebaut hatte.

In der drangvollen Enge fiel es zunächst niemandem auf, dass eine vornehm gekleidete Frau in die Schänke geschlüpft kam. Verstohlen schob sie sich durch die Tür und schaute sich verstört um. Schließlich fiel ihr Blick auf Johann, der alle Umstehenden überragte, und beinahe gleichzeitig bemerkte auch er sie und kämpfte sich zu ihr durch.

»Ursel!«, rief er. »Was machst du denn hier?«

Ihr Gesicht wirkte entschlossen, obwohl die vielen Menschen um sie herum sie zu irritieren schienen. Abermals sah sie sich scheu um, dann zog sie, genau wie beim letzten Mal, einen zusammengerollten Brief hervor und drückte ihn Johann in die Hand. Er steckte ihn sofort hinter seinen Gürtel und wandte den Kopf zum Schanktisch, und tatsächlich, Madlen blickte ihn und die Frau, die bei ihm stand, mit bohrendem Blick an. Gleich darauf blitzten ihre Augen vor Zorn, denn Ursel trat noch dichter an ihn heran und umarmte ihn. Sie presste sich an ihn, als hätte sie ihr Lebtag nichts anderes getan. »Ich werde dich immer lieben!«, flüsterte sie ihm ins Ohr. »Mein Herz gehört auf ewig dir!«

»Ursel, ich …«

»Mir ist klar, dass du bereits ein Weib hast, Liebster, weshalb ich dem Schwur unserer Kindheit wehen Herzens entsage. Ich nehme den Schleier. Es ist schon entschieden. Und Simon – er geht von hier fort, weit weg, vielleicht nach Venedig, dort lebt ein Onkel von Diether. Schon heute Nacht wollen wir uns davonstehlen. Wir haben uns besprochen, Simon und ich, und wir beide sind uns einig, dass es so das Beste ist. Für ihn, für mich, für dich.«

»Was meinst du damit, Ursel?«

»Lies den Brief, Johann. Dein Leben hängt davon ab. Und nun muss ich fort, Vater darf nicht erfahren, dass ich hier war.« Zaudernd blickte sie zu ihm auf, dann hob sie sich auf die Zehenspitzen und presste ihre Lippen auf seinen Mund. »Leb wohl, Johann!« Im nächsten Moment hatte sie sich umgedreht und sich an ein paar anzüglich grinsenden Gästen vorbei nach draußen gedrängt.

»Was war das denn?« Madlen stand dicht hinter ihm. Ihre Stimme klirrte wie Eis, und Johann wandte sich betreten zu ihr um.

Gleich darauf wurde er abgelenkt, denn trotz der späten Stunde betrat noch jemand die Schänke. Sofort fing sein Puls an zu rasen, seine Hand zuckte zum Dolch.

Vorn bei der Tür stand Drago.

Johann sammelte sich und ging zu ihm hinüber.

Madlen starrte Johann perplex nach. Der Zorn, der sie beim Anblick dieser Ursel gepackt hatte, war bereits beim Anblick des Kusses in nie gekannte Höhen übergekocht, aber dass er sie trotz der erdrückenden Tatsachen einfach hier stehen ließ wie eine Dienstmagd, um bei einem neuen Gast die Bestellung aufzunehmen, schlug dem Fass den Boden aus. Sie war drauf und dran, mitten unter all den Leuten die Beherrschung zu verlieren und ihn anzuschreien, so wie sie es sonst nur beim Gesinde tat. Dann sah sie, wer der Gast war; es handelte sich um den bärtigen Mann, der vor wenigen Wochen schon einmal hier gewesen und von Irmla wegen seines seltsamen, dreisten Starrens vor die Tür gesetzt worden war.

Befremdet sah sie, wie Johann sich zu dem Mann beugte und einige Worte mit ihm wechselte. Es schien ganz so, als ob die beiden sich kannten, aber nicht unbedingt als gute Freunde, denn als Johann sich anschließend wieder zu ihr umwandte, war sein Gesicht angespannt und blass. Sofort waren Ursel und ihr Brief vergessen. Ihm jedoch schien dieser Brief überaus wichtig zu sein, denn er nahm eine der Lampen vom Haken und ging, ohne Madlen eines Blickes zu würdigen, durch die Hintertür hinaus auf den Hof, wo er das Pergament hastig entrollte und las. Madlen bekam es nur mit, weil sie ihm auf dem Fuße folgte; als sie zu ihm trat, hatte er die Botschaft schon wieder hinter seinem Gürtel verstaut.

»Schreibt sie dir von ihrer ewigen Liebe?« Madlen ballte die Hände zu Fäusten. Als er nicht antwortete, musste sie an sich halten, keinen Wutschrei auszustoßen. Dann erst bemerkte sie, wie ernst er aussah. Sein düsterer Blick richtete sich in die Ferne, und seine Kieferknochen mahlten. Madlen schluckte erschrocken, mit einem Mal bekam sie Angst um ihre Ehe. In ihre Eifersucht mischte sich die Furcht, er könne sie verlassen wollen. Sie war sich seiner so sicher gewesen, doch nun gab es diesen Brief. Und Ursel, die ihn geküsst hatte, als hätte sie jedes Recht dazu.

»Du … du liebst sie doch nicht, oder?«, fragte sie. Ihre

Stimme klang erbärmlich dünn und unsicher. Er sah sie an, nun galt sein Blick wieder ihr, und ein Ausdruck von Erstaunen trat in sein Gesicht. »Meine Güte, nein! Was ist das für eine dumme Frage?«

»Sie hat dich immerhin geküsst! Und dir schon wieder einen Liebesbrief gegeben!« Dass Madlen immer noch nicht richtig lesen konnte, was in dem ersten stand, nagte an ihr. Johann gab ihr zwar wieder Unterricht, jeden Tag mindestens eine Stunde, doch das Lesen war alles andere als einfach, vom Schreiben gar nicht zu reden. Das Rechnen war dagegen geradezu läppisch leicht, inzwischen beherrschte sie alles, was Johann auch konnte, doch wenn sie versuchte, die vertrackten Buchstaben in die richtige Reihenfolge zu bringen, ob lesend oder schreibend, musste sie fortwährend lästerliche Flüche unterdrücken.

»Wenn du willst, lese ich dir beide Briefe nachher vor«, sagte er, als könne er hören, was sie dachte.

Das besänftigte sie ein wenig, doch ihr Misstrauen und ihr Ärger schwanden nicht vollends, beides köchelte auf kleiner Flamme weiter, erst recht, als er auf ihre Frage, wer der bärtige Mann sei, eine kurz angebundene, nichtssagende Antwort gab. »Ich hatte früher mal eine unangenehme Begegnung mit ihm.« Ohne nähere Erklärungen ging er in den Schankraum zurück und stürzte sich dort wieder in die Arbeit, als sei nichts gewesen. Madlen tat es ihm gleich und versuchte nach Kräften, ihren Unmut zu unterdrücken, doch es fiel ihr nicht leicht. Als Caspar sie forschend musterte und wissen wollte, ob alles in Ordnung sei, befahl sie ihm, sie in Ruhe zu lassen. Gleich darauf bereute sie ihre schroffe Antwort. Impulsiv nahm sie seine Hand und drückte sie. »Es tut mir leid, Caspar.« Sie holte Luft. »Es tut mir auch leid, dass ich dich letztens geohrfeigt habe. Das wollte ich dir schon längst sagen.«

Er nickte ein wenig angestrengt, dann sah er sie fragend an. »Es wird doch keinen Ärger mehr geben, oder? Hätten die Männer, die heute zum Aufpassen hier waren, vielleicht besser noch über Nacht bleiben sollen?«

»Nein, das war nicht nötig, es hat ja überhaupt keinen Aufruhr gegeben. Und es wird auch keinen mehr geben, denn die Richerleute hocken im Kerker und können nie wieder Unruhe stiften. Ab sofort herrscht in der Stadt Frieden, und auch wir sind hier in Sicherheit.« Noch während sie das sagte, beschlich sie eine leise Unsicherheit, die sie sich nicht erklären konnte. Vielleicht hing es mit dem seltsamen Fremden zusammen, der auf den ersten Blick ähnlich amüsiert seine Umgebung taxierte wie beim letzten Mal, doch in seiner Haltung lag eine unterdrückte Anspannung, die nicht recht zu seinem Grinsen passen wollte.

Die Schankzeit näherte sich dem Ende, Madlen hörte mit dem Zapfen auf. Caspar und Johann fingen an, reihum die leeren Becher einzusammeln, und Madlen schickte Irmla und Willi schlafen. Nach und nach verließen die Gäste teils müde, teils beschwingt das *Goldene Fass* und machten sich auf den Heimweg. Nur der Bärtige blieb weiterhin sitzen, obwohl er längst ausgetrunken und bezahlt hatte. Madlen sah fragend zu Johann hinüber, doch er schüttelte nur stumm den Kopf und bedeutete ihr mit Blicken, dass er später mit ihr darüber reden werde. Als alle bis auf den bärtigen Fremden gegangen waren, wandte sich Johann zu Caspar und Madlen um. »Ich schließe gleich hier ab und räume fertig auf. Geht ihr nur schon zu Bett.«

Caspar erhob keine Einwände und verzog sich sofort ins Sudhaus, sichtlich froh, sich endlich aufs Ohr legen zu können. Madlen wollte widersprechen, denn die Unruhe, die sie den ganzen Abend über begleitet hatte, hatte sich in wachsende Sorge verwandelt. Sie wusste nicht, was der Fremde von Johann wollte, aber es konnte nichts Gutes sein.

In Johanns Augen erkannte sie jedoch den unmissverständlichen Befehl, ins Wohnhaus hinüberzugehen. Sie gehorchte nur zögernd, und als sie den Schankraum durch die Hintertür verließ, schaute sie über die Schulter zurück. Kurz trafen sich ihre Blicke, und als sie die eisige Entschlossenheit in seiner Miene sah, stellten sich in ihrem Nacken winzige Härchen auf.

»Nun denn«, sagte Johann, als Madlen draußen war. »Lass uns also reden.« Er verschloss die Vordertür; anschließend ging er zum Schanktisch, beugte sich über das Fass und machte sich am Bierzapf zu schaffen. »Es ist noch genug da, willst du einen Becher?«

»Warum nicht. Deine Frau macht wohlschmeckendes Bier.« Drago stand auf und kam zu ihm herübergeschlendert. Seine Stimme war so heiser wie eh und je, sie klang wie Holz, das man über ein Reibeisen zog, und der gutturale Akzent verstärkte den Eindruck noch.

Johann rückte seinen Gürtel zurecht und wandte sich zu ihm um. »Besser, du kommst gleich zur Sache, sie wartet nicht gern.«

Drago lachte leise. »Ein kleiner Vulkan im Bett, was?« Seine Miene wurde ernst. »Eigentlich bin ich hier, weil ich dich töten soll. Töten und verschwinden lassen. Auf Wunsch eines Mannes, der wohl nicht gerade dein bester Freund ist, schätze ich. Wendel Hardefust. Ein Gefolgsmann von ihm hat mich in einer Spelunke angesprochen. Ob ich Lust auf ein kleines Geschäft hätte, bei dem du in die Grube fährst.« Drago betrachtete ihn neugierig. »Ist dieser Wendel Hardefust nicht der Kerl, von dem du mir erzählt hattest? Der sich deine Lehnsburg unter den Nagel gerissen hat?«

»Allerdings. Was brachte ihn auf den Gedanken, dir könnte an meinem Tod gelegen sein?« Johann hob die Hand. »Warte, sag es nicht. Du hast mich seinerzeit bei ihm denunziert und ihm mein Waldversteck verraten, sodass er mir die Büttel auf den Hals hetzen konnte. Hat er dich für den Hinweis ordentlich entlohnt? Und sicher war es auch in deinem Sinne, dass er die Wachen bestochen hat, mich vor der Hinrichtung halb totzuprügeln. Nur dumm, dass es dann keine Hinrichtung gab, wie?«

Unterdrückter Zorn glomm in Dragos Augen auf, wurde jedoch sofort von einem versöhnlichen Lächeln weggewischt. »Das sind alte Geschichten, ich hoffe, du trägst mir nichts nach. Ich war noch wütend auf dich, wegen der Sache beim letzten

Überfall. Aber sieh auch das Gute daran! Schließlich hat dich all das auf direktem Wege hierhergeführt. In die Arme dieses niedlichen kleinen Weibsbilds. Im Grunde müsstest du mir noch dankbar sein.«

»Du schuldest mir ein Pferd. Und eine Menge Geld.«

»Ah, aber das Pferd hat sich der Gewaltrichter unter den Nagel gerissen! Frag den. Und das Geld – mein lieber Johann, das war doch gestohlen. Von redlichen Händlern, du warst selbst zugegen, als wir es uns nahmen. Du wirst doch nicht allen Ernstes Anspruch auf Diebesgut erheben?« Er lachte, doch es klang gekünstelt. »Lass uns ernsthaft reden. Über die wirklich wichtigen Dinge.« Sein Akzent kam nun stärker durch, und Johann entging auch nicht Dragos zunehmende Anspannung.

»Nur zu«, sagte Johann. Abwartend sah er sein Gegenüber an.

»Ich dachte, wir beide treffen einen Handel. Dieser Wendel Hardefust zahlt mir eine Menge dafür, dass ich dich umbringe und spurlos verschwinden lasse. Die Hälfte habe ich im Voraus bekommen. Was hältst du davon, wenn du wirklich für eine Weile verschwindest, sagen wir, zwei oder drei Tage lang, bis er glaubt, dass alles gelaufen ist wie geplant?«

»Und die zweite Hälfte teilen wir uns dann?«

Drago grinste. »Ein guter Witz. Nein, so dachte ich es mir nicht. Ich will *alles* behalten, und du legst noch was drauf.«

»Und warum sollte ich das tun?«

»Damit ich diesen Hardefust beim Erzbischof anschwärze. Der hat ihm nämlich mit der Acht gedroht, wenn er noch einmal versucht, dich umzubringen.«

»Du bist gut unterrichtet.«

»Er hat's mir selbst erzählt. Du ahnst nicht, was für Machenschaften er sich ausgedacht hat. Alle sollen glauben, du hättest dich bloß abgesetzt, während du in Wahrheit längst unter der Erde verfaulst.«

Nachdenklich runzelte Johann die Stirn. »Ich gebe zu, der Gedanke, ihn auf diese Weise für immer loswerden zu können, ist sehr verlockend. Eine weitere kleine Denunziation, auf die der Erzbischof vielleicht nur gewartet hat – das klingt überzeugend.« Er nickte langsam. »Wie viel willst du dafür haben?«

Drago musterte ihn abwägend. »Zehn Gulden.«

Johann erwiderte seinen Blick. »So viel habe ich nicht hier. Das muss ich erst holen.«

»Wo hast du es denn?«

»Hinten im Garten vergraben.«

Drago grinste. »Na sieh einer an. Dir fällt auch nichts Neues mehr ein, oder?«

»Du hast wohl bei meinem Versteck im Wald das leere Erdloch entdeckt, wie? Hat es dich geärgert, dass ich das Geld geholt habe, bevor du es selber finden konntest?«

Drago zuckte nur die Achseln. »Lass uns diese dummen Geschichten vergessen, das ist Vergangenheit. Wäre ich etwa hergekommen und hätte dir alles erzählt, wenn ich es nicht gut mit dir meinen würde? Gehen wir in den Garten und graben dein Geld aus. Und morgen bist du diesen Hardefust für alle Zeiten los.«

Johann nahm eine der Lampen und ging zur Hintertür. »Du weißt, dass ich dich überall finde, falls du versuchst, mich hereinzulegen, oder?«

»Wenn du dich damit sicherer fühlst, kannst du es so machen wie der Hardefust. Die erste Hälfte sofort, die zweite hinterher, wenn er im Loch sitzt und auf den Henker wartet.«

Johann blickte ihn mit verengten Augen an, dann nickte er wortlos. Gemeinsam gingen sie über den Hof. Hannibals Kette klirrte, als der Hund den Kopf hob. Er knurrte kurz, als der Fremde an ihm vorbeiging, doch da sein Herr dabei war, gab es keinen Grund, anzuschlagen.

»Hier ist es«, sagte Johann, als sie den hinteren Teil des Gartens erreicht hatten. »Genau darunter.« Er beugte sich über die Bank, die er für Veit zwischen den Obstbäumen aufgebaut hatte. Die Lampe hatte er daneben abgestellt. Seine Hand war unter seinem Wams. »Jetzt hast du doch kein Bier mehr getrunken. Vielleicht nimmst du dir nachher noch einen Becher voll mit auf den Weg.«

»Das mache ich auf jeden Fall«, sagte Drago. Er sprach lauter als nötig, aber seine Stimme übertönte nicht das leise Schaben, mit dem sein Dolch aus der Scheide glitt. Er kam jedoch nicht mehr dazu, Johann das Messer in den Rücken zu stoßen, denn dieser war bereits herumgefahren und hatte ihm seine Damaszenerklinge in den Leib gerannt.

Drago glotzte verständnislos an sich herunter, während Johann den Dolch herausriss und erneut zustieß. Drago fiel auf die Knie und hielt sich den Bauch. »Du verdammter …«

»Du hast es schlau eingefädelt«, sagte Johann. »Den Gegner in Sicherheit wiegen, Vertrauen wecken, die Lüge hinter der Wahrheit verbergen. Und am Ende alles einstecken wollen. Dumm nur, dass ich dich zu gut kenne.« Bitter fuhr er fort: »Du warst wieder einmal zu gierig, Drago. Sonst hättest du besser auf meine Hände aufgepasst, vorhin, beim Schanktisch, und hinterher meine leere Dolchscheide bemerkt. Früher hattest du dafür immer ein unbestechliches Auge.«

Drago sackte vollends zu Boden und blickte röchelnd zu Johann auf. »Fahr … zur … Hölle.«

»Nach dir, alter Freund.« Unbewegt sah Johann auf den Mann hinab, dessen Augen sich bereits trübten. Wenig später tat Drago den letzten Atemzug, es war vorbei.

Johann ging neben ihm in die Hocke und zog ihm die Börse vom Beutel. Das Blutgeld, das der Hardefust für seinen Tod bezahlt hatte, wog schwer in seiner Hand. Er schüttelte die Münzen heraus, lauter Goldstücke, deutlich mehr, als er erwartet hatte. Grimmig schloss er die Hand darum, einen Moment lang versucht, sie in die Nacht hinauszuschleudern, doch dann steckte er sie kurz entschlossen ein. Sie würden helfen, einiges von dem Unrecht wiedergutzumachen, das Wendel Hardefust angerichtet hatte.

Er packte den Leichnam unter den Armen und zerrte ihn zum Zaun, wo er die Latten abnahm, die er am Morgen für einen Fluchtweg gelockert hatte. Es kostete einige Verrenkungen, bis er den Toten durch die Öffnung gezogen hatte. Die Lampe verbreitete kaum genug Licht, um freie Flächen zwischen dem Dornengestrüpp zu erkennen. Das Brachland erstreckte sich bis hinter das Grundstück von Madlens Nachbarn, dort schien es ein leichteres Durchkommen zu geben. Kurzerhand schleppte Johann die Leiche hinüber, in der Absicht, sie bis zur gegenüberliegenden Straße zu bringen. Unerwartetes Hufgeklapper setzte diesem Plan jedoch ein vorzeitiges Ende. Der Nachtwächter kam die Streitgasse herauf. Johann ließ den Toten fahren, sprang mit großen Sätzen zurück zur Zaunlücke, löschte die dort abgestellte Lampe und duckte sich in die Dunkelheit. Der Nachtwächter hatte sein Pferd gezügelt und wandte sich lauschend um. Er war höchstens dreißig Schritte entfernt. Johann glaubte den Argwohn des Mannes spüren zu können, obwohl im matten Schein des Windlichts, das der Wächter mit sich führte, sein Gesicht nicht zu erkennen war.

»Ist da wer?«, rief der Mann.

Johann war bereits zurück in den Garten geschlüpft. Er tastete nach den Brettern und verschloss damit die Lücke im Zaun. In dieser Nacht wollte er sein Glück nicht länger herausfordern. Sollte der Wächter die Leiche doch dort draußen zwischen den Dornen finden. Den ganzen Tag war es in der Stadt hoch hergegangen, überall hatten sich Beutelschneider herumgetrieben. Das schlimmste Gesindel lauerte häufig in den entlegensten Ecken und wartete im Schutze der Dunkelheit auf Opfer. Niemand würde daran zweifeln, dass Drago einem Raubmörder in die Hände gefallen war. Außer vielleicht Hardefust, doch dem würde nicht mehr viel Zeit bleiben, um sich darüber aufzuregen.

Geduckt schlich Johann zurück zum Haus. Von den Talgleuchten, die noch in der Schänke brannten, fiel ein schwacher Lichtschein auf den Hof. Johann löschte alle Lampen bis auf eine, die er mit nach draußen zum Brunnen nahm. Dort schöpfte er Wasser und wusch sich gründlich Dragos Blut von den Händen, als eine unversehens in der Hintertür des Wohnhauses auftauchende, gespensterähnliche kleine Gestalt ihn innehalten ließ. Madlen stand dort, barfuß und im Hemd, von Lampenlicht umflossen.

»Johann! Was um alles in der Welt machst du da?«

Ihr Erscheinen setzte Regungen in Johann frei, die sein Blut pulsieren ließen. Mit einem Ruck zog er sich den Surcot über den Kopf und klemmte ihn unter den Arm, während er im Hemd auf sie zuging. Im Licht der Lampe, die sie hielt, schienen ihre Augen ihm riesig. Ihr Haar, aufgelöst bis zur Hüfte hängend, hatte den Schimmer blassen Silbers, ebenso wie die Haut ihres Halses, als er die langen Strähnen zur Seite streifte, hart ihren Nacken umfasste und seinen Kopf beugte, um hungrig seine Lippen auf ihren Mund zu pressen. Ein erschrockenes Keuchen entwich ihr, um ein Haar wäre ihr die Lampe entglitten, sie musste mit beiden Händen zufassen, um sie festzuhalten.

»Geh schnell rauf«, sagte er mit rauer Stimme. »Sonst muss ich dich gleich hier unten nehmen. Genau hier in der Tür.«

Und das hätte er auch getan, wenn sie sich nicht wie der Wind umgedreht und die Stiege hinaufgehuscht wäre. Er verriegelte die Tür und folgte ihr, und schon auf der Stiege löste er Gurt und Bruche. Unter der Treppe rumorte es, die Magd war offenbar aufgewacht, doch das scherte ihn nicht, sollte doch zuhören, wer wollte. Oben in der Kammer warf er seine Sachen auf den Boden und trat mit dem Fuß die Tür hinter sich zu, bevor er sich das Hemd über den Kopf zerrte und die Beinlinge abstreifte. Er wollte nackt sein.

»Zieh dich aus«, befahl er.

Sie stand mit weit aufgerissenen Augen vor dem Bett. Die Lampe hatte sie auf dem Schemel abgestellt, Johann bemerkte, wie ihre Hände zitterten, vielleicht vor Angst, vielleicht aber auch vor Erregung. Als sie sich bückte und nach dem Saum ihres Hemdes griff, sah Johann, wie sich ihre Nasenflügel blähten. Er hörte ihren stockenden Atem und dann das winzige Seufzen, als der Stoff raschelnd über ihre nackte Haut glitt. Mit zwei Schritten war er bei ihr und riss sie in seine Arme, drängte sie zurück auf das Lager und spreizte ihr die Schenkel. Er musste sie sofort haben, der Drang, sie zu besitzen, war ebenso machtvoll wie unbezähmbar. Es war eine urtümliche, namenlose Besessenheit, die ihn zwang, auf der Stelle in sie einzudringen und sie mit groben Stößen zu nehmen. Dass sie feucht und bereit war und vor Verlangen stöhnte, machte es ihm leichter, änderte aber nichts an seiner blindwütigen Gier, die einzig und allein darauf aus war, dem mächtigsten aller menschlichen Triebe zum Triumph zu verhelfen – dem schieren Willen des Lebens, Sieger über den Tod zu bleiben.

Im Augenblick des Höhepunkts warf er den Kopf zurück und schrie auf, verlor sich für die Dauer mehrerer Herzschläge in einem rasenden Mahlstrom, um anschließend wie ein welkes Blatt im Herbststurm über eine Klippe davonzuwirbeln. Benommen sackte er zusammen, und erst, als Madlen mit beiden Fäusten auf seine Schultern trommelte und ihm energisch befahl, von ihr runterzugehen, stemmte er sich hoch und rollte sich keuchend neben sie.

»Was hast du getan?« Sie stützte sich neben ihm auf, um ihm ins Gesicht sehen zu können. Johann hatte das Bedürfnis, einfach die Augen zu schließen und einzuschlafen, doch unter den gegebenen Umständen kam das natürlich nicht in Betracht. Immerhin war er so weit wieder bei Sinnen, sich zu entschuldigen.

Er seufzte ergeben. »Es tut mir leid. Dich so roh und rücksichtslos zu nehmen, war nicht recht. Beim nächsten Mal lasse ich mir mehr Zeit.« Erschöpft setzte er an, ihr zu erklären, warum Männer nach überstandener Todesgefahr manchmal dem Instinkt erlagen, sich durch den Geschlechtsakt zu beweisen, dass sie noch am Leben waren. Doch darum ging es ihr gar nicht, denn sie schnitt ihm das Wort ab.

»Ich will nicht wissen, warum du über mich hergefallen bist, sondern was du mit dem Mann gemacht hast. Habt ihr gestritten oder gar gekämpft?«

»Ich habe ihn getötet.«

Sie atmete scharf ein. Er drehte sich auf die Seite und sah sie an. »Es ging nicht anders. Er wollte mich hinterrücks erstechen, ich kam ihm lediglich zuvor.«

Das schien sie erst verdauen zu müssen. Ihre Lippen bebten, und er sah, wie sich ihre Augen mit Tränen füllten. Schließlich nickte sie mühsam. »Ich bin froh, dass er dir nichts mehr tun kann.«

»Ich fürchte, ich konnte ihn nicht richtig verstecken. Er liegt in der Brache zur Streitgasse, gleich hinter dem Garten von Agnes und Hans. Mir blieb keine Zeit, ihn weiter wegzuschleppen. Der Nachtwächter kam vorbei und hat mich gehört. Also habe ich den Toten einfach da liegen lassen, das schien mir am vernünftigsten. Drüben bei Sankt Kolumba treibt sich häufig Gelichter herum, es gab schon öfter Messerstechereien in der Gegend.«

»Woher kanntest du den Mann? Worüber habt ihr geredet?«

»Das ist eine lange Geschichte.«

»Ich will, dass du sie mir erzählst. Und hinterher liest du mir die Briefe von dieser Ursel vor.«

Johann ergab sich seufzend ins Unvermeidliche.

Konrad von Hochstaden konnte nicht schlafen. Er starrte seit einer Weile in die Dunkelheit, dann trieb ihn der Harndrang aus dem Bett. Meist musste er zwei Mal in der Nacht aufstehen, um Wasser zu lassen. Dieses Zeichen des Alters zeigte ihm nachhaltiger als manch anderer körperlicher Verschleiß seine Vergänglichkeit auf, denn der Schlaf war eine kostbare Gabe, wenn schon die Tage sich in endlosen, schleppenden Stunden erschöpften und kaum noch Freude, geschweige denn so etwas wie Glück boten. Auch im Gebet fand er nur noch selten Frieden, zu oft kreisten seine Gedanken um all das, was es zu regeln und zu befehlen gab. Die heulenden Wölfe aus der Richerzeche hatte er eingefangen und sie, so gut es ging verstreut, auf seinen Burgen weit außerhalb von Köln gefangen gesetzt, doch sicher würde sich bald irgendwo ein neues Rudel sammeln und ihn umschleichen, mit einem Leittier, das mutig genug war, ihm an die Kehle zu springen.

Seufzend setzte er sich auf. Sofort kam Ott aus der Dunkelheit näher, mit der mächtigen Hand eine Kerze abschirmend. »Domine? Wünscht Ihr den Topf?«

»Den und einen Pokal von dem Roten, den ich vor dem Schlafengehen hatte. Er war sehr gut.«

Ott brachte das Gewünschte. Während Konrad von Hochstaden sich in den Nachttopf erleichterte, goss Ott ihm aus dem Krug von dem Wein ein. Das doppelte Plätschern reizte den Erzbischof zur Heiterkeit, er gab der flüchtigen Aufwallung nach und grinste, bevor er sich von Ott den Weg zum Lehnstuhl ausleuchten ließ und sich hineinsetzte, um in Ruhe den Wein zu genießen. Einer der wenigen wirklichen Genüsse, die das Leben ihm noch zu bieten hatte.

Unter seinem Hinterteil knisterte es, er griff unter sich und zog die Briefe hervor, auf die er sich versehentlich gesetzt hatte. Bevor er zu Bett gegangen war, hatte er hier im Lehnstuhl gesessen und sie gelesen, was er jetzt wiederholte, weil es sonst nichts zu tun gab.

Der erste Brief hatte sein Herz bewegt und ihn zum Staunen gebracht, aber vor allem hatte er rotglühenden Zorn in ihm geweckt, und er hatte sofort den Greven zu sich befohlen, damit dieser entsprechende Schritte veranlasste.

Die sorgfältig geschriebenen Zeilen stammten von seinem Patenkind, Blithildis von Bergerhausen. Nie hätte er geglaubt, dass sie noch lebte, und das, was sie ihm mitteilte, war so unfassbar wie kaum etwas, das er je gehört oder erlebt hatte. Es gab keinen Zweifel, dass der Brief von ihr kam, denn sie schrieb über Dinge, die nur sie wissen konnte. Einmal, als sie vielleicht vier oder fünf gewesen war, war sie mit ihrem Bruder und ihren Eltern in den Palast gekommen, und in einem unbeobachteten Moment, als die anderen sich ein paar Schritte entfernt unterhielten und niemand zu ihm hinsah, hatte Konrad ihr mit verschwörerischem Augenzwinkern ein Schmuckstück umgehängt, ein Kreuz aus ziseliertem Silber, mit einer kostbaren kleinen Perle. »Trag es auf dem Herzen«, hatte er ihr zugeflüstert, »denn es ist das Unterpfand unserer lebenslangen Freundschaft.«

Ich trage das Unterpfand unserer Freundschaft, das Ihr mir einstmals um den Hals legtet, immer noch auf dem Herzen, hatte sie in der letzten Zeile vor ihren Namen geschrieben. *Jetzt und für immer.*

Konrad rollte das schmale Pergament wieder zusammen und nahm sich den zweiten Brief vor. Aus dem rasenden Zorn und dem Entsetzen, die Blithildis' Zeilen in ihm hervorgerufen hatten, war beim Lesen des anderen Briefs kalter Hass geworden. Sewolt, der Burgvogt auf der Lehnsburg, die ehemals Martin von Bergerhausen gehört hatte, listete in akribischer Anklage alle Missetaten des Hardefust und seines Gefolgsmannes auf, die er in vielen Jahren aus nächster Nähe mitbekommen hatte. Sie gipfelten in der Beschreibung des Überfalls auf Barbara und Blithildis und des Blutbads in der Schildergasse durch die Mordbuben des Hardefust.

Konrad horchte in sich hinein. Sein Hass gründete nicht allein auf den Schandtaten des Hardefust. Ein Teil war Selbstverachtung, die daher rührte, dass er, der Erzbischof, diesen Taten Vorschub geleistet hatte. Zumindest war er dafür mitverantwortlich, denn er hatte dem Hardefust die Macht gegeben, all diese Verbrechen begehen zu können. Zuletzt hatte er ihm sogar eine solche Machtfülle zu Füßen gelegt, dass es ihn vor seinem eigenen Opportunismus grauste.

Doch noch war nichts zu spät. Er konnte vieles noch ändern, es so gestalten, wie es der Gerechtigkeit entsprach.

Gerechtigkeit ... Mit einem Mal spürte er jedes Jahr seines langen Lebens wie Blei auf seiner Seele liegen. Der Tag war nicht fern, da über ihn selbst gerichtet werden würde, und mit einem Mal flog ihn eine Ahnung an, dass sein Herz gewogen und für zu leicht befunden werden könnte.

»Bring mir noch Wein, Ott«, brummte er. »Wer weiß, ob ich je wieder so guten kriege.«

Auch Wendel Hardefust konnte in dieser Nacht nicht schlafen. Schwerer Rotwein hatte ihn müde gemacht, er war in der Kammer, die er mit Jobst und seinem Sohn teilte, ohne sich auszukleiden auf seinem Lager niedergesunken, doch irgendwann war er ohne erkennbaren Grund aufgeschreckt und hatte nicht wieder in den Schlaf finden können. Die Ereignisse des Tages hatten ihn zu sehr aufgewühlt, alles lief vor seinem inneren Auge wieder und wieder ab, jeder einzelne Moment wollte nachempfunden und ausgekostet werden. Ob Johann von Bergerhausen schon tot war? Die Aussicht darauf stimmte ihn euphorisch.

Jobsts Atemzüge klangen rasselnd, auch er hatte dem Wein zugesprochen, was sonst nicht seine Art war. Beide waren sie trunken gewesen von ihrem Sieg und dem funkelnden, köstlichen Roten, den Diether mitgebracht hatte, und Wendel hatte zugeben müssen, dass der Wein seiner Base dagegen wirklich wie Pisse schmeckte.

Von Simon war nichts zu hören, sein Schlaf war leicht, schon in seiner Kindheit hatte man kaum sein Atmen vernehmen können. Wendel erinnerte sich, dass seine Frau – die bereits so lange tot war, dass er sich kaum noch ihr Gesicht ins Gedächtnis rufen konnte – manchmal in der Nacht an die Wiege gegangen war, um zu horchen, ob das Kind noch lebte. Unwillkürlich dachte Wendel an jene Tage zurück, und flüchtig fragte er sich, ob er damals glücklicher gewesen war als heute, doch er konnte sich nicht erinnern.

Eine seltsame Regung brachte ihn dazu, sich aufzusetzen und zu Simons Bettstatt hinüberzuspähen, aber die Unschlittlampe auf dem Schemel bei der Tür war nicht hell genug, um mehr als schattige Umrisse von Balken und Truhen zu erkennen, obwohl das Zimmer so klein war. Die Base hatte ihnen nur eine einzige Schlafkammer abtreten können, sie hatte ihre alte Mutter in ihre eigene Kammer geholt und dort auch für Ursel ein Lager hergerichtet.

»Simon?«, flüsterte er.

Die lauten Atemzüge von Jobst verstummten abrupt, und Wendel sah, wie sein Gefolgsmann sich aufsetzte.

»Was ist?«, kam es murmelnd.

»Nichts«, sagte Wendel. »Ich habe nur nach Simon gesehen.« Das klang, wie er sofort fand, zu lächerlich, um es für sich allein stehen zu lassen, also fügte er eine Lüge hinzu, die es glaubhafter machte. »Mir war, als hätte ich ihn durchs Zimmer gehen sehen.«

Jobst sah zu Simons Lager hinüber. »Das kann sein. Er ist nicht da.«

»Was? Wieso nicht?« Wendel fühlte mit einem Mal sein Herz heftig schlagen, er wusste selbst nicht, warum.

»Er wird auf dem Lokus sein. Bestimmt kommt er gleich wieder.«

»Steh auf. Sieh nach, ob er unten ist.«

Murrend stemmte Jobst sich aus dem Bett. Wendel fühlte dieselbe Mordlust in sich erwachen, die er schon früher am Abend verspürt hatte. Bald, dachte er. Bald bist du weg!

Er hörte Jobst die Stiege hinabklettern und fragte sich, woher dieses seltsame Gefühl einer nahen Bedrohung stammte, das ihm mit einem Mal den Atem abschnürte.

Er zuckte mit einem unterdrückten Aufschrei zusammen, als plötzlich die Base im Türrahmen auftauchte.

»Ursel ist weg!«

»Was soll das heißen, sie ist weg?«

»Sie ist verschwunden. Und sie hat ihre Sachen mitgenommen.«

Wendel kämpfte sich von seinem Lager hoch und ging in die Ecke, wo Simon geschlafen hatte. Dort hätten die Sachen sein müssen, die der Junge immer von der Burg mitbrachte, wenn er nur für wenige Tage blieb. Ein zweites Paar Stiefel, Beinlinge und ein Hemd zum Wechseln. Es war nichts davon da.

Jobst kam zurück. »Er ist nicht unten. Diether ist auch weg, der Stall ist leer.«

Wendel kam es mit einem Mal so vor, als schwanke die Welt

um ihn herum, er wollte die Hand ausstrecken und sich festhalten, doch er griff ins Leere. Schwach sank er auf der leeren Bettstatt seines Sohnes nieder.

Von draußen fiel Fackelschein durch die Ritzen der geschlossenen Fensterläden. Im nächsten Moment hörte er sie, und aus unerfindlichen Gründen verwunderte es ihn kaum. Sie kamen ihn holen.

Lärm drang von unten herauf. Hufgeklapper und Stiefelgetrampel in der Gasse vorm Haus. Männerstimmen, die Befehle brüllten. Heftiges Pochen an der Tür. Weitere Schreie ertönten, er verstand einzelne Kommandos.

»Tretet die Tür ein. Drei Mann hinters Haus, für alle Fälle! Schnappt euch die Dreckskerle!«

Die Base erfüllte das Haus mit ihren schrillen Schreien. Jobst stieß gotteslästerliche Flüche aus und kramte in seinen Sachen, während Wendel stumm und reglos auf dem Bett sitzen blieb. Sein Leben, das bei Tage noch wie ein breiter, strahlender Weg in die Zukunft vor ihm gelegen hatte, schnurrte auf eine unsichtbare Linie zusammen, auf der es ihn geradewegs ins Nichts zog.

Ein Hahnenschrei riss Madlen aus dem Schlaf. Draußen dämmerte der Morgen. Mattes Zwielicht drang durch die nur halb zugezogenen Läden. Madlen lag in Johanns Armen, eng an seinen großen Körper geschmiegt. Ihre Gedanken schweiften ziellos umher, ein Teil von ihr war noch mit der Nacht verbunden, mit der tiefen Dunkelheit und dem hitzigen, unersättlichen Begehren, das sie zueinander hingetrieben hatte, bis ihr ganzes Denken sich aufgelöst hatte. Ihr Gewissen zuckte kurz, sie sollte beten. Dann fiel ihr ein, dass Sonntag war, in der Kirche würde sie ohnedies beten. Aber bis dahin war noch viel Zeit. Die Augen fielen ihr zu, sie schlief wieder ein.

Im Traum sah sie Konrad, er war am Leben und saß vor ihr. Sie war überglücklich, aber auch innerlich zerrissen, denn sie liebte ja nun auch Johann. Doch Konrad lächelte sie traurig an und sagte, gleich gehe er wieder fort, er habe nur kurz nach ihr sehen wollen. Es sei richtig, dass sie einen neuen Mann genommen habe, der das Böse von ihr fernhalte. Sie müsse dennoch auf der Hut bleiben, denn das Böse könne auch von unerwarteter Seite kommen. Dann verblasste das Traumbild, doch ein schwacher Nachhall seiner Stimme blieb zurück. »Die letzte Tat ist noch nicht begangen«, wisperte es in ihren Gedanken.

Als sie aufwachte, war ihr Gesicht nass von Tränen. Der Traum hing ihr den ganzen Morgen nach, beim Frühstück war sie in sich gekehrt und still. Bedrückt dachte sie auch an den Mann, den Johann getötet hatte. Sie lauschte nach draußen, doch außer den für einen frühen Sonntagmorgen üblichen Geräuschen war nichts zu hören. Man hatte ihn noch nicht gefunden. Es drängte sie, in den Garten zu laufen und über den Zaun zu schauen, doch Johann, der erriet, was sie dachte, zog sie unter den Blicken Irmlas und ihres Großvaters an sich und murmelte ihr ins Ohr, sie solle es sein lassen, weil es auffallen könne.

Sie gab sich alle Mühe, ihre Unruhe zu unterdrücken, doch wie es schien, gab es auch anderweitigen Grund zur Aufregung. Als sie zur Sonntagsmesse nach Sankt Aposteln kamen, standen die Leute entlang der alten Stadtmauer und auf dem Kirchplatz beisammen und redeten sich die Köpfe heiß.

Von Eberhard erfuhren sie, worum es ging, er teilte es ihnen freudestrahlend mit. »Der Hardefust und sein übelster Spießgeselle sind von den Bütteln des Greven verhaftet worden, schon heute wird ihnen der Prozess gemacht!«

Madlen fiel ein gewaltiger Stein vom Herzen, am liebsten hätte sie einen Freudenschrei ausgestoßen und Johann umarmt, doch da sie von zahlreichen Leuten umringt waren, beschränkte sie sich darauf, seine Hand zu nehmen und ihn erleichtert anzusehen. Sie hatten beide so sehr gehofft und gebangt, dass sein Plan aufgehen möge, nun war es gelungen, sie konnten endgültig aufatmen und ihr Leben in Sicherheit fortsetzen! Johann erwiderte den Druck ihrer Hand. Er versuchte, sich unbeteiligt zu geben, doch er konnte nicht verbergen, dass auch er sich von einer schweren Bürde befreit fühlte.

»Weiß man schon Näheres über die Anklage?«, wollte Johann von Eberhard wissen.

Der Braumeister schüttelte den Kopf. »Es soll um umstürzlerische Intrigen gehen, von denen der Erzbischof gestern Wind bekommen hat. Was niemanden verwundern dürfte. Der Mann ist der geborene Aufwiegler und Verschwörer. Mit ihm hat unser Erzbischof zweifellos den schlimmsten Edelmann in ganz Köln von der Bühne der Macht geholt.« Die für ihn ungewohnt blumige Ausdrucksweise zeigte, wie froh ihn diese neuerliche Entwicklung stimmte. Der Hardefust hatte stets die Reihen derer angeführt, die den Handwerksschöffen das Wasser abgraben wollten.

Madlens Blick fiel auf Jacop, der sich im Schatten seiner Eltern hielt und kreuzunglücklich wirkte. Für ihn entwickelte sich das Leben offenbar ganz anders als erhofft. Sie wusste durch Johann, dass Hermann Jacop untersagt hatte, besagte Appolonia weiterhin aufzusuchen, zur Strafe, weil er wichtige Nachrichten unterschlagen hatte.

»Unser Leben hätte davon abhängen können«, hatte Johann grollend dazu gemeint. »Und das seines Vaters obendrein.«

Dennoch hatte Madlen Mitleid mit Jacop. Bedauernd blickte sie ihn an, aber er wich ihren Blicken aus.

Auch Barthel lief ihnen wenig später beim Betreten der Kirche über den Weg. Verlegen griff er sich an die Mütze, als er sich ihnen unversehens gegenübersah. Madlen grüßte ihn mit freundlicher Zurückhaltung, worauf er etwas Unverständliches stammelte und Johann einen Blick zuwarf, der zwischen Hass und Furcht schwankte. Gleich darauf hatte er sich an ihnen vorbeigedrängt und verschwand in der Kirche.

In Madlens Erleichterung über die Verhaftung von Johanns Feinden mischte sich wachsendes Unbehagen.

Nach der Messe saßen sie gerade beim Mittagsmahl, als draußen jemand anfing zu schreien. Es war ein abgerissenes, raues Gebrüll, das klang, als litte jemand Höllenqualen. Sofort sprang Johann vom Tisch auf und lief zur Hintertür, gefolgt von Madlen, Caspar und den Übrigen.

Unseligerweise war es Ludwig, der den Toten hinter dem Garten seiner Eltern entdeckt hatte.

»Hat er sich wehgetan?«, fragte Willi. »Oder warum schreit der so?«

»Sieht aus, als hätte er Angst«, meinte Irmla. »Der arme Tropf!«

Ludwig stand am rückwärtigen Zaun des Nachbargrundstücks und brüllte aus Leibeskräften. Nur Augenblicke später kam Agnes angerannt, die ihn packte und schüttelte und wissen wollte, was los war, und als sie Madlen und die Ihren nebenan im Garten versammelt und beklommen herüberschauen sah, verwandelte sie sich in eine Furie. »Was habt ihr ihm getan? Was habt ihr mit meinem armen Ludwig gemacht?«

Hans kam dazu und versuchte, seinen Sohn zu beruhigen, worauf Ludwigs Brüllen in abgehacktes Schluchzen überging. Der Junge deutete über den Zaun auf das verwilderte Gelände und ließ dabei ein unartikuliertes Gestammel hören, aus dem sich nur allmählich einzelne Sätze herausbildeten.

»Ludwig war es nicht!«, stieß er mehrfach heraus. »Ludwig hat das nicht getan!«

Agnes und Hans wandten sich in die von ihrem Sohn gezeigte Richtung und entdeckten den blutüberströmten Leichnam, der dort auf dem Rücken lag, die blicklosen Augen zum Himmel gewandt.

Nun hob Agnes an zu kreischen, was wiederum Ludwig veranlasste, noch lauter zu schluchzen. Madlen sah entsetzt zu Johann auf, der mit gelinder Verzweiflung die Schultern hob. Was hätten sie auch tun sollen?

Inzwischen liefen von überallher die Nachbarn zusammen, die wissen wollten, was los war. Sie fanden sich zwischen Zaun und Dornengestrüpp ein, betrachteten und untersuchten den Toten und stellten Spekulationen darüber an, wer er war. Man kam in Anbetracht der Verletzungen schnell überein, dass er Opfer eines Raubs geworden war, zumal er kein Geld bei sich hatte. Da vor ihm hier bei Nacht schon andere unter die Räuber gefallen waren und bekanntlich auch Madlens erster Mann unter vergleichbaren Umständen sein Leben gelassen hatte, war der Fall rasch aufgeklärt, und jemand lief los, um die Büttel und die Totengräber zu holen. Der Leichnam wurde weggeschafft, einige Nachbarn befragt, doch niemand wusste etwas über den Toten zu sagen, abgesehen von Agnes, die den Gewaltrichterdienern Stein und Bein schwor, Madlens Mann müsse damit zu tun haben.

»Das ist ein Totschläger! Das merkt man sofort! Schon wenn man diesen hässlichen Kerl von ferne sieht! Schaut ihn euch doch nur an!«

Zu ihrem Leidwesen wollte niemand auf sie hören.

Nachdem der ganze Trubel sich gelegt hatte, kehrte Stille ein, und es schien wieder ein Sonntag wie jeder andere zu sein. Doch die ganze Zeit über konnte Madlen nicht aufhören, an den Traum der vergangenen Nacht zu denken.

Irgendwann bei Einbruch der Dämmerung fing Hannibal an zu winseln. Madlen wollte gerade einen Bottich Wasser vom Brunnen holen, um sich zu waschen, daher war sie als Erste bei ihm. Er stand neben dem alten Spitz und stupste ihn mit der Schnauze an.

»Spitz?« Madlen ließ den Kübel fahren, das Wasser lief ihr über die Füße, doch sie achtete nicht darauf. Sie strich dem alten Hund über den Kopf, fuhr ihm mit beiden Händen durchs Fell, wie sie es immer tat, wenn sie ihm Futter brachte oder Wasser in den Napf goss. Noch am Morgen hatte sie ihn gestreichelt, und es hatte ihr das Herz zerrissen, weil er kaum noch die Augen aufbekommen hatte. »Spitz«, flüsterte sie. Doch er rührte sich nicht. Hannibal winselte erneut, während Madlen ihren toten Hund in die Arme zog und bitterlich um ihn weinte. Nach wenigen Augenblicken war Johann bei ihr. Er kniete sich neben sie, umschlang sie sanft und murmelte tröstende Worte in ihr Haar. Schluchzend ließ sie sich von ihm ins Haus bringen, wo sie in ihrer Kammer verschwand und bis zum Abend niemanden sehen wollte. Ihr war seit Langem klar gewesen, dass der alte Hund bald sterben würde. Dennoch schien ihr sein Tod wie ein Vorbote kommenden Unheils.

Nachfolgender Freitag

Jacop starrte das Haus an und schluckte hart, als Kunlein in Begleitung der Magd herauskam, die Tür hinter sich zuzog und dann gemeinsam mit der Dienerin in Richtung Heumarkt davonschlenderte. Er hatte sich richtig erinnert, freitags besuchte sie immer eine alte Tante, die sie einst zu beerben hoffte. Auch Hermann, der bis zum Vesperläuten hier gewesen war, hatte sich bereits vor einer Weile empfohlen, und kurz danach war auch der letzte Besucher gegangen. Außer Appolonia war folglich niemand mehr im Haus. Jacop mochte kaum glauben, dass es so einfach gehen sollte, und er dankte voller Inbrunst den himmlischen Mächten, dass er endlich wieder zu ihr konnte. In der vergangenen Woche hatte er es an drei Abenden versucht, doch nie war sie allein gewesen, nicht ein einziges Mal. Vor Sehnsucht nach ihr war er fast vergangen, endlose Stunden, während derer er in Sichtweite des Hauses vor der Marspforte gehockt hatte, tief verkrochen in den fleckigen, stinkenden Kapuzenumhang, den er bei Klein Sankt Martin einem der dort herumlungernden Bettler für unverschämt viel Geld abgekauft hatte.

Jacop atmete tief durch und sammelte sich, bevor er sich zögernd dem Haus näherte, wobei er sich immer wieder nach allen Seiten umsah. Zu guter Letzt straffte er sich, es war sein Recht, zu ihr zu gehen, denn sie liebten sich schließlich. Bestimmt vermisste sie ihn genauso schmerzlich wie er sie. Sein Klopfen fiel jedoch ein wenig zu zaghaft aus, niemand machte ihm auf, und erst, als er heftig und lange gegen die Tür gehämmert hatte, öffnete Appolonia ihm. Sein Herz fing an zu rasen, als sie vor ihm stand. Noch nie war sie ihm so schön und begehrenswert erschienen!

Ohne zu zögern, drängte er an ihr vorbei ins Haus und wandte sich ihr strahlend zu, während sie stirnrunzelnd die Tür zumachte. »Jacop, was willst du denn hier?«

»Oh, Appolonia!«, konnte er nur noch hervorstoßen, dann riss er sie in seine Arme, um sie zu küssen. Zu seinem Schrecken wandte sie angeekelt das Gesicht ab. »Bah, du stinkst widerlich!«

»Das ist nur der Umhang.« Er streifte sich das scheußliche Ding ab, das er in der Wiedersehensfreude völlig vergessen hatte. Hastig kratzte er sich am Kopf, ihm schien, als hätte er sich vielleicht auch einige Läuse von dem Bettler eingefangen, doch das konnte er leicht ertragen, wenn er nur bei seiner Liebsten sein konnte.

»Du musst wieder gehen, Jacop. Hermann will nicht, dass wir uns noch einmal treffen.«

»Aber er ist nicht da, ich hab eigens gewartet und aufgepasst.« Wieder wollte er sie umarmen, doch sie stieß ihn von sich.

»Jacop, ganz im Ernst, es ist besser, du verschwindest jetzt, sonst kann es gewaltigen Ärger geben.«

»Solange ich bei dir sein kann, nehme ich das gern in Kauf.«

»Aber ich nicht.«

Er starrte sie an. Hatte sie das wirklich gesagt?

»Liebst du mich denn nicht?«

Sie seufzte. »Jacop, natürlich liebe ich dich. Aber ich muss tun, was Hermann sagt.«

»Du musst überhaupt nichts tun, wenn du es nicht willst.« Er blickte sie beschwörend an. »Lass uns von hier weggehen. Irgendwohin, wo er uns nicht finden kann. Ich kann ehrliche Arbeit annehmen, ich bin schließlich Brauer. Und du kannst meine Frau sein. Gemeinsam können wir ein neues Leben anfangen.«

Sie kicherte. »Du machst Witze, Jacop. Ich mag mein Leben, so wie es ist. Es kommt überhaupt nicht infrage, dass ich fortgehe. Hier habe ich alles, was ich brauche.«

Ihre Weigerung traf ihn völlig unerwartet. »Aber um unserer Liebe willen ...«, begann er verzweifelt.

Ihr Blick wurde hart. »Begreifst du es denn nicht? Ich liebe dich. Aber ich liebe auch Hermann. Ich liebe Ott. Ich liebe Barthel. Ich liebe jeden einzelnen verdammten Kerl, der sich zu mir ins Bett legt und mir seinen Schwanz reinsteckt. Falls du es noch nicht begriffen hast, Jacop: Ich bin eine Hure.«

Schon bei ihren ersten Worten hatte er angefangen, heftig den Kopf zu schütteln. »Nein«, stieß er hervor. »Nein, nein, nein, nein!«

»Doch, Jacop. Ich lasse mich jeden Tag von Männern vögeln, egal wie alt oder wie hässlich sie sind, Hauptsache, sie zahlen gut. Sogar dein Vater war schon mal bei mir und hat es mit mir getrieben.«

»Nein!«, schrie er. »Sei still!« Er wusste nicht, wie es geschehen konnte, doch im nächsten Augenblick lagen seine Hände um ihren Hals, und er drückte zu. Er wollte einfach nur, dass sie still war. Sie musste aufhören, so zu reden. Und sie hörte auf. Als die Raserei, die sich seiner bemächtigt hatte, wieder verflog, war Appolonia zu seinen Füßen zusammengesackt und regte sich nicht mehr. Ihre Augen waren weit aufgerissen.

»Appolonia?« Verstört und benommen ging er neben ihr in die Hocke und schüttelte sie. »Appolonia! Sag doch was, Liebling!«

Als er begriff, dass sie nie wieder etwas sagen würde, warf er den Kopf in den Nacken und schrie sein Grauen und seinen Zorn heraus, es klang wie ein Hund, der den Mond anheult.

Das ist die Strafe für das, was du getan hast, flüsterte es in ihm, und seltsamerweise übertönte dieses Flüstern mühelos sein Geheul. Nun musst du es büßen.

Doch die eigentliche Buße sollte erst noch kommen, wie ihm gleich darauf klar wurde, denn hinter ihm ging die Tür auf, und Hermann kam herein.

Tags darauf, Samstag

Der Tag der Hinrichtung war strahlend schön, als hätte der Himmel ein Einsehen mit den Wünschen und Bedürfnissen der Kölner, für die eine Enthauptung in der Stadt immer ein Fest bedeutete. Trafen sich auf dem Judenbüchel draußen vor der Mauer immer schon viele Schaulustige, wenn dort jemand aufgeknüpft, gerädert oder sonst wie zu Tode gebracht wurde, so herrschte bei den Hinrichtungen auf dem Heumarkt unweigerlich der reinste Volksauflauf. Hier durch das Richtschwert zu sterben war den besseren Bürgern vorbehalten, den Hochgestellten aus der Richerzeche, Schöffen, Amtsleuten und Vögten. Diese vor dem Richtblock knien zu sehen war für die einfachen Kölner Bürger von jeher ein Grund zum Feiern. Schon am frühen Morgen hatten die Händler überall ihre Stände aufgebaut und ihre Waren ausgelegt. Die Gaddemen waren frisch bestückt, und überall in den Gassen und auf den Plätzen warteten die Garköche, Krämer und Schankwirte darauf, dass die Menge sich zu sammeln begann. Dazu kam es beizeiten, viele waren schon Stunden vorher da und stimmten sich mit Wein und Bier auf das bevorstehende Ereignis ein.

Auch Madlen und Johann hatten früh das Fuhrwerk mit Bierfässern beladen und es zum Heumarkt kutschiert. Hier würden die meisten Menschen zusammenströmen, denn in der Mitte des großen Platzes war die Richtstätte errichtet worden, ein großes hölzernes Podest mit dem Holzklotz, auf dem, für alle weithin sichtbar, an diesem Tage Wendel Hardefust der

Kopf abgeschlagen werden sollte. Für seinen geringgeborenen Gefolgsmann war ein weniger aufsehenerregendes Ende vorgesehen, er sollte einige Tage später vor der Stadt gehenkt werden.

Madlen graute es vor dem Spektakel, doch Johann wollte dabei sein. »Ich will ihm noch ein letztes Mal in die Augen blicken.«

»Warum?«, hatte sie wissen wollen. »Aus Rache? Willst du ihn winseln und zittern sehen?«

»Nein, darum geht es mir nicht. Ich will sehen, ob er bereut. Ob er begriffen hat, was er getan hat.«

»Und wenn es so ist?«

»Dann kann ich vielleicht meinen Frieden mit ihm machen.«

Seine Schwester hatte es rundheraus abgelehnt, mit auf den Heumarkt zu gehen, so wie sie auch bei Jobsts Hinrichtung nicht zusehen wollte.

»Ihr Tod kann nichts mehr an dem ändern, was geschehen ist«, hatte sie lapidar zu Johann und Madlen gesagt. »Sie sterben zu sehen kann mir nichts geben, was ich nicht schon hätte.« Sie war an diesem Tag zu Madlen nach Hause gekommen, um Veit Gesellschaft zu leisten, der aus naheliegenden Gründen ebenfalls kein Interesse an der Hinrichtung hatte. Auch Cuntz war daheimgeblieben. »Ich habe in meinem Leben schon genug Köpfe rollen sehen«, hatte er abfällig gemeint. »Ein gemütlicher Tag in der Stube, mit einem scharfen Schnitzmesser und einem guten, frischen Stück Holz ist mir allemal lieber als stundenlanger Radau und Gedränge, bei dem alle nur auf einen einzigen Augenblick warten. Geht ihr nur hin und verkauft viel Bier, wenigstens dafür ist so ein Schauspiel ja immer gut.«

Caspar, Willi und Irmla hingegen hatten es sich nicht nehmen lassen, Madlen und Johann zu begleiten, sie hätten es fraglos übel aufgenommen, wenn Madlen ihnen nicht dafür freigegeben hätte. Die drei wollten vom Domplatz aus dem Zug mit dem Verurteilten bis zum Heumarkt folgen, damit ihnen nichts entging.

Auch die Nachbarn hatten sich bereits eingefunden, Madlen sah Hans und Agnes ganz in der Nähe stehen. Hin und wieder warf ihr Agnes herausfordernde, hasserfüllte Blicke zu, denen Madlen jedoch geflissentlich auswich. Sie war es einfach leid, sich dem ständigen Gezänk auszusetzen, außerdem hatte sie immer noch Schuldgefühle wegen Ludwig. Der arme Junge tat ihr leid. Johann erging es ebenso, doch auch er wusste nicht, was man an der ganzen Sache noch ändern sollte. »Achte einfach nicht auf sie«, empfahl er ihr. »Irgendwann wird sie schon aufhören, dich anzugiften.«

»Wenn ich nur wüsste, was sie gegen mich hat!«

Er schien erstaunt. »Ich dachte, das sei offenkundig.«

»Dann weißt du mehr als ich.«

»Sie ist eifersüchtig. Weil sie denkt, dass du ihrem Mann schöne Augen machst.«

Madlen lachte ungläubig. »Das ist verrückt.«

»Nicht sehr, wenn man Hans dabei beobachtet, wie er dich ansieht. Du bist eine überaus hübsche und begehrenswerte junge Frau, Madlen.«

Sie musterte ihn zweifelnd und suchte in seiner Miene nach Anzeichen dafür, dass er ihr Honig ums Maul schmieren wollte, doch er schien es ernst zu meinen. Sie merkte, wie sie errötete.

»Ich habe Hans niemals Grund gegeben, mehr in mir zu sehen als eine Nachbarin.«

»Das weiß ich doch. Aber wie es so ist mit der Eifersucht – sie bringt die Leute manchmal auf die dümmsten Gedanken.« Er bedachte sie mit einem kurzen Zwinkern. »Erst recht, wenn sie völlig unbegründet ist.«

Noch mehr Hitze stieg in Madlens Wangen, und hastig griff sie nach dem Becher, den ein herandrängender Kunde ihr reichte. Sie wandte sich dem Fass zu und zapfte Bier. Ihr Blick traf dabei auf ein bekanntes Gesicht in der rasch wachsenden Menge: Barthel, der an diesem Tag ebenfalls sein Bier unter die Leute bringen wollte. Sein Fuhrwerk stand kaum zwei Dutzend Schritte entfernt von ihrem. Dennoch würde er ihnen sicher keine Kunden streitig machen, weil mehr als genug Leute da waren. Der Zug mit dem Verurteilten war noch nicht einmal in der Nähe, und schon hatten sie fast die Hälfte aller Fässer leer gezapft.

Madlen reichte dem Kunden seinen Becher, nachdem Johann das Geld abkassiert hatte. Die meisten Käufer hatten ihre eigenen Becher dabei, sie ließen sie sich füllen und nahmen sie mit. Andere, die keine Trinkgefäße mit sich führten, bekamen einen der Becher, die Madlen wohlweislich eingepackt hatte, doch dann mussten sie beim Fuhrwerk stehen bleiben und dort austrinken.

Um Johann nicht ansehen zu müssen, füllte sie rasch einen weiteren Becher, obwohl niemand danach verlangt hatte. Während sie zapfte, trat Johann hinter sie, streifte ihren Zopf zur Seite und küsste kurz, aber zärtlich ihren Nacken. »Habe ich dir schon gesagt, dass ich dich liebe?«, raunte er ihr ins Ohr.

Sie ließ vor Schreck den Becher fallen, was ihm ein leises Lachen entlockte. Mit heftig klopfendem Herzen wandte sie sich zu ihm um und sah ihn an. Seine Augen in dem vernarbten Gesicht strahlten hell, und seine Zähne blitzten in der Sonne, als er sie anlächelte. Das Herz wollte ihr aus der Brust springen und ihm entgegenfliegen. Sie versuchte, etwas zu sagen, doch sie konnte nicht. Stattdessen nahm sie seine Hände und legte sie um ihr Gesicht. Einige atemlose Augenblicke standen sie so da und sahen sich an, dann tauchte unversehens ein riesenhafter Mann hinter Johann auf. Madlen hatte selten einen größeren Menschen vor sich gehabt, er überragte sogar Johann um einen halben Kopf. Seine mächtige, muskelbepackte Gestalt war in eine Priesterkutte gehüllt.

»Auf ein Wort, Johann von Bergerhausen.«

Johann drehte sich zu ihm um. »Seid gegrüßt, Ott«, sagte er, um Höflichkeit bemüht, aber auch mit erkennbarem Misstrauen in der Stimme. »Was führt Euch her?«

»Seine Exzellenz wünscht Euch zu sprechen.«

Johann betrachtete ihn mit verengten Augen, dann nickte er langsam. Madlen hatte den Eindruck, dass er nicht allzu überrascht war.

»Es wird nicht lange dauern«, fuhr Ott fort. Er bedachte Madlen mit freundlichem Lächeln. »Euer Weib kann Euch bald zurückerwarten.«

Johann drückte Madlens Hand. »Kommst du für eine Weile allein zurecht?«

Sie nickte nur verdattert. Stumm sah sie zu, wie Johann mit dem Priester in Richtung Dom davonging.

Johann folgte Ott über den Alter Markt, wo zwischen den Buden ein heilloses Gedränge herrschte. Nur eine durch Stricke abgeteilte Gasse in der Mitte des Platzes war geräumt worden, um Platz für den Tross um den Henkerskarren zu schaffen. Das Stimmengewirr hatte sich verdichtet, am Rand des Markts erhoben sich die ersten erwartungsvollen Rufe aus der Menge. Glockengeläut setzte ein, das Zeichen für den Beginn des großen Spektakels.

Auf dem Weg zum Bischofspalast sah Johann, wie sich der prozessionsartige Zug mit dem Verurteilten von der Hacht in den Domhof bewegte, angeführt vom Greven, der hoch zu Ross dem Henkerskarren voranritt, auf dem Wendel Hardefust saß. Der Alte hatte den Kopf gesenkt, er sah kein einziges Mal auf. Büttel begleiteten den Tross, allen voran der Scharfrichter, der ebenso wie der Greve zu Pferde erschienen war. Hermanns schreiend rotes Wams leuchtete weithin in der Sonne, und sein stolz erhobenes Haupt kündete davon, dass er seine heutige Aufgabe als achtenswert ansah, gleichviel was andere davon halten mochten.

Johann war unwillkürlich stehen geblieben und verfolgte, wie der vom Schinder geführte Eselskarren auf den Domhof rollte und anhielt. Büttel zerrten den Delinquenten herab und brachten ihn vor den Blauen Stein. Hermann saß ab und packte den Todgeweihten. Grob stieß er ihn drei Mal gegen den großen, ungefügen Basaltblock und sprach dabei mit weithin tragender Stimme die schicksalhaften Worte, die das Ende von Wendel Hardefust besiegelten.

»Wir stoßen dich an den Blauen Stein, nie mehr kommst du zu Vater und Mutter heim.«

In diesem Moment schaute Wendel Hardefust auf, als hätte er geahnt, dass Johann am Rande des Domhofes stehen und darauf warten würde. Ihre Blicke trafen sich. Johann sah jedoch nichts in seinen Augen, weder Reue noch Hass. Sie waren leblos und dunkel, jedes Feuer darin war erloschen. Ebenso gut hätte Hardefust schon tot sein können. Auch Johann fühlte sich leer. Er verspürte weder Hass noch Triumph, nur ein schmerzliches Ziehen, eine Traurigkeit, von der er nicht wusste, woher sie kam. Er wandte sich ab, um mit Ott in den Palast zu gehen.

Jobst lag auf dem Boden des steinernen Verlieses und starrte auf die schwere Holztür. Es würde nicht mehr lange dauern, bis die Klappe aufgehen und der Wärter einen schimmeligen Brotkanten oder anderen Abfall hindurchschieben würde, von dem der Turmvogt annahm, es sei die passende Beköstigung für einen, der sowieso in ein paar Tagen sterben sollte. Von den vier Wärtern, die sonst im Turm den Wachdienst versahen, waren nur zwei da. Sie hatten mit den beiden anderen darum gewürfelt, wer bei der Hinrichtung zuschauen durfte; die Zurückgebliebenen hatten verloren. Einer stand unten vor dem Tor, der andere oben auf dem Turm. Früher oder später – vermutlich eher später, meist dachten diese Kerle erst an die Gefangenen, wenn sie selbst ihren Hunger gestillt hatten – käme einer der beiden mit dem Essen, und auf diesen Augenblick war Jobst vorbereitet. Ihm war zugutegekommen, dass er vor der Festnahme genug Zeit zum Nachdenken gehabt hatte. Von dem Moment an, als sie unten vor dem Haus von Hardefusts Base herumgebrüllt hatten, bis zum Erstürmen der Kammer waren ihm kostbare Augenblicke geblieben, in denen er das schmale Lederfutteral mit dem kleinen Klappmesser, das sonst immer in seinem Stiefelschaft steckte, an einer besser geeigneten Stelle unterbringen konnte. Die Klinge war nicht länger als ein Finger, aber tödlich scharf geschliffen und für seine Zwecke völlig ausreichend. Die Stiefel hatten sie ihm natürlich abgenommen, so wie alles, was zu Geld zu machen war. Sie hatten ihn von Kopf bis Fuß abgetastet und nach wertvollen oder gefährlichen Gegenständen durchsucht, doch auf die Idee, in seinen Körperöffnungen herumzustochern, war keiner gekommen.

Die Einzelheiten seines Fluchtplans hatten bereits kurz nach seiner Einkerkerung in seinem Kopf Gestalt angenommen, und am Anfang der Ausführung hatte die Ermordung seines Zellengenossen gestanden, ein von Flöhen besiedelter alter Trunkenbold, der die meiste Zeit schlief. Ihn vom Leben zum Tode zu befördern war nicht weiter schwierig gewesen. Der Mann lag seit dem frühen Morgen leblos auf seinem Strohhaufen an der Wand.

Jobst hatte dafür gesorgt, dass das Blut des Alten in der ganzen Zelle verteilt war, damit man es sofort sah, wenn man von außen durch die Klappe spähte. Jobst selbst hatte sich so hingelegt, dass man nur seine Beine vom Knie abwärts im Blick hatte. Er hörte die schweren Schritte im Gang und hielt sich bereit.

»Zu Hilfe!«, stieß er erstickt hervor, als sich die Klappe auftat. »So helft mir doch!« Gleichzeitig zappelte er mit den Füßen, als säße ihm jemand auf der Brust und hätte ihn bei der Gurgel gepackt.

Erschrockenes Schweigen folgte auf seine Bemühungen, doch er hörte nicht auf zu zappeln und Würgelaute auszustoßen, und endlich vernahm er, wie der Wärter unter fassungslosem Gestammel die Schlüssel hervorkramte und die Tür des Verlieses öffnete. Als sie aufschwang, war Jobst bereits aufgesprungen, und noch bevor der Wärter seinen Kopf in die Zelle strecken konnte, hatte Jobst ihn gepackt und ihm mit einem Ruck den Hals durchgeschnitten. Er stieg über den zuckenden Körper und wollte loslaufen, aber dann besann er sich und drehte sich wieder um. Das Wams des Wächters war ruiniert, es triefte nur so von dem Blut, das immer noch stoßweise aus der aufgeschlitzten Kehle des Mannes sprudelte. Doch dafür hatte er ein Paar sehr brauchbarer Stiefel an den Füßen. Unter einigen Mühen zog Jobst sie ihm aus, und während der Sterbende seinen letzten gurgelnden Laut von sich gab, streifte er sie über die eigenen Füße. Sie passten perfekt.

Blithildis und Veit saßen am Tisch, sie verband seinen Armstumpf. Cuntz hatte vor einer Weile gemeint, ihm sei nach einem Nickerchen, er hatte sich in seine Kammer zurückgezogen. Ob er wirklich müde war, vermochte Blithildis nicht zu sagen, doch sie hatte nichts dagegen, mit Veit allein zu sein, auch wenn es sie auf eine Weise verstörte, über die sie lieber nicht nachdenken wollte. Sie schalt sich eine alberne Gans, doch sie konnte nichts gegen das Herzklopfen tun, das sich ihrer jedes Mal bemächtigte, sobald sie in seine Nähe kam. In den letzten Wochen war sie weit häufiger hier gewesen, als es aufgrund schlichter Krankenbesuche gerechtfertigt gewesen wäre. Im Konvent hatte sie es damit begründet, dass sie ihren tot geglaubten Bruder wiedergefunden habe und nun die verlorenen Jahre aufholen wolle, indem sie ihn so häufig wie möglich besuchte, aber die Meisterin hatte sie auf jene wissende Art angesehen, die darauf schließen ließ, dass sie den wahren Grund kannte.

Tatsächlich war Blithildis überglücklich, Johann wiederzuhaben, sie genoss jeden Augenblick in seiner Gesellschaft, und es wärmte ihr das Herz, dass er der Ehemann ihrer besten Freundin war und dass die beiden einander aufrichtig zugetan waren. In ihren kühnsten Träumen hätte sie sich so viel Freude nicht vorstellen können. Doch dass ihr das Blut in den Adern sang und ihr Inneres jubilierte, sobald sie den Fuß über Madlens Schwelle setzte, hing mit ganz anderen Dingen zusammen. Etwa damit, wie Veit sich zu ihr hinwandte, wenn sie den Raum betrat. Oder mit dem Klang seiner Stimme, wenn er sie begrüßte, obwohl sie sich nicht angekündigt hatte.

»Ich weiß es eben«, hatte er einmal schlicht gesagt, als sie von ihm hatte wissen wollen, wie er ahnen konnte, dass sie es war, die gerade hereinkam.

»Der Arm ist fast wieder in Ordnung«, sagte Blithildis. Vorsichtig strich sie mit dem Finger über die wulstige, bereits gut verschorfte Wunde. Der Stumpf zuckte unter ihrer Berührung, und sie erschrak.

»Habe ich dir wehgetan?«

Er schüttelte den Kopf. »Weißt du, was seltsam ist?«

»Nein, was denn?«

»Dass ich manchmal denke, ich hätte die Hand noch. Ich spüre sie bis in die Fingerspitzen.«

»Das kommt wohl häufig vor«, meinte sie.

»Mit den Augen ist es ähnlich, aber leider nur im Traum. Dann träume ich, ich könnte wieder sehen. Die blühenden Bäume, die Blumen. Die lachenden Gesichter der Menschen. Das fehlt mir am meisten, weißt du. Die Gesichter.« Seine blinden Augen hatten sich in ihre Richtung gewandt, es war, als glitten sie über sie hin. »Manchmal bitte ich Johann, mir die Menschen, mit denen ich zu tun habe, genau zu beschreiben, ich lasse mir dann von ihm erzählen, wie sie dreinschauen, wenn sie sich freuen oder traurig oder wütend sind, und er versucht dann, es mir zu schildern, gutmütig wie er ist. Dein Gesicht muss ich mir zum Glück nicht beschreiben lassen, denn ich kenne es ja noch.«

Blithildis musste lachen. »Veit, ich sehe doch nicht mehr aus wie früher!«

»Woher willst du das wissen?«

»Ich bin inzwischen mehr als doppelt so alt wie damals«, sagte sie belustigt.

»Erzähl mir, wie du aussiehst, Blithildis.«

»Keine Ahnung«, sagte sie etwas verunsichert. »Im Konvent haben wir keinen Spiegel.«

»Hast du dich nie selbst gesehen seit der damaligen Zeit?«

»Doch«, gab sie zu. Einmal, das war erst im letzten Jahr gewesen, hatte sie eine reiche Dame behandelt, die Frau eines Overstolzen. Sie hatte die ganze Nacht am Bett der fiebernden Frau gewacht, und als sie am Morgen vor ihrem Aufbruch ihr Gebende und den Umhang wieder anlegen wollte, hatte die Kranke noch geschlafen. Den Spiegel an der Wand hatte Blithildis eher aus Zufall bemerkt, er hatte das Sonnenlicht eingefangen, das durchs Fenster hereinfiel, und sie hatte nicht vorbeigehen können, ohne sich anzusehen.

»Mein Haar ist lang und dunkel, wie Nussholz. Mein Gesicht ist gebräunt, weil ich viel draußen bin. Meine Zähne sind noch gut, ich achte auf sie, weil ich weiß, was für schreckliches Leid schlimme Zähne bringen können und weil ich nichts mit dem Zahnreißer zu tun haben will.« Sie überlegte, was noch wichtig war. »Meine Augen sind blau, so wie deine, vielleicht etwas dunkler. In den Augenwinkeln und um den Mund habe ich einige Falten. Ich schätze, ich sehe wie eine ganz normale, gesunde Frau aus, die bald drei Jahrzehnte auf dem Buckel hat.«

Doch gerade eben fühlte sie sich wie verrückte, alberne, aufgeregte vierzehn, und hier bei ihm zu sitzen und über solche Dinge zu reden war höchst bedenklich, erst recht, als er sich zu ihr beugte und zögernd die Hand ausstreckte. »Darf ich dich berühren?«

Sie holte Luft. »Wenn du es willst.« Ihr Herz klopfte hart, als er nach ihr tastete. Sie nahm seine Hand und legte sie an ihre Wange. Seine Haut roch nach Kräutern und frischem Stroh, und seine Fingerspitzen waren rau und ein wenig schwielig. Sie glitten behutsam über ihre Brauen, ihre Wangenknochen und ihr Kinn. Zum Schluss berührten sie federleicht ihre Lippen. Blithildis konnte kaum atmen, sie war davon überzeugt, er müsse das Hämmern ihres Pulsschlags hören. Zusammenhanglos fragte sie sich, ob das, was sie hier tat, bereits sündhaft war, denn ihre Gedanken waren es in jedem Fall. Sie spürte die Anzeichen ihrer wachsenden Erregung so deutlich, als hätte sie ihr jemand mit tadelnder Stimme aufgezählt. Das erwartungsvolle Zittern ihrer Knie. Die Hitze, die sich in ihr auszubreiten begann. Das süße, ziehende Sehnen tief unten in ihrem Leib. Das alles hatte nur noch am Rande mit Verlegenheit zu tun. Sie war keine Nonne, als Begine hatte sie weder ein Keuschheitsgelübde abgelegt noch sich bis an ihr Lebensende den starren Regeln eines klösterlichen Ordens unterworfen. Beginen lebten in eigenen Gemeinschaften, als fromme Frauen im Dienste des Herrn und nach den Regeln ihres Konvents, aber sie waren frei, dieses Leben jederzeit gegen ein anderes, gänzlich weltliches zu tauschen, sofern sie es wollten. Blithildis hatte allerdings niemals darüber nachgedacht, ob sie je in eine solche Lage kommen könnte. Es wäre ihr schlicht absurd erschienen. Männer hatten in ihrem Leben all die Jahre über keinerlei Rolle gespielt, es sei denn als ihr Beichtvater oder als Kranke, denen sie geholfen hatte. Nichts hatte sie auf diese beunruhigenden, wundervollen Empfindungen vorbereitet, die sie mit einem Mal durchströmten. Zum ersten Mal in all den Jahren fühlte sie sich als Frau.

Niemand wollte mehr Bier kaufen, als der Greve auf dem Heumarkt einritt und der Geleittross den Weg für den Henkerskarren bahnte. Ein Raunen erhob sich in der Menge, während der Scharfrichter sein Ross mit abgezirkelten Bewegungen zur Hinrichtungsstätte lenkte und dicht bei der Treppe absaß. Er dehnte und streckte die Finger, indem er sie ineinanderflocht und dann locker ausschüttelte, bevor er sich von einem seiner Knechte das Richtschwert reichen ließ, ein gewaltiger Bidenhänder, der so schwer aussah, als könne er unmöglich von einem Mann allein gehalten werden. Hermann zog es aus der Scheide und prüfte die Schärfe mit dem Daumen, was ein erneutes, diesmal lauteres Raunen der Zuschauer hervorrief. Die Menge wirkte mit einem Mal wie ein einziges, erwartungsvolles Wesen, begierig auf das, was gleich kam. Schwitzend und trunken vor Feierlaune reihten sich die Menschen dicht an dicht um die Tribüne, die in ihren Ausmaßen übermäßig groß schien, die Seiten je achtzehn Fuß lang und so hoch wie ein Mann groß war. Niemand musste sich nach vorn drängen, alle hatten freie Sicht auf das Geschehen.

Madlen stand bei ihrem Fuhrwerk, sie wollte nicht hinsehen und konnte doch den Blick nicht von dem Bild wenden, das sich ihr nun bot. Der Henkersknecht zog Wendel Hardefust vom Karren und bugsierte ihn über die Treppe hinauf aufs Podest, wo Hermann schon beim Richtblock wartete. Die Hände des Delinquenten waren auf dem Rücken gefesselt, sein Blick gesenkt. Ein Priester folgte ihm auf dem Fuße, um den geistlichen Beistand zu gewährleisten. Erste Schmährufe erhoben sich aus dem Publikum, unter den Zuschauern waren etliche, denen Wendel Hardefust übel mitgespielt hatte und die sich nun an seinem letzten und schwersten Gang ergötzten. Doch manchen schien seine Unterwerfung nicht weit genug zu gehen, vielleicht hatten sie sich erhofft, dass er vor Angst schlotterte oder weinte. Oder sogar, dass er sich im Angesicht des Todes stark zeigte und vor ihnen ausspuckte, damit sie triumphierend zuschauen konnten, wie der Scharfrichter ihm den Hochmut austrieb.

Doch Wendel Hardefust sagte nichts, tat nichts, wehrte sich nicht. Auf Befehl Hermanns kniete er vor dem Richtblock nieder und legte widerstandslos den Kopf darauf. Fast schien es, als wolle er es endlich hinter sich haben.

Madlen kämpfte mit einer Aufwallung von Übelkeit, ihr war schon die ganze Zeit elend zumute gewesen, sie bereute mittlerweile zutiefst, überhaupt hergekommen zu sein. Auf die Einnahmen hätte sie leicht verzichten können. Im Grunde war sie nur um Johanns willen mitgekommen, und der war nun nicht einmal mehr hier.

Etwas in ihr wehrte sich gegen das, was im nächsten Augenblick dort oben auf dem Podest geschehen würde.

War das noch Gottes Wille? Worte aus dem Buch Mose kamen ihr in den Sinn. *Schafft euch nicht selber Recht, sondern lasset Raum dem Zorngericht. Denn mein ist die Rache, ich will vergelten, spricht der Herr.* Wie konnten Menschen das Töten von Menschen, und sei es als Strafe, zum Gesetz erheben?

Die wilde Sensationslust in den Gesichtern der Umstehenden schnürte ihr die Luft ab. Als Hermann vortrat und mit konzentriertem Blick leicht versetzt zum Richtblock Aufstellung bezog, erstarrten alle, auf dem großen Platz herrschte atemlose Stille. Hermann hielt das Schwert mit beiden Händen umfasst, einen Fuß vorgestreckt, die Hüfte seitlich gedreht, und als er ausholte, kniff Madlen fest die Augen zu und wandte sich ab. Als im nächsten Moment ohrenbetäubender Jubel aufbrandete, öffnete sie die Augen wieder, aber sie sah nicht zur Richtstätte hin, sondern ging stolpernd hinter ihr Fuhrwerk und erbrach sich dort zwischen den Rädern.

Blithildis hatte für Veit und Cuntz eine kleine Mahlzeit hergerichtet, Brot mit Schinken und ein paar hart gekochten Eiern, und sie wollte gerade in die Schankstube hinübergehen, um dort frisches Bier für die Männer zu zapfen, als es heftig an der Tür klopfte.

»Wer ist da?«, rief sie.

»Lud… Ludwig«, kam es kläglich zurück. »Ludwig hat Angst! Ludwig will das nicht.«

»Ach du je. Was hat der Junge denn? Eben hat er doch noch ganz ruhig draußen auf der Gasse gespielt!« Sie ging zur Tür und schob den Riegel zurück. Ludwig stand vor ihr und glotzte sie mit weit aufgerissenen Augen an, am ganzen Körper zitternd vor Furcht. Im nächsten Moment wurde er grob zur Seite gestoßen, und Jobst trat in die Stube. Blithildis wich mit einem Aufschrei zurück. Jobst schloss die Tür hinter sich und schob den Riegel vor.

»Sieh einer an«, sagte er. »Da hatte ich doch den richtigen Riecher. Genau dich wollte ich haben, Blithildis von Bergerhausen. Bis jetzt habe ich noch immer zu Ende gebracht, was ich angefangen habe.«

Er sah grauenhaft aus. Sein Hemd und seine Beinlinge waren mit Blut besudelt, ein Wams trug er nicht. In seinem

Gesicht wucherte tagealter Bart, die Augen lagen tief in den Höhlen.

Veit war aufgesprungen, seine Augen versuchten den Eindringling zu fixieren.

Jobst lachte. »Ja, schau nur, blinder Mann. Und kämpf mit mir, wenn du kannst. Oh, zu dumm, du hast nur eine Hand! Das sieht schlecht für dich aus, würde ich meinen.« Er grinste teuflisch. »Es würde mir gefallen, wenn du zusiehst. Oder sollte ich sagen: zuhörst? Vorher solltest du es dir aber ein wenig bequemer machen.« Er schlenderte gelassen auf Veit zu und trat ihm zwischen die Beine, und während Veit stöhnend zusammenknickte, wandte Jobst sich wieder zu Blithildis um.

Sie war dort stehen geblieben, wo er sie hingeschubst hatte, als er das Haus betreten hatte. Sie konnte sich nicht bewegen. Der Atem war in ihren Lungen gefroren, ihr Herz hatte aufgehört zu schlagen. Er hatte das Messer gezogen und strich ihr sacht mit der Klinge über das Gesicht, fuhr behutsam herab zur Kehle, drückte die Spitze in die Haut, bis Blut hervorquoll. Er seufzte, als seien ihm soeben Erinnerungen gekommen, in denen es sich trefflich schwelgen ließ. Im nächsten Moment hatte er mit einem heftigen Schnitt ihr Gewand von oben bis unten aufgeschlitzt. Das, was ihren Körper noch bedeckte, riss er mit der Hand zur Seite. Ihr nackter Leib war seinen Blicken schutzlos preisgegeben. Bewundernd pfiff er durch die Zähne. »Donnerwetter, nicht viel anders als damals. Obwohl – diese ganzen Narben … Das ist nicht sehr hübsch. Wo hast du dir die denn geholt?« Er schlug ihr brutal in den Magen und trat ihr die Füße weg. Sie fiel flach auf den Rücken und wusste, sie würde gleich sterben. Nein, das war nicht richtig. Sie war bereits tot. Er hatte sie damals schon umgebracht. Ihr Blick wandte sich zur Decke, und es war ihr, als könne sie von dort oben auf sich selbst herabsehen, wie eine Seele, die den Körper schon verlassen hatte. Das war nicht mehr sie, die dort auf dem Boden lag, während er seine Bruche aufnestelte und sich auf sie stürzte. Das da unten war nur eine Hülle. Nicht ihr Fleisch war es, das er grob zu weiten versuchte, um seinem aufgerichteten Schaft den Weg zu bereiten.

Von irgendwoher tönten raue Schreie, auf einmal konnte sie wieder atmen. Sie war wieder in ihrem Körper, und Jobst lag nicht mehr auf ihr, hatte sie nicht vergewaltigt. Die Vergangenheit hatte sich nicht wiederholt.

Cuntz stand mitten in der Stube, er hatte eine Armbrust in der Hand. Ein lächerlich kleines Ding, mit einer Hand zu bedienen. Eben hatte er noch daran geschnitzt und es ihnen stolz vorgeführt. Ein Geschenk für Johann, der sich aus Heiligen nichts machte, aber für Waffen viel übrighatte. Diese könne er in die Gürteltasche stecken, hatte Cuntz erklärt, so wie andere ihre Heiligenfiguren.

Der Bolzen hatte Jobst zwischen den Schulterblättern getroffen, war aber nicht tief genug eingedrungen. Er hatte sich aufgerichtet und brüllte vor Schmerzen, versuchte mit verrenktem Arm, an die Stelle zu gelangen, und als er es nicht schaffte, stürzte er sich mit gezücktem Messer auf Cuntz. Veit, der immer noch stöhnend am Boden lag, rollte sich herum, genau vor die Füße von Jobst, der über das unerwartete Hindernis stolperte und fiel. Endlich löste Blithildis sich aus ihrer Starre, aufschluchzend kam sie auf die Knie, dann stemmte sie sich auf die Beine und warf sich mit ihrem ganzen Gewicht auf Jobst. Sie merkte, wie ihre Brust mit Wucht gegen den aus seinem Rücken ragenden Bolzen prallte, sie keuchte unter dem harten Schmerz, doch sie spürte auch, wie der Holzpfeil tief in den unter ihr liegenden Körper drang. Jobst zuckte unter ihr und blieb dann still liegen.

Blithildis fiel zur Seite, außerstande, Atem in ihre Lungen zu ziehen. Cuntz kam zu ihr gelaufen, das faltige alte Gesicht starr vor Entsetzen.

»Allmächtiger!«, schrie er.

Blithildis rang nach Luft, erst nach mehreren Versuchen glückte es ihr, einen Fingerhut voll Atem zu schöpfen. Sie fühlte sich wie an jenem Tag, als sie ungefähr zehn Jahre alt gewesen war und beim Klettern von einer Mauer gefallen war. Sie war auf dem Rücken aufgeprallt und hatte wie ein Fisch auf dem Trockenen vergeblich nach Luft geschnappt, genau wie jetzt. Sie tastete über ihre Brust, dorthin, wo es sich anfühlte, als hätte sie ein Hammerschlag getroffen. Ihre Finger fanden das Silberkreuz. Ungläubig starrte sie es an, dann begriff sie. Als sie sich mit aller Kraft gegen Jobst geworfen hatte, war das Kreuz zwischen ihre Brust und den Bolzenschaft geraten, es hatte sie geschützt und gleichzeitig den Bolzen fast vollständig in Jobsts Rücken getrieben. Blithildis kroch auf Knien zu ihm hin. Jobst atmete ziehend und qualvoll, aus seinem Mund rann ein dünner Blutfaden. Seine Augen rollten wild, er starrte sie an, konnte sich aber kaum noch bewegen.

»Himmel«, stieß Cuntz hervor. »Du verblutest, Mädchen.«

»Das ist nichts«, wehrte sie ab. Doch das stimmte nicht, sie sah es selbst. Als Jobst ihr das Gewand aufgeschlitzt hatte, war die Klinge ihr über die Rippen gefahren und hatte eine klaffende Wunde hinterlassen, die vom Brustbein bis zur Taille reichte.

Sie nahm Jobst das Messer aus der schlaffen Hand und schnitt sich einen Streifen Stoff aus ihrer Cotte, den sie auf die Stelle presste. Das musste vorerst reichen.

Veit hatte sich mühsam am Tisch hochgezogen, er tastete sich vorsichtig zu ihr hin. Sein Gesicht war bleich und schmerzverzerrt. »Was kann ich tun?«

»Mir Gesellschaft leisten, während Cuntz Hilfe holt.«

Cuntz war bereits bei der Tür. »Ich bin gleich zurück!«

Veit tastete nach Jobst. »Er atmet noch. Wie schwer ist seine Verletzung?«

»Er wird sterben.«

»Wann?«

»Vielleicht in einer halben Stunde, vielleicht vorher. Der Bolzen steckt in seiner Lunge.«

Vage dachte sie, wie seltsam es war, dass Cuntz den Mann mit einer Waffe niedergestreckt hatte, die Johann als Geschenk zugedacht war. Fast so, als habe der Alte in Stellvertretung ihres Bruders ihren Schänder richten wollen. Er hätte auch seinen Tischlerhammer oder sein Schnitzmesser oder den Meißel nehmen können, seine Kammer war voll von Werkzeugen, die sich ebenso gut zum Bearbeiten von Holz wie zum Töten eigneten. Doch er hatte die Armbrust genommen.

Jobst starrte sie immer noch an. Er würde noch eine ganze Weile hier liegen, bei vollem Bewusstsein, aber reglos, und dabei spüren, wie sein Inneres langsam mit seinem Blut vollllief.

Er sollte ihr leidtun, denn er war ein menschliches Wesen, und er starb. Sie sollte ein Gebet für ihn sprechen, doch zunächst sollte sie für sich selbst die Gnade erflehen, ihm verzeihen zu können. Sie sollte …

Vor ihren Augen begann alles zu verschwimmen. Verlor sie zu viel Blut? Die Wunde war vielleicht tiefer, als sie gedacht hatte. Oder war das einfach alles zu viel für sie gewesen? Gleichwie, sie spürte die nahende Ohnmacht.

Sie griff nach Veits Hand, schob sie sich unter die Rippen, drängte sie gegen den Stoff, der sich bereits vollgesogen hatte. »Hier musst du drücken«, murmelte sie, dann wurde alles um sie herum schwarz.

Cuntz war an dem verschreckt dreinglotzenden Ludwig vorbeigehumpelt und hatte beim nächstbesten Haus an die Tür gehämmert. Als niemand öffnete, versuchte er es bei einem anderen, doch auch dort regte sich nichts. Auf der Gasse war kein Mensch zu sehen. Erst beim fünften Haus tat ihm die alte Mutter des Apothekers auf, die kaum noch aufrecht stehen konnte, und als sie ihm ihre Hilfe anbot, lachte er in schierer Verzweiflung auf. »Wo sind denn die Leute alle hin?«, rief er, und gleich darauf beantwortete er sich die Frage selbst – natürlich auf den Heumarkt, zur größten und wichtigsten Hinrichtung des Jahres. Hätten sie den Kaiser geköpft, wären sicher auch nicht mehr Leute hingelaufen.

Sein wundes Bein brannte, und seine morschen Knochen knackten, doch er zwang sich Schritt für Schritt vorwärts. Er würde Hilfe holen, und er würde Madlen Bescheid sagen, und wenn es das Letzte war, was er tat!

Madlen hockte sich auf ein leeres Fass, ihr Magen rebellierte immer noch. Die Menge auf dem Heumarkt war nun erst recht in Feierlaune, alle strömten zu den Buden und Ständen, und drüben an der Ecke gab sogar ein Gaukler seine Künste zum Besten. Umringt von bewundernden Zuschauern, jonglierte er mit bunt bemalten Holzklötzen.

Madlen schrak zusammen, als jemand ihr die Hand auf die Schulter legte, doch es war nicht ihr Mann, dessen Rückkehr sie sehnlich erwartete, sondern der Scharfrichter. In ihre Beklommenheit mischte sich Ekel, als sie das Blut auf seinen Stiefeln sah. Er folgte ihrem Blick und verzog das Gesicht. »Mir blieb noch keine Zeit, mich zu säubern«, meinte er. Dann machte er eine auffordernde Kopfbewegung über die Schulter. »Kommt mit.«

»Warum?«

»Es ist wichtig. Es geht um Euren Mann.«

Jähe Angst lähmte ihr die Stimme, sie brachte keine der Fragen heraus, die sich auf ihre Zunge drängten. War Johann ein Leid geschehen? Hatte der Pfaffe ihn heimtückisch fortgelockt? Und was hatte der Scharfrichter damit zu tun?

Wie betäubt stand sie auf und stolperte hinter Hermann her, der sich an den Zuschauern vorbeidrängte und schließlich vom Heumarkt in Richtung Marspforte abbog. Ein Stück weiter die Gasse hoch, unweit der Einmündung zu Unter Goldschmied, stand der Henkerskarren. Der Schinder wartete geduldig, die Hand am Zaumzeug des Esels. Sein abgestumpfter Blick ließ nicht erkennen, dass er sich an Madlen erinnerte oder an jenen verregneten Tag im März, als sie auf den Judenbüchel hinausgefahren war, um dem Henker ihren Mann abzukaufen. Damals hatte Johann auf diesem Karren gelegen, in die schmutzige, fleckige Decke gehüllt, unter der auch jetzt jemand lag.

Madlen fand ihre Stimme zurück, mit einem Aufschrei legte sie die restlichen Schritte zum Karren zurück und riss die Decke zur Seite. Und schrie abermals auf, diesmal voller Grauen, denn ihr erster Blick fiel auf den abgetrennten Kopf des Wendel Hardefust. Glasige Augen starrten sie aus dem toten Gesicht an, der Mund war in schaurig-stummem Schrei aufgerissen. Daneben lag der Rest von ihm, ein schlaffes Bündel Mensch, bar jeden Lebens.

Madlen wandte sich zur Seite und würgte heftig, doch ihr Magen war leer, es kam nur bittere Galle.

»Tut mir leid, das hätte ich Euch gern erspart«, meinte Hermann hinter ihr. »Es war die falsche Seite.« Er trat neben sie und griff nach der Decke. »Vielleicht schreit Ihr besser nicht so laut herum, das hier muss nicht jeder sehen, es ist allein für Eure Augen bestimmt. Ich bin gewissermaßen schon auf dem Weg zum Schindanger und habe nur kurz angehalten, um auch diesen Kerl hier aufzuladen. Euch habe ich dazugeholt, weil ich mir denke, dass Ihr noch einmal mit ihm sprechen solltet, bevor ich ihn mit dem anderen Abfall verscharre.«

Er lupfte die Decke an der anderen Seite, und nun war zu sehen, dass dort noch jemand auf der Ladefläche lag. Madlen wurde erneut von einem heftigen Würgen geschüttelt, sie musste sich an der Einfassung des Karrens festhalten, sonst wäre sie umgesunken vor nacktem Entsetzen. Doch es war nicht Johann, das sah sie auf den ersten Blick, und zu ihrer Beschämung fühlte sie sich von wilder Erleichterung durchflutet.

Der Mensch, der dort vor ihr lag, war an Händen und Füßen gefesselt, und hätte sie ihn nicht schon seit ihrer Kindheit gekannt, wäre ihr niemals klar geworden, dass es sich bei diesem blutig entstellten Wesen um Jacop handelte. Er war schwer gefoltert worden, hatte weder Augen noch Ohren und nur noch einen Teil seiner Finger.

»Die Zunge habe ich ihm gelassen«, teilte Hermann ihr mit,

als sei das von wesentlicher Bedeutung. Zu Jacop sagte er: »Und nun erzähl es ihr, alter Freund. Sie ist hier. Wenn du es schnell hinter dich bringst, bringe auch ich es nachher schnell hinter mich, und ich verspreche dir, dass du tot bist, bevor du unter die Erde kommst. Dass es auch anders möglich ist, muss ich wohl nicht erst erwähnen.«

Ein schwaches, von vielen mühsamen Pausen unterbrochenes Murmeln drang aus dem blutverkrusteten Mund, Madlen musste sich vorbeugen, um es zu verstehen.

»Ich wollte es nicht, Madlen. Ich wollte nur das Geld aus eurem Keller holen. Ich wusste ja, dass ihr es da unten versteckt hattet, er hat's mir mal erzählt. Er hatte mich fast entdeckt, ich konnte nicht anders. Es tut mir leid.«

»Was?«, stammelte Madlen, doch Jacop war verstummt.

Hermann mischte sich ein. »Er hat wieder das Bewusstsein verloren, meist kommt er nur noch kurz zu sich, aber wie Ihr leicht habt heraushören können, hat er Euren Mann umgebracht. Euren *ersten* Mann«, fügte er hinzu, bevor es deswegen Missverständnisse geben konnte. »Das Geld wollte er natürlich für Appolonia. Die er übrigens gestern ebenfalls umgebracht hat. Das ist auch der Grund, warum er jetzt so aussieht.« In Hermanns Miene war nichts Freundliches oder Leutseliges mehr, seine Augen waren hart wie Stein. »Sie hat mir viel bedeutet. Mehr als alle anderen Menschen.«

Er zog die Decke wieder über Jacop und gab dem Schinder ein Zeichen, worauf der Esel sich in Bewegung setzte und der Karren ruckend anrollte. Hermann wandte sich ab, um zu seinem Pferd zu gehen, das er am Straßenrand angebunden hatte. Er saß auf und ritt dem Karren hinterher.

Madlen blieb stumm stehen und starrte ihm nach, bis er ihren Blicken entschwunden war.

Als sie nach einer Weile die Kraft aufbrachte, wieder zu ihrem Fuhrwerk zurückzugehen, traf sie dort auf Irmla, Caspar und Willi, die ihr beunruhigt entgegenblickten.

»Was ist geschehen?«, wollte Irmla wissen. »Wo warst du?« Sie deutete auf die Fässer. »Ein jeder hätte sich hier bedienen und alles mitnehmen können!«

Caspar musterte Madlen besorgt. »Barthel sagte mir, er habe dich mit dem Scharfrichter fortgehen sehen. Was wollte der Kerl von dir?«

Ein verschreckter Ausruf von Irmla schnitt ihm das Wort ab. Cuntz kam schnaufend herangetaumelt und hielt sich mit verzerrtem Gesicht die Seiten. »Bei Gott, ich wusste, ich finde dich!« Unter abgehackten Keuchlauten stieß er eine Reihe zusammenhangloser Sätze hervor: »Stell dir vor, der Kerl hat den armen Ludwig vorgeschickt, damit wir ihm die Tür öffnen, und dann hat er sich auf Blithildis geworfen und sie mit dem Messer verletzt, aber ich habe ihn mit der Armbrust erwischt, und dann bin ich in die Glockengasse gelaufen, dort hab ich die Beginenmeisterin …«

Bereits bei seinen ersten Worten war Madlen davongestürmt. Irmla griff sich ans Herz. »Heilige Barbara, steh mir bei! An was für eine Herrschaft bin ich nur geraten!« Dann sagte sie zu Caspar: »Was stehst du noch hier herum, du fauler Strick? Lauf ihr nach, vielleicht kann sie Hilfe brauchen.«

Madlen sah sich um, als sie die Schritte hinter sich hörte. Erleichtert sah sie, dass Caspar ihr gefolgt war. Er schloss rasch auf und lief neben ihr her. »Was wollte der Scharfrichter von dir, Madlen?«

»Ich weiß jetzt, wer es war«, sagte sie, keuchend vom schnellen Laufen.

»Wer *was* war?«

»Der Mörder, der sich bei uns eingeschlichen hat.«

Ein seltsamer Laut Caspars ließ sie innehalten und sich zu ihm umdrehen. Er war abrupt stehen geblieben. Sein Gesicht war unnatürlich bleich, seine Miene fassungslos.

Madlen spürte, wie ihr das Blut zum Herzen strömte, ihre Hände und Füße waren auf einmal eiskalt. O Gott, bitte lass es nicht Caspar gewesen sein!, durchfuhr es sie, während sie in seinem Gesicht die Wahrheit las, die er ihr durch sein Erschrecken offenbart hatte. Mit Konrads Tod hatte er nichts zu tun, das war Jacop gewesen. Aber er hatte versucht, Johann zu erschlagen und es so aussehen zu lassen, als habe es derselbe Mörder getan.

»Caspar«, flüsterte sie.

»Nun weißt du es also.« Er kam auf sie zu. »Ich hätte dir ein guter Mann sein können, Madlen.«

Er legte beide Hände auf ihre Schultern, die Daumen strichen über ihren Hals. Sein Blick war verhangen, in den Tiefen seiner Augen lag etwas Dunkles, Abgründiges verborgen, das sie bisher nie gesehen hatte. »Ich könnte sagen, dass es mir leidtut, aber das wäre gelogen. Eines Tages hätte ich es vielleicht wieder versucht, wer weiß. Irgendwann hätte er dich womöglich schlecht behandelt, dann wäre ich zur Stelle gewesen. Ich hätte auf dich aufgepasst, Madlen.« Er beugte sich vor und küsste sie sacht auf die Lippen. »Hast du es denn nie begriffen? Du warst doch immer mein Mädchen.«

Sie blickte sich angstvoll um, schätzte ihre Möglichkeiten ab, ihm zu entkommen oder um Hilfe zu rufen.

»Caspar, tu es nicht«, murmelte sie. Er hörte nicht auf, ihren Hals zu streicheln. Sie merkte, wie die Beine ihr wegknickten, ihr wurde schwarz vor Augen, und das Letzte, was sie vor sich sah, war sein von Kummer und Liebe erfülltes Gesicht.

Als Johann zu Hause eintraf, war er außer Atem vom Rennen. Bei seiner Rückkehr auf den Heumarkt hatte er sich, von Euphorie erfüllt, darauf gefreut, Madlen die guten Neuigkeiten zu erzählen, die er aus dem Palast mitbrachte, aber seine Hochstimmung war bei Cuntz' Bericht augenblicklich in blanke Angst umgeschlagen. So schnell wie eben war er noch nie im

Leben gelaufen. Auf sein heftiges Pochen hin öffnete ihm die Begine Sybilla.

»Der alte Mann hat mich hergebeten«, begann sie, doch Johann hielt sich nicht mit Höflichkeiten auf, er drängte an ihr vorbei ins Haus. »Wo ist Blithildis?«

Die Begine legte einen Finger auf die Lippen und deutete in die Richtung von Cuntz' Schlafkammer. »Sie braucht Ruhe. Ich habe ihre Wunde genäht und ihr einen Schlaftrunk verabreicht. Sie wird sich bald erholen.«

»Und der Kerl? Ist er tot?«

Die Begine nickte. »Ich habe ihn mithilfe Eures Freundes in den Schuppen geschleift, wobei mir durch den Kopf ging, wie häufig hier im Haus in der letzten Zeit Menschen zu Tode gekommen sind.« Ihr war anzusehen, dass sie diese Zustände in hohem Maß missbilligte.

»Wo ist meine Frau?«

»Die liegt oben in ihrer Kammer. Euer Knecht hat sie hinaufgetragen. Sie hatte einen kleinen Schwächeanfall, aber Grund zur Sorge ist das nicht, denn sie ist …«

Johann hörte nicht mehr hin, er hetzte mit gewaltigen Sprüngen die Stiege hinauf. Ohne innezuhalten, stürzte er in die Schlafkammer und kniete neben dem Bett nieder, und erst, als Madlen mit flatternden Lidern die Augen aufschlug, beruhigte sich sein rasender Herzschlag wieder.

»Was machst du für Sachen?«, stieß er hervor.

»Wo ist Caspar?«, flüsterte sie.

»Keine Ahnung. Bestimmt im Sudhaus.«

Sie versuchte sich aufzusetzen. »Johann, du musst …«

»Johann?«, kam Veits Stimme von unten.

»Was ist?«, rief er zurück.

»Komm runter. Jetzt sofort.« Es klang ungewohnt gebieterisch. Johann drückte Madlen aufs Lager zurück und küsste sie auf die Stirn. »Ruh dich aus. Ich bin gleich wieder da.«

Veit wartete an der Hintertür, er streckte die Hand aus. »Führe mich, dann geht es schneller.«

»Wohin?«

»Zum Sudhaus.«

Befremdet gehorchte Johann. Er nahm den Freund beim Arm und führte ihn über den Hof zum Sudhaus. Durch die offenstehende Tür fiel Sonnenlicht in die Braustube, auf den ersten Blick sah alles nach der aufgeräumten Handwerksidylle aus, in der er die letzten Monate gelebt und gearbeitet hatte. Doch dann sah er den leblosen Körper von der Tenne herabbaumeln und verharrte mitten im Schritt.

»Allmächtiger.«

»Ist es Caspar?«, fragte Veit leise.

»Ja«, sagte Johann, erschüttert von dem Anblick des Erhängten. »Was zum Teufel ist hier passiert?«

»Er hat Madlen nach Hause gebracht, kurz bevor du kamst. Sie war wohl ohnmächtig geworden. Die Begine hat ihm befohlen, sie ins Bett zu bringen, was er auf der Stelle tat. Er sprach nicht viel, aber das bisschen, das ich hörte, klang irgendwie … verzweifelt. Er ging ins Sudhaus, und ich bin ihm nach. Ich hörte ihn auf der Tenne rumoren und hab nach ihm gerufen, aber dann kam auch schon das Röcheln. Ich habe mich zu ihm hingetastet und stieß gegen seine zappelnden Beine. Gleich darauf war es vorbei.« Veit schüttelte in hilfloser Wut den Kopf. »Ich konnte nichts mehr tun. Nimm ihn ab, bevor Madlen ihn so sieht.«

Johann kletterte die Stiege zur Tenne hoch und schnitt den Strick durch. Das dumpfe Poltern, mit dem der Körper unten aufschlug, fiel mit Madlens entsetztem Aufschrei zusammen. Sie stand schreckensbleich in der Tür, beide Hände vor den Mund gepresst.

Veit hatte ihr lauschend den Kopf zugewandt. »Bring sie weg, Johann. Ich kümmere mich mit der Beginenmeisterin hier um alles.«

In Windeseile war Johann wieder nach unten geklettert und zu Madlen geeilt, bevor sie näher kommen konnte. Ohne zu zögern hob er sie auf die Arme und trug sie ins Freie. Sie klammerte sich mit aller Macht an ihn und schluchzte haltlos, ihr ganzer Körper bebte davon. Statt sie ins Haus zu bringen, ging er mit ihr nach hinten in den Garten und setzte sich mit ihr auf die Bank, wo sie ihm unter Tränen alles erzählte.

Er hielt sie fest umfangen und wiegte sie, und er sagte ihr, dass er sie liebe und dass nun alles gut sei.

Doch sie konnte nicht aufhören zu weinen. »Wie hätte ich wissen können, dass er …« Sie stockte schluchzend. »Hätte ich doch nur … Er war so lange bei uns! Er war fast wie mein Bruder!«

»Was hättest du denn tun können, außer ihn fortzuschicken?« Er presste sie an sich. »Es ist vorbei. Wir können nichts mehr daran ändern. Nur noch versuchen, damit fertigzuwerden. Und was Jacop angeht …« Er rang nach Worten, doch was ließ sich darüber schon groß sagen? »Es ist vorbei«, wiederholte er schließlich leise.

Irgendwann hörte sie erschöpft auf zu weinen, und er erzählte ihr, worüber der Erzbischof mit ihm gesprochen hatte.

»Er hat mir alles zurückgegeben und noch mehr. Ich kriege mein Erbe zurück. Er hat die Briefe bekommen und danach gehandelt. Er meinte, er habe sowieso nur auf den erstbesten Grund gewartet, den Hardefust loszuwerden und wünscht mir und Blithildis alles Glück dieser Welt.« Er hielt inne. »Heute war ein schrecklicher Tag, Madlen. Aber wir können jetzt nach vorn blicken. All das Schlimme – es liegt hinter uns.«

Als er geendet hatte, blieben sie lange dort sitzen, ohne ein Wort zu sagen. Schließlich war sie es, die das Schweigen brach und ihm sagte, dass sie ein Kind erwartete. Es war dieser eine Satz, der alles, was vorher gewesen war, in die Schranken zu weisen schien. Er half ihnen, dem Tod und dem Schrecken und der Angst eine neue Hoffnung entgegenzusetzen. Ein Gefühl von Verheißung bannte das Leid und die Dunkelheit, es nahm Gestalt an in den Sonnenstrahlen, die warm auf ihre Haut trafen, und in dem Wind, der durch die Obstbäume strich. Der Kirschbaum, unter dem sie saßen, schäumte über vor Blüten, wie ein Symbol für das, was sein würde. Gemeinsam blickten sie hinauf in das Geäst und verfolgten traumverloren das Spiel des flirrenden Lichts. Erst als die Schatten länger wurden und der Wind sich abkühlte, erhoben sie sich, um gemeinsam ins Haus zu gehen.

Fünf Monate später, Oktober 1260

Madlen ging um das neue Küchenhaus herum und begutachtete es von allen Seiten. Es war genau so geworden, wie sie es sich vorgestellt hatte, mit einem Schornstein über einem großen Rauchfang, einem gemauerten Herd, in dem man auch backen konnte, einer breiten, hölzernen Anrichte und einer angebauten Speisekammer. Dumm war nur, dass Irmla sich immer noch nicht aufs Kochen verstand und Johann höchstens ein oder zwei Mal in der Woche Lust dazu hatte, denn er mochte es womöglich noch weniger als das Brauen. Obwohl es, was das Letztere betraf, nach Madlens Empfinden noch Grund zur Hoffnung gab. In der letzten Zeit hatte sie ihn häufiger dabei ertappt, wie er das von ihm unter Zusatz von Hopfen gebraute Bier probierte, und ihr war es so vorgekommen, als munde es ihm sogar.

Von nebenan war ein Rascheln zu hören, und wie nicht anders zu erwarten, hatte Agnes sich im Garten eingefunden und starrte herüber, doch außer einem erbosten Schnauben drang kein Laut über ihre Lippen. Schon seit Monaten kam kein Gezeter mehr von drüben. Madlen hatte ausgiebige Vermutungen angestellt, welches die Gründe für Agnes' ungewohnte Friedfertigkeit sein mochten, angefangen von den schlimmen Schicksalsschlägen, die womöglich Agnes' Mitleid erweckt hatten, bis hin zu Madlens sichtbar fortschreitender Schwangerschaft, die

Hans' Bewunderung für ihren weiblichen Liebreiz bestimmt abgekühlt hatte. Irgendwann hatte Johann zwinkernd erklärt, es liege einzig und allein an dem einleuchtendsten aller Gründe – an Agnes' Habgier. Fassungslos hatte Madlen zur Kenntnis nehmen müssen, dass er an jedem Monatsersten drei Pfennige an die Nachbarin zahlte, damit diese an sich hielt.

»Natürlich kriegt sie es nur, wenn sie wirklich still geblieben ist«, hatte er ihr vergnügt erläutert.

Ein solches Übermaß an Geldverschwendung hatte Madlen die Sprache verschlagen, denn sie hatte sich immer noch nicht daran gewöhnt, dass Johann ein reicher Mann war. Der Erzbischof hatte ihm nicht nur sein Erblehen wieder überschrieben, sondern ihm auch aus dem beschlagnahmten Vermögen des Hardefust eine schwindelerregende Summe als Schadensersatz ausgezahlt. Johann und sie hätten in Samt und Seide gehen und vornehm Hof halten können, doch sie hatten an ihrem Leben nur wenig geändert. Es gab ein neues Bett, das gerade fertig gestellte Küchenhäuschen, allerlei neue Gerätschaften in der Braustube sowie diverse zusätzliche Wämser, Kittel und Hemden für sie und das Gesinde, und sie gaben auch jeden Sonntag den Armen reichlich. Sie hatten zwei weitere Lehrbuben und einen Knecht aufgenommen und planten für die Zeit nach Madlens Niederkunft die Eröffnung eines zweiten Brauhauses. Ansonsten aber unterschied sich ihr Alltag kaum von dem der anderen Brauereibesitzer in Köln. Madlen gönnte sich keinerlei Luxus, abgesehen vielleicht von den feinen Seifenstücken und den teuren Schwämmen, die sie gelegentlich kaufte und mit Begeisterung im Badehaus benutzte.

Die Wasserburg bei Kerpen schien Tausende von Meilen weit weg zu sein. Sie waren übereingekommen, dass sie immer noch da wohnen konnten, wenn sie es wollten. Vorerst war der Besitz in guten Händen – Veit und Blithildis waren schon vor Monaten dorthin gezogen, gleich nach ihrer Heirat, und Blithildis hatte bereits mehrfach verlauten lassen, dass es keinen besseren Burgvogt gebe als Veit.

Der frühere Vogt, Sewolt, war mit seiner Tochter und seinem Enkelsohn ins Bergische gezogen, und Madlen hoffte, dass ihnen dort ein friedliches Leben beschieden war.

Sie hörte Schritte und wandte sich um. Johann kam zu ihr in den Garten und legte die Arme um sie. »Wie geht es meiner nimmermüden Gemahlin?«

»Bestens. Und deinem Sohn auch.« Sie griff nach seiner Hand und drückte sie auf ihren runden Leib, bis er das Stupsen unter der Bauchdecke fühlte.

»Oh!« Er lachte begeistert. »Das scheint mir jetzt schon ein richtiger Wildfang zu sein!« Er kniff ein Auge zu. »Aber was, wenn es gar kein Sohn, sondern eine Tochter wird?«

»Dann bringen wir ihr das Brauen bei.«

Er war verschwitzt von der Arbeit, und seine Bartstoppeln kratzten wie immer, als er sie küsste. Voller Verlangen erwiderte sie seine Zärtlichkeit, dann holte sie die Pergamentrolle aus ihrer Kitteltasche. »Hier, das hätte ich beinahe vergessen. Du hast einen Brief bekommen.«

Er betrachtete nachsichtig das gebrochene Siegel. »Du hast ihn gelesen.«

»Natürlich«, sagte sie stolz. Inzwischen konnte sie es recht gut. »Er ist von Ursel. Sie schreibt aus dem Kloster in Venedig. Dass sie dort fröhliche Feste feiern, unanständige Lieder singen, den allerbesten Wein trinken und Seidenkleider tragen.« Skeptisch krauste sie die Stirn. »Meinst du, dass das stimmt?«

»Nun ja, vermutlich schon. In Venedig nehmen sie manche Dinge nicht so genau wie wir hier in unserem heiligen Köln.« Er lächelte mit gutmütigem Spott. »Was schreibt sie sonst noch?«

»Dasselbe wie im letzten Brief. Dass sie dich über alles liebt und sofort zurückkommt, falls du dereinst Witwer bist. Ach ja, und Simon und Diether sollen mittlerweile sehr erfolgreich im Gewürzhandel sein, sie haben ein Kontor am Rialto. Was immer das ist.« Sie strahlte ihn an, und er lachte auf und schlang erneut die Arme um sie. Die Sonne tauchte alles um sie herum in ein goldenes Licht, es war still hier draußen im Garten, bis auf das vereinzelte Gackern der Hühner. Es roch nach Kräutern und frischem Malz, vermischt mit dem erdigen, kühlen Geruch des anbrechenden Herbsts. Madlen atmete tief ein, dann blickte sie ihrem Mann in die Augen, nahm seine Hände und legte sie sanft um ihr Gesicht.

Ende

GLOSSAR

Akzisemeister	Steuerbeamter
Aufhalter	Hilfsarbeiter, die die Säcke zum Befüllen aufhielten
Bache	weibliches Wildschwein
Blauer Stein	großer Steinblock, der sich in früheren Jahrhunderten auf dem Kölner Domhof befand. Die zum Tode Verurteilten wurden in einem Ritual drei Mal dagegengestoßen, bevor man sie auf den Richtplatz brachte.
Bruche	*(auch Brouche),* männliche Unterhose im Mittelalter, optisch heutigen Boxershorts ähnelnd
Calculi	*s. Rechentuch*
Cotte	mittelalterliches Schlupfkleid, das unter dem *Surcot* (s. dort) getragen wurde
Dollbier	Bier, das rauschartige Wirkung hat (oft aufgrund bestimmter drogenartiger Pflanzenauszüge; *doll* = verrückt)
Fischmenger	Fischverkäufer
Gaddem	Verkaufsbude
Gebende	mittelalterliche Kopfbedeckung, die um Ohren, Stirn und Kinn gewickelt wurde
Geld	für 1 Pfennig (ca. 1 g Silber) bekam man z. B. ein Huhn oder einen Laib Roggen-

	brot; brauchte man kleineres Geld, wurde der Pfennig halbiert oder geviertelt. 1 Gulden hatte einen Wert von 240 Pfennigen.
GESCHLECHTER	Patrizier, Adelsfamilien
GOLDGRÄBER	Kloakenreiniger
GULDEN	s. Geld
GREVE	höherer Verwaltungsbeamter, Schultheiß, auch Gerichtsvorsteher
GRUIT	Mischung aus Kräutern und Gewürzen, die im Mittelalter dem Bier zugesetzt wurden
GUGEL	kapuzenartige Kopfbedeckung
HACHT	mittelalterliches Gefängnis in Köln
KAX	(auch *Kacks*) Pranger
KOMPLET	Abendgebet (ca. 20.00 Uhr)
KOTZMENGER	Verkäufer von Schlachtabfällen
KRANENTRETER	Männer, die durch Treten ein großes Laufrad bewegten, welches einen Lastkran antrieb.
MEDEBIER	mit Honig gebrautes Bier
MELIORAT	Oberschicht, Bessergestellte
MINDERE BRÜDER	»fratres minores«, der erste von Franz von Assisi gegründete Bettelorden
MÜDDER	Messbeamte, die die Menge von losen Ladungen (z.B. Kohle oder Salz) maßen
PFENNIGE	s. Geld
RECHENTUCH	oder *Rechentisch* sind Erfindungen aus der Antike, die auch im Mittelalter bekannt waren. Man konnte mit ihnen und mithilfe sog. Rechenpfennige oder *calculi* alle 4 Rechenarten durchführen, ohne dabei schreiben zu müssen
RICHERZECHE	eine Art Bruderschaft der Reichen im mittelalterlichen Köln
ROTTE	Schar mehrerer Wildschweine

Röder	städt. Beamte, die den Rauminhalt der in die Stadt importierten Fässer nach amtlichem Maß prüften und dokumentierten
Sackbrüder	»fratres saccati«, Ende 1240 gegründeter Orden, der 1274 nach dem 2. Konzil in Lyon wieder aufgelöst wurde
Salmenbänke	Verkaufsstände auf dem Kölner Fischmarkt
Schnurrer	auch *Brummkopf*; früher gebräuchliches Spielzeug, bei dem eine Schnur fest um einen Mittelteil gerollt und dieser dann durch rasches Abziehen der Schnur in Bewegung versetzt wurde
Schröder	(auch *Schröter*) Transporteur von Fässern
Schupstuhl	eine Art Wippe, an der ein Käfig aufgehängt war. Darin wurden – zum Vollzug einer Schandstrafe – zumeist Verurteilte zur Schau gestellt, die beim Messen oder Wiegen betrogen hatten.
Schürger	Arbeiter, die Steine und andere schwere Lasten vom Hafen zu den jeweiligen Bestimmungsorten schafften
Schütter	Hilfsarbeiter, die Ladungen in Säcke o. Ä. umfüllten
Suora	(lat. *Schwester*) Anredeform für geistliche Damen
Surcot	tunikaähnliches Obergewand im Mittelalter
Terz	Gebet zur 3. Stunde (ca. 09.00 Uhr)
Tjost	Lanzenstechen der Ritter zu Pferde als Zweikampfspiel bei Turnieren
Turmmeister	verhörte als Erster verdächtige Personen im Gefängnis (Hacht) und gab das Protokoll im *Turmbuch* an das zuständige Gericht weiter

Unehrliche	so nannte man im Mittelalter Menschen, die als *ehrlos* oder unredlich galten, vornehmlich wegen schlecht angesehener Berufe (z. B. Henker, Huren, Bader)
Vesper	Gebet am Spätnachmittag (ca. 18.00 Uhr)
Zaubersche	Hexe, Zauberin
Zunft	Zusammenschluss von Handwerkermeistern i. S. einer Innung bzw. Berufsgenossenschaft. Die Bezeichnung *Zunft* kam jedoch erst in der Neuzeit auf. Im Kölner Mittelalter bis zum Ende des vierzehnten Jahrhunderts war die Bezeichnung *Bruderschaft* gebräuchlich.

NOCH EINIGE DETAILS ZUR KÖLNER BIERGESCHICHTE

Zur Zeit der Romanhandlung, also um die Mitte des dreizehnten Jahrhunderts, war Köln bereits mit Abstand die größte Stadt im Deutschen Reich, alle anderen heutigen deutschen Großstädte waren im Vergleich dazu kaum mehr als Dörfer. Entsprechend gewaltig war der Bedarf an Trinkbarem. Bier war damals (neben Wein, davon tranken die Leute tatsächlich noch mehr) bereits das reinste Volksgetränk. Wobei allerdings das Wort *rein* hier nicht wörtlich zu nehmen ist – das Reinheitsgebot kam erst viel später. Dem Bier wurden seinerzeit teilweise abenteuerliche Ingredienzen beigefügt, es konnte neben den herkömmlichen Zutaten (bestehend aus Gerstenmalz und diversen Kräutern) durchaus auch mal eine Prise Bilsenkraut oder Stechapfel darin landen. Dass Bier trotzdem allgemein als bekömmliches Getränk galt, lag daran, dass es während des Brauens erhitzt wurde und schon aus diesem Grund viel gesünder war als Wasser, denn die *Pütze*, wie die Kölner ihre Brunnen nannten, lagen häufig direkt neben den Latrinen und Jauchegruben und waren entsprechend verunreinigt.

Weil Bier so gut verträglich und nahrhaft war, bekamen sogar die Kinder welches. Doch um davon betrunken zu werden, reichte es selten, denn der Alkoholgehalt war bei den meisten damaligen Biersorten geringer als heutzutage. Für einen Rausch hätte man schon so viel trinken müssen wie die Mönche – mancherorts hatten sie den Überlieferungen zufolge ein Anrecht auf sechs Liter Bier täglich. Wen wundert es also, dass in den Klöstern ebenso gern und viel gebraut wurde wie in den Bürgerhäusern und in den gewerblichen Braustuben. Bereits im Jahr 1250 wurde ein Kölner Brauamt eingerichtet. Die städtischen Brauer trafen sich zu ihren ersten Berufsversammlungen und legten damit den Grundstein für die jahrhundertealte und traditionsreiche Geschichte des Bieres, das man heute nur noch als *Kölsch* kennt.

NACHWORT DER AUTORIN

Mit den Nachworten ist es bekanntlich so eine Sache. Viele Leser verdrehen schon bei der Überschrift die Augen und denken so was wie: »Na toll, jetzt dankt sie gleich wieder ihrer Mutter, ihren Kindern, ihrer Agentur und ihren Lektorinnen und sowieso allen, die ihr in der letzten Zeit über den Weg gelaufen sind.«

Wer es trotzdem aushalten kann: An dieser Stelle möchte ich ausdrücklich schon wieder all den erwähnten Personen danken, und zwar wie immer inbrünstig.

Aber diesmal kommen noch ein paar mehr dazu. Da wäre einmal Andrea, der ich für den Recken und den Hardefust danke und überhaupt für alles. Und wie immer Kerstin für die Dauerinfusion mit Freundschaft. Und dem Kölner Stadtarchiv, wo man für die Übersendung von Infomaterial eigentlich noch Geld von mir zu kriegen hätte (was man da nach Lage der Dinge sicher brauchen kann, Kleinvieh macht auch Mist!); hiermit gelobe ich feierlich, dass ich noch vor Erscheinen dieses Romans hinschreibe und daran erinnere, dass man mir »mit separater Post eine Rechnung schicken« wollte, auf die ich immer noch warte. Und dann ist da noch der reizende Historiker, der mir in Sachen Mausefalle auf die Sprünge half, es ist unglaublich, wie viele wissenswerte Details man bei den Recherchen zu einem Roman entdecken kann!

Mein ganz besonderer Dank aber geht an das Kölner Mittelalter, speziell das dreizehnte Jahrhundert, dem ich mich zuerst pirschend genähert und erst nicht so recht gewusst habe, wie dieses fremde Ungetüm einzufangen ist. Was für ein wirklich liebenswertes und zutrauliches Wesen da auf mich zukam, habe ich erst nach und nach herausbekommen. Mittlerweile sind wir richtig gute Freunde und überlegen schon, ob wir irgendwann mal wieder was zusammen unternehmen.

Bis dahin mit den besten Wünschen,
Ihre
Charlotte Thomas

Der große Kreuzfahrer-Roman von Bestsellerautor Michael Peinkofer

Michael Peinkofer
DAS BUCH VON ASCALON
Historischer Roman
848 Seiten
ISBN 978-3-404-16798-2

1096: Die Welt des jungen Diebes Conn gerät aus den Fugen, als seine Geliebte Nia brutal ermordet wird. Kaum begibt er sich auf die Spur des Mörders, wird er zum Mitwisser einer tödlichen Verschwörung gegen den englischen Thron – und damit selbst zum Gejagten. Auf der Flucht schließt Conn sich dem Kreuzfahrerheer an, das gen Jerusalem zieht. Dort begegnet er dem jüdischen Kaufmann Isaac und seiner Tochter Chaya. Sie hüten eine alte Schrift von unermesslichem Wert: das *Buch von Ascalon*. Hinter diesem ist auch Nias Mörder her…

Bastei Lübbe Taschenbuch